Ullstein Krimi

Für Philip und Stephanie,
in Liebe

Brian Freemantle

Flucht aus Vietnam

Polit-Thriller

Übersetzt von Hans H. Harbort

Ullstein Krimi

Ullstein Krimi
Lektorat: Georg Schmidt
Ullstein Buch Nr. 10378
im Verlag Ullstein GmbH,
Frankfurt/M – Berlin
Titel der englischen
Originalausgabe:
Rules of Engagement

Deutsche Erstausgabe

Umschlaggestaltung & Fotorealisation:
Welfhard Kraiker & Karin Szekessy

Printed in Germany 1986
Gesamtherstellung:
Ebner Ulm
ISBN 3 548 10378 4

September 1986

CIP-Kurztitelaufnahme
der Deutschen Bibliothek

Freemantle, Brian:
Flucht aus Vietnam: Polit-Thriller /
Brian Freemantle. Übers. von Hans H.
Harbort. – Dt. Erstausg. –
Frankfurt/M; Berlin: Ullstein, 1986.
(Ullstein-Buch; Nr. 10378:
Ullstein-Krimi)
Einheitssacht.: Rules of engagement
‹dt.›
ISBN 3-548-10378-2
NE: GT

Vom selben Autor
in der Reihe der
Ullstein-Bücher:

Agentenpoker (10045)
Strategie des Skorpions (10111)
Labyrinth mit Minen (10130)
Eine Flasche für Charlie Muffin (10161)
Abgesang auf Charlie Muffin (10177)
Jagd auf Charlie Muffin (10220)
Deakens Krieg (10249)
Rächer kennen kein Erbarmen (10262)
Agentenpoker/Jagd auf Charlie Muffin/
Charlie Muffins Schachzug
(Dreifachband, 10351)
Eine Rose für Charlie Muffin (10366)

Prolog

Bald, sehr bald. Bloß noch Minuten. Zirka fünf Babys waren noch da – höchstens acht. Es funktionierte; alles funktionierte! Hervorragend. Himmel, isses heiß. Heißer als in der Hölle. Hoffentlich packt es Hawkins; klingt nicht gut dahinten. Überhaupt nicht gut. Schlecht in Form. Gott, diese Hitze. Arme kleine Würmer. Wiegen so gut wie nichts. Wie Federn. Hoffentlich stirbt auf dem Rückweg keins. Sähe nicht gut aus, wenn wir mit toten Kindern ankämen. Keine Angst. Es wird funktionieren. Warum bleibt der da vorne stehn? Nicht stehenbleiben. Hält uns bloß auf. Schüsse! Wir liegen unter Beschuß! Lieber Gott, nein, bitte nicht. Ich will nicht verletzt werden. Oder sterben. Tu doch was. Davonrennen. Gott sei Dank, wir rennen. Mach, daß ich nicht getroffen werde. Ich versprech dir alles, mach irgendwas, aber bitte, bitte, lieber Gott, mach, daß ich nicht getroffen werde. Ich danke dir, lieber Gott. O lieber Gott, ich danke dir…

1

Die Kinder langweilten sich, wie Kinder sich immer langweilen, wenn die Erwachsenen etwas tun, was sie nicht verstehen. Sie zappelten unruhig herum, machten kleine Spielchen und warteten ungeduldig auf das Ende der Feierstunde, damit sie zu den Buden ziehen konnten, wo es Cola und Hamburger gab. Doch nicht weit entfernt sah Hawkins einen ernst aussehenden, ruhigen schwarzen Jungen mit großen runden Augen, der viel älter wirkte, als er war, und aufmerksam neben seiner Mutter stand, den Arm schützend um sie gelegt. Hawkins Blick schweifte weiter zu den weit ausladenden Flügeln aus poliertem schwarzem Granit, deren eine Seite zum Washington Monument, die andere zum Lincoln Memorial zeigte, und fragte sich, wo auf der endlosen, grausam-nüchternen Liste der in Vietnam Gefallenen der Vater des Jungen genannt wurde. Wie alt der Junge wohl war? Vielleicht dreizehn. Wahrscheinlich würde er sich an seinen Vater gar nicht erinnern. Und wie viele der anderen, die hier an der Einweihungsfeier teilnahmen, konnten sich an ihre Väter oder Brüder erinnern? Hawkins mußte daran denken, wie sein eigener, berühmter Vater ihm einmal erzählt hatte, wie er in einem Schützengraben am Highway Nummer eins gelegen hatte, auf dem Weg nach Tay Ninh, zusammen mit Babys, die kaum alt genug waren, um aus den schlaffen Brüsten ihrer Mütter trinken zu können, aber zwischen dem eigenen und dem feindlichen Feuer so gut unterscheiden konnten, daß sie genau wußten, wann sie sich die Ohren zuhalten mußten und wann sie sich mit ihren kleinen Händen weiter an der Brust festklammern konnten. Wahrscheinlich hatten auch sie keine Väter mehr. Jedenfalls nur wenige. Immer traf es die Unschuldigen, selten die Schuldigen. Hochtrabende Gedanken, entschied Hawkins, schob die Überlegungen beiseite und wußte, daß er die Einladung annehmen und mit den Petersons hätte fahren sollen. Dann müßte er sie jetzt nicht mühsam suchen und ihnen schlechten Gewissens hinterherlaufen. Es war verdammt dumm gewesen, diese Ausrede zu erfinden. Idiotisch. Es hatte überhaupt keinen Grund gegeben, im Pressehaus vorbeizugehen und die Agenturmeldungen und Fernschreiben zu überprüfen. Immerhin, er hatte sich mit Drinks beschieden, noch dazu zwei kleinen. Der Tag lief immer noch gut, jedenfalls bis jetzt. Und es würde nie wieder ein Problem werden, so wie früher. Nie wieder.

Endlich sah er den Politiker, der auf der entfernten Seite des Denkmals stand, zum Lincoln Memorial hin, ziemlich weit weg und natürlich in einem eingezäunten, für Ehrengäste reservierten Bereich. Photographen standen um ihn herum, denn es gab bereits öffentliche Spekulationen über ihn, aber Peterson schien ihre Anwesenheit gar nicht zu bemerken; er stand aufmerksam und in gerader Haltung da und blickte mit dem gebührenden Ernst um sich. Petersons Frau stand direkt neben ihm. Sie strahlte eine Schönheit aus, die Hawkins an Milch und Honig erinnerte und die er nicht ausstehen konnte, bis er sie persönlich kennengelernt hatte. Jetzt gefiel sie ihm dafür um so besser. Es war einfach lächerlich, und er war sich dessen bewußt – genauso lächerlich wie vorzugeben, er hätte im Büro zu tun, während er nur in die Bar wollte, um nicht mit ihnen fahren zu müssen. Er kam zu dem Schluß, daß seine Bewunderung für Eleanor Peterson – besser: seine Lust auf sie – letzten Endes nicht so gefährlich war wie zwei, wenn auch kleine Drinks so früh am Morgen. Nicht halb so gefährlich. Schließlich waren ihm diese Drinks wichtiger gewesen als der persönliche Draht zu einem Mann, der wahrscheinlich der nächste Präsident der Vereinigten Staaten werden würde. Dieser Gefahr hatte er sich nie wieder aussetzen wollen.

Die Feier endete plötzlich und unvermittelt. Die Menschen blieben stehen, als erwarteten sie noch etwas, ohne zu wissen, was. Nur die Kinder drängten ungeduldig zu den Ständen hinüber, die die Mall säumten. Dann setzte sich die Menge langsam und ungeordnet in Bewegung. Die meisten zogen an dem Denkmal vorbei, um die Namenslisten zu lesen, und Hawkins ließ sich mit ihnen treiben, weil er zu Peterson wollte. Er blieb hinten in der Schlange und freute sich, daß er wegen seiner Körpergröße die Petersons auch dann noch im Auge behalten konnte, als der Weg durch eine leichte Senke führte. Er erreichte die Mall und sah, daß die offiziellen Gäste bereits zu ihren Autos gingen, unter ihnen auch Peterson. Unauffällig holte Hawkins sein Mundspray aus der Tasche und führte es zum Mund. Mehrmals drückte er auf den Knopf, dann rief er mit lauter Stimme: »Senator! Senator Peterson!«

Der Politiker schien ihn nicht zu hören und ging weiter. Hawkins rief noch einmal, und diesmal wurde er gehört. Peterson drehte sich um und lächelte freundlich, als er Hawkins erkannte.

»Ray! Ich dachte schon, Sie würden es nicht mehr schaffen!«

»Es war etwas Wichtiges«, log Hawkins. »Hielt mich länger auf, als ich dachte. Tut mir leid, daß ich nicht mit Ihnen fahren konnte.«

Obwohl Petersons Kandidatur noch nicht öffentlich angekündigt worden war, hatte er seine Mannschaft schon beisammen, und niemand zweifelte daran, daß er antreten würde. Joe Rampallie, der noch inoffizielle Wahlkampfmanager, war schon in Richtung auf die wartenden Limousinen weitergegangen, und Peter Elliston, dessen genaue Funktion Hawkins nicht kannte, hielt bereits den Wagenschlag auf.

Auch Eleanor blieb jetzt stehen und dreht sich um. Als sie Hawkins erkannte, rief sie: »Hi!« und lächelte ihm strahlend zu. Sie hatte sehr gleichmäßige Züge und ebensolche Zähne.

Die beiden waren ein eindrucksvolles Paar, dachte Hawkins. Das ideale Präsidentenpaar. Peterson war ziemlich groß – fast so groß wie er selbst, also gute ein Meter neunzig – und sah im Gegensatz zu ihm durchtrainiert aus. Er schien vor Gesundheit zu strotzen, und Hawkins sah, wie er mit einer charakteristischen, gewohnheitsmäßigen Bewegung die blonde Haarsträhne aus der Stirn strich, die die Karikaturisten so liebten. Eleanor war nicht ganz so groß, aber trotzdem eine stattliche Frau mit strahlendem Teint und blondem Haar. Sie trug ein schlichtes schwarzes Kleid, und Hawkins fragte sich, ob das ihr eigener Stil war oder bereits ein Teil der Wahlkampfmaschinerie. Beim Anblick von Petersons sportlicher Erscheinung wurde er sich seines Bauchansatzes schmerzlich bewußt. Vielleicht sollte er doch versuchen, wieder in Form zu kommen. Wieder ein Vielleicht.

»John sagte, Sie mußten noch mal ins Büro«, sagte sie.

»Ständig irgendwelche Anfragen aus London«, antwortete Hawkins und hielt seine Lüge aufrecht.

»Und wie geht es sonst?« fragte Eleanor.

»Gut«, sagte Hawkins. Es war schon zwei Wochen her, seit er nach dem Begräbnis aus England zurückgekehrt war. »Ich wollte Sie längst anrufen, um mich für den Kranz zu bedanken. Es war sehr nett von Ihnen!« Noch etwas, was er versäumt hatte, dachte er.

»Ist wirklich alles in Ordnung?« fragte sie besorgt.

»Absolut«, versicherte er.

»Jetzt, da sie wieder zurück sind, sollten wir uns unbedingt bald einmal zum Lunch treffen«, sagte Peterson und ergänzte dann: »Auf dem Kapitol.«

»Gerne, ich würde mich freuen«, antwortete Hawkins und war sich bewußt, daß es ein offizielles und kein persönliches Gespräch sein sollte. Das war genau die Art von Einladung, die er jetzt dringend brauchte. Ein persönliches Porträt Petersons schon vor der offiziellen Bekanntgabe seiner Kandidatur würde ihm eine gute Grundlage für einen Vergleich mit dem amtierenden Präsidenten geben. Als Amtsinhaber hatte Nelson Harriman natürlich den üblichen Vorteil, aber während seiner ersten Amtszeit war die Arbeitslosigkeit auf neue Rekordhöhen gestiegen, und auch außenpolitisch hatte er eine unglückliche Hand bewiesen, als er die Einladung der Sowjets zu einer neuen Runde der Abrüstungsverhandlungen annahm und nur einen Monat später der Geheimdienst die Bestätigung geliefert hatte, daß die Russen eine verbesserte SS-20-Rakete entwickelt hatten. So war der Eindruck entstanden, er sei allzu weich und zu schnell zu Zugeständnissen bereit.

Peterson war das genaue Gegenteil. Er war ein weithin bekannter Kriegsheld, dessen ständiges Engagement für die Veteranen des Vietnamkriegs ihm jetzt, da die Stimmung im Lande wieder umzuschlagen begann und der Krieg nicht mehr wie vorher verurteilt und kritisiert wurde, wachsende Popularität einbrachte. Aber Peterson setzte durchaus nicht nur auf die Vergangenheit. Auf seiner letzten Europareise hatte er sich mit dem britischen Premierminister, dem westdeutschen Bundeskanzler und dem französischen Präsidenten getroffen und in allen Hauptstädten der Alten Welt die Meinung vertreten, man müsse den Russen mit mehr Stärke und weniger mit Nachgiebigkeit gegenübertreten. Auch innenpolitisch hatte er einen guten Ruf aufgrund seines langjährigen Engagements in der Sozialpolitik. Vor drei Tagen hatte Hawkins ihn in der Fernsehshow *Good Morning America* gesehen. Dort hatte er überzeugend für niedrigere Zinsraten argumentiert als ein Mittel, die amerikanische Wirtschaft wieder anzukurbeln, und seinen Gesprächspartner, einen der führenden Vertreter des Monetarismus, eindeutig nach Punkten besiegt.

Hawkins war überzeugt, daß er mit einem Artikel über die erste Wahlniederlage eines amtierenden Präsidenten seit Jimmy Carter einen großen Coup landen würde. Die Story war viel zu wichtig und viel zu gut, um sie wegen zwei alberner Drinks aufs Spiel zu setzen. Aber er hatte jetzt alles im Griff. Kein Problem.

Er sah, wie der Wahlkampfmanager schnellen Ganges zu ihnen zurückkehrte. Joe Rampallie war ein verschlossen wirkender, mürrisch aussehender Mann, dessen nervös blinzelnde Augen von einer typischen Manager-Brille verdeckt wurden. Sie waren sich nur wenige Male begegnet, aber Hawkins hatte den Eindruck, daß der Mann ihn nicht mochte. Rampallie sagte etwas, was Hawkins nicht hören konnte, und Peterson sah seine Frau mit einem fragenden Blick an, aber Eleanor reagierte nicht. Der Senator wandte sich wieder an Rampallie und schüttelte den Kopf.

»Sie müssen uns unbedingt bald mal wieder besuchen«, meinte Eleanor zu Hawkins.

Das letzte Mal, vor sechs Monaten, war Hawkins allein bei den Petersons gewesen, weil sein Vater sich schon zu krank gefühlt hatte. Er hatte damals mehr Scotch getrunken, als gut für ihn war, und dann war er unten in Georgetown in einer Kneipe versackt und hatte sich mit einem Senator aus Iowa in eine konfuse und wenig überzeugende Diskussion über die amerikanische Lateinamerika-Politik eingelassen. Der hatte schließlich die Geduld verloren und ihm vorgeworfen, er wüßte nicht, wovon er redete. Hawkins hatte schon überlegt, ob die Tatsache, daß er seitdem keine Einladung mehr erhalten hatte, ihre Mißbilligung ausdrücken sollte. Aber vielleicht war es auch so, daß Eleanor damals mitbekommen hatte, wie er ihr in seinem trunkenen Zustand beinahe einen Antrag gemacht hätte. Gott sei Dank war die Sache gerade noch einmal gutgegangen. »Vielen Dank«, sagte er jetzt, »ich würde mich wirklich sehr freuen.« Und das nächste Mal würde er nüchtern bleiben – aus mehr als einem Grund.

»Ich werde Sie anrufen«, versprach sie.

Dann wandte sich Hawkins an Peterson und meinte: »Ich habe mich schon gefragt, ob die anderen heute wohl auch kommen würden.«

»Die anderen?« fragte Peterson.

»Blair und Patton«, antwortete Hawkins.

Peterson runzelte die Stirn und sah über die Menschenmenge hin, als würde er die beiden anderen Überlebenden des damaligen Einsatzes suchen. »Ich glaube, Colonel Blair habe ich vorhin gesehen.«

Aus den Augenwinkeln sah Hawkins, wie Rampallie zu Elliston hinüberwinkte, der daraufhin schnell von den wartenden Autos herüberkam. Rampallie sagte ihm irgend etwas, und der andere Mann verschwand eilig in der Menge.

»Ich war sicher, daß sie hiersein würden«, meinte Hawkins.

»Das ist anzunehmen«, stimmte Peterson ihm zu. »Wir hören nicht mehr viel voneinander. Nur noch Weihnachtsgrüße und so.«

Es gab eigentlich auch keinen Grund, dachte Hawkins bei sich. Schließlich waren sie damals mit seinem Vater nur durch die Ereignisse zusammengebracht worden, nicht aus Sympathie füreinander. Wieder flüsterte Rampallie mit Peterson, aber der Senator schüttelte erneut den Kopf. »Ich glaube nicht, daß das eine gute Idee ist«, sagte er.

»Aber es kann nicht schaden«, sagte der Wahlkampfmanager so laut, daß Hawkins es hören konnte.

»Es gefällt mir einfach nicht«, beharrte Peterson.

»Die Organisatoren der Veranstaltung haben nichts dagegen. Auf diese Weise bekommen sie mehr Publicity«, drängte Rampallie.

»Die haben sie sowieso«, entgegnete der Senator. »Ich finde, es wäre einfach zu billig, zu plump.«

»Na, es sieht so aus, als wäre alles schon arrangiert«, meldete Rampallie, und Hawkins sah, wie der schlanke Typ von vorhin in Begleitung dreier Männer zu ihnen zurückkam. Einer von ihnen war ein Soldat, dessen Brust mit zahllosen bunten Orden behängt war, der zweite ein Zivilist und daneben eine Frau, die ebenso wie Eleanor ein schlichtes schwarzes Kleid trug.

»Sorgen Sie dafür, daß so etwas nie wieder vorkommt«, sagte Peterson eindringlich zu Rampallie und drehte sich dann um, um die Ankömmlinge zu begrüßen. Er stellte sie Hawkins vor: »Dies ist Colonel Elliott Blair ... Eric Patton ...« Er machte eine Pause und lächelte die Frau freundlich an; ihr Name war ihm entfallen.

»Sharon Bartel«, sagte sie. »Major Bartel war mein Mann.«

Peterson drückte ihr lange die Hand und sagte: »Natürlich. Es ist schön, Sie nach so langer Zeit wiederzusehen, Mrs. Bartel.«

Charles Bartel war damals der Co-Pilot des Hubschraubers gewesen, erinnerte sich Hawkins, einer der acht, die es nicht geschafft hatten. Francis Forest war der danach verurteilte Green Beret Colonel gewesen, der den Einsatz befehligt hatte; mit ihm waren zwei weitere Green Berets, Frank Lewis und Paul Marne, gefallen. Ebenso Howard Chaffeskie und James McCloud, die Bordschützen. Und dann die beiden Zivilisten, Hervey Lind, der CBS-Kameramann, der für seinen Filmbericht nachträglich mit einem wohlverdienten Preis ausgezeichnet wurde, und John Vine, der CBS-Reporter, für den der Ausflug nach Chau Phu der letzte Auftrag gewesen war.

Während die eilig zusammengerufene Gruppe das übliche Begrüßungsritual absolvierte, bemerkte Hawkins, wie Rampallie die noch anwesenden Photographen zusammentrommelte, die schnell herüberkamen. Peterson hatte recht, es war wirklich reichlich plump.

»Ich möchte mich für diese Situation entschuldigen«, sagte Peterson. »Es tut mir wirklich leid.«

Sie standen alle unsicher beieinander wie Fremde, die nicht wissen, wie sie sich verhalten sollen und alle darauf warten, daß ein anderer mit einer Unterhaltung beginnt.

Es war schwer zu schätzen, wie viele Auszeichnungen Blair trug, aber nach Hawkins Schätzung mußten es über fünfzig sein. Er erkannte Silber- und Bronze-Sterne, mehr als ein Purple Heart und gab es auf. Ebensogut konnte man versuchen, ein Feuerwerk zu zählen, dachte er. Blair sah aus wie auf einem Rekrutierungs-Poster mit seinem kurzen militärischen Haarschnitt, seinem steifen Rükken, seiner absolut faltenfreien Uniform und seinen auf Hochglanz polierten Schuhen. Sie hatten sich nur kurz die Hand geschüttelt, aber Hawkins spürte sofort den Eindruck körperlicher Härte. Wenn man Blair auf die Brust klopfen würde, dann wäre es so, als würde man auf Holz klopfen.

Eric Patton war ganz anders, ein hochgewachsener Mann mit glattem Gesicht und schütterem Haar. Er war schon ein bißchen kräftiger um die Taille herum; was früher einmal Muskulatur gewesen war, hatte sich jetzt aus Nachlässigkeit oder Genußsucht in Fett verwandelt. Er wirkte sehr unterwürfig, als wolle er es allen recht machen, und Hawkins fand, daß sein Lächeln etwas Lauerndes hatte.

Charles Bartels Witwe war eine zierliche, unauffällig ruhige Person. Hawkins schätzte, daß sie nur drei oder vier Jahre älter war als Eleanor Peterson, obwohl der Altersunterschied viel größer wirkte. Eleanor Peterson hatte die Schönheit einer Frau, die ihr Leben lang wohlbehütet war, während Sharon Bartels Gesicht aus der Nähe betrachtet sehr streng wirkte und ihre Augen deutliche Fältchen verrieten. Die eine war glücklich und schön, die andere traurig und schön, dachte Hawkins.

Es waren der erfahrene Politiker und seine Frau, die die Unterhaltung begannen.

»Es tut mir leid«, sagte Eleanor zu der anderen Frau. »Es muß ein schwerer Augenblick für Sie sein.«

»Es ist nicht der erste«, antwortete Sharon Bartel. »Ich habe mich schon daran gewöhnt.«

»Was halten Sie von der Gedenkstätte?« fragte Peterson in die Runde.

»Es ist nicht genug«, sagte die Witwe mit großer Bestimmtheit. »Ich habe alles über den künstlerischen Wert der Anlage gelesen, aber ich finde, es ist nicht genug.«

»Ich habe gehört, daß noch eine Skulptur aufgestellt werden soll«, warf Hawkins ein, um sich an der Unterhaltung zu beteiligen.

»Ja, und ein Fahnenmast«, meinte Sharon, »aber ich finde trotzdem, daß diese Art von Verbesserungen nicht ausreicht.«

»Vielleicht müssen wir uns einfach daran gewöhnen«, gab Patton zu bedenken. Sein erwartungsvolles Lächeln leuchtet auf und erlosch wieder wie ein flackernde Kerze.

»Vielleicht«, sagte Peterson. »Was halten Sie davon, Colonel?«

»Ganz passend«, antwortete Blair kurz angebunden.

Hawkins hatte den Eindruck, daß alles andere als eine straffe Haltung für den Offizier ein Problem war. Sein Vater hatte ihm erzählt, daß die Spezialeinheiten in Vietnam so etwas wie die militärische Elite gewesen waren und wie Supermänner behandelt wurden. Jedesmal wenn eine Gruppe Green Berets in eine Bar oder ein Restaurant kam, waren die gewöhnlichen Soldaten aufgesprungen und hatten ihre Plätze angeboten. Blair sah so aus, als wäre diese Art von Ehrerbietung für ihn etwas Selbstverständliches.

»Ich habe zu Beginn der Veranstaltung Harvey Linds Frau getroffen«, berichtete Sharon und blickte in die Menschenmenge, als würde sie sie suchen.

Zu Rampallie gewandt, sagte Peterson: »Ich müßte ihr eigentlich schreiben, ebenso wie Vines Frau, wenn er eine hatte. Erinnern Sie mich daran.«

Patton lächelte Hawkins zu und fragte: »Wo ist Ihr Vater?«

»Er ist vor einem Monat gestorben«, antwortete Hawkins. »Ich bin mit ihm noch hiergewesen, um ihm die Vorbereitungen zu zeigen, bevor er zu krank wurde.«

»Das tut mir leid«, sagte Patton automatisch.

»Er war ein guter Schriftsteller«, meinte Sharon Bartel. »Ein sympathischer, verständnisvoller Mann.«

»Ja«, sagte Hawkins und freute sich über das vertraute Lob. »Das war er wirklich.«

»Er hat mir damals einen sehr freundlichen Brief geschrieben«, erzählte sie.

»Nach Vietnam wurde er hierher versetzt, als Korrespondent in Washington«, erläuterte Hawkins. »Vor zwei Jahren habe ich seinen Posten übernommen, aber er blieb weiter hier. Wir wohnten zusammen.«

»Ziemlich ungewöhnlich, daß der Sohn so einfach die Stellung des Vaters übernimmt, oder nicht?« bemerkte Blair mit seiner ausdruckslosen Stimme.

»Ich glaube schon«, stimmte Hawkins bei. Ungewöhnlich war der höflichste Ausdruck, den er in der Londoner Zentrale gehört hatte. Und er wußte auch, was der Anlaß für diese Sticheleien war. Ohne den Einfluß seines Vaters wäre er wohl kaum direkt von Cambridge in die

Fleet Street gekommen. Und er hätte kaum seinen Posten behalten, als er regelmäßig zu trinken begann und Fehler machte, die ihm zwei Verleumdungsklagen einbrachten. Noch weniger hätte er danach den Job in Washington bekommen, durchaus ein Prestige-Job und eine Auszeichnung bei einer politisch so angesehenen Sonntagszeitung wie der, für die er arbeitete. Ebensowenig hätte er diesen Job halten und in London den Eindruck erwecken können, daß er sein Alkoholproblem überwunden und genügend eigene Kontakte aufgebaut hatte, die er in Wahrheit nur dem Einfluß und Respekt verdankte, den sein Vater in Washington genoß. Oder ... Hawkins unterbrach die Litanei, die in seinem Kopf ablief. Das ist alles vorbei, dachte er. Jetzt war er selbständig. Sehr sogar.

Eine große Zahl von Bossen war zu der Beerdigung und zu dem anschließenden Gedenkgottesdienst in der St.-Bride's-Kirche erschienen, und während der Feier war ihm klargeworden, daß einige von ihnen sehr wohl ahnten, was in Amerika abgelaufen war. Sie warteten jetzt nur noch auf Beweise, wie die Geier in dem nächsten Baum. Hawkins mußte schlucken und verspürte Appetit auf einen Drink. Völlig auf sich gestellt, dachte er wieder.

Es war Eleanor Peterson, die die peinliche Situation beendete, indem sie auf die wartenden Autos zeigte und fragte: »Können wir jemanden irgendwo absetzen?«

»Ich habe selber einen Wagen, vielen Dank«, sagte Patton.

»Nein, danke«, lehnte Blair ab. »Ich bin ebenfalls motorisiert.«

»Ich werde laufen«, sagte Hawkins. »Es ist nicht weit bis zur 14. Straße.« Und die Bar in der Virginia Avenue war noch näher.

»Denken Sie daran, was ich gesagt habe, und melden Sie sich«, erinnerte Peterson ihn noch einmal, als er mit Rampallie endlich zu den Wagen hinüberging.

»Das werde ich«, versprach Hawkins.

Petersons Wagen war ein Cadillac in Chef-Ausführung, mit Notsitzen für Sekretärinnen vor den Rücksitzen und kleinen Abstelltischen, die an den Türpfosten befestigt waren und als Schreibtischersatz benutzt werden konnten. Rampallie saß dem Senator direkt gegenüber, Elliston vis-à-vis von Eleanor Peterson.

»Was steht auf dem Programm?« fragte Peterson.

»Nichts außer der *Johnny Carson Show*«, antwortete der Wahlkampfleiter nach einem Blick in den Terminkalender. »Das ist natürlich eine Aufzeichnung, also haben wir Zeit für das Dinner. Sie werden als Unterstützung für Abe Schuster auftreten, der den Posten als Bürgermeister sicher hat; wir unterstützen also einen Gewinner.«

»Ich bin dafür, daß du in deiner Rede ein paar kritische Bemerkungen über die Unterstützung der New Yorker Iren für die IRA gegen England einbaust«, schlug Eleanor vor.

»Die Iren stellen einen starken Wähleranteil in New York«, gab Rampallie zu bedenken.

»Genau deshalb ist es wichtig, hier die Kritik anzubringen«, beharrte Peterson. »Ich habe das schon in London gemacht und denke, ich werde das auch in den Fernsehshows tun.«

Rampallie zuckte zustimmend mit den Schultern.

»Wessen Idee war es, Patton, Blair und die Frau dazuzuholen?« fragte Eleanor streng.

»Meine«, antwortete Rampallie sofort.

»Sie stank«, sagte Eleanor.

»Ich wollte niemandem zu nahe treten damit«, entschuldigte sich Rampallie. »Es bot sich einfach an, fand ich. Das ist alles.«

»Es könnte falsch interpretiert werden«, erklärte Peterson. »Ich will nicht, daß man mir vorwirft, ich würde daraus billiges Kapital schlagen wollen.« Und zu Elliston sagte er: »Vergessen Sie nicht die Briefe an die Familien der Fernsehleute. Und die beiden anderen, Lewis und Marne.«

Dann wandte er sich an Eleanor. »Ich fand, Ray wirkte ziemlich daneben.«

»Ich hatte den Eindruck, er war ganz in Ordnung«, meinte seine Frau.

»Das findest du immer«, antwortete er nur. »Er roch deutlich nach Mundspray.«

»Vielleicht war es Höflichkeit.«

»Vielleicht war es Scotch.« Am Washington Circle bog der riesige Wagen in Richtung Georgetown ab, und Eleanor meinte: »Es war eine gute Idee, ihn aufs Kapitol einzuladen.«

»Das dachte ich auch«, stimmte Peterson zu. »Seine Zeitung ist so ziemlich das einflußreichste Sonntagsblatt in ganz England. Und sehr freundlich. Ich habe in London den Besitzer getroffen, ein Lord namens Doondale.«

»Es ist nicht leicht für Ray, in die Fußstapfen seines berühmten Vaters zu treten«, sagte die Frau.

Im gleichen Augenblick saß Hawkins schon auf einem Barhocker an der Virginia Avenue und starrte auf das Glas, das er in beiden Händen hielt. Nur ein paar, dachte er, nicht mehr. Kein Problem. Jetzt nicht mehr.

Die Mittagspause war vorüber, als Hawkins zur 14. Straße zurückging und sein Büro im National Press Building wieder aufsuchte. In seinem Fernschreiber fand er die Nachricht, daß er sofort London anrufen sollte. Als er anrief, erhielt er den Auftrag, unverzüglich nach England zurückzukehren. Er hatte das Gefühl, dringend einen Drink zu brauchen.

2

Hawkins nahm während des Fluges zwei Drinks und war zufrieden mit sich selbst, weil er der Versuchung widerstanden hatte, mehr zu bestellen. Nur zum Essen hatte er einen Wein getrunken. Und seit seiner Ankunft im Waldorf hatte er gar nichts mehr getrunken. Das war nun schon seit gut zwei Stunden, und er war stolz darauf. Eine verdammt gute Leistung unter diesen Bedingungen. Und es gab keinen Zweifel, wie diese Bedingungen aussahen. Es waren wohl sehr viel mehr Geier am Werk, als er befürchtet hatte. Trotzdem kam es sehr plötzlich. Warum hatten sie ihn dann gleich nach der Beerdigung nach Washington zurückgeschickt? Aber bei Zeitungen ging es selten logisch zu. Sie würden ihn nicht feuern, dachte Hawkins und versuchte sich selbst Mut zu machen. Vielleicht hatten sie nur kein Vertrauen mehr in ihn und riefen ihn jetzt zurück, um ihn irgendwo hin zu versetzen, aber feuern könnten sie ihn nicht, denn es gab keinen Grund, jedenfalls nicht in letzter Zeit, der ausreichend gewesen wäre. Er studierte das Angebot des Zimmer-Service, warf einen Blick auf die Getränkepreise und legte die Karte wieder auf den Tisch zurück. Was würden sie ihm wohl anbieten? Vielleicht die Redaktion für Allgemeines. Das war normalerweise der Friedhof, auf den die alten Elefanten geschickt wurden, die nicht mehr ganz durchblickten. Vielleicht auch einen Titel – Sonderkolumnist war der beliebteste –, der zeigen sollte, daß er nicht einfach abgeschoben wurde, aber jedem bewies, daß genau das der Fall war, denn sie erfanden immer besondere Titel, um diese Maßnahmen zu verschleiern. Aber vielleicht würden sie ihm auch geradeheraus und offen verkünden, daß jetzt nach dem Tode seines Vaters alles vorbei wäre, und es gäbe da einen Posten in der Auslandsredaktion, er könnte ihn annehmen oder ablehnen, ganz wie er wolle. Er nahm wieder die Getränkekarte auf und beschloß, daß die Preise einfach überteuert waren. Mit der Karte in der Hand ging er zum Fenster und sah hinunter auf den Berufsverkehr, der sich rund um das BBC-Gebäude staute.

Was sollte er machen, annehmen oder ablehnen? Gott, wie schön es wäre, ihnen einfach zu sagen, sie sollten sich den Job in den Arsch stecken, und dann zu gehen und einen anderen Auslandsposten bei einer anderen Sonntagszeitung zu übernehmen, vielleicht beim *Observer* oder bei der *Sunday Times,* und seinen Nachfolger in Grund und Boden zu schreiben! Ein wunderbarer Gedanke, und fast genauso realistisch wie die Vorstellung, den Pulitzerpreis für Journalismus zu gewinnen, der ausschließlich für amerikanische Korrespondenten reserviert war – wenn man einmal von der Ausnahme absah, die sie für seinen Vater gemacht hatten, als sie nur für ihn eine spezielle Kategorie erfanden. Hawkins fröstelte, so wie er auch bei dem Begräbnis gefröstelt hatte, und wieder aus dem gleichen Grund, einem körperlichen Gefühl von Kälte. Kalt und schutzlos, dachte er, einsam und allein.

Er löste seinen Blick vom Fenster und dem Verkehrsgewühl auf der Straße und legte entschlossen die Getränkekarte wieder auf den Tisch. Dann nahm er sie doch wieder auf und faltete sie so, daß er sie neben dem Spiegel aufstellen konnte und die Drinks ihm immer wieder wie eine Herausforderung ins Auge stachen. Er setzte sich an den kleinen Schreibtisch und starrte mit der gleichen Intensität auf die Karte, mit der er sich die Lehrbücher und Vorlesungsskripten eingeprägt hatte, um den erstklassigen Abschluß zu schaffen, den sein Vater sich so sehr für ihn gewünscht hatte. Sein Versagen löste keinen Tadel und keine Kritik aus, aber das war auch gar nicht nötig gewesen, denn Hawkins war sich der Enttäuschung, die sein Vater empfand, nur zu bewußt gewesen. Eine von vielen anderen, dachte Hawkins bitter.

Er hörte auf, die Liste anzustarren, und sah direkt in den Spiegel. Er stellte fest, daß er einen Haarschnitt brauchen könnte. Vor dem Termin beim Herausgeber würde er zum Friseur gehen und sich vielleicht sogar die Haare pomadisieren, was er sonst nicht tat. Jetzt hingen ihm die Haare wild bis über den Kragenrand, und der Scheitel hatte sich in dem Durcheinander verloren wie ein vergessener Pfad, der vom Unterholz überwuchert wurde. Ja, er brauchte dringend einen Haarschnitt. Er lehnte sich weiter nach vorn und blinzelte. Die Augen sahen gar nicht schlecht aus, sogar ziemlich gut, kaum gereizt, und die leichte Rötung war wegen der langen Reise durchaus verständlich. Hawkins Nase war deutlich ausgeprägt, wie bei seinem

Vater, dem er auch sonst recht ähnlich sah, und er studierte sie sehr sorgfältig, bog sie mit den Fingern prüfend nach links und dann nach rechts. Auch ganz in Ordnung. Die rechte Seite war ganz sauber, und nur links entdeckte er ein paar geplatzte Äderchen, die kaum zu sehen waren, wenn man nicht sehr genau hinschaute, wie er es jetzt tat. Die Haut sah allerdings weniger gut aus, schlaff und ziemlich trocken. Selbst auf dem Kragen seiner Jacke entdeckte er kleine weiße Schuppen, wie Schnee. Sollte unbedingt vor der Besprechung das Gesicht mit Vaseline einreiben. Und auch ein paar Augentropfen, um die leichte Rötung loszuwerden. Aber es könnte schlimmer sein, viel schlimmer.

Also was sollte er machen, wenn sie ihm nichts Besseres als einen Schreibtischposten anbieten würden, fragte er sich selbst. Kündigen? Die Testamentseröffnung hatte noch nicht stattgefunden, aber sein Vater hatte ihm sicherlich runde 30000 oder 40000 hinterlassen, denn er war ein sehr sparsamer Mann gewesen, trotz seines nach außen hin abenteuerlichen Lebens. Und auch das Haus in Washington war deutlich im Wert gestiegen, seit sie es gekauft hatten. Wenn er es verkaufen würde, könnte er bestimmt noch einmal 8000 bis 10000 herausholen. Das würde gut für drei Jahre reichen, vielleicht sogar vier, wenn er sparsam war. Aber was sollte er statt dessen machen? Den großen Roman schreiben, den angeblich alle Journalisten im Kopf hatten? Hawkins konnte nur lachen bei dem Gedanken. Er würde nie ein Buch schreiben und hatte auch noch nie daran gedacht. Aber was sonst? Er wußte keine Antwort. Und es gab auch niemanden, den er hätte fragen können, seit sein Vater tot war. Und war es denn wirklich eine Frage? Hawkins wußte genau, was er tun würde – so wie er immer gewußt hatte, was er tun würde: Er würde das machen, was man ihm anbot.

Annehmen. Er konnte nur auf einen unsinnigen Titel oder einen schönen Schein hoffen und annehmen. Na und? Natürlich hatte er es nur durch seinen Vater geschafft, aber das wußte schließlich niemand. Nach außen hin hatte er also zwei Jahre lang den Posten in Washington innegehabt, sehr erfolgreich sogar und fast ohne Pannen, und niemand konnte ihm das streitig machen. Eigentlich war es ziemlich unwahrscheinlich, daß sie ihm einen Schreibtischjob anbieten würden. Also würde er einfach alles annehmen, was man ihm bot. Er würde annehmen und ihnen beweisen, daß er genauso gut war wie sein Vater. Bei diesem Gedanken hielt er überrascht inne und überlegte. Der Wille war immer da, aber nie die Gelegenheit, wunderte er sich.

Es gab keinen Grund, seinem Vater die Schuld zu geben; es war sogar undankbar, denn schließlich hatte er ihn immer unterstützt und ermutigt. Die Sache war nur, daß sein eigener beruflicher Einstieg als Journalist einfach mit der festen Stellung seines Vaters erst in London und dann in Washington zusammengefallen war, so daß sein Vater immer wie ein Schatten hinter ihm gestanden und ihm den Weg gezeigt, die Türen geöffnet und die Brücken gebaut hatte. Er hatte manchmal – sogar sehr häufig – das Gefühl gehabt, eingeschlossen und eingeengt zu sein. Und erst jetzt, da der Schatten nicht mehr da war, merkte er, wie sehr er diesen Schutz gebraucht hatte.

Die Getränkekarte zog seinen Blick an wie eine bunte Fahne. Zwei Pfund für einen Scotch. Ganz schön teuer im Vergleich zu den Preisen im Presseclub, aber nicht teurer als im Washington Hotel oder im Mayflower oder im Jefferson oder im Four Seasons. Einer würde nicht schaden. Tausende, wenn nicht Millionen von Leuten nahmen einen kleinen Schlaftrunk, immerhin gesünder als Schlaftabletten. Und außerdem war es ja nicht so, als wenn er in die Bar hinuntergehen würde, wo er bloß nach einem zweiten Drink zu winken brauchte. Nur einen einzigen Drink vom Zimmerservice, sonst nichts. Hawkins erhob sich von seinem Sitz und machte eine ablehnende Geste, dann zog er sich aus, legte sich ins Bett und stützte sich auf, um noch einmal auf die Getränkekarte zu blicken. Er brauchte nichts, wollte nichts mehr.

Hawkins verließ das Hotel in aller Frühe und beschloß, den kurzen Weg in die Fleet Street zu Fuß zu gehen. In der Chancery Lane ließ er sich die Haare schneiden, kaufte in der benachbarten Drogerie Augentropfen und Vaseline, und da er noch Zeit hatte bis zu seinem Termin und gestern abend so standhaft geblieben war, fand er, daß er eigentlich eine Belohnung verdient hatte, und ging ins El Vino. Er war oft in dieser Kneipe gewesen, bevor er seinem Vater nach Amerika folgte, aber der alte Barkeeper war nicht mehr da, und auch sonst sah er keine vertrauten Gesichter. Nach dem ersten Drink gönnte er sich einen zweiten, aber nicht weil er ihn unbedingt brauchte, sondern als eine Art Test für seine neu gefundene Standhaftigkeit, um sich zu beweisen, daß er stark genug war, nicht noch einen dritten zu bestellen, was ihm auch – mit Mühe – gelang. Dann ging er die Treppe hinunter zur Toilette, wo er sich die Tropfen in die Augen träufelte, sein Gesicht leicht einfettete und das Mundspray benutzte. Zur Sicherheit erfrischte er sich den Atem noch einmal, als er mit dem Fahrstuhl in die Herausgeberetage hinauffuhr. Die Büros waren umgestaltet worden, seit er zuletzt dort gearbeitet hatte, und er war froh, daß es einen separaten Flur zum Chefbüro gab und er nicht an den offenen Redaktionsräumen vorbei mußte, wo ihn alle sehen konnten. Er hatte keine Lust, einen Spießrutenlauf zu veranstalten.

David Wilsher war ein Mann, der vor Energie und Begeisterung überschäumte und sich seiner Person und seiner Stellung in einer so kleinen Gemeinde wie der Fleet Street durchaus bewußt war. Man hatte ihn zum Chefredakteur gemacht, als die Zeitung in Schwierigkeiten war und eingestellt zu werden drohte, und er hatte dem Blatt das Format einer Boulevardzeitung gegeben und die frühere Auflagenhöhe weit übertroffen. Dadurch war er ins Licht der Öffentlichkeit gerückt und tauchte häufig im Fersehen und in den Farbbeilagen und Illustrierten auf. Darüber hinaus pflegte er ganz bewußt ein unverwechselbares Image: Er fuhr häufig statt mit dem Ferrari mit einem superschweren Motorrad ins Büro, war ein begeisterter Drachenflieger und so vertraut im Umgang mit 12-Meter-Segelyachten, daß man ihn als Ersatzmann für den America's Cup aufgestellt hatte. Wilsher war ein Anhänger des individuellen Journalismus, daher auch seine lange und erfolgreiche Zusammenarbeit mit Hawkins Vater, der genau diesen Stil pflegte. Wenn es darum ging, wer seine Gönner und Neider waren, dann hatte Hawkins in Wilsher einen Freund, das wußte er, auch wenn er sich darüber im klaren war, daß diese Freundschaft nur so lange andauern würde, wie Wilsher selbst, der einen ausgezeichneten Ruf besaß und ihn nie riskieren würde, dadurch nicht in Schwierigkeiten kam. Und das war es, was der Mann jetzt fürchtete, dachte Hawkins.

Wilsher schüttelte ihm kräftig die Hand und bot ihm einen Drink an, den Hawkins mit Nachdruck ablehnte. Statt dessen bestellten sie sich Kaffee.

»Ich habe nicht gedacht, daß ich so schnell wieder hiersein würde«, meinte Hawkins. Er hatte beschlossen, daß es sinnlos war, höflich um den heißen Brei herumzureden.

»Fast wäre ich zu Ihnen rübergekommen«, antwortete Wilsher, ohne sich drängen zu lassen. »Es ist schon viel zu lange her, daß ich das letzte Mal in Amerika war. Der Nachteil bei meiner Stellung ist, daß alle von mir erwarten, daß ich immer da bin.«

»Es ist ziemlich kalt in Washington um diese Jahreszeit«, bemerkte Hawkins kurz. Wilsher war der Boss, dachte er, also soll er ruhig das Tempo diktieren.

»Ich glaube, wir sollten Harry dabeihaben«, sagte Wilsher und drückte einen Knopf auf seiner Gegensprechanlage. Eine leichte Unruhe überkam Hawkins. Harry Jones war stellvertretender Chefredakteur, aber sein Hauptaufgabengebiet war immer noch die Auslandsredaktion. Er hatte damals in dieser Abteilung als Redakteur gearbeitet, als Hawkins überraschend nach Washington berufen wurde, eine Entscheidung, die sein Vater, der Chefredakteur und der Herausgeber der Zeitung, ohne Rücksicht auf Jones getroffen hatten, der selber mit diesem Job gerechnet hatte. Zum Ausgleich war er dann befördert worden, aber während der gesamten Zeit, die Hawkins in Washington verbracht hatte, war Jones immer sein größter Kritiker gewesen. Zur Belohnung durfte er jetzt der Hinrichtung beiwohnen, dachte Hawkins.

Jones betrat das Büro in Hemdsärmeln. Er war ein geschäftiger, bebrillter Mann, der überrascht schien, als er Hawkins erkannte.

Wilsher sagte zu ihm: »Ich möchte gerne, daß Sie dabei sind, Harry. Ich hätte es Ihnen schon vorher sagen sollen.«

Warum wußte Jones nicht, worum es ging? Hawkins wunderte sich plötzlich, denn schließlich war er es doch, der hinter dieser ganzen Sache steckte.

Der stellvertretende Chefredakteur begrüßte Hawkins mit einem kurzen Kopfnicken und fragte: »Was gibt's?«

Wilsher saß zwischen den beiden und grinste, und Hawkins hatte den Eindruck, daß er Jacketkronen trug. »Wieder eine Idee vom Allmächtigen selbst«, sagte der Chefredakteur mit einem dramatischen Augenaufschlag. »Doondale. Aber immerhin verdammt viel besser als seine üblichen Ideen.«

Hawkins wünschte, er hätte auf seine Drinks verzichtet, auch wenn es nur zwei gewesen waren. Die Sache lief völlig anders, als er erwartet hatte, und er war ziemlich verwirrt. Er fragte nur: »Was?«

»Gute Nachrichten«, meinte Wilsher sehr selbstsicher. »Ihr Vater war der Star unserer Zeitung, eine Legende, so lange die meisten von uns zurückdenken können. Ich habe ihn selber gelesen, als ich noch ein Kind war, und immer davon geträumt ...« Er machte eine Pause, um auszudrücken, daß er seit der Zeit seiner jugendlichen Bewunderung große Fortschritte gemacht hatte. Dann fuhr er fort: »Doondale hat eine Büste für die Eingangshalle in Auftrag gegeben, zusammen mit einer Gedenktafel. Es soll eine Einweihungsfeier geben, mit allem Drumherum.«

»Das ist eine große Ehre«, sagte Hawkins. Sie hatten ihn bestimmt nicht deshalb aus Washington zurückbeordert, nur um ihm das zu sagen! Aber es war immerhin möglich, wenn Doondale es einmal beschlossen hatte. Hieß das, daß er gerettet war, jedenfalls für eine Weile?

»Aber das ist nur die eine Hälfte der Sache«, fuhr Wilsher fort. »Die andere ist, daß eine Biographie geschrieben werden soll. Wir werden natürlich eine Serie daraus machen. Das gibt uns die Möglichkeit, ein paar seiner besten Sachen noch einmal abzudrucken. Doondale besitzt fast den halben Bedford Square, also wird es kein Problem sein, einen Verleger zu finden, besonders mit der Zusage einer Zeitungsserie.«

»Und wer . . .?« begann Hawkins, ehe es ihm wie Schuppen von den Augen fiel.

»Wer sonst!« lachte Wilsher und freute sich über das plötzliche Erstaunen seines Gegenübers.

Hawkins spürte die Intensität und gespannte Aufmerksamkeit, mit der Jones zuhörte, aber diese Beobachtung wurde schnell von anderen Überlegungen verdrängt. Er war wirklich gerettet! Nicht nur das, er konnte sich wirklich absolut sicher fühlen. Persönliche Wünsche von oben schienen auch bei dieser Zeitung – wie bei jedem anderen Blatt, das in der Hand einer eigenwilligen Persönlichkeit war – wie Gottes eigene Worte befolgt zu werden. Und alles würde so einfach sein! Sie hatten keine Ahnung, wie lächerlich einfach es war! Er verspürte ein Gefühl, das weit besser war als jeder Alkoholrausch, eine reine Euphorie, eine prickelnde, alles beherrschende, wundervolle Leichtigkeit. Dann fiel ihm ein, daß er irgend etwas sagen mußte, und er stotterte verwirrt: »Das ist . . . eh . . . eine große Verantwortung.«

»Glauben Sie, daß Sie es schaffen können?« bohrte Jones sofort nach, als suchte er eine schwache Stelle.

»Natürlich werde ich es schaffen«, sagte Hawkins, der langsam wieder zu sich kam.

»Natürlich werden Ihnen hier alle Hilfsmittel zur Verfügung stehen . . . Archivmaterial und so«, versicherte Wilsher beruhigend.

Die Wirkung des Alkohols war wie weggeblasen, als Hawkins in Gedanken die Vorteile und Möglichkeiten durchdachte. »Ich würde die Sache gerne von Washington aus machen«, verkündete er.

Wilsher schüttelte zweifelnd seinen Kopf. »Ich wollte Harry eigentlich vorschlagen, daß sie so lange beurlaubt werden . . .« Aber dann streckte er ihm in einer Geste des Einverständnisses seine Hand entgegen. »Washington ist Ihnen sicher, das ist überhaupt keine Frage. Aber diese Sache ist sehr wichtig. Sehr wichtig für Doondale.

Sie könnten sofort nach Beendigung der Arbeit wieder nach Washington gehen.«

»Ich kann es sehr wohl von Washington aus machen«, beharrte Hawkins. Schließlich lagerten im Keller des Hauses in der Maryland Avenue die gesamten Aufzeichnungen und Andenken und Dokumente, die sein Vater seit dem Zweiten Weltkrieg gesammelt hatte.

»Es wäre wirklich kein Problem, so lange jemand anders nach Washington zu schicken«, versicherte Jones mit Nachdruck.

Für mich schon, du Mistkerl, dachte Hawkins. Laut sagte er: »Ich sehe auch überhaupt keine Probleme, wenn ich beides mache. Die Präsidentschaftswahlen stehen vor der Tür, und da ist mein Platz in Washington.«

»Ich respektiere Ihre professionelle Einstellung«, meinte Wilsher, »aber wenn es nach dem Eigentümer der Zeitung geht, dann spielen alle anderen Überlegungen keine Rolle.«

»Ich würde diesen Vorschlag nicht machen, wenn ich das Gefühl hätte, damit das Projekt zu gefährden«, betonte Hawkins und freute sich über seine neugefundene Stärke.

»Ich weiß nicht«, meinte Jones zweifelnd.

Hawkins spürte, wie sich die Tür vor ihm zu schließen begann, und sagte schnell: »Sobald ich den Eindruck haben sollte, daß eines von beiden gefährdet ist... die Berichterstattung aus Washington oder das Buch... sage ich sofort Bescheid.«

»Es wäre ratsam, wenn Sie uns im Hinblick auf das Buch auf dem laufenden hielten«, sagte Jones. »Sie sollten uns ihre Gliederungen, Kapiteleinteilung, Entwürfe und so weiter schicken. Wir werden viel Druck von oben bekommen.«

»Eine gute Idee«, stimmte Wilsher zu. »Sind Sie einverstanden, Hawkins?«

»In Ordnung«, sagte Hawkins. Was für ihn die Rettung war – zumindest für eine Weile –, war für Jones ein Weg, ihn zu Fall zu bringen. Zum Teufel mit ihm.

»Wie die Berichterstattung aus Washington läuft, können wir ja anhand der Artikel sehen, die in der Zeitung erscheinen«, meinte Jones.

»Mir wäre es lieber, Sie würden danach gehen, was ich an Material zusammentrage und archiviere«, entgegnete Hawkins, der seinem Kontrahenten keinen Vorteil einräumen wollte. »Es ist von zu vielen anderen Faktoren abhängig, was wirklich gedruckt wird.«

»Die Sache muß wirklich verdammt gut werden«, betonte Wilsher.

»Abgesehen von der internen Bedeutung ist das Ganze auch für die Zeitung von großem Wert...« Er machte eine kurze Pause und fuhr dann fort: »Es könnte auch für Sie von großem Vorteil sein.«

»Ich weiß das zu schätzen«, antwortete Hawkins. Und er würde es zu schätzen wissen – später, da war er ganz sicher. Nur jetzt nicht.

»Wenn Sie irgend etwas brauchen, melden Sie sich«, versprach Wilsher. »Harry hier wird Ihr Kontaktmann sein, o.k.?«

Nein, dachte Hawkins. Aber er konnte kaum etwas dagegen sagen und meinte nur: »In Ordnung.«

»Sorgen wir dafür, daß aus dieser Sache wirklich was wird, etwas ganz Erstklassiges«, sagte Wilsher in seinem begeisternden »Alles-mir-nach«-Tonfall.

An diesem Abend klingelte Hawkins doch nach dem Zimmerkellner, und dann setzte er sich wieder in den gleichen Stuhl und betrachtete sein Bild im Spiegel: sein sorgfältig frisiertes Haar wirkte schon wieder unordentlich, und seine Augen waren stärker gerötet. Er kicherte leise vor sich hin und hob sein Glas, um seinem Spiegelbild zuzuprosten.

»Auf unseren Erfolg«, sagte er zu sich selbst. Er war dumm gewesen, sich so viele Sorgen zu machen und in eine Depression hineinzusteigern, absolut dumm. Verdammt dumm. Er brauchte sich wirklich keine Sorgen zu machen, nicht im geringsten. Alles würde sehr einfach sein.

Peterson entschied sich für eine der besten Suiten im Four Seasons, die so gelegen war, daß er aus den Panoramafenstern einen guten Blick über den Potomac und Georgetown selbst hatte. Der Vorsitzende des nationalen Komitees war bei ihm, zusammen mit dem Schatzmeister. Die beiden galten als die einflußreichsten Mitglieder der Organisation.

»Es war für Sie bestimmt nicht gerade angenehm, daß wir so ins Detail gehen mußten«, entschuldigte sich der Vorsitzende. »Aber es ist notwendig, jeden Fehler zu vermeiden. Das verstehen Sie doch, oder?«

»Natürlich verstehe ich das«, antwortete Peterson.

»Sie werden auch verstehen, daß dieses Treffen absolut privat ist und offiziell nie stattgefunden hat.«

»Ich weiß«, sagte Peterson.

»Ihr Ruf ist ausgezeichnet, Sir«, meinte der Vorsitzende. »Es sieht alles sehr gut aus. Und wir danken Ihnen dafür, daß Sie so offen mit uns waren, in jeder Hinsicht.«

»Ich sehe ein, daß es notwendig ist«, erklärte Peterson bewußt zurückhaltend.

»Wann werden Sie Ihre Kandidatur öffentlich bekanntgeben?«

»Sehr bald«, sagte Peterson.

»Wir können Sie leider noch nicht offiziell unterstützen, jedenfalls nicht gleich«, sagte der andere.

»Ich versichere Ihnen, daß ich für Ihre Unterstützung außerordentlich dankbar bin«, betonte Peterson. »Von ganzem Herzen.«

»Es kommt nur darauf an, zu gewinnen, Senator«, sagte der nationale Vorsitzende. »Nachdem wir alles sorgfältig geprüft haben heute abend, sind meine Kollegen und ich der Meinung, daß Sie ein Gewinner sind.«

»Ich hoffe es«, meinte Peterson wieder in bescheidenem Ton.

»Mit Hoffnung hat das nichts zu tun«, sagte der Vorsitzende. »Es ist unsere Aufgabe, dafür zu sorgen, daß Sie gewinnen.«

»Wie findest du das!« fragte Peterson später, als er Eleanor von der Unterredung erzählte.

»Wie er gesagt hat: Jetzt brauchst du nur noch zu gewinnen.«

»Was würdest du sagen, wenn du plötzlich First Lady wärst?« fragte er sie und strahlte vor Begeisterung.

Eleanor zögerte mit ihrer Antwort. Schließlich sagte sie: »Ich weiß nicht.«

3

Sein Vater wohnte schon in dem holzverschalten Haus an der Maryland Avenue, als Hawkins nach Washington kam, um den Posten zu übernehmen. Aus den mit einer Veranda versehenen Räumen im oberen Stockwerk hatte man cinen guten Blick auf das Kapitol. Die große, mit poliertem Holz verkleidete Halle, von der aus eine breite Treppe nach oben führte, wurde von einem offenen Kamin geschmückt, der im Winter auch wirklich gebraucht wurde, da das alte Haus nur eine unzureichende Zentralheizung besaß. Hawkins war erstaunt, daß sein Vater so wohnen konnte, nachdem er einen Großteil seines Lebens in den Tropen verbracht hatte. Insgesamt war das Gebäude sehr geräumig – das war auch der Grund, warum Hawkins mit eingezogen war. Es gab je ein Speise- und Wohnzimmer und eine große, L-förmig angelegte Küche, in der man auch essen konnte. Die meiste Zeit verbrachten die beiden jedoch in dem Arbeitszimmer mit Bibliothek, vollgestellt mit unaufgeräumten Schreibtischen und überfüllten Bücherregalen, die die Putzfrau nicht anrühren durfte, und häufig auch in dem großen Keller, der die ganze Fläche des Hauses einnahm. Sein Vater besaß ein mit großer Sorgfalt – um nicht zu sagen, mit Fanatismus – angelegtes Archiv, welches sich in sorgfältig datierten und numerierten Kästen und Kartons im Keller befand. Hier gab es zahllose, fest eingebundene Sammelalben mit sämtlichen Artikeln und Berichten samt Kommentaren, die sein Vater jemals geschrieben hatte, wöchentliche und manchmal sogar tägliche Aufzeichnungen der gesamten dreißig Jahre, die er an allen wichtigen internationalen Kriegsschauplätzen verbracht hatte. Außerdem eine große Sammlung persönlicher Andenken, persönlicher Briefe und Photographien von Politikern – erfolgreichen und gescheiterten –, vergilbte, fleckige Notizbücher und sogar Entwürfe der Artikel, die die Schlagzeilen der Weltpresse gefüllt hatten.

Hawkins empfand Bewunderung und Respekt, ja sogar etwas wie Ehrfurcht vor seinem Vater, aber er hatte ihn eigentlich nie richtig kennengelernt, nicht so wie andere Söhne ihre Väter kannten und sich an gemeinsame Ausflüge, persönliche Erlebnisse und sogar Streits erinnern konnten. Seine ganze Kindheit und Jugend und selbst noch während des Studiums an der Universität war sein Vater für ihn immer der berühmte Mann auf der Titelseite gewesen, nie der Mann, zu dem er in den Ferien nach Hause kam. Die Ferien verbrachte er immer mit verständnisvollen Familien seiner Schulkameraden. Eigentlich ging es ihm ganz ähnlich wie den Kindern bei der Einweihungsfeier in Washington, dachte er.

Er hatte versucht, seinen Vater in den letzten Jahren in Washington kennenzulernen, in endlosen Unterhaltungen, die sie oben im Arbeitszimmer führten, wenn die Flasche schon fast leer und das Kaminfeuer niedergebrannt war. Er hatte sogar versucht, ihn zu lieben. Aber er hatte es nie geschafft, es war nie so, wie es seiner Meinung nach hätte sein sollen. Vielleicht würde er es jetzt schaffen, wenn er versuchte, etwas über diesen Mann zu schreiben; vielleicht würde er so etwas wie Liebe empfinden, wenn er das Manuskript fertig hatte. Nicht daß er sich in bezug auf Liebe viel zutraute, jedenfalls nicht seit der Sache mit Jane. Es überraschte ihn, daß er plötzlich an sie denken mußte. Er hatte schon lange nicht mehr an sie gedacht. Aber er hatte sich auch lange nicht so einsam gefühlt wie jetzt.

Obwohl Hawkins wußte, daß es leicht sein würde, war er sich doch der Wichtigkeit der Sache bewußt. In London hatte er wirklich Angst bekommen, als er zum ersten Mal erkennen mußte, wie verletzbar er war. Er brauchte dringend eine Möglichkeit, sich selbst zu beweisen, und die hatte er nun, nicht nur im Hinblick auf das Buch, sondern auch, weil Wilsher ihm seinen Job in Washington garantiert hatte. Deshalb durfte er die Sache auf keinen Fall verpatzen, wie er so vieles andere verpatzt hatte. Und das hieß, daß er mit dem Trinken sehr vorsichtig sein mußte. Deswegen nahm er sich auch nur Bier mit in den Keller, und darüber hinaus nur einen Sechserpack, den er jetzt vorsichtig neben den kleinen Schreibtisch stellte, den er mitsamt der Klemmlampe aus dem Arbeitszimmer in den Keller getragen hatte.

Ich werde ganz von vorn anfangen, dachte er logisch. Also mit Asien, wo alles begann und wo, wie der Zufall es wollte, die Frontkarriere seines Vaters fast dreißig Jahre später auch geendet hatte. Sein Vater war auf einem Erinnerungsphoto an die Kapitulationszeremonie der Japaner vor Lord Mountbatten 1945 zu sehen, und die Balkenüberschrift quer über die Titelseite nannte ihn »Der richtige Mann am richtigen Platz«. Er war damals gerade 25 Jahre alt gewesen und abgemagert, weil er sich ständig bei der Truppe aufhielt und nicht wie die anderen Korrespondenten im relativ komfortablen und garantiert sicheren Hauptquartier auf die offiziellen Propaganda-Mitteilungen wartete. Darauf war er – mit Recht – immer sehr stolz gewesen: – »Wenn ein Reporter die Wahrheit berichten will, dann muß er mit eigenen Augen sehen. Nur Schreiberlinge nehmen ihre Informationen aus zweiter Hand und schreiben Propaganda. Tu das nie!«

Das war ein geeignetes Motte für sein Buch, und sein Vater hatte es bis zum Schluß, in Vietnam, immer treu befolgt, erkannte Hawkins. Es war wichtig, das nicht zu vergessen, wenn er mit seiner Geschichte begann.

Sein Vater war im Fernen Osten geblieben und hatte über die Wiedereroberungsversuche der Franzosen in Vietnam 1946 berichtet und anschließend über den Unabhängigkeitskampf in Indien und den daraus resultierenden Konflikt zwischen Moslems und Hindus. Dann kamen Malaya und Korea – unterbrochen von weiteren kurzen Besuchen bei den Franzosen in Vietnam. Wegen seiner ständigen Bemühungen, immer im Kampfgebiet zu sein, wurde Edward Hawkins bald zu einer wahren Legende, ausgestattet mit allerlei Markenzeichen. »Der Mann, der 30000 Meilen im Jahr zurücklegte«, las

Hawkins, als er das Album wahllos durchblätterte, und mußte lächeln. Und: »Der größte Kriegsberichterstatter der Welt.«

Typische Fleet-Street-Übertreibungen, dachte Hawkins, wenn auch mit einer gewissen Berechtigung, denn die Berichte wurden nicht nur in England verbreitet, sondern über ein Pressesyndikat auch in den Vereinigten Staaten, Kanada und Australien und selbst in andere europäische Sprachen übersetzt und gedruckt.

In Korea hatte sein Vater schließlich eine 22jährige englische Krankenschwester geheiratet, die am Militärhospital in Seoul arbeitete. Hawkins fand ein Photo der Hochzeitszeremonie, die von einem Militärgeistlichen in einer Art Zelt vorgenommen wurde, und er machte sich eine Eintragung in seinem Register, um das Photo möglicherweise in das Buch aufzunehmen. Sein Vater hatte ihm erzählt, daß die geplante Hochzeitsreise nach Tokio damals wegen eines neuen Krieges und eines neuen Kriegsschauplatzes im damaligen Französisch-Indochina hatte ausfallen müssen.

Hawkins lehnte sich in seinem Stuhl zurück und öffnete sein erstes Bier. Es war für seine Mutter bestimmt kein leichtes Leben gewesen. Sie nannte es »dem Troß folgen«, wie sein Vater ihm erzählt hatte. Offiziell lebte sie in Hongkong, immer wieder unterbrochen von Reisen nach Tokio, Bangkok oder Manila. Und auf den Philippinen hatte sie sich dann die Malaria geholt, an der sie schließlich gestorben war, so früh, daß Hawkins sich kaum noch an sie erinnern konnte. Jedenfalls hatte er sie nie so gekannt, wie sie ihm jetzt auf diesen Photographien begegnete. Auf ihn hatte sie immer ausgebrannt und erschöpft gewirkt, nie so strahlend und lebendig, wie sie hier aussah.

Ein anderes Photo zeigte seinen Vater und seine Mutter mit einem Kind in der Mitte, das, wie er annahm, er selbst war. Auf der Rückseite des Bildes hatte sein Vater in seiner sauberen, geraden Handschrift geschrieben: »Auf nach Saigon.«

Der letzte Aufenthalt seines Vaters in Vietnam, wo er über die verzweifelten Anstrengungen der Franzosen berichtete, ihre einstige Kolonie zu verteidigen, dauerte bis zum bitteren Ende, der Schlacht von Dien Bien Phu.

Wie zu erwarten, war sein Vater tatsächlich in Dien Bien Phu selbst gewesen, von wo er über die ersten Angriffe im März 1954 berichtet hatte. Er blieb auch noch, als die Truppen des Viet Minh den ersten Flugplatz zerstörten und den zweiten schwer beschädigt hatten – wieder einmal der richtige Mann, journalistisch gesehen, am richtigen Platz. Er verließ die Stadt als einer der letzten Zivilisten erst am dreißigsten Tag der Belagerung.

Nach dem Aufenthalt in Vietnam verließ Edward Hawkins Asien. Hawkins erinnerte sich, daß sein Vater ihm in ihren Unterhaltungen im Arbeitszimmer erzählt hatte, seine Mutter sei mit ihm nach England zurückgekehrt, wo sie in einem gemieteten Landhaus in Sussex gelebt hätten, während er selbst während des ganzen Algerienkrieges bei den Franzosen geblieben sei. Zu dieser Zeit galt er schon als der anerkannte Nestor der Auslandskorrespondenten, der erste Mann, der unabhängig genug war und genügend politische Weitsicht besaß, um etwas zu schreiben, was für viele andere undenkbar war: daß die Franzosen auch diese Kolonie verlieren würden, nachdem sie so kurz vorher eine andere im Fernen Osten hatten aufgeben müssen.

Danach arbeitete er im Kongo und schrieb nicht nur erschütternde Augenzeugenberichte über die dort verübten Grausamkeiten, sondern auch exklusive Reportagen über die entscheidende Rolle, die die Amerikaner, insbesondere durch die CIA, bei der Machtergreifung Mobutus gespielt hatten. Nach dem Kongo kamen die Mau-Mau-Aufstände in Kenia mit neuen Grausamkeiten. Und schließlich Zypern, eine Insel, die von Griechenland und der Türkei heiß umkämpft war.

Alles war sorgfältig aufgezeichnet in den Tagebüchern, die sich wie eine Art Wand um Hawkins herum aufgetürmt hatten, als er sie durchblätterte. Es waren alles Unabhängigkeitskriege, stellte er fest. Und obwohl er gerade erst begonnen hatte, wußte er, daß sein Vater sie immer schon als solche erkannt und das unvermeidliche Ergebnis vorausgeahnt hatte. Wieder ein Gesichtspunkt, den er auf seinen Karteikarten festhielt, um ihn in das Buch aufzunehmen.

Langsam schlug er den letzten Band der Notizbücher auf.

Zu der Zeit, als der Vietnamkrieg sich durch das Eingreifen der Amerikaner grundlegend gewandelt hatte, war Hawkins bereits zu einer überall anerkannten, fast legendären Persönlichkeit geworden, zu einem Mann, der bei den Staatsmännern vieler Länder als Interviewpartner heiß begehrt war. Und als der professionelle Journalist, der er war, hatte er diesen Vorteil so weit wie möglich ausgenutzt. Schon im Jahre 1967 veröffentlichte er sein exklusives Interview mit Ho Chi Minh, in dem der nordvietnamesische Präsident das unvermeidliche Ende des Krieges rund acht Jahre später voraussagte. Ebenso exklusiv war sein Interview mit dem amerikanischen Präsidenten Lyndon B. Johnson. Und mit Nixon. Nicht zu vergessen seine

Interviews mit Diem und Theeu, den von Washington eingesetzten südvietnamesischen Staatspräsidenten, sondern auch mit General Nguyen Giap, dem Oberbefehlshaber der kommunistischen Truppen, der sie ebenso vertrieb, wie er die Franzosen zwei Jahrzehnte vorher aus dem Lande gejagt hatte.

Hawkins erinnerte sich, wie sein Vater ihm während ihrer kurzen persönlichen Unterhaltungen von diesen Interviews erzählt hatte. »Gala-Ereignisse« hatte er sie genannt. Dennoch war er immer, wie Hawkins jetzt beim Durchblättern des letzten Bandes feststellte, zu seiner eigentlichen Tätigkeit als Augenzeuge und Berichterstatter am Ort des Geschehens zurückgekehrt.

Als solcher hatte er auch an dem Einsatz im April 1975 teilgenommen, nur knapp eine Woche vor dem Fall Saigons und damit ganz Südvietnams. Der Bericht über dieses Ereignis, den Hawkins jetzt las, war der letzte in den Aufzeichnungen seines Vaters. Danach kam nur noch die Schilderung der offiziellen Untersuchung, die später durchgeführt worden war.

Der Bericht seines Vaters über dieses Ereignis und die Vorgänge, die ihm vorausgingen, war sehr ausführlich veröffentlicht worden; ihm waren eine ganze Titelseite und zwei Seiten im Innenteil der Zeitung gewidmet und zusätzlich eine dritte Seite mit Photographien der fünfzehn geretteten Waisenkinder. Außerdem wurden Photos von Elliott Blair abgedruckt, der damals nur den Rang eines Majors bei den Green Berets bekleidete, sowie von Eric Patton, wie er sichtlich unter Schock neben seinem völlig zerschossenen Hubschrauber stand. Und natürlich mehrere Aufnahmen von John Peterson, einem der jüngsten Senatoren im amerikanischen Kongreß, der wegen seiner mutigen Verurteilung des Friedensvertrages im Senat bereits im Blickpunkt der Öffentlichkeit stand. Er hatte damals von einem »unehrenhaften Frieden« gesprochen, und das bedeutete, daß die Amerikaner Südvietnam im Stich gelassen hätten.

Petersons Reise nach Vietnam diente erklärtermaßen dem Zweck, diese seine Auffassung deutlich zu machen, und es war seine fast schon geniale Idee, als Beweis das Elend der Waisenkinder zu zeigen, und zwar nicht nur der einheimischen, vietnamesischen Kinder, deren Eltern im Krieg umgekommen waren, sondern auch der unehelichen Kinder, die eine vietnamesische Mutter und einen amerikanischen Vater hatten und wegen ihrer Herkunft von den Vietnamesen als Außenseiter behandelt wurden.

In der späteren Untersuchung wurde der Vorfall durchaus kritisch beleuchtet. Einer der Kritikpunkte war die Frage, warum man Peterson überhaupt einen Hubschrauber und militärischen Schutz für den Flug nach Chau Phu zur Verfügung gestellt hatte; allerdings hieß es auch, man habe Verständnis für die Panik und Verwirrung, die damals geherrscht hätten.

Die Einsatzgruppe der Green Berets wurde von Colonel Forest befehligt, mit Blair als Stellvertreter. Die beiden anderen Soldaten waren Frank Lewis und Paul Marne. Charles Bartel, der von allen nur Chuck genannt wurde, war der Pilot, Patton der Co-Pilot und Howard Chaffeskie und James McCloud die Bordschützen, die die kleinen Maschinengewehre des UH-1D-Hubschraubers bedienten.

Aus den Erzählungen seines Vaters wußte Hawkins, wie es dazu gekommmen war, daß die Presse an dem Flug teilnehmen konnte. Peterson hatte sich anfänglich gegen die Beteiligung der Presseleute ausgesprochen, weil er von einem verlassenen, von den Amerikanern finanzierten Waisenhaus in Chau Phu gehört hatte und möglichst viel Platz im Hubschrauber haben wollte, um die Kinder ausfliegen zu können. Nur unter dem massiven Druck der versammelten Presseleute gab er nach, beschränkte seine Zusammenarbeit mit ihnen jedoch auf ein Minimum. Der Senator bestand darauf, nur drei der insgesamt über fünfzig Journalisten mitfliegen zu lassen, und bestimmte die drei selbst: Edward Hawkins als Vertreter der schreibenden Reporter und den CBS-Kameramann Harvey Lind sowie Reporter John Vine für das Fernsehen.

Petersons Informationen stimmten. Es gab wirklich ein Waisenhaus in dem kleinen, nur scheinbar friedlichen Ort Chau Phu, mit neunzehn kleinen Mischlingskindern, die ohne Nahrung, Wasser und Pflege von dem vietnamesischen Personal verlassen worden waren aus Angst, von den anrückenden Kommunisten dafür bestraft zu werden, daß sie für eine amerikanische Organisation gearbeitet hatten.

Ein anderer, weniger guter oder weniger erfahrener Reporter hätte sich vielleicht von den nun folgenden Ereignissen überwältigen lassen, aber Hawkins erkannte in dem Bericht seines Vaters ein Musterbeispiel unpersönlicher, objektiver Berichterstattung.

Als der Angriff begann, befand sich nur Patton bei dem Hubschrauber – ein Punkt, der bei der späteren Untersuchung besonders kritisiert wurde, weil Bartel die Maschine trotz seiner verständlichen emotionalen Reaktion auf die Entdeckung nie hätte verlassen dürfen; ebenso hatte Colonel Forest die elementarsten Vorsichtsmaßnahmen außer acht gelassen und keinen Posten aufgestellt, sondern mit seinen

Leuten übereilt eine Evakuierungskette gebildet. Alle beteiligten sich daran, auch sein Vater und Vine, nur Lind machte nicht mit, weil er das Ganze filmte. Er war auch das erste Opfer des Angriffs der Nordvietnamesen, die die Gruppe eingeschlossen hatten und nun unter Feuer nahmen. Blair war dem Hubschrauber am nächsten gewesen mit einem der Kinder auf dem Arm, und er schaffte die letzten paar Meter, legte das Kind zu den anderen, die schon in der Maschine waren, und warf mit seinem kleinen Maschinengewehr die angreifenden Vietnamesen zurück, die sie zu überrennen drohten.

Auch Hawkins und Peterson schafften es, die Kleinen, die sie trugen, mit ihrem Körper zu schützen. Allerdings mußten sie hilflos mit ansehen, nach den Berichten seines Vaters, wie die anderen, die nach ihnen mit den anderen Kindern kamen, in dem Kugelhagel untergingen. Patton, der unter Lebensgefahr den sterbenden Lind in den Hubschrauber gezogen hatte, flog noch zweimal eine niedrige Schleife, um sicher zu sein, daß keiner der anderen überlebt hatte, bevor sie in Baumwipfelhöhe nach Saigon zurückkehrten.

Der Titel des internationalen Reporters des Jahres war seinem Vater für seine gleichbleibend hervorragende Berichterstattung verliehen, aber die Reportage über die Rettung der Waisenkinder in Vietnam wurde dabei ebenso als besondere Leistung gewürdigt wie in der Begründung des Pulitzer-Preises, dieser außergewöhnlichen Ehrung eines Engländers durch eine ausschließlich amerikanische Presse-Organisation.

Und nicht zu Unrecht, fand Hawkins. In diesem frühen Planungsstadium des Buches konnte er sich natürlich noch nicht festlegen, aber wenn es möglich war, dann würde er den Bericht seines Vaters über die Aktion von Chau Phu in voller Länge übernehmen und vielleicht sogar damit beginnen. Auf jeden Fall aber gehörte sie in den ersten Teil der Biographie, denn schließlich hatte die aktive Karriere seines Vaters in Asien begonnen und auch geendet.

Hawkins hockte sich auf den Boden des Kellerraums und blickte mit überanstrengten Augen und erschöpft auf die im ganzen Raum verstreuten Sammelalben, die die Grundlage seiner geordneten Erzählung bilden sollten, zusammen mit den Briefen – nicht nur die Korrespondenz mit den Berühmtheiten in aller Welt, sondern auch die Briefe, die er selbst von seinem Vater bekommen hatte – und den Andenken und Erinnerungsstücken. Er hatte genug Material, um eine Gliederung zu schreiben, die sowohl Wilsher und Jones als auch Doondale zufriedenstellen würde. Aber diese Gliederung war nicht mehr als der Rahmen, das Gerüst für die fertigen Bilder, für die endgültige Form. Er brauchte noch sehr viel mehr, um daraus das Buch zu machen, das er sich vorstellte. Aber auch jetzt schon wußte er, mit welchem Satz er beginnen würde. Genau der richtige Anfang für die Geschichte, dachte er, griff nach der ersten Karteikarte und begann zu schreiben.

Mein Vater war ein Held, schrieb er, ein Mann, auf den ich stolz bin.

Neben ihm standen noch drei ungeöffnete Bierdosen, als er sich erhob und den Keller verließ. Und auf mich selbst bin ich auch stolz, dachte er bei sich.

Eric Patton wartete sehnsüchtig auf ein Zeichen, wie die Beziehung weitergehen sollte, und hatte gehofft, die Einweihungsfeier der Gedenkstätte wäre dafür der richtige Moment; wenn Sharon Bartel den Namen ihres gefallenen Mannes in Stein gemeißelt sah, würde sie vielleicht endlich die Wahrheit akzeptieren. Aber er hatte die Entwicklung nie forciert und hielt sich auch jetzt zurück. Er war mit seinem eigenen Flugzeug aus New York herübergekommen und machte keinen Versuch, ihr Schweigen zu durchbrechen, weder auf dem gemeinsamen Rückflug noch während der Fahrt hinauf nach Connecticut. Er legte es auch nicht darauf an, bei ihr zu übernachten, sondern fuhr trotz der späten Stunde sofort wieder zurück nach Manhattan.

Am Wochenende fuhr er wieder hoch wie üblich und tat den ganzen Sonnabend über das, was er am liebsten tat: für sie sorgen. Er reinigte den verstopften Müllschlucker, kontrollierte den Zustand der Winterreifen für ihren Wagen und verabredete für sie einen Termin in der Werkstatt, um die Reifen aufziehen zu lassen, bevor der Winter einbrach.

Es war Sharon, die den Vorschlag machte, zuhause zu essen, und er freute sich darüber, denn das gab ihm die Möglichkeit, mit ihr darüber zu sprechen. Während sie in der Küche das Essen zubereitete, machte er das Kaminfeuer an und öffnete den Wein und wartete geduldig bis zum Nachtisch, um nichts zu überstürzen.

»Nun?« fragte er endlich.

»Nicht, Eric.«

»Warum nicht?«

»Du weißt doch, warum.«

»Er ist tot, Sharon. Er ist seit sieben Jahren tot.«

»Ich weiß.«

»Also warum nicht?«
»Darum«, sagte sie wie ein Kind, das unglücklich ist.
»Liebst du mich denn nicht?«
»Wir haben schon hundertmal darüber geredet, und du weißt sehr gut, daß ich dich liebe.«
»Und du weißt, daß ich dich liebe. Wir schlafen miteinander und finden es schön, wenn wir zusammen sind. Und wir *sind* zusammen. Es gibt wirklich keinen Grund, warum wir nicht heiraten können.«
»Ich weiß«, sagte sie müde und resigniert.
»Also, was ist es?« wiederholte er seine Frage.
»Ich finde einfach . . .« Sharon zuckte die Schultern und suchte nach der üblichen Ausflucht. »Es käme mir einfach wie ein Verrat vor.«
»Aber Liebling, einen toten Mann kann man doch nicht betrügen«, sagte er sanft.
Sie zuckte zusammen und blickte auf ihren leeregegessenen Teller.
»Das stimmt«, gab sie zu.
»Dann heirate mich.«
»Laß mir ein bißchen Zeit«, bat sie.
»Aber ich habe dir doch immer wieder Zeit gelassen«, sagte er. »Jahrelang!«
Endlich lächelte sie ihn an und sagte: »Und dafür liebe ich dich.«
»Also?«
»Bald«, versprach sie ihm. »Nur noch eine kurze Zeit, dann werden wir uns entscheiden.«

4

Die Senatsgebäude lagen auf dieser Seite des Kapitolshügels, und Hawkins beschloß, trotz der winterlichen Kälte zu Fuß zu Petersons Büro hinüberzugehen. Der unangenehme starke Wind hatte schon längst die letzten Blätter von den Bäumen gefegt, und Hawkins spürte, wie sich seine beißenden Augen sofort mit Tränen füllten. Er versuchte sie mit der Hand zu schützen und bereute schon nach wenigen Schritten, daß er nicht doch ein Taxi genommen hatte, obwohl es nur ein kurzer Weg war. Er hielt vergeblich nach einem Wagen Ausschau und ging dann mit einem Achselzucken weiter. Zumindest gab ihm der Spaziergang die Gelegenheit, sich auf das Gespräch mit dem Senator vorzubereiten.
Die Frage, ob Peterson seine Kandidatur ankünden würde, war in

ganz Washington zu einem beliebten Rätselraten geworden. Und nicht nur in Washington. In der kurzen Zeitspanne bis zur Verabredung des bei der Einweihungsfeier ausgemachten Treffens hatte es im ganzen Land neue Spekulationen gegeben, von *Time* und *Newsweek* über den *US News and World Report* bis zur *Washington Post,* und die *New York Times* hatte sogar eigens eine Gallup-Umfrage in Auftrag gegeben, um seine Erfolgsaussichten im Vergleich mit den anderen möglichen Bewerbern seiner Partei zu untersuchen. Peterson war daraus mit einem dreißigprozentigen Vorsprung vor seinem nächsten Konkurrenten als eindeutiger Sieger hervorgegangen.

Also war der Zeitpunkt ideal für eine vergleichende Studie von Peterson und dem amtierenden Präsidenten Harriman. Außerdem war ein solches Porträt der beste Weg, London zu beweisen, daß er beide Aufgaben gleichzeitig erfüllen konnte. In der letzten Zeit hatte sich Hawkins ausschließlich mit den Vorbereitungen zu dem Buch über seinen Vater beschäftigt und Jones bereits die vorläufige Gliederung zugeschickt, ehe dieser überhaupt danach gefragt hatte. Daraufhin hatte Jones ihm – ungern, wie er annahm – ein Lob ausgesprochen und um die ersten fertigen Kapitel gebeten, und drei Kapitel waren bereits so gut wie fertig. Hawkins nahm sich vor, Peterson davon zu erzählen und ihn um Unterstützung und persönliche Erinnerungen zu bitten, aber erst ganz zum Schluß, nachdem er soviel wie möglich über Petersons Ambitionen auf die Präsidentschaft erfahren hatte. Durch den üblichen Klatsch im Pressehaus hatte Hawkins erfahren, daß er der erste englische Journalist war, den Peterson empfing, obwohl mindestens fünf weitere Interviewgesuche aus London vorlagen – ein Erfolg, wie er auch für seinen Vater typisch gewesen war.

Erleichtert betrat Hawkins das Dirkson-Haus, schlug seinen Mantelkragen wieder zurück und öffnete seine Aktenmappe für die übliche Sicherheitskontrolle. Die Aufsicht bestätigte seinen Termin bei Peterson und erklärte ihm den Weg. Auf dem Flur kam ihm bereits Joe Rampallie erwartungsvoll entgegen.

»Gut daß Sie so pünktlich sind«, meinte er. »Der Senator hat einen vollen Terminkalender.«

Die Augen des Mannes zuckten hinter den imposanten Brillengläsern, und Hawkins fragte sich, mit welchem Job Rampallie belohnt werden würde, wenn Peterson ins Weiße Haus einziehen sollte. Er konnte nur hoffen, daß der Mann dem gewachsen war.

»Wieviel Zeit habe ich?« fragte er.

»Dreißig Minuten«, sagte Rampallie. Er machte eine bezeichnende

Geste mit der Hand und erklärte: »Wir haben Pressegesuche bis hier oben.«

Die äußeren Zimmer der Suite wirkten etwas enttäuschend, ähnlich wie die Vietnam-Gedenkstätte in ihrer imposanten Umgebung. Sie waren mit dünnen Gipswänden in kleine Nischen unterteilt, die kaum genug Platz boten für eine einzelne Person, einen Stuhl, einen kleinen Schreibtisch und ein Telefon. Nur Petersons eigenes Büro entsprach seinen Erwartungen, ein holzgetäfelter hoher Raum, aus dessen Fenstern man auf die Kuppel des Kapitols blickte. Vor den Fenstern stand ein riesiger, mit Einlegearbeiten verzierter Schreibtisch und daneben eine zusammengerollte amerikanische Flagge in ihrem Ständer. Eine der Wände des Raumes war mit großen Bücherschränken mit gläsernen Türen verdeckt, und darüber hing eine Reihe von Photographien, die alle Peterson zeigten, von seiner Collegezeit bis zu seinem Eintritt in die Politik. Darunter waren mindestens vier Aufnahmen von Peterson in Vietnam, wie Hawkins feststellte. An der gegenüberliegenden Wand standen mehrere lederbezogene Sessel und Sofas, die benutzt und bequem aussahen, und davor eine Reihe scheinbar willkürlich plazierter Tische; auf zweien lag ein unordentlicher Haufen von Zeitungen und Zeitschriften, die jemand eilig durchgeblättert zu haben schien. Das Ganze wirkte sehr lebendig und geschäftig.

Peterson saß an seinem Schreibtisch und schien zu arbeiten, als Hawkins eintrat, stand aber sofort auf und kam ihm mit ausgestreckter Hand entgegen. »Sie sehen aus, als ob Sie frieren.«

»Ich bin zu Fuß gegangen. Das war ein Fehler«, erklärte Hawkins.

»Wie wäre es mit einem Kaffee?« Der Senator machte eine Pause und fragte dann: »Oder möchten Sie etwas Stärkeres?«

»Kaffee wäre genau richtig«, antwortete Hawkins, dem das kurze Zögern nicht entgangen war.

Peter Elliston war mit Hawkins zusammen aus dem Vorzimmer in das Büro gekommen, und Peterson nickte ihm zu. »Für mich auch«, sagte er. Er zeigte auf die Sofas, und als sie sich gesetzt hatten, meinte er: »Schade, daß wir uns so lange nicht gesehen haben.«

»Sie haben ja auch viel zu tun gehabt in der letzten Zeit«, erwiderte Hawkins.

Peterson lächelte und sagte dann: »Vielleicht wird es bald noch mehr.«

»Ich würde gerne ein vergleichendes Porträt von Ihnen und Präsident Harriman schreiben«, ging Hawkins sofort auf das Thema ein.

»Das haben wir doch schon mal gehabt«, meinte Peterson.

»Ja, aber nicht in England, und nicht so umfangreich, wie ich mir die Sache vorstelle.«

»Das klingt ganz nach Ihrem Vater«, erinnerte sich Peterson.

»Über ihn möchte ich auch gerne mit Ihnen sprechen«, sagte Hawkins, fügte aber gleich hinzu: »Aber erst später.«

»Warum versuchen wir es nicht einfach?« stimmte der Senator zu.

Hawkins entnahm seinem Aktenkoffer das Tonbandgerät und fragte den Politiker: »Haben Sie etwas dagegen?«

»Ich habe nie etwas gegen eine genaue Darstellung«, antwortete Peterson.

Hawkins drückte auf die Starttaste und begann: »Ich habe alle Zeitungsausschnitte und alle Flugblätter gelesen, aber ich möchte es lieber von Ihnen persönlich hören. Ich möchte, daß Sie mir eine genaue Darstellung geben.«

Peterson reichte ihm eine Kaffeetasse und mußte lächeln, als Hawkins ihm seine eigenen Worte zurückgab. Dann lehnte er sich bequem zurück in die Laderpolster und erzählte. »Ich bin vierundvierzig Jahre alt. Im Juni werde ich fünfundvierzig. Mein Vater hieß Walter Peterson, und der Name meiner Mutter war Jane. Er war Chefbuchhalter bei einer Holzfirma in Charleston...« Er hob warnend die Hand: »Charleston, West Virginia, nicht etwa South Carolina. Wir hatten ein großes Haus und mehrere Hausangestellte. Ich war in meinem letzten Jahr in Yale und hatte schon eine feste Zusage für Harvard, als in der Firma eine Betriebsprüfung stattfand. Es stellte sich heraus, daß 300000 Dollar fehlten. Meine Mutter fand meinen Vater erhängt in einem Nebengebäude. Ich verließ die Universität und ging zurück nach Charleston. Ich verkaufte das Haus und konnte der Firma sofort die ersten 50000 Dollar zurückzahlen. Nachdem die übrigen Rechnungen beglichen waren, blieben mir weitere 50000 Dollar als Grundkapital. In Yale hatte ich technische Wissenschaften studiert und beschloß nun, in die Elektronik zu investieren. Das war damals ein völlig neuer, unbekannter Zweig, und ich hatte Glück, weil ich schon so früh in dieses Geschäft einstieg. Ich hatte nie die Auffassung geteilt, daß die Japaner nichts anderes können, als andere zu kopieren, und nicht einmal gut zu kopieren, und nach vier Jahren fusionierten wir mit einer japanischen Firma in Osaka. Die Japaner erhielten dadurch Zugang zum amerikanischen Markt, und ich hatte Zugang zu ihrer Forschungsabteilung. So fingen wir ziemlich früh mit Mikrochips an. Fünf Jahre nach Gründung meines Unternehmens konnte ich der Holzfirma die gesamten Schulden zurückzahlen. Dann begann ich mich für Politik zu interessieren, zuerst nur für die Lokalpolitik, bis ich beschloß, es auch einmal in der Bundespolitik zu versuchen. Wenn es nicht geklappt hätte, dann hätte ich eben da weitergemacht, wo ich war. Aber ich schaffte es, schon beim ersten Mal. Ich habe einfach Glück gehabt, glaube ich. Hier in Washington lernte ich dann Eleanor kennen. Ihr Vater war Harry Black, der acht Jahre lang Chef des Repräsentantenhauses war. Seit zehn Jahren sind wir verheiratet. Unsere Tochter Amelia ist acht, und John ist sechs...« Peterson machte eine Pause und nahm einen großen Schluck aus seiner Kaffeetasse. »Das wäre so ziemlich alles«, meinte er.

Sicher nicht, dachte Hawkins, aber immerhin war es ein Anfang. »Ihr Vater wurde nie gerichtlich verfolgt?« fragte er.

Peterson schüttelte den Kopf. »Er beging Selbstmord, wie ich gesagt habe.«

»Dann gab es also keinen Grund, die Sache in die Öffentlichkeit zu tragen. Ich könnte mir vorstellen, daß es viele Leute gibt, insbesondere Politiker, die so etwas für sich behalten hätten.«

»Das wäre mit Sicherheit ein Fehler, gerade bei einem Politiker«, widersprach ihm Peterson sofort. »Sie wissen doch, wie es in der Politik ist, besonders auf dieser Ebene. Natürlich wäre es für mich ein leichtes gewesen, die Sache zu verschweigen und irgendeinen Grund zu erfinden, warum ich die Universität verlassen mußte. Aber irgendwann hätte jemand Nachforschungen angestellt und die Geschichte wäre herausgekommen. Ich bin sicher, daß meine politische Karriere weit mehr darunter gelitten hätte, wenn ich diesen Weg gewählt und nicht die Tatsachen so akzeptiert hätte, wie sie nun einmal waren. Und die Wahrheit wäre bestimmt ans Licht gekommen.«

»Ein Zyniker würde sagen, daß sich diese Art von Offenheit mit der Politik nicht verträgt.«

»Ich halte nicht viel von Zynikern, aber ich verstehe, was Sie damit sagen wollen«, antwortete Peterson. »Es ist durchaus nicht so, daß ich mich als unbefleckte Jungfrau darstellen möchte. Ich habe oft genug Fehler gemacht, aber ich habe nie versucht zu betrügen oder vor Unannehmlichkeiten die Augen verschlossen in der Hoffnung, sie würden von alleine verschwinden.«

»Ihre Haltung in der Vietnamfrage hat Ihnen solche Unannehmlichkeiten bereitet.«

»Meine Ansicht in dieser Frage war absolut berechtigt!« entgegenete Peterson mit Nachdruck. »Betrachten wir doch einmal die Fakten. Alle Fakten. Die USA waren schon lange vor der Tonking-Resolution von 1964 in Vietnam. Es war der längste Konflikt in der amerikanischen Geschichte. Fast 2,7 Millionen Amerikaner haben dort gekämpft; 300000 wurden verwundet, davon sind 75000 für den Rest ihres Lebens schwer körperbehindert. Ganz abgesehen von den 58000 Toten, derer wir neulich gedacht haben. Und alle diese Männer wurden nie gefragt. Sie haben einfach ihrem Land gedient und getan, was mehrere aufeinanderfolgende Regierungen – Regierungen beider Parteien wohlgemerkt, es geht mir dabei durchaus nicht um Parteipolitik – ihnen befahlen. Und wissen Sie, wie es weiterging? Als sie nach Hause zurückkamen mit ihren Uniformen und ihren Orden und dachten, daß ihr Land ihnen dafür danken würde, wurden sie auf der Straße angehalten und gefragt, wie viele unschuldige Zivilisten sie ermordet hätten. Sie wurden von den Leuten regelrecht angespuckt, und sie mußte ihren Kameraden sagen: Laßt euch bloß nicht in Uniform sehen, die Leute werden euch mit Scheiße bewerfen...«

»Harriman wird vorgeworfen, er habe sich von den Russen ausmanövrieren lassen, er würde ihnen mit zu viel Schwäche begegnen?« fragte Hawkins den Senator.

»Das ist sein Pech«, antwortete Peterson mit einem bewundernswerten Gespür für politische Stellungnahmen.

»Wie vereinbaren Sie ihre Einschätzung der Ereignisse in Vietnam mit Ihrer Forderung, man müsse den Russen mit größerer Stärke begegnen?«

Peterson runzelte die Stirn, als ob er vor einem Problem stünde. »Der Ausdruck ›vereinbaren‹ geht davon aus, daß es um Gegensätzliches geht, aber meiner Meinung nach steht meine Haltung gegenüber der Sowjetunion nicht im geringsten im Widerspruch zu meiner Einschätzung der Vietnam-Frage. Schon 1954 hätten die USA aus den Erfahrungen der Franzosen erkennen müssen, daß es in Vietnam um einen nationalistischen Konflikt ging. Das war so offensichtlich wie das Amen in der Kirche. Aber zu dieser Zeit gab es bei uns eine wahrhaft paranoide Angst vor dem Kommunismus.« Wieder hob er warnend die Hand. »Eine echte Paranoia, das sollten Sie nicht vergessen. Es war die Zeit von Dulles, die Zeit der Domino-Theorie – Sie erinnern sich: Wenn ein Land verlorengeht, dann fallen die anderen automatisch auch. Nur unser Eingreifen machte daraus einen ganz anderen Konflikt, der nichts damit zu tun hatte: einen Konflikt zwischen Ost und West, zwischen Moskau und Washington.«

»Soll das heißen, Sie plädieren für absolute Nichteinmischung?« hakte Hawkins sofort nach.

»Ich will damit nur sagen, daß man die internationalen Entwicklungen so betrachten sollte, wie sie sind, statt sie vor irgendeinen tagespolitischen Karren zu spannen.«

»Heißt das, daß Sie das amerikanische Engagement in Lateinamerika gutheißen?«

»Ganz im Gegenteil«, erwiderte Peterson. »Meiner Meinung nach waren die USA weder in Lateinamerika noch in der sogenannten dritten Welt besonders gut beraten, als sie sich dafür entschieden, in erster Linie rechtsgerichtete Regimes zu unterstützen. Auch das ist ein Beispiel für die erwähnte Paranoia: von einem eingebildeten Extrem in ein tatsächliches anderes zu fallen. Wissen Sie, daß die USA mehr als 20 Millionen Dollar ausgaben, um die Regierung Salvador Allendes in Chile zu stürzen, und daß eine Untersuchung unter Führung von Vizepräsident Nelson Rockefeller später, als alles vorbei war, unter anderem zu dem Ergebnis kam, es habe nie eine nennenswerte Gefahr bestanden, daß der Allende-Sozialismus auf andere Länder Lateinamerikas übergreifen könnte?«

Rampallie erschien plötzlich an der Tür von Petersons Büro, und der Senator blickte ihn fragend an.

»Wir sind noch nicht fertig«, sagte er zu seinem Wahlkampf-Manager.

»Aber Ihre anderen Termine drängen«, wandte Rampallie ein.

»Verschieben Sie sie ein bißchen«, befahl Peterson.

Hawkins sah zu, wie der Mann sich grollend zurückzog, und fragte dann weiter: »Und was ist mit der Situation hier in Amerika?«

»Festgefahren durch falsche Politik«, meinte Peterson. »Der Monetarismus hat lange genug regiert. Er hat immerhin die Wirtschaft von unnötigem Ballast befreit, Firmen und Industrien, die sowieso am Ende waren. Aber was wir jetzt brauchen, sind niedrigere Zinsen und Regierungsprogramme zur Wirtschaftsförderung. Ich will keine Parallelen zum New Deal ziehen, aber die vielen Arbeitslosen auf der Straße sind kein schöner Anblick. Das gefällt mir ganz und gar nicht. Wir kommen immer schneller in eine ausweglose Situation in der Sozialhilfe, und Arbeitslosenunterstützung wird uns mehr kosten als die Inflation, die die gegenwärtige Regierung um jeden Preis beseitigen möchte. Wo bleibt da die Logik, geschweige denn die Vernunft?«

Hawkins schwieg eine Weile und überlegte. Dann sagte er: »Ich habe den Eindruck, mit einem Präsidentschaftskandidaten zu reden.«

Petersons Gesicht nahm wieder das sympathische Grinsen an, das ihn zusammen mit der wilden Haarsträhne so jungenhaft wirken ließ. »Wann soll dieser Artikel erscheinen?«

»Am Sonntag«, sagte Hawkins.

»Ganz sicher?«

»Nichts ist ganz sicher bei einer Zeitung, bis sie wirklich erscheint.«

Peterson nickte verständnisvoll und schien zu überlegen. Dann sagte er: »Am Sonnabend werde ich nach Kalifornien fliegen zu einer Wahlspenden-Veranstaltung in Los Angeles, ein Hundert-Dollar-pro-Kopf-Essen. Dort werde ich offiziell meine Kandidatur anmelden. Der Parteivorsitzende und die meisten Mitglieder des Vorstands werden ebenfalls dort sein, um deutlich zu machen, daß sie mich auch schon vor der offiziellen Ernennung durch die Partei unterstützen. Am Montag werden wir mit unserer Wahlkampagne beginnen.«

Hawkins verspürte plötzliche eine kribbelnde Aufregung. »Keine weitere offizielle Ankündigung vorher?« fragte er, um ganz sicherzugehen.

»Nichts«, versicherte Peterson.

Hawkins wußte, daß er aufgrund des Zeitunterschiedes von acht Stunden zwischen Los Angeles und London eine exklusive Meldung in der Hand hatte, mit der seine Zeitung allen anderen Sonntagszeitungen weit voraus war, Copyright-Sperre vorausgesetzt. »Ich danke Ihnen«, konnte er nur sagen. »Ich bin Ihnen wirklich außerordentlich dankbar für diese Information.«

Pampallie erschien wieder unruhig in der Tür. Peterson bedeutete ihm mit einer schnellen Geste seiner Hand, sie bräuchten weitere fünf Minuten, und sagte dann: »Sie erwähnten vorhin, daß Sie mit mir noch über Ihren Vater sprechen wollen.«

In kurzen Worten erzähle Hawkins dem Senator, daß er beabsichtigte, eine Biographie über seinen Vater zu schreiben, und daß er das Buch mit einem Kapitel über die Rettungsaktion der Waisenkinder in Vietnam beginnen wollte.

»Ich weiß nicht, ob ich Ihnen dazu irgend etwas erzählen kann, das Sie noch nicht wissen«, sagte Peterson. »Es wurde ausführlich darüber berichtet, und auch die Ergebnisse der Untersuchung wurden veröffentlicht.«

»Sie waren doch dabei«, entgegnete Hawkins. »Ich würde sehr gerne Ihre persönlichen Eindrücke hören.«

»Wissen Sie was, rufen Sie mich doch einfach nach dem Wochenende in Georgetown an. Dann können wir in Ruhe noch einmal darüber reden«, schlug Peterson vor.

Hawkins stand auf und verabschiedete sich. An der Tür drehte er sich noch einmal um und fragte den Senator neugierig: »Warum ich? Warum eine englische Zeitung? Es gibt doch sehr viele einflußreichere Kommentatoren hier in Amerika, die viel mehr für Sie tun könnten?«

»Ich mochte Ihren Vater sehr gern«, sagte Peterson einfach.

Wie lange würde es noch dauern, fragte sich Hawkins, bis er es aus eigener Kraft zu etwas brachte?

Die Maschine aus Fort Bragg landete auf dem Militärflugplatz von Andrews. Blair stieg sofort um in den wartenden Hubschrauber und schnallte sich mit geübtem Griff an. Als die Maschine sich in die Luft erhob und über die kahle Landschaft von Virginia flog, fiel ihm wieder auf, wie schon so oft, wie sehr sich das Fliegen in einer solchen geschlossenen Maschine von den an den Seiten offenen Kampfhubschraubern unterschied, die ihm in Vietnam so vertraut geworden waren. Und wenn er so auf das Land unter ihm schaute, dann fühlte er sich einen Moment lang auch an die gefrorene Winterlandschaft und die entlaubten Wälder erinnert, die er dort kennengelernt hatte.

Nach kurzer Zeit hatten sie die bekannten Windungen des Potomac erreicht, und Blair erkannte die ersten Wahrzeichen der Stadt, das Washington Monument, das wie eine riesige Kompaßnadel aus der Stadt aufragte, und dann das Kapitol und das Lincoln- und Jefferson-Memorial. Blair richtete den Blick direkt nach unten und schaute auf den Vorort Rosslyn und die vertraute fünfeckige Form, die dem Pentagon seinen Namen gab. Das militärische Hauptquartier der Vereinigten Staaten war unschwer als das zu erkennen, was es war, fand er: ein Blockhaus, von dem aus Kriege geführt wurden. Unglücklicherweise hatte es lange keinen Krieg mehr gegeben. Viel zu lange schon.

Er dankte dem Piloten mit einem kurzen Kopfnicken und folgte der wartenden Ordonnanz durch das komplizierte Gewirr der Korridore. Er war froh, daß er einen Führer hatte, obgleich er schon so oft hiergewesen war.

Griffiths stand mitten in seinem Büro und lächelte ihm erwartungsvoll zu. Er hatte den General auf der Militärakademie von West Point kennengelernt, und zwischen den beiden Männern hatte sich eine Freundschaft entwickelt, die auch durch die häufigen und oft jahrelangen Trennungen nicht getrübt wurde, wenn sie auf verschiedenen Kontinenten stationiert waren.

»Hallo, Elliott. Ich freue mich wirklich, dich zu sehen.«

»Ich mich auch, Greg.«

»Schön, daß du vorbeikommen konntest.«

Griffiths war ein hellhäutiger Mann mit grauen Haaren, der gerade anfing, sich gehen zu lassen. Unter seiner Uniform spannte sich der Ansatz eines Hängebauchs. Blair sah es mit Bedauern. Es hatte mit seinen sechsundvierzig Jahren immer noch das Gewicht, das er schon als Zwanzigjähriger gehabt hatte, und vermied sorgfältig jede Entspannung. »Du hast gesagt, es ging um etwas wichtiges«, erinnerte er den anderen.

Griffiths führte seinen Freund zu einem Stuhl und machte die Sache spannend. »Ich wollte es dir selbst sagen, inoffiziell natürlich«, erklärte er. »Du wirst sie kriegen, Elliott.«

Blair gestattete sich ein kurzes Lächeln. »Bist du ganz sicher?«

»Ich habe es persönlich in die Wege geleitet. Natürlich gibt es noch eine Reihe von Formalitäten, aber ich bin ganz sicher, daß die Sache durchkommt. Du hast eine Menge Freunde in den richtigen Positionen, wo es drauf ankommt. Wie fühlst du dich als General?«

Blair antwortete nicht sofort und überlegte. Dann sagte er, beherrscht wie immer: »Gut. Ganz ausgezeichnet.«

5

Die Sonntagsausgabe brachte den Exklusivbericht über Petersons Kandidatur als Aufmacher auf der ersten Seite, zusammen mit dem ausführlichen zweiseitigen Porträt der beiden Kontrahenten im Innenteil. Die amerikanischen Zeitungen erfuhren Petersons Ankündigung aus der Rede des Senators in Kalifornien, aber Hawkins Bericht wurde von vielen anderen Blättern übernommen. Aus London bekam er eine Reihe von Glückwunschtelegrammen, darunter auch eines von Doondale, und in Wilshers Telegramm las er »Wie der Vater, so der Sohn«. Von Harry Jones war nichts dabei.

Hawkins hielt seine beiden Tätigkeiten streng getrennt und widmete seine Freizeit ganz der Biographie. Er schrieb nach Fort Bragg an Elliott Blair und bat um ein Treffen und machte sich, sobald er Zeit hatte, an die Terminplanung für die übrigen Interviews. Eric Patton wirkte bei ihrem Telefongespräch deutlich zurückhaltender als bei der

Einweihungsfeier, stimmte aber schließlich doch zu, Hawkins am Nachmittag in seinem Büro in Manhattan zu empfangen. Das war genau, was Hawkins sich gewünscht hatte, denn so hatte er den Vormittag zur Verfügung, um sich den CBS-Nachrichtenfilm anzusehen, und die CBS-Leute versprachen, ihm für elf Uhr vormittags einen Vorführraum zu reservieren. Um diesen Tag dann wirklich voll zu nutzen, rief er schließlich auch noch die Nummer in Georgetown an. Eleanor Peterson war am Apparat. Er hörte, wie sie sich am anderen Ende mit jemand leise unterhielt, dann kam sie zurück und sagte, daß sie sich gerne am Abend treffen könnten.

Hawkins legte das Telefon auf und lehnte sich zufrieden zurück. Wenn er an einem einzigen Tag Harvey Linds Film sehen und mit Patton und Peterson sprechen konnte, dann blieb ihm nur noch Blair. Er hatte die von Jones angeforderten Probekapitel des Buches bereits per Luftfracht nach London abgeschickt, und auch mit dem Index war er schon ziemlich weit fortgeschritten; nur noch die Querverweise auf die persönlichen Briefe fehlten noch. Bald konnte er mit dem eigentlichen Schreiben beginnen, dachte er erfreut. Er konnte es kaum abwarten.

Hawkins nahm schon den frühen Shuttle-Flug der National um acht Uhr morgens, falls es irgendwelche Verspätungen geben sollte, aber es ging alles gut, so daß er schon vor zehn in Manhattan war. Er bedankte sich bei dem CBS-Redakteur Art Shaw, daß er sich den Film ansehen durfte, und bei dem Archivar, dessen Name er nicht genau verstand – es klang wie Mort –, daß er sich die Mühe gemacht hatte, den Film herauszusuchen.

»Kein Problem«, beruhigte ihn der Mann. »Das ist ein ziemlich bekannter Film.«

»Ich habe ihn leider noch nie sehen können.«

Der Archivar runzelte nachdenklich die Stirn. »Ich dachte, wir hätten Ihrem Vater damals eine Kopie zur Verfügung gestellt.«

Hawkins schüttelte den Kopf. »Ich bin alle seine Sachen in Washington durchgegangen. Es war kein Film dabei.«

Shaw geleitete ihn in die Vorführkabine und erklärte ihm, der Film sei schon in dem Gerät und würde automatisch gestartet, wenn er auf den Knopf in der Armlehne drückte. Es handelte sich um den vollständigen, ungeschnittenen Film, der damit begann, daß John Vine vor der Kamera Schnittanweisungen gab und das Datum verkündete: 24. April 1975. Der CBS-Reporter war ein ziemlich dicker Mann, der unter der Hitze zu leiden schien. Ehe er mit seinem

Kommentar begann, wischte er sich mit einem Taschentuch den Schweiß von der Stirn und strich sich seinen zerknitterten Safari-Anzug glatt. Hawkins versuchte seinen Vater zu entdecken. Vine stand vor einem Hubschrauber, der von einigen Männern umgeben war. Er erkannte Patton, der viel schlanker aussah als neulich in Washington und einen Helm und eine breite, gebogene Sonnenbrille trug. Ein weiterer Mann, ebenfalls mit Pilotenhelm, vermutlich Charles Bartel, unterhielt sich mit einer Gruppe von Soldaten in gefleckten Tarnanzügen. Hawkins nahm an, daß es sich dabei um das Begleitkommando der Green Berets handelte. Seine Vermutung wurde bestätigt, als einer der Soldaten, ein großer Mann mit dem Abzeichen eines Colonels, sich bewegte und er Blair erkannte. Hawkins hatte den Eindruck, daß Blair genauso aussah, wie er ihn neulich – fast sieben Jahre später – bei der Einweihungszeremonie gesehen hatte, er schien sich überhaupt nicht verändert zu haben. Mit stramm aufrechter Haltung wirkte er fast unbeteiligt an der Unterhaltung der anderen. Anhand der Rangabzeichen wußte Hawkins, daß es sich bei dem Colonel um Forest handeln mußte, und er fragte sich, wer von den anderen Marne war und wer Lewis. Und wo waren sein Vater und Peterson?

»Wir befinden uns in Vietnam, in den letzten, qualvollen Tagen eines langen und blutigen Krieges«, begann Vine seinen Bericht, den er nie zu Ende bringen sollte. »Und dies ist Tan Son Nhut, der riesige Flugplatz am Stadtrand von Saigon – seit langem einer der wichtigsten Schauplätze in diesem Krieg. Heute ist es jedoch kein Kriegseinsatz, der von hier aus geflogen wird, sondern eine Mission des Friedens. Verantwortlich für diesen Einsatz ist ein einzelner Mann – der bei vielen nicht gerade beliebt ist: der umstrittene Senator John Peterson ...«

In diesem Moment kam Peterson ins Bild, offensichtlich auf ein vorher verabredetes Zeichen. Vine ging auf den Politiker zu, der sich anschickte, den Hubschrauber zu besteigen, und fragte ihn: »Würden Sie uns bitte erklären, Senator, was Sie heute hier machen?«

Peterson wandte sich mit dem Gesicht zur Kamera und blinzelte in die blendende Sonne. Er war ziemlich schlank damals, dachte Hawkins, und hatte auch jetzt schon die ungebändigte Haarlocke in der Stirn.

»Jedermann in Amerika weiß, warum ich hier bin«, sagte Peterson. »Ich bin hier, weil ich finde, daß die USA zwar gut daran tun, sich aus diesem unseligen, nicht zu gewinnenden Krieg zurückzuziehen, daß es aber ein großer Fehler ist, unsere Verbündeten so offensichtlich im Stich zu lassen, ebenso wie die loyalen Bürger, die hier in diesem Krieg für ihr Land gekämpft haben, zuhause auf der Straße in bedauerlicher Weise ihrem Schicksal überlassen werden. Ich kann nicht viel tun, um diese Situation oder die Haltung, die dahinter steht, zu ändern, auch wenn ich über beides erschreckt bin. Aber immerhin gibt es etwas, das ich tun kann, um dazu beizutragen, daß wenigstens nicht alle ihrem Schicksal überlassen werden. Mein Besuch in Vietnam ist nicht nur eine Informationsreise, von der ich vor dem Senat ausführlich Bericht erstatten werde; ich bin hierhergekommen mit einer Liste von Waisenhäusern, die hier von amerikanischen Wohlfahrtsverbänden eingerichtet wurden und, wie zu befürchten ist, von den vietnamesischen Helfern auf der Flucht verlassen worden sind. Mein Anliegen ist es, zumindest einige dieser Waisenhäuser zu finden und, wenn möglich, wenigstens diese Kinder, die zum größten Teil amerikanische Väter haben, davor zu bewahren, in kommunistische Hände zu fallen.«

Hawkins fragte sich, wie oft der Reporter und der Senator diese Erklärung wohl geprobt hatten.

»Wo genau befindet sich das Waisenhaus, das Sie heute besuchen wollen?« fragte Vine.

»Fünf Kilometer außerhalb einer kleinen Ortschaft namens Chau Phu«, berichtete Peterson. »Nahe der kambodschanischen Grenze.«

»Senator, ich habe mir sagen lassen, daß der Vietcong bereits rings um diesen Flugplatz Stellung bezogen hat. Glauben Sie nicht, daß Chau Phu schon in der Hand der Kommunisten ist?«

»Der Nachrichtendienst hat berichtet, daß der Ort ruhig ist«, antwortete Peterson.

»Vielen Dank, Senator«, sagte Vine. Es war deutlich zu sehen, wie er sich entspannte, als er sich zur Kamera drehte und den unsichtbaren Lind fragte: »Okay?«

Der Kameramann mußte ihm ein zustimmendes Zeichen gemacht haben, denn Vine nickte jetzt Peterson zu, der den Hubschrauber bestieg.

Und dann erkannte Hawkins seinen Vater. Ihm fiel ein, daß sein Vater sich wahrscheinlich während der Aufnahme außerhalb des Blickwinkels der Kamera aufgehalten hatte, bis die Einleitung gefilmt war. Seine Haltung und sein Auftreten waren anders, als er sie von ihm gewohnt war. Edward Hawkins strahlte eine ruhige Autorität aus, und während er den Film betrachtete, fiel Hawkins auf, daß die wartenden Soldaten und die Besatzung des Hubschraubers ihm weit mehr Aufmerksamkeit schenkten als dem Senator. Lind richtete die Kamera jetzt näher auf den Hubschrauber und filmte die Startvorbereitungen, als Bartel und Patton in die Maschine kletterten, gefolgt von den Green Berets. Peterson und sein Vater nickten sich kurz zu, und die beiden blieben eine Weile außerhalb des Hubschraubers stehen.

Hawkins lehnte sich in seinem Sitz nach vorne, um die Bilder vor ihm genauer zu betrachten. Sein Vater war nur wenige Zentimeter kleiner als der Senator, dafür aber etwas fülliger; trotz des gutgeschnittenen Hemdes sah man seinen leichten Bauchansatz. Und obwohl sein Haar deutlich lichter wurde, zeigte es doch keine Spur von Grau. Hawkins fragte sich, wo die Ähnlichkeit im Aussehen und in der Figur war, die den Leuten immer so aufzufallen schien; er konnte keine Ähnlichkeit feststellen.

Man sah, wie Peterson und anschließend sein Vater und zum Schluß Vine in die Maschine stiegen, und dann brach der Film abrupt ab, vermutlich weil Harvey Lind ebenfalls an Bord ging, und ohne Übergang zeigte der Film, wie die Kamera über die Schulter eines der Bordschützen blickte, dessen Gesicht nicht zu erkennen war. Das kompakte Maschinengewehr füllte fast das ganze Bild. Dann machte Lind einen langsamen Kameraschwenk und zeigte einen Ausblick auf das unter ihnen liegende Land.

Hawkins hatte schon oft Filme über Vietnam gesehen, aber die Schönheit des Landes beeindruckte ihn jedesmal aufs neue, und dies war ein besonders gelungener Film. Es war sehr früh am Morgen, die übliche Startzeit, wie Hawkins aus den Erzählungen seines Vaters wußte. Dichter weißer Nebel füllte die Senken und Täler wie verschüttete Milch. Aber Hawkins sah, daß es nicht nur Bodensenken und Täler waren, sondern auch große Bombenkrater, die wie Pockennarben wirkten. Das Dach des Dschungels war undurchdringlich, und Hawkins kam es so vor, als würde er auf eine Blumenkohl hinabschauen, so dicht war der Wald. Unter dem Schutz dieses Waldes konnten sich Hunderte von Männern unbemerkt bewegen, dachte er. Und das taten sie auch. Manchmal sah er verbrannte Stellen, wie Lepraflecken, wo die Entlaubungsmittel abgeworfen worden waren und alles zerstört hatten; nur noch die grauen Stümpfe der toten Bäume ragten aus dieser Mondlandschaft wie Grabsteine in den Himmel.

Nach einem weiteren kurzen Moment der Dunkelheit zeigte der Film die ersten Aufnahmen der Ortschaft, als der Hubschrauber sich

Chau Phu näherte. Mehrmals überflogen sie die Gruppe der strohgedeckten Hütten und die asphaltierte Straße, die in den eigentlichen Ort führte. Lind schwenkte die Kamera wieder und filmte, wie sich Peterson im Innern des Hubschraubers vorbeugte und angestrengt nach unten blickte. Dicht hinter ihm sah Hawkins wieder seinen Vater, der etwas in sein Notizbuch schrieb.

Lind schwenkte wieder auf die Landschaft unter ihnen, und Hawkins mußte an Petersons gefilmte Beruhigungen denken; es schien wirklich alles ganz friedlich zu sein in dem kleinen Dorf da unten.

Die Kamera lief während des gesamten Landeanflugs weiter, selbst als der Druck der Rotorblätter ringsum Äste, trockenes Elefantengras und Staub aufzuwirbeln begann, so daß kaum noch etwas erkennbar war. Eine Gruppe der Green Berets sprang hinaus in den schmutzigen Nebel, und Lind folgte ihnen; die Kamera machte wilde Bewegungen, während er rannte. Dann folgte wieder ein Schnitt, und als Lind weiterfilmte, hatte sich die Staubwolke schon wieder gelegt. Die Soldaten hatten bereits die Umgebung des Landeplatzes abgesucht und kehrten jetzt zur Maschine zurück, als Peterson, Vine und sein Vater gerade ausstiegen. Im Gänsemarsch liefen sie auf die vietnamesischen Hütten zu, zwischen denen jetzt nach der Landung auch ein aus Steinen errichtetes Gebäude erkennbar war.

Es folgte ein weiterer Schnitt, und die Kamera zeigte jetzt das Innere des Hauses. Das sogenannte Waisenhaus bestand nur aus den Außenmauern ohne jede Trennwand im Innern. Es gab keine Möbel, nur auf dem Boden verteilte Matten, auf denen dicht gedrängt eine große Anzahl von Babys lag. Lind filmte mit eingeschaltetem Mikrofon, und Hawkins hörte Peterson rufen: »Jesus Christ!«

Noch etwas fiel ihm plötzlich auf: Trotz der vielen Babys war in dem Raum kein Laut zu hören; sie waren so lange allein gewesen und so nahe am Tode, daß sie nicht einmal mehr schreien konnten.

Die Kamera machte wilde Bewegungen, man hörte undeutliche Laute. Peterson stand am Eingang und winkte zu dem Hubschrauber hinüber. »Hierher!« rief er laut, und drei Männer sprangen aus der Maschine. Dann sah man, wie die Männer nacheinander mit den Kindern auf dem Arm von dem Haus zum Hubschrauber rannten. Lind folgte ihnen mit der Kamera bis zur Maschine, in der Patton versuchte, es den Kleinen so gut es ging auf dem nackten Metallboden bequem zu machen. Dann machte die Kamera wieder einen Schwenk, und Hawkins vermutete, Lind stand jetzt an eine der Landekufen gelehnt und filmte die Männer, die jetzt auf ihn und den Hubschrauber zuliefen.

Die Rettungsaktion ging sehr schnell voran, da die Kinder für die Männer nur eine leichte Last waren: Vorsichtig liefen sie vom Haus zur Maschine, legten die Kinder in Pattons wartende Arme und rannten dann so schnell wie möglich zurück, um die nächsten zu holen. Man hörte kein unnötiges Wort, nur das Keuchen der Männer. Hawkins erkannte Pattons unsichtbare Stimme, der mit beschwörendem Zureden die Kinder, die kein Wort verstehen konnten und wohl kaum mehr aufnahmefähig waren, zu beruhigen versuchte.

Dann sagte eine andere Stimme, die ihm unbekannt war: »Gleich haben wir sie alle.« Man sah wieder eine Gruppe von Männern auf den Hubschrauber zu laufen, mit Peterson an der Spitze, gefolgt von Blair. Zwei der Green Berets liefen mit dem Rücken zur Kamera zurück zum Haus. Ein weiterer Soldat lief auf die Kamera zu mit einem Kind auf dem Arm, und hinter ihm folgte Edward Hawkins in seinem grellbunten Hemd. Die plötzlichen Schüsse waren kaum zu hören, man erkannte sie weniger am Geräusch als dem fast unbemerkbaren Stocken der Männer. Blair als erfahrener, unerschrockener Soldat rannte sofort los, eine andere Stimme rief laut »Angriff! Hinterhalt!«, dann machte die Kamera wilde, unkontrollierte Schwenks, man sah kurz den Hubschrauber und dann nur noch Dunkelheit, als Lind getroffen wurde.

Hawkins drückte überflüssigerweise auf den Knopf in seiner Armlehne, um den Film anzuhalten, und blieb dann in sich zusammengesunken in seinem Sitz, erstaunt über seine eigene Betroffenheit. Seine Augen waren feucht, und da er sich schämte, Shaw oder irgend jemand anders seine Tränen zu zeigen, wischte er sich schnell über die Augen und schneuzte sich die Nase. Er hatte sich bereits wieder gefangen, als die Tür hinter ihm sich öffnete und Shaw und der Archivar zu ihm in den Vorführraum kamen.

»Ein toller Film, was?« fragte der Archivar.

»Unglaublich«, stimmte Hawkins zu.

»Hat den Preis wirklich verdient«, meinte Shaw. »Arme Schweine.«

»Ich habe noch einmal nachgesehen in der Zwischenzeit«, sagte der Archivar dann zu Hawkins. »Nach unseren Unterlagen haben wir damals auch für Ihren Vater eine Kopie gezogen. Sie wurde etwa im November 1975 an ihn abgeschickt, nach England.«

»Er hat eine ungeheure Menge von Material hinterlassen«, räumte

Hawkins ein. »Ich habe ihn sicher irgendwie übersehen. Es tut mir leid.«

»Macht gar nichts«, versicherte der Archivar ihm.

»Ich würde gerne einmal einen Blick in das Buch werfen, wenn es herauskommt«, meinte der Redakteur.

»Ich werde dafür sorgen, daß sie beide ein Exemplar bekommen«, versprach Hawkins.

Nachdenklich verließ er das CBS-Gebäude und blieb direkt vor dem Haus stehen, um die Masse der Fußgänger an sich vorüber zu lassen. Er war jeden einzelnen Koffer sorgfältig durchgegangen, in dem das Archiv seines Vaters aufbewahrt war, und hatte sogar ein Verzeichnis angefertigt. Er war sich ganz sicher, daß keine Videokassette des Chau-Phu-Einsatzes dabei war.

Auf dem Namensschild stand schlicht »Eric Patton & Co.«, ohne einen Hinweis darauf, um was für eine Firma es sich dabei handelte, und erst als Hawkins im achtzehnten Stockwerk des Wolkenkratzers an der Third Avenue aus dem Fahrstuhl trat, erkannte er an den Photographien, die überall an den Wänden hingen, daß es ein Speditionsunternehmen war.

Aber es war keine gewöhnliche Speditionsfirma. Die weiträumige Empfangshalle war voller Photos von Flugzeugen, Hubschraubern und Lastwagen, die alle Pattons Namen trugen, und hinter dem Schreibtisch der Empfangsdame erkannte er Aufnahmen von Schiffen, die wahrscheinlich auch zu dem riesigen Unternehmen gehörten.

Die Empfangsdame erwartete ihn schon, und nach kurzer Zeit trat aus einer Seitentür eine streng aussehende Dame mit Brille auf ihn zu, um ihn zu begleiten. Hinter dem Empfangsbereich konnte Hawkins den weiträumigen Arbeitsbereich überblicken, ein riesiges Großraumbüro ohne Unterteilungen, das das gesamte Stockwerk einnahm, und an den Schildern im Fahrstuhl hatte er es gesehen, daß Patton auch das darüberliegende Stockwerk gemietet hatte. Wenigstens fünfzig Menschen arbeiteten hier an langen gestaffelten Schreibtischreihen, an einer der gegenüberliegenden Wände stand eine Batterie von Fernschreibern, und darüber hingen Uhren an der Wand, die die unterschiedliche Zeit an den verschiedensten Orten der Welt zeigten. Im Vorbeigehen stellte er fest, daß jede wichtige Handelsnation der ganzen Welt hier vertreten war.

Pattons Büro war von diesem Arbeitsbereich durch zwei Vorzimmer-Suiten getrennt und war noch beeindruckender. Es lag in einer der Ecken des Gebäudes, und man konnte in zwei Richtungen auf Manhattan blicken: Rechts lag die Downtown mit Wallstreet und den beiden Türmen des World Trade Center, und hinter dem Schreibtisch blickte man auf die Vereinten Nationen, den East River und dahinter Brooklyn.

Die Größe des imposanten Schreibtisches entsprach dem Büro. Auf ihm standen zahlreiche Ablagekörbe voller Dokumente und Papiere, und an beiden Seiten waren kleine Flaggen aufgestellt. Die eine war blau-weiß gestreift mit einem großen »P« in der Mitte, die andere war die amerikanische Flagge. Im rechten Winkel zu diesem Schreibtisch gab es einen kleinen Beistelltisch, auf dem eine große Telefonanlage und ein Bilderrahmen mit einem Photo plaziert waren. Rechts neben der Tür, durch die Hawkins eingetreten war, befand sich ein kleiner Konferenztisch mit Stühlen, und an der gegenüberliegenden Wand standen mehrere Sessel und Sofas. Wie im Vorraum hingen auch hier überall Bilder von Flugzeugen, Schiffen und Lastwagen an den Wänden.

Patton kam mit dem gleichen nervösen und erwartungsvollen Lächeln hinter seinem Schreibtisch hervor, das Hawkins schon bei ihrer ersten Begegnung aufgefallen war. Die Dame, die ihn begleitet hatte, blieb an der Tür stehen. Patton sah erst sie und dann Hawkins an und fragte seinen Gast: »Darf ich Ihnen irgend etwas anbieten? Tee? Kaffee? Einen Drink?«

Nur Bier im Keller, gestern abend nichts, abgesehen von dem Wein zum schlecht gebratenen Steak, und heute noch gar nichts, überschlug Hawkins triumphierend, er konnte sich ein wenig Entspannung leisten. »Scotch, bitte«, bat er. »Vielen Dank.«

»Für mich auch«, bestellte Patton.

Die Frau ging zu einem eingebauten Wandschrank hinüber, und Hawkins sah, daß die Flaschen Meßaufsatz hatten. Sie füllte großzügig zwei Gläser und reichte sie ihnen zusammen mit einer kleinen Wasserkaraffe und einer Papierserviette. Dabei fragte Patton ihn: »Was kann ich für Sie tun?«

Hawkins begann seine nun schon vertraute Erklärung, daß er eine Biographie schreiben wolle, und während er sprach, registrierte er, daß Patton außer seinem Lächeln auch noch die Angewohnheit hatte, ständig leicht mit dem Kopf zu nicken, um seine Aufmerksamkeit oder sein Verständnis des Gesagten deutlich zu machen.

Als Hawkins geendet hatte, meinte der Amerikaner: »Ich sehe nicht, wie ich Ihnen helfen könnte. Ich hatte Ihren Vater vor jenem

Tag noch nie getroffen. Nach unserer Rückkehr erhielten wir einen Haufen Publicity, zwei Tage oder so, mit den Kindern, aber wir sind uns eigentlich nie so richtig nähergekommen. Und bei der nachfolgenden Untersuchung des Vorfalls wurden wir an verschiedenen Tagen vorgeladen, so daß wir uns nicht besonders häufig getroffen haben.«

»Wie war das mit dem Hinterhalt?«

Patton zog zweifelnd seine Mundwinkel nach unten. »Das ist schon hundertmal durchgekaut worden«, sagte er. »Zugegeben, wir waren sehr unvorsichtig. Als wir die Kinder in diesem Zustand entdeckten, hatten wir nur noch den Gedanken, sie da so schnell wie möglich rauszuholen. Rundherum wimmelte es von Vietcong, und wir merkten überhaupt nichts davon.«

»Ich habe mir gerade Linds Film von dem Einsatz angesehen«, meinte Hawkins. »Erzählen Sie mir, was danach passierte.«

Patton hatte aufgehört zu lächeln. »Es herrschte große Verwirrung, und wir versuchten zu begreifen, was los war. Lind war schwer verletzt, Schüsse in den Kopf und in die Brust. Ich habe ihn an seinem Kameragurt in den Hubschrauber gezogen. Er atmete noch, aber es hatte ihn offensichtlich schwer erwischt. Dann kam Blair in die Maschine gestürmt und warf mich um. Er hatte ein Kind auf den Armen. Er legte es zu den anderen und stürzte sofort an eine der Kanonen ...« Er hielt inne und schüttelte mit einem Ausdruck der Bewunderung den Kopf. »Jesus, wenn überhaupt jemand die Ehrungen und die Medaillen verdient hat, dann war es Blair. Der Angriff schien vor allem von der Backbordseite zu kommen, und als er endlich schußbereit war, konnten wir sie ganz deutlich sehen, nicht einmal zwanzig Meter entfernt. Er hat sie einfach niedergemäht und den ersten Angriff zunichte gemacht. Wenn er nicht gewesen wäre, dann hätten sie uns alle erwischt. Er rannte immer von einer Seite der Maschine zur anderen, wobei er über die Kinder steigen mußte, und feuerte erst nach Backbord, dann nach Steuerbord, dann wieder nach Backbord. Ich habe keine Ahnung, wie viele er getötet hat, aber es müssen Dutzende gewesen sein.«

»Was war mit Peterson und meinem Vater?«

»Peterson war der erste in der Maschine, er kam direkt nach Blair. Und dann Ihr Vater.« Wieder machte er eine Pause und fuhr dann fort: »Blair übernahm das Kommando. Wir hatten beide den Rang eines Majors, aber er war der dienstältere. Er brüllte Peterson und Ihren Vater an, sie sollten sich hinwerfen und aus dem Weg gehen. Das einzige, was ihnen übrigblieb, war, sich über die Kinder zu legen, um sie zu schützen. Und das taten sie. Sie kämpften nicht, im Gegensatz zu Blair, aber sie bewiesen genausoviel Mut.«

»Warum ist Blair immer hin und her gelaufen?« fragte Hawkins neugierig. »Warum übernahm er nicht die eine Kanone und Sie die andere?«

»Ich versuchte, den anderen zu helfen«, erwiderte Patton. »Ich hatte ein M-16 und versuchte, Ihnen Feuerschutz zu geben, damit sie durchkämen.«

»Warum klappte das nicht?«

Patton runzelte die Stirn bei dieser direkten Frage. »In der Untersuchung wurde festgestellt, daß die Vietcong erkannt hatten, was wir wollten, und in dieser Phase richteten sie ihr Feuer nicht direkt auf uns, sondern eher zwischen uns. Ich nehme an, als eine Art Sperrfeuer.«

»Und die anderen waren ohne Schutz?« fragte Hawkins weiter.

Patton schüttelte den Kopf und senkte nachdenkend den Blick. »Colonel Forest hatte die Sache im Griff. Ich war immer schon der Meinung, daß er den Tadel, den er sich zuzog, nicht verdient hatte. Wie ich schon sagte, kam der Hauptangriff von Backbord, also von links. Er ging mit seinen Leute in dieser Richtung in Stellung, und meine Jungs – Bartel und Chaffeskie und McCloud – gaben ihnen Rückendeckung. Die Kinder, die sie getragen hatten, und der Fernsehreporter befanden sich genau zwischen diesen beiden Gruppen...«

Hawkins beobachtete, wie der Mann unter der Spannung der Erinnerung die Hände so stark zusammenpreßte, daß die Knöchel ganz weiß wurden, und leicht mit den Schultern zuckte, und er fragte sich, ob der Amerikaner weinte.

»...sie versuchten, geduckt zum Hubschrauber zurückzulaufen«, fuhr Patton fort. »Aber die Kinder behinderten ihre Bewegungsfreiheit. Der Reporter, Vine, hatte beide Arme voll, verdammt noch mal...« Er breitete die Arme aus, um die Situation anschaulich zu machen. »...so etwa, als ob er einen Haufen Mais oder Knüppel tragen würde oder etwas ähnliches. Und so stolperte er zwischen den beiden Linien lang...« Er hielt inne und schüttelte wieder den Kopf. »Zum Teufel, es war einfach schrecklich...«

Hawkins merkte, daß der Mann wirklich weinte, und er wußte, er sollte ihn nicht weiter drängen. Trotzdem fragte er noch einmal: »Und was geschah dann?«

Patton holte tief Luft und versuchte sich zu beherrschen. »Zuerst erwischte es Vine«, erinnerte er sich weiter. »Er stand fast aufrecht, nicht so wie die anderen. Das ging nicht anders wegen der Kinder, die er trug. Er wurde direkt in den Kopf getroffen. Ich sah, wie er fiel, und die Kinder alle mit ihm. Wie Kegel auf einer gottverdammten Bowlingbahn. Sie stürzten auf Bartel, und die Schützen störten ihr Feuer. Bartel erwischte es als nächsten. Wie gesagt, es herrschte eine höllische Verwirrung. Aber ich bin sicher, daß es Bartel war. Dann erwischte es einen der Green Berets, nicht Forest, sondern einen der anderen. Es geschah alles so schnell...« Wieder schüttelte er den Kopf. »...Ich weiß nicht mehr, wen es als nächsten traf. Es ging so schnell. Viel zu schnell...«

»Und dann?«

»Ich rief, daß sie getroffen waren. Kennen sie diese kleinen Bordkanonen? Verdammt hohe Feuergeschwindigkeit. Blair hatte die Steuerbordkanone leer geschossen, und auch bei der anderen ging ihm langsam die Munition aus. Und die Vietcong griffen wieder an. Wie konnten die verdammten Kerle genau sehen. Sie trugen wirklich diese schwarzen Anzüge, wie immer gesagt wurde! Wir wußten, daß wir unsere Jungs nicht erreichen konnten, jedenfalls nicht zu Fuß. Deshalb nahm ich den Hubschrauber hoch. Als diese Bastarde sahen, wie die Rotoren anliefen, da drehten sie durch. In absolut selbstmörderischer Weise rannten sie auf uns zu und versuchten uns aufzuhalten, ohne auf die Kanone zu achten. Blair schaffte es, nachzuladen, auf einer Seite jedenfalls – Backbord glaube ich –, und ich flog seitwärts auf die Kerle zu, und er feuerte drauflos. Sie fielen wie die Figuren in den Schießbuden auf dem Jahrmarkt. Ich habe sie ganz schön reingelegt auf diese Weise, direkt über ihre Köpfe hinweg. So gewann ich Höhe und flog dann sofort wieder zurück, um unsere Jungs zu suchen. Flog direkt über sie...«

Hastig zog er ein Taschentuch aus der Tasche und putzte sich die Nase. »...Sie waren alle erledigt«, erzählte er dann weiter. »Viermal bin ich rübergeflogen, so niedrig, wie ich konnte. Keine Bewegung. Nichts. Sie waren völlig durchsiebt. Auch wir wurden ganz schön beschossen, glücklicherweise ohne einen Treffer. Das Triebwerk spuckte, und ich wußte nicht, ob es etwas abbekommen hatte oder was sonst. Als wir sicher waren, daß sie alle tot waren, machten wir, daß wir da rauskamen. Ich wollte Höhe gewinnen, um außer Reichweite zu kommen, aber ich kriegte die Maschine einfach nicht hoch. Später entdeckten wir, daß das Rudergestänge einen Treffer abbekommen hatte und verbogen war. So flogen wir fast in Baumwipfelhöhe nach Saigon zurück, und die ganze Zeit machte ich mir fast in die Hosen vor

Angst, daß jemand von unten auf uns schießen und uns runterholen würde. Aber es passierte nichts. Nach der Landung zählte jemand die Einschüsse in der Maschine: fünfundachtzig Treffer . . .« Patton blickte auf und schluckte. »Das war alles«, sagte er. »So war es. Genau, wie Ihr Vater es beschrieben hat.«

Hawkins kannte den Bericht seines Vaters sehr gut und wußte sehr gut, daß es nicht so war, wie sein Vater geschrieben hatte. Es klang alles viel dramatischer jetzt. Vielleicht war sein Vater in diesem einen Fall doch etwas zu objektiv gewesen. »Es tut mir leid«, sagte er zu Patton. »Ich ahnte nicht, daß es so schlimm werden würde.«

Pattons eilfertiges Lächeln kehrte zurück, wenn auch etwas verschämt. »Ich glaube, ich brauche noch einen Drink«, sagte er und stand auf. »Sie auch?«

»Sicher«, nahm Hawkins das Angebot an und stand ebenfalls auf.

»Noch einen Scotch?«

»Gerne.« Es war erst der zweite, also kein Problem.

Patton ging zu dem niedrigen Büfett an der Wand hinter dem Konferenztischchen, und Hawkins ging langsam und ziellos auf Pattons Schreibtisch zu, um über die schmutzig-graue und kaputte Skyline von Manhattan nach Brooklyn hinüberzusehen. Er würde auf jeden Fall die Chau-Phu-Episode an den Anfang des Buches stellen, beschloß er. »Es muß ein höllisches Erlebnis gewesen sein«, sagte er.

»Das war es«, stimmte Patton hinter ihm zu.

Hawkins drehte sich wieder um und sah zu ihm hinüber. Patton stand immer noch bei dem Konferenztischchen, und zwischen ihm und Hawkins, der am Panoramafenster stand, befand sich Pattons Schreibtisch. Instinktiv wanderte Hawkins Blick zu der Photographie in dem Rahmen, und er erkannte sofort Sharon Bartel.

Patton sah seinen Blick und eilte wütend auf ihn zu.

»Machen Sie, daß sie rauskommen, verdammt noch mal!« rief er.

»Es tut mir leid«, sagte Hawkins, dem die Sache peinlich war. »Ich wollte nicht . . .«

Patton knallte die beiden Gläser auf die Tischplatte. Plötzlich hatte er alle Freundlichkeit verloren. »Ich will nicht, daß sie in irgendeinem Buch auftaucht. Ich will nicht, daß Sie in meinem oder in ihrem Leben herumschnüffeln und ihr noch mehr Schmerzen bereiten, als sie sowieso schon durchgemacht hat. Wenn Sie nur den geringsten Versuch in dieser Richtung machen, dann werde ich Sie so verklagen, daß Sie sich umgucken werden. Ich werde verhindern, daß das Buch irgendwo erscheint, egal, in welchem Land, verstehen Sie mich?«

Hawkins war instinktiv ans Fenster zurückgewichen und fühlte das kalte Glas an seinem Rücken. Der plötzliche Ausbruch kam für ihn völlig unverständlich. »Die Freundschaft zwischen Ihnen und Mrs. Bartel spielt absolut keine Rolle für mein Buch«, sagte er beruhigend. »Ich habe kein Interesse daran. Das Buch ist nur über meinen Vater, und der einzige Grund, warum ich Sie aufgesucht habe, ist die Tatsache, daß Sie ihn kannten. Mit ihr hat das überhaupt nichts zu tun. Ich möchte niemandem auf die Füße treten, hören Sie? Niemandem. Glauben Sie mir.«

Patton schien sich etwas zu entspannen. »Ist das die Wahrheit?«

»Ja«, antwortete Hawkins. »Das ist die Wahrheit.«

»Ihr Wort darauf?«

»Ehrenwort«, versprach Hawkins. »Und wenn Ihnen das nicht genügt, schicke ich Ihnen das fertige Manuskript, bevor ich es an den Verleger gebe.«

Pattons Lächeln kehrte zurück. Er reichte dem Engländer den Whisky und sagte: »Es tut mir leid. Ich glaube, ich bin ein bißchen ausfällig geworden.«

»Ich verstehe das«, versicherte Hawkins. Das wäre vielleicht eine Geschichte für die Zeitung, dachte er, aber nicht für seine Zeitung. Und außerdem arbeitete er heute nur an dem Buch und an nichts anderem.

»Ich möchte nur, daß sie nicht mehr leiden muß. Keine Schmerzen mehr.«

»Ich habe Ihnen doch gesagt, daß ich das verstehe«, wiederholte Hawkins. »Und das mit dem Manuskript meine ich wirklich ernst.«

»Ihr Wort ist genug«, wehrte der Amerikaner ab und nahm einen großen Schluck aus seinem Glas. »Vietnam war ein Scheißloch«, sagte er dann bitter und nachdenklich.

»Ja«, sagte Hawkins, dem die Erfahrung fehlte, »das kann ich mir vorstellen.«

»Tut mir leid, daß ich so explodiert bin.«

Hawkins gelangte rechtzeitig vor der abendlichen Rush-hour aus Manhattan heraus und bekam in La Guardia seinen Rückflug nach Washington. Mit geschlossenen Augen lehnte er sich in seinem Sitz zurück, erschöpft und müde von dem anstrengenden Tag. Er fühlte sich erschöpft, aber nicht betrunken. Wie lange würde es wohl noch dauern, überlegte er, bis er aufhören würde zu zählen in dem Bewußtsein, es geschafft zu haben?

Vom Flughafen aus fuhr er mit dem Taxi direkt zu Petersons Haus. Georgetown ist ein bei den Politikern sehr beliebter Vorort von Washington, eine exklusive Villengegend zwischen der Constitution Avenue und der M-Street. Die Petersons wohnten in der Dumbarton Street in einem vierstöckigen, schindelgedeckten Ziegelbau, der ohne Vorgarten direkt an der Straße lag. Hawkins läutete, und da er schon oft hiergewesen war, blickte er automatisch nach oben in das Auge der Fernsehkamera, die den Eingang überwachte. Nach wenigen Augenblicken öffnete Eleanor Peterson ihm die Tür und sah ihn mit einem seltsamen Ausdruck an.

»John ist nicht zuhause«, sagte sie. »Er hat auf Ihrem Anrufbeantworter eine Nachricht hinterlassen.«

»Ich komme gerade erst aus New York zurück und habe noch nicht angerufen«, erklärte Hawkins und kam sich bei seiner Entschuldigung wie ein Idiot vor.

Eleanor sah ihn unsicher an und sagte dann: »Warum kommen Sie nicht trotzdem auf einen Drink herein?«

Jetzt war es Hawkins, der zögerte. Nur zwei bis jetzt, dachte er und stimmte dann zu. »Vielen Dank.« Er fand, daß sie sehr gut aussah, aber das hatte er schon immer gedacht. Auch wenn er wußte, daß er eigentlich kein Recht dazu hatte.

Patton fühlte sich immer noch unwohl bei dem Gedanken, daß der Engländer Sharon Bartel erkannt hatte. Natürlich würde ihre Beziehung nicht immer ein Geheimnis bleiben können, dachte er, wenn sie ihn endlich heiraten würde. Aber vielleicht könnte er es auch dann noch verhindern, schließlich ging es niemanden etwas an außer sie beide. Und er hatte das durchaus ernst gemeint, als er sagte, er wolle ihr weitere Schmerzen ersparen. Es war ein Fehler gewesen, sich von Hawkins über seinen Vater ausfragen zu lassen – egal, wie er zu ihm gestanden hatte.

Aber wenigstens hatte Hawkins ihn nicht nach seinem Geschäft gefragt. Sollte er es trotzdem nach Washington melden? Patton überlegte. Die Vorschriften waren streng und eindeutig, denn es ging schließlich um Militär- und Regierungsaufträge und, was noch wichtiger war, seine Firma war ein Deckunternehmen für den CIA, für die sie Transporte nach Lateinamerika und in die Golfregion erledigte. Aber es war kein Wort gefallen, aus dem er hätte schließen können, daß Hawkins neugierig geworden war. Also konnte er die Sache vergessen. Wenn er Meldung machen würde, dann müßte er wieder von der

Geschichte mit Chau Phu anfangen, und das wollte er vermeiden. Der heutige Tag hatte ihn an etwas erinnert, was er seit langem zu vergessen suchte. Vergeblich zu vergessen suchte, weil so viele Dinge damit verknüpft waren.

Natürlich war es auch ein gewisser Vorteil gewesen – was er auch zu vergessen versucht hatte. Chau Phu hatte ihm bei den offiziellen Stellen von Army, Navy und Air Force einen guten Ruf eingebracht in der ersten Zeit, nach Vietnam, als er seine Firma gegründet hatte. So war er verhältnismäßig leicht an die großen Aufträge gekommen und konnte sich das Vertrauen verdienen, das dann zu dem Kontakt mit dem CIA geführt hatte. Patton wußte sehr wohl, daß jener Tag in Chau Phu ihn reich gemacht hatte, einen mehrfachen Millionär aus ihm gemacht hatte. Und daß er sich deshalb in die Frau eines der Opfer verliebt hatte. Ganz tief in seinem Inneren, im geheimsten Winkel seiner Seele war Patton sicher, daß er das nie würde vergessen können.

6

Das Innere des Hauses steckte voller Überraschungen. Hawkins folgte Eleanor Peterson die Treppe hoch in einen Salon, von dem aus französische Fenster auf einen Patio mit Topf- und Kletterpflanzen und einer von einem Baldachin geschützten Sitzgruppe führten. Das Ganze wurde von unsichtbaren Scheinwerfern hell erleuchtet, und Hawkins fühlte sich wieder einmal, wie schon so oft, an die Illustrationen in einer Häuserzeitschrift erinnert. Das Zimmer, in das sie ihn jetzt führte, war ebenso perfekt eingerichtet. Rot war die dominierende Farbe, in allen Schattierungen, bei den Velourtapeten, den schweren Vorhängen und dem indischen Teppich, den er bei früheren Besuchen nicht gesehen hatte. Eine der Wände wurde vollständig von einem riesigen, bis unter die Decke reichenden Bücherregal eingenommen, in dem die Bücher nicht streng geordnet standen, sondern teilweise sogar übereinander gestapelt, als würden sie häufig benutzt. Überall im Zimmer lagen weitere Bücher herum, auf kleinen niedrigen Tischen und sogar auf dem Fußboden neben den Sesseln und Sofas, die ebenfalls in Rot gehalten waren. Dicht neben dem Bücherregal stand ein großer Flügel, der mit einer Vielzahl von Photographien geschmückt war. Es gab keine Deckenbeleuchtung, sondern nur Wandlampen, und der Flügel stand halb im Dunkeln, aber er kannte diese Photographien. Die meisten zeigten Peterson zusammen mit irgendwelchen Parteigrößen, darunter auch zwei ehemaligen Präsidenten.

»Tut mir leid, daß es nicht so klappte wie geplant«, sagte die Frau.

»Meine Schuld«, antwortete Hawkins. »Ich hätte wirklich meinen Auftragsdienst anrufen sollen.«

Sie zeigte auf ein Tablett mit zahlreichen Flaschen am Fenster und meinte zu ihm: »Das meiste ist im Hause.«

»Scotch«, bat Hawkins.

»Sollte ich das vielleicht nicht tun?«

»Was?«

»Ihnen Alkohol anbieten?«

»Es tut mir wirklich leid mit dem letzten Mal.«

»Sie waren völlig betrunken«, sagte sie, und er war überrascht von ihrer Offenheit, denn eigentlich kannten sie sich nicht gut genug dafür. Ob Sie ihn darauf ansprechen würde, daß er versucht hatte, mit ihr zu flirten?«

»Es ist kein Problem«, sagte er.

»Wenn es keins wäre, dann würden Sie das jetzt nicht sagen.«

»Das klingt ja fast wie eine Therapie.«

»Vielleicht ist es das auch«, meinte sie.

Sie füllte zwei Gläser mit Scotch und reichte ihm eines davon. »Cheers!«

»Cheers!« sagte er. Hawkins war erstaunt, daß sie auch Scotch trank. Für ihn war es ein reines Männergetränk.

Er setzte sich in den Sessel, den sie ihm anbot, und sie nahm ihm gegenüber auf einer Couch Platz, so daß sie etwas tiefer saß. Ihr blondes Haar fiel offen auf ihre Schultern, sie war fast ungeschminkt und trug nur Rock und Pullover, lange nicht so förmlich wie bei der Einweihungsfeier. Und auch entspannter, dachte Hawkins. Aber warum auch nicht? Sie war schließlich zuhause.

»John hat heute abend noch einen unerwarteten Termin«, erklärte sie. »Eine Wahlkampfveranstaltung in Florida. Und da eine Umfrage am letzten Wochenende ziemlich ungünstig ausfiel, dachte er, es wäre besser, wenn er persönlich dort auftreten würde.«

»Er wird ganz schön viel zu tun bekommen, nachdem er seine Kandidatur angemeldet hat«, meinte Hawkins. »Freuen Sie sich darüber?«

»Ist das ein Interview?« fragte sie vorsichtig.

»Nur eine Unterhaltung«, versicherte er.

»Ja, ich freue mich darauf. Sie dürfen nicht vergessen, daß ich auch aus einer Politikerfamilie komme.«

»Ich weiß«, sagte Hawkins. »John hat es mir erzählt.«

Sie lächelte ihn an. »Ihr Interview hat ganz schön Ärger gemacht. Viele der Reporter hier waren der Meinung, die amerikanischen Zeitungen hätten es zuerst erfahren müssen. Sogar einige seiner eigenen Leute waren dieser Meinung.«

Einer von ihnen war bestimmt Rampallie, dachte Hawkins und sagte: »Ich war ihm sehr dankbar für das Interview.«

»John hat mir von Ihrem Buch erzählt.«

»Eigentlich sammele ich zur Zeit noch Material dafür«, erzählte Hawkins. »Es ist noch so viel zu klären, und ich habe noch viele Fragen.« Er stellte die Sache absichtlich etwas schwieriger dar als sie war, um sie zu beeindrucken.

»Soll ich Ihnen was erzählen?« fragte sie plötzlich?

»Was?«

»Als ich in Vassar fertig war, wollte ich eigentlich Korrespondentin werden. Ich habe im Hauptfach Publizistik studiert. Anschließend war ich drei Jahre in Oxford und studierte Geschichte. Und in England kannte ich Edward Hawkins schon aus seinen Zeitungsartikeln, lange bevor ich ihn hier in Washington persönlich traf. Ist das nicht ein merkwürdiger Zufall, daß John ihn in Vietnam kennengelernt hat und alles so gekommen ist?«

»Sehr merkwürdig«, fand Hawkins. »Haben Sie jemals journalistisch gearbeitet?« fragte er dann.

Die Frau schüttelte den Kopf. »Eigentlich finde ich das selber sehr schade, aus vielen Gründen. Als ich hierher zurückkam, engagierte ich mich in der Politik. Mein Vater bewarb sich damals gerade um die Wiederwahl, und ich schrieb eine Reihe von Artikeln als freie Journalistin, aber nichts Weltbewegendes. Dann lernte ich John kennen, und wir heirateten ...« Sie zuckte mit den Schultern. »Und das war's dann.«

»Ich könnte mir vorstellen, daß das Weiße Haus viel interessanter ist als der *Des Moines Courier*,« meinte Hawkins.

Sie lächelte wieder, und er fand, daß sie dabei sehr attraktiv aussah. »Bis dahin ist es noch ein weiter Weg.«

»Immerhin ist es schon öfter vorgekommen, daß ein amtierender Präsident nicht wiedergewählt wurde, und Ihr Mann besitzt enorme Popularität.«

»War es nicht einer Ihrer Premierminister, der einmal sagte, eine Woche sei eine sehr lange Zeit in der Politik?«

Hawkins fragte sich, wer von den beiden, Eleanor oder John Peterson, wohl belesener war. »Wünschen Sie es sich?« fragte er sie.

Sie sah ihn belustigt an. »Welche Frau würde sich das nicht wünschen?«

»Schon möglich.«

Im Flur wurde es plötzlich laut, und dann kamen zwei Kinder in Nachthemden ins Zimmer und blickten neugierig kichernd auf ihre Mutter und den Besucher. Der Junge sah eindeutig asiatisch aus. Eleanor umarmte sie beide und stellte ihn vor: »Das ist Mr. Hawkins, ein berühmter englischer Journalist.«

Immer noch kichernd, traten die Kinder einen Schritt näher und sagten dann fast gleichzeitig »hallo«. Bei dem Mädchen klang es wie ein Lispeln, da ihr zwei Vorderzähne fehlten. Ein uniformiertes Kindermädchen trat ins Zimmer. Eleanor lächelte ihr zu und sagte: »Vielen Dank, Amy.« Das Mädchen verließ mit den immer noch lachenden Kindern den Raum.

»Ihr Glas ist leer«, bemerkte Eleanor und stand auf, um es ihm aus der Hand zu nehmen.

»Halte ich Sie auch bestimmt nicht auf?« fragte Hawkins, der spürte, wie der Alkohol ihn zu wärmen begann. Trotzdem hatte er durchaus noch die Kontrolle über sich selbst, und die wollte er auf keinen Fall verlieren.

»Ich sagte doch, daß wir eigentlichen einen freien Abend hatten, erinnern Sie sich?« meinte sie und kehrte zu ihrem Sofa zurück. »Ich freue mich, daß Sie mir Gesellschaft leisten.«

»Warum sind Sie nicht mit nach Florida gefahren!«

Sie setzte sich und strich sorgfältig ihren Rock glatt. »Es ist nichts, was mir Spaß machen würde«, sagte sie. »Nur Besprechungen im Hotel und Freundschaftsbesuche, wo man Versprechungen macht und dafür einen Gefallen erwartet. Das gehört nun einmal dazu.«

Jetzt war es Hawkins, der belustigt fragte: »Woher auf einmal der Zynismus?«

»Vergessen Sie nicht, daß ich aus einer Politikerfamilie komme«, betonte sie. »Ich weiß, wie man so etwas arrangiert.«

»Ich weiß nicht so recht, was ich von dem amerikanischen System der Protektion halten soll«, meinte Hawkins. »Ich halte es für ziemlich gefährlich.«

»Wir haben es von den Engländern übernommen«, sagte sie. »Und was ist mit Ihrer sogenannten Ehrenliste?«

»Das ist nicht dasselbe«, widersprach Hawkins. »Außerdem haben wir das System der Protektion schon damals weitgehend abgeschafft, als man George III. verkündete, daß Amerika nicht mehr sein Land wäre.« Hawkins merkte, daß er sich sehr wohl zu fühlen begann.

»Geschäfte werden überall gemacht«, sagte sie.

»Ich wollte mich noch einmal entschuldigen«, sagte er dann. »Für das letzte Mal.«

Sie zuckte nur die Achseln. »So was kommt vor. Wir haben es alle schon längst vergessen.«

»Es kam ein bißchen zu häufig vor«, erwiderte er. Warum machte er ihr dieses Geständnis? Offenbar erinnerte sie sich nur an seine Trunkenheit.

»Sie haben die Sache jetzt im Griff?« fragte sie zur Bestätigung.

»Ich glaube schon.«

»Alleine oder mit fremder Hilfe?«

»Allein.«

»Das ist eindeutig der schwierigere Weg.«

»Ihr Mann hat mir gar nicht erzählt, daß sie John adoptiert haben«, sagte er, um das Thema zu wechseln.

Eleanor hielt mit beiden Händen ihr Glas fest und sah ihn über den Rand hinweg an. »Ist das die Art und Weise, wie man das macht?« fragte sie.

»Ich verstehe nicht, was Sie meinen.«

»Jemanden interviewen . . . etwas herauszukriegen?«

»Wir hatten uns doch darüber geeinigt, daß dies kein Interview ist, sondern nur eine Unterhaltung.«

»Ich habe durchaus nichts dagegen«, betonte sie schnell. »Aber es interessiert mich. Ich habe mich gefragt, ob ich das auch könnte.«

»Und? Könnten Sie es?«

»Ich weiß nicht«, antwortete sie. »Ich glaube schon, mit ein wenig Übung.«

»Ist das die Art, wie man so etwas macht?« fragte er jetzt.

»Ich verstehe nicht, was Sie meinen.« Sie ging sofort auf das Spielchen ein.

»Wie man einer Frage ausweicht, mit langjähriger politischer Erfahrung.«

Wieder lächelte sie ihn an. »Er ist eines der Kinder, die John aus dem Waisenhaus in Chau Phu gerettet hat. Er hatte keinen Namen, wie die meisten der anderen auch, denn es gab keine Unterlagen mehr. Wir dachten, John wäre ein passender Name für ihn. Er ist jetzt neun. Wir feiern den vierundzwanzigsten April als seinen Geburtstag; das war der Tag, an dem er zu uns kam.«

»Das ist sehr schön, finde ich«, meinte Hawkins.

»Wir machen uns etwas Sorgen wegen John junior im Wahlkampf«, sagte Eleanor. »Ich befürchte, die Zeitungen werden versuchen, die Tatsache auszuschlachten, daß wir ihn adoptiert haben. Die sind doch immer auf der Suche nach einem ›menschlichen Touch‹ oder einem ähnlichen Scheiß. Und einige unserer Leute sind sogar dafür, daß wir darauf eingehen.«

Wieder Rampallie, dachte Hawkins und erinnerte sich an das Treffen, das der Wahlkampfleiter bei der Zeremonie arrangiert hatte. Er hatte auch nicht erwartet, daß Eleanor das Wort »Scheiß« benutzen würde; sie wirkte auf ihn nicht wie eine Frau, die flucht.

»Was sagt Ihr Mann dazu?«

»Er ist natürlich absolut dagegen!« Die Frage schien sie zu überraschen. »Das Kind wird völlig herausgehalten.«

»Spricht Ihr Mann über Vietnam?«

Sie schüttelte den Kopf. »Warum sollte er? Es ist eben so passiert, etwas, was ihn für eine Weile beschäftigte, vielleicht eine Woche oder so. Die Sache wurde viel zu sehr hochgespielt, als wäre es das einzige, was John Peterson je getan hat, als er die fünfzehn Kinder aus einem vietnamesischen Waisenhaus rettete. Ich weiß, daß er ihnen das Leben gerettet hat ... nein, so habe ich das natürlich nicht gemeint. Alle, die dabei waren, haben ihnen das Leben gerettet, aber soweit es John betrifft, war das nur eines von den vielen Dingen, die er getan hat. Er hat noch eine ganze Menge anderer Sachen gemacht, die genauso wichtig waren, wenn nicht noch wichtiger.«

»Ich habe mir heute in New York den Film von damals angesehen«, berichtete Hawkins.

»Und wie fanden sie ihn?«

»Ich mußte weinen«, sagte er ganz offen, ohne sich zu schämen.

»Die meisten Männer würden das nicht zugeben«, meinte sie.

»Ich weiß nicht, warum ich Ihnen das gesagt habe.« Er fühlte sich einfach völlig entspannt mit ihr.

»Ich freue mich darüber«, sagte sie. »Ich finde diesen ganzen Machismo beschissen.«

Es fiel ihm auf, daß sie sich genauso wohl zu fühlen schien. »Außerdem habe ich heute mit Eric Patton gesprochen.«

»Sagten Sie nicht, Sie hätten eine Menge Material?«

»Ganze Koffer voll«, sagte Hawkins. »Alles, was er je geschrieben hat.«

»Hier in Washington?«

Er nickte.

»Ich würde mir das gerne mal ansehen«, bat sie.

»Jederzeit, gerne«, sagte er, überrascht über ihre Bitte. »Es ist alles da.«

»Das wäre sehr schön«, wiederholte sie.

Hawkins stimmte ihr zu.

Die Straßen in Georgetown waren voller Restaurants und Cafés, aber Hawkins verspürte keine Lust, obwohl er seine Müdigkeit von vorhin überwunden hatte. Statt dessen fuhr er direkt zurück nach Hause in die Maryland Avenue. Sein Anrufbeantworter enthielt nur einen einzigen Anruf, abgesehen von Petersons Absage, und der war von Harry Jones, der um weitere Kapitel bat und zu den bisherigen einige Fragen hatte, und nachdem Hawkins seine Post durchgesehen und beiseite gelegt hatte, ging er sofort in den Keller hinunter. Er war bei seiner Katalogisierung genauso sorgfältig vorgegangen wie sein Vater selbst und hatte ein eigenes Verzeichnis angelegt, die Sachen aber in der gleichen Ordnung belassen, die sein Vater gewählt hatte. Obwohl er die Gewissenhaftigkeit seines Vaters kannte und sich nicht vorstellen konnte, daß er den CBS-Film in einen falsch datierten Kasten abgelegt hatte, machte sich Hawkins daran, alle Kästen, angefangen mit dem Jahr 1945, noch einmal sorgfältig durchzugehen.

Erst nach vollen drei Stunden war er sicher, daß der Film sich nicht unter den anderen Dingen befand. Es wäre vielleicht sehr viel schneller gegangen, wenn er nicht gleichzeitig noch nach dem Notizbuch gesucht hätte, in dem sein Vater in dem Film geschrieben hatte, kurz bevor sie in Chau Phu gelandet waren. Aber auch dieses Notizbuch war nirgends zu finden.

Hawkins hockte sich, umgeben von den vielen Kartons, auf den Kellerboden, wie er es jetzt häufig tat, und blickte sich nachdenklich um. Er sah ein, daß es sinnlos und praktisch unmöglich war, *alles* aufzubewahren, aber Chau Phu war ein wichtiges Ereignis im Leben seines Vaters gewesen, das ihm mehr Preise und Ehrungen eingebracht hatte als jedes andere. Deshalb hätte er erwartet, daß er alles, was damit zusammenhing, besonders sorgfältig aufgehoben hatte. Und sein Vater war immer *sehr* sorgfältig gewesen. Also warum fehlten diese Sachen?

Hawkins verspürte einen Krampf im Bein und richtete sich auf. Langsam ging er die Treppe wieder nach oben ins Haus. Er hatte das Gefühl, daß immer mehr Fragen auftauchten statt Antworten.

Am nächsten Tag erhielt er zwei wichtige Nachrichten. Das eine war ein Brief von Colonel Elliott Blair, der ihm schrieb, daß er entsprechend den militärischen Vorschriften seinen Vorgesetzten um die Erlaubnis zu einer Unterredung mit Hawkins gebeten hatte. Zu seinem Bedauern jedoch sei sein Antrag abgelehnt worden, ohne Angabe von Gründen. Er wünschte Hawkins jedoch viel Erfolg bei seinem Projekt.

Die andere Nachricht erreichte ihn nur wenige Minuten nachdem er das Pressegebäude betreten hatte. Es war eine Einladung zu einem Interview mit dem amtierenden Präsidenten der Vereinigten Staaten, Nelson Harriman.

7

Die Besuchszeit war zu Ende, und die letzten Touristen des Morgens verließen das Weiße Haus durch den Nordeingang an der Pennsylvania Avenue, als Hawkins ankam. Er ging weiter und machte einen Bogen bis zum Schatzamt, um zum Osteingang zu gelangen. Er erhielt seine Besuchsgenehmigung und wurde von einem Geheimdienstbeamten zum Eingang der Lobby im Ostflügel geleitet, wo John Folger ihn bereits erwartete. Hawkins war selbstverständlich im Weißen Haus akkreditiert und nahm regelmäßig an den Pressekonferenzen des Präsidenten teil, aber sein Verhältnis zu dem Pressesekretär des Präsidenten war distanziert und rein beruflich bestimmt. Jetzt kam ihm Folger schon von weitem mit ausgestreckter Hand entgegen und begrüßte ihn mit großer Herzlichkeit: »Es freut mich, daß Sie Zeit für uns haben, Ray.« So als ob nicht der Präsident, sondern er sich für dieses Treffen Zeit genommen hätte. Folger ergriff seinen Arm und geleitete ihn durch die Halle in die Residenz des Präsidenten. Im Vorbeigehen sah Hawkins, daß die holzgetäfelten Wände mit den Porträts früherer First Ladies geschmückt waren, und er fragte sich, ob Eleanor Petersons Porträt eines Tages auch hier hängen würde.

»Ich kenne Ihre Arbeit ziemlich gut«, sagte Folger zu ihm, »und habe nur Respekt für Sie.«

Besonders seit dem vielbeachteten Peterson-Interview, dachte Hawkins und sagte höflich: »Vielen Dank.«

Sie kamen an einem Raum vorbei, in dem Hawkins die Bibliothek vermutete, und einem zweiten, der eine Anzahl von Glasvitrinen voller chinesischem Porzellan enthielt.

»Wie gefällt es Ihnen in Washington?« fragte Folger.

Überzeugt, daß der Pressesekretär seinen Akkreditierungsantrag gelesen hatte und genau wußte, wie lange er schon in Washington war, antwortete Hawkins höflich: »Ausgezeichnet. Es ist eine wundervolle Stadt.«

Folger blieb stehen und ließ ihn aus dem öffentlich zugänglichen Bereich des Weißen Hauses in den Arbeitsbereich eintreten. Hawkins fiel sofort auf, daß die Flure hier viel belebter waren. Sie bogen nach links ab, wo ein Mann an einem Tisch saß. Als sie auf ihn zutraten, stand er auf, lächelte erst Folger und dann Hawkins an und führte sie in einen Raum, den Hawkins als das Oval Office erkannte. Präsident Carter hatte hier den Eichenschreibtisch aufgestellt, der aus Holzbalken der *HMS Resolution* gemacht war, ein Geschenk der Königin Victoria an die Vereinigten Staaten; Nelson Harriman hatte diesen Schreibtisch übernommen. Vor den riesigen, vom Boden bis zur Decke reichenden Erkerfenstern, aus denen man den Rosengarten überblicken konnte, kam er Hawkins ziemlich klein vor. Petersons Schreibtisch im Senatsgebäude war bestimmt doppelt so groß. Harriman erhob sich von seinem Platz, um ihn zu begrüßen, und deutete auf die Stühle, die vor den Marmorkamin gerückt waren. Auf dem Kaminsims standen mit einem chinesischen Muster geschmückte Vasen, und darüber hing ein Porträt von George Washington vor dem Hintergrund der amerikanischen Belagerung von Boston gegen die Engländer.

»Freut mich, Sie zu sehen, Mr. Hawkins. Freut mich sehr«, sagte Harriman mit einer weichen, melodiösen Stimme, die einen deutlichen Südstaatenakzent verriet. Er war ein Mann von kleiner Statur mit weißem Haar, welches er von der glatten, faltenlosen Stirn nach hinten gebürstet hatte, und glänzenden Wangen. Er trug einen konservativen dreiteiligen Anzug aus blauem Stoff mit einem leichten grauen Karomuster und eine ungemusterte Krawatte. Sein Händedruck war weich und ausdruckslos. Hawkins fand, er wirkte eher wie ein älterer Bankangestellter, der auf seine Beförderung zum Hauptkassier wartet, aber insgeheim von einem Posten als Geschäftsführer träumt.

»Ich möchte mich bei Ihnen für diese Einladung bedanken, Mr. President«, wiederholte Hawkins.

Folger setzte sich diskret auf einen der Stühle, die an der gegenüberliegenden Wand standen. Ein Augenzeuge, dachte Hawkins. Er fragte sich, ob die Tonbandanlage, die Präsident Nixon in der Watergate-Affäre zum Verhängnis geworden war, noch in Betrieb war.

»Ich sah ihrerseits keinen Grund für die Formalität, eine Liste mit vorbereiteten Fragen einzureichen«, erklärte der Präsident. »Es gibt nichts, worüber ich nicht gerne mit Ihnen sprechen würde. Streng nach Protokoll, natürlich.«

Während er sprach, warf er einen Blick auf Hawkins' Kassettenrecorder.

Hawkins war realistisch genug, um zu wissen, daß er die Einladung zu diesem Interview nur als Antwort auf das Gespräch mit Peterson bekommen hatte, als eine Art Gegendarstellung zu dem, was er geschrieben hatte. In diesem Sinne hatte er sich dieses Treffen selbst verdient und verdankte es nicht den guten Beziehungen seines Vaters. Das gab ihm ein sehr gutes Gefühl. Harry Jones würde in London Schwierigkeiten haben mit seiner Kampagne gegen ihn, wenn es ihm gelang, auf diesem Niveau weiterzumachen.

»Wenn Sie so weit sind, können wir anfangen«, sagte Harriman.

Hawkins drückte auf die Starttaste und begann: »Ich hatte vor kurzem ein ausführliches Gespräch mit Senator Peterson, der seine Kandidatur für die kommenden Präsidentschaftswahlen angemeldet hat. Die Meinungsumfragen geben ihm einen deutlichen Vorsprung vor Ihnen für den Fall, daß er offiziell gegen sie antritt. Und es gibt in der amerikanischen Geschichte Beispiele dafür, daß ein amtierender Präsident für eine zweite Amtszeit nicht wiedergewählt wurde. Wie sehr fürchten Sie die Herausforderung durch Peterson?«

Es war deutlich zu spüren, wie Folger auf der anderen Seite des Zimmers von dieser direkten Frage in Unruhe versetzt wurde. Harriman lächelte sein Bankangestellten-Lächeln und antwortete: »Ich glaube, wir sollten immer daran denken, daß Senator Peterson bis jetzt nur seine Kandidatur angemeldet hat, aber von seiner Partei noch keineswegs nominiert worden ist. Ich bin über die Popularität des Senators in den Meinungsumfragen im Bilde. Er ist ein Mann mit großem Charisma ...« Er machte eine Pause, um das nun Folgende zu betonen. »... aber junge Leute besitzen immer eine besondere Ausstrahlungskraft, die nichts über ihre Fähigkeiten aussagt. Und obwohl es in der Tat in der amerikanischen Geschichte durchaus Beispiele dafür gibt, daß ein amtierender Präsident nicht wiedergewählt wird, so gibt es doch noch weit mehr Beispiele dafür – und das gilt für alle

Präsidenten, glaube ich, ohne Rücksicht auf ihre Parteizugehörigkeit –, daß sie in ihrer zweiten Amtszeit deutlich weniger Popularität genießen.«

»Ich hatte durchaus den Eindruck, daß Senator Peterson seine Befähigung bereits unter Beweis gestellt hat«, hakte Hawkins nach, als er erkannte, daß der Präsident seiner Frage ausgewichen war.

»Erfahrungen in der Legislative lassen sich mit den Aufgaben der Exekutive in keiner Weise vergleichen«, machte Harriman deutlich. »Und ich glaube kaum, daß spektakuläre Europareisen und offizielle Begrüßungen an den Eingängen der Regierungsgebäude eine geeignete Vorbereitung auf die Außenpolitik sind.«

Hawkins spürte, daß sein Gegenüber damit einen taktischen Fehler begangen hatte, und sagte: »Gerade auf dem Gebiet der Außenpolitik hat Senator Peterson sie besonders stark kritisiert, insbesondere im Hinblick auf Ihre Haltung gegenüber der Sowjetunion. Was ist Ihre Antwort auf seinen Vorwurf, Sie seien zu allzu vielen Zugeständnissen an Moskau bereit?«

Wieder lächelte der Präsident, und Hawkins mußte erkennen, daß er keineswegs einen Fehler begangen hatte, sondern die Frage in der Tat provoziert hatte, weil er dazu Stellung nehmen wollte.

Harriman antwortete: »Es ist der irrige Eindruck entstanden, daß Senator Peterson ein Mann ist, der die Schrecken des Krieges am eigenen Leibe erfahren hat. Die Wahrheit ist jedoch, daß seine Kriegserfahrungen sich auf einen vierzehntägigen Besuch in Saigon gegen Ende des Vietnamkrieges beschränken, wobei er an einem einzigen Einsatz beteiligt war, der wiederum mit großer Publicity registriert wurde...«

Er mußte husten und fuhr dann fort: »Ich selber habe das Ende des Zweiten Weltkriegs aktiv miterlebt und war Eisenhowers Stab in Reims zugeteilt. Ich habe die Zerstörung Europas mit eigenen Augen gesehen. Ich habe Dresden gesehen, Berlin und Köln. Ich war Mitglied des Stabes von General Marshall, als der Plan entwickelt wurde, Europa nach den Schrecken dieses Krieges wieder aufzubauen, und ich weiß, was das gekostet hat – nicht nur finanziell, sondern im Hinblick auf körperliches Leiden der Menschen. Ich war in MacArthurs Generalstab in Korea, als die Vereinigten Staaten den schweren Fehler begingen, sich als Weltpolizisten zu fühlen. Und in den sechziger und siebziger Jahren habe ich hier in Washington mit angesehen, wie das Land durch den Vietnamkrieg zerrissen wurde...«

Es war eine reine Wahlkampfrede, das wußte Hawkins, aber es war eine beeindruckende Wahlkampfrede.

»Zugeständnisse sind in keiner Weise gleichbedeutend mit einer Schwäche«, fuhr Harriman fort. »Zugeständnisse machen, heißt Fortschritte machen und den anderen zu überzeugen. Deshalb kann ich den Vorwurf, ich würde Zugeständnisse machen, nur mit einem klaren und entschiedenen ›Ja‹ beantworten. Ich möchte das Vertrauen der Sowjetunion gewinnen und kein Mißtrauen säen. Konfrontation bedeutet nicht Stärke. Im Gegenteil. Immer neue Konfrontationen durch den Bau immer neuer Raketensysteme und noch mehr Atom-U-Boote sind eher ein Zeichen von Schwäche, der Schwäche eines Rüpels, der seinen Gegner mit der Drohung einschüchtert, er werde seinen großen Bruder rufen, wenn der andere nicht nachgibt...« Harriman machte wieder eine kurze dramatische Pause, um das nächste zu betonen. »Wissen Sie, warum mir solche Konfrontationen angst machen, Mr. Hawkins? Wovor ich Angst habe, ist, daß der Gegner nach immer neuen Konfrontationen und der Entwicklung immer stärkerer und schrecklicherer Waffensysteme sich weigert, nachzugeben. Dann kommt man an den Punkt, wo man entweder Ernst machen oder sich zurückziehen muß. Und was wird dann aus dem Macho-Gehabe? Meinen Sie, die Einwohner von New York oder Buffalo oder Los Angeles... oder London, Paris und Bonn... wären dann immer noch für eine kriegerische Konfrontation?«

»Senator Peterson ist überzeugt, daß die Sowjetunion immer nachgeben wird, wenn sie sich einer entschlossenen Konfrontation gegenübersieht.«

»Diese Ansicht ist dumm und naiv und durch keinerlei Tatsachen gestützt«, reagierte Harriman mit Nachdruck und Verachtung. »Chruschtschow war in einer aussichtslosen Position, als Kennedy es 1962 wegen der sowjetischen Raketen auf Kuba auf eine Konfrontation ankommen ließ; er war in Gefahr, auch die Unterstützung seines eigenen Politbüros zu verlieren. Und es ist eine gefährliche Träumerei, wollte man Kuba als Beweis dafür nehmen, daß Moskau bei einer Konfrontation immer zurückstecken würde.«

In einer direkten Diskussionsrunde wären Harrimans Worte ein überzeugendes Gegenargument gewesen, eine direkte Antwort auf das, was Peterson gesagt hatte. Aber es ging hier nicht um eine Diskussionsrunde und schnelle gute Antworten. Zwischen der Veröffentlichung des Peterson-Interviews und diesem Gespräch lag eine Zeitspanne von gut zwei Wochen, und nach so langer Zeit hätten die meisten der Leser – zumindest in England – sowieso längst vergessen, was Peterson eigentlich gesagt hatte. Also lieferte Hawkins diese Unterhaltung vielleicht Material für ein weiteres Feature, aber keine konkreten, aktuellen Schlagzeilen – abgesehen von der Tatsache, daß er vom amerikanischen Präsidenten die Einladung zu einem offiziellen Interview erhalten hatte. Aber er wollte mehr. Deshalb fragte er weiter: »Warum haben Sie ihre Zusage zu einem Abrüstungsgipfel zurückgezogen, als sie die Informationen über die verbesserten SS-20-Raketen erhielten?«

Ein befriedigter Ausdruck glitt über Harrimans Gesicht, als er nun sagte: »Ich hatte einen guten Grund.«

Nach einem kurzen Moment des Schweigens, in dem Hawkins plötzlich einen Hoffnungsschimmer sah, fragte er: »Was war das für ein Grund?«

»Wie so vieles andere in der letzten Zeit wurde auch die Entdeckung der neuen SS-20 dazu benutzt, mich in Verlegenheit zu bringen«, erklärte Harriman. »In Wahrheit jedoch waren es die Russen selbst, die dadurch in Verlegenheit kamen. Sie wußten das, und ich wußte das, und jeder vernünftige, erfahrene Beobachter wußte das...« Wieder machte er eine kleine Pause, um seiner Spitze gegen Peterson größeren Nachdruck zu verleihen. »Natürlich hätte ich noch ganz anders reagieren können, als nur meine Zusage zurückzunehmen, aber es ging mir nicht um bloße Effekthascherei. Ich wollte ein Gipfeltreffen erreichen, aber nicht verhindern, indem ich Moskau bloßstelle. Ich zog meine Zusage zurück, nicht aber die in Genf tagende ständige Verhandlungskommission. Und der Leiter dieser Kommission hat mich darüber informiert, daß die Sowjetunion bereit ist, gegenseitige Kontrollen an Ort und Stelle zu akzeptieren, um die Einstellung der Raketenproduktion auf beiden Seiten zu überwachen.«

Hawkins verspürte das vertraute körperliche Gefühl von Befriedigung, als ihm die Bedeutung dieser Mitteilung klar wurde. Wenn es Harrison gelang, das Haupthindernis für alle Abrüstungsverhandlungen beiseite zu räumen, dann hätte er damit Peterson und jeden anderen möglichen Herausforderer mit Sicherheit aus dem Felde geschlagen. »Wie verläßlich ist diese Information?« fragte er vorsichtig.

»Die Verhandlungen sind genügend weit fortgeschritten, um einen Entwurf für ein Abkommen zu formulieren. Der Entwurf ist noch nicht fertig, aber es wird daran gearbeitet. Wenn die Arbeiten abgeschlossen sind und von mir und vom sowjetischen Politbüro akzeptiert werden, dann wird es ein Gipfeltreffen geben zur Unterzeichnung dieses Abkommens.«

»Wo soll das stattfinden?«

»Das ist noch nicht entschieden worden«, antwortete Harriman. »In Europa, nehme ich an. Das würde ich sehr begrüßen. Genf war für solche Verhandlungen immer ein bewährter Ort, ebenso Wien. In beiden Fällen würde ich selbstverständlich anschließend nach London kommen, um Ihre Regierung mit den Einzelheiten vertraut zu machen.«

Das war es! dachte Hawkins triumphierend. Harriman benutzte ihn natürlich, ebenso wie Peterson ihn für seine Zwecke benutzt hatte – aber während sie ihre Zwecke erreichten, konnte auch er davon profitieren. Immer noch vorsichtig, fragte er: »Darf ich mich auf Sie berufen?«

»Ich habe nichts gesagt, was Sie nicht wörtlich zitieren dürfen«, versicherte Harriman, nicht ohne Folger einen kurzen Blick zuzuwerfen, den dieser mit einem leichten Nicken beantwortete.

Da man ihm keine zeitliche Beschränkung auferlegt hatte, fragte Hawkins weiter: »Ich würde mich gerne einigen innenpolitischen Fragen zuwenden, wenn Sie nichts dagegen haben. Die zur Zeit außerordentlich hohe Arbeitslosigkeit wird allgemein auf die fast ebenso hohen Zinsraten zurückgeführt, die Sie mit Ihrer Finanzpolitik bewirkt haben. Gibt es irgendwelche Pläne, kurzfristig diese Arbeitslosigkeit zu verringern?«

»Durch die Finanzpolitik, die ich nach meiner Amtsübernahme betrieben habe, ist es gelungen, die Inflationsrate in diesem Land um drei Prozent zu senken, und noch unveröffentlichte neueste Berechnungen zeigen, daß sie im vergangenen Monat um vier Prozent niedriger lag. Die Inflation ist das Schreckgespenst jedes Politikers. Die Leute sehen, wie teuer eine Dose Bohnen ist und wie lang die Schlange der Arbeitsuchenden ist, aber die Inflation können sie nicht sehen. Sie wirkt sich auf den Preis dieser Dose Bohnen aus, aber das ist nicht die eigentliche Ursache...« Wieder machte er eine Pause, und Hawkins wartete gespannt auf das, was jetzt kommen würde. »... und wie ich eben erwähnte, ist sie neuesten Berechnungen zufolge um vier Prozent gesunken. Wenn das so ist, dann sehe ich keinen Grund, warum der Finanzminister sich nicht mit der Bundesbank über eine Senkung des Diskontsatzes einigen sollte.«

»Wie groß wird diese Senkung sein?« fragte Hawkins, der nicht einmal einen Bruchteil dieser Menge an Informationen erhofft hatte, die ihm dieses Interview verschaffte.

»Mit Sicherheit ein ganzer Prozentpunkt, und wenn alle anderen Faktoren stabil bleiben, vielleicht sogar zwei Prozent«, sagte der Präsident. »Eine Senkung in dieser Höhe würde die Investitionstätigkeit beleben und der Industrie einen neuen Aufschwung ermöglichen. Und wenn die Industrie expandiert, dann wächst auch die Beschäftigung wieder.«

Hawkins erkannte, daß der Präsident auf alle Punkte einging, die Peterson in seinem Interview angesprochen hatte. Und in allen Punkten hatte er seinen Kontrahenten widerlegt. Folger begann unruhig zu werden, und da Hawkins mit dem Ergebnis des Interviews mehr als zufrieden war, ging er sofort darauf ein und sagte: »Ich möchte Ihnen danken, Herr Präsident, daß Sie mir Ihre kostbare Zeit geopfert haben.«

Harriman erhob sich und beendete damit das Gespräch. »Es war mir wirklich ein Vergnügen«, sagte er. »Ich freue mich darauf, Sie bei der nächsten öffentlichen Besprechung dabeizuhaben.«

Hawkins folgte dem Pressesekretär, als sie das Oval Office verließen, aber auf dem Flur gingen sie nebeneinander her zurück zum Ostflügel des Weißen Hauses. Folgers Gesicht war gerötet, und er schien unsicherer zu sein als vorhin.

»Soweit ich weiß, wird es keine weitere Besprechung geben«, meinte er zu Hawkins.

»Ich wäre Ihnen dankbar, wenn Sie mich benachrichtigen würden, falls es doch der Fall sein sollte«, erwiderte dieser. »Ich möchte auf keinen Fall etwas schreiben, was nicht den Tatsachen entspricht.«

»Keine Sorge«, beruhigte Folger ihn eilig. »Ich werde Sie sofort anrufen, wenn es irgendwelche Veränderungen geben sollte.«

»Vielen Dank«, antwortete Hawkins.

»Und noch etwas, Ray.«

»Ja?«

»Wenn wir irgend etwas für Sie tun können, zögern Sie nicht, uns anzurufen, in Ordnung?«

»Okay«, sagte Hawkins und freute sich über die Vorteile, die das Treffen mit Harriman ihm verschafft hatte.

Folger reichte ihm seine Karte. »Hier haben Sie die Nummer meines Büros, und dies ist meine Privatnummer.«

Harriman war doch mehr als ein Bankangestellter, konstatierte Hawkins und revidierte seinen ersten Eindruck. Der Mann war ein sehr fähiger und geschickter Politiker mit dem Finger direkt am Puls. Wieder betrachtete Hawkins nachdenklich die Porträts der vergangenen First Ladies, als er zum Ausgang ging. Vielleicht würde Eleanor Peterson es doch nicht vergönnt sein, in diesen Kreis aufgenommen zu werden.

Eric Patton war ein sehr verständnisvoller und einfühlsamer Liebhaber, der immer mehr an Sharon als an sich selbst dachte. Und er war sehr zärtlich, wie sie es am liebsten hatte. Sie kam als erste, und dann noch einmal mit ihm zusammen. Auch danach war er noch sehr liebevoll und zog sich nicht sofort zurück, sondern streichelte und küßte sie, bis ihre Erregung abgeklungen war.

»Ich liebe dich«, sagte sie zu ihm.

»Ich wünschte, ich könnte das glauben.«

»Ich habe darüber nachgedacht und weiß, daß du recht hast. Ich bin wirklich albern.«

Er hob den Kopf, um sie in der Dunkelheit besser sehen zu können. »Inwiefern?« fragte er voller Hoffnung.

»Ich möchte dich heiraten.«

Er knipste das Licht an, und sie zuckte zusammen und wandte sich ab, als das Licht sie blendete.

»Meinst du das wirklich ernst?«

»Ja, das meine ich ernst. Aber richtig«, sagte sie. Sie breitete die Arme aus. »Ich weiß, es ist albern, aber ich möchte eine richtige Hochzeit. Charles und ich haben so überstürzt geheiratet, ohne Verlobung, und unsere Flitterwochen dauerten nur eine einzige Woche, weil er nach Übersee abkommandiert wurde. Und diesmal möchte ich eine richtige Verlobung. Und genügend Zeit, um die Hochzeit zu planen und vorzubereiten.«

»Du kannst alles haben, was du willst«, sagte Patton. »Alles.«

»Ich wünschte, du würdest mich nicht immer so verwöhnen.«

»Ich werde uns eine größere Wohnung in New York mieten, in den Sechzigern, wo es schöner ist. Vielleicht Riverside«, sagte er, ihre Bemerkung ignorierend.

Sie lächelte ihn liebevoll an und freute sich über seine jungenhafte Begeisterung. »Ich möchte nicht von hier wegziehen. Mir gefällt es hier in diesem Teil von Connecticut.«

»Wie du meinst. Dann werden wir eben beides machen, denn ich möchte, daß du immer bei mir bist.«

Sharon setzte sich auf und blickte ihm ins Gesicht. »Dieses Buch, von dem du mir erzählt hast – das könnte nicht peinlich für uns werden, oder?«

Patton küßte sie zärtlich. »Keine Sorge«, berühigte er sie. »Er hat versprochen, unsere Beziehung nicht zu erwähnen, und wenn du willst, kann ich ihn immer noch bitten, mir das Manuskript zu zeigen. Er hat es mir angeboten. Und abgesehen davon, wenn es erscheint, werden wir längst verheiratet sein, oder?«

»Ich hoffe es«, sagte sie.

8

Hawkins bekam wieder einmal den Aufmacher auf der ersten Seite mit seiner Meldung über Harrimans Ankündigung eines Durchbruchs bei den Abrüstungsverhandlungen, und der begleitende Bericht füllte wieder, wie bei Peterson, zwei weitere Seiten im Innenteil des Blattes. Auf beiden Berichten lag ein Copyright, und da das Weiße Haus nur eine kurze, vierzeilige Bestätigung abgab, wurden sie wieder von einer ganzen Reihe von Zeitungen in den Vereinigten Staaten übernommen. Ein weiterer Schwarm von Glückwunschtelegrammen aus London traf ein, darunter diesmal auch eines von Harry Jones, und am Montag war Hawkins Gast in der Fernsehshow *Good Morning, America.* Trotz der unvermeidlichen Anspielungen auf seinen Vater zeigte ihn das Interview als den neuen aufsteigenden Stern unter den politischen Kommentatoren in der amerikanischen Hauptstadt. Gleich nach der Sendung wurde er von zwei Vertretern verschiedener Pressezentralen angesprochen, die ihm eine regelmäßige wöchentliche Kolumne in amerikanischen Tageszeitungen anboten. Er lehnte beide Angebote ab. Abgesehen von einem möglichen Interessenkonflikt mit seiner eigenen Zeitung war er realistisch genug, um zu erkennen, daß das Interview mit Harriman nur eine Reaktion auf den Peterson-Bericht gewesen war und er seinen neuen Ruf schnell wieder verlieren könnte.

Aber er war auch realistisch genug, um auf andere Weise Kapital aus seinem Erfolg zu schlagen.

Bis zu diesem Zeitpunkt war sein Draht zu Jeremy Abbott, dem Presseberater der britischen Botschaft, nicht besser gewesen als der Kontakt zu Folger, aber am Tag nach der Veröffentlichung seines exklusiven Interviews mit Präsident Harriman schickte ihm Abbott eine Einladung zu einem Treffen mit dem Botschafter. Sir Neville

Wilkinson entpuppte sich als ein hochgewachsener Mann von kräftiger Statur mit fleckigem Gesicht und einem Monokel im linken Auge, bei dem Hawkins nicht sicher war, ob es ein Zeichen von Affektiertheit oder Stil war. Der Botschafter machte die üblichen Floskeln, sprach von einem nützlichen Meinungsaustausch und sagte, er würde häufig ausgewählte englische Journalisten zu inoffiziellen Lagebesprechungen empfangen und würde sich freuen, wenn Hawkins sich als einer dieser Auserwählten betrachten würde. Hawkins erkannte schnell, daß Wilkinson darauf aus war, wenig zu geben und viel zu bekommen, aber er begrüßte diese neue Ebene der Zusammenarbeit und betonte, daß er das Vertrauen zu schätzen wisse, das der Botschafter ihm schenkte.

Er nahm auch eine Einladung zum Lunsch mit dem Sprecher des Repräsentantenhauses, Paul Brunton, an und traf sich, auf ihren Wunsch, mit den beiden Fraktionsvorsitzenden des Senats sowie des Repräsentantenhauses. Sie äußerten ihm gegenüber ihre einhellige politische Beurteilung dessen, was Harriman gesagt hatte, und verschafften ihm so genug Material für einen weiteren Sonderbericht für die nächste Sonntagsausgabe.

Er war sehr beschäftigt in diesen Tagen, mehr als je zuvor, und empfand nicht nur berufliche, sondern auch persönliche Befriedigung. Er betrank sich nur ein einziges Mal, still und ruhig, in seinem Haus an der Maryland Avenue – eine private Feier, von der niemand sonst erfuhr, und am nächsten Tag kam er ohne einen Tropfen Alkohol aus, ohne daß es ihm schwergefallen wäre, was seinen Stolz natürlich noch vergrößerte.

Er hatte zu viel zu tun, um Peterson um einen neuen Termin zu bitten, und bevor er dazu kam, meldete sich der Senator selbst bei ihm durch Rampallie. Diesmal nahm er ein Taxi zum Senatsgebäude und bemerkte sofort, daß Rampallie ihn jetzt ganz anders behandelte. Vorher hatte Hawkins immer so etwas wie eine leichte Herablassung verspürt, aber jetzt reagierte Rampallie eher wie Folger nach seiner bevorzugten Behandlung durch den Präsidenten. Auf dem Wege zu Petersons Büro vertraute ihm Rampallie an: »Heute ist etwas mehr Zeit, der Terminkalender des Senators ist nicht ganz so voll wie letztes Mal.«

In der ersten Runde ihrer politischen Auseinandersetzung hatte Harriman einen überwältigenden Sieg davongetragen, und als Hawkins Petersons Büro betrat, fragte er sich, wie der Senator wohl reagieren würde. Peterson kam ihm wie beim letzten Mal lächelnd entgegen, um ihn zu begrüßen, und zeigte wieder auf die abgenutzte Ledergarnitur an der Wand.

»Ich habe in der letzten Zeit viel von ihnen gehört und gesehen, Ray«, meinte er, ohne eine Spur von Groll in der Stimme.

»Ja, ich war beruflich ziemlich erfolgreich«, räumte Hawkins ein.

»Harriman hat mich wirklich eingeseift«, gab Peterson mit großer Offenheit zu.

Hawkins hatte diese Offenheit nicht erwartet und war überrascht. »Ja, es sieht so aus«, sagte er.

»Das ist der Vorteil, den ein Amtsinhaber immer hat«, meinte der Senator weiter. »Wir können nur sagen, was wir vorhaben, aber der Präsident kann wirklich handeln. Es ist eine verdammte Gemeinheit, aber wir müssen die Sache philosophisch betrachten.

»Was sagen die Meinungsumfragen?«

»Harriman liegt natürlich überall vorn. Das war auch nicht anders zu erwarten. Wir haben das Motto seines Wahlprogramms erfahren – ›Frieden und Wohlstand‹ ...« Peterson zuckte mit den Achseln. »Und das ist ein verdammt gutes Programm.«

»Sie scheinen aber keineswegs besorgt zu sein.«

»Wenn ich darüber besorgt wäre, dann hätte ich in der Politik nichts zu suchen«, sagte Peterson. »Es ist noch lange hin bis zur Wahl. Es bleibt abzuwarten, ob die niedrigeren Zinssätze wirklich zu einer Verminderung der Arbeitslosigkeit führen werden. Und die Genfer Verhandlungen haben bis jetzt noch nicht zu einem greifbaren Abkommen geführt.«

»Sie sehen die Sache nicht nur philosophisch, sondern auch sehr realistisch«, meinte Hawkins.

»Werden Sie zum Parteitag kommen?« fragte Peterson.

Hawkins hatte sich noch keine Gedanken darüber gemacht, aber jetzt sagte er sofort: »Ja, natürlich.«

»Waren Sie schon einmal in Miami Beach?«

»Nein«, räumte er ein.

»Ich werde im Fontainebleau wohnen. Joe wird die Sache mit Ihrer Akkreditierung regeln.«

»Vielleicht könnte ich Sie auch im Wahlkampf begleiten?« Ähnliches mußte er auch mit Harriman vereinbaren. In der Regel machten Präsidenten bei ihrer Wiederwahl nicht mehr so ausgedehnte Wahlkampfreisen, deshalb war die Sache mit Peterson wichtiger.

»Jederzeit, wenn Sie wollen«, stimmte Peterson zu. »Ich werde dafür sorgen, daß Joe auch das arrangiert.«

Um endlich auf das eigentliche Thema zu kommen, sagte Hawkins: »Ich bin in New York gewesen und habe mir Harvey Linds Film angesehen und auch noch einmal mit Eric Patton gesprochen.«

»Und wie kann ich Ihnen weiterhelfen?«

»Erzählen Sie mir einfach, wie es war, aus Ihrer Sicht.«

Peterson hatte ihm direkt ins Gesicht geblickt, aber nun senkte er nachdenklich den Kopf und sagte: »Wissen Sie, ich bin mir wirklich sehr unsicher, was diese Geschichte angeht. Was wir damals gemacht haben, hat fünfzehn Kindern das Leben gerettet. Eines davon ist jetzt mein Kind, und ich liebe es so sehr, daß es fast weh tut. Aber sieben Amerikaner haben dafür ihr Leben verloren, Amerikaner, die heute noch leben würden und bei ihren Familien wären, wenn ich damals nicht darauf bestanden hätte, nach Chau Phu zu fliegen.«

»Ich weiß nicht, ob man das so aufrechnen kann«, wandte Hawkins ein, der immer wieder von Petersons Offenheit überrascht war.

»Nein«, meinte Peterson, »das kann man wohl nicht.«

»Patton sagte, sie seien damals sehr unvorsichtig gewesen, keine Wachposten aufzustellen.«

»Untersuchungen müssen immer einen Schuldigen finden, das ist ihre Aufgabe. Sie haben doch den Film gesehen. Diese Kinder lagen schon im Sterben. Forest hatte die Gegend abgesucht und fühlte sich sicher. Okay, im nachhinein muß man natürlich sagen, daß wir einen Wachposten hätten aufstellen *müssen*, aber damals schien es uns wichtiger zu sein, so schnell wie möglich die Kinder da rauszuholen und wieder abzuhauen . . .« Er machte eine kurze Pause und fuhr dann fort: »Wenn es darum geht, wer die Schuld hatte, dann bin ich es doch wohl. Ich war es, der alle anderen rief, sie sollten mithelfen.«

»Was waren Ihre Gefühle damals?«

»Ich hatte eine höllische Angst, wenn auch nicht gleich zu Anfang, denn es ging alles so schnell. Zuerst habe ich ganz einfach nur reagiert; ich tat das, was Blair sagte, und folgte ihm. Die Angst kam, als ich über den Kindern lag. Es ist komisch, was einem in so einem Augenblick durch den Kopf geht. Da lag ich und dachte, ich müßte jetzt sterben, und gleichzeitig versuchte ich mich so leicht wie möglich zu machen, um die Kinder nicht zu erdrücken. In diesem Moment beschloß ich, wenn wir da rauskämen, dann wollte ich John haben. Er lag an meiner rechten Schulter. Er hatte Läuse und die Krätze und eine offene Wunde am rechten Arm. Keine Ahnung, was es war, aber die Ärzte hier sagten mir später, es sähe aus wie Rattenbisse, als ob sie ihn angenagt hätten. Manche der Kinder waren so krank, daß sie nicht einmal mehr auf die Schüsse reagierten, aber John fuhr ständig zusammen, und bei dem Dauerfeuer wurde bald ein stetes Zittern daraus. Ich sagte mir, wenn du hier rauskommst, dann adoptierst du dieses Kind, damit es nie wieder so vor Angst zu zittern braucht...« Peterson hielt immer noch nachdenklich den Blick gesenkt und schüttelte jetzt traurig den Kopf. »Aber irgendwie hat es nicht geklappt. Der Junge ist so sicher behütet wie Fort Knox, und letztes Wochenende bin ich mit ihm in Georgetown zu dem Drachenladen gefahren, und irgendwo in der Nähe hatte eine Auto eine Fehlzündung, und er hatte sich blitzschnell wie eine Katze hingehockt und angefangen zu wimmern.«

»Und mein Vater?«

Peterson sah ihn an und sagte: »Soll ich Ihnen noch was erzählen? Ich habe im ersten Moment so starke Angst gehabt, daß ich nur noch an mich selbst denken konnte und niemand anders. Erst im Hubschrauber machte ich mir Gedanken um die anderen. Blair war direkt vor mir an der Kanone, und ich blickte mich um nach den anderen. Aber ich sah nur Ihren Vater. Aus meiner Position konnte ich die anderen nicht sehen, aber ich wußte, daß sie noch draußen waren, daß sie in der Falle saßen. Ich glaube, ihr Vater hatte viel weniger Angst als ich. Wahrscheinlich hatte er schon zu viele Kriege miterlebt und hatte sich daran gewöhnt. Während überall Kugeln von der Außenhaut des Hubschraubers abprallten und als Querschlager durch die Luft sausten, versuchte er, die Kinder zu beschützen und für sie zu sorgen. Ein Kind hing mit dem Bein aus dem Hubschrauber heraus, und er zog es herein. Nur ein paar Augenblicke später schlug ein Geschoß an derselben Stelle ein. Weiß der Teufel, was es war, eine Gewehrkugel, glaube ich, aber sie hätte dem Kind sicher das Bein abgerissen, und da wir keine Sanitäter an Bord hatten, wäre es gestorben, wenn Ihr Vater nicht gewesen wäre.«

»Sie schildern ihn als einen sehr tapferen Mann.«

»Vielleicht«, gab Peterson zu. »Aber das ist es nicht, woran ich mich am meisten erinnere. Es war...« Wieder unterbrach er sich, um das passende Wort zu suchen: »...so als ob es ihm nichts ausmachte. Da saßen wir in der Falle, und ich dachte, wir würden da nie wieder rauskommen, und Ihr Vater kümmerte sich ganz ruhig um die Kinder, zog sie aus der Gefahrenzone und versuchte sie zu beschützen. Ich kam mir so nutzlos vor, wie ich da lag und nichts machte. Ich stand nicht an der Kanone wie Blair, ich hatte kein M-16 wie Patton, ich preßte mich nur so eng wie möglich an den Boden, ohne die Kinder zu erdrücken, aber Ihr Vater war halb aufgerichtet und versuchte sie zusammenzuhalten.«

Von all dem hatte er weder im Film noch in der Unterhaltung mit Patton noch in dem nüchternen, objektiven Bericht seines Vaters irgend etwas mitgekriegt, erinnerte sich Hawkins. Er dachte wieder an den Satz, mit dem er das Buch beginnen wollte – ›Mein Vater war ein Held, ein Mann, auf den ich sehr stolz bin.‹ Der Satz war sehr passend, fand er. »Wie lange hat das Ganze gedauert?« fragte er Peterson weiter.

»Es kam mir wie eine Ewigkeit vor«, antwortete der Senator. »Bis Patton die Maschine plötzlich hochzog. Ich dachte, wir würden alle rausfallen. Die Maschine war an den Seiten offen, wissen Sie, und keiner von uns war angeschnallt. Aber nichts geschah, wegen der Zentrifugelkraft, nehme ich an. Dann kippte die Maschine, und ich blickte durch die offene Seitentür, durch die Blair hinausfeuerte, und konnte sie deutlich erkennen. Ich sah wirklich, wie sie auf uns schossen, ganz nah. Nicht so nah, wie wir uns sind, aber doch so, daß ich ihre Kleidung erkennen konnte und sah, wie sie ihre Gesichter verzogen und auf uns schossen. Ich kam mir vor wie auf einer Schaukel, und mir wurde schlecht; ich weiß nicht, ob es die Angst war oder die Bewegungen des Hubschraubers. Wir flogen zur Seite, und dann sofort wieder zurück, um zu sehen, wo die anderen waren.«

»Konnten Sie sie sehen?«

Peterson nickte, antwortete aber nicht sofort. »Patton flog ein paar Kurven«, sagte er nach einer Weile, »bestimmt sechs- oder siebenmal. Ich sah auf sie hinunter, wie ich auf die Vietcong geschaut hatte. Sie waren alle hin. Tot.«

»Was wurde gesprochen?«

Peterson schüttelte den Kopf. »Nichts. Jedenfalls soweit ich mich erinnern kann. Ich nehme an, daß jemand was gesagt hat, aber es kann nicht viel gewesen sein. Jeder war mit sich selbst beschäftigt und dachte daran, was passiert war.«

»Und Lind?«

»Blair versuchte ihn zu behandeln und seine Verletzungen zu untersuchen. Er hatte mehrere Wunden in der Brust, Gott weiß wie viele Einschüsse. Und die Hälfte seines Kopfes fehlte. Er muß gestorben sein, ehe wir abhoben.«

»Sie sagen, Sie hätten Angst gehabt?«

»Und wie«, sagte Peterson.

»Darf ich das schreiben?«

»Warum nicht? Es ist die Wahrheit.«
»Ich wollte nur sichergehen.«
»So ist es passiert, und so habe ich mich dabei gefühlt.«

Hawkins war sicher, daß er jetzt alles gehört hatte, was er für die Biographie brauchte. Er sagte: »Im Augenblick ist es vielleicht noch zu früh, aber ich würde gerne zu Beginn des Wahlkampfes dabeisein, sobald sie die Nominierung haben.« Der direkte Vergleich von Peterson und Harriman war ihm aufgedrängt worden, aber Hawkins überlegte plötzlich, daß es vielleicht eine gute Idee wäre, in dieser Richtung weiterzumachen bei seiner Berichterstattung über die Wahlkampfvorbereitungen. Die Sache würde sogar verhältnismäßig leicht werden, wenn Harriman ihm genauso entgegenkam, wie Peterson es jetzt tat, und der Präsident hatte ihm durch Folger mitteilen lassen, daß er dazu durchaus bereit sei.

Peterson schien erleichtert darüber, daß Hawkins das Thema Vietnam fallengelassen hatte, und sagte: »Wie ich bereits sagte: Kommen Sie mit, wann immer Sie wollen.«

Hawkins erhob sich, und der Senator meinte: »Übrigens, Eleanor hat mir von den Unterlagen Ihres Vaters erzählt und gesagt, sie würde sie gerne einmal ansehen.«

»Jederzeit«, antwortete Hawkins.

Eleanor Peterson rief ihn schon am gleichen Abend an.

Sie trug Jeans und einen Sportpullover und war ohne Make-up, und Hawkins fand, daß sie wie ein Mädchen vom College aussah, als sie in der Maryland Avenue ankam. Eine sehr schöne College-Studentin.

»Es ging nicht anders, ich mußte John einfach bitten, zu fragen«, sagte sie gleich nach der Begrüßung. »Nachdem ich mich neulich so aufgedrängt hatte, war es mir richtig peinlich. Ich dachte, Sie würden mich für albern halten oder so was.«

»Warum sollte ich?«

Auch ihr Achselzucken wirkte wie bei einem Schulmädchen. »Ich weiß nicht ... Störe ich auch bestimmt nicht?«

»Absolut nicht.«

Er geleitete sie durch den widerhallenden Flur in das unaufgeräumte Arbeitszimmer, wo er bereits Feuer gemacht hatte, denn am Morgen hatte es den ersten heftigen Schneeschauer dieses Winters gegeben. Sie ging sofort zum Kamin hinüber und stellte sich fröstelnd mit dem Rücken zum Feuer. Mit einer Kopfbewegung zum Schreibtisch und der darauf stehenden Schreibmaschine sagte sie: »Wie läuft es?«

»Kapitel sieben«, antwortete er.

»Zufrieden?«

»Ich glaube schon.«

»Und wann werden Sie damit fertig sein?«

Er macht eine unbestimmte Handbewegung. »Es wird sicher noch ein paar Monate dauern.« Dann zeigte er auf das Tablett mit den Flaschen und fragte: »Wollen Sie etwas trinken?«

»Wollen Sie?« fragte sie anzüglich zurück.

»Nein.«

»Dann vielleicht später«, meinte sie. »Nicht jetzt.«

»Okay.«

»Ich habe Sie im Fernsehen gesehen«, erzählte sie dann.

»Wie war Ihr Eindruck?«

»Ich fand, der Vergleich zwischen der englischen und der amerikanischen Geldpolitik war nicht überzeugend genug«, sagte sie. »Und Ihr Hemdkragen stand hoch.«

Offenheit schien in ihrer Familie verbreitet zu sein, dachte Hawkins. Aber sie hatte recht: Mit der Frage der Wirtschaftspolitik hatte er die größten Schwierigkeiten gehabt. Und das mit dem Hemdkragen war ihm nicht aufgefallen. »Vielen Dank!« sagte er.

Sie sah ihn überrascht an. »Sie haben mich gefragt!« erinnerte sie ihn.

»Sie hätten mir eine Lüge auftischen können.«

»Sie waren einfach großartig.«

»Das klingt schon besser.« Hawkins wurde leicht unwohl zumute, als er merkte, daß sie miteinander flirteten. Er sagte schnell: »Die Sachen sind alle im Keller unten.«

Sie schien sich dessen ebenfalls bewußt zu sein. »Dann gehe ich wohl am besten gleich nach unten«, sagte sie. »Ich möchte rechtzeitig wieder zuhause sein, bevor die Kinder ins Bett gebracht werden.«

Er führte sie die Treppe hinunter und entschuldigte sich für die Unordnung im Keller. »Ich habe daran gearbeitet«, erklärte er.

»Ich werde versuchen, nichts durcheinanderzubringen«, versprach sie.

Hawkins erklärte ihr die Reihenfolge der Kisten, vom Anfang bis zum Ende der Karriere seines Vaters, zog ihr einen Stuhl heran und schaltete die Klemmleuchte ein. »Alles klar?« fragte er.

»Würden Sie jetzt hier weiterarbeiten, wenn ich nicht gekommen wäre?« fragte sie ihn.

»Wahrscheinlich.«

»Also störe ich doch.«

»Seien Sie nicht albern.«

»Warum machen Sie nicht trotzdem weiter? Würde Sie meine Anwesenheit stören?«

Und wie, dachte er, genauso wie sie mich jetzt schon ablenken. Laut sagte er: »Ich habe oben noch was zu erledigen. Ich komme dann später zu Ihnen runter.«

Er ging zurück ins Arbeitszimmer und setzte sich hin, um die *Washington Post* und *Newsday* zu lesen, sorgfältiger als beim ersten Mal, wobei er alles ausschnitt, was sich vielleicht in einen ausführlicheren Bericht für London eignete. Dabei dachte er die ganze Zeit an die Frau in seinem Keller. Hatte sie wirklich bemerkt, daß er mit ihr geflirtet hatte? Und wenn ja, hatte sie es ihm übelgenommen? Natürlich nicht. Sie war ganz einfach ganz offen und freundlich. Es war verrückt, etwas anderes anzunehmen. Völliger Wahnsinn. Schließlich war Eleanor Peterson die Frau eines Mannes, der sich um das Amt des Präsidenten der Vereinigten Staaten bewarb, glücklich verheiratet und glückliche Mutter von zwei Kindern. Also, was zum Teufel bildete er sich ein? Er war nicht einmal betrunken!

Nach zwei Stunden fiel ihm ein, daß sie zuhause sein wollte, um die Kinder ins Bett zu bringen, und er ging nach unten in den Keller, um sie zu holen. Sie kam ihm auf der Treppe entgegen.

»Ich habe schon befürchtet, Sie hätten das Gefühl für die Zeit verloren«, sagte er.

»Beinahe«, meinte sie. »Ich verstehe jetzt, warum Sie gesagt haben, Sie hätten unendlich viel Material. Ist es nicht sehr schade, daß Sie nicht mit Ninh darüber sprechen können?«

»Sie meinen den Übersetzer meines Vaters?« Hawkins runzelte die Stirn. Sein Vater hatte Nguyen van Ninh in ihren Unterhaltungen oft erwähnt.

Eleanor kam die restlichen Stufen nach oben, und er trat einen Schritt zurück, um ihr Platz zu machen. »Ich nehme an, das war seine Funktion, so wie ich es verstanden habe. Ich habe natürlich genauso angefangen, wie ich es immer mache, und zuerst den Schluß gelesen. Die letzte Kiste mit den ganzen Ausschnitten über Vietnam.«

Hawkins hatte ihr eigentlich nur die Zeitungsausschnitte überlassen wollen und fühlte sich ein wenig hintergangen. »Ja«, sagte er zurückhaltend, »so muß es wohl gewesen sein.«

»Wissen Sie, was aus ihm geworden ist?«

»Nein«, sagte Hawkins.

»Ob er auch das Land verlassen hat? Oder ob er noch da ist?«

»Ich nehme an, wenn er herausgekommen wäre, dann hätte er versucht, mit meinem Vater Kontakt aufzunehmen.«

»Wissen Sie, was mir bei diesen ganzen Berichten aufgefallen ist?«

»Nein, was?«

»Daß er wirklich *dabei* war. Er hat immer darüber geschrieben, was er erlebte, was er mit eigenen Augen gesehen hatte. Oder er zitierte Leute, die direkt beteiligt waren. Ich finde es einfach wundervoll, daß ein so bekannter und berühmter Mann wie Ihr Vater sich wirklich seine Notizen immer in so ein Spiralheft schrieb, wie man es in den Filmen immer sieht.«

»Das war einer seiner wichtigsten Grundsätze«, erklärte Hawkins. »Er hatte etwas dagegen, seine Information aus zweiter Hand zu beziehen.«

»Ich bin nicht mal mit der einen Kiste fertig geworden«, sagte sie enttäuscht.«

»Sie können jederzeit wiederkommen«, bot Hawkins an. Er fragte sich, wie er verhindern könnte, daß sie die Notizbücher las, und sagte dann: »Ich habe das meiste Material schon geordnet und möchte nicht, daß irgend etwas durcheinander kommt. Aber bei den Zeitungsausschnitten ist das kein Problem.«

»Ich werde sehr vorsichtig sein«, versprach sie, und ihm wurde klar, daß sie seinen Einwand überhört hatte.

Er begleitete sie bis zur Tür, aber sie blieb nicht stehen, wie er erwartet hatte, so daß sie plötzlich ganz nah nebeneinander standen, als er die Hand nach dem Türknopf ausstreckte. Ihr Gesicht war nur wenige Zentimeter von seinem eigenen entfernt. Sie blieben einen Augenblick lang so stehen und sahen sich ernst an.

»Wir sind gar nicht dazu gekommen, unseren Drink zu nehmen«, sagte er.

»Nächstes Mal«, versprach sie.

9

Hawkins war verwirrt über Eleanor Petersons Verhalten. War dieser kurze Moment an der Tür eine Herausforderung gewesen? Er war sich nicht sicher. Er wollte es auch gar nicht wissen. Es war völlig gleichgültig, ob John Peterson Präsident werden würde oder nicht, sie war immer noch die Frau eines bedeutenden Politikers in einer Stadt, in der Politiker alles sind. Und Macht besitzen. Auch wenn er sie sehr attraktiv fand – und er fand sie auf eine beunruhigende Weise attraktiv –, wäre es verhängnisvoll, die Trennungslinie zwischen ihnen verschwimmen zu lassen. Er wußte, daß er viel zu vernünftig war, um das geschehen zu lassen, ebenso wie sie. Also war es sinnlos, ein paar kurze Augenblicke zu einem Problem zu machen, das es gar nicht gab. Dennoch sollte er bei ihrem nächsten Besuch vielleicht doch etwas mehr Distanz bewahren.

Hawkins ging wieder in den Keller hinunter; er setzte sich auf den Stuhl, auf dem sie gesessen hatte, und spürte den Hauch ihres Parfüms, der noch in der Luft hing. Sie hatte die letzte Kiste näher zu sich herangezogen, um sie leichter durchsehen zu können, und obwohl er damit seine Reihenfolge durchbrach, machte er sie jetzt auf und suchte nicht nach den Zeitungsausschnitten, sondern nach den Notizbüchern, die er sorgfältig durchlas, ebenso fasziniert wie sie von den Hinweisen auf Nguyen Ninh.

Er hatte Eleanor gegenüber erwähnt, Ninh sei der Dolmetscher seines Vaters gewesen, aber Hawkins wußte, daß er weit mehr als das gewesen war. Offiziell hatte Ninh die Leitung des Büros, das sein Vater ihm beschrieben hatte und das in der Nähe des Doms am Ende der Tu Do-Straße lag. Und es war Ninh gewesen, der für seinen Vater die zeitraubende Beantragung und ständige Erneuerung seiner Akkreditierung mit Hauptquartier des Military Assistance Command übernommen hatte. Er wußte, wen man mit welchen Beträgen in Tan Son Knut bestechen mußte, um Luftfrachtpäckchen nach London zu schicken. Er kannte die richtigen Leute auf dem schwarzen Markt in der Parallelstraße zur Tu Do, an dessen Namen sich Hawkins nicht erinnern konnte, so daß die Ginflaschen, die man für die Partys dort kaufte, wirklich Gin enthielten und nicht Petroleum, wie es häufig geschah, wenn jemand mit einem heißen Draht ein Loch in den Flaschenboden schmolz und den Gin durch irgend etwas anderes ersetzte. Und er wußte auch, welche der Händler Vietcong waren und welche nicht, so daß er, wenn er Kerzen für die häufigen Stromausfälle kaufte, wirklich Wachskerzen bekam und nicht die andere Sorte, bei der sich unter einer dünnen Wachsschicht eine Dynamitstange befand und deren Docht als Zünder diente.

Eleanor hatte recht, es war wirklich schade, daß er nicht mit Ninh sprechen konnte. Und noch etwas anderes ging ihm durch den Kopf, was sie zu ihm gesagt hatte: »*. . . er war wirklich dabei . . . und zitierte Leute, die direkt beteiligt waren . . .*«

Ninh *war* einer von denen, die direkt beteiligt waren, in den letzten aktiven Jahren seines Vaters. Er kannte ihn wahrscheinlich besser als jeder andere, denn er sah ihn jeden Tag und sprach jeden Tag mit ihm.

Hawkins lehnte sich in seinem Stuhl zurück und starrte mit leerem Blick auf die Kiste mit dem Vietnam-Material. Warum eigentlich nicht? London hätte bestimmt nichts dagegen und würde ihn vielleicht sogar ermuntern. Eine Menge Leute waren nach dem Krieg mit Touristenvisa über Hanoi wieder zurückgekehrt. Hawkins wußte genau, daß die Chance, Nguyen van Ninh aufzuspüren, sehr gering war. Der Mann war vielleicht gestorben oder geflohen oder auf irgendeine andere Weise verschwunden. Aber es gab auch noch andere Gründe für einen Besuch, abgesehen von dem Versuch, Ninh zu finden. Hawkins hatte die Filme und Photographien gesehen und die Berichte gelesen und die Erzählungen gehört, aber er hatte keinen direkten Eindruck, wie es *wirklich* gewesen war, er kannte weder die Hitze noch die Gerüche – er hatte nicht am eigenen Leibe *erfahren*, wie es war.

London war tatsächlich begeistert, wie er es vorausgesehen hatte, und Hawkins füllte in einem kleinen Reisebüro in der Connecticut Avenue die Antragsformulare aus, was über eine Stunde dauerte. Am selben Tag rief ihn auch Joe Rampallie an und versprach ihm, für alles zu sorgen, wenn er John Peterson im Wahlkampf begleiten wolle. Sie hatten in Miami Beach ausreichend Unterkünfte für den Parteitag gebucht und ihm ein Zimmer reserviert. Hawkins bedankte sich und nahm das Angebot an, und am nächsten Tag erhielt er ein Paket, welches mindestens zwei Pfund wog und sämtliche Materialien und Dokumentationen enthielt, die er während des Parteitages brauchen würde, und dazu die Bestätigung der zwischen ihnen getroffenen Vereinbarungen. Er stellte fest, daß man ihm sogar eine eigene Kabine und einen Telex-Anschluß im Pressezimmer reserviert hatte.

Hawkins stellte den gleichen Antrag im Weißen Haus, und John Folger erwies sich wirklich als genauso hilfsbereit, wie er nach dem Treffen mit Präsident Harriman versprochen hatte. Wie Hawkins erwartet hatte, hatte der Präsident weniger Wahlkampfauftritte geplant als sein Hauptkonkurrent, aber Hawkins war für die erste Tour bereits akkreditiert, und Folger würde dafür sorgen, daß sein Name auch bei allen weiteren automatisch auf die Liste gesetzt würde. Der Parteitag sollte in New York stattfinden und der Präsident würde im Waldorf Astoria wohnen. Folger bat Hawkins, eine Stunde zu warten, bevor er dort anrief, um sich ein Zimmer reservieren zu lassen, und als er schließlich anrief, erhielt er auch wirklich sofort seine Bestätigung. Die Pressemappe, die Folger ihm schickte, war zwar etwas leichter als die von Peterson, aber genauso umfangreich. Auch hier hatte man ihm eine eigene Kabine und einen Fernschreiberanschluß reserviert. Am nächsten Tag rief Folger ihn noch einmal an, um ihm zu sagen, wenn Hawkins ihm eine oder zwei Wochen vorher Bescheid geben würde, dann würde er dafür sorgen, daß er den Präsidenten auf einer seiner Wahlkampfreisen an Bord der Air Force One begleiten könnte.

Eleanor Peterson meldete sich erst nach einer Woche wieder bei ihm, und diesmal kam sie schon früher in die Maryland Avenue als beim ersten Mal. Sie klingelte, als Hawkins selbst erst ein paar Minuten zuhause war.

»Es gibt so viel zu lesen«, sagte sie wie zur Erklärung. Auch diesmal trug sie Jeans, aber dazu eine Pelzjacke über einer Wollbluse und eine Wollmütze, die sie sich bis über beide Ohren heruntergezogen hatte. Ihre Nase war von Kälte gerötet.

»Mein Vater hätte sich bestimmt sehr gefreut über Ihr Interesse«, sagte er. Er nahm sich vor, diesmal wirklich aufzupassen.

Im Arbeitszimmer stellte sie sich auch jetzt wieder vor den Kamin, um sich zu wärmen. »Nächste Woche fahre ich mit den Kindern in die Karibik«, erzählte sie. »Nach St. Lucia. Waren Sie schon mal da?«

Hawkins schüttelte den Kopf. »Die Sonne wird Ihnen bestimmt gut tun zur Abwechslung«, sagte er.

»Der kleine John hat sie dringend nötig; er leidet schrecklich unter der Kälte.«

»Ich habe verabredet, daß ich Ihren Mann auf einigen seiner Wahlkampfreisen begleite«, berichtete Hawkins. »Und ich werde auch nach Miami Beach fahren.« Er wies fragend auf die Drinks, und sie nickte zustimmend.

»Das ist das einzige, was ich an der amerikanischen Politik nicht ausstehen kann«, sagte sie. »Diese Leutseligkeit und das ganze Theater. Ich finde es erniedrigend und einfach peinlich.«

»Ich dachte, Sie hätten sich langsam daran gewöhnt.«

»Nein«, entgegnete sie, »das ist mir immer schwergefallen.« Sie nahm dankend ihr Glas in Empfang und betrachtete es nachdenklich. »Ich weiß wie das ist. Das hier meine ich.«

»Inwiefern?« fragte Hawkins.

»John meint, ich würde zu viel trinken.«

»Und was meinen Sie?« fragte er, peinlich berührt von ihrem Geständnis.

»Ich finde, er sollte sich keine Sorgen machen, solange ich ihn nicht im Stich lasse. Und das werde ich nicht. Sie wissen ja, wie das ist. Es macht vieles leichter, das ist alles.«

»Was denn zum Beispiel?«

Sie antwortete nicht sofort und zog die Mundwinkel nach unten. »Alles mögliche«, sagte sie dann. »Langeweile. Kontakte mit anderen Menschen. Eine Beschäftigung.«

»Das klingt vertraut«, stimmte Hawkins zu.

»Ich habe Ihnen eine Lüge erzählt«, meinte sie dann. »Gut, nicht direkt eine Lüge, aber nicht die ganze Wahrheit.«

»Was meinen Sie?«

»In bezug auf meinen Wunsch, Journalistin zu werden, als ich mit der Universität fertig war. Ich habe gar nicht versucht, einen Job zu kriegen. Ich hatte Angst.«

»Wovor?«

»Vor Menschen. Davor, immer fremde Menschen ansprechen zu müssen, sie kennenlernen zu müssen und Informationen von ihnen zu bekommen. Ich habe immer gewußt, daß ich schüchtern bin. Darum war es auch einfacher, für meinen Vater zu arbeiten. Ich kannte die Leute und ich kannte die Art und Weise, wie die Dinge in Washington liefen. Es gab nichts Neues und Beunruhigendes. Es war einfach bequem. Bequem und sicher.«

»Wie verträgt sich das damit, die Frau eines Mannes zu sein, der sich um die Präsidentschaft bewirbt?« fragte Hawkins, der großes Mitgefühl mit ihr empfand.

Sie starrte auf ihr leeres Glas. »Gar nicht«, antwortete sie. »Jedenfalls nicht besonders gut. Das ist auch der Grund, warum ich ihn nicht sehr häufig begleite, nur bei besonderen Anlässen, wenn es unbedingt nötig ist.«

»Ich finde es nicht richtig, daß Sie mir all diese Dinge erzählen«, sagte Hawkins.

Sie reichte ihm das Glas, und während er es wieder füllte, fragte sie: »Sie werden doch nicht darüber schreiben, oder?«

Er kam zurück und sah ihr ins Gesicht. »Nein«, sagte er, »ich werde nicht darüber schreiben. Aber ich finde, Sie hätten mich nicht in eine Situation bringen dürfen, wo ich Ihnen das versprechen muß.«

»Es tut mir leid«, sagte sie. »Ich muß mich immer für irgend etwas entschuldigen, nicht wahr?«

»Hören Sie auf!« sagte er.

»Womit?«

»Ihren Minderwertigkeitskomplex auszuspielen.«

»Sie wären nie darauf gekommen, wenn ich es Ihnen nicht gesagt hätte.«

»Aber Sie haben es mir gesagt«, antwortete er. »Dafür brauchen Sie sich nicht zu entschuldigen.«

Sie erwiderte seinen Blick, und nach einigen Momenten fragte sie: »Wirklich nicht?«

»Sie wollten doch das Archiv ansehen«, sagte er und trat einen Schritt zurück.

»Ja, richtig«, meinte sie. »Und diesmal werde ich es richtig machen und ganz von vorn anfangen.«

»Wann müssen Sie zuhause sein?«

»John ist weggefahren, nach Philadelphia«, sagte sie. »Und ich habe die Kinder gesehen, bevor ich kam.«

»Ich werde ein paar Steaks grillen«, meinte er. »Und ich habe Clam Chowder, allerdings aus der Dose.«

»Laden Sie mich zum Essen ein?«

»Ja«, antwortete Hawkins. Sei kein verdammter Narr, sagte er zu sich selbst.

Wieder begegnete sie seinem Blick und sagte: »Das finde ich sehr schön.«

Hawkins deckte den Tisch in der Küche. Er hatte Filetsteaks gekauft, die er nicht vorher weichzuklopfen brauchte. Also machte er den Salat und dazu seine spezielle Salatsauce und entkorkte den Brouilly, damit er atmen konnte. Auf diese Weise versuchte er, seinen eigenen Zweifeln aus dem Weg zu gehen. Wenn er sich noch näher an das Feuer heranwagte, dann würde sich einer von ihnen bestimmt verbrennen, dachte er. Was war aus seinem Entschluß geworden, sich zurückzuhalten? Nach zwei Stunden kam Eleanor wieder aus dem Keller; sie hatte ihre Lesebrille noch auf, die ihr ein ernstes Aussehen verlieh. Auf ihrer Wange war ein Staubfleck zu sehen.

»Ich bin mit der ersten Kiste fertig«, verkündete sie. Sie lehnte sich zurück, um die Verspannung in ihren Schultern loszuwerden, und er wünschte, sie würde das nicht tun, denn die Haltung betonte ihre volle Brust.

»Sie sind staubig im Gesicht.«

»Ich bin überall staubig! Wo ist das Badezimmer?«

»Im Flur links.«

Als sie zurückkam, hatte er bereits die Suppe erwärmt und die Steaks in den Grill geschoben. Er stieß sein Weinglas leicht gegen ihres und sagte »Prost«, und sie antwortete mit »Ein glückliches Leben« und sagte, nachdem sie die Suppe probiert hatte: »Ich schmecke keinen Unterschied.«

Hawkins stimmte ihr zu. »Ich auch nicht«, sagte er.

»Warum haben Sie nie geheiratet?« fragte sie plötzlich eine ihrer direkten Fragen.

»Woher wollen Sie das wissen?«

Sie ließ den Löffel sinken. »Sie sind verheiratet?«

»Ich war es«, antwortete er. »Sie hieß Jane und hatte blondes Haar, so wie Sie.« Vielleicht war es diese Ähnlichkeit, durch die er sich zu ihr hingezogen gefühlt hatte. Es war das erste Mal, daß ihm das auffiel.

»Und was ist geschehen?«

»Es war eine Studentenliebe«, sagte Hawkins. »Billiger Wein aus Plastikbechern, alles interessierte uns und schien uns viel wichtiger, als es eigentlich war.« Hatte er wirklich einen Mutterersatz gesucht, wie Jane immer und immer wieder behauptet hatte, als ihre Liebe am Ende in Haß umgeschlagen war?

»Kinder?« fragte sie.

Nur das Kind, das sie erwartete und im siebten Monat verlor und das der Grund war, warum sie überhaupt geheiratet hatten, erinnerte sich Hawkins. Laut sagte er: »Zum Glück nicht.«

»Haben Sie noch Verbindung?«

»Das schien irgendwie sinnlos«, sagte er. Aber das war nicht ganz die Wahrheit. Am Schluß hatte sie ihn verachtet und ihn beschimpft, er sei unfähig und schwach und sogar impotent, und das war er auch wirklich aufgrund der vielen Streits. Er hatte es versucht, hatte Briefe und Postkarten geschrieben, aber sie hatte nie geantwortet, nicht ein einziges Mal. Er stand auf, ging hinüber zum Grill und fragte: »Wie möchten Sie Ihr Steak?«

»Medium«, sagte sie. »Werden Sie es nochmal probieren?«

»Ich habe noch nicht darüber nachgedacht«, antwortete er. Auch das war eine Lüge. Hawkins wußte, daß er Angst hätte, es noch einmal zu versuchen und noch einmal einen Fehler zu machen. Er haßte die Streits und die Vorwürfe.

Er servierte das Fleisch und sie meinte: »Eigentlich schade. Sie würden einen guten Koch abgeben.«

»Bei Steaks kann man nicht viel falsch machen.«

»Sie sollten sehen, was ich damit mache! Wenn wir kein Personal hätten, würden wir glatt verhungern.«

Zum Nachtisch bot er Obst und Käse an, aber sie lehnte beides ab, und so schlug er vor, den Rest des Weins mit ins Arbeitszimmer zu nehmen, wo das Feuer noch im Kamin brannte. Er wartete, bis sie sich auf das Sofa setzte, und nahm dann vorsichtig in einem Sessel neben ihr Platz.

»Ich habe vor, nach Vietnam zu fahren«, verkündete er. »Ich glaube, es war die Bemerkung, die Sie neulich machten, wegen Ninh. Vielleicht habe ich Glück, vielleicht auch nicht.«

»Es ist möglich, daß er gar nicht mehr da ist.«

»Immerhin ist es die Reise wert.«

»Wie lange werden Sie weg sein?«

Hawkins zuckte die Achseln. »Solange wie das Visum gültig ist, nehme ich an.«

»Werden Sie mich küssen?«

Er mußte vor Aufregung trocken schlucken und trank schnell etwas Wein, um seine Nervosität zu verbergen. Dann sagte er: »Wenn Sie schüchtern sind, haben Sie eine verdammt ungewöhnliche Art, das zu zeigen.«

»Das ist mein Trick«, sagte sie. »Ich versuche es zu überspielen, indem ich genau das Gegenteil mache.«

»Möchten Sie das gerne?«

»Ja.«

»Finden Sie, daß das eine gute Idee wäre?«

»Nein.«

Er rutschte auf das Sofa hinüber, nahm ihr das Glas aus der Hand und küßte sie, zuerst ein wenig ungeschickt, weil sie beide sehr nervös waren, und dann entspannter, als sich ihre Körper berührten.

»Ich werde nicht mit dir schlafen«, sagte sie.

Er konnte nicht anders, obwohl er ihr so nah war – er mußte einfach lachen. »Himmel! Du bist wirklich eine seltsame Frau!«

»Möchtest du mit mir schlafen?«

»Ich weiß nicht«, sagte er. »Ich glaube ja. Ja, natürlich möchte ich.«

»Du brauchst mir nichts vorzumachen«, meinte sie. »Mir geht es genauso. Ich glaube, ich möchte es, aber ich weiß es nicht. Ich werde nicht mit dir schlafen, bis ich ganz sicher bin.«

»Und was ist, wenn du dich nicht entschließen kannst?«

»Dann eben nicht.«

Am nächsten Tag wurde sein Visumsantrag aus Hanoi bestätigt. Abgesehen davon, daß er beruflich von dieser Reise profitieren würde, fand er, daß es wahrscheinlich eine gute Idee war, Washington für eine Weile zu verlassen.

10

Hawkins war von den vielen neuen Eindrücken richtiggehend überwältigt, und als er später nach Washington zurückgekehrt war, freute er sich, daß er sorgfältig Tagebuch geführt hatte. Die erste Eintragung betraf die Hitze, eine alles verschlingende, atemberaubende Hitze. Er zählte die Musterfarmen, die sie besichtigt hatten – »sechs, eine wie die andere« – und notierte, daß das Land ausgesprochen flach war und die Bauern wirklich Hüte trugen, die wie Lampenschirme aussahen. Er sah eine große Zahl von Bewässerungsgräben und Deichen und fragte sich, ob es dieselben waren, die zu bombardieren die Amerikaner sich nicht getraut hatten, oder ob es sich um die Deiche am Flußdelta in der Nähe von Haiphong gehandelt hatte. Eine andere Eintragung lautete: »Überall Fahrräder«, und daß die Kriegsmuseen genauso waren, wie er erwartet hatte. Die Häuser in Saigon stammten zum größten Teil noch aus der französischen Kolonialzeit und »verfielen langsam«, wie er notierte.

Die Reisegruppe bestand aus einer großen Zahl von Indern und Asiaten sowie acht Europäern. Drei davon waren Schweden aus einem sozialistischen College in der Nähe von Stockholm, einer war aus der DDR, einer aus Frankreich, die anderen waren zwei Engländerinnen mittleren Alters, die sich ständig an der Hand hielten und, wie sich nach einer Weile herausstellte, Schwestern waren, sowie ein hageres Mädchen aus Düsseldorf namens Heidi Becker, der Hawkins seinen persönlichen Wannenstöpsel lieh – den Tip hatte er von seinem Vater – und die ihm zu verstehen gab, daß sie ihm gerne ihre Dankbarkeit beweisen würde, wenn er auf ihr Zimmer kam, um ihn wieder abzuholen. Sein Ablehnen nahm sie mit traurigem, aber offenbar gewohntem Bedauern an.

Der Leiter der Reisegruppe war ein Herr Tho, der es als seine

Pflicht anzusehen schien, sie die ganze Zeit über zu beschäftigen, und der Hawkins einen Verweis erteilte, weil er sich wiederholt, ohne ihn zu fragen, aus den offiziellen Hotels entfernt hatte. Beim ersten Mal in Hanoi traf Hawkins eine Gruppe von Russen in einer Bar. Er beobachtete eine Stunde lang, wie sie sich sinnlos betranken, und notierte es in seinem Tagebuch ebenso wie die Anzahl der osteuropäischen und russischen Schiffe, die er im Hafen von Haiphong gezählt hatte – acht – und das Überwiegen osteuropäischer Waren in den Schaufenstern.

Am fünften Tag fuhren sie nach Süden.

In Tan Son Knut ließ Hawkins den Rest der Gruppe vorausgehen und wartete eine Weile zwischen dem Flugzeug und dem erstaunlich kleinen Abfertigungsgebäude, um die Eindrücke auf sich wirken zu lassen. Vielleicht war sein Vater von genau dieser Stelle gestartet und gelandet bei jenem letzten Einsatz, wie auch so viele Male vorher. Aber vielleicht war das ein anderer Bereich dieses riesigen Flughafenkomplexes gewesen, den er von hier aus nicht einmal überblicken konnte. Er sah erstaunlich viele Flugzeuge. Die meisten waren nicht gekennzeichnet, aber er erkannte einige mit pakistanischen und nordkoreanischen Emblemen. Links von ihm erkannte er die langen Reihen der Hubschrauber-Landeplätze, aber es waren nur wenige Maschinen zu sehen. Auf den meisten Plätzen standen Flughafenfahrzeuge.

Sobald sie die eigentliche Flughafenstraße verlassen hatten, kamen ihnen die Vororte der Stadt entgegen, mit großen, mehrgeschossigen Häusern und dazwischen immer wieder niedrige, baufällige Konstruktionen mit durchhängenden Wellblechdächern und grob zusammengezimmerten Fassaden. Die Stadt wirkte sehr viel belebter als Hanoi. Die Straßen und Bürgersteige waren voller Menschen, und der Verkehr war ziemlich dicht, mit vielen Motorrollern, deren Passagiere im halsbrecherischen Damensitz saßen und die sich wie aufgeregte Wespen zwischen den anderen Verkehrsmitteln hindurchschlängelten. An vielen Stellen waren noch amerikanische Inschriften an den Häusern zu sehen, obwohl sie abblätterten und vielfach leicht übermalt worden waren. Über dem Eingang eines geschwärzten, mit Brettern vernagelten Gebäudes las Hawkins »Florida« und nahm an, es mußte eine Bar gewesen sein, und über einem geöffneten Café ein Stückchen weiter stand »Flamingo« und »Dancing«. Das Wort davor war dick übermalt worden. Sie kamen über einen Fluß, an dessen Ufern Hawkins eine primitive Shantytown sah, deren hölzerne Hütten unregelmäßig übereinandergetürmt waren und sich wie Vogelnester an den Abhang klammerten, als gäbe es keine Schwerkraft.

Dann verbreiterte sich die Straße und sie kamen in eine Gegend mit großen, schattigen Platanen und großzügigen, zurückgesetzten Villen, die nicht von den Amerikanern, sondern von ihren Vorgängern, den Franzosen, erbaut worden waren. In dem blendend hellen Sonnenlicht war es etwas schwierig, aber Hawkins fand, daß man durchaus den Eindruck haben konnte, in einer kleinen französischen Stadt zu sein.

Auf der rechten Seite ging ein großer Park plötzlich in einen Platz über, und Hawkins erkannte den riesigen roten Dom und wußte, wo sie waren. Er versuchte, einen Blick auf den Präsidentenpalast zu werfen, der auf der entfernten Seite des Parks lag und durch dessen Tor die nordvietnamesischen Panzer mit Blumen in den Kanonenrohren gefahren waren, aber es war bereits zu dunkel und er konnte nichts erkennen.

Hinter dem Dom bogen die Busse nach links ab, und Hawkins erkannte, daß sie auf der Tu Do waren, der Hauptstraße dieser Stadt, die für ihn immer noch Saigon war, obwohl Tho immer wieder beharrlich von Ho-Tschi-Minh-Stadt sprach. Eine Flut von Eindrükken überwältigte ihn. Er sah ummauerte Baracken mit Balkons, einen weiteren kleinen Park vor einem Bauwerk, das sich in Stufen mindestens fünfzehn Stockwerke hoch auftürmte, Bars und Geschäfte auf der linken Seite, und dann endlich den Ort, den sein Vater ihm wohl hundertmal beschrieben und der er sich ebenso oft vorzustellen versucht hatte.

Die Busse hielten, und Hawkins ließ sich beim Aussteigen genauso viel Zeit wie am Flugplatz.

Sie hatten die Hauptstraße verlassen. Auf der rechten Seite erkannte er den an den Seiten offenen Vorbau des Continental Hotels, der genauso aussah, wie er es sich vorgestellt hatte, mit der kleinen Bar an der Rückwand und davor die kleinen runden Tischchen mit den durchgesessenen Rattan-Stühlen. Auf der anderen Straßenseite erhob sich das Gebäude der Nationalversammlung. Es wirkte enttäuschend klein für ein vorgebliches Parlamentsgebäude, vor dem sich so viele buddhistische Mönche mit ihren orangefarbenen Kutten aus religiösem Protest selbst verbrannt hatten.

Und hinter diesem Gebäude erhob sich das andere große Hotel der Stadt.

Sein Vater hatte das Caravelle zu seinem ständigen Domizil gemacht und immer in demselben Zimmer gewohnt, auf der Seite, die zum Gebäude der Nationalversammlung gerichtet war und so vor den ständigen Raketen geschützt war, mit denen der Vietcong vom anderen Flußufer aus mit vernichtender Präzision die Hauptstraße beschossen hatte. Wenn sein Vater auf einer seiner seltenen Erholungsreisen nach Singapore oder Hongkong ging, dann schloß die Hotelleitung einfach sein Zimmer ab und ließ es bis zu seiner Rückkehr unbenutzt, wobei nur die Schutzfolie vor das Fenster geklebt wurde, um im Falle einer nahen Detonation ein Splittern des Glases zu verhindern. Seine Sachen wurden so lange in einem für ihn reservierten sicheren Kellerraum eingeschlossen. Abends nach der Ausgangssperre hatte sein Vater oft mit den anderen Reportern auf dem Dach gestanden, um die Leuchtspuren der Artilleriegefechte zu beobachten, und mit einem entsprechend ausgerüsteten Radiogerät konnte man sogar die Unterhaltungen verfolgen, die zwischen dem Kontrollturm von Ton Son Knut und den Kampfhubschraubern und tieffliegenden Phantomjägern geführt wurden. Jeder hatte so ein Radio gehabt.

Direkt vor dem Gebäude der Nationalversammlung befand sich eine Grünanlage, die zu klein war, um als Park zu gelten. Hawkins wußte, daß hier einst das Denkmal für die Kameradschaft und Zusammenarbeit der amerikanischen und südvietnamesischen Armee gestanden hatte. Es zeigte die riesigen Figuren zweier Soldaten, die hintereinander standen. Die einen behaupteten immer, der hintere sei der südvietnamesische Soldat, der sich hinter dem Rücken des Amerikaners verstecke, die anderen meinten, der Amerikaner stände hinten, um den Vietnamesen mit der Spitze des Bajonetts zum Kampf zu zwingen. Das Café, das sein Vater ihm beschrieben hatte, existierte noch an der gegenüberliegenden Straßenecke, und Hawkins fragte sich, ob es auch den französischen Delikatessenladen dahinter noch gab, wo die Reporter immer Wurst, Schinken und Käse, Baguettebrot und Chablis oder Beaujolais in Dosen gekauft hatten, ehe sie mit dem Taxi zum Kriegsschauplatz fuhren. Er fand, daß sich ein Photo von einem Picknick an der Front mit Weindosen in der Kühlpackung in den Kriegsmuseen sehr gut machen würde, die er im Norden gehorsam besichtigt hatte. Aber das war auch wieder eine ziemlich anmaßende Überlegung, dachte er, denn er hatte es ja nicht mitgemacht und konnte also auch nicht darüber urteilen.

Hawkins schützte ein Unwohlsein vor, aufgrund dessen er sich ständig in der Nähe der Toiletten aufhalten mußte, um so den ständigen Aktivitäten von Herrn Tho zu entgehen. Und er versuchte, die Stadt so kennenzulernen, wie sein Vater sie erlebt hatte. Er frühstückte im öffentlichen Garten des Continental, wo auch sein Vater immer den Tag begonnen hatte, unter den graublättrigen Bäumen, an deren Fuß sich die Katzen tummelten und in deren Krone sich die Vögel um die Brotkrumen zankten. Er saß auf der offenen Terrasse des Hotels und trank Bier – aber nicht viel, denn es schmeckte zu sehr nach Zwiebeln, und er verspürte ohnehin kein großes Verlangen nach Alkohol –, bedient von einem uralten Mann mit unbeweglichem Gesichtsausdruck, der wahrscheinlich schon die Franzosen bedient hatte, dann die Japaner, dann wieder die Franzosen, schließlich die Amerikaner und nun die Eindringlinge aus dem Norden. Er suchte vergeblich die Bar, in der nach den Erzählungen seines Vaters Graham Greene immer gesessen hatte, als er die Stadt besuchte und hier *Der stille Amerikaner* schrieb, und wo er auch das Mädchen kennengelernt hatte, das als Vorbild für Phuong diente. Und er spazierte die Tu Do entlang und besuchte den riesigen, aus roten Ziegeln gemauerten Dom, der seltsam fehl am Platze wirkte, so als ob Gott ihn hier nur kurz abgestellt und dann vergessen hätte. Im Innern war es sehr heiß, nicht so kalt wie Kirchen üblicherweise sind.

Und natürlich versuchte er, Nguyen van Ninh zu finden. Es dauerte sehr lange. Er hatte eine alte Adresse aus einem Armeeformular, das ihn als Dolmetscher für seinen Vater auswies und ihn berechtigte, an Einsatzbesprechungen der Armee teilzunehmen, aber ohne einen Stadtplan konnte er nichts damit anfangen. Der mürrische Kellner im Continental verwies ihn auf die Gegend der Docks am Hafen, und er wartete, bis die größte Tageshitze vorbei war, ehe er sich auf den Weg machte. Trotzdem war er sofort wie schweißgebadet, und das Hemd klebte ihm schon nach wenigen Schritten am Körper.

Das Hafengebiet erstreckte sich weit am Fluß entlang, der schließlich in den Mekong mündete; hier lagen zahlreiche Hochsee- und Binnenschiffe am Ufer oder weiter draußen vor Anker, und überall sah man große Kräne, die ihren Kopf hängen zu lassen schienen. Vier der großen Schiffe kamen aus der Sowjetunion, zwei aus der DDR. Hawkins wanderte am Fluß entlang und sah nach einer Weile vor sich die Hütten und Verschläge einer Barackensiedlung an der Stelle, wo ein kleiner Wasserlauf in den Strom mündete. Es war schwer zu sagen, ob es sich um einen kleinen Fluß oder nur um einen größeren Abwasserkanal handelte.

Viele der roh zusammengezimmerten Hütten standen auf unsicheren Stelzen oder auf unregelmäßigen Felsbrocken, wahrscheinlich um sie vor Überschwemmungen zu schützen, wie er vermutete, und darunter spielten Kinder. Der Gestank der Abwässer stieg ihm unangenehm in die Nase und er mußte schlucken. Als er näherkam, erkannte Hawkins, daß die Hütten keineswegs so willkürlich angeordnet waren, wie es den Anschein hatte, sondern sich um eine von den Franzosen angelegte, großzügige Hauptstraße scharten. Es gab sogar noch einige Ruinen von Kolonialvillen, deren leere Fensterhöhlen verlassen auf das wuchernde Unterholz der verwilderten Gärten blickten. Kinder kamen von den Spielplätzen unter den Häusern hervor und betrachteten ihn neugierig und kichernd. Die drei mutigsten von ihnen taten sich zusammen und begannen ihm zu folgen. Er drehte sich zu ihnen um und sagte: »Hallo«, worauf sie noch mehr lachten und sich schnell zurückzogen.

Die erste der Villen hatte kein Eingangstor mehr, nur die beiden Torpfosten ragten noch inmitten der langsam zerfallenden Trümmer auf. Ein Junge stand hier und stützte sich mit einem Fuß auf einen Mauerrest. Hawkins nahm den zusammengefalteten Zettel aus der Tasche und zeigte ihn dem Jungen, der ihn herablassend betrachtete und ihm anschließend ausdruckslos ins Gesicht blickte.

»Kannst du mir helfen?« fragte Hawkins ihn. »Ist dies die richtige Straße?«

Als der Junge nicht antwortete, wiederholte er die Frage noch einmal auf französisch, die einzige Sprache, die er noch beherrschte.

»Das ist hier«, sagte der Junge endlich auf englisch.

»Wo?« fragte Hawkins.

Der Junge zeigte mit der Hand die Straße entlang, an der sie standen.

»Ich bin auf der Suche nach Ninh«, sagte Hawkins. »Nguyen van Ninh.«

Wieder zuckte der Junge ausdruckslos die Achseln und Hawkins überlegte, ob er ihm Geld anbieten sollte. Aber wofür? dachte er. Statt dessen drängte er den Jungen beiseite und ging durch das offene Tor und den zugewachsenen Weg entlang zum Hauptgebäude. Das Grundstück war bebaut mit Hüttenlagern und Unterständen, deren Bewohner herumstanden oder hockten, und als Hawkins zum Haus kam, sah er, daß es von mehreren Familien gemeinsam bewohnt wurde. Eine offene Veranda umgab das Gebäude, und hier standen mehrere Gruppen von Menschen in streng abgegrenzten Bereichen. Er ging langsam die breite Treppe empor und sah sich freundlich lächelnd um. Die Reaktionen waren unterschiedlich. Die Kinder kicherten, wie die anderen, die er draußen gesehen hatte, und einige der Frauen lächelten schüchtern zurück. Die Männer dagegen zeigten sich gleichgültig und reserviert, wenn auch nicht so aggressiv wie der Junge am Eingang. Vorsichtig ging Hawkins herum, wobei er sich bemühte, keinem zu nahe zu treten, und wiederholte laut den Namen des Mannes, der er suchte. Die einzige Antwort war ein Achselzucken und Kopfschütteln.

Der Junge war verschwunden, als Hawkins das Grundstück verließ, und er war erleichtert. Er setzte seine Suche in den beiden anderen Villen fort, die genauso voll besetzt waren wie die erste, und auch hier stieß er nur auf Unverständnis. Er ging noch einmal zurück, um in allen drei Häusern seinen Namen und seine Adresse im Caravelle zu hinterlassen.

Wieder auf der Straße betrachtete er unentschlossen die vielen kleinen Hütten und Häuschen. Er hatte bestimmt zwanzig Familien angesprochen, wenn nicht mehr, und die Sonne stand bereits rot leuchtend dicht über dem Horizont. Der Himmel leuchtete violett in der Dämmerung, und er wußte, daß es nur noch einen kurzen Moment dauern würde, bis die Dunkelheit plötzlich hereinbrach.

Er würde noch mehr aggressive Jugendliche treffen wie den Jungen von vorhin, dachte er und fühlte sich ziemlich isoliert. Wenn die Leute, die er bereits gefragt hatte, nie von Ninh gehört hatten, dann kannten die anderen ihn wahrscheinlich auch nicht. Vielleicht sollte er es am nächsten Tag noch einmal probieren, bei Tageslicht, wenn es sicherer war.

Eilig ging der die Uferstraße zurück in die Stadt. Mit der für Asien typischen Schnelligkeit war es dunkel geworden. Er sah viele Lichter im Hafen, aber es war unmöglich, einzelne Schiffe zu erkennen. Hawkins horchte angespannt auf alle Geräusche, insbesondere auf die Schritte möglicher Verfolger, und war erleichtert, als er die Tu Do erreichte, wo die Straßenbeleuchtung besser war.

Er war wieder im Caravelle, ehe die Reisegruppe zurück war, und ging in die Dusche, um seinen völlig verschwitzten Körper zu erfrischen. Er hatte es nicht beharrlich genug versucht, dachte er, nicht so beharrlich wie sein Vater in einer solchen Situation gewesen wäre. Er hatte zwar von vornherein gewußt, daß es fast aussichtslos war, den Mann zu finden, aber eine drei- oder vierstündige Suche und ein paar Fragen waren nun einmal nicht genug. Er beschloß, es am nächsten Tag noch einmal zu probieren.

Er hatte sich gerade abgetrocknet, als das Telefon läutete. Er hob ab und dachte, es wäre Herr Tho oder vielleicht sogar die junge Deutsche, die beharrlich weiter versuchte, mit ihm zu flirten.

Statt dessen fragte eine fremde Stimme: »Sie kommen von Edward Hawkins?«

»Wer ist da?« fragte er zurück.

»Hat Edward Hawkins Sie geschickt?«

»Sind Sie Ninh?« Neue Hoffnung durchzuckte ihn. Als er keine Antwort erhielt, fragte er noch einmal: »Sie sind Nguyen von Ninh?«

»Ja«, sagte die Stimme. Und nach einer Pause: »Ich wußte, er würde es nicht vergessen.«

Elliott Blair saß vorne in dem dröhnenden Transporter und blickte zurück auf die Gruppe, die er während der zweiwöchigen Übung im Dschungel von Panama angeführt hatte. Schon vor der abschließenden Manöverkritik war er sicher, daß sie gute Arbeit geleistet hatten.

Es war ein Überlebenstest gewesen, und sie hatten nichts mitgenommen außer den Halazon-Tabletten zur Reinigung ihres Trinkwassers und Messern als ihre einzigen Waffen. Was sie essen wollten, hatten sie sich selber irgendwie fangen müssen.

Die Verfolgergruppe hatte die genauen Koordinaten ihres Landeplatzes nur eine Stunde nach ihrem Aufbruch erfahren, aber dennoch hatte es Blairs Gruppe geschafft, sich acht Tage lang unentdeckt zu halten, und vorgestern waren es sogar seine Leute gewesen, die die andere Gruppe attackiert hatten.

Natürlich war das im ursprünglichen Plan nicht vorgesehen und Blair wußte, daß die anderen ihm dieses eigenmächtige Handeln übelnehmen würden, aber das kümmerte ihn überhaupt nicht. Für ihn als echten Green Beret war es kein Spiel nach festgelegten Regeln; Einfallsreichtum und Beweglichkeit – die anderen erledigen, bevor man selbst erwischt wurde – gehörten ebenso zum Überlebenstraining, wie Fische zu stechen und nur mit einem Stock und einer Schnur ein Kaninchen zu fangen. Es war sogar viel wichtiger, lebenswichtig, und deshalb war es gut, wenn sie das lernten. Das war schließlich der Sinn dieser Übungen. Blair seufzte bei diesem Gedanken. Er war traurig, daß es immer nur Übungen waren. Egal wie schwierig diese Übungen waren, ob sie scharfe Munition hatten oder sich auf ihre eigene Geschicklichkeit verlassen mußten, wenn sie nicht hungern wollten – es blieben immer Übungen. Und Übungen waren einfach nicht dasselbe wie der Ernstfall.

Blair sehnte sich nach Vietnam zurück. Er vermißte das Gefühl, ständig gefordert zu sein, jede Stunde und jeden Tag und jede Woche, zu wissen, daß der kleinste Fehler, die kleinste Bewegung das Ende bedeuten konnte. Nur *so* lernte man, zu überleben, nur so lernte man, was es bedeutete, zu den Spezialtruppen zu gehören. Übungen waren da einfach nicht ausreichend, sie brachten einem nicht bei, *instinktiv* richtig zu reagieren. In Vietnam wäre es nie passiert, daß sich eine Gruppe von Green Berets so hätte überraschen lassen, wie sie in dieser Übung ihre Verfolger überrascht hatten, die rauchend im Kreise hockten und über die Mädchen quatschten, die sie gebumst hatten. Das würde bei der Beurteilung im Abschlußbericht schon deutlich werden.

Blair wandte den Blick von den Männern, die ihm unterstellt waren, und versuchte sich darüber klar zu werden, was er ihnen gegenüber empfand. Als es ihm einfiel, machte es ihn traurig. Mitleid war das richtige Wort, dachte er. Sie taten ihm leid, weil sie nicht wußten, wie es in Vietnam gewesen war. Sie taten ihm verdammt leid.

11

Hawkins blieb bei seinem Vorwand, er hätte einen verdorbenen Magen, um nicht an der Tour ins Flußdelta teilnehmen zu müssen, und wartete am Fenster seines Zimmers, bis er sah, wie die Busse wegfuhren. Es war schon ziemlich heiß geworden, als er aus dem Hotel trat, und er konnte gemütlich gehen, da er bis zur Verabredung mit Ninh noch viel Zeit hatte. Er überquerte die Tu Do und ging durch eine Seitenstraße zur Rue Catinet, wo er sofort wieder nach links abbog und zum Fluß hinunterging. Er war aufgeregt darüber, daß er den Mann gefunden hatte, aber dann gab er sich selbst einen Dämpfer. Noch *hatte* er ihn schließlich nicht gefunden. Ninh mußte erst zu dem verabredeten Treffen erscheinen, und am Telefon war er erkennbar nervös gewesen; er weigerte sich, Hawkins zu sagen, wo er wohnte, und bestand auf reichlich dramatischen Instruktionen, wo sie sich treffen könnten.

Als Hawkins am Ende der breiten Straße anlangte, bog er wie verabredet nach rechts ab und ging wieder am Fluß entlang, auf dem ein reger Schiffsverkehr herrschte. Auch die Landungsstege und Kais waren voller Menschen. Er sah einige Fischstände und erkannte, daß er sich dem Markt näherte, den Ninh in ihrem holprigen Telefongespräch gestern abend erwähnt hatte. Entsprechend seinen Instruktionen durchquerte er den Markt und wartete auf der anderen Seite. Er starrte in das gelbe Wasser des Flusses, der voller Abfälle war und entsetzlich stank. Etwa zwanzig Meter weiter stand der große Kran, den ihm Ninh als weiteren Anhaltspunkt genannt hatte – ein mit Tarnfarben bemaltes Relikt aus dem Krieg. Hawkins war sicher, daß er zu den Anlagen gehört hatte, die die Amerikaner hier errichtet hatten, denn er hatte noch nie gehört, daß Kräne mit Tarnfarbe bemalt wurden. Er ging hinüber und freute sich über den schmalen Schattenstreifen, den der Führerstand des Krans warf. Auf dem Fluß hörte er ein lautes Tuten und als er sich umdrehte, sah er, wie einer der ostdeutschen Frachter ablegte und langsam flußabwärts fuhr. Hawkins blickte auf seine Uhr: es war noch fünfzehn Minuten Zeit. Was sollte er machen, wenn Ninh nicht zu dem vereinbarten Treffen erschien? Wahrscheinlich zu der Hüttensiedlung zurückgehen, dachte er. Welche der Familien, die er gestern gefragt hatte, hatte gewußt, wo Ninh sich aufhielt, und ihm die Nachricht überbracht?

Ein gebrechlich wirkender alter Mann kam auf ihn zu; er schob ein Fahrrad, an dem er sich festzuhalten schien, ein rostiges und klappriges Damenrad mit einem völlig zerfledderten Sattel. Am Lenker hing irgendein Grünzeug, das wie Gemüse aussah. Der Mann lehnte das Fahrrad an das Fahrgestell des Krans und machte sich mit einer Pumpe am Hinterrad zu schaffen. Hawkins hoffte, er würde nicht so lange brauchen und am Ende den Vietnamesen vertreiben, auf den er wartete.

»Ich bin Ninh.«

Der Mann blieb über sein Fahrrad gebeugt und sah nicht hoch, und Hawkins fuhr erschreckt zusammen. Er kniff die Augen zusammen, um den Mann in dem hellen Sonnenlicht besser betrachten zu können. Er erinnerte sich, in den Aufzeichnungen seines Vaters gelesen zu haben, daß Ninh nur zwei Jahre älter war, aber der Mann hier sah gut zwanzig Jahre älter aus. Er trug ein ausgefranstes, fleckiges Hemd, aus dem dürre, knochige Arme ragten, und seine Schultern waren vornüber gebeugt, als ob er sein Leben lang schwere Lasten getragen hätte. Er hatte eine weiße Haarsträhne an der linken Schläfe.

»Ninh!«

Der Mann kam langsam auf ihn zu und blickte sich suchend auf dem Kai um, ob sie auch nicht beobachtet wurden. Er lächelte ein zahnloses Lächeln und sagte: »Sie ähneln ihm sehr. Er hat mir viel von Ihnen erzählt.«

Hawkins war völlig verwirrt. Jetzt wo er ihn gefunden hatte, wußte er nicht, wie es weitergehen sollte. Er fragte: »Ist es sehr gefährlich für Sie, daß Sie sich mit mir treffen?«

»Ja«, sagte Ninh einfach. »Sie haben gestern sehr viele Leute nach mir gefragt. Zu viele.«

»Es tut mir leid, wenn ich Ihnen Schwierigkeiten bereitet habe«, erklärte Hawkins.

Ninh zuckte mit den Schultern, um auszudrücken, daß es nun nicht mehr zu ändern sei. »Es gibt überall Spitzel«, sagte er. »Man sagt ihnen, sie müßten ihre Loyalität durch Wachsamkeit beweisen.«

Es klang, als würde er etwas Auswendiggelerntes wiederholen, dachte Hawkins. Er fragte: »Waren Sie krank?«

Ninh nickte. »Malaria. Aber es geht mir schon besser.« Wie zur Antwort wurde er von einem schweren Hustenanfall geschüttelt.

»Werden Sie behandelt?« fragte Hawkins.

»Es ist nur eine Erkältung, weiter nichts«, winkte Ninh ab. Dann fragte er begierig: »Was hat Ihr Vater gesagt? Was hat er arrangiert?«

Hawkins ging auf den alten Vietnamesen zu, der sich sofort wieder unsicher nach allen Seiten umblickte. »Es tut mir leid«, sagte Hawkins. »Ich verstehe nicht, was Sie meinen.«

Der Mann legte den Kopf auf die Seite und sah ihn seltsam an. »Er muß etwas arrangiert haben«, sagte er in flehendem Ton. »Ihr Vater hat versprochen, mir zu helfen. Er wollte als Bürge auftreten, damit ich hier rauskomme. Ich habe schon so lange gewartet, sehr lange.«

Hawkins schluckte. Er wußte nicht, was er sagen sollte. Bestimmt hatte Ninh sich geirrt und seinen Vater falsch verstanden. Sein Vater hatte ihm nie etwas davon gesagt, daß er sich bemüht hatte, seinem Dolmetscher die Ausreise zu ermöglichen. Und er konnte sich einfach nicht vorstellen, daß sein Vater ihm die Sache verschwiegen hätte, wenn es wirklich so eine Vereinbarung gab. Ninh *mußte* sich ganz einfach irren.

»Mein Vater ist tot«, erklärte er.

»Tot?« Der Mann schüttelte ungläubig den Kopf, und sein Gesicht verzerrte sich wie im Schmerz. »Nicht tot«, murmelte er. »Er hat versprochen, mir zu helfen.«

»Es tut mir leid«, sagte Hawkins hilflos.

»Er hat es versucht?« fragte Ninh ihn dann voller Hoffnung. »Er hat es versucht, bevor er starb?«

Hawkins versuchte, sich die Notsituation des anderen vorzustellen, und sagte dann unüberlegt: »Ja, ich glaube er hat es versucht.

Ein befreites Lächeln legte sich über Ninhs Gesicht. »Dann gibt es noch eine Chance«, sagte er. »Sie werden mir helfen?«

Wie konnte er das? fragte sich Hawkins. Er sagte vorsichtig: »Es wird nicht leicht sein. Es ist sogar sehr schwierig.« Vielleicht über Peterson? »Ich kenne da jemanden, einen wichtigen Mann. Ich werde mit ihm sprechen.«

War es grausam von ihm, dem anderen solche Hoffnung zu machen?

Immerhin war es etwas, was er ohne Schwierigkeiten versuchen konnte. Aber er konnte nicht erwarten, daß Peterson ihm helfen würde, daß er ihm auch nur helfen konnte. Und seine eigene Situation machte die Sache noch komplizierter. Er war englischer Staatsbürger, der nur vorübergehend in Amerika arbeitete. Würden die amerikanischen Einwanderungsbehörden ihn als Bürgen akzeptieren für einen Vietnamesen? Das war sehr unwahrscheinlich, sagte er sich selbst. Was sollte er also tun?

»Ich danke Ihnen«, sagte Ninh herzlich. »Sie sind ein guter Mensch, genau wie Ihr Vater!«

»Wie ist es Ihnen ergangen seit dem Krieg?«

Ninh verzog wieder das Gesicht. »Es war nicht leicht«, sagte er. »Sie haben gesagt, ich müßte umerzogen werden, ich hätte große Fehler gemacht . . .«

»Wurden Sie eingesperrt?« unterbrach Hawkins ihn

»Umerziehungslager«, korrigierte Ninh. »Und dann kam ich ins Delta. Pleiki, im zentralen Hochland. Dort habe ich mir die Malaria geholt.«

Und bin vorzeitig gealtert, ergänzte Hawkins im stillen. Laut sagte er: »Wurden Sie deswegen ins Lager geschickt, weil Sie mit meinem Vater zusammengearbeitet hatten?«

»Es war nicht seine Schuld«, meinte Ninh zurückhaltend. »Er sollte es nicht erfahren. Niemand sollte es erfahren. Deshalb muß ich jetzt auch sehr vorsichtig sein.«

Hawkins wurde klar, daß er diesem Mann in gewisser Weise moralisch verpflichtet war. Er würde auf jeden Fall versuchen, Peterson um Unterstützung zu bitten. Um Ninh jetzt schon irgendwie zu helfen, nahm er das ganze amerikanische Geld, was er bei sich hatte, etwas über 120 Dollar, und gab es Ninh mit den Worten: »Ich möchte, daß Sie das annehmen. Es tut mir leid, daß ich nicht mehr bei mir habe. Können Sie es noch umtauschen, so wie früher?«

Er wußte, daß zur Zeit der Amerikaner Kriegsgeld wie auch

vietnamesische Piaster in Umlauf waren, aber daß man echte amerikanische Dollars für das Vier- bis Fünffache des offiziellen Kurses auf dem Schwarzmarkt eintauschen konnte. Ninh warf einen Blick auf die Scheine, und Hawkins war klar, daß er versuchte, angesichts des Almosens nicht seinen Stolz zu verlieren. Dann streckte er plötzlich fast böse die Hand aus, ergriff das Geld und steckte es eilig in die Tasche. Er sagte: »Man kann es immer noch umtauschen.«

»Vielleicht kann ich Ihnen noch mehr Geld schicken, wenn ich wieder zuhause bin«, sagte er und fügte dann ergänzend hinzu: »Ich lebe in Washington.«

»Sie werden mir bestimmt helfen können, wenn Sie da wohnen«, sagte Ninh sofort gierig.

»Ich sagte Ihnen doch, ich werde es versuchen«, wiederholte Hawkins. »Ich werde aber Ihre Adresse brauchen.«

»Es ist nicht sicher, mir zu schreiben«, warnte Ninh. »Die Briefe werden abgefangen, und ich könnte wegen Spionage angeklagt werden.«

»Wie kann ich Sie dann aber erreichen?«

»Nur wenn es um meine Ausreise geht.«

»In Ordnung«, sagte Hawkins mit einem unbehaglichen Gefühl. »Also wie?«

»Schreiben Sie einen Brief. Es ist Hausnummer 15.«

Das war das letzte Haus, das er gestern abend besucht hatte, erinnerte sich Hawkins. Er fragte: »Waren Sie zuhause, als ich nach Ihnen fragte?«

Ninh nickte und senkte den Kopf.

»Warum haben die Leute dann behauptet, sie würden Sie nicht kennen? Warum haben Sie sich nicht gemeldet?«

Wieder zuckte der Mann unbestimmt mit den Schultern, dann sagte er leise: »Jeder von den Leuten war irgendwann auch einmal in einem Lager. Keiner wußte, ob es sicher war, und ob es mir recht war, daß Sie mich finden ...« Er zögerte und fuhr dann fort: »Und außerdem schämte ich mich, daß ich da wohne. Es ist nicht mehr wie früher, als Ihr Vater hier war. Damals hatte ich meine eigene Wohnung.«

»Ich habe versucht, das alte Zimmer zu bekommen, das mein Vater im Caravelle bewohnt hat«, erzählte Hawkins.

Wieder sah ihn Ninh mit einem seltsamen Blick an. »Ihr Vater hat nur in der allerersten Zeit für drei Wochen im Caravelle gewohnt«, sagte er. »Nachdem er Nicole getroffen hatte, mieteten sie sich eine der Villen in der Nähe des Cercle Sportif. Sie waren sehr gerne in dem Club.«

Hawkins blickte ihn eine Weile verständnislos an. Dann fragte er: »Nicole?«

»Nicole Tiné«, erklärte Ninh geduldig. »Ihr Vater war mit ihr bis zum Schluß zusammen.«

»Wo?« fragte er verunsichert. Er war völlig verwirrt. »Wo ist diese Frau jetzt?«

Die Schultern des Mannes zuckten wieder. »Ich nehme an, Ihr Vater hat versucht, sie rauszuholen. Ich weiß, daß das seine Absicht war, denn wir haben darüber gesprochen, alle drei, als es zu Ende ging. Ich weiß nicht, wo sie jetzt ist.«

»Soll das heißen, daß hier irgendwo in dieser Stadt eine Frau lebt, mit der mein Vater verheiratet war?«

»Sie haben nie geheiratet«, sagte Ninh bestimmt. »Vielleicht ist sie tot, vielleicht nicht. Ich weiß es nicht.«

Sein Vater war bereits Witwer, als er zum zweiten Mal nach Vietnam ging, also konnte ihm Hawkins keinen moralischen Vorwurf machen wegen dieser Nicole Tiné, aber es ging auch gar nicht um die Frage der Moral. Dennoch fühlte er sich verletzt und hintergangen. Und das war das Schlimmste. Er hatte zwei Jahre lang mit seinem Vater bis zu seinem Tod zusammengelebt, er war ihm gegenüber völlig offen und ehrlich gewesen und hatte geglaubt, sein Vater wäre ihm gegenüber ebenso offen und ehrlich. Und nun mußte er feststellen, daß das gute Verhältnis, das er zu seinem Vater zu haben glaubte, nur eine Illusion gewesen war. Es war nicht mehr gewesen, als die oberflächliche Freundschaft zwischen zwei Fremden. *Warum?* dachte er wütend. Warum zum Teufel hatte der Mann ihm nicht von der Frau erzählt, mit der er zwei Jahre lang wie Mann und Frau zusammengelebt hatte? Und von diesem gebrochenen, kranken Mann mit dem nervösen Blick, dem er versprochen hatte, ihn in den Westen zu bringen? Hatte er ihm das wirklich versprochen? Hawkins wurde klar, daß er nur die Aussage von Ninh hatte, und das gleiche galt für die Existenz dieser Nicole Tiné. Aber warum sollte der Mann ihn anlügen? Was hätte er davon? Er brachte sich im Gegenteil nur in Gefahr, indem er sich mit ihm hier traf – vorausgesetzt es stimmte, was Ninh über die Umerziehungslager erzählt hatte. Und er hatte sogar gezögert, das Geld anzunehmen, das Hawkins ihm angeboten hatte. Er stellte fest, daß er völlig verwirrt war, verwirrt und verunsichert.

Es war sehr heiß geworden, selbst im Schatten des Krans. Er blickte sich um und fragte den Vietnamesen: »Können wir nicht woanders hingehen? Ich muß mit Ihnen reden.«

Ninh schüttelte den Kopf. »Es ist nicht sicher«, sagte er eindringlich.

»Erzählen Sie mir von der Frau«, bat ihn Hawkins.

»Ein schönes Mädchen«, sagte Ninh und lächelte träumerisch. »Ihr Vater war in der französischen Legion hier, in den fünfziger Jahren, und ihre Mutter war Vietnamesin. Sie hatten ein schönes Haus in Dalat, aber Nicole arbeitete hier in der französischen Botschaft, wo Ihr Vater sie auch kennenlernte, bei einem Empfang.«

Hawkins runzelte die Stirn. »Wenn Ihr Vater in den fünfziger Jahren mit den Franzosen hier war, dann muß sie sehr jung sein.«

»Sie war zwanzig, als sie sich kennenlernten«, bestätigte Nin.

Also war sein Vater doppelt so alt wie sie damals. Er sagte: »Und sie wohnten in der Nähe des Cercle Sportif?«

»In der Villa mit den grünen Fensterläden, fast genau gegenüber. Sie waren sehr glücklich dort. Es gab viele Partys. Es war sehr schön.«

Einer plötzlichen Eingebung folgend fragte Hawkins: »Haben Sie ein Photo?«

»Jetzt nicht mehr«, antwortete Ninh. »Ich hatte eins, aber ich habe es weggeworfen. Es ist gefährlich, solche Dinge zu haben.«

Hawkins überlegte, daß er die Kiste mit dem Vietnam-Material noch nicht vollständig durchgesehen hatte. Ob er unter den Sachen noch ein Photo finden würde? »Wissen Sie, in welches Lager sie geschickt wurde?«

»Wir haben schon zu lange geredet. Ich muß gehen«, sagte Ninh.

»Nein!« sagte Hawkins heftig. »Noch nicht. Warten Sie noch einen Moment, bitte.«

»Es ist gefährlich.«

»Sind Sie *sicher*, daß sie auch in ein Lager kam?«

»Man hat es mir erzählt«, antwortete Ninh. »Alle hatten große Angst, nachdem die Amerikaner abgezogen waren. Keiner wußte, was geschehen würde. Nicole fuhr nach Dalat zurück, um bei ihrer Mutter zu bleiben. Ich hörte, daß sie dort verhaftet wurde.« Er machte eine weit ausholende Bewegung mit dem Arm. »Man hat die Leute überall hingeschickt. Sogar nach Hanoi.«

»Wenn ihr Vater Franzose war, dann hatte sie doch die französische Staatsbürgerschaft«, erinnerte sich Hawkins plötzlich. »Warum hat sie nicht das Land verlassen?«

»Ihre Mutter wollte nicht mitkommen.«

»Ich möchte sie suchen«, sagte Hawkins entschlossen.

»Sie würden sie in Gefahr bringen«, warnte Ninh.

»Wenn ich Ihnen helfe – und ich habe es Ihnen versprochen –, dann müssen Sie mir helfen, sie zu suchen. Ich möchte wissen, ob ich irgend etwas für sie tun kann.«

»Ich werde es versuchen«, versprach Ninh, aber Hawkins war nicht sicher, ob er dem Mann glauben konnte.

»Ehrenwort?« fragte er.

»Wir waren Freunde«, sagte Ninh. »Ich werde es versuchen.«

»Waren die beiden glücklich?«

»In der Villa, ja. Die ganze Zeit. Nur das Baby machte sie traurig.«

»Ein Baby?!«

»Wissen Sie das denn nicht?«

»Ich habe meinen Vater nicht oft gesehen«, log Hawkins. »Ich war immer unterwegs.«

»Ein kleines Mädchen. Elian.«

»Was ist passiert?«

»Sie lebte nur einen Monat...« Ninh hielt seinen Bauch und sagte: »Etwas mit dem Bauch. Ihr Vater brachte sie ins amerikanische Hospital, aber sie starb. Es war sehr traurig.«

»Wußten Sie von mir?« fragte ihn Hawkins in einem plötzlichen Aufwallen. »Hat mein Vater erzählt, daß er einen Sohn hat?«

»Er hat von Ihnen gesprochen«, sagte Ninh.

»Erzählen Sie mir, wie er gearbeitet hat, was er gemacht hat«, bat Hawkins.

Ninh schüttelte den Kopf und sagte in entscheidenem Ton: »Es ist keine Zeit mehr, wir sind schon viel zu lange hier gewesen.«

»Morgen«, bat Hawkins inständig. »Wir treffen uns morgen wieder. Ich bin nur noch zwei Tage in Saigon.«

»Ho-Tschi-Minh-Stadt«, korrigierte ihn Ninh. »Es ist wichtig, daß man den richtigen Namen sagt.«

»Nur noch zwei Tage«, erinnerte ihn Hawkins.

»Also gut, hier, morgen um die gleiche Zeit«, stimmte Ninh zu. »Aber Sie dürfen nicht zum Haus kommen, es ist nicht sicher.«

»Ich werde nicht zum Haus kommen«, versprach Hawkins.

»Und Sie werden mir helfen!«

»Ja«, versprach Hawkins feierlich. »Ich werde versuchen, Ihnen zu helfen.«

Es wurde schon langsam dunkel, als Hawkins zum Hotel zurückkam und sich in sein Zimmer zurückzog, um über das nachzudenken, was er von dem Vietnamesen erfahren hatte. Er fühlte sich betrogen, eindeutig betrogen. Er hatte zuhause kistenweise Material über seinen Vater und war der Meinung gewesen, alles über ihn zu wissen, und jetzt mußte er erkennen, daß er eigentlich gar nichts wußte. Wieviele andere Nicole Tinés und Nguyen van Ninhs es wohl im Leben seines Vaters gegeben hatte, in Korea, in Algerien, in Afrika und am Mittelmeer? Vielleicht sogar Babies, die noch am Leben waren: vielleicht hatte er irgendwo einen Halbbruder oder eine Halbschwester...

Am nächsten Morgen verließ er das Hotel in aller Frühe, um vor dem erneuten Treffen mit Ninh am Hafen noch einen anderen Besuch zu machen. Der Cercle Sportif war längst nicht mehr der Mittelpunkt des gesellschaftlichen Lebens wie zur Zeit der Franzosen und Amerikaner und schien jetzt nur noch als Treffpunkt für politische Versammlungen zu dienen. Hawkins kümmerte sich nicht weiter darum und suchte statt dessen nach der Villa mit den grünen Fensterläden.

Sie war genau da, wo Ninh gesagt hatte, und sah genauso von der Sonne gebleicht aus wie die anderen Häuser in der Nachbarschaft. Es war ein ziemlich großes Haus, und hatte nach seiner Schätzung mindestens sechs oder acht Schlafräume, also würde es im Erdgeschoß bestimmt mehrere Empfangsräume geben.

Also hier hatte sein Vater gelebt, dachte er, gelebt, geliebt und sein geheimes Leben geführt. Warum um alles in der Welt hatte er ihm nie davon erzählt?

Er überlegte, ob er hineingehen sollte, entschied sich aber dagegen, weil er sich nicht verständigen konnte, falls die Vietnamesen, die das Haus jetzt bewohnten, kein Französisch oder Englisch sprachen, und vielleicht würde er die Frau in Gefahr bringen, wenn er sich nach ihr erkundigte.

Er photographierte das Haus ein paarmal und ging dann langsam wieder in Richtung zum Hafen, weil es noch ziemlich früh war. Als er an dem Kran ankam, setzte er sich gemütlich in den Schatten und wartete. Es gab so viel, was er wissen wollte. Er wollte wissen, wie der Arbeitstag seines Vaters ausgesehen hatte, wie oft er im Lande umhergefahren war, und ob er Nicole mitgenommen hatte. Er wollte wissen, ob Ninh wußte, ob sein Vater mit Nicole je über Heirat gesprochen hatte. Er wollte wissen, wie er sich entspannt und seine Freizeit verbracht hatte, ob er bei seinen Kollegen beliebt war, wie er mit anderen Menschen umgegangen war, ob er zuviel getrunken oder zuviel geraucht hatte – alles, dachte Hawkins, alles was es zu wissen gab über seinen Vater. Er versuchte, so gut es ging, alle eigenen Eindrücke und Erinnerungen an ihn beiseite zu lassen, um nur die Konturen vor sich zu haben, die Ninh dann für ihn ausfüllen sollte.

Am vergangenen Tag war Ninh sehr pünktlich gewesen, heute jedoch ließ er auf sich warten. Zuerst machte sich Hawkins darüber keine Gedanken; es gab Dutzende von Gründen, warum er sich verspäten konnte. Nach einer halben Stunde wurde er jedoch unruhig und suchte die Straße und den Markt ab nach dem alten Mann mit dem klapprigen Fahrrad. Nach einer Stunde wurde er langsam unwillig, und nicht nur wegen der brennenden Sonne. Warum kam der verdammte Kerl nicht endlich! Er wußte so wenig und wollte noch so viel fragen. Aber er hatte ja seine Adresse: Nummer fünfzehn, die letzte der drei verfallenen Villen.

Und dann erinnerte er sich plötzlich an die wachsame Nervosität des Mannes und daran, wie er ständig mit den Augen die Bewegungen der Menschen weiter unten auf dem belebten Kai beobachtet hatte. Und noch etwas fiel ihm ein. Vier Jahre in einem Umerziehungslager weger seiner Verbindung zu einem Ausländer aus dem Westen. *»Man sagt ihnen, sie müßten ihre Loyalität durch Wachsamkeit beweisen«*, hatte Nin berichtet. Wollte er es wirklich riskieren, daß der Mann noch einmal für vier Jahre in ein Umerziehungslager gesteckt wurde, das ihn noch weiter altern lassen und zerbrechen würde?

Nein, dachte er. Das wollte er nicht. Obwohl sich die vermeintlich leichte Aufgabe, die Biographie seines Vaters zu schreiben, als immer schwieriger entpuppte, und obwohl er wußte, daß es eigentlich seine Aufgabe war als professioneller Journalist. Dieses Risiko wollte er denn doch nicht eingehen.

An diesem Abend betrank sich Ray Hawkins zum erstenmal seit vielen Wochen wieder, fast mechanisch, allein in seinem Zimmer. Und bevor es zu spät war und er nicht mehr klar denken konnte, kam er zu dem Ergebnis daß es ein Fehler gewesen war, hierher zu kommen. Ein schwerer Fehler. Und er hatte keine Ahnung, wie er diesen Fehler wieder gutmachen könnte.

»Im November«, sagte Sharon Bartel.

»Aber es sind noch sechs Monate bis dahin«, protestierte Patton.

»Du hast gesagt, daß ich den Zeitpunkt bestimmen darf«, erinnerte sie ihn.

»Und was ist mit dem Appartement?« fragte er. Es lag in Riverside, im zwanzigsten Stockwerk, mit einem großartigen Blick über den Fluß.

»Es ist zu teuer«, meinte sie.

»Nein, überhaupt nicht.«

»Es kostet vierhunderttausend, um Himmels willen!«

»Möchtest du es haben?«

Sie machte eine unbestimmte Handbewegung und senkte den Blick. »Ich habe Angst davor, soviel Geld auszugeben.«

»Ich kann es mir leisten . . .« Er schüttelte den Kopf und korrigierte sich dann schnell: »*Wir* können es uns leisten!«

Sie ergriff seine Hand und sagte: »Mir ist nicht ganz wohl dabei, den nächsten Schritt zu tun und Risiken einzugehen. Und deshalb ist für mich alles so verwirrend, weil eine solche Aufgabe ein Risiko bedeutet, auch wenn du genügend Geld hast.«

»Aber das gibt alles keinen Sinn«, sagte er verständnisvoll.

»Ich weiß.«

»Aber ich verstehe, was du meinst.«

»Wirklich?« fragte sie bittend und rückte näher zu ihm.

»Ja«, sagte er. »Du sollst nie wieder leiden, das verspreche ich dir. Von jetzt an werden wir nur noch glücklich sein, für immer.«

»Ich liebe dich sehr«, sagte sie zärtlich.

»Ich werde die Wohnung kaufen«, sagte er.

»Ich freue mich schon darauf, da zu wohnen.«

12

Wie beim ersten Mal, als er den Videofilm der Rettungsaktion in Vietnam und das Notizbuch gesucht hatte, in dem sein Vater während dieses Einsatzes geschrieben hatte, beschränkte sich Hawkins auch jetzt bei seiner Suche nicht auf eine einzige Kiste, sondern ging sehr genau alle Dokumente in der Hinterlassenschaft seines Vaters durch und fertigte eine vollständige Liste an. Er war zwar sehr sorgfältig vorgegangen, aber es war immerhin möglich, daß er etwas übersehen hatte, ein Dokument, eine Akte oder ein offizielles Formular, das vielleicht in einer anderen Mappe oder einem der Bücher versteckt war – irgend etwas, das ihm das Gefühl nehmen würde, betrogen worden zu sein. Aber er fand nichts und begann sich wirklich betrogen zu fühlen, nichts über Nicole Tiné und nichts, woraus er hätte schließen können, daß sein Vater versucht hatte, Nyugen van Ninh aus

Vietnam herauszuholen. Absolut nichts. Im Hinblick auf die Frau sah Hawkins ein, daß er daran nichts ändern konnte, aber was Ninh anging, so konnte er wenigstens versuchen, das Versprechen, daß er dem Vietnamesen aus einer Art Verantwortungsgefühl heraus in Saigon gegeben hatte, auch wirklich einzuhalten.

John Peterson war die Schlüsselfigur, aber Hawkins war sich nicht im klaren darüber, wie er den Senator ansprechen sollte. Die Art Hilfe, die er suchte, war eindeutig offizieller Art, aber gleichzeitig würde er es vorziehen, seine Bitte privat vorzubringen und in Georgetown anzurufen statt im Senat. Ehe er sich jedoch zu einem Entschluß durchringen konnte, wurde ihm die Entscheidung abgenommen, denn er erhielt einen unerwarteten Anruf von Eleanor Peterson.

Während seiner Reise nach Vietnam hatte Hawkins sie ganz bewußt aus seinen Gedanken verbannt, um nicht an das erinnert zu werden, was er nur als peinlichen Vorfall betrachten konnte. Es war ein peinlicher Fehler gewesen, sie zum Essen einzuladen, und ein peinlicher, leichtsinniger Fehler, sie zu küssen. Aber es war bei einem Kuß geblieben, also war die Sache wirklich nicht mehr als das: ein peinlicher Vorfall. War Eleanor Peterson einfach eine schüchterne und wirklich einsame Frau, die nur im falschen Moment und auf falsche Weise nach Verständnis gesucht hatte? Oder war sie eine verwöhnte, reiche, neurotische Frau, die Schmierenkomödie spielte? Er hatte nicht den Eindruck gehabt, daß sie spielte, aber er war sich nicht sicher. Und er war fest entschlossen – felsenfest entschlossen diesmal –, diese Frage nicht weiter zu verfolgen. Beruflich liefen die Dinge einfach viel zu gut für ihn, als daß er seine Karriere wegen einer unbedeutenden Affäre aufs Spiel setzen durfte.

Es tat gut, ihre Stimme zu hören.

»Wie war die Reise?«

»Sehr schön«, sagte er ausweichend. Irgendwann würde sie es erfahren, nahm er an, aber er hatte keine Lust, am Telefon mit ihr darüber zu sprechen. Er fragte sich, was sie wohl an hatte.

»Ich war ein paarmal da, während du weg warst«, berichtete sie.

Er hatte ihr den Schlüssel für die Maryland Avenue gegeben, solange er in Vietnam war – als Teil seiner Strategie, ihr aus dem Wege zu gehen. »Bist du durch?« fragte er.

»Ich glaube ja.«

»Schön«, sagte er, weil ihm nichts anderes einfiel.

»Ich würde gerne rüberkommen«, platzte sie heraus.

Nein! dachte er. Trotz seiner guten Vorsätze war es genau das, was er sich wünschte, und deshalb sollte er nicht auf ihre Bitte eingehen, das wußte er. Er sollte »Nein« sagen und es auch wirklich so meinen anstatt nur so zu denken. »Warum nicht? Jederzeit.« Er versuchte, unverbindlich zu klingen.

»Jetzt gleich, meinte ich.«

Natürlich jetzt gleich, dachte er und sagte laut: »Ich bin gerade dabei, einen Bericht über die Reise zu schreiben.« Er hatte beschlossen, London nichts von Ninh zu erzählen und auf keinen Fall in dem Bericht für die Zeitung darüber zu schreiben, denn in diesem Stadium würde Publicity bei seinem Versuch, Ninh zu helfen, nur schaden. »Und ich müßte eigentlich dringend mit dem Buch weitermachen«, fügte er hinzu.

»Es gibt etwas, worüber ich gerne mit dir reden würde.«

»Ein Problem?«

»Für mich, ja«, antwortete sie.

Es war einfach kindisch, sich nicht mir ihr zu treffen. Er war sich der Gefahr bewußt, also brauchte er ihr nur aus dem Wege zu gehen. Kein Problem, jetzt wo er sein Selbstbewußtsein wiedergefunden hatte. »Okay«, sagte er.

»In einer halben Stunde?«

»In einer halben Stunde.«

Sie verspätete sich um fünf Minuten, und er wartete ungeduldig. Sie trug einen Flickenmantel und hatte sich wie immer die Wollmütze über die Ohren gezogen. Sie nahm sie ab, schüttelte ihr Haar frei und fuhr mit den Fingern hindurch. Hawkins sah, daß sie kein Make-up trug und fragte sich, ob ihre Augen nur von der Kälte so gerötet waren.

Unaufgefordert ging sie sofort ins unaufgeräumte Arbeitszimmer und setzte sich auf die Couch, auf der sie sich beim letzten Mal geküßt hatten. Er fand sie wunderschön und wünschte, es wäre nicht so.

»Ja, gerne«, kam sie seiner Frage zuvor, »ich könnte wirklich einen Drink gebrauchen.«

»Hast du Ärger?«

»Ja.«

»Was ist los?«

»Weißt du, was ich von Politik halte?« fragte sie ihn, aber es war nur eine rhetorische Frage, die sie gleich selbst beantwortete: »Politik ist einfach ein Scheißloch!«

Hawkins gab ihr den Scotch und fragte: »Was ist denn passiert?«

»John hat sein Versprechen gebrochen.«

»Welches Versprechen?« fragte er zweifelnd.

»Wegen John Junior«, antwortete sie. »Er hatte versprochen, ihn nicht in den Wahlkampf hineinzuziehen. Und jetzt hat er einen Photo-Termin mit *Women's Wear Daily* vereinbart... Unter dem Motto ›Der Kandidat im trauten Kreise seiner Familie‹ oder so ähnlich.«

Hawkins verzog sein Gesicht und fragte: »Aber warum?«

»Schlechte Umfrageergebnisse. Kannst du dir das vorstellen? Er macht das, weil seine Popularität gesunken ist! Du lieber Gott!«

»Hast du nicht versucht, ihn davon abzubringen?«

»Natürlich«, sagte sie ungeduldig. »Er meint, es sei nicht so schlimm, es würde nicht schaden.«

»Vielleicht schadet es wirklich nicht, ein einziges Mal...«

»Aber es wird nicht bei diesem einen Mal bleiben, oder? Jedesmal wenn Joe Rampallie oder Pete Elliston oder irgend jemand anders eine Show abziehen will, dann holen sie uns wieder auf die Bühne für unseren Auftritt.«

Er hatte sie wirklich völlig falsch eingeschätzt, was das Fluchen anging, stellte er fest. Er sagte: »Vielleicht ist es gar nicht so schlimm«, aber es klang nicht überzeugend.

»Er hat es *versprochen*!« rief sie empört. »Er weiß genau, wie ich dazu stehe, und hat mir versprochen, die Familie da rauszuhalten. Auf jeden Fall John Junior. Ich finde es eine Gemeinheit, eine beschissene Gemeinheit.«

Sie hatte ihn schon wieder zu ihrem Vertrauten, zu ihrem Mitwisser gemacht, stellte er fest. Er reichte ihr in einer beruhigenden Geste die Hand, und sie ergriff sie und hielt sie fest. Ihre Berührung erregte ihn.

»Ich habe vor, John um Hilfe zu bitten«, sagte er plötzlich, um vom Thema abzulenken.

»Wofür?« fragte sie.

Er brauchte sehr lange. Er fand keinen rechten Anfang, weil er ihr eigentlich nur von Ninh erzählen wollte, aber dann hatte er das Gefühl, die ganze Geschichte mit jemandem durchsprechen zu müssen, so wie sie ihm ihre Probleme anvertraut hatte, und er erzählte ihr alles. Sie hörte zu, ohne ihn zu unterbrechen, wobei sie auf seine Hand starrte und mit den Fingern darüberstrich. Als er geendet hatte, meinte sie: »Erstaunlich. Einfach erstaunlich.«

»Ja«, gab er ihr mit bitterem Tonfall recht. »Verdammt erstaunlich.«

»Und was sagst du dazu?« fragte sie ihn. »Daß er eine andere Frau hatte? Und ein Baby?«

»Das beschäftigt mich eigentlich nicht«, antwortete er. »Jedenfalls nicht so, wie du meinst. Wir hatten nie so eine Beziehung, das ging gar nicht. Ich kann nur nicht verstehen, warum er mir nie ein Wort davon gesagt hat... warum er nicht versucht hat, ihnen zu helfen.«

»Das weißt du doch gar nicht«, entgegnete Eleanor. »Alles was du weißt, ist, daß bei den Sachen, die du im Keller hast, keinerlei Unterlagen darüber sind. Es ist möglich, daß er es trotzdem versucht hat, aber aus irgend einem Grund keine Notiz darüber gemacht hat.«

»Aber du hast doch die Kisten gesehen und alles gelesen, was da drin ist«, widersprach Hawkins. »Er hat sogar fünfzehn Jahre alte Wäscherechnungen aufgehoben, verdammt noch mal! Und wenn er derartig unwichtige Sachen aufbewahrt hat, meinst du nicht, daß er dann auch alles aufgehoben hätte, was mit seinem Versuch zu tun hat, die Frau zu retten, mit der er ein Kind hatte? Und mit dem Mann, dem er versprochen hatte, ihn in Sicherheit zu bringen?«

»Ich habe den Eindruck, wir haben es beide mit gebrochenen Versprechen zu tun«, sagte Eleanor nachdenklich. »Natürlich hast du recht, er hätte diese Sachen bestimmt aufgehoben.«

»Aber *warum* hat er es nicht getan!« sagte Hawkins aufgebracht. »Ich habe zwei Jahre mit ihm zusammengelebt, verdammt noch mal. Und er hat nicht ein einziges Mal auch nur ein Wort verloren über seine andere Frau und sein anderes Kind. Das ist einfach nicht normal.«

»Und wenn er es versucht hat? Und gescheitert ist? Vielleicht hat er gewußt, daß er sie verloren hat?« gab sie zu bedenken. »Vielleicht fürchtete er, dich auch noch zu verlieren, wenn er dir davon erzählte.«

»Er hatte absolut keinen Grund, das anzunehmen«, antwortete Hawkins. »Ich sage dir doch, unser Verhältnis war nicht so.«

»Aus deiner Sicht vielleicht nicht«, meinte sie. »Aber was ist mit ihm? Weißt du überhaupt, was er gedacht und gefühlt hat?«

Hawkins lachte abschätzig. »Ich bin verdammt sicher, daß ich keine Ahnung habe, was er gedacht oder gefühlt hat. Ich dachte, ich wüßte es, aber das war reine Einbildung.«

»Was wohl aus ihr geworden ist«, sagte Eleanor wie zu sich selbst und fröstelte. »Die arme Frau.«

»Ich wünsche bei Gott ich wüßte es«, seufzte er. »Ich weiß nicht einmal, ob ich Ninh nicht noch mehr Schwierigkeiten gemacht habe, weil ich ihn aufgesucht habe. Glaubst du, daß John mir helfen kann?«

Sie zuckte die Achseln. »Wahrscheinlich. Du kannst ihn ja fragen.« Und bitter fügte sie hinzu: »Vielleicht läßt sich das sogar für den Wahlkampf ausschlachten.«

Er fühlte sich wirklich sehr wohl in ihrer Nähe. Viel zu wohl. Er meinte: »Wenn es klappt, daß wir Ninh aus Vietnam herausholen können, dann hätte ich nicht einmal was dagegen.«

»John möchte gerne, daß du bald mal zu uns zum Essen kommst«, sagte sie. »Er hat gesagt, ich solle dich anrufen.«

»Das wäre sehr schön«, antwortete er. Und nach einem Blick auf die Uhr: »Es ist schon spät.« Er wollte, daß sie ging, bevor es *zu* spät war.

»John ist nach Denver geflogen«, sagte sie. »Und die Kinder habe ich schon gesehen, bevor ich hierher kam.«

»Ich könnte uns wieder ein paar Steaks machen.«

»Ich habe eigentlich keinen Hunger. Du?«

»Eigentlich nicht«, sagte er. »Noch einen Drink?«

»Lieber nicht.«

Eine Weile schwiegen sie, und die Stille wurde immer lauter, bis Eleanor auf einmal sagte: »Ich bin jetzt sicher«, seine Hand ergriff und sie zärtlich küßte.

»Ich habe mir vorgenommen, daß das nicht passiert«, sagte er. »Ich will nicht, daß es passiert.«

»Wirklich nicht?«

»Doch.«

Es war alles ganz einfach und wie selbstverständlich, als sie aufeinander zukamen und begannen, den anderen zu entdecken, zu spielen, zu genießen. Jeder wollte den anderen glücklich machen, und das taten sie und wußten, daß sie es wieder tun konnten. Beim zweiten Mal ließen sie sich genüßlich Zeit. Hawkins war erstaunt über Eleanors Sinnlichkeit und seine eigene Reaktion darauf. Er fühlte sich sehr wohl.

Hinterher sagte er atemlos: »Das war wundervoll.«

»Das fand ich auch«, meinte sie.

»Wie wird es sein, wenn ich zu euch nach Hause komme?« fragte er sie dann. »Wenn John da ist?«

Er spürte, wie sie die Achseln zuckte. »Ich habe keine Ahnung«, sagte sie. »Ist es dir peinlich?«

»Ich weiß noch nicht«, antwortete er.

»John hat das Interesse verloren«, meinte sie. »Er hat jetzt einen ganzen Harem von Mitarbeitern um sich.«

Er stützte sich auf die Ellbogen, um sie besser betrachten zu können. Dann küßte er sie, mit leichten, zärtlichen Küssen, und sagte: »Wie zum Teufel soll es nun weitergehen?«

»Ich mache mir keine Gedanken darüber, wie es weitergehen soll«, sagte sie. »Ich werde es einfach genießen, wie es kommt.« Und nach einem kurzen Moment des Schweigens fuhr sie fort: »Ich habe es von Anfang an gewollt. Deswegen habe ich auch gefragt, ob ich die Aufzeichnungen deines Vaters lesen kann, so daß du mich einladen mußtest. Eigentlich haben mich die Sachen gar nicht interessiert. Jedenfalls nicht besonders.«

Hawkins war nicht sicher, ob er sich je an ihre Offenheit würde gewöhnen können. »Warum?« fragte er.

»Du bist schwach«, sagte sie. »So wie ich auch schwach bin. Du gibst dir auch immer so viel Mühe, genau wie ich, und wenn du Erfolg hast, dann belohnst du dich selbst, und das ist auch nur wieder eine Art von Schwäche. Du brauchst dich deshalb nicht zu schämen. Oder es zu leugnen. Ich habe die Nase voll bis obenhin von diesen Supermännern, die morgens schon wissen, wie der ganze Tag laufen wird. Ich habe die Nase voll von Beherrschung und Zurückhaltung und Mäßigung. Ich will mich nicht jedesmal, wenn ich den Mund aufmache, fragen müssen, ob ich etwas richtig oder falsch sage...« Sie beugte sich vor, um ihm einen Kuß zu geben. »Für mich bist du normal und menschlich; du machst auch viele Fehler und ich habe nicht das Gefühl, daß du mich für irgend etwas verurteilst. Jedenfalls nur selten... und ich bin sehr gerne mit dir zusammen und jetzt stelle ich fest, daß ich auch sehr gerne mit dir bumse.« Wieder gab sie ihm einen Kuß und sagte dann: »Ich bin bestimmt kein Experte auf dem Gebiet, aber ich muß sagen, du bumst einfach wundervoll.« Sie ließ sich wieder ins Bett zurückfallen. »Für meine Verhältnisse war das eine verdammt lange Rede. Ich hoffe, du fühlst dich nicht beleidigt.«

Jetzt küßte er sie und sagte dann: »Nein, ich bin durchaus nicht beleidigt. Obwohl ich es vielleicht sein sollte, denn du hast gerade zugegeben, daß du mich benutzt, ganz offen.«

»Ja«, sagte sie, »das stimmt.«

»Benutze mich ruhig«, sagte Hawkins. »Wann immer du willst.« Trotzdem wünschte er sich, seine Schwächen wären nicht so deutlich erkennbar.

In der nächsten Woche fuhr er nach Georgetown zum Essen. Peterson begrüßte ihn mit offenen Armen, während ihm Eleanor mit höflicher Zurückhaltung die Hand reichte, und Hawkins wunderte sich darüber, daß ihm die Situation überhaupt nicht peinlich war, wie es normal gewesen wäre. Es war eine ziemlich große Party; außer ihm waren noch elf weitere Gäste eingeladen. Seine Tischnachbarin war eine bildhübsche und sehr lebendige junge Frau, die für Peterson als Wahlkampfhelferin arbeitete. Sie hieß Beth und es schmeichelte Hawkins, weil sie offensichtlich von ihm gehört und gelesen hatte. Bevor der Nachtisch gereicht wurde und die Damen nach bewährter englischer Tradition den Raum verließen, damit die Männer unter sich ihre Zigarren rauchen und Brandy oder Portwein trinken konnten, gab sie ihm ihre Telefonnummer. Nach dem Essen hielt Hawkins den günstigsten Zeitpunkt für gekommen und erzählte Peterson von seinem Anliegen, wobei er sich diesmal jedoch auf die Episode mit Ninh beschränkte.

Peterson hörte aufmerksam mit geneigtem Kopf zu, wobei er eine dünne Zigarre zwischen den Fingern hin und her drehte. Dann sagte er: »Das wird nicht leicht sein, Ray.«

»Das weiß ich«, meinte Hawkins. »Ich möchte aber nichts unversucht lassen.«

»Ich verstehe«, sagte Peterson. »Überlassen Sie mir die Sache. Ich will Ihnen nichts versprechen, aber ich werde sehen, was ich tun kann.«

»Ich weiß Ihre Hilfe zu schätzen«, versicherte Hawkins ihm.

Unter den Gästen befand sich auch Paul Brunton, der Sprecher des Repräsentantenhauses, der Hawkins nach seinem Interview mit dem Präsidenten angesprochen hatte, sowie zwei weitere Mitglieder des Kongresses, so daß sich Unterhaltung sich fast ausschließlich um Politik drehte, selbst als die Damen wieder dazukamen. Letztere schienen nichts anderes erwartet zu haben, und auch Hawkins hatte nichts dagegen, denn das war genau die Art von Kontakt, die er für seinen Job in Washington so dringend brauchte. Gegen Ende des Abends fand er sich plötzlich für eine Weile mit Brunton allein in einer Ecke des Salons.

»Ich hörte, es gibt Probleme mit den Plänen des Präsidenten im Hinblick auf die Rüstungskontrolle und ihre Überwachung«, ließ ihn der Politiker wissen.

Brunton war ein Anhänger Petersons, und Hawkins fragte sich, ob er ihm absichtlich diese Informationen zuspielte. Es war doch zu auffällig, daß die beiden in dem vollen Salon plötzlich ganz unter sich waren. »Was sind das für Probleme?« fragte er.

Brunton machte eine unbestimmte Geste. »Ich nehme an, Ihre Regierung und auch andere europäische Nationen sind nicht sehr glücklich über die Reaktion der Sowjets.«

»Warum nicht?« fragte Hawkins weiter.

»Es ist nur Kantinenklatsch, verstehen Sie?«

»Ich verstehe.«

»Es heißt, daß die Russen Kontrollinspektionen in England, Frankreich und Deutschland verlangt haben und alle drei abgelehnt haben mit der Begründung, ihre Souveränität würde dadurch in Frage gestellt«, berichtete Brunton.

Er wurde wirklich gezielt mit Informationen gefüttert, erkannte Hawkins, und zwar mit guten Informationen. »Ich danke Ihnen für Ihre Mitteilung«, sagte er.

»Die Information ist selbstverständlich nicht von mir«, beeilte sich Brunton zu sagen.

»Natürlich nicht«, erklärte er verständnisvoll.

»Das würde die Planung ganz schön zurückwerfen, finden Sie nicht auch?« meinte Brunton und gesellte sich langsam wieder zu den anderen, die am Fenster standen.

Als es Zeit wurde, zu gehen, entschuldigte sich Beth, die ihm fast den ganzen Abend über kaum von der Seite gewichen war, daß sie leider versprochen hatte, zwei ihrer Kollegen, die sie begleitet hatten, nach der Party wieder nach Hause zu fahren, und Hawkins tröstete sie damit, daß er sowieso mit seinem eigenen Wagen da sei. Sie sagte ihm, sie hoffe ihn bald wiederzutreffen, und Hawkins versicherte, das hoffe er auch, sehr bald.

Erst als er sich selber verabschiedete, war er für ein paar Augenblikke mit Eleanor allein an diesem Abend. Sie sah ihn von der Seite an und sagte: »Wenn du wirklich die Nummer anrufst, die sie dir gegeben hat, dann bringe ich dich um!«

Er lachte sie offen an und meinte: »Ich hatte den Eindruck, daß sie sehr diskret war.«

»Sie hat sich fast vor dir auf den Rücken gelegt«, sagte sie boshaft. »Und ich war höllisch eifersüchtig auf sie.«

»Ich habe die Nummer schon wieder vergessen«, meinte Hawkins.

»Lügner!« sagte sie.

»Ich liebe dich«, versicherte er.

Sie hörte auf zu lächeln und wurde plötzlich sehr ernst. »Ich wünschte, du hättest das nicht gesagt«, sagte sie zu ihm.

13

Auf der Fahrt die Massachusetts Avenue hinauf zur großen Villa der Britischen Botschaft überlegte Hawkins, ob er den Botschafter um Unterstützung für sein Vorhaben bitten sollte, Nguyen van Ninh aus Vietnam herauszuholen. Er würde sich sowieso an ihn wenden müssen, wenn er als Engländer hier in den Vereinigten Staaten als Bürge für Ninh fungieren wollte. Nach einigem Nachdenken entschied sich Hawkins jedoch dagegen. Peterson hatte ihm gesagt, er solle ihm die Sache überlassen, und er wollte keine unnötige Verwirrung stiften, indem er jetzt schon allzu viele Leute in diese Sache hineinzog. Er würde erst abwarten, was Peterson erreichte, und anschließend mit Sir Neville Wilkinson darüber sprechen.

Hawkins brauchte nicht zu warten, sondern wurde gleich in das Arbeitszimmer des Botschafters geführt, das mit einer kunstvoll geschnitzten Holztäfelung aus Eiche oder Mahagony geschmückt war und einen weiten Blick auf das Naval Observatory bot, den offiziellen Amtssitz des Vizepräsidenten der Vereinigten Staaten. Ein Kaffeetisch war gedeckt worden, und Jeremy Abbott bediente sie. Auf dem Tischchen standen drei Tassen, und Hawkins nahm an, daß der Presseberater an ihrem Treffen teilnehmen würde, so wie Folger bei seinem Interview mit dem Präsidenten dabeigewesen war, um als Zeuge zu dienen.

»Es tut mir sehr leid, daß ich zu dem Treffen neulich nicht kommen konnte«, entschuldigte sich Hawkins. Er hatte nach seiner Rückkehr aus Vietnam unter seiner Post eine Einladung zu einer von Wilkinsons Lagebesprechungen vorgefunden und sich bereits schriftlich für seine Abwesenheit entschuldigt.

»Wie war die Reise?« fragte der Botschafter.

»Sehr interessant«, sagte Hawkins. »Obwohl es mir lieber gewesen wäre, einen Eindruck davon zu bekommen, wie es vorher war, um sicher zu sein, daß mein Vergleich zutrifft.« Und um mich nicht mit dem Wissen um Nicole Tiné und Nguyen van Ninh zu belasten, dachte er still.

»Werden Sie darüber berichten?«

»Mein Bericht wird am Sonntag erscheinen«, sagte Hawkins. Er hatte bereits wieder die fast schon zu erwartenden Glückwunschtelegramme aus London erhalten für seinen umfassenden und detaillierten Sonderbericht, aber er war selbst nicht besonders zufrieden damit. Er fand, daß es ein langweiliger, nichtssagender Artikel war, bestenfalls für eine Ferienbeilage geeignet.

»Ich würde ihn sehr gerne lesen«, sagte der Botschafter höflich. Er deutete auf seinen Presseberater und fragte dann: »Jeremy hat mir angekündigt, daß Sie mit einem bestimmten Anliegen zu mir gekommen sind?«

Eine der ersten Lektionen, die er von seinem Vater gelernt hatte, bestand darin, daß einem die Leute im allgemeinen dann die meisten Informationen geben, wenn sie glauben, der andere wäre bereits viel besser informiert als es eigentlich der Fall war. Deshalb sagte Hawkins jetzt: »Ich schreibe gerade an einem längeren Artikel für nächsten Sonntag über das Scheitern von Präsident Harrimans Friedensinitiative aufgrund der fehlenden europäischen Übereinstimmung in der Frage der Kontrollen. Und ich würde gerne sicher sein, daß ich die britische Haltung in dieser Frage korrekt wiedergebe.«

Wilkinson blickte mit einem besorgten Gesichtsausdruck zu seinem Presseberater hinüber und sagte dann zu Hawkins: »Sie scheinen außergewöhnlich gut informiert zu sein.«

»Vielen Dank«, sagte Hawkins nur, ohne sich von der Frage abbringen zu lassen. Sein Vater hatte ihm oft genug gesagt, daß ein beredtes Schweigen manchmal die beste Taktik war.

»Ich würde sagen, daß es voreilig wäre, davon zu sprechen, daß der Vorschlag zur beiderseitigen Kontrolle der Raketen *gescheitert* ist«, sagte Wilkinson wie zur Bestätigung.

»Inwiefern?« fragte Hawkins weiter, um den Botschafter zu weiteren Informationen zu veranlassen.

»Weil ich davon ausgehe, daß die Diskussionen und die Verhandlungen weitergehen«, sagte Wilkinson. »Bei Verhandlungen in dieser Größenordnung ergeben sich fast unvermeidlich Differenzen und Rückschläge.«

»Ihrer Meinung nach sind also die Probleme, die auf englischer Seite – und in anderen Ländern Europas – aufgetaucht sind, nur vorübergehende Rückschläge?« fragte Hawkins. Es war eine schwache Frage, das wußte er, und wenn Wilkinson das merkte, konnte er ihr leicht ausweichen.

»Die englische Regierung hat die Amerikaner aus verständlichen Gründen wissen lassen, daß sie unter keinen Umständen akzeptieren wird, daß in diesen Verhandlungen in Genf – wohlgemerkt Verhandlungen, an denen Großbritannien nicht direkt beteiligt ist – den Russen das Recht eingeräumt werden soll, auf englischem Boden Kontrollen durchzuführen. Und ich glaube, daß die amerikanische

Regierung diese Haltung respektiert, denn schließlich würden die Vereinigten Staaten es nicht dulden, wenn Großbritannien mit einem dritten Land über Einmischung in amerikanische Angelegenheiten verhandeln würde«, sagte Wilkinson.

Es hatte geklappt! dachte Hawkins erfreut. Der Botschafter hatte seine Unsicherheit nicht bemerkt und ihm ungewollt die Bestätigung seiner Annahmen geliefert. Wieder tat er so, als hätte er sichere Informationen, und fragte weiter: »Aber wenn Großbritannien – und die übrigen europäischen Staaten – es ablehnen, den Russen Kontrollen auf ihrem Territorium zu ermöglichen, *wie* können die Verhandlungen dann noch weitergehen? Meiner Meinung nach ist das kein Rückschlag, sondern eine Sackgasse.«

»Eine Möglichkeit wäre der amerikanische Kompromißvorschlag«, erklärte Wilkinson.

Verdammt, dachte Hawkins. Und vorsichtig tastend meinte er: »Ich bin nicht der Meinung, daß dieser Kompromiß alle Streitpunkte ausräumen kann.«

»Aber es ist doch so: Wenn es in Europa keine amerikanischen Raketen mehr gibt, dann besteht auch keine Notwendigkeit für Kontrollen. Das ist doch einleuchtend«, sagte Wilkinson. »Überzeugt Sie das nicht?«

Wilkinson war auch diesmal in die Falle gegangen, freute sich Hawkins. Vor ein paar Wochen noch hätte er sich durch die Freude über seinen Erfolg von weiteren Fragen ablenken lassen, aber jetzt sagte er nur: »Die Vereinigten Staaten können selbstverständlich ihre Raketen aus den europäischen NATO-Mitgliedsländern abziehen, aber Frankreich ist nicht Mitglied in der NATO und besitzt eine eigene atomare Streitmacht. Ebenso Großbritannien. Und ist Großbritannien überhaupt bereit, auf die amerikanischen Raketen zu verzichten und so den Russen Konzessionen zu machen?«

Wilkinson nickte bewundern und sagte dann: »Sie sind sehr überzeugend in ihren Argumenten, Mr. Hawkins.«

Auch jetzt ließ sich Hawkins durch die Schmeicheleien nicht ablenken. »Ich bin immer noch der Meinung, die Verhandlungen stecken in einer Sackgasse«, sagte er.

»Ich gebe zu, daß es noch ausführlicher und langwieriger Verhandlungen in Genf bedarf, bevor die Probleme gelöst werden können«, meinte Wilkinson. »Ich bin sehr traurig darüber, weil ich glaube, der Vorschlag des Präsidenten war mutig und richtig und hätte mehr Unterstützung und Erfolg verdient.«

Es war John Folger, der vorschlug, sich mit Hawkins im Speisesaal des Hay Adams Hotels zu treffen, direkt gegenüber vom Weißen Haus auf der anderen Seite des Lafayette-Parks. Hawkins war schon sehr früh dort, um sich zu vergewissern, daß der telefonisch bestellte Tisch auch wirklich so ruhig war, wie er gewünscht hatte. Er war nicht zufrieden und wählte statt dessen einen anderen Tisch direkt in der Ecke des holzgetäfelten Speisesaals, so weit von den anderen Tischen entfernt, daß sie bei ihrer Unterhaltung nicht gestört oder belauscht werden konnten.

Auch Folger kam sehr früh und begab sich sofort in den Speisesaal, um sich sorgfältig umzusehen. Er wirkte sehr gepflegt in seinem eleganten Hemd und dem smarten, dreiteiligen Anzug. Hawkins beobachtete ihn, wie er sich nach ihm umblickte und dann mit schnellen Schritten den Raum durchquerte, und hatte den Eindruck, daß Folger wie so viele andere junge Politiker immer bemüht war, so beschäftigt wie möglich auszusehen. Wie bei ihrer ersten Begegnung schüttelte er ihm ausführlich und herzlich die Hand und bestand auch jetzt darauf, nur Sodawasser zu trinken. Hawkins bat den Kellner zu warten, weil er so schnell wie möglich mit der Bestellung beginnen wollte, aber er ging trotzdem geduldig auf die freundlich-unverbindlichen Bemerkungen seines Gesprächspartners ein. Erst als der Kellner ihnen den Hauptgang serviert hatte, sagte er zu Folger: »Ich werde nächstes Wochenende einen Artikel über die Probleme bei den Raketenverhandlungen schreiben, über die russische Forderung nach einer Ausdehnung der Kontrolle auf die europäischen Raketen und das Angebot des Präsidenten, die amerikanischen Raketen aus den NATO-Ländern abzuziehen.«

Folger, der gerade mit der Gabel einen Bissen zum Munde führte, erstarrte mitten in der Bewegung und sagte sichtlich erschrocken: »Ach du Scheiße!«

»Hat die amerikanische Regierung das Recht gefordert, entsprechende Kontrollen auch in den Ländern des Warschauer Paktes durchzuführen?« fragte Hawkins unbeirrt.

»Nun machen Sie aber mal 'nen Punkt, Ray«, sagte der Pressesprecher und hob beschwörend die Hand. »Ich glaube, wir haben ein Problem.«

»Darüber will ich ja gerade schreiben«, meinte Hawkins.

»Das habe ich nicht gemeint. Was ich meinte, ist die Tatsache, daß Sie überhaupt davon wissen. Nicht einmal *ich* weiß mit Sicherheit darüber Bescheid. Sie werden einen Haufen wichtiger Leute sehr verärgern, wenn Sie damit an die Öffentlichkeit gehen.«

»Kommen Sie!« protestierte Hawkins. »Sie können doch nicht erwarten, daß ich so wichtige Informationen für mich behalte!«

»Sie sollten fairerweise für eine ausgewogene Berichterstattung sorgen«, sagte Folger flehentlich.

»Darum habe ich Sie ja hierher zum Essen eingeladen«, antwortete Hawkins freundlich.

»Es gibt da gewisse Probleme, das gebe ich zu«, begann Folger und fuhr dann eilig fort: »Natürlich nicht offiziell, das ist klar. Aber bei einer so komplizierten Sache gibt es immer irgendwelche Probleme. Ich glaube, Sie würden einen großen Fehler machen, wenn Sie jetzt mit Kanonen auf Spatzen schießen.«

»Das ist ein schwaches Argument«, sagte Hawkins mit Nachdruck, »und das wissen Sie auch. Ich bin Journalist, und ich habe eine Story. Entweder ich berichte auch über Ihre Seite der Dinge, oder ich schreibe einfach nur, was ich weiß, und das ist eine ganze Menge . . .« Er machte eine kurze Pause und sagte dann anzüglich: »Nicht daß ich versuchen will, Sie zu erpressen, wie Sie es eben mit mir versucht haben. Ich spreche zu Ihnen ganz offen als professioneller Journalist.«

»Okay«, sagte Folger und legte die Gabel zurück auf den Tisch. Es schien, als hätte er den Appetit verloren. »Ich bin ein wenig voreilig gewesen, das gebe ich zu. Ich habe einen Fehler gemacht.«

»Sie haben ein Problem«, meinte Hawkins. »Sie sind mit Ihrem Verhandlungsangebot an die Öffentlichkeit gegangen, und jetzt haben Sie das Ding um den Hals wie ein Kormoran seinen Ring.«

»Aber die Verhandlungen gehen weiter«, insistierte Folger. »Wir sind keineswegs gescheitert.«

»Die Situation in Europa ist völlig verfahren«, entgegnete Hawkins. »Die NATO-Staaten haben sich auf die Vereinigten Staaten verlassen und enorme innenpolitische Schwierigkeiten in Kauf genommen, um die Raketen zu stationieren, deren Abzug Sie jetzt in den Verhandlungen angeboten haben. Dadurch haben Sie sie ziemlich bloßgestellt. Und Frankreich ist wie immer in der Lage, den anderen eine Nase zu drehen, so wie die Franzosen das immer und mit allen machen.«

»Wir haben Vertreter unseres Außenministeriums in alle europäischen Hauptstädte beordert, um die Lage zu erläutern«, sagte der Pressesprecher in einem unfreiwilligen Eingeständnis. »Manchmal kommt man eben in Situationen, wo man ein bißchen mehr geben muß, um später um so mehr zu bekommen.«

»Werden Sie die Erlaubnis erhalten, auch in den Ländern des

Warschauer Paktes Kontrollen durchzuführen?« wiederholte Hawkins seine anfängliche Frage.

»Wie ich schon sagte«, wich Folger aus. »Manchmal muß man erst einmal etwas anbieten, um später um so mehr zu bekommen. Wir sind ganz sicher, daß wir dieses Zugeständnis erhalten werden.«

»Die Friedensbewegungen in Europa haben immer behauptet, die USA würden ihre Raketen da drüben stationieren, um Europa als Puffer zwischen Amerika und der Sowjetunion zu benutzen, und daß Europa als erstes geopfert würde«, sagte Hawkins. »Sie haben ihnen gerade bewiesen, daß sie damit recht haben.«

»Die Regierungen werden das verstehen«, meinte Folger unsicher.

»Im Westen werden die Regierungen vom Volk gewählt«, entgegnete Hawkins. »Meinen Sie, das Volk wird das verstehen?«

»Wenn man es ihm richtig erklärt, ja.«

»Bitte erklären Sie es erst einmal mir.«

»Die Sowjets erwarten eine Geste«, sagte Folger. »Ein Zeichen unseres guten Willens. Wir müssen ihnen zeigen, daß wir mehr zu geben bereit sind als nur gute Worte. Wir betrachten ihre Forderung nach Kontrollen in Großbritannien und anderen NATO-Staaten als Ablenkungsmanöver, als Bluff, und wir haben entsprechend darauf reagiert. Wir gehen auf ihren Bluff ein, indem wir ihnen anbieten, unsere Raketen aus Europa abzuziehen.«

»Mit welchen Garantien?« fragte Hawkins.

»Wir warten auf eine Geste der Gegenseite«, antwortete Folger.

»Das ist kein Pokern«, meinte Hawkins. »Das ist ein Spiel, wie es Kinder spielen: ›Bettelmann‹, oder ›Tod oder Leben‹ – und zwar im wörtlichen Sinne.«

»Wir wollen ja nicht alle Raketen abziehen«, erklärte Folger. »Nur einen Teil.«

»In welchem Land zuerst?«

Folger rutschte unruhig auf seinem Stuhl hin und her. »Wir betrachten Großbritannien als unseren engsten Verbündeten, das war immer schon so.«

Das war das wichtigste, was er bis jetzt erfahren hatte, konstatierte Hawkins. Er fragte: »Haben Sie schon die Zustimmung Großbritanniens?«

»Wir bemühen uns darum«, gab Folger zu.

»Sie sagten doch, daß Sie nicht alle Einzelheiten wissen«, beharrte Hawkins. Er merkte, daß er es genoß, Herr der Situation zu sein. Und er war nüchtern.

Wieder wurde sein Gesprächspartner unruhig. »Das ist alles, im großen und ganzen«, sagte er. »Großbritannien, dann Deutschland, dann Belgien, und dann sind die anderen am Zug.«

»Was ist mit Frankreich?«

»Wir bemühen uns um eine Zusammenarbeit.«

»Sie haben ja gar nichts gegessen!«

»Ich habe keinen Hunger.«

»Es war nicht meine Absicht, Sie so in die Enge zu treiben«, sagte Hawkins.

»Ich weiß«, antwortete Folger angesichts dieser ihm so vertrauten Erklärung. »Sie machen nur Ihren Job.«

Hawkins beschloß, nicht zum Pressehaus zurückzugehen. Statt dessen fuhr er direkt in die Maryland Avenue, um weiter zu schreiben. Zuerst machte er sich aus dem Kopf Notizen über seine Unterhaltung mit dem Pressesprecher des Präsidenten, wobei er sich sofort wieder an Folgers Reaktion erinnerte. Er starrte mit leerem Blick auf die mit Büchern vollgestellten Wände seines Arbeitszimmers. *Sie werden einen Haufen wichtiger Leute sehr verärgern, wenn sie damit an die Öffentlichkeit gehen.* Stimmt nicht, dachte Hawkins, nicht einen Haufen Leute, sondern nur einen – Nelson Harriman. Und immerhin war er noch ein Jahr im Amt, gleichgültig was aus Petersons Bemühungen um Nguyen van Ninh werden würde. Und er war immer noch der Mann, der in letzter Instanz über Ninhs Aufnahme in den Vereinigten Staaten entscheiden mußte.

Hawkins ging langsam zum Fenster und blickte zur Kuppel des Kapitols hinüber. Der Interessenkonflikt hinsichtlich der Vietnam-Serie hatte ihn beunruhigt, aber das war eine Kleinigkeit im Vergleich zu dieser Sache. Würde Harriman nachtragend sein und das Gesuch ablehnen? Ganz bestimmt, wenn er sich so sehr gekränkt fühlte. Was sollte er also tun? Er blieb unentschlossen am Fenster stehen und sah zu, wie der Tag langsam zu Ende ging und die Nacht mit ihrem gelben Lichterglanz sich über die Stadt legte.

Zweifellos war dies die beste Story seiner bisherigen Karriere: von internationaler Reichweite, denn sie betraf nicht nur die Vereinigten Staaten und Großbritannien, sondern ganz Europa. Sein ohnehin gutes Ansehen wurde dadurch enorm gefestigt. Diesmal würde der Bericht an noch mehr Zeitungen weitergegeben werden, und wahrscheinlich würde das Fernsehen ihn wieder einladen. Und natürlich die Glückwunschtelegramme. Hawkins hatte keine Schwierigkeit, sich an Nguyen van Ninh zu erinnern, mit seinem weißen Haar und seinem zerbrechlichen, gebeugten Rücken. Auch an die kraftlose, schwankende Stimme konnte er sich erinnern: *»Ich habe lange gewartet. Sehr lange.«* Wenn Peterson die Wahl gewinnt, würde er bessere Aussichten haben, Ninh aus Vietnam herauszuholen, versuchte Hawkins das Problem logisch anzugehen. Und er hatte keinerlei Garantie dafür, daß Harriman ihm helfen würde, auch wenn er darauf verzichtete, das Scheitern der Raketenverhandlungen bekannt zu machen. Nur ein Jahr noch – eine kurze Zeit für jemanden, der bereits acht Jahre lang gewartet hatte. Es wäre *viel* einfacher, wenn Peterson im Weißen Haus säße. Ein Journalist ist in erster Linie der Zeitung verantwortlich, für die er arbeitet, ungeachtet aller anderen Überlegungen, hatte sein Vater ihm eingeschärft. Und sein Vater war der erste gewesen, dachte er, der Nguyen van Ninh im Stich gelassen hatte.

Hawkins Bericht erschien unter der Schlagzeile »Russisches Roulette« und sorgte für die erwartete Sensation: Doondale schickte wieder ein Telegramm, ebenso der Chefredakteur. Harry Jones ließ nichts von sich hören, aber Hawkins sah Jones immer weniger als eine Bedrohung an.

Eleanor lag mit dem Kopf auf seinem Bauch und versuchte, ihn mit dem Mund zu neuer Aktivität zu bewegen, aber er war so schnell noch nicht wieder bereit. Er zog sie zu sich hoch und küßte sie, seinen eigenen salzigen Geschmack auf ihren Lippen, und sie sagte in gespielt vorwurfsvollem Ton: »Das hat mir Spaß gemacht.«

»Ich kann nicht, nicht so schnell. Du bist so unersättlich.«

»Ist das eine Beschwerde?«

»Nein.«

»Hast du sie angerufen?« fragte Eleanor dann.

»Wen?«

»Beth.«

»Nein.«

»Sie bumst mit jedem«, sagte sie. »Sie hat Herpes.«

Hawkins setzte sich auf und blickte sie zweifelnd an. »Woher willst du das wissen?«

Eleanor kicherte. »Ich habe das nur so gesagt, um dich abzuschrecken.«

»Was wirst du John sagen, wenn du nach Hause kommst?«

»Ich sage gar nichts. Ich habe dir doch gesagt, daß er kein Interesse mehr an mir hat.«

»Du sagst das so, als sei es sehr schlimm.«

»Ist es auch.«

»Wirst du ihn verlassen?«

Sie lachte, aber diesmal war es ein bitteres Lachen. »Und seine Präsidentschaftspläne durcheinanderbringen!«

»Und danach?« fragte er.

Sie zuckte die Achseln. »Ich möchte nicht darüber reden. Ich möchte alles vergessen und nur mit dir zusammen sein.«

»Ich habe aufgepaßt«, sagte Hawkins. »Du trinkst nicht mehr so viel, wenigstens nicht, wenn du hier bist.«

»Hier habe ich ja auch was anderes zu tun«, sagte sie und rutschte wieder ein Stück nach unten.

Bevor er am nächsten Morgen das Haus verließ, um ins Büro zu gehen, erhielt er zwei Telefonanrufe. Der erste kam von Joe Rampallie, der ihn im Auftrag von Senator Peterson anrief. Sie hatten sich direkt an den Außenminister gewandt und waren überall nur auf Ablehnung gestoßen, und zu ihrem großen Bedauern könnten sie ihm leider nicht helfen bei dem Versuch, Nguyen van Ninh aus Vietnam zu holen.

Der zweite Anruf kam von der Britischen Botschaft. Hawkins wurde gebeten, sich so bald wie möglich bei dem Botschafter einzufinden.

14

Auch diesmal empfing ihn der Botschafter in demselben getäfelten Raum, aber im Gegensatz zu ihrer ersten Unterhaltung waren jetzt drei weitere Herren bei Sir Neville Wilkinson. Jeremy Abbott geleitete Hawkins wieder durch die Botschaft, aber an der Tür des Konferenzzimmers wartete der Botschafter bereits auf ihn und sagte »Vielen Dank« in einem Ton, der deutlich machte, daß der Presseberater nicht mehr benötigt wurde, und er zog sich sofort wieder zurück. Hawkins spürte deutlich den Unterschied in Wilkinsons Benehmen. Wenn er beim ersten Mal gönnerhaft und herablassend gewesen war, dann wirkte er jetzt förmlich und kurz angebunden.

»Vielen Dank, daß Sie gekommen sind«, begrüßte er Hawkins.

»Es wurde mir gesagt, daß es sehr eilig sei«, entgegnete er.

»Wir nehmen an, daß es eilig ist«, sagte Wilkinson und wies dann auf einen grauhaarigen Herrn im Nadelstreifenanzug, der links neben ihm stand. »Ich möchte Sie mit Herbert Smale bekanntmachen, meinem Ersten Sekretär.« Dann wandte er sich zur anderen Seite zu einem würdig aussehenden Brillenträger: »Dies ist Harry Pearlman, Unterstaatssekretär im Außenministerium . . .« Der dritte, unauffällig korrekt gekleidete Mann, der seinen Aktenkoffer neben sich stehen hatte, wurde ihm vorgestellt als »Edward Katzback, Rechtsberater des Außenministeriums«.

Die Männer nickten ihm der Reihe nach freundlich zu, und Hawkins nickte zurück. Wilkinson zeigte auf einen Stuhl in der Mitte der Runde, so daß Hawkins das Gefühl hatte, er sollte einer Befragung unterzogen werden. Nach kurzem Zögern nahm er Platz.

»Ehe ich zum Thema dieser Unterredung komme, möchte ich eines ganz klarstellen«, sagte Wilkinson. »Nichts von dem, was heute hier besprochen wird, darf an die Öffentlichkeit gelangen. Das Außenministerium in London wird Ihren Chefredakteur ebenfalls darum bitten.«

Hawkins antwortete nicht sofort, verunsichert durch das Verhalten des Botschafters. Dann sagte er: »Ich kann Ihnen keinerlei Zusagen machen, ehe ich nicht weiß, worum es eigentlich geht.«

Er sah, wie die beiden Amerikaner sich einen kurzen Blick zuwarfen, und dann sagte Pearlman zu ihm: »Mr. Hawkins, wir wissen, daß Sie ein Journalist sind, und wir wissen, was das heißt. Es ist möglich, daß das Leben mehrerer Menschen . . . Amerikaner . . . von ihrer Diskretion abhängt. Ich glaube nicht, daß sie oder ihr Chefredakteur es mit Ihrer Berufsauffassung für unvereinbar halten werden, auf unsere Bitte einzugehen.«

»Dann besteht erst recht kein Anlaß, irgendwelche Zusagen zu machen, ehe ich nicht weiß, worum es geht, finden Sie nicht?« fragte Hawkins, selbst überrascht über die Entschlossenheit, mit der er seine Unabhängigkeit verteidigte.

Diesmal tauschte Pearlman mit dem Botschafter einen vielsagenden Blick. Dann nickte der Amerikaner zustimmend, und Wilkinson wandte sich wieder an Hawkins und fragte: »Kennen Sie einen Mann namens Nguyen van Ninh?«

Hawkins war so überrascht, daß er nicht gleich antworten konnte. Dann sagte er: »Er arbeitete für meinen Vater in Vietnam. Ich habe bei meinem Besuch neulich Kontakt mit ihm aufgenommen . . .« Dann warf er Pearlman einen Blick zu. »Sie müßten das doch wissen.«

Der Amerikaner verzog das Gesicht. »*Ich* müßte das wissen?«

»Das Außenministerium«, sagte Hawkins erklärend.

»Es tut mir leid«, meinte Pearlman. »Ich habe keine Ahnung, wovon Sie sprechen.«

»Ninh bat mich, ihm zu helfen, das Land zu verlassen; er wollte, daß ich für ihn als Bürge fungiere. Ich habe daraufhin Senator Peterson angesprochen, der mir heute mitteilen ließ, daß er sich sogar an den Außenminister persönlich gewandt habe, seine Bitte aber abgelehnt worden sei ...« Und wieder zu Wilkinson gewandt sagte er: »Ich hatte vor, Sie in dieser Frage ebenfalls anzusprechen, um zu sehen, ob es über London irgendeine Möglichkeit gibt.«

Die beiden Amerikaner berieten sich flüsternd. Katzback suchte in seinem Aktenkoffer und entnahm ihm eine Mappe, die er schnell durchblätterte. Dann schüttelte er den Kopf, und Pearlman sagte zu Hawkins: »Senator Peterson hat Ihnen gesagt, er hätte das Außenministerium eingeschaltet? Den Außenminister selbst?«

»Nicht persönlich, sondern durch einen Assistenten«, schränkte Hawkins ein.

»Mr. Hawkins«, sagte Pearlman langsam. »Wir haben keinerlei Informationen darüber, daß das State Department in der Frage dieses Nguyen van Ninh angesprochen wurde.«

Hawkins schüttelte ungläubig den Kopf. »Ich habe erst heute morgen den Bescheid bekommen!« sagte er. Eine knappe Viertelstunde, bevor ich den Anruf erhielt, hierher zu kommen.«

Pearlman wandte sich an Wilkinson und fragte: »Exzellenz, dürfte mein Kollege vielleicht kurz Ihr Telefon benutzen?«

Smale stand auf und geleitete den Rechtsanwalt durch eine Seitentür aus dem Raum. Hawkins wandte sich an die anderen und fragte: »Warum fragen Sie mich nach Ninh? Ist etwas geschehen?«

Statt einer Antwort warf Wilkinson einen kurzen Blick auf die Papiere, die vor ihm auf dem Tisch lagen, und fragte: »Kennen Sie auch eine Nicole Tiné?«

Hawkins unterdrückte seinen Ärger und seine Ungeduld und versuchte, sich damit abzufinden, daß Wilkinson die Fäden in der Hand hielt. Er antwortete: »Mein Vater lebte mit ihr zusammen ... in wilder Ehe. In Vietnam. Ich habe durch Ninh von ihr erfahren. Er hatte den Kontakt mit ihr verloren, aber er glaubte, sie wäre in ein Umerziehungslager geschickt worden.«

»Das könnte zusammenpassen«, meinte Pearlman zum Botschafter.

»Was soll das heißen?« fragte Hawkins. »Worum geht es eigentlich?«

Wieder nickte Pearlman mit dem Kopf. Der Botschafter nahm die Papiere auf, die vor ihm lagen, und sagte: »Vor fünf Tagen hat ein englischer Frachter namens *Henry Clair* etwa 40 Seemeilen südlich der Poulo-Condore-Inseln im Südchinesischen Meer eine Gruppe von Boat People von einem sinkenden Boot gerettet, alles Vietnamesen. Die *Henry Clair* benachrichtige sofort ihre Reederei, die ihrerseits...« Wilkinson blickte auf. »...genügend Verantwortung besaß, um unverzüglich das Außenministerium zu informieren. Danach gaben zwei dieser Leute ihre Namen als Nguyen van Ninh und Nicole Tiné an, und Ninh nannte Sie als Bürgen für seine Einwanderungsgenehmigung. Ebenso Tiné...«

Katzback kehrte zurück und schüttelte mit einem Blick auf Pearlman den Kopf. Der Botschafter unterbrach seine Erklärung, als der Amerikaner zurückkam, und Hawkins nutzte die kurze Pause, um noch einmal durchzugehen, was er gerade gehört hatte, und zu überlegen, was er als nächstes machen sollte. Er sagte zu Pearlman: »Sie sagten vorhin, daß das Leben von amerikanischen Bürgern davon abhängen könnte, was hier besprochen wird.«

»Es scheint, als hätte es sich herumgesprochen, wie schwer es diesen Boat People überall gemacht wird, irgendwo Aufnahme zu finden«, sagte der Unterstaatssekretär. »Ninh und diese Frau haben nicht nur Sie als Bürgen genannt, sie behaupteten außerdem, daß sie den Aufenthaltsort einiger amerikanischer Kriegsgefangener kennen, die noch in Vietnam gefangen gehalten werden...« Katzback reichte Pearlman die Aktenmappe, aber der lehnte die Unterstützung ab und fuhr fort: »Nach den Informationen, die wir von dem Frachter erhielten, kennen die beiden das Lager, in dem Francis Forest, James McCloud und Charles Bartel angeblich festgehalten werden...«

»Was!« rief Hawkins erstaunt.

»Forest, McCloud und Bartel«, wiederholt Pearlman ungerührt.

»Aber die sind tot«, sagte Hawkins. »Ich habe den Film gesehen, ich habe mit Peterson und Patton gesprochen... sie sind tot!«

»Auch ich habe den Film gesehen«, antwortete Pearlman, »gestern abend. Und ich habe die Aussagen überprüft, die in der offiziellen Untersuchung des Vorfalls gemacht wurden. Ich stimme Ihnen zu: Alles spricht dafür, daß die Männer tot sind.«

»Wo werden sie nach Meinung der beiden gefangen gehalten?«

Pearlman lächelte betrübt. »Wie ich schon sagte, wissen diese armen Teufel offenbar sehr genau, wie schwierig es ist, im Westen

Aufnahme zu finden. Natürlich haben wir sofort zurücktelegraphiert, aber die beiden weigern sich, weitere Informationen zu geben. Sie sagen, sie würden nur mit Ihnen sprechen, weil sie nur Ihnen vertrauen. Und als Gegenleistung dafür, daß sie Ihnen – und uns – diese Informationen geben, verlangen sie eine Aufenthaltserlaubnis für dieses Land.«

»Werden sie sie bekommen?« fragte Hawkins sofort.

Pearlman zuckte die Achseln. »Diese beiden kannten Ihren Vater, der hierher zurückkam, und sie hätten durch ihn auch die Namen der übrigen Männer erfahren können, die an der Mission damals beteiligt waren. Und sie wußten, welche Publicity es gegeben hat. Es ist möglich, daß sie nur bluffen und uns reinlegen wollen.«

»Und wenn nicht?« beharrte Hawkins. »Was ist, wenn Forest, McCloud und Bartel wirklich noch am Leben sind und die beiden wissen, wo sie sind?«

»Sie wissen, wie die Öffentlichkeit darüber denkt, daß vielleicht noch amerikanische Kriegsgefangene in Vietnam sind?« fragte Pearlman.

»Natürlich«, versetzte Hawkins.

»Ich würde sofort ja sagen«, meinte Pearlman. »Das ist natürlich nicht meine offizielle Meinung, aber wenn die beiden beweisen können, was Millionen Amerikaner schon acht Jahre lang vermuten, dann verdienen sie die Ehrenbürgerschaft in diesem Lande.«

»Verstehen Sie jetzt, warum ich zu Beginn unserer Unterhaltung um Ihre Diskretion bat?« fragte Wilkinson.

»Natürlich«, gab Hawkins zu.

»Haben wir Ihre Zusage, daß es keine Publicity geben wird?«

»Das kann ich nicht entscheiden«, sagte Hawkins. »Das ist Sache des Chefredakteurs in London, mit dem Sie ja gesprochen haben. Aber sie haben meine persönliche Zusicherung, daß ich nichts tun werde, was diese Männer in Gefahr bringen könnte, falls sie wirklich noch leben.«

»Wir verlangen mehr als Ihre persönliche Versicherung«, sagte Pearlman. »Wie gesagt, diese beiden Vietnamesen wollen nur mit Ihnen verhandeln.«

»Was?« fragte Hawkins. »Ich werde alles tun, was in meiner Macht steht.«

»Die *Henry Clair* wird in vier Tagen in Hongkong einlaufen«, sagte Wilkinson. »Wir werden Ihren Chefredakteur nicht nur um die Garantie bitten, nichts darüber zu veröffentlichen, sondern auch um die Genehmigung, Sie nach Hongkong zu schicken und die beiden in Empfang zu nehmen.«

»Er wird einverstanden sein«, sagte Hawkins zuversichtlich. Und an den Rechtsanwalt gewandt fügte er hinzu: »Was ist mit Petersons Anfrage?«

Katzback hob die Schultern und sagte: »Wie ich schon sagte, gibt es keinen Vermerk über eine solche Anfrage. Auf jeden Fall ist niemand an den Minister selbst herangetreten. Ich habe vor fünf Minuten persönlich mit ihm gesprochen.«

»Kann ich mit Peterson sprechen?« fragte Hawkins sicherheitshalber, weil er nicht wußte, ob sich die Nachrichtensperre auch auf ihn bezog.

»Nein«, sagte Pearlman sofort. »Sie sprechen mit niemanden darüber. Das gilt selbstverständlich auch für Ihren Chefredakteur.«

»Sie werden die offiziellen Formalitäten für Hongkong erledigen?« fragte Hawkins den Botschafter. »Auch die Genehmigung, an Bord des Frachters zu gehen?«

»Sobald ich weiß, daß Sie fahren werden.«

»Ich möchte noch einmal darauf hinweisen, wie wichtig diese Sache ist«, erinnerte Pearlman.

»Das ist nicht nötig«, versicherte Hawkins.

In seinem Büro fand Hawkins eine Fernschreibermeldung vor, er solle sofort in London anrufen, und als er anrief, sagte ihm Wilsher, er solle auf dem Weg nach Hongkong in London Station machen. Hawkins buchte die Flüge und rief dann Eleanor an.

»Was soll das heißen: Du kannst es mir nicht sagen?« fragte sie.

»Es tut mir leid«, antwortete er.

»Warum nicht?«

»Es geht nicht, noch nicht«, wiederholte er. Warum zum Teufel hatte Peterson wegen Ninh nichts unternommen? Und ihn dann angelogen?

»Wie lange wirst du weg sein?«

»Ich weiß nicht, nicht sehr lange.«

»Du bist nicht in Schwierigkeiten, oder doch?«

»Nein«, antwortete Hawkins unbehaglich.

»Bist du sicher?«

»Ganz sicher«, sagte er. Jetzt war er es, der log. Er hatte das Gefühl, daß gar nichts mehr sicher war.

15

Hawkins merkte, wie sein Gegenüber zunehmend ungeduldig wurde, und als er geendet hatte, fragte Wilsher: »Was zum Teufel haben Sie sich eigentlich dabei gedacht?«

»Es tut mir leid«, sagte Hawkins. »Ich wollte einfach alles vermeiden, was meine Bemühungen, Ninh aus Vietnam herauszuholen, hätte gefährden können.«

»Ich bin Ihr Chef, verdammt noch mal! Sie arbeiten für diese Zeitung!«

»Es war falsch von mir, Ihnen nichts davon zu sagen«, gab Hawkins zu. »Ich habe Ihnen doch gesagt, daß es mir leid tut. Wirklich.«

»Was haben Sie uns sonst noch alles verheimlicht?« fragte Jones. Er verhielt sich sehr geschickt und überließ die Kritik dem Chefredakteur.

»Nichts«, sagte Hawkins. »Sie wissen jetzt alles.«

»Habe ich Ihr Wort darauf?« fragte Wilsher zweifelnd.

»Absolut«, antwortete Hawkins. Er fühlte sich wie ein Schuljunge, der seinen Direktor anlügt, und ihm war keineswegs wohl dabei.

»Ich finde, das paßt zu dem, was wir vorhin besprochen haben«, meinte Jones zu dem Chefredakteur und gab seine zurückhaltende Rolle auf.

Wilsher nickte und fragte Hawkins: »Sind Sie sich über die Bedeutung dieser Sache im klaren, wenn sich wirklich herausstellt, daß diese Männer noch leben?«

»Natürlich«, erwiderte Hawkins, der sich über den herablassenden Ton des anderen ärgerte. Er hatte vielleicht einen Fehler begangen, aber solche Behandlung hatte er nicht verdient.

»Ich finde, Sie brauchen Unterstützung«, meinte Wilsher. »Es wäre nicht fair, Ihnen die ganze Verantwortung aufzubürden.«

»Was für eine Art von Unterstützung?« fragte Hawkins ahnungsvoll.

»Wir werden sowieso eine Titelgeschichte brauchen«, sagte der Chefredakteur, ohne auf seine Frage einzugehen. »Ich finde, Sie sollten an Ort und Stelle Unterstützung haben. Harry wird nach Washington rüberfliegen. Fürs erste könnten wir sagen, er macht die Vertretung für Sie.«

Scheiße! dachte Hawkins. Das fehlte ihm gerade noch, jemand, der ihm ständig über die Schulter sah, und schon gar nicht Jones, der alles tun würde, um zu beweisen, daß er für den Job in Washington viel besser geeignet war und seine Stellung ausnutzen würde, so daß jeder Erfolg auf sein eigenes Konto ging und jemand anders für alle Fehler verantwortlich war. Nicht jemand anders, widersprach sich Hawkins sofort wieder: er selbst. Aber er konnte sich nicht dagegen wehren. Es wäre ihm ohnhin schwergefallen, denn er war realistisch genug, um zu erkennen, daß er wirklich Unterstützung brauchte. Und jetzt, da sie ihn im Verdacht halten, daß er Heimlichkeiten hatte, konnte er überhaupt nichts dagegen sagen. Jeder Versuch würde sie nur davon überzeugen, daß es noch etwas gab, was er ihnen verschweigen wollte.

»Natürlich«, sagte er deshalb. »Das ist eine gute Idee.« Er hörte plötzlich sehr deutlich den Verkehrslärm, der durch die einfachen Glasfenster des Büros hereindrang.

»Es tut mir leid, daß wir Ihnen in Hongkong nicht helfen können«, meinte Wilsher.

Mir nicht, dachte Hawkins und sagte: »Es scheint so, als würden sie fest darauf bestehen, nur mit mir zu sprechen.«

Wilsher nickte. »Ich habe im Außenministerium nicht mit irgendeinem Unterstaatssekretär gesprochen, sondern mit dem Minister persönlich«, sagte er. »Die Sache wird sogar im Kabinett diskutiert. Damit tragen Sie eine schwere Verantwortung.«

»Das ist mir bewußt«, sagte Hawkins.

»Das hat auch Folgen für das Blatt«, warf Jones ein. »Wenn Sie einen Fehler machen, dann hat das nicht nur für Sie persönlich Konsequenzen.«

»Ich habe nicht vor, Fehler zu machen«, sagte Hawkins.

»Was halten Sie von Ninh?« fragte ihn Wilsher. »Sie haben keine Zweifel, daß er aufrichtig ist?«

Das war auch Pearlmans Sorge gewesen, erinnerte sich Hawkins an die Unterhaltung in der Botschaft in Washington. Sie war durchaus verständlich. Er sagte: »Er schien mir sehr überzeugend.«

Die beiden anderen spürten seine Unsicherheit, und Jones reagierte als erster. »Welche *Beweise* hat er Ihnen gegeben, daß er wirklich Nguyen van Ninh ist?« fragte er.

Gar keinen, mußte Hawkins sich sagen. Im Gegenteil: alles was der Mann ihm gesagt hatte, stimmte *nicht* mit dem überein, was sein Vater ihm erzählt hatte. Also warum hatte er diesem alten, gebeugten Mann geglaubt und nicht seinem Vater? Gebeugt, dachte er. Gebeugt und offenbar alt, jedenfalls älter als er erwartet hatte aufgrund der Hinweise, die er in den Sachen seines Vaters in Maryland Avenue über einen Mann namens Hguyen van Ninh gefunden hatte. Er fühlte ein leeres Gefühl in der Magengegend, als hätte er lange nichts mehr gegessen.

»Es blieb keine Zeit für irgendwelche Beweise«, sagte er unsicher. »Wir haben uns nur einmal getroffen, zum zweiten Treffen ist er nicht erschienen.«

»Und Sie haben nicht versucht, ihn wiederzufinden?« fragte Jones in ungläubigem Tonfall.

»Er hatte mir gesagt, daß es sehr gefährlich für ihn sei, daß ich ihn schon zu sehr in Gefahr gebracht hätte.«

»Und das haben Sie einfach so akzeptiert?« fragte der stellvertretende Chefredakteur weiter. »Da kommt jemand aus der Wildnis zu Ihnen und behauptet, Nguyen van Ninh zu sein, und Sie nehmen das einfach so hin, ohne der Sache nachzugehen?«

»Es hatte nichts mit der Zeitung zu tun«, erinnerte ihn Hawkins und nutzte die voreilige Kritik zu seinem Vorteil. »Ich habe über einen persönlichen Freund in Washington einen Antrag gestellt...« Er zögerte bei dem Gedanken, daß er mit der Ehefrau dieses persönlichen Freundes ein Verhältnis hatte, und fuhr dann fort: »Und insofern ist jeder Fehler, den ich bis jetzt gemacht haben könnte, meine Sache und fällt nicht auf die Zeitung zurück. Die einzige Information, die wir haben, ist, daß zwei Leute auf einem Frachter mich als ihre Bürgen genannt haben und behaupten, den Ort zu kennen, an dem amerikanische Kriegsgefangene festgehalten werden. Wenn ich in Hongkong feststelle, daß ich ihnen nicht glaube, dann ist die Sache damit erledigt. Und niemand hat dadurch einen Schaden, weder die Zeitung noch irgend jemand sonst. Außer mir vielleicht.«

Seine Argumente waren überzeugend, und er sah, wie der Chefredakteur zustimmend nickte.

Jones wollte sich nicht so einfach geschlagen geben und sagte: »Ich hoffe, daß Sie bessere Beweise mitbringen, als sie in Saigon erhielten.«

»Ich habe Ihnen bis jetzt keinerlei Probleme bereitet«, wiederholte Hawkins, »und das werde ich auch in Zukunft nicht tun.«

»Ich habe deutlich gemacht, daß wir nur unter einer Bedingung nichts veröffentlichen werden: Wir kriegen die exklusiven Rechte, wenn sich die Sache bestätigt und die Amerikaner wirklich noch festgehalten werden«, erklärte Wilsher. »Mein Gott, was für eine Story!«

»Ich habe den Film von 1975 gesehen«, berichtete Hawkins. »Für das Buch. Und ich habe mit Peterson und mit Patton gesprochen. Es schien, als bestünde kein Zweifel daran, daß die drei tot sind.«

»Das vergrößert die Wahrscheinlichkeit, daß die beiden uns aufs Kreuz legen wollen«, sagte Jones.

»Das sind alles nur Spekulationen«, sagte Wilsher, um die Diskussion zu beenden. »Wir wissen nichts Genaues, und wir können keine Schlußfolgerung ziehen, ehe Ray nicht in Hongkong mit diesen Leuten gesprochen hat.«

»*Hoffentlich*«, ergänzte Jones überflüssigerweise.

»Auf jeden Fall habe ich ab jetzt ihre volle Unterstützung«, sagte Hawkins mit gleicher Ernsthaftigkeit. »Es wird eine große Erleichterung für mich sein, zu wissen, daß Sie mir den Rücken stärken.«

Wilsher blickte die beiden mit einem seltsamen Ausdruck an und meinte dann zu Hawkins: »Der Außenminister hat sein Einverständnis mit Ihrer Zusammenarbeit mit den Amerikanern erklärt, aber er besteht darauf, über alles genauestens informiert zu werden, er will von allem einen Durchschlag. Hongkong und die Reederei wurden ebenfalls zur Kooperation aufgefordert.«

Hawkins sah auf seine Uhr und sagte: »Meine Maschine geht in vier Stunden.«

»Der Eigentümmer weiß Bescheid«, erklärte Wilsher abschließend. »Er fühlt sich in gewisser Weise persönlich verantwortlich, weil die Idee mit dem Buch letzten Endes von ihm kam. Also sorgen Sie sich nicht darum, ob Sie etwas falsch machen könnten oder ob Sie unser Land oder die USA oder die Zeitung in Schwierigkeiten bringen. Das einzige, worum Sie sich sorgen sollten, ist Doondale nicht zu verärgern. Das ist das Schlimmste, was passieren könnte.«

»Vielen Dank!« antwortete Hawkins. Er brauchte dringend einen Drink.

Nelson Harrimans Großvater war einer der letzten Politiker der Popularistenpartei in Texas gewesen, und sein Vater hatte über fünfundzwanzig Jahre im Parlament dieses Staates gedient, und so war seine Karriere längst vorgezeichnet. Der Junge empfing sozusagen seine Taufe bereits in der Politik und nicht in der Kirche. Es war diese Familientradition, der er das Weiße Haus ebenso verdankte wie die Fähigkeit, instinktsicher und schnell einen politischen Vorteil zu erkennen, so wie ein Falke ein Kaninchen im Unterholz erspäht.

»Wegen Petersons schwachsinnigem Publicity-Trip nach Vietnam«, wiederholte er seine Aufzählung der Tatsachen. »Amerikanische

Bürger immer noch in Gefangenschaft! Und Peterson hat geschworen, sie wären tot!«

»Das sind unsere neuesten Informationen, Mr. President«, sagte William Keys, der Außenminister. Er hatte sich im Bewußtsein der Wichtigkeit der Affäre sofort um ein vertrauliches Gespräch mit dem Präsidenten bemüht.

»Und wie haben wir darauf reagiert?« fragte Harriman und beugte sich mit großer Aufmerksamkeit über seinen Schreibtisch.

»Mit der angemessenen Zurückhaltung«, erwiderte Keys.

»Was soll das heißen?«

»Wir schalten uns nicht direkt ein«, erklärte Pearlman, der als einziger dem Gespräch beiwohnte. »Die Informationen stammen von Leuten, die mit Edward Hawkins zu tun hatten, und sie sagen, sie würden nur mit seinem Sohn reden. Er ist unterwegs nach Hongkong.«

»Was!«

Die beiden Männer wurden bei dieser Reaktion des Präsidenten deutlich unruhig.

»Es war die einzige Möglichkeit, Mr. President«, verteidigte sich Pearlman. »Sie wollen nur mit Hawkins sprechen.«

»Wir haben alles andere probiert?«

Keys sah zu Pearlman hinüber und schob ihm die Verantwortung zu. »Ich hielt es für das beste, die ganze Sache nicht aufzubauschen«, sagte der Unterstaatssekretär.

»Hawkins hat enge Verbindungen zu Peterson, verdammt noch mal! Und er ist ein gerissener Hund, er wird die Sache weidlich ausschlachten. Was meinen Sie denn, wer die Information über die geplatzten Raketenverhandlungen weitergegeben hat, wenn nicht Peterson!«

»Es tut mir leid«, sagte Pearlman.

Harriman wandte sich an den Außenminister und sagte: »Hören Sie zu, Bill. Ich möchte, daß Sie zu den Engländern gehen und Ihnen die Hölle heiß machen. Ich möchte, daß die da draußen auf diesem Schiff so stark wie möglich unter Druck gesetzt werden, damit Hawkins kapiert, daß er es mit erwachsenen Leuten zu tun hat und sich nichts vormacht. Wenn wirklich noch Amerikaner in Vietnam sind, dann kann und werde ich sie da rausholen, und meine Wiederwahl wird ein absoluter Rekordsieg werden. Davon wird mich nichts und niemand abhalten. Haben Sie verstanden?«

»Jawohl, Sir«, sagte Keys. »Ich habe verstanden.«

Harriman überlegte eine Weile und sagte dann: »Das ist noch nicht alles, noch lange nicht. Ich werde eine Sonderkommission einberufen, die die Sache in die Hand nehmen soll. Streng vertraulich, es darf nichts durchsickern, das ist klar. Aber umfassend. Dazu gehören Sie beide, der CIA, das Verteidigungsministerium, Rechtsanwälte und alles andere, was nötig ist, je nach Bedarf.«

»Eine ausgezeichnete Idee«, stimmte der Außenminister sofort zu, um von seiner eigenen Fehleinschätzung der Lage abzulenken.

Dann wandte sich Harriman an Pearlman und sagte: »Ich traue diesem verdammten Engländer nicht. Wie gesagt, wir sollten ihn soviel wie möglich unter Druck setzen. Aber ich möchte vor allem, daß Sie selbst nach Hongkong fliegen...« Er überlegte und sprach dann einfach seine Gedanken aus, wie sie ihm in den Kopf kamen. »Ich werde selbst den CIA anrufen und den Direktor persönlich informieren. Und ich möchte, daß Sie jemanden mitnehmen, der Vietnam aus eigener Erfahrung kennt...« Wieder machte er eine Pause und überlegte, diesmal etwas länger. Dann sah er die beiden Männer an und sagte gedankenverloren: »Peterson hat geschworen, daß sie alle tot wären.«

Milton Snow war aufgrund seiner Verdienste als Nelson Harrimans Wahlkampfmanager zum Direktor des CIA ernannt worden und sah sich bei seiner Amtsübernahme in Langley mit der Ablehnung der professionellen Geheimdienstler gegenüber einem Amateur konfrontiert. Aber als gelernter Rechtsanwalt war er pragmatisch und realistisch genug, um zu wissen, daß er nichts anderes erwarten konnte. Seine Stärke war sein Organisationstalent, das er im Wahlkampf bewiesen hatte und auch jetzt wieder klug einsetzte. Er delegierte gekonnt die Kompetenzen innerhalb der einzelnen Abteilungen der Geheimdienste, ließ alle Aktionen erst nach sorgfältiger abschließender Analyse anlaufen und bewies sein Verständnis der Dinge mit laufenden Erkundigungen. Auf diese Weise war das anfängliche Ressentiment nach drei Jahren in neidvolle Bewunderung umgeschlagen. Der CIA ist eine bürokratische Institution, in der die Bürokraten wie überall für oder gegen die ihnen aufgezwungenen Vorgesetzten arbeiten können. Und glücklicherweise hatte Snow zu dem Zeitpunkt, als Harriman mit seinem Anliegen zu ihm kam, die Unterstützung und Kooperation der Beamten auf seiner Seite. Nur drei Stunden, nachdem er seine Leute von der Bitte des Präsidenten unterrichtet hatte, wurde ihm der Name Ben Jordan genannt, und er bestellte den Mann zu sich in sein Büro im siebten Stock des CIA-Hauptquartiers in Virginia.

Ben Jordan war einer der letzten Mitarbeiter des CIA in Saigon gewesen und einer der letzten Amerikaner, die während der Evakuierung mit dem Hubschrauber vom Dach der amerikanischen Botschaft ausgeflogen worden waren. Er hatte eine ruhige Stimme und ein gepflegtes Aussehen und wirkte eher wie ein Universitätsprofessor, gar nicht so, wie man sich im allgemeinen einen Geheimdienstbeamten vorstellt, und das war sein großer Vorteil, denn er war wirklich ein sehr guter Mann. Dennoch hatte er sich in Vietnam keineswegs wohl gefühlt, denn als er dorthin versetzt worden war, war bereits deutlich, daß das Land verloren war. Und die Rolle, die er dort zu spielen hatte, gefiel ihm noch weniger, denn sie war eindeutig sinnlos. Jordan hatte sowohl etwas dagegen, zu verlieren, als auch sinnlose Arbeit zu tun, und deshalb war er nicht gerade glücklich darüber, erneut mit einer Vergangenheit konfrontiert zu werden, die er als abgeschlossen und vergessen betrachtete. Außerdem hatte er an seiner Tätigkeit als stellvertretender Leiter der Abteilung für geheime Planung viel Spaß und war beunruhigt bei dem Gedanken, wieder aktiv tätig werden zu müssen, und zudem noch in einem solchen Fall. Er hatte in Langley nicht nur gelernt, wie man etwas organisiert, sondern auch ein gewisses politisches Bewußtsein entwickelt. Und politisch gesehen war es gefährlich, sich in diese Sache hineinziehen zu lassen.

»Der Präsident?« fragte er, um ganz sicherzugehen.

»Persönlich«, antwortete Snow. »Diese Sache muß von Anfang an richtig laufen.«

16

Es war der Whisky, der ihn hatte einschlafen lassen. Hawkins erwachte erst kurz nach dem Start in Tokio mit brummendem Schädel und einem üblen Geschmack auf der Zunge und versuchte sich in dem schummrigen Licht des abgedunkelten Flugzeugs zu orientieren. Dann stand er auf und tastete sich nach hinten zum Waschraum, wo er sich die Zähne putzte. Das half, wenn auch nicht viel. Eigentlich hatte er den Rapport bei Wilsher ganz gut überstanden, vielleicht sogar besser, als er es verdient hatte, denn er hätte London wirklich informieren sollen, obwohl es ihm unnötig erschienen war. Also hatte er Glück gehabt. Aber von jetzt an würde er mehr brauchen als Glück. Jetzt stand er vor der Aufgabe, es allen möglichen Leuten in jeder Hinsicht recht zu machen, während Harry Jones in Washington saß und sein Bestes tun würde, um ihm Knüppel zwischen die Beine zu werfen und die ganze Sache zu vermasseln. Hawkins mußte sich eingestehen, daß er sich davor fürchtete, mehr als jemals zuvor, einschließlich jenes Abends in London. Waren wirklich noch amerikanische Kriegsgefangene in Vietnam? In verschiedenen Hearings im Kongreß hatte es immer wieder zuverlässige Hinweise darauf gegeben, daß amerikanische Soldaten in Vietnam auch nach 1975 in Gefangenschaft gesehen wurden; man sprach sogar von einer Zahl von rund 2500 gefangenen Überlebenden. Und es gab in Washington eine starke Lobby von seiten der Familien von Männern, die aus der Gefangenschaft nicht zurückgekehrt waren oder als vermißt gemeldet wurden. Diese Lobby war überzeugt, daß Amerikaner in Vietnam festgehalten wurden. Aber in diesem Fall handelte es sich nicht nur um gefangene Amerikaner, sondern um Leute, die sein Vater bei einem Einsatz begleitet und dann als tot gemeldet hatte. Und die in einer sorgfältigen Untersuchung der Vorfälle offiziell für tot erklärt wurden. Damit war er wieder bei Nguyen van Ninh und Nicole Tiné. Alles was er von dem Mann wußte, war sein Name, und von der Frau wußte er gar nichts. Also war es doch ein Bluff, wie Pearlman angedeutet hatte? Wenn sie Boat People geworden waren, dann waren sie vielleicht verzweifelt genug, und verzweifelt mußten sie sein, wenn sie es gewagt hatten, den Mekong hinunter ins Südchinesische Meer zu fahren. Aber wenn es ein Bluff war, was hofften sie damit zu erreichen? fragte er sich in plötzlichem Zweifel. Mit ihrer Geschichte würden sie es vielleicht schaffen, ins Land gelassen zu werden, aber sie hatten keinerlei Aussicht auf eine permanente Aufenthaltsgenehmigung in irgendeinem westlichen Land, wenn sich herausstellte, daß alles nur erfunden war. Im Gegenteil. Also wäre es ein sinnloser Bluff. Und wieder ein Kreis ohne Anfang und Ende. Genau wie die Frage, warum Peterson nichts wegen Ninh unternommen hatte. Oder ob Rampallie ihn in diesem Punkt belogen hatte. Aber das war immerhin ein Punkt, den er zu klären hoffte.

Es war noch früh am Morgen, als das Flugzeug endlich unsanft auf der von Hügeln umgebenen Piste des Flughafens Kai Tak aufsetzte. Als die Maschine zum Stillstand gekommen war, wurden die Passagiere aufgefordert, auf ihren Plätzen sitzen zu bleiben. Als die Türen geöffnet wurden und Beamte der Einwanderungsbehörde das Flugzeug betraten, stellte Hawkins völlig überrascht fest, daß die Prozedur ihm galt. Die Beamten wurden von dem Ersten Sekretär des Gouverneurs begleitet, einem dünnen, eckig wirkenden jungen Mann namens George Beacher. Er trug einen leichten, hellbraunen Sommeranzug mit einer Eton-Krawatte und machte einen vorwurfsvoll-nervösen Eindruck. Befangen folgte Hawkins den Männern, die ihm die üblichen Formalitäten ersparten und aus dem Flugzeug direkt in eine wartende Limousine stiegen.

»Sie haben da einen Bienenschwarm aufgescheucht«, meinte Beacher, als der Wagen den Flughafenkomplex verließ und in den Tunnel einbog, der den Hafen unterquert und den Flugplatz mit der Insel Hongkong verbindet.

»Wie viele Leute sind hier in die Sache eingeweiht?« fragte Hawkins.

Ehe er antwortete, drückte Beacher auf einen in seiner Armlehne versteckten Knopf und schloß die Glastrennwand zwischen dem Rücksitz und dem Fahrer. Dann sagte er: »Der Gouverneur, ich selbst, und natürlich die Nachrichtenabteilung. Die haben schon seit Jahren nicht mehr so viel zu tun gehabt. Selbstverständlich alles unter strengster Geheimhaltung.«

»Was ist mit dem Frachter?«

»Der liegt vor der Küste vor Anker. Bis jetzt waren nicht einmal der Lotse oder die Gesundheitsbehörden an Bord. Wir fahren jetzt direkt zum Gouverneur und anschließend mit dem Lotsenboot hinaus.« Beacher verzog das Gesicht zu einem leichten Lächeln. »Sie werden leider nicht viel Zeit haben, sich auszuruhen, fürchte ich.«

Der Tunnel war zu Ende und der Wagen tauchte plötzlich in das helle Sonnenlicht, das die Stadt Hongkong überflutete. Hawkins sagte: »Ich habe im Flugzeug ein bißchen geschlafen.« Aber es wäre besser gewesen, wenn er nicht durchgedreht und so viel getrunken hätte. Und er hätte sich auch gerne rasiert und geduscht und seinen völlig zerknitterten Anzug gewechselt. Sie fuhren jetzt die Connaught Road am Hafen entlang und hatten einen guten Blick auf Kowloon. Dicht davor auf dem Wasser erkannte er die schwimmende Stadt der zahllosen Hausboote, Dschunken und Sampans, die wie Treibgut wirkten. Die schwimmenden Einwohner von Hongkong, dachte er, und die Boat People von Vietnam. Und das war es wahrscheinlich auch, was sie für die Behörden waren: Treibgut oder Strandgut, von dem jeder hoffte, daß es mit der nächsten Flut wieder hinausgetrieben und woanders hingespült werden würde.

»Wie viele Vietnamesen haben Sie hier in den Lagern?« fragte er.

»Viel zu viele«, antwortete Beacher. »Tausende. Wir haben keine Ahnung, was wir mit ihnen machen sollen. Schließlich war es nicht einmal unser verdammter Krieg.«

»Die meisten von ihnen würden wahrscheinlich sagen, daß es auch nicht ihrer war«, meinte Hawkins. Er hatte keinen richtigen Schlaf gehabt und fühlte sich schon wieder müde. Aber es gab jetzt sehr viel zu tun für ihn, wehe er wirklich an Schlaf denken konnte.

Sir William Makepiece machte einen unruhigen, aufgeregten Eindruck. Er hatte wirres weißes Haar, und sein ohnehin aufgrund des hohen Blutdrucks gerötetes Gesicht wirkte durch die Aufregung noch roter. Er empfing Hawkins in seinem Büro, das mit Büchern sorgfältig dekoriert war und nach Holz und Politur roch, sich aber vor allem durch eine gut funktionierende Klimaanlage und einen wundervollen Blick auf die Berge auszeichnete. Die Luft war so erfrischend kühl, daß Hawkins den angebotenen Kaffee gerne annahm. Dennoch verspürte er schon wieder das dringende Bedürfnis, sich die Zähne zu putzen und den Mund auszuspülen. Es war absolut idiotisch gewesen, so viel zu trinken.

»Wir stehen ziemlich unter Druck«, sagte Makepiece, als ob alles nur Hawkins Schuld war. »Unter großem Druck. Die Amerikaner schicken sogar ein paar eigene Leute rüber, und Whitehall hat uns angewiesen, alles zu tun, um zu kooperieren. Der Außenminister hat uns persönlich ein Telegramm geschickt.«

Makepiece machte eine zuckende Bewegung mit dem Kopf, die Hawkins als Zeichen von Unwillen interpretierte. Dann sagte der Gouverneur: »Sie sind sich der Bedeutung dieser Sache bewußt, hoffe ich? Ihre Situation ist sehr delikat und schwierig – für uns auch.«

»Ich bin mir dessen bewußt«, antwortete Hawkins. Die ständige Wiederholung nervte ihn. Makepiece erinnerte ihn irgendwie an einen seiner früheren Tutoren in Cambridge, der immer sehr hohe Anforderungen gestellt, gleichzeitig aber billigen Sherry aus dem Supermarkt in Kristallkaraffen serviert hatte.

Makepiece schien Hawkins Versicherung keinen Glauben zu schenken und fuhr fort: »Sie müssen absolut sicher sein. *Absolut,* verstehen Sie?«

Es kostete Hawkins Mühe, seine Geduld zu bewahren. »Sir William, das verstehe ich vollkommen. Ich werde alles tun, um niemanden in Verlegenheit zu bringen.« Er wußte, daß der Gouverneur immer noch Zweifel hatte.

»Die ganze Sache ist merkwürdig«, sagte Makepiece. »Sehr merkwürdig.«

»Was geschieht, wenn ich zu der Überzeugung gelange, daß die Geschichte in Ordnung ist?« fragte Hawkins. »Welche Vorbereitungen haben Sie getroffen?«

Makepiece schien die Frage zu beleidigen. »Vorbereitungen?«

»Können die Leute ohne Probleme an Land gebracht werden?« beharrte Hawkins. »Und werden sie eine Unterkunft erhalten?«

»Wenn es nötig ist, ja«, antwortete Makepiece in einem Ton, der deutlich machte, daß er hoffte, es würde nicht nötig sein. Er deutete mit dem Kopf auf den Ersten Sekretär. »Beacher wird Sie natürlich begleiten.«

Der Erste Sekretär benutzte die Gelegenheit und sagte: »Ich glaube, wir sollten uns auf den Weg machen. Das Lotsenboot wartet auf uns.«

»Äußerste Vorsicht, haben Sie verstanden?« warnte ihn Makepiece zum Abschied. »Ich werde nichts unternehmen, solange ich keine stichfesten Beweise habe.«

Hawkins war bereits zur Tür gegangen, drehte sich bei diesen Worten aber sofort noch einmal um. »Wie können Sie eine solche Bedingung stellen? « fragte er ärgerlich. »Was glauben Sie, was für Beweismaterial diese Leute in ihrem Fluchtboot mitgebracht haben? Was für Beweise könnte es überhaupt geben, abgesehen von einer persönlichen Gegenüberstellung?«

Der Botschafter zuckte heftig mit den Augen, als er merkte, daß er zu weit gegangen war. »Ich möchte nur, daß Sie mit den Beweisen zufrieden sind«, schränkte er seine Forderung ein. »Sie müssen von der Richtigkeit der Aussagen absolut überzeugt sein.«

»Das war von Anfang an so ausgemacht«, sagte Hawkins und verließ den Raum.

Obwohl er von der Reise übermüdet und ziemlich aufgeregt war, fand Hawkins die Fahrt zu dem vor der Küste vor Anker liegenden Frachter sehr beeindruckend und wünschte sich, er hätte mehr Zeit und Ruhe, um sie zu genießen. Die hochstehende Sonne tauchte das Meer in einen silbernen und goldenen Glanz, der von den hin und her eilenden Booten durcheinandergewirbelt wurde, während die Inseln wie dunkle Steine in diesen Schimmer eingebettet waren. Hawkins fragte sich, ob seine Mutter und sein Vater von diesem Anblick wohl genauso fasziniert gewesen waren wie er jetzt. Erst jetzt erinnerte er sich wieder daran, daß sie hier einmal zuhause gewesen waren. Und noch etwas fiel ihm ein: Es war absolut falsch, zu glauben, daß die Koffer und Kisten in der Maryland Avenue ihm ein vollständiges Bild seines Vaters vermitteln könnten. Vielleicht ein Bild seiner beruflichen Tätigkeit, aber nicht seines Privatlebens. Die gesamte Korrespondenz, alle Souvenirs und Photos bezogen sich ausschließlich auf seinen Beruf. Er hatte sogar Durchschläge über alte Spesenabrechnungen aus dem Jahr 1953 gefunden, aber keine Unterlagen über seine eigene Schulzeit in England oder irgendwelche Briefe von oder an seine Mutter, und es gab nur zwei Photographien, die seine Eltern zusammen zeigten. Nichts, absolut nichts über sein Privatleben. Es sah fast so aus, als hätte sein Vater eine Autobiographie geplant – und das war immerhin möglich, auch wenn er nie darüber gesprochen hatte – und das Material schon lange vorher aussortiert. Dann wäre es auch erklärlich oder sogar verständlich, daß Nicole Tiné oder die Bemühungen um Nguyen van Ninhs Ausreise mit keinem Wort erwähnt wurden. Zumindest für ihn selbst wäre die Sache damit erklärlich geworden, auch wenn er wußte, daß das für jeden anderen nur wie ein persönlicher Eindruck wirken mußte.

Nach einer Stunde gab es die erste, noch ziemlich schlechte Funkverbindung zwischen dem Lotsenboot und der *Henry Clair,* und man verabredete einen genauen Treffpunkt auf See. Hawkins stand draußen auf der Brücke und sah mit leicht zusammengekniffenen Augen in die flimmernde Weite über dem Wasser, wo der schwarze Umriß des Frachters immer deutlicher wurde. Die See war fast spiegelglatt, und das Übersetzen verlief ohne große Schwierigkeiten. Hawkins ging direkt nach dem Lotsen und dem Quarantäne-Beamten an Bord, gefolgt von Beacher. Sie wurden von einem riesigen Mann mit weißem Bart und erstaunlichem Bauchumfang begrüßt, der Kapitänsmütze und Seemannsjacke trug und sich als Lockyer vorstellte. Mit donnernder Stimme sagte er: »Willkommen an Bord meines Schiffes, willkommen!« Ein professioneller Schotte, konstatierte Hawkins.

Lockyer führte Hawkins und den Hongkonger Diplomaten in eine überraschend geräumige Kabine mit einem sorgfältig aufgeräumten Schreibtisch, geschmückt mit einem Bilderrahmen mit der Photographie einer lächelnden blonden Frau und zwei Kindern, einem Mädchen und einem Jungen. An den Wänden standen zwei couchartige Kojen, und mehrere Stühle waren mit Hilfe von Klammern am Boden befestigt. Zahlreiche Photographien, vor allem von Schiffen, zierten die Wände, und Hawkins fragte sich, ob es die Schiffe waren, auf denen Lockyer gefahren war, oder ob es sich um den Rest der Flotte dieser Reederei handelte. Der Kapitän öffnete einen kleinen Wandschrank, der die Bordbar enthielt, und meinte: »Es ist fast alles da.«

Hawkins wußte, daß es nicht richtig war, aber er brauchte jetzt einfach einen Drink. Er erhielt ein volles Glas ohne Wasser und verspürte dankbar die vertraute, innerlich wärmende Wirkung des Alkohols.

»Der Erste Offizier kümmert sich um den Lotsen und die Gesundheitsformalitäten«, sagte der Kapitän. »Sie können sich gar nicht vorstellen, was für eine Flut von Telegrammen diese Sache ausgelöst hat.«

»Doch, das kann ich«, antwortete Hawkins.

»Ich habe Anweisung, Sie nach Kräften zu unterstützen«, fuhr Lockyer fort, »sowohl von der Reederei als auch von der Regierung.« Er sah die beiden Männer mit ernstem Blick an. »Und ich möchte Ihnen sagen, daß ich sehr wohl weiß, daß Sie eine Aufgabe zu erfüllen haben und ich auch. Aber an Bord dieses Schiffes habe ich das Kommando, und ich bin für alles verantwortlich.«

»Wir haben volles Verständnis für Ihre Situation«, erklärte Beacher verbindlich. Um nicht unhöflich zu sein, hatte er ein Glas Gin akzeptiert, aber es stand unberührt neben ihm auf dem Tisch.

»Wie wollen Sie vorgehen?« fragte Lockyer.

Hawkins spürte, wie Beacher ihn ansah und auf seine Entscheidung wartete. »Zuerst einmal Sie«, antwortete er. »Ich möchte, daß Sie mir berichten, von Anfang an.«

Lockyer nahm ihnen gegenüber auf einem Stuhl Platz, und Hawkins merkte erst jetzt, wie riesig der Mann wirklich war. Er hatte eine solche Leibesfülle, daß er, um bequem zu sitzen, die Beine spreizen mußte. »Da ist nicht viel zu erzählen«, begann der Kapitän. »Die Poulo-Condore-Inseln liegen so ziemlich an der Südspitze Vietnams, und gewöhnlich machen wir einen großen Bogen um sie. Am fünfzehnten befanden wir uns etwa 45 Meilen südsüdwestlich der Inselgruppe, als etwas auf unserem Radarschirm auftauchte. Zuerst waren keine Aufbauten zu erkennen und wir hielten es für ein Wrack oder eine Ansammlung von Treibgut und Trümmern. Aber natürlich sind wir der Sache nachgegangen, und als wir näher herankamen, erkannten wir, daß es ein entmastetes Wrack war, das steuerlos in der Strömung trieb. Es war leckgeschlagen und nahm mit jeder Welle Wasser über. Wir schickten ein Boot rüber und fanden acht Menschen an Bord. Sie waren in ziemlich schlechter Verfassung, fast verdurstet, und ein vielleicht zwölfjähriges Kind war kurz vor dem Hungertod. Wir nahmen sie an Bord, aber wir konnten fast nichts für sie tun, außer ihnen Wasser und Essen zu geben. Nach vielleicht drei Tagen kam der Zweite Offizier zu mir und sagte, einer der Männer wolle mich sprechen. Er sagte, sein Name sei Ninh und er habe früher für einen sehr wichtigen Engländer gearbeitet. Er erwähnte den Namen Edward Hawkins...« Der Kapitän machte eine Pause und nickte Hawkins zu. »Und dann Sie. Sagte, er habe Sie vor kurzem in Vietnam getroffen. Deswegen dachte ich schon, daß er lügt...«

»Das stimmt«, sagte Hawkins. »Er hat nicht gelogen.« Hoffentlich, dachte er.

Lockyer trank einen Schluck und fuhr dann fort: »Er sagte, Sie seien sein Bürge für die Aufnahme im Westen. Ebenso für eine der Frauen, die wir auch gerettet haben, Nicole Tiné. Und dann sagte er uns, er wisse, daß einige Amerikaner in Vietnam noch immer in Gefangenschaft wären.«

»Haben Sie ihn gefragt, wo?«

Lockyer sah Hawkins verletzt an. »Natürlich habe ich ihn gefragt. Er wollte es mir nicht sagen. Meinte, er würde nur mit Ihnen reden.«

»Haben Sie mit der Frau gesprochen?«

Lockyer nickte. »Ninh sagte, sie sei gerade erst aus einem Lager entlassen worden, und sie machte auch wirklich den Eindruck. Sie ist sehr verängstigt und redet nur, wenn Ninh dabei ist, und dann verweist sie immer auf ihn. Ich bin gerne bereit zu glauben, daß sie wirklich sehr gelitten hat. Trotzdem geht es ihr körperlich verhältnismäßig gut.«

»Was geschah mit ihnen?« fragte Hawkins.

Lockyer runzelte verständnislos die Stirn. »Was meinen Sie damit?«

»Blieben sie bei den anderen, die Sie gerettet haben, oder haben Sie sie getrennt?«

»Sobald ich von der Zentrale eine Antwort bekam, habe ich sie von den anderen getrennt. Das ist gar nicht so leicht auf so einem Schiff.«

»Wissen Sie, ob sie mit den anderen, die bei ihnen waren, über die Amerikaner gesprochen haben?«

»Nein«, meinte Lockyer.

»Sie haben ausdrücklich die Namen Forest, McCloud und Bartel genannt?«

»Ninh ja«, erwiderte Lockyer. »Ich erinnere mich nicht, ob die Frau die Namen auch genannt hat, sie sprach nur von den Amerikanern.«

Ninh würde die Namen natürlich von seinem Vater gehört haben, überlegte Hawkins, und er mußte an die vielen Zweifel, Warnungen und Fragen denken, die die anderen immer wieder geäußert hatten. »Erzählen Sie mir bitte von dem Schiff. Haben sie nach Ihrer Meinung als erfahrener Seemann wirklich Schiffbruch erlitten? Oder wäre es möglich, daß sie dorthin geschleppt wurden, damit Sie sie finden sollten?«

Lockyer schüttelte langsam den Kopf, als müßte er die Frage erst verdauen. Dann antwortete er: »Das Kind, von dem ich Ihnen erzählt habe – es ist gestorben. Ebenso eine alte Frau. Ich glaube, sie waren miteinander verwandt, aber das konnte ich nicht genau feststellen. Sie waren alle vollkommen erschöpft und tagelang Wind und Wellen und der Sonne ausgesetzt gewesen. Die Sache kann auf keinen Fall so arrangiert worden sein, wie Sie angedeutet haben. Und das hätte auch nicht funktioniert, wegen der Strömungen dort unten. Und wozu überhaupt?«

»Keine Ahnung«, gab Hawkins zu. »Ich versuche mir nur vorzustellen, was später alles gefragt werden wird.«

»Welche Beweise gibt es für ihre Identität?« mischte sich Beacher in das Gespräch ein. »Pässe, andere Dokumente oder ähnliche Dinge?«

»Nichts«, sagte Lockyer sofort. »Alles was sie haben, sind die Kleider, die sie am Leibe tragen, sonst nichts. Jedenfalls keine Ausweise.«

»Kommt es häufig vor, daß Boat People Ausweise dabeihaben?« fragte Hawkins den Diplomaten.

»Nein«, räumte der ein. »Es hätte mich nur interessiert, ob diese beiden welche haben.«

»Ich habe keinerlei Beweise«, sagte Lockyer noch einmal zur Bestätigung. »Die Namen, die ich nach London durchgegeben habe, sind die, die sie mir genannt haben.«

Beweise, dachte Hawkins ärgerlich. Es gab nie einen verdammten Beweis.

»Noch ein Drink?« fragte der Kapitän.

»Nein, vielen Dank«, sagte Hawkins nach kurzem Überlegen.

»Kann ich Ihnen sonst noch irgendwie behilflich sein?« fragte Lockyer.

Ich wünschte, ja, dachte Hawkins im stillen. Er wünschte sich, daß plötzlich irgend etwas geschehen würde, wodurch die ganze Sache vereinfacht und der Druck von ihm genommen würde, damit er sich entscheiden könnte, so oder so, und diese mißtrauischen, argwöhnischen Leute los würde, und Jones ebenfalls. Er wollte sie alle los werden. Er hatte keine Lust mehr, hier zu sein, so bloßgestellt und allein, dachte er in einer plötzlichen Aufwallung von Selbstmitleid. Dann sagte er: »Ich glaube, wir sollten jetzt zu ihnen gehen.«

Lockyer nahm das Bordtelefon ab und sagte nur: »Bringt sie herein«, scheinbar ohne gewählt zu haben. Nach wenigen Minuten wurde an die Tür geklopft, und auf Lockyers lauten Ruf hin brachte ein Schiffsoffizier zwei Leute in die Kabine. Der erste, der zögernd und unsicher den Raum betrat, war Ninh. Er schien noch dieselben Kleider zu tragen, die er in Saigon angehabt hatte, aber sie waren jetzt sehr viel schmutziger; die Hosen waren blankgescheuert und speckig und schlotterten um seine dürren Beine, und sein Hemd war noch zerrissener und noch mehr mit Dreck bekrustet, als Hawkins in Erinnerung hatte. Als der Vietnamese ihn erkannte, versuchte er zu lächeln, aber es fiel ihm schwer, denn seine Lippen waren voller Risse und Blasen von der Sonne und dem Salzwasser und schmerzten ihn. Seine seltsam weiße Haarlocke hing ihm über die Augen wie eine Kapitulationsfahne.

Hinter ihm tauchte eine Frau im Gang auf, und Hawkins sah sie überrascht an. Er hatte eine Asiatin erwartet, ja eine Vietnamesin. Aber sie sah vollkommen europäisch aus, nur ihr samtiger dunkler Teint und ihre tiefen, schwarz-braunen Augen verrieten ihr gemischtes Blut. Auch ihr Alter versetzte ihn in Erstaunen, obwohl ihm Ninh in Saigon schon davon berichtet hatte. Trotz dieses Wissens hatte Hawkins im Geiste irgendwie eine Frau erwartet, die so alt war wie sein Vater, aber das war sie ganz und gar nicht.

Auch die Qualen, die sie durchgemacht haben mußte, hatten ihrem jugendlichen Aussehen nichts anhaben können, im Gegensatz zu Ninh, der dadurch zu einem alten, gebrochenen Mann geworden war. Durch den langen Aufenthalt in dem kleinen, offenen Boot hatte sie offene Wunden um den Mund davongetragen, und ihre Haut war noch fleckig und gerötet von dem starken Sonnenbrand, aber Hawkins war überzeugt, daß es ihr leichtfallen würde, wieder schön auszusehen. Die beiden standen mitten in der Kabine und sahen sich unter leicht gesenkten Brauen vorsichtig im Raum um. Dann machten sie fast gleichzeitig eine unterwürfige asiatische Verbeugung und senkten die Köpfe noch tiefer.

Weder die Europäer noch die Flüchtlinge wußten, wie sie sich verhalten sollten. Hawkins sah, daß der Kapitän und Beacher ihm den ersten Schritt überließen, und er sagte: »Hallo«, mehr zu Ninh als zu der Frau, und überlegte, wo er gelesen hatte, daß man bei wichtigen Anlässen nie die passenden Worte findet.

»Wir haben Ihnen Schwierigkeiten gemacht?« fragte Ninh mit seiner dünnen, rauhen Stimme.

»Nein«, sagte Hawkins und dachte, das ist bestimmt das Understatement des Jahres, oder vielleicht sogar seines ganzen Lebens. »Sie haben mir durchaus keine Schwierigkeiten gemacht.« Dann streckte er plötzlich in einer freundlichen Geste die Hand aus. Ninh zögerte, ehe er die angebotene Hand ergriff, und als er sie los ließ, war Hawkins unsicher, ob er auch der Frau die Hand geben sollte, aber dann tat er es doch und wiederholte seine wenig passende Begrüßung: »Hallo.« Ihr Händedruck war weiblich sanft.

»Vielen Dank«, sagte sie. »Vielen Dank, daß Sie gekommen sind.«

»Ich wußte, Sie würden kommen«, sagte Ninh sofort wie zur Bekräftigung. »Ich wußte, daß wir uns auf Sie verlassen können.«

Waren diese gedemütigten, erschöpften Menschen überhaupt zu irgendeiner Art von Täuschung imstande? fragte sich Hawkins. Und dann sagte er in plötzlicher Erkenntnis der Situation: »Bitte! Bitte setzen Sie sich doch!« Es schien so, als würden Lockyer und Beacher die ganze Sache ihm überlassen.

Er versuchte, Nicole einen der Stühle zuzuschieben, ohne daran zu denken, daß sie am Boden befestigt waren. Die Frau mußte über seine Ungeschicklichkeit lächeln, und Hawkins lächelte zurück, froh darüber, daß die Situation sich wenigstens etwas entspannt hatte. Sie nahm Platz auf dem Stuhl, den er ihr zuwies, und auch Ninh setzte sich gehorsam auf den Stuhl daneben.

»Es gibt eine Menge Dinge, die ich wissen muß«, begann Hawkins, und mit einer knappen Handbewegung zu Beacher erklärte er: »Dieser Mann ist von der Regierung, von der britischen Regierung.«

Ninh nickte, als ob er recht behalten hätte, und sagte: »Ich wußte, daß wir nur zu warten brauchten. Ich wußte, daß Sie dafür sorgen würden, daß wir aufgenommen werden.«

Hawkins sah sie eindringlich an und schüttelte warnend den Kopf. »Erst muß ich eine Menge Dinge wissen«, wiederholte er. »Ich muß wissen, was geschehen ist, alles, was geschehen ist.«

Ninh blickte in seinen Schoß, um sich zu sammeln. Dann begann er: »Sie haben es erfahren. Die Behörden haben von unserem Treffen erfahren. Ich wußte, daß das passieren würde, aber ich mußte einfach trotzdem kommen. Sonst hätte ich nie erfahren, was Sie unternehmen würden...« Er hob den Kopf und lächelte. »Ich habe immer gewußt, daß es irgendwie gehen würde«, wiederholte er seine vertraute Litanei mit dem stolzen Ausdruck eines Kindes, das seine

Schätze vorzeigt. »Er hat es versprochen. Ihr Vater hat es mir versprochen.«

»Wann hat er Ihnen das versprochen?« fragte Hawkins. Es tat ihm leid, die Erzählung des Mannes zu unterbrechen, aber es gab so vieles, das er wissen mußte.

Ninh runzelte die Stirn, als wäre die Frage vollkommen überflüssig. »Immer«, sagte er. »Er hat immer versprochen, wenn der Krieg verloren sei, dann würde er mir helfen, das Land zu verlassen.«

»Und Sie«, wandte er sich an die Frau. »Hat er Ihnen auch versprochen, Sie herauszuholen?«

»Natürlich«, sagte sie mit der gleichen Selbstverständlichkeit wie vorher Ninh. Ihre Stimme hatte einen leichten französischen Akzent.

»Und warum hat er es nicht getan?« fragte Hawkins. »Jeder wußte doch, daß der Krieg zu Ende ging. Es war monatelang in Paris verhandelt worden, und es war doch allgemein bekannt, daß die Amerikaner abziehen würden. Warum hat er Sie beide nicht herausgeholt, als deutlich wurde, daß alles vorbei war?«

»Meine Mutter war in Dalat«, antwortete Nicole.

»Ich weiß von Ihrer Mutter und von Dalat«, sagte Hawkins. »Ihr Vater war Franzose?«

»Ja«, antwortete sie.

»Nach französischem Recht – das auch auf die Kolonien ausgedehnt wurde und noch Gültigkeit besaß – hätten Sie und Ihre Mutter ein Recht auf die französische Staatsangehörigkeit gehabt.«

»Mein Vater war tot«, sagte die Frau. »Meine Mutter kannte Frankreich nicht, sie kannte nichts anderes als Vietnam. Sie sagte, es würde nicht so schlimm werden, wie alle befürchteten, und daß wir bleiben sollten.«

»Sie haben ihr geglaubt?« fragte Hawkins.

»Ich durfte sie nicht verlassen. In unserer Kultur ist es nicht üblich, daß die Kinder ihre Eltern im Stich lassen«, erwiderte sie.

»Und was ist mit Ihnen?« wandte sich Hawkins wieder an Ninh. »Warum haben Sie nicht rechtzeitig das Land verlassen?«

»Die Papiere kamen nicht«, erklärte der Vietnamese. »Er hatte versucht, sie zu bekommen. Er hatte Geld bezahlt dafür, wie es üblich ist, aber sie kamen nicht. Er sagte, ich sollte mir keine Sorgen machen, er würde sie schon bekommen, im Westen.«

»Von wem wollte er sie im Westen bekommen?« mischte sich Beacher ein. »Von den Engländern? Von den Amerikanern?«

Ninh zuckte die Achseln. »Das hat er nie gesagt.«

Wieder keine Beweise? dachte Hawkins bitter. Nirgends gab es einen Beweis. Aber was noch schlimmer war: die ganze Sache war so unklar. Er fragte Nicole: »Wie lange waren Sie mit meinem Vater zusammen?«

Sie lächelte, als sie sich erinnerte: »Zwei Jahre.«

»Sie hatten ein Baby?«

Das Lächeln verschwand so schnell, wie es gekommen war, und ihr Gesicht nahm einen kummervollen Ausdruck an. Sie nickte, konnte aber nicht gleich antworten. »Ein Mädchen«, sagte sie dann. »Elian. Das war der Name, den mein Vater meiner Mutter gegeben hatte.«

Verdammt, warum hatte er nicht doch einen zweiten Drink akzeptiert, dachte Hawkins und zwang sich, weiterzufragen. »Warum haben Sie nicht geheiratet?«

Nicole sah ihn mit festem Blick an. Dann sagte sie: »Er hat mich nie gefragt.«

Die See war so ruhig, daß in der Kabine keine Bewegung zu spüren war. Der Stuhl knarrte, als sich Lockyer hinter seinem Schreibtisch bequemer hinzusetzen versuchte, aber sonst war in dem Raum alles ruhig und still.

»Wie haben Sie sich getroffen?« fragte Hawkins mit unsicherer Stimme.

»Im Cercle Sportif. Das war ein Club.«

»Wie alt war er?«

Die Frau machte eine unbestimmte Bewegung. »Ich weiß nicht, wie alt er wirklich war. Auf jeden Fall über fünfzig. Wir haben uns immer darüber amüsiert. Er hat mir vorgeworfen, ich würde einen Vaterersatz suchen.« Wieder lächelte sie liebevoll bei dem Gedanken.

Guter Gott, dachte Hawkins verzweifelt, wann würde er endlich etwas finden, was er wußte, dessen er sich ganz sicher war? Sein Vater mußte zweiundfünfzig, vielleicht auch dreiundfünfzig Jahre alt gewesen sein, als die beiden sich getroffen hatten. Es stimmte also etwa, was sie sagte, aber es war nichts Genaues. Wie alles andere auch. Einer plötzlichen Eingebung folgend fragte er sie: »Mit welcher Hand hat er geschrieben?«

Die Frau zog die Stirn in Falten und sagte dann: »Mit der linken. Seltsamerweise.« Sie machte eine Bewegung, als ob sie einen Federhalter in der linken Hand hielte und zu schreiben versuchte. »So etwa«, sagte sie. »Ich habe gesehen, daß Amerikaner oft so schreiben, aber nie Europäer.«

»Ja«, meinte Hawkins, »das stimmt.« Es war möglich, daß sie auch diese Information von Ninh bekommen hatte, dachte er, wenn Ninh wirklich der war, für den er sich ausgab.

»Warum glauben Sie mir nicht?« fragte Nicole ruhig.

»Ich glaube Ihnen ja, ich will Ihnen ja glauben«, versicherte Hawkins erregt. »Aber es gibt noch eine Menge anderer Leute, die Ihnen glauben müssen.« Endlose Kreise und immer neue Kreise, dachte er. Er fühlte, wie sie immer enger wurden.

»Sie *wissen* doch, wer ich bin«, sagte Ninh in flehendem Ton.

Hawkins haßte sich selbst, als er antwortete: »Ich weiß nur, was Sie mir gesagt haben, wer Sie sind.«

»Sie sagten doch, Ihr Vater habe Sie geschickt.«

»Stimmt das?« fragte Beacher ihn sofort.

Hawkins wollte nicht zugeben, daß er gelogen hatte, aber gleichzeitig schämte er sich für seine Feigheit, als er antwortete: »Ich habe bei seinen Sachen ein paar Papiere gefunden, und deswegen bin ich zu Ihrem Haus gekommen.« Wie hatte er gewußt, daß in diesem Haus ein Mann namens Nguyen van Ninh wohnte?

»Was für Papiere?« fragte der Vietnamese.

Das war der schlimmste dieser Teufelskreise, dachte Hawkins: Jetzt mußte er sich auch noch rechtfertigen! Gereizt sagte er: »Lassen Sie mich eine Gegenfrage stellen: Wie nannten die Korrespondenten die täglichen Pressekonferenzen im MACV-Gebäude?«

Ninhs Gesicht nahm einen Ausdruck herablassender Resignation an, als er antwortete: »Die Vier-Uhr-Revue.«

»Und wie war der Ablauf?« fragte Hawkins weiter. Er würde keine Herablassung dulden, dachte er, und sie würden ihn auch nicht hinters Licht führen und zum Narren halten. Er würde die Wahrheit herausfinden, egal was es war.

»Ablauf?« fragte der Vietnamese verständnislos.

»Der Ablauf«, wiederholte Hawkins und stellte sich stur.

Ninh sah die Frau an, dann blickte er sich in der Kabine um. »Ein großer Raum«, erinnerte er sich. »Groß genug für hundert Leute, manchmal auch zweihundert, aber das kam selten vor, da die Konferenzen einfach ein Witz waren. Niemand glaubte die Meldungen über die Anzahl der getöteten Feinde oder die anderen Angaben.«

Das stimmte mit dem überein, was sein Vater ihm erzählt hatte, erinnerte sich Hawkins etwas erleichtert, aber das war auch schon alles in den Zeitungen veröffentlicht worden und darum bekannt. »Weiter«, drängte er unwillig.

Ninh sah ihn erstaunt und fragend an, aber dann schien ihm etwas einzufallen und er sagte: »Zwei Sprachen. Vietnamesisch immer zuerst, und dann Amerikanisch.«

Hawkins hatte das Gefühl, der Sache damit schon sehr viel näherzukommen, aber er mußte immer noch vorsichtig sein. »Und?« fragte er weiter.

Der Kapitän rutschte wieder unruhig auf seinem Stuhl hin und her und schien sich ungewohnt beengt zu fühlen in der Situation. Beacher dagegen saß ganz ruhig da und blickte nur abwechselnd zwischen Ninh und Hawkins hin und her. Die Frau betastete mit ihren Fingern vorsichtig die Verletzungen, Risse und Schwellungen in ihrem Gesicht.

»Ich war der Dolmetscher.« Endlich war Ninh wieder eingefallen, worauf Hawkins hinaus wollte. »Wir nahmen beide an diesen Konferenzen teil, wenn es nötig war. Ich verfolgte den vietnamesischen Teil und er mit mir zusammen den amerikanischen. Ich konnte ihm so sagen, wenn die Angaben widersprüchlich waren, und er fragte dann nach.«

Hawkins wandte sich an den Kapitän und fragte: »Haben Sie Papier und einen Stift hier?«

Lockyer erhob sich von seinem Platz, dankbar für die Gelegenheit, sich zu bewegen, und wollte beides Hawkins bringen, der abwinkte und auf Ninh zeigte.

»Welche Gemeinsamkeiten gab es sonst noch?« fragte Hawkins.

Diesmal erfaßte Ninh sofort, worum es ging. »Die Unterschrift«, sagte er, »auf der Akkreditierung.«

»Ich möchte, daß Sie mir diese beiden Unterschriften hier vormachen«, bat Hawkins.

Ninh zögerte und sah sich nach einer Schreibunterlage um, und Lockyer meinte: »Sie können meinen Schreibtisch benutzen.«

Unsicher stand der Vietnamese auf und ging zum Schreibtisch hinüber. Er legte das Papier wieder dahin, wo der Kapitän es weggenommen hatte, blieb aber stehen und beugte sich vor, um zu schreiben. Hawkins war hinter ihn getreten und sagte: »Nicht im Stehen. Setzen Sie sich hin, so wie Sie immer gesessen haben, wenn Sie unterschrieben.«

Ninh blickte von Hawkins zu Lockyer, der nickte und auf seinen Stuhl deutete. Ninh versank förmlich in dem viel zu großen Sitz, der seine Zerbrechlichkeit noch deutlicher werden ließ. Er nahm den Federhalter in die Hand und schien sich zu konzentrieren. Dann beugte er sich entschlossen über das Papier und schrieb, wobei der eine der beiden Schriftzüge etwas länger dauerte. Als er fertig war, blickte er fragend hoch, und Lockyer nahm das Papier und reichte es Hawkins, der wieder auf seinem Stuhl Platz genommen hatte.

Aus der Innentasche seines von der langen Reise zerknitterten Jacketts nahm Hawkins zwei Dokumente, den Akkreditierungsantrag und den Ausweis selbst, und verglich sie sorgsam mit dem, was Ninh soeben geschrieben hatte. Das Vietnamesische kannte er nicht gut genug, um es beurteilen zu können, aber die Unterschriften schienen seinem ungeübten Auge identisch zu sein. Der englische Schriftzug wirkte etwas holprig, als wäre er nur mit Mühe geschrieben worden, stimmte aber doch erstaunlich gut mit dem verblaßten Schriftzug auf dem durch eine Plastikfolie geschützten Originaldokument überein, das Hawkins aus dem Koffer mit dem Vietnam-Material im Keller des Hauses an der Maryland Avenue entnommen hatte. War Ninhs leichte Unsicherheit beim Schreiben nicht allzu verständlich, wenn man bedachte, daß es sich um eine ihm fremde Schrift handelte, die er zudem noch runde acht Jahre nicht mehr geschrieben hatte? Er reichte die Unterschriften weiter an Beacher, der neben ihm saß.

»Da ist noch etwas«, sagte Ninh mit einer Handbewegung auf das Dokument. »Diese Ausweise enthielten auch eine Photographie. Es müßte doch ein Photo von mir darauf sein. Ist das nicht Beweis genug?«

»Hier ist kein Photo«, entgegnete Hawkins, dem die freie Stelle auf dem Paß ebenfalls aufgefallen war, und er hatte sich auch schon gefragt, warum das Photo fehlte.

»Es müßte aber eines dasein«, protestierte Ninh verzeifelt.

»Das weiß ich auch.«

»Was wollen Sie denn noch?« fragte plötzlich die Frau, die neben Ninh saß.

»Beweise?« rief Hawkins. »Geben Sie mir Beweise!«

»Wofür?« fragte Ninh.

»Irgend etwas«, sagte Hawkins, fast schon genauso verzweifelt wie der Vietnamese. »Geben Sie mir Beweise. Ich brauche einen Beweis!«

Die Frau sah Ninh an und er nickte zurück. Nicole trug ein abgetragenes, verschmutztes Hemd, das ihr knapp bis zur Hüfte reichte, und darunter einen ebenso abgetragenen, aber noch viel schmutzigeren Leinenrock voller großer Flecken. Ohne sich im geringsten zu schämen – was Hawkins im Nachhinein wunderte – zog sie plötzlich das Hemd so hoch, daß man erkennen konnte, daß sie keinen Büstenhalter trug. Mit unsicheren Fingern begann sie an ihrem

Rockbund herumzunesteln und versuchte, eine der Nähte zu öffnen. Sie brauchte sehr lange, da ihre Fingernägel abgebrochen waren, aber im Raum herrschte völlige Stille, nicht einmal der ungeduldige Lockyer rutschte auf seinem Stuhl hin und her. Die Naht gab nach, und Hawkins sah, daß sich in dem geöffneten Bund ein kleines, längliches Päckchen befand. Nicole versuchte mehrmals, es mit ihren Fingern herauszuziehen, aber es gelang ihr nicht, und sie mußte die Naht noch weiter öffnen. Beim dritten Versuch schaffte sie es, das, was sie im Rockbund versteckt hatte, herauszuziehen, aber es war nicht zu erkennen, was es war. Sie reichte es nicht Hawkins, sondern Ninh, der ihr jedoch wieder beruhigend zunickte, woraufhin sie ihre Hand Hawkins entgegenstreckte.

Hawkins stand von seinem Stuhl auf, um entgegenzunehmen, was sie ihm darbot, und starrte auf das, was sie in der Hand hielt. Sie waren fleckig und verfärbt, gelb und hauptsächlich schwarz, aber gemäß ihrer Bestimmung durchaus noch deutlich erkennbar als Hundemarken. In der Reihenfolge, wie sie ihm gereicht wurden, erkannte er die von McCloud, dann die von Colonel Forest und zuletzt die von Bartel.

»Sie baten um Hilfe«, erklärte sie einfach, »so wie wir.«

Hawkins, der sich völlig erschöpft und zerschlagen fühlte, reichte die Marken an Beacher weiter. »Es sind Kennmarken der amerikanischen Armee, offizielle Ausweismarken.«

»Ich weiß!« sagte Beacher ungeduldig. Er wandte sich an die Frau und fragte sie: »Woher haben Sie die?«

»Sie haben sie mir gegeben«, antwortete sie. »Der Amerikaner, Forest.«

»Wo?«

»In dem letzten Lager, in dem ich war.«

»Wo war das?« wiederholte Beacher seine Frage.

Ehe sie antworten konnte, sagte Ninh: »Werden Sie uns aufnehmen? Erhalten wir die Aufenthaltserlaubnis?«

»Das reicht«, meinte Hawkins erleichtert zu Beacher, der allerdings skeptisch blickte. »Sie können doch diese Hundemarken nicht ignorieren, verdammt noch mal!«

»Das tu ich auch nicht«, entgegnete Beacher. Dann wandte er sich an Lockyer und sagte: »Ich werde die Verantwortung für die beiden übernehmen, wenn Sie sie mir überlassen. Sind Sie damit einverstanden?«

Der riesige Kapitän trat näher und blickte auf die Identifikationsmarken, die Beacher immer noch in der Hand hielt. »Arme Schweine«, sagte er nachdenklich. »Acht Jahre!«

»Cognac?« fragte der britische Botschafter.

»Vielen Dank«, sagte Harry Jones. »Und vielen Dank auch für den Lunch. Es war ausgezeichnet.«

»Warum gehen wir damit nicht in mein Arbeitszimmer«, fragte Sir Neville Wilkinson.

Jones folgte dem Diplomaten aus dem Eßzimmer, nahm den angebotenen Cognacschwenker entgegen und setzte sich. »Ich wußte gar nicht, daß Sie mit Lord Doondale bekannt sind«, sagte er.

»Wir waren zusammen in Harrow«, sagte Wilkinson. »Er hat ein verdammt gutes Jagdrevier in der Nähe von Auchterarder. Kennen Sie das?«

»Nein«, sagte Jones, entzückt über diese Entdeckung.

»Ich nehme an, wir werden heute im Laufe des Tages Nachricht aus Hongkong bekommen«, meinte der Botschafter.

»Wenn es keine Schwierigkeiten gibt«, sagte Jones und begann die ersten Zweifel zu säen.

»Wenn es irgendwelche Schwierigkeiten mit ihnen gibt, dann ist die Sache damit erledigt«, sagte Wilkinson, der die Bemerkung falsch verstanden hatte. »Das würde uns allen eine Menge Scherereien ersparen.«

»Ich habe dabei nicht so sehr an die Vietnamesen gedacht«, erklärte Jones. »Ich hoffe, daß Hawkins keinen Fehler macht.«

Der Diplomat sah ihn überrascht an. »Ich hatte den Eindruck, er wäre ein ganz fähiger Bursche. Er hat hier in Washington ziemlich Furore gemacht.«

Ganz vorsichtig, dachte Jones und übertrieb absichtlich ein wenig, als er sagte: »Lord Doondale war trotzdem der Meinung, jemand Höheres sollte in die Sache eingeschaltet werden.«

»Sehr verständlich«, sagte Wilkinson. »Es freut mich, Sie hier zu haben. Die ganze Sache ist verdammt heikel.«

»Deshalb bin ich auch der Meinung, wir sollten in engem Kontakt bleiben«, meinte Jones.

»Unbedingt«, stimmte der Botschafter zu, und Jones lächelte, zufrieden mit dem Erfolg ihrer Unterhaltung.

17

Nachdem Hawkins sich erst kurz zuvor gewünscht hatte, die Verantwortung los zu sein, hätte er eigentlich erleichtert sein müssen, daß die Amerikaner ihn in Hongkong bereits erwarteten. Statt dessen ärgerte er sich darüber, daß sie ihm nicht zutrauten, die Wahrheit herauszufinden. Diese Überlegung war unlogisch, wie er genau wußte, und vielleicht überhaupt nicht zutreffend, aber er konnte sich dieses Gefühls nicht erwehren. Obwohl er Angst gehabt hatte und ihm auch jetzt noch nicht ganz wohl war, genoß er es, im Mittelpunkt zu stehen, und wollte sich nicht mit einer Nebenrolle begnügen. Auch dieser Gedanke war unlogisch, genau wie der erste, aber so war es. Wieder ein Kreis ohne Ausweg.

Wegen der Größe des Tisches und der Anordnung der Stühle um ihn herum nahm Hawkins an, daß es sich um ein Konferenzzimmer handelte. Am einen Ende des Tisches saßen Ninh und die Frau, eng nebeneinander, um sich gegenseitig Mut zu machen, und Hawkins setzte sich neben sie, um sie dabei zu unterstützen. Waren die Unterschriften und die Erkennungsmarken wirklich ausreichend? Bei nüchterner Überlegung wußte er, daß er nach weiteren Beweisen suchen sollte, aber er reagierte jetzt eher instinktiv, und sein Instinkt sagte ihm, daß die beiden wirklich die Wahrheit gesagt hatten. Auf der Fahrt mit dem Kutter, der sie vom Frachter an Land gebracht hatte, waren sie sehr verschlossen gewesen, als ob sie ihm nicht mehr vertrauen würden, und er machte sich Vorwürfe deswegen.

Am anderen Ende des Tisches saßen Pearlman und Jordan, die als »Leute von der Regierung« vorgestellt worden waren und die Unterschriftenproben und die Erkennungsmarken vor sich liegen hatten. Dahinter standen Beacher und Makepiece, der sich nicht entscheiden konnte, ob er sich ebenfalls setzen sollte.

Jordan nahm die Erkennungsmarken in die Hand und lächelte Hawkins über den Tisch hinweg zu. »Ich würde sagen, die sind in Ordnung.«

»Und was ist mit den Unterschriften?«

»Das sollten wir den Experten überlassen«, meinte der Amerikaner. Lächelnd blickte er die beiden Flüchtlinge an und sagte: »Vielen Dank. Ich möchte Ihnen vielmals danken für das, was Sie getan haben.«

»Dürfen wir bleiben?« fragte Ninh beharrlich.

»Einen Augenblick noch«, wich Pearlman der Frage aus. »Wir

möchten gerne, daß Sie uns noch ein bißchen helfen. Wo ist dieses Lager? Wo haben Sie diese Marken bekommen?«

Ninh und die Frau blickten sich an und Hawkins vermutete, daß sie sich überlegten, ob sie ein Tauschgeschäft machen sollten: den Namen des Lagers als Gegenleistung für die Aufenthaltserlaubnis. »Dürfen wir *dann* bleiben?« fragte Ninh und bestätigte damit seine Vermutung.

»Ich bin sicher, daß es keine Probleme geben wird«, antwortete Pearlman.

»Das ist keine Antwort«, warf Hawkins ein.

Der Unterstaatssekretär verzog unwillig das Gesicht und sagte: »Wir wissen zu schätzen, was sie geleistet haben, Mr. Hawkins, aber von jetzt an übernehmen wir die Sache, okay?«

Hawkins fühlte, wie ihm bei diesem Verweis das Blut in den Kopf stieg. Dann hörte er, daß Ninh ihn etwas fragte.

»Ist es in Ordnung?« fragte er. »Sollen wir ihm antworten?«

Hawkins sah Pearlman ins Gesicht und gab die Frage weiter: »Ist es in Ordnung?«

Pearlmans Mund war zu einem dünnen Strich zusammengepreßt, und sein Gesicht war weiß vor Wut. »Ich habe gesagt, es wird keine Probleme geben«, sagte er.

»Das stimmt nicht«, verbesserte Hawkins. »Sie sagten, daß Sie *glauben,* es wird keine Probleme geben.«

Pearlman warf einen hilfesuchenden Blick auf den Gouverneur, und Makepiece meinte: »Ich verstehe gar nicht, wie es zu dieser Auseinandersetzung kommen konnte. Ich verstehe es wirklich nicht. Die Anweisung lautete, Sie mit allen Kräften zu unterstützen.«

»*Ihre* Anweisung«, verbesserte Hawkins wieder. Er spürte deutlich, wie die Situation außer Kontrolle geriet, und das war dumm; es würde weder Ninh und Nicole noch ihm nützen. Er sagte: »Die beiden sind staatenlos, heimatlos. Würden Sie in ihrer Situation nicht auch eine Garantie verlangen?«

»An Bord des Frachters hieß es, Sie sollten als Bürge fungieren?« fragte Jordan mit ruhiger Stimme.

»Das stimmt«, sagte Hawkins.

»Sind Sie bereit, nach dem, was Sie erfahren haben?« fragte der andere weiter. »Sind Sie bereit, den beiden aufgrund Ihrer eigenen Kenntnisse der Sachlage zu glauben?«

Schon wieder neue Verantwortung, stellte Hawkins fest. Es waren nicht mehr die Amerikaner, die jetzt die Gewähr übernehmen sollten. Er spürte, wie Ninh und die Frau ihn erwartungsvoll ansahen, aber er konnte ihren Blick nicht erwidern.

»Sind Sie dazu bereit?« fragte Pearlman jetzt auch mit Nachdruck.

Hawkins fühlte, daß er in der Falle saß, und sagte nur: »Ja. Jawohl, ich bin bereit dazu.«

Pearlman wandte sich an die beiden Flüchtlinge und verkündete: »Sie erhalten die Erlaubnis, in die Vereinigten Staaten einzureisen unter der Vormundschaft und dem Schutz von Mr. Hawkins, der sich bereit erklärt hat, für Sie die volle Verantwortung zu übernehmen.«

Es war genauso, als hätte man ihm die zeitweilige Vormundschaft für zwei Waisenkinder aufgebürdet, dachte Hawkins. Er hatte die Last, und die beiden hatten überhaupt keine Rechte und keinen Schutz, jedenfalls nur so lange wie er in Washington blieb. Er fragte sich, ob die beiden eine Aufenthaltsgenehmigung für England erhalten würden, wenn er – was zu erwarten war – nach London zurückbeordert wurde? Auf der anderen Seite war er dadurch jedoch zumindest beruflich im Vorteil, denn er konnte nicht ausgeschaltet werden, wie Pearlman es vorhin versucht hatte.

Ninh und die Frau lächelten glücklich, aber etwas unsicher, und Hawkins sah, wie Nicole Ninhs Hand ergriff. »Vielen Dank«, sagte sie.

»Das Lager«, erinnerte Jordan sie. »Wo war das Lager, in dem die Amerikaner Ihnen diese Erkennungsmarken gaben?«

Nicole warf einen fragenden Blick auf Hawkins, der kurz nickte. »Can Tho«, antwortete sie. »Ganz in der Nähe von Can Tho.«

»Wann war das?« fragte Jordan weiter. Er hatte sich vor Aufregung weit nach vorn gelehnt.

Nicole zuckte unsicher mit den Schultern und sagte dann: »Etwa vor sechs Monaten. Ich wurde damals von Can Tho nach Pleiku verlegt, weil ich entlassen werden sollte.«

Jetzt wandte sich Jordan an Ninh und fragte: »Und Sie? Haben Sie die Amerikaner gesehen?«

Der Vietnamese schüttelte den Kopf. »Ich war auch in Can Tho, aber das war früher. Als ich dort war, gab es keine Amerikaner in dem Lager.«

Die nächste Frage galt wieder Nicole: »*Wie* haben Sie sie bekommen, diese Marken?«

»Die Amerikaner wurden in einem anderen Teil des Lagers gefangengehalten«, sagte sie. »Ich mußte als Dolmetscherin vermitteln, weil ich englisch und vietnamesisch spreche. Als sie erfuhren, daß ich in ein anderes Lager kommen und freigelassen werden sollte, gaben sie mir diese Marken. Sie sagten, ich sollte ihnen helfen ... sie wollten dringend Hilfe.«

»Nur drei?« drängte Jordan.

Sie schüttelte den Kopf. »Als ich zum erstenmal nach Can Thos kam, waren es fünf. Einer starb.«

»Wissen Sie seinen Namen?« fragte Jordan sofort.

»Ich glaube, er hieß Lindsay«, sagte die Frau. »Ich habe ein Grab gesehen, mit einem Kreuz.«

Aus der prallen Aktentasche, die neben ihm stand und die Hawkins nicht gesehen hatte, nahm Jordan eine Mappe, die unter anderem ein kleines Buch enthielt, das er durchzublättern begann. Dann sah er die Frau wieder an und fragte sie: »Howard Lindsay?«

»Seinen Vornamen weiß ich nicht«, antwortete sie.

»*Warum* haben sie Ihnen die Marken gegeben?« fragte er weiter.

»Ich sagte Ihnen doch, daß sie dringend Hilfe brauchten. Sie sagten, diese Marken würden mir auch weiterhelfen. Ich sollte jemanden aus dem Westen ansprechen und für uns alle Hilfe holen.«

»Wir haben drei Marken«, sagte Jordan. »Ein Mann namens Lindsay starb. Wie war der Name des fünften Mannes?«

»Page«, sagte Nicole. »Er war ein Schwarzer.«

Jordan vertiefte sich wieder in sein Büchlein, und Hawkins konnte nicht umhin, ihn zu bewundern. Er war ein sehr geschickter Frager. Jordan wandte sich wieder an die Frau und fragte: »Wilbur Page, vermißt nach einem Stroßtruppunternehmen in der Nähe von Hue im Januar 1974?«

Sie schüttelte den Kopf. »Ich habe nie mit ihm gesprochen. Er konnte nicht mehr sprechen ...« Sie schlug die Hände vors Gesicht. »Er war krank. Bei den Verhören und Befragungen hatte man ihnen Drogen gegeben; sie sind alle nicht gesund, aber bei Page war es am schlimmsten. Er schloß sich den anderen Amerikanern nicht an, sondern blieb immer alleine auf seiner Pritsche liegen oder saß in seiner Hütte in der Ecke. Er konnte es nur im Dunkeln aushalten.«

Jordan warf Pearlman einen kurzen Blick zu und sah dann wieder Nicole an: »Ich habe hier einige Photographien«, sagte er. »Würden Sie sie ansehen und versuchen, ob Sie einen dieser Männer wiedererkennen?«

Bei diesen Worten entnahm er einer anderen Mappe zwölf großformatige Abzüge und legte sie vor ihr auf den Tisch, so daß sie sie von ihrem Sitz aus betrachten konnte. Sie stand jedoch auf und studierte aufmerksam die Bilder, die Jordan in drei Reihen arrangiert hatte. Ihre Augen glitten deutlich sichtbar von einem Bild zum anderen, vom ersten bis zum letzten, aber sie zeigte keine Reaktion. Ninh stand auf, um sich neben sie zu stellen, aber Jordan verbot es ihm mit einer Handbewegung. Es war vollkommen still, so still wie vorher in der Kabine des Schiffes, und Hawkins war voller Spannung. Komm schon, dachte er, komm schon!

»Diese Aufnahmen wurden gemacht, als diese Männer alle gesund waren«, sagte die Frau unsicher.

»Das ist richtig«, stimmte Jordan zu.

Nicole schüttelte den Kopf, und Hawkins Spannung stieg. Laß sie bitte nicht versagen! dachte er flehentlich. Dies ist der entscheidende Test!

»Ich glaube nicht, daß sie dabei sind«, sagte sie. »Unter den Männern auf diesen Photos ist keiner der Amerikaner, die ich in Can Tho gesehen habe.«

Hawkins saß vor Aufregung nur noch auf der Kante seines Stuhls und hatte so fest mit einer anderen Reaktion gerechnet, daß er seine Enttäuschung kaum noch verbergen konnte.

Jordan lächelte still triumphierend und sammelte die Photos wieder ein wie ein Spieler, der seine Gewinne einstreicht. Er klopfte sie auf dem Tisch zu einem ordentlichen Stapel zusammen und steckte sie wieder in die Mappe. Nicole sah Hawkins mit einem ängstlichen Blick an und wandte sich dann ab, um wieder auf ihren Platz zurückzukehren. Jordan sagte: »Und was ist mit diesen?« Ein neuer Stapel Photos wurde auf dem Tisch ausgebreitet.

Nicole ging zum Tisch zurück und betrachtete die neuen Bilder mit der gleichen konzentrierten Aufmerksamkeit wie zuvor. Bitte, dachte Hawkins, bitte! Sie schien völlig ungerührt zu sein, während sie jedes einzelne Gesicht sorgfältig studierte, und Hawkins war sicher, daß sie genau wußte, wie wichtig dieser Test war, deshalb überraschte ihn ihre Gleichmut um so mehr. Beim dritten Bild von links in der oberen Reihe stockte sie und sagte: »Auch dieses Bild zeigt einen gesunden Mann, aber ich glaube, es ist McCloud . . .« Dann zeigte sie auf das letzte Bild in dieser Reihe: »Das ist Forest, ganz eindeutig.« Sie berührte ihre linke Wange mit der Hand und sagte: »Er hat jetzt an dieser Stelle eine Narbe, hier.« Dann studierte sie weiter die übrigen Bilder, und zeigte auf das letzte Photo: »Ich glaube, das ist Bartel . . . Obwohl er jetzt keine Haare mehr hat . . .«

Jordan lehnte sich in seinem Stuhl zurück und sagte: »Ich danke

Ihnen, Madame Tiné. Ich danken Ihnen vielmals.« Und zu Pearlman gewandt fügte er hinzu: »Richtig, alle drei.«

Der Vertreter des Außenministeriums lächelte und sagte: »Ich glaube, wir sollten nach Washington zurückfliegen. Alle zusammen.«

Die eigens zusammengerufene Sonderkommission umfaßte nur wenige Personen, so daß im Oval Office genügend Platz war für alle. Neben dem Direktor des CIA und dem Außenminister nahmen Richard Godsell, der Verteidigungsminister, General Cornell Bell, der Stabschef der Armee, und William Erickson als Berater des Präsidenten an der Sitzung teil. Harriman saß an seinem kleinen Schreibtisch und stach immer wieder mit seinem kunstvoll verzierten Brieföffner in die Schreibunterlage, während er Milton Snows Bericht über das Treffen in Hongkong zuhörte, ohne ihn zu unterbrechen.

Als der CIA-Chef geendet hatte, fragte der Präsident rhetorisch: »Was zum Teufel soll das eigentlich?«

Keiner beging den Fehler, ihm zu antworten. Harriman hob den Blick von der völlig zerfetzten Schreibunterlage und verkündete: »Ich brauche noch mehr. Objektive Informationen. Welche Satelliten haben wir zur Verfügung?«

»Wir haben großes Glück«, erklärte Snow, der diese Frage erwartet hatte. »Wir beobachten seit Monaten den Einmarsch der Vietnamesen in Kampuchea.«

»Sehr gut«, nickte Harriman. »Ändern Sie die Position, wenn es nötig sein sollte. Sorgen Sie dafür, daß der Satellit genau über Can Tho steht. Ich möchte sehen, ob es da wirklich so ein Lager gibt.«

»Wir müssen die Einreise der beiden in die Vereinigten Staaten irgendwie regeln«, warnte Erickson. »Nach dem, was Pearlman aus Hongkong berichtet, hat dieser Engländer die Verantwortung für die beiden übernommen, aber vor dem Gesetz reicht das nicht aus.«

»Könnten die Einwanderungsbehörden nicht eine zeitlich begrenzte Aufenthaltserlaubnis erteilen?« fragte der Präsident.

»Kein Problem«, antwortete Erickson. »Aber ich dachte, es wäre gut, wenn sowenig Leute wie möglich davon wissen, damit nichts durchsickert. Wenn wir die Einwanderungsbehörden einschalten, dann haben wir es mit Sachbearbeitern und Sekretärinnen und weiß der Himmel mit wem noch zu tun.«

»Sehr richtig«, stimmte Harriman nachdenklich zu. »Ich hoffe, daß wir uns da keinen Kuckuck ins Nest setzen, wenn sich herausstellen sollte, daß die beiden uns reingelegt haben.«

»Wir könnten es mit einer persönlichen Anweisung des Präsidenten versuchen«, meinte Erickson. »Nicht üblich, aber es würde gehen. Dann wären nur diejenigen eingeweiht, die hier im Raum sind, und es bleibt außerdem Ihre persönliche Entscheidung, die Sie ganz einfach mit einer simplen Unterschrift zurücknehmen können.«

Harriman nickte und schien zu überlegen. »Außerdem könnte ich auf diese Weise später mein persönliches Engagement in dieser Sache beweisen, wenn alles klappt, nicht wahr?« sagte er wie üblich mehr zu sich selbst.

»Genau, Sir«, sagte Erickson.

»Genauso werden wir es machen«, beschloß Harriman. »Damit gehen wir auf Nummer Sicher.« Und nach einer kleinen Pause fügte er hinzu: »Hat die Frau nicht ein Recht auf französische Staatsbürgerschaft, wenn ihr Vater Franzose war?«

»Das entspricht den französischen Vorschriften, soweit ich informiert bin«, antwortete Erickson.

Der Präsident wandte sich an den CIA-Direktor und meinte: »Versuchen Sie, in Paris herauszukriegen, ob das stimmt. Bei der Gelegenheit sollten wir feststellen, ob sie überhaupt jemand kennt.«

»Was ist mit einer Planstudie für die Rettungsoperation?« fragte Bell, bevor der Präsident das Thema anschneiden konnte.

»Auf jeden Fall«, stimmte Harriman ihm zu. »Ich möchte alle Möglichkeiten geprüft haben: Aus der Luft, vom Wasser aus, alles. Wenn wir die Bestätigung kriegen, dann müssen wir sofort losschlagen können«, sagte er und schnipste zur Bekräftigung mit den Fingern.

18

Als deutlich wurde, daß Washington die Untersuchung als rein amerikanische Angelegenheit betrachtete – was ohnehin zu erwarten gewesen war –, protestierte Sir Neville Wilkinson und verlangte nachdrücklich eine Beteiligung Englands, und in London wurde der amerikanische Botschafter nach Whitehall beordert, wo ihm der Außenminister persönlich ebenfalls diese Forderung übermittelte. Der Erfolg war, daß Herbert Smale, der erste Sekretär der Britischen Botschaft, der bereits an den ersten Besprechungen teilgenommen hatte, an der Untersuchung beteiligt werden sollte. Darüber hinaus erinnerten sowohl Lord Doondale als auch David Wilsher die Amerikaner daran, daß ihr Versprechen, nichts über diese Angelegenheit zu veröffentlichen, nur gegen die Zusage umfassender und kontinuierlicher Zusammenarbeit gegeben worden sei, und daß sich außerdem ihr Beauftragter in Hongkong auf amerikanisches Ersuchen hin bereit erklärt habe, die volle Verantwortung für die Flüchtlinge zu übernehmen. Der Konflikt wurde schließlich dadurch beigelegt, daß Nguyen van Ninh überraschend hartnäckig darauf bestand, nur im Beisein von Hawkins Aussagen zu machen. Als die Amerikaner Hawkins ihr Einverständnis gaben, beharrte Harry Jones darauf, ebenfalls beteiligt zu werden.

Die Anhörung fand im CIA-Hauptquartier in Langley statt, um die notwendige absolute Geheimhaltung zu gewährleisten und weil Jordan, ein Abteilungsleiter des CIA, die Untersuchung in Hongkong in die Wege geleitet hatte.

Als Hawkins den Konferenzsaal im dritten Stockwerk betrat, von dem aus man einen weiten Blick über die Wälder am Potomac hatte, sah er sofort, daß die Anhörung auch juristisch absolut wasserdicht sein würde: Edward Katzback, der Rechtsanwalt des Außenministeriums, der auch schon an der ersten Zusammenkunft in der Britischen Botschaft in der Massachusetts Avenue teilgenommen hatte, war ebenso vertreten wie William Erickson, der Berater des Präsidenten, und Peter Paulson, der als Anwalt für den CIA fungierte. Neben Pearlman und Jordan nahmen noch drei weitere Männer teil, die ihm zwar nicht vorgestellt wurden, aber zweifellos CIA-Beamte waren.

Sie mußten zahlreiche Sicherheitskontrollen über sich ergehen lassen, ehe sie eintreten durften, was die Besorgnis Ninhs und der Frau nur noch verstärkte, und als Hawkins die beiden zu ihren Stühlen geleitete, wurde ihm klar, daß Ninhs Weigerung, mit jemandem zu sprechen, nicht etwa einer inneren Stärke entsprang, sondern reiner Nervosität.

»Wir möchten Ihnen beiden danken, daß Sie gekommen sind«, wurden die beiden von Katzback begrüßt, der die Rolle des Vorsitzenden übernahm. »Es gibt eine Menge Dinge, die wir gerne wissen würden, aber ich möchte, daß Sie verstehen, daß dies in keiner Weise ein Verhör oder eine Untersuchung ist. Wir sind nur ein paar Leute, die nach einer Antwort auf ihre Fragen suchen, okay?«

Ninh und Nicole machten eine unbestimmte Geste, um anzudeuten, daß sie verstanden hatten, und Hawkins war über die Offenheit und Freundlichkeit dieses väterlich wirkenden Mannes mit seinem schütteren Haar erleichtert. Die ersten Fragen galten Ninh, der die Fragen vor Aufregung und um seinen guten Willen zu zeigen schon beantwortete, ehe sie vollständig ausgesprochen waren, was zu einer Reihe von Mißverständnissen führte. Es gab mehrere Verzögerungen, weil er sich korrigieren mußte, und Katzback warnte ihn, nicht so vorschnell zu antworten. Obwohl diese Ermahnung mit der gleichen Freundlichkeit erfolgte, schlug das Pendel sofort zur anderen Seite aus, und Ninh zeigte sich plötzlich auffallend unterwürfig. Es dauerte verhältnismäßig lange, ehe sich eine verständliche Chronologie der Ereignisse abzuzeichnen begann, aber es gelang am Ende doch.

Ninh berichtete, wie er für Hawkins Vater gearbeitet hatte und später festgenommen und in Saigon, das er pflichtgetreu Ho-Tschi-Minh-Stadt nannte, vor einen Untersuchungsausschuß gestellt wurde. Danach war er in einer Reihe von Umerziehungslagern gewesen, zuerst in einer Art landwirtschaftlichem Betrieb bei Ban Me Thuot. Nach neun Monaten hatte man ihn nach Norden verlegt, nach Ninh Binh in ein eher politisches Lager, wo sie fast den ganzen Tag über Vorträge anhören und nachts arbeiten mußten. Hier in Ninh Binh hatte er zum erstenmal davon gehört, daß selbst jetzt, nach Kriegsende, noch amerikanische Kriegsgefangene in Vietnam festgehalten wurden, aber er selber hatte dort nie welche gesehen. Nach weiteren achtzehn Monaten kam er in ein drittes Lager nach Pleiku und dann nach Can Tho. Das Lager war gerade erst eingerichtet worden, als er dorthin verlegt wurde, und hier hatte er auch am härtesten arbeiten müssen, denn die Gefangenen mußten beim weiteren Aufbau mithelfen und mit eigener Kraft Holz und anderes Baumaterial vom Fluß ins Lager transportieren, nachdem sie zuvor im Fluß selbst, bis zu den Hüften im Wasser stehend, eine Art Anleger für die Flußboote hatten bauen müssen, die das Lager versorgen sollten. Hier hatte sich auch seine Malaria-Erkrankung verschlimmert, die er sich in Pleiku zugezogen hatte. Er erhielt keinerlei Behandlung oder Medikamente und wurde nur dann von der Arbeit freigestellt, wenn seine Fieberanfälle einen Höhepunkt erreichten. Das Lager war sehr groß angelegt und unterschied sich grundlegend von den anderen, die er kennengelernt hatte und die nicht von Grund auf neu errichtet, sondern aus bestehenden Baracken oder anderen Gebäuden erbaut worden waren. Neben der körperlich schweren Arbeit wurden auch hier die Vorträge fortgesetzt, und wieder hörte er von Mitgefangenen Berichte über überlebende Amerikaner, die immer noch im Lande sein sollten, ohne jedoch selbst einen zu Gesicht zu bekommen. Das Lager war noch nicht fertiggestellt, als er es wieder verließ und auf Befehl der Regierung in einer landwirtschaftlichen Kommune in der Nähe von Hanoi leben mußte. Erst vor rund achtzehn Monaten hatte er nach Ho-Tschi-Minh-Stadt zurückkehren dürfen, und dort hatte der Sohn von Edward Hawkins ihn gefunden. Die Begegnung machte ihm Angst, und er erfuhr innerhalb weniger Wochen, daß er schon wieder unter Beobachtung stand. Er plante bereits seine Flucht, als Madame Tiné sich mit ihm in Verbindung setzte.

Ninhs Befragung wurde von Katzback geleitet, der dabei manchmal von dem CIA-Anwalt unterstützt wurde. Erst als Katzback auffordernd in die Runde blickte, meldete sich zunächst Erickson, der Berater des Präsidenten, um Ninh weitere Fragen zu stellen.

»Sie wußten von dem Einsatz in Chau Phu zur Rettung der Waisenkinder?« fragte er, und Hawkins erkannte sofort, daß jetzt ein anderer Ton herrschte.

»Natürlich«, antwortete Ninh. »Der Vorfall wurde überall bekannt.«

»Und Sie kannten die Namen der Amerikaner, die daran beteiligt waren?«

»Ich hatte sie vergessen, bis ich Madame Tiné wiedertraf.«

Erickson blickte ruckartig von seinem gelben Notizblock auf. »Vergessen, bis Sie Madame Tiné wiedertrafen?« wiederholte er.

»Ja«, antwortete Ninh.

Der Vietnamese hatte sich beruhigt, soweit ihm das möglich war, aber jetzt zuckte er wieder aufgeregt und besorgt.

»Das finde ich sehr interessant«, meinte Erickson. Er beugte sich wieder über seine Notizen und fuhr fort: »Befürchteten Sie, die Behörden würden Sie bestrafen, nach dem Krieg?«

»Ich wußte, daß es möglich war.«

»Und was haben Sie unternommen?«

»Unternommen?«

»Viele Vietnamesen versuchten, das Land zu verlassen.«

»Mr. Hawkins hatte versprochen, mir dabei zu helfen.«

Erickson blickte zur Seite in Hawkins Richtung und dann wieder zu dem Vietnamesen hinüber. »Hat er versucht, Ihnen zu helfen?« fragte er weiter.

»Ich wurde sehr bald festgenommen und sechs Monate in einem Lager festgehalten, ehe ich vor den Ausschuß kam«, sagte Ninh. »Er hat es mir versprochen, und ich wußte, er würde sein Versprechen halten. Und dann kam sein Sohn.«

»Wie haben Sie darauf reagiert?«

»Ich war dankbar«, antwortete Ninh sofort und lächelte Hawkins zu. »Ich wußte, daß man mir helfen würde.«

»Aber Sie haben gesagt, daß Sie befürchteten, der Kontakt mit Hawkins könnte für Sie neue Schwierigkeiten mit den Behörden zur Folge haben«, widersprach Erickson. »Wie konnten Sie da dankbar sein?«

»Ich dachte, bei unserem ersten Treffen würde alles arrangiert werden und ich bräuchte nicht zu warten. Erst später habe ich dann Angst bekommen.«

»Wie lange waren Sie im Gefängnis?«

»Sechs Monate«, sagte Ninh.

Erickson lächelte ihn an: »Vielen Dank für Ihre genaue Antwort«, sagte er. »Ich meinte, wie lange wurden Sie insgesamt festgehalten, in Gefängnissen, Lagern und Wiedereingliederungseinrichtungen, bis Sie wieder freigelassen wurden?«

»Festgenommen wurde ich im Mai 1975. Dann war ich sechs Monate im Gefängnis, in Ho-Tschi-Minh-Stadt und Vung Tau. Dann kam ich vor den Untersuchungsausschuß und danach in die Lager, wie ich schon erzählt habe. Im Mai 1980 verließ ich Can Tho und kam zur Wiedereingliederung in die Nähe von Hanoi. Dort war ich zwei Jahre.«

»Also fast sieben Jahre im Gefängnis, im Lager und in der Wiedereingliederung?« fragte der Berater des Präsidenten.

»Ja.«

»Das ist eine sehr lange Zeit.«

»Ja.«

»Es war sehr hart? Viel Arbeit und schlechter Gesundheitszustand?«

»Ja«, wiederholte Ninh.

Aus der Unterhaltung entwickelte sich langsam doch eine Art Verhör, die es nach den Worten Katzbacks eigentlich nicht sein sollte, dachte Hawkins.

»Was haben Sie gemacht, als Sie wieder nach Saigon zurückkehrten? Was für eine Arbeit hatten Sie?«

Ninh zögerte, blickte zu Hawkins hinüber und dann wieder auf den Rechtsanwalt. »Bei der Regierung«, sagte er schließlich.

»Sie haben für die kommunistische Regierung Vietnams gearbeitet?!« sagte Erickson in einer Stimme, die ungläubige Überraschung ausdrücken sollte.

»Ja«, antwortete Ninh.

»Als was?«

»Ich war eine Art Buchhalter, unten bei den Docks. Ich spreche neben vietnamesisch auch noch französisch und englisch, und das war dabei sehr nützlich.«

»Sechs Jahre in Gewahrsam, von den Behörden verdächtigt wegen Verbindungen zu Ausländern, und doch hat diese Regierung Ihnen Arbeit gegeben?!« Ericksons Stimme war jetzt kalt und hart wie bei einem Kreuzverhör.

Ninh rutschte unruhig auf seinem Stuhl hin und her und blinkte mit den Augen: »Ich sagte Ihnen doch, sie konnten meine Sprachkenntnisse gebrauchen.«

»In ganz Vietnam gab es sonst niemand, der Französisch, Englisch und Vietnamesisch beherrschte! Ich nehme doch an, diese drei Sprachen sind bei Ihnen am weitesten verbreitet?«

»Ja«, sagte Ninh. »Das nehme ich an. Aber das war die Arbeit, die sie mir zuwiesen, als ich aus Hanoi zurückkehren durfte.«

»Haben Sie sich um den Job beworben oder wurde er Ihnen zugeteilt?«

»Ich bekam ihn zugeteilt.«

»Hätten Sie ablehnen können?«

Ninh schüttelte den Kopf und schien sich über die Frage zu amüsieren. »Nein«, sagte er. »Man kann nicht ablehnen.«

»Ho-Tschi-Minh-Stadt«, sagte der Anwalt.

»Wie bitte?« fragte Ninh mit einem Stirnrunzeln.

»Sie sprechen von Ho-Tschi-Minh-Stadt, nicht von Saigon.«

»Die Stadt heißt jetzt Ho-Tschi-Minh-Stadt«, erklärte Ninh.

Erickson nickte. »Wieder etwas, was man nicht ablehnen darf?«

»Das ist der Name«, beharrte Ninh stur.

»Wie wurden Sie entlassen?« wechselte Erickson abrupt das Thema.

»Ich verstehe die Frage nicht«, meinte Ninh.

»Wie geht die Wiedereingliederung vor sich?« erläuterte Erickson. »Wird man für eine bestimmte Zeitspanne einer Einheit zugeteilt?«

Ninh schüttelte den Kopf. »Nein, nur zur Wiedereingliederung. Es ist Sache der Behörden, zu entscheiden, wie lange man dableibt. Wenn sie mit der Anpassung zufrieden sind.«

Der befragende Anwalt lächelte zufrieden. »Anpassung«, sagte er. »Ein ausgezeichneter Ausdruck. Die Behörden brauchten sechs Jahre, um sich davon zu überzeugen, daß Sie sich ausreichend angepaßt hatten?«

»Ja«, sagte Ninh.

»Und wann?« fragte Erickson kurz.

Ninh schüttelte den Kopf. »Was meinen Sie mit wann?«

»Wann war der Augenblick, als sie nach diesen sechs Jahren zu der Erkenntnis kamen, Sie hätten sich der neuen Lehre angepaßt?«

»Man kommt vor einen Prüfungsausschuß. Es gibt viele Fragen, und man muß diese Fragen richtig beantworten.«

Erickson meinte: »Und nach sechs Jahren haben Sie diese Fragen zu ihrer Zufriedenheit beantwortet?«

»Es sieht so aus.«

Erickson lehnte sich über den Tisch und fragte eindringlich: »Ist das alles?«

Ninh zuckte die Achseln und sagte: »Sie waren zufrieden.«

»Das habe ich nicht gefragt«, drängte Erickson. »Was muß man noch tun, um sie davon zu überzeugen, daß man seine Einstellung wirklich geändert hat?«

»Man muß mit der sozialistischen Lehre gut vertraut sein«, erklärte Ninh.

»Muß man auch versichern, daß man ein Sozialist *geworden* ist? Daß man Kommunist geworden ist?«

»Manchmal«, sagte Ninh.

»Und wie war das bei Ihnen, Mr. Ninh? Wurden Sie gefragt, ob Sie Ihre früheren Fehler erkennen und ein überzeugter Kommunist geworden sind?«

Es herrschte absolute Stille im Raum, und alle Aufmerksamkeit konzentrierte sich auf den gebeugt dasitzenden Vietnamesen. »Ja«, antwortete er mit leiser Stimme und gesenktem Kopf. Dann blickte er fast trotzig auf und begann: »Aber ich . . .«, wurde jedoch sofort von Erickson unterbrochen, der ihm keine Ausrede zugestehen wollte. »Sie taten, was die Behörden von Ihnen verlangten!« rief er. »Sie haben ihre Leier auswendig gelernt und das Glaubensbekenntnis zitiert und bekamen einen Job zugewiesen! Sie haben sich in jeder Hinsicht angepaßt!«

»Ich mußte aus den Lagern herauskommen!« sagte Ninh verzweifelt.

»Also haben Sie gelogen?«

»Ja«, nickte Ninh, »ich habe gelogen.«

»Sie wußten, wie eine Erkennungsmarke aussieht? Sie hatten schon oft welche gesehen?«

»Ja«, sagte Ninh.

»Sie kannten die Namen der Männer, die an dem Chau Phu-Einsatz beteiligt waren, weil Sie für Edward Hawkins arbeiteten?«

»Ja.«

»Im Lager hörten Sie immer wieder Gerüchte von gefangenen Amerikanern?«

Die Fragen fielen wie Hiebe und schienen Ninh wirklich körperlich zu treffen. Katzback hatte ganz bewußt die sanfte Tour gewählt, um Ninh einzuwickeln, dachte Hawkins unwillkürlich.

»Ja, viele Gerüchte«, bestätigte Ninh.

»Aber Sie haben nie welche gesehen?«

»Nein.«

»Sie hätten alles getan, absolut alles, um nicht wieder ins Lager zu kommen?«

»O ja«, sagte Ninh beschwörend. »Alles.«

»Und Sie fürchteten, daß Sie wieder in ein Lager gesteckt würden, weil der Sohn von Edward Hawkins Sie aufgesucht hatte?«

Ninh nickte unsicher.

»Hätten Sie gelogen?« drängte Erickson weiter. »Hätten Sie gelogen, um nicht ins Lager zurück zu müssen?«

»Ich bin statt dessen geflohen«, erklärte Ninh unschuldig.

»Ich habe nicht gemeint, ob Sie die vietnamesischen Behörden anlügen würden, Mr. Ninh«, sagte Erickson und machte deutlich, worauf er hinauswollte. »Ich meinte, ob Sie eine Geschichte erfinden würden, die Sie im Westen glaubwürdig machen würde. Ob Sie uns anlügen würden.«

Hawkins spürte, wie Jones sich zu ihm hinüberbeugte, und lehnte sich ebenfalls zu ihm hin. »Ich hoffe, Sie sind noch genauso überzeugt wie vorher«, flüsterte der stellvertretende Chefredakteur giftig. »Ich bin es jedenfalls nicht.«

Überraschenderweise ging die Untersuchung nicht mit der Befragung Nicole Tinés weiter, wie Hawkins erwartet hatte, sondern mit der Gruppe von Männern, in denen er CIA-Leute vermutet hatte, was jetzt auch bestätigt wurde, als man sie aufrief. Der erste von ihnen stellte sich vor als Henry Wilder, Graphologe in der Technischen Abteilung des Geheimdienstes. Er überreichte den versammelten Rechtsanwälten Durchschläge eines Berichts und sagte aus, daß er eine Woche zuvor Unterschriftsproben erhalten hatte, die er vergleichen sollte. Der Name lautete Nguyen van Ninh und befand sich auf einem Dokument, das er nach sorgfältiger Untersuchung des Papiers und der Tinte als einen Presseausweis identifiziert hatte, wie er während der amerikanischen Präsenz in Vietnam vom Military Assistance Command an die akkreditierten Journalisten ausgegeben worden war. Die Vergleichsunterschrift befand sich auf einem Bogen Briefpapier, das auf dem Briefkopf den Namen eines britischen Frachters trug: *Henry Clair.*

»Nach meiner Einschätzung«, erklärte der Graphologe, »könnten diese beiden Unterschriften von ein und derselben Person stammen.«

»Könnten?« fragte Erickson sofort, als er die Einschränkung hörte.

»Jawohl, Sir.«

»Aber es muß nicht sein?« hakte der Rechtsberater des Präsidenten noch einmal nach.

»Nein, Sir.«

»Wollen Sie damit sagen, Mr. Wilder, daß es Ihnen unmöglich war, zu der Erkenntnis zu kommen, daß die beiden Unterschriften auf dem Presseausweis und auf dem Briefpapier von ein und demselben Mann stammen?«

»Das ist richtig, Sir«, antwortete Wilder.

Hawkins fühlte, wie Jones neben ihm unruhig hin und her rutschte und sich dann zur Seite lehnte, um dem Vertreter der Britischen Botschaft etwas zuzuflüstern.

»Wie lange arbeiten Sie schon für den CIA?« nahm Katzback den Faden seines Kollegen auf.

»Seit fünfzehn Jahren, Sir.«

»Sie sind der dienstälteste Graphologe in der Abteilung.«

»Das ist richtig.«

»Stehen Sie häufiger vor solchen Problemen?«

»Das ist durchaus nicht ungewöhnlich«, meinte der Experte.

»Wie häufig ist es im Durchschnitt, daß Sie eine sichere Identifizierung vornehmen können?« schaltete sich Erickson wieder ein.

Wilder überlegte eine Weile und antwortete dann: »Ich würde sagen, zwischen sechzig und siebzig Prozent der Fälle.«

»Und welche Wahrscheinlichkeit besteht nach Ihrer Ansicht in diesem Fall, daß die Unterschriften identisch sind?« fragte Erickson weiter.

Wieder zögerte der Experte mit der Antwort. »Ich würde sagen, fünfzig zu fünfzig.«

Der nächste Zeuge der Technischen Abteilung stellte sich als Sachverständiger namens Walter Abler vor. Wie Wilder vor ihm überreichte auch er den Anwälten Kopien seines Berichts, ehe er seine Aussage machte. Er hatte die Metallplättchen untersucht, auf denen die Namen von Forest, Bartel und McCloud eingraviert waren. Das Metall war eine in den Vereinigten Staaten hergestellte Legierung, wie sie für militärische Kennmarken verwendet wurde, und die Inschriften schienen mit den üblichen Markierungen dieser Marken übereinzustimmen. Sie waren außerordentlich verschmutzt und abgenutzt, und die beiden, die die Namen Forest und McCloud trugen, wiesen an den Kanten kleine Scharten auf, die von einem anderen Metallgegenstand herrühren mußten und vielleicht dadurch entstanden sein konnten, daß man die Marken dazu benutzt hatte, beispielsweise Schrauben zu drehen oder Kronkorken zu lösen.

Wieder war es Erickson, der Zweifel anmeldete. »Sind Sie sich der Tatsache bewußt, daß nach unserem Rückzug aus Vietnam Unmengen von in Amerika hergestelltem Metall im Lande zurückgeblieben sein müssen?«

»Jawohl, Sir«, antwortete Abler.

»Wäre es möglich, daß diese Kennmarken in Vietnam hergestellt und graviert wurden, wenn jemand mit diesen Dingen ausreichend vertraut war?«

Abler runzelte die Stirn. »Nur wenn die genaue Zusammensetzung der Legierung bekannt war, Sir.«

»Aber es ist nicht unmöglich?«

»Es ist nicht auszuschließen«, stimmte der Sachverständige zu. »Aber ich halte es für höchst unwahrscheinlich.«

Hawkins lehnte sich zu Jones hinüber und flüsterte: »Na also.«

»Das reicht nicht aus«, flüsterte der zurück.

Die Sonderkommission trat sofort nach Beendigung der Untersuchung wieder im Oval Office des Weißen Hauses zusammen, und William Erickson erstattete der Runde Bericht über den Verlauf des ersten Untersuchungstages. Als er geendet hatte, sagte der Präsident: »Okay. Und was halten Sie davon?«

»Es bestehen Zweifel an der Echtheit der Unterschrift, aber ich glaube, wir müssen davon ausgehen, daß es außerordentlich schwierig wäre, die Kennmarken zu fälschen«, meinte der Rechtsanwalt.

»Was bedeutet das für uns?« fragte Harriman.

»Wir sind so gut wie gar nicht weitergekommen«, sagte Keys, der Außenminister. »Keine neue Bestätigung.«

»Da wäre ein Punkt«, warf der CIA-Direktor ein. »Ich habe die Franzosen um Unterstützung gebeten, wie Sie vorgeschlagen haben.«

»Und?« fragte Harriman.

»Von 1951 bis 1953 gab es in Vietnam einen französischen Legionär mit Namen Marcel Tiné. Er wurde zweimal wegen Tapferkeit ausgezeichnet. Aber in den Archiven des französischen Militärs gibt es keine Unterlagen darüber, daß Marcel Tiné in Vietnam je geheiratet hätte. Er hat eine Frau mit Namen Claude, eine geborene Französin. Sie lebt heute in Marseille, während er 1962 starb. Sie hatten zwei Kinder, beides Jungen.«

»Was zum Teufel bedeutet das?« fragte Harriman mit wachsendem Ärger.

»Und noch etwas«, ergänzte der CIA-Chef. »Es gibt keinerlei Hinweise darauf, daß eine Frau namens Nicole Tiné jemals für die Französische Botschaft in Saigon gearbeitet hat, jedenfalls nicht in dem Zeitraum, den die Frau nannte.«

»Gar nichts?«

»Ich habe nachgeforscht, so weit ich konnte«, versicherte Snow. »Es gab eine Nicole Dulac, eine Nicole Farkas und eine Nicole Vingh. Paris meinte, sie hätten vielleicht Photos in den Akten, aber sie können es nicht versprechen.«

»Scheiße!« sagte der Präsident.

Jones bestand auf einer privaten Unterhaltung mit dem Botschaftsvertreter direkt im Anschluß an die Untersuchung und fuhr dann zurück nach Washington, ohne ein Wort zu sagen, nur sein rechtes Knie zitterte unter seiner Hand – ein sicheres Zeichen, daß er ärgerlich war. Auch sonst sprach keiner ein Wort. In dem Haus an der Maryland Avenue angekommen, wies Jones die beiden Flüchtlinge an, in der Küche zu warten, und sagte dann zu Hawkins: »Ich muß mit Ihnen sprechen. Allein.«

Als sie im Arbeitszimmer waren, drehte sich Hawkins zu Jones um und fuhr ihn an: »Was fällt Ihnen eigentlich ein? In meinem Haus! Sie behandeln die beiden wie ein Stück Dreck!«

»Vielleicht verdienen sie, daß man sie so behandelt.«

»Sie sind einfach überängstlich!« warf Hawkins ihm vor.

»Wissen Sie, was Smale hinterher gesagt hat? Er ist durchaus nicht überzeugt und hatte den Eindruck, daß es in dem Bericht unlösbare Widersprüche gab! Können Sie sich ausmalen, wie der Bericht aussieht, den er in diesem Moment von der Botschaft aus nach Whitehall schickt?«

»Wenn er aus dem, was wir heute gehört haben, voreilige Schlüsse zieht, dann ist er ein Narr«, sagte Hawkins sorglos. »Wir haben die

Aussagen von Nicole noch nicht gehört!«

»Alles Unsinn, genau wie heute«, entgegnete Jones überzeugt.

»Die Echtheit der Kennmarken wurde nicht bezweifelt.«

»Aber was ist *bewiesen?«* sagte Jones. »Ich werde London warnen.«

»Wovor denn?«

»Vor der Katastrophe, die auf uns zukommt«, meinte Jones. »Diese ganze Sache wird hochgehen, und wir sind mittendrin. Es ist meine Pflicht, die Zeitung darüber zu informieren, wie es heute gelaufen ist, und es ist meine Pflicht, sie zu warnen, daß es nicht gut aussieht, gar nicht gut. Ich habe keine Lust, auf irgendeine Ente hereinzufallen. Es hat sowieso schon viel zu viele davon gegeben.«

»Dann machen Sie deutlich, daß das Ihre persönliche Meinung ist, nicht meine«, sagte Hawkins.

»Genau das war meine Absicht«, meinte Jones gewichtig. »Glauben Sie mir, genau das hatte ich von Anfang an vor.«

Hawkins wünschte sich, der Mistkerl würde endlich verschwinden, damit er in Ruhe seinen Drink genießen konnte.

19

Nicole Tiné strich sich die Haare aus dem Gesicht und knotete sie hinten zusammen, wie Hawkins es bei ihr noch nie gesehen hatte. Sie hatte auf jedes Make-up verzichtet und trug das konservativ geschneiderte, graukarierte Kostüm, das sie bei einem kurzen Einkaufsbummel gleich nach ihrer Ankunft in Washington bei Garfinkels gekauft hatte. Die Untersuchung nahm den gleichen Verlauf wie am ersten Tag und begann wieder damit, daß Katzback freundlich und beruhigend seine Fragen stellte. Nicole reagierte auf diese Freundlichkeit höflich und zurückhaltend, aber ihre Stimme war klar und deutlich, und sie machte einen weit vorteilhafteren Eindruck als vorher Ninh. Hawkins hoffte, daß der abschließende Eindruck ebenso günstig sein würde. Auf Katzbacks liebenswürdige Aufforderung hin begann sie zu erzählen, daß sie schon vor dem eigentlichen Einmarsch der Kommunisten in Saigon aus der Stadt geflüchtet und nach Edward Hawkins Abreise zur ihrer Mutter nach Dalat gezogen war. Dort blieb sie sechs oder fast sieben Monate und hatte schon gemeint, die Behörden würden sie unbehelligt lassen. Es war im November, in der ersten Woche des Monats, als die Kader ihre Identitätskontrollen begannen, bei denen sie nach Listen vorgingen, die offensichtlich in der Hauptstadt angefertigt worden waren. Außer ihr wurden noch zwanzig weitere Personen festgenommen, aber sie war die einzige mit gemischtrassiger Abstammung. Drei Monate lang wurde sie in einem Gefangenenlager festgehalten, bevor sie vor den Untersuchungsausschuß kam. Man erklärte ihr, daß sie ihr Recht auf französische Staatsbürgerschaft verloren hätte, da sie im Lande geblieben wäre. Sie wäre Vietnamesin und durch den Umgang mit westlichen Ausländern verdorben worden. Das erste Lager, in das sie kam, war im Norden in der Nähe von Hanoi. Hier war sie am längsten gewesen, beinahe vier Jahre. Die Gefangenen mußten auf den Feldern arbeiten, aber auch Vorträge über sich ergehen lassen. Außerdem hatte man sie für Übersetzerarbeiten herangezogen, wobei sie Propagandamaterial aus dem Vietnamesischen ins Französische und aus dem Französischen ins Vietnamesische übertrug. Nach Hanoi kam sie in ein etwas weiter südlich gelegenes Lager in der Nähe von Huê, wo man ihre Sprachkenntnisse noch intensiver ausnutzte. Die Vietnamesen schienen umfangreiches französisches Schriftmaterial in der Hand zu haben, das zum großen Teil aus der Französischen Botschaft oder aus den Konsulaten stammte, wie sie aufgrund ihrer früheren Tätigkeit dort erkannte. Ihre Aufgabe bestand darin, dieses Material ins Vietnamesische zu übersetzen. Nachdem sie hier zwei Jahre verbracht hatte, wurde sie nach Can Tho verlegt, wo sie zum erstenmal den Amerikanern begegnete, obwohl sie schon vorher ähnlich wie Ninh überall im Land Gerüchte über amerikanische Kriegsgefangene gehört hatte.

»Das ist sehr wichtig«, sagte Katzback und beugte sich weit über den Tisch nach vorn. »Wir möchten, daß Sie uns dieses Lager so genau wie möglich beschreiben.«

»Es ist ziemlich groß«, berichtete Nicole. Sie hatte den Kopf gesenkt, um sich besser erinnern zu können. »Ich schätze zweihundert oder vielleicht dreihundert Menschen. Und sehr viel Personal, Wächter und politische Kader. Wahrscheinlich rund fünfzig Mann. Das Lager liegt am Fluß, über den es auch mit Nachschub versorgt wird. Es gibt zwei Anleger. Die Anlage ist . . .« Sie zögerte und schien nach dem passenden Ausdruck zu suchen, dann beschrieb sie mit dem Arm einen Kreis vor ihrem Körper. »Es ist rund«, sagte sie. »Genau in der Mitte befindet sich das politische Lager, wo die Amerikaner sind. Da ist auch der Saal, wo die Vorträge gehalten werden. Und das andere Gebäude, in dem die Indoktrinierung stattfindet. Dieser Bereich wird am strengsten bewacht, mit einer Umfassungsmauer, einem Drahtzaun mit elektrischen Kontakten. Im nächsten Kreis befinden sich die

Baracken für die vietnamesischen politischen Häftlinge. Diese Zone ist natürlich viel größer, und die Leute müssen zu den Versammlungen in den inneren Bereich gehen. Ganz außen im dritten Kreis befinden sich die einfachen Kriminellen.«

»Kriminelle?« fragte Katzback.

Nicole nickte. »Das ist das System. Neben den offiziellen Wächtern dienen die Kriminellen als zusätzlicher Schutz. Wenn irgend jemand durch ihren Bereich hindurch flieht, dann werden sie bestraft. Wenn sie aber einen Flüchtling entdecken, dann wird ihnen ein Teil ihrer Strafe erlassen.«

Katzback blickte stirnrunzelnd auf die beiden Männer, die an seiner Seite saßen, und sagte dann: »Sie haben unterschieden zwischen dem Vortragszentrum und dem Indoktrinierungssaal. Ist das nicht dasselbe?«

Nicole schüttelte energisch den Kopf. »Die Vorträge sind für alle, während die Indoktrinierung einzeln stattfindet, mit Psychiatern und Psychologen. Hier werden auch die Amerikaner behandelt.«

»Erzählen Sie uns von dieser Behandlung«, bat Katzback.

»Ich war zwei Jahre in diesem Lager«, berichtete Nicole. »Die Behandlung dauert drei Stunden am Vormittag und vier Stunden am Nachmittag. Manchmal waren die Amerikaner zusammen, manchmal auch einzeln.«

»Sind sie krank?«

Die Frau nickte. »Sie haben viele Wunden. Und ihre Zähne sind sehr schlecht, ich glaube wegen der ungenügenden Ernährung. Sie bekommen nur zweimal am Tag Essen, einmal am Mittag und einmal am Abend. Meistens ist es nur Suppe. Sie müssen nicht nur die Vorträge hören, sondern auch auf dem Feld arbeiten, in den Gemüsegärten der Lagerleitung. Wenn sie versuchen, etwas von dem Gemüse für sich zu nehmen, dann werden sie bestraft. Sie werden in einem kleinen Holzgebäude direkt neben dem Indoktrinierungsgebäude eingeschlossen. Der Raum ist sehr klein, wie ein Käfig, und man kann darin nicht aufrecht stehen, sondern muß sich hinhocken, so etwa ...« Sie machte eine Bewegung, bei der sie die Knie unter das Kinn zog. »Und sie sind sehr verwirrt«, sagte sie.

»Verwirrt?« fragte Erickson.

»Sie bekommen Drogen verabreicht. Einer der Männer heißt Page, ein Schwarzer. Er ist sehr groß und immer noch sehr kräftig, obwohl er gelitten hat. Einige Wächter haben sogar Angst vor ihm. Er darf länger in der kleinen Hütte bleiben als die anderen. Er hat seinen

Verstand verloren, glaube ich. Manchmal lacht er, manchmal liegt er auch nur so da und starrt ins Leere. Er kann nicht mehr für sich sorgen ...« Sie runzelte die Stirn. »Zur Toilette gehen und so, meine ich. Es gehörte zu meinen Aufgaben, ihn zu waschen. Die anderen hatten Angst, sich eine Infektion zu holen, die Wächter auch.«

»Was ist mit den anderen?«

»Der Mann, der Forest heißt, ist noch am meisten bei Verstand. Aber körperlich ist er sehr schwach. Manchmal müssen die anderen ihm helfen, besonders Bartel, wenn sie zur Arbeit auf die Felder gehen. Bartel und McCloud versuchen, seine Arbeit mitzumachen, so weit es geht. Kurz bevor ich entlassen wurde, fing Bartel an, immer häufiger zu weinen. McCloud wurde immer stiller, manchmal so still wie der Schwarze, Page.«

»Wie oft hatten Sie Kontakt mit ihnen?«

»Fast jeden Tag«, antwortete sie. »Ich mußte Page waschen, wie ich bereits sagte. Die Indoktrinierung ist auf englisch, aber die Vietnamesen, die das machen, wohnen außerhalb des Lagers. Sie haben mit dem Lagerbetrieb und mit der Verwaltung nichts zu tun. Und weil ich die Sprache kann, wurde ich als Dolmetscherin benutzt.«

»Erzählen Sie uns von den Kennmarken«, forderte Katzback sie auf.

»Ich sagte dem Mann, der Forest heißt, daß ich entlassen werden sollte, aber vorher in ein Wiedereingliederungslager mußte, ehe ich wirklich meine Freiheit erhielt. Er sagte, Bartel und McCloud sollten mir ihre Marken geben, und er gab mir seine auch. Er sagte, ich sollte zu einer westlichen Botschaft gehen. Diese Marken seien wichtig und ich sollte Hilfe holen. Wenn ich das täte, dann würde man mir auch helfen können.«

Während der ganzen Zeit hatte Erickson ununterbrochen mitgeschrieben. Jetzt wandte er sich mit einer Handbewegung an den Vorsitzenden, der kurz nickte, und Hawkins war sicher, daß die beiden sich abgesprochen hatten, denn sofort griff Erickson an. »Sie wurden mehrere Jahre in Umerziehungslagern gefangengehalten?«

»Ja«, sagte Nicole.

»Unter sehr schlechten Bedingungen? Sie haben viel gelitten?«

»Ja.«

»Wenn die Amerikaner etwas gestohlen hatten, dann wurden sie in einen kleinen Käfig gesteckt? In Einzelhaft?«

»Ja.«

»Was geschah mit den anderen, wenn sie gegen die Vorschriften verstießen?«

»Sie wurden auch bestraft.«

»Und wie?«

»Manchmal wurden sie geschlagen. Manchmal wurden ihre Rationen gekürzt.«

»Und Haftverlängerung?«

»Das gab es auch.«

»Madame Tiné, warum haben Sie nach mehrjähriger Gefangenschaft unter schlechtesten Bedingungen eingewilligt, die Kennmarken amerikanischer Soldaten aus dem Lager herauszuschmuggeln? Sie mußten doch wissen, daß Sie schwer bestraft werden würden, wenn man sie entdeckt hätte, vielleicht sogar mit einer neuen Haftstrafe!«

Nicole blickte zu Ninh hinüber, als ob sie bei ihm Hilfe suchte, und dann zu Hawkins. Sie sagte: »Ich dachte, ich würde dadurch die Möglichkeit erhalten, ebenfalls das Land zu verlassen.«

»Vietnam zu verlassen?« fragte Erickson.

»Ja«, antwortete Nicole mit leiser Stimme.

»Ihr Vater war Franzose?«

»Ja.«

»Und vor ihrer Verbindung mit Edward Hawkins arbeiteten Sie für die französische Botschaft?«

»Ja.«

»Dann hatten Sie ein Recht auf französische Staatsbürgerschaft. Und Sie wären mit dem Weg vertraut, wie Sie aus Vietnam nach Frankreich kommen konnten. Warum haben Sie das Land nicht schon vor Ende des Krieges verlassen?«

»Ich wollte meine Mutter nicht allein lassen.«

»Aber jetzt hat Sie das nicht mehr beunruhigt?«

Nicole senkte den Blick. »Als ich wieder nach Dalat kam, erfuhr ich, daß sie vor zwei Jahren gestorben war.«

»Haben Sie wirklich für die französische Botschaft gearbeitet?« fragte Erickson auf der Grundlage dessen, was er in der Sitzung der Sonderkommission am vorigen Abend erfahren hatte.

»Ja.«

»Ich möchte die Frage noch einmal wiederholen: Haben Sie für die französische Botschaft in Saigon gearbeitet?«

»Ja!«

Hawkins spürte, wie Jones neben ihm unruhig wurde und nach

einer Weile zu ihm sagte: »Teufel auch, ich bin froh, daß ich gestern London gewarnt habe.«

»Madame«, sagte Erickson und verzichtete demonstrativ auf ihren Nachnamen. »Wir haben bei den französischen Behörden nachgefragt im Hinblick auf den Zeitraum, den Sie uns genannt haben. Paris hat uns informiert, daß in der fraglichen Zeit niemand mit Namen Nicole Tiné an ihrer Botschaft in Saigon gearbeitet hat.«

Jones stieß einen Seufzer aus, vielleicht aus Erleichterung, vielleicht auch aus Ungeduld. Hawkins konnte nicht entscheiden, was es war, und er wollte es auch gar nicht wissen. Scheiße, dachte er nur, verdammte Scheiße.

»Ich habe an der französischen Botschaft gearbeitet!« versicherte die Frau.

»Das heißt, die Akten der Franzosen stimmen nicht?«

Die Frau verlor sichtlich ihre Beherrschung. Ihr Gesicht war gerötet und zuckte, und sie zupfte nervös an den Handschuhen, die sie durch den Bügel ihrer Handtasche gezogen hatte. »Nein«, sagte sie mit so leiser Stimme, daß es fast unhörbar war. »Nein, sie stimmen.«

Es war Katzback, der jetzt wieder mit freundlicher Stimme fragte: »Das verstehen wir nicht.«

»Vingh«, sagte die Frau. »Mein Name ist eigentlich Nicole Vingh. Mein Vater war *wirklich* Franzose, er hieß Marcel Tiné und war bei der französischen Armee ...« Sie zupfte wieder an ihren Handschuhen herum, diesmal fast ungeduldig. »Sie haben nie geheiratet«, fuhr sie fort. »Darum hatte ich auch kein Recht auf die französische Staatsbürgerschaft ... überhaupt keine Rechte. Und darum konnten meine Mutter und ich nicht nach Frankreich ...«

Es war vollkommen still im Raum. Die drei Anwälte rückten zusammen und berieten sich leise. Es war Katzback, der die Befragung fortsetzte. »Warum haben Sie uns angelogen? Warum haben Sie uns nicht Ihren richtigen Namen Vingh genannt?«

Nicole sah Hawkins mit einem flehenden Blick an und begann zu weinen, und ihre Erklärung wurde immer wieder durch lautes Schluchzen unterbrochen. »Ich habe immer den Namen Tiné benutzt, außer wenn es sich um offizielle Papiere handelte und nicht ging, weil man mir auf die Spur gekommen wäre ... ich wurde viel mehr respektiert, als Französin. Ich sehe wie eine Europäerin aus ... mit einem Namen wie Vingh hätte man sofort gemerkt, daß ich unehelich bin. Für Edward war ich Nicole Tiné ... Ich dachte, es würde mit seinem Sohn auch so gehen ...« Sie machte eine hilflose Bewegung.

»Es war doch nur eine ganz kleine Lüge... aber ich bin nie mehr davon losgekommen... nie...« Sie nahm ein Taschentuch aus der Handtasche, die sie im Schoß hielt, und putzte sich energisch die Nase, um ihre Beherrschung wiederzugewinnen.

»Was für ein Haufen Unsinn«, sagte Jones leise.

»Wir wissen von einer Nicole Vingh«, sagte Katzback. »Wir wissen, daß jemand dieses Namens in Saigon in der Botschaft gearbeitet hat.«

Hawkins drehte sich zu Jones um, der an seiner Seite saß, und sah ihn herausfordernd an: »Unsinn?« Er hatte für diesen Mann nur Verachtung übrig.

Erickson setzte die Befragung fort. »Mr. Ninh hat uns berichtet, daß Sie vor Ihrer Entlassung Ihre Bewacher davon überzeugen mußten, daß Sie ein Anhänger des Kommunismus geworden sind?«

»Ja.«

»Haben Sie sie überzeugt?«

»Offensichtlich. Wenn das nicht der Fall gewesen wäre, dann hätten sie mich bestimmt nicht freigelassen.«

»Mußten Sie darauf einen Eid leisten? Oder ein Versprechen geben?«

»Ja.«

»Sie haben ihnen gesagt, daß Sie überzeugte Kommunistin geworden sind?«

»Es war die einzige Möglichkeit, aus dem Lager herauszukommen.« Ihr Gesicht nahm wieder eine leichte Röte an, als sie feststellte, daß der Druck wieder zunahm.

»Also sind Sie eine Kommunistin?« fragte Erickson nachdrücklich.

»Nein!« sagte Nicole. »Es war mein einziger Ausweg, die einzige Möglichkeit!«

»Und um das zu erkennen, brauchten Sie so viele Jahre?«

»Ncin!« sagtc sie wieder in beinahe verzweifeltem Ton. »Alle sagen das, das ist doch klar. Deshalb sehen es die Behörden lange Zeit nur als das an, was es ist: eine Ausrede, um schnell herauszukommen. Erst wenn sie daran *glauben,* wird man entlassen.«

»Woher hatten die Vietnamesen Ihrer Meinung nach die Dokumente, die sie in dem Lager in Huê übersetzen mußten?«

»Ich weiß es nicht«, antwortete sie.

»Es waren Botschaftsunterlagen darunter? Offizielle Dokumente?«

»Ja.«

»Waren die gestohlen? Oder hatte man sie aus der Plünderung?«

»Ich weiß es nicht«, wiederholte sie.

»Waren darunter auch vertrauliche Dokumente?«

Nicole senkte den Kopf tiefer in ihren Schoß, und ihre Stimme wurde noch leiser. »Ja«, sagte sie fast unhörbar.

»Einige trugen auch den Stempel ›Geheim‹?«

»Ein paar davon, ja«, antwortete sie wieder fast unhörbar.

»Sie waren also an einem Spionageunternehmen beteiligt?«

Sie hob den Kopf und ihr Gesicht verkrampfte sich. Sie versuchte, ihre Tränen zu unterdrücken, indem sie sich auf die Lippen biß, und Hawkins sah, daß ihre Hände fest zusammengepreßt waren und ganz weiß wurden. »Ich war Gefangene in einem Lager«, sagte sie. »Ich hatte keine andere Wahl. Ich mußte tun, was man von mir verlangte.«

»So wie man von Ihnen in Can Tho verlangte, für die Amerikaner zu dolmetschen?«

»Ja«, sagte sie erschöpft.

»Die Befehle, die ihnen vorschrieben, was sie zu tun hatten, wurden durch Sie übermittelt?«

»Nicht immer.«

»Wie oft?«

»Wenn es ungewöhnliche Befehle gab, etwas Neues, was sie noch nicht kannten, dann mußte ich ihnen das erklären.«

»Und Sie waren auch bei der Indoktrinierung dabei, wenn sie einer Gehirnwäsche unterzogen wurden?«

»Nein!«

»Was ist mit den Strafen? Wer erklärte ihnen ihre Strafen, wenn sie gegen die Vorschriften verstoßen hatten?«

Sie schüttelte den Kopf, antwortete aber nicht.

»Haben Sie jemals einem Amerikaner mitgeteilt oder erklärt, daß er bestraft werden sollte?«

»Ich mußte tun, was man mir sagte«, verteidigte sich Nicole. Sie wirkte jetzt abgestumpft und lethargisch, so als hätte sie das Interesse verloren, aber sie versuchte, sich zusammenzureißen, und hob den Kopf, um Erickson anzusehen. »Ich habe die Wahrheit gesagt«, erklärte sie. »Ich weiß, daß ich Ihnen eine Lüge erzählt habe und daß Sie meine Aussagen anzweifeln, aber ich habe die Wahrheit gesagt . . . die reine Wahrheit. Es sind *wirklich* Amerikaner dort. Bitte glauben Sie mir!«

Erickson machte nicht den Eindruck, als würde er ihr Glauben schenken. Er sagte: »Wie sind Sie zu diesen Kennmarken gekommen?«

»Ich habe Ihnen doch gesagt, der Mann mit Namen Forest hat sie mir gegeben.«

»Ist es nicht so, daß Ninh diese Marken hergestellt hat? Daß sie fabriziert wurden, ebenso wie diese ganze Geschichte, weil Sie hofften, auf diese Weise bei uns oder in einem anderen westlichen Land Aufnahme zu finden?«

Nicoles Gesicht nahm den Ausdruck absoluter Verwirrung an. »NEIN!« rief sie ungeduldig.

»Erzählen Sie mir von Ihrer Freilassung«, fragte Erickson ungerührt weiter. »Wie lief die Sache ab? Wurde einfach das Tor aufgemacht und Sie konnten gehen?«

»Ich wurde nach Ho-Tschi-Minh-Stadt zurückgebracht, wo ich auch verurteilt worden war.«

Erickson nickte und fragte: »Und davor? Haben die einfach das Tor aufgemacht?«

Sie war immer noch verwirrt. »Also . . . ja . . .«

»Gab es keine abschließenden Formalitäten? Durften Sie sich nicht umziehen? Oder ein Bad nehmen?«

»Ich bekam neue Kleider, einen Anzug aus einer Art Leinwand, und ich durfte duschen.«

»Wurden Sie durchsucht? Hat man Sie irgendeiner Form von Durchsuchung unterzogen?«

»Eigentlich nicht.«

»Sie wurden begleitet?«

»Ja.«

»Bitte erklären Sie mir, wie es möglich ist, daß Sie neue Kleidung erhielten und die alten abgeben mußten, daß Sie unter ständiger Aufsicht und in Begleitung waren, und daß es Ihnen trotzdem möglich war, diese Kennmarken zu verstecken.«

»Das ist nicht schwierig, für eine Frau«, antwortete sie.

Einen Augenblick lang verstand Erickson nicht, was sie meinte. Er fragte: »Wie . . .«, aber dann hielt er inne, und Nicole sagte: »Als ich das Lager verließ, trug ich sie innerlich, wie einen Tampon.«

Erickson wurde rot und zeigte sich zum erstenmal während der gesamten Vernehmung von einer ihrer Antworten verwirrt. Um seine Unsicherheit zu überspielen, sagte er: »Sie haben gesagt, daß Sie während Ihrer Gefangenschaft schwer gelitten haben?«

»Ja.«

Erickson warf einen Blick zu Ninh hinüber und sah dann wieder Nicole an. »Ich finde, Sie sehen nicht aus wie jemand, der schwer gelitten hat. Sie wirken auf mich wie eine außerordentlich attraktive Frau, und ich kann mir schwer vorstellen, daß Sie sieben Jahre lang in Gefangenschaft gewesen sein sollen.«

Nicole setzte sich gerade auf und sah dem Mann trotzig ins Gesicht. »Die schlimmste Zeit war ganz am Anfang.«

»Bevor Sie anfingen, mit denen zusammenzuarbeiten«, sagte Erickson sofort. »Bevor Sie ihr Dolmetscher wurden, bevor Sie bekehrt wurden!«

»Das ist nicht die Art, wie ich mir Vorteile verschaffte, nicht mit dieser Art von Zusammenarbeit«, erklärte Nicole.

»Bitte erklären Sie uns das«, verlangte Erickson.

»Ich sehe aus wie eine Weiße, wie jemand aus dem Westen«, erinnerte sie ihn, und ihre Stimme war jetzt wieder klar und ruhig. »Und ich bin eine Frau. Deshalb wirkte ich auf die Männer, die das Lager führten, anziehend. Das war in jedem Lager so, in dem ich war. Ich habe das in Hanoi gelernt, und es war überall dasselbe. Um nicht auf den Feldern arbeiten zu müssen und um Bestrafungen zu vermeiden und um mehr Essen zu bekommen als die anderen . . . um zu überleben . . . schlief ich mit jedem, der mich zu seiner Hure machen wollte . . .«

Peinliche Unruhe breitete sich im Raum aus.

». . . und das waren sehr viele«, fuhr Nicole fort. »Darunter habe ich am meisten gelitten . . .«

Sie verabredeten sich in mehreren heimlichen Telefongesprächen und änderten zweimal den Treffpunkt, weil Eleanor jedesmal wieder nervös wurde. Hawkins fand die dramatische Heimlichtuerei zusehends ärgerlich und peinlich, und als sie sich endlich in der Bar des Holiday Inn in Kensington trafen, weit entfernt von der Stadt auf der anderen Seite des Capitol Beltway, stellte er fest, daß es ihr genauso ging.

»Es ist fast wie in einem schlechten Theaterstück, dessen Neil Simon sich schämen würde «, meinte sie. Sie hatten sich die dunkelste Ecke der Bar ausgesucht, und Eleanor saß mit dem Rücken zur Tür.

»Willst du nicht lieber deine Sonnenbrille abnehmen?«

»Die ganze Sache ist einfach lächerlich«, sagte sie.

»Ja«, meinte Hawkins. »Das Gefühl habe ich auch.«

»Es ist was dazwischengekommen, stimmt's?« fragte sie vorwurfsvoll, ihn mißverstehend.

»Das ist es nicht.«

»Was soll es sonst sein?«
»Es ist keine Frau.«
»Sondern?«
»Ich kann es dir nicht sagen.«
»Ich verstehe dich nicht.«
»Du hast mir gefehlt«, sagte er.
»Kann ich noch einen Drink haben?«
Hawkins winkte mit dem Glas dem Barkeeper hinter dem Tresen zu und wiederholte dann: »Ich sagte, du hast mir sehr gefehlt.«
»Und als Beweis sagst du mir, ich darf dich nicht mehr in deinem Haus besuchen und zwingst mich, dieses alberne Spiel mitzumachen.« Sie unterbrach sich, als der Kellner die neuen Gläser brachte, und tat so, als suchte sie etwas in ihrer Handtasche. Dann sah sie Hawkins wieder an und fragte: »Möchtest du Schluß machen?«
»Ich habe doch gesagt, es ist keine andere Frau.« Sie wußte bereits von der Existenz Ninhs und Nicoles; er hatte es ihr nach seiner Rückkehr aus Vietnam erzählt.
»Und ich habe gesagt, ich verstehe dich nicht. Das gibt alles keinen Sinn.«
»Es hat mit meiner Arbeit zu tun ... mit Leuten, mit denen ich zu tun habe.«
»Wie lange werden sie bei dir bleiben?«
»Das weiß ich noch nicht.«
»Warum zum Teufel stellts du dich so an!« sagte sie ungeduldig und nahm einen großen Schluck aus ihrem Glas. »Einen Tag! Eine Woche! Einen Monat! Wie lange, verdammt noch mal?«
»Vielleicht sehr lange, ein paar Monate.« Hawkins winkte dem Barkeeper, noch zwei neue Gläser zu bringen.
»Wir sind immer ehrlich zueinander gewesen«, sagte Eleanor. »Am Anfang war ich es vielleicht nicht, aber ich habe es immerhin zugegeben. Und jetzt werde ich dir noch ein Geständnis machen. Ich habe dir gesagt, was der Grund dafür war, daß ich zu dir gekommen bin und all das. Aber ich wollte nicht, daß die ganze Sache außer Kontrolle gerät. Alles, was es war, waren wir beide, zwei Leute, zwei kleine Leute, die zur Whiskyflasche gegriffen hatten und sich vielleicht gegenseitig ein bißchen helfen konnten. Das war alles. Ich wollte mich auf keinen Fall in dich verlieben, denn das wäre undenkbar, unmöglich, es darf einfach nicht sein...« Wieder unterbrach sie sich, als der Kellner die neuen Drinks brachte, aber diesmal wendete sie sich nicht ab. Als er gegangen war, fuhr sie fort: »Und

jetzt weiß ich, daß es für dich nicht das gleiche ist, auch wenn du das immer gesagt hast...« Sie ließ den Kopf sinken, als wäre er ihr zu schwer geworden, und sah in ihr Glas. »Ich habe schon wieder versagt«, murmelte sie. »Wie immer.«

Hawkins fühlte, wie in ihm eine Wärme aufstieg – wegen des Geständnisses, das sie ihm eben gemacht hatte, aber auch wegen des Alkohols, dessen Wirkung er jetzt am ganzen Körper zu spüren begann. Er konnte Vertrauen zu ihr haben, wenn sie ihn wirklich liebte. Schließlich mußte er ihr ja nicht alles sagen, was die anderen vermuteten.

»Ich liebe dich«, sagte er. Und dann erzählte er ihr die ganze Geschichte. Er war sehr vorsichtig und erwähnte mit keinem Wort die Möglichkeit, daß Forest, Bartel und McCloud überlebt haben könnten, sondern berichtete nur von der Flucht der beiden Vietnamesen, und während er erzählte, sah sie ihn lange an, wobei sie immer wieder mit den Augenlidern blinkte und den Mund bewegte, und endlich lächelte sie.

»Aber das ist ja toll«, sagte sie. »Absolut wunderbar!«

»Ja«, sagte er und überlegte im stillen, was Jones und Smale wohl nach London gemeldet hatten.

»Aber warum hast du mir nichts davon erzählt! Warum hast du mich so gequält und mich glauben lassen, du würdest mich verlassen?« Diesmal winkte sie mit dem Glas zu dem Barkeeper hinüber.

»Weil...« setzte Hawkins zu einer Erklärung an, die sie verstehen und ihn nicht in Schwierigkeiten bringen würde. »Es ist sehr wichtig, daß keiner davon erfährt...«, sagte er. »Nicht einmal John.«

Sie lachte. »Das ist sehr unwahrscheinlich, bei dem Verhältnis zwischen uns.«

»Es ist wirklich wichtig«, beharrte er. »Erzähle bitte niemandem davon. Versprichst du mir das?«

»Wenn es wirklich so wichtig ist, dann verspreche ich es natürlich.«

»Es ist wichtig«, bekräftigte er.

Der Kellner brachte die neuen Drinks, und Eleanor blinzelte ihn an: »Sind Sie sich der Tatsache bewußt, daß Sie die Frau des zukünftigen Präsidenten der Vereinigten Staaten vor sich haben?« fragte sie ihn.

»Wie Sie meinen, Madam«, sagte der Kellner, der schon viel gesehen hatte und von Berufs wegen blind und taub war.

»Sei nicht albern, Eleanor«, bat Hawkins peinlich berührt, nachdem der Mann gegangen war.

»Keine Sorge, Schatz«, sagte sie. »Ich werde dir keine Schwierigkeiten machen.« Dann lächelte sie ihn verschmitzt an und fragte: »Weißt du, wozu ich Lust hätte?«

»Na?«

»Daß du hingehst und uns ein Zimmer mietest.« Als sie seinen Gesichtsausdruck sah, fügte sie jedoch schnell hinzu: »Aber ich werde es trotzdem nicht zulassen. So betrunken bin ich nicht. Und auch nicht so dumm.«

»Scheiße!« sagte er wütend. »Warum klappt überhaupt nichts mehr?«

»Weil nichts mehr klappt«, sagte sie mit der Logik des Alkohols.

Als Hawkins nach Hause kam, fand er auf seinem Anrufbeantworter die wiederholte Nachricht vor, sofort in London anzurufen. Das Londoner Büro verband ihn mit Wilshers Wohnung, und an der Reaktion erkannte Hawkins, daß Wilsher schon geschlafen hatte.

»Ich warte schon seit Stunden«, sagte Wilsher unwillig.

»Es tut mir leid«, antwortete Hawkins, »aber ich hatte einen Termin.«

»Es gefällt uns gar nicht, was uns hier zu Ohren kommt«, meinte Wilsher. »Doondale möchte einen ausführlichen Bericht, mit Ihrer Meinung über die Sache, und ich auch. Wir haben hier den Eindruck, daß wir da in einer Sache stecken, die uns möglicherweise in eine peinliche Situation bringen könnte.«

»O Gott!« sagte der Präsident. »Heiliger Gott!«

»Das habe ich auch gedacht«, sagte der CIA-Direktor.

»Mein Gott!« sagte Harriman noch einmal. Zum ersten Mal in seiner politischen Karriere fehlten ihm die Worte, und das war für einen Mann mit Harrimans Erfahrung äußerst ungewöhnlich.

»Wollen Sie einen offiziellen Bericht der Fachleute?« fragte Snow.

»Und ob ich das will, verdammt noch mal«, sagte Harriman, und seine Beherrschung kehrte langsam wieder zurück.

20

Während der Zeit, die das Herbeischaffen und Aufstellen der Geräte für die visuelle Präsentation im Oval Office erforderte, versuchte man, die bereits eingerichtete Sonderkommission zusammenzutrommeln und auf Anweisung des Präsidenten auch noch andere Personen dazuzubitten, aber es war schon später Abend und nur wenige Leute waren zu erreichen. So war zum Beispiel der Außenminister bei einem offiziellen Begrüßungsessen für den französischen Außenminister und nicht sofort abkömmlich; Richard Godsell, der Verteidigungsminister, besuchte gerade ein Violinkonzert von Yehudi Menuhin im Kennedy-Center, und Ben Jordan war bei der Abschiedsparty für einen altgedienten CIA-Beamten in Chevy Chase und konnte erst nach zweistündiger Suche gefunden werden. Jordan war einer derjenigen, die zusätzlich zu den Kommissionsmitgliedern eingeladen wurden, ebenso wie Pearlman. Außerdem nahmen auch Katzback und Paulson, die beiden Rechtsanwälte, die zusammen mit dem Präsidentenberater den Untersuchungsausschuß bildeten, an der eilig zusammengerufenen Sitzung teil.

Wegen der Verzögerungen dauerte es bis nach Mitternacht, ehe die Sitzung beginnen konnte. Es war verhältnismäßig eng geworden im Oval Office, da vor dem Kamin mehrere große, noch zugehängte Tafeln aufgestellt worden waren, vor denen eine Reihe von Stühlen aufgebaut war. Nur der Präsident, der schon vorher von dem technischen Experten über alles informiert worden war, blieb an seinem Schreibtisch sitzen.

Harriman nickte dem CIA-Direktor zu, der sich nicht gesetzt hatte, sondern neben den Tafeln stehengeblieben war, und meinte: »Es ist schon spät. Fangen wir an.«

Neben Milton Snow saß ein schlanker Mann mit schütterem Haar, der noch keine Zeit gefunden hatte, sich umzuziehen und sich mit seiner Straßenkleidung, der Windjacke und dem getragenen Hemd offensichtlich fehl am Platz fühlte, nicht nur, weil er im Büro des Präsidenten saß, sondern weil sich die Aufmerksamkeit aller jetzt auf ihn richtete.

»Dies ist Alan Dobble«, stellte der Direktor ihn vor. Er ist unser bester Bildauswerter in der Technischen Abteilung des CIA und wird Ihnen erklären, was sich hinter diesen Tüchern verbirgt. Denjenigen von Ihnen, die nicht von Anfang an an dieser Sache beteiligt waren, sei gesagt, daß es sich dabei um Aufnahmen handelt, die von einem unserer Satelliten gemacht wurden, der direkt über dem Gebiet von Can Tho steht...« Er wandte sich an den nervösen Herrn und sagte: »Okay.«

Dobble hustete verlegen und nahm die Tücher von den drei Wandtafeln, die er vorbereitet hatte. Jeder im Raum lehnte sich nach vorn, um einen besseren Blick auf die Photographien werfen zu können, die auf diesen Tafeln befestigt waren. Dobble nahm den spitzen Zeigestock auf, der an der ersten Tafel lag, und begann mit gleichmäßiger, ruhiger Stimme seine Erklärungen: »Dies sind Photographien, die uns der Satellit im Verlauf des gestrigen Tages übermittelt hat...«

Er stellte sich neben die erste der drei Tafeln und fuhr fort: »Sie sind numeriert in der Reihenfolge, in der sie bei uns eingingen. Wie Sie sehen...« er klopfte wie ein Lehrer mit dem Zeigestock auf die Bilder, »...sind die ersten Aufnahmen sehr viel undeutlicher als die späteren...« Wieder zeigte er mit dem Stock auf die zweite und dritte Tafel. »Der Grund dafür ist, daß wir glaubten, etwas gefunden zu haben, und die Position des Satelliten etwas korrigieren ließen, um unsere Erkenntnisse zu überprüfen.« Er hustete wieder, hatte sich aber langsam an die Situation gewöhnt und wirkte jetzt zunehmend sicherer. »Aber Sie können bereits auf den ersten, weniger scharfen Aufnahmen erkennen, daß es sich hier um eine Anlage handelt, die in Form mehrerer konzentrischer Kreise angeordnet zu sein scheint...«

In der Gruppe machte sich wieder eine leichte Unruhe bemerkbar, ausgehend von denen, die an der Untersuchung teilgenommen und Ninhs und Nicoles Aussagen gehört hatten.

Dobble fuhr fort: »Wir haben hier jeweils zwei Abzüge der späteren Photographien, einmal unmarkiert, einmal mit Markierungen versehen, um Ihnen das Verständnis für das zu erleichtern, was ich Ihnen erläutern möchte. Die Pfeile markieren dabei menschliche Personen. Aus den Aufnahmen Nummer vier und Nummer acht können Sie ersehen, daß es sich um eine Aufteilung handelt, wie sie für ein Lager typisch ist. Ich möchte Sie bitten, Ihre Aufmerksamkeit insbesondere auf die Aufnahmen Nummer neun, elf und dreizehn zu richten. Diese Aufnahmen sind besonders scharf und zeigen deutlich die Schatten, die von den einzelnen Figuren geworfen werden. Aus den Zeitangaben hier oben wird ersichtlich, wann diese Aufnahmen jeweils gemacht wurden: Aufnahme neun um 13 Uhr 15, Aufnahme elf um 14 Uhr 06, und Aufnahme dreizehn um 15 Uhr 40. Gerade diese Aufnahmen am Nachmittag sind besonders aufschlußreich, weil hier die Sonne längere Schatten wirft.«

Dobble machte eine kleine Pause, um auf die Bedeutung des nun Folgenden hinzuweisen. »Bei der Photoaufklärung handelt es sich um eine Methode, die höchste Präzision erlaubt. Aus diesen Schatten läßt sich verhältnismäßig exakt die Körpergröße der dazugehörigen Menschen berechnen. Nach Ansicht unserer Experten sind die Leute, die auf diesen Aufnahmen abgebildet sind, insgesamt vier Personen, von kaukasischer, nicht asiatischer Statur. Es handelt sich eindeutig um Weiße.«

Dobble drehte sich um und wandte sich direkt an sein Publikum. »Natürlich bin ich mit dem Zweck dieser Satellitenaufklärung vertraut. Die ungefähre Körpergröße der auf diesen Photographien abgebildeten Weißen liegt zwischen ein Meter fünfundsiebzig und ein Meter fünfundachtzig. Laut Personalakten der Armee war Colonel Forest einszweiundachtzig, McCloud einsdreiundsiebzig und Bartel einsachtundsiebzig groß.«

Die Zuhörer ließen ein immer lauter werdendes Murmeln hören. »Irgendwelche Fragen?« meinte der CIA-Direktor.

»Ja«, sagte Erickson sofort. »Sie haben gesagt, das Lager sei in konzentrischen Kreisen angelegt. Können Sie mir sagen, was sich in der Mitte dieser Ringe befindet?«

»Drei Gebäude«, kam die schnelle und präzise Antwort. »Zwei davon liegen ziemlich dicht beieinander, das dritte ein Stück entfernt.«

»Und was ist mit dem nächsten Kreis?« fragte Paulson, der zweite Anwalt.

»Weitere Gebäude«, erklärte Dobble. »In regelmäßiger Anordnung.«

»Wie Baracken?« fragte Erickson.

»Es könnten Baracken sein«, stimmte Dobble zu.

»Wie viele Kreise sind es insgesamt?« schaltete sich Katzback in die Befragung ein.

»Drei.« Die Antwort kam wieder schnell und präzise.

»Können Sie uns noch etwas zur geographischen Lage des Lagers sagen?« fragte Erickson weiter.

»Geographisch?« fragte Dobble zurück.

»Ja«, sagte Erickson nur, ohne ihm weitere Anhaltspunkte zu geben, was er meinte.

Dobble betrachtete die Photographien noch einmal, dann lächelte er und wandte sich wieder an seine Zuhörer. »Selbstverständlich«, sagte er dann. »Das Lager grenzt an einen Fluß. Wir haben das Ufer untersucht und festgestellt, daß es hier eine Verbreiterung gibt, genau auf der Höhe des Lagers, wahrscheinlich zum leichteren Be-und Entladen von Booten. Außerdem scheint es am Ufer so etwas wie Hütten zu geben.«

Die drei Anwälte des Untersuchungsausschusses tauschten vielsagende Blicke und nickten sich zu, und Paulson fragte: »Gibt es am Fluß oder im Lager sonst etwas Auffälliges?«

Wieder zögerte Dobble eine Weile und dachte über die Frage nach. Dann antwortete er: »Anleger. Wir haben zwei Anleger ausgemacht, die etwa zwanzig Meter auseinanderliegen.« Er zeigte mit dem Stock. darauf. »Die Hütten befinden sich etwa an der Stelle, wo diese Anleger aufs Ufer stoßen.«

An alle gewandt, sagte Erickson: »Das stimmt bis in die Einzelheiten mit der Beschreibung des Lagers überein, die uns die Frau gegeben hat.«

»Ich möchte Ihnen noch etwas zeigen«, unterbrach ihn Milton Snow und entnahm seiner Tasche, die er an die eine der Tafeln gelehnt hatte, eine Photographie. »Ich wollte dieses Photo morgen in der Untersuchung vorlegen, aber unter den gegebenen Umständen sehe ich keinen Grund, damit bis morgen zu warten.« Er hielt das Bild hoch und reichte es dann seinen Kollegen aus dem Untersuchungsausschuß.

»Das ist sie«, stellte Katzback fest. »Woher haben Sie diese Aufnahme?«

»Vom französischen Außenministerium«, sagte der CIA-Chef. »Es ist ein Paßfoto einer Frau, die bis 1973 in der Botschaft in Saigon angestellt war. Ihr Name war Nicole Vingh.«

»Genau das hat sie vor dem Untersuchungsausschuß zugegeben«, sagte Paulson.

Der Präsident wandte sich an seinen Berater und sagte: »Okay, fassen Sie bitte noch einmal kurz zusammen, was wir haben, nur die Fakten.«

»Eine nicht gesicherte Unterschrift eines Mannes, der uns eine ziemlich genaue Beschreibung des Lagers – während der Bauzeit – geliefert hat«, zählte Erickson auf. »Dann auf jeden Fall überzeugend – jedenfalls aus meiner Sicht – drei echte amerikanische Kennmarken. Die genaue Beschreibung des Lagers durch die Frau, wie ich schon erwähnte. Außerdem hat sie Forest, Bartel und McCloud eindeutig auf Photos identifiziert, die wir ihr vorgelegt haben, und zwar in einem Test, der darauf angelegt war, sie irrezuführen.«

Harriman fragte die beiden anderen Anwälte: »Irgendwelche Einwände oder Kommentare?«

»Nein«, antworteten Katzback und Paulson beinahe gleichzeitig.

»Warum hat sie uns einen falschen Namen angegeben? Das verstehe ich nicht«, sagte der Präsident.

»Es kommt vor, daß Leute lügen, aus unverständlichen, albernen

Gründen«, meinte Paulsen als professioneller Anwalt. »Ich gebe zu, es klingt unwahrscheinlich für uns, aber unter den gegebenen Umständen habe ich ihre Erklärung akzeptiert.«

Wieder nickten die beiden anderen Anwälte zustimmend.

»Hat jemand sonst etwas zu bemerken?« fragte Harriman weiter.

»Ich finde ebenfalls, daß die Beweise überzeugend sind«, sagte Jordan, der jetzt wünschte, er hätte auf der Party nicht so viel Bier getrunken, denn er verspürte das dringende Bedürfnis, sich zu erleichtern. »Aber ich glaube, wir sollten nicht vergessen, daß die Sowjetunion das derzeitige Regime in Vietnam unterstützt. Sie haben Tausende von Beratern im Land, und die Russen sind auch Weiße.«

»Ein berechtigter Einwand«, stimmte der Präsident zu. »Noch jemand?«

»Ich würde sagen, angesichts der Beweise, die wir haben, können wir diese Möglichkeit wohl ausschließen«, meinte Verteidigungsminister Godsell mit ernster Stimme. »Nach acht Jahren haben wir jetzt zum ersten Mal den Beweis dafür, daß in Vietnam noch immer amerikanische Soldaten gefangengehalten werden.«

Damit hatte er ausgesprochen, was alle zu denken schienen, und merkwürdigerweise ließ die Unruhe, die sich immer stärker bemerkbar gemacht hatte, nun plötzlich nach.

»Ich bin derselben Meinung«, sagte General Cornell Bell, der Stabschef der Armee, mit angemessenem Ernst.

»Sie verkörpern den Untersuchungsausschuß in Langley«, wandte sie Harriman an die Anwälte. »Was halten Sie davon?«

Die drei Herren blickten sich untereinander an und nickten dann. Erickson antwortete: »Wir sind ebenfalls der Meinung, daß die Beweise ausreichen.«

»Hat jemand noch Zweifel?« fragte der Präsident.

Es war vollkommen still im Raum geworden, und Harriman ließ diese Stille noch eine Weile wirken. Dann sagte er entschlossen: »Ich auch nicht. Damit ist die Sache klar. Wir holen die armen Teufel da raus.«

Es gab eine kurze Unterbrechung, damit Dobble seine Ausrüstung zusammenpacken und mitnehmen konnte, was zur allgemeinen Erleichterung beitrug, denn dadurch entstand wieder mehr Platz. Besonders erleichtert war Jordan, der endlich Gelegenheit hatte, die Toilette aufzusuchen. Harriman bestellte Sandwiches und Getränke für alle, Bier, Mineralwasser und Kaffee, die im Oval Office serviert wurden. Die Männer hatten kleine Gruppen gebildet: die drei Anwälte zusammen, der Außenminister unterhielt sich mit Pearlman, Godsell und dem Stabschef der Armee, und Snow stand neben Jordan, der erfrischt und erleichtert zurückgekehrt war und jedes Getränk ablehnte. Der Präsident ging langsam zwischen ihnen hin und her und hörte mehr zu als daß er selbst etwas sagte. Etwa nach einer Stunde, als auch die meisten anderen die Toilette aufgesucht hatten, sagte Harriman: »Okay. Die Zeit drängt. Wir sollten weitermachen.« Sofort lösten sich die kleinen Gruppen auf und jeder suchte sich seinen Platz.

Harriman wartete, bis alle sich gesetzt hatten und wieder Ruhe eingekehrt war. Dann sagte er: »Okay, das ist es, was ich will: Es muß schnell gehen und es darf keine Pannen geben. Ich will, daß die Männer da rausgeholt werden. Vergessen wir nicht die Katastrophe damals, bei Carters Versuch, die Geiseln aus dem Iran zu befreien. Ich möchte auf keinen Fall, daß sich das wiederholt. Abgesehen von den Engländern, die Sie alle kennen, wissen nur wir hier von dieser Sache, und dabei wird es auch bleiben, denn wenn irgend etwas davon durchsickert – die geringste Andeutung, was wir vorhaben und warum –, dann werden wir uns in jeder Zeitung und auf jedem Fernsehschirm der ganzen Welt wiederfinden. Und unsere Jungs da drüben, die acht Jahre lang in der Hölle waren, werden noch viel mehr leiden müssen. Ist das klar?«

Und ich werde die Wiederwahl vergessen können, dachte er.

Die Männer machten zustimmende Gesten und Bemerkungen.

Der Präsident wandte sich an den Stabschef der Armee und sagte: »Es sieht so aus, als wären Sie dran.«

General Bell nickte und erhob sich. Sein Gesicht war von der Sonne gebräunt, aber er wirkte hager, und sein stahlgraues Haar war kurzgeschoren. Am kleinen Finger der linken Hand trug er einen College-Ring, dick vergoldet mit einem roten Stein in der Mitte, den er beim Reden ständig mit der anderen Hand drehte. »Die Luftaufklärung wird uns die genauen Koordinaten geben«, begann er. »Der Fluß bedeutet natürlich einen großen Vorteil für uns. In der ersten Planstudie, als wir zwar die Lage von Can Tho kannten, nicht aber die Anordnung des Lagers, haben wir uns auf den Wasserweg konzentriert. Ehe wir die genauen Koordinaten hatten, sind wir davon ausgegangen, daß wir für die Anfahrt auf dem Wasserweg, den Angriff und den ungehinderten Rückzug auch wieder über den Fluß nicht mehr als sechsunddreißig Stunden benötigen würden.« Bell hustete kurz und fuhr dann fort: »Wir glauben, daß wir gute Chancen haben, mit der beweglichen, speziell trainierten Kampfgruppe, die wir im Auge haben, unbemerkt ranzukommen. Das heißt, es wären vom Zeitpunkt des Eindringens in die Hoheitsgewässer etwa ein oder zwei Tage bis nach Can Tho. Das entscheidende Problem ist natürlich der Rückweg – abgesehen von einigen anderen Schwierigkeiten, auf die ich gleich noch eingehen werde. In dem Moment, in dem wir einen offenen Angriff unternehmen, müssen wir davon ausgehen, daß der Rückzug gefährdet ist.

»Unser Plan sieht vor, daß ein Teil der Kampfgruppen in einem Ablenkungsmanöver den Fluß hinunterfährt, vielleicht zwei oder drei Stunden lang, bis sie sicher sind, daß sie verfolgt werden, und dann in den Dschungel ausweichen. Die Männer, die für diese Aufgabe in Frage kommen, sind absolute Profis unserer Spezialeinheiten. Sie werden den Hasen spielen, der die Meute auf sich lenken soll ...«

»Und gleichzeitig«, unterbrach ihn Harriman, um ihm das Stichwort zu geben.

»Gleichzeitig wird die eigentliche Hauptgruppe mit den befreiten Gefangenen den Fluß links liegen lassen und sich auf dem Landweg bis zu einem versteckten Lager flußabwärts durchschlagen, das dort versteckte Boot besteigen und aufs offene Meer fahren, wo sie sich wieder mit dem Schiff treffen werden, das sie vorher abgesetzt hat.«

»Was wird aus den anderen Männern?« fragte der Präsident. »Ich sehe keinen großen Sinn darin, eine Gruppe von Männern für eine andere einzutauschen.«

»Diese Gruppe wird aus zwei oder höchstens drei Leuten bestehen, die besonders ausgebildete Spezialisten für den Einsatz hinter den feindlichen Linien sind. Sie werden eine Woche, vielleicht auch länger versteckt bleiben, nachdem die anderen mit den befreiten Gefangenen die Gegend verlassen haben. Dann werden wir die erfolgreiche Operation öffentlich bekanntgeben und den Eindruck erwecken, als wären die anderen nicht mehr im Lande. Vor der Küste werden Schiffe warten, die über Funkkontakt zu fest vereinbarten Zeiten und auf bestimmten Frequenzen mit den Männern einen Treffpunkt verabreden, wo sie sie aufnehmen können.«

»Teufel noch mal!« sagte der Präsident. »Das klingt alles ziemlich gefährlich.«

»Ich glaube, wir müssen davon ausgehen, daß es sich bei dieser ganzen Sache um ein äußerst riskantes Unternehmen handelt«, sagte Bell. Und mit einem Seitenblick auf den CIA-Direktor fügte er hinzu: »Wir haben es mit einem Land zu tun, in dem wir kein Agentennetz besitzen, keine Freunde, auf die wir uns verlassen können.«

»Die Männer sind völlig auf sich gestellt«, sagte Harriman, als ob ihm erst jetzt diese Erkenntnis gekommen wäre. »Wir riskieren mehr Amerikaner auf diese Weise, als wir herausholen.«

»Ja«, sagte Bell nur. »Völlig richtig.«

»Hat jemand etwas dazu zu bemerken?« fragte der Präsident.

»Könnten wir nicht doch massiver vorgehen, um ganz sicherzugehen?« fragte Godsell. »Warum machen wir es nicht so, daß die Operation anläuft wie besprochen, daß die eigentliche Rettungsaktion aber dann, wenn wir die Bestätigung vor Ort erhalten, auf dem Luftweg stattfindet, mit Hubschraubern von einem vor der Küste liegenden Flugzeugträger?«

»Auf keinen Fall«, meinte der Präsident. Alle starrten ihn an, erstaunt über seine resolute Ablehnung. »Die Operation ist im höchstem Maße riskant«, erläuterte er. »Deshalb will ich das Risiko so gering wie möglich halten. Die Aktion muß von Spezialtruppen durchgeführt werden, denn niemand sonst verfügt über die notwendige Erfahrung – und das notwendige Können. Aber gleichzeitig muß ich – das heißt wir, unser Land – die Möglichkeit haben, die Sache abzustreiten.« Er sah den CIA-Chef an. »Können Sie für eine Tarnung sorgen?«

Snow zuckte unverbindlich mit den Schultern. »Natürlich können wir irgendeinen Vorwand liefern, Sir«, meinte er. »Aber wenn wir wirklich nachweislich amerikanische Soldaten in Vietnam einsetzen, dann sehe ich nicht, was uns das nützen soll. Eher im Gegenteil, würde ich sagen.«

»Was halten Sie davon?« wandte sich Harriman an den Außenminister.

Keys wurde unruhig, als sich die Aufmerksamkeit plötzlich auf ihn richtete. »Ich sehe keine andere Möglichkeit, als die Männer da rauszuholen«, sagte er. »Und ich sehe auch, daß wir damit volles Risiko eingehen. Wenn die Sache schiefgeht, dann kommen wir wirklich in Schwierigkeiten. Das würde bedeuten, daß wir noch weitere amerikanische Soldaten verlieren werden, die wir so schnell nicht wieder nach Hause kriegen. Hanoi wird uns eine Invasion vorwerfen, und die Russen werden eine internationale Propagandakampagne gegen uns starten, vor allem in der dritten Welt, und uns Aggression und kriegerischen Überfall anhängen.«

»Sehr richtig«, stimmte Harriman zu. »Deshalb *müssen* wir die Möglichkeit haben, die Sache abzustreiten, wie ich vorhin schon sagte.« Er wandte sich wieder an den Stabschef der Armee und fragte: »An was für eine Gruppe von Leuten haben Sie gedacht?«

»Nur wenige Männer«, beeilte sich Bell zu erläutern. »Auf keinen Fall mehr als acht...« Er verstummte, als er sah, wie der Präsident die Stirn runzelte. »Sie werden – zumindest am Anfang – das Überraschungsmoment auf ihrer Seite haben, und wir werden die acht besten Leute auswählen, die wir haben. Und Sie können mir glauben, Sir, unsere Spezialtruppen sind wirklich etwas Besonderes. Zahlen spielen hierbei keine Rolle...« Wieder unterbrach er sich und sagte dann: »Außerdem möchte ich einen Vorschlag machen. Wir haben die Leute für diese Gruppe vorsichtshalber schon ausgesucht. Nur für den Fall eines Falles. Und wir haben da jemanden, der uns am besten geeignet erscheint, diese Gruppe zu führen...« Wieder stockte er, und Harriman, der sowieso schon gereizt war über diese Nachtsitzung, wurde langsam ärgerlich: »Und?« fragte er ungeduldig.

»In unseren Spezialeinheiten haben wir einen Mann, der mehr Kampferfahrung hat als jeder andere vergleichbare Offizier«, sagte General Bell. »Er hat vier Jahre lang in Vietnam gedient, spricht die Sprache und ist bekannt als der absolute Spitzenmann für Infiltration und Guerilla-Einsätze hinter den feindlichen Linien. Er hat sogar ein Lehrbuch über das Überleben in feindlichem Gebiet verfaßt, das wir in der Ausbildung verwenden. Er soll gerade zum General befördert werden...«

»Das ist unser Mann«, unterbrach ihn der Präsident jetzt sichtlich irritiert.

»Sein Name ist Colonel Elliott Blair«, verkündete der Stabschef.

Überraschtes Schweigen breitete sich aus, und alle warteten gespannt, wie der Präsident reagieren würde. Seine Antwort war typisch für einen Parteipolitiker. Er sah sich im ganzen Raum um und fragte: »Nun?«

»Wir haben daran gedacht, ihn für die Untersuchung hinzuzuziehen, ebenso wie Peterson und Patton«, sagte der Berater des Präsidenten.

»Wenn ich noch etwas hinzufügen darf«, meinte Bell. »Wir haben uns bei unserer Planstudie auch Gedanken über die psychologische Seite gemacht. Bei der Untersuchung ist deutlich geworden, daß wir damit rechnen müssen, daß die Männer ziemlichen Belastungen ausgesetzt waren und geistig ziemlich angegriffen sein werden. Es könnte sich als nützlich erweisen, wenn wir in der Kampfgruppe jemanden hätten, der den Männern bekannt ist und dem sie folgen.«

»Wir müssen in der Lage sein, unsere offizielle Beteiligung abzustreiten, stimmt's?« fragte Harriman rhetorisch.

Alle ließen ihre Zustimmung erkennen.

»Also wie wäre es mit folgendem Szenario: Wie wäre es, wenn die Operation von einer Gruppe von *ehemaligen* Green Berets durchgeführt würde, angeführt von einem *ehemaligen* Offizier, der damals an dem Einsatz beteiligt war, bei dem sie gefangengenommen wurden? Das haben wir schon einmal gehabt, damals 1983. Es klappte nicht, aber wir waren aus der Sache raus und die Reaktion hielt sich in Grenzen.« Harriman sah die anderen herausfordernd an.

»Verzeihen Sie, Sir«, sagte der Stabschef. »Aber Blair ist aktiver Offizier und steht kurz vor einer Beförderung.«

»Warum können wir ihn nicht bitten, für die Dauer dieser Operation als ehemaliger aktiver Offizier zu fungieren? Warum nicht alle Beteiligten? Sie könnten doch Rücktrittsgesuche unterschreiben, die wir veröffentlichen, wenn die Sache schiefgeht. Und wenn alles klappt, dann vergessen wir diese Gesuche, und die Männer werden auf dem Rasen des Weißen Hauses vom Präsidenten empfangen.«

»Ich glaube nicht, daß das rechtlich zulässig ist«, protestierte Erickson.

»Wir bitten um freiwillige Meldungen«, wischte Harriman alle Bedenken beiseite. »Wollen Sie mir erzählen, daß Soldaten nie aufgefordert werden, sich freiwillig zu melden?«

»Wenn sie Uniform tragen, genießen sie Schutz«, sagte Erickson. »Aber ohne Uniform sind sie Terroristen.«

»Das werden wir ihnen erklären.«

»Darf ich auch einen Vorschlag machen?« fragte der CIA-Direktor dazwischen. »Der andere Überlebende des Einsatzes von Chau Phu, Eric Patton, arbeitet eng mit der Regierung zusammen und übernimmt offizielle Transportaufgaben, größtenteils auch für den CIA. Außerdem wird seine Firma vom CIA als Tarnunternehmen benutzt.«

»Was sind das für Transporte?« fragte der Präsident.

»Alles mögliche«, antwortete Snow. »Luft-, See- und Straßentransporte. Außerdem Spezialflöße.«

Harriman lächelte. »Könnte er uns ein Boot zur Verfügung stellen?«

Snow und Jordan unterhielten sich leise, und dann sagte Snow:

»Wir müssen das natürlich prüfen, aber wir glauben, das ist sehr wahrscheinlich.«

»Gibt es irgendwelche offiziellen Verbindungen zwischen Patton und uns?« fragte Harriman.

»Ich nehme an mit dem Militär«, sagte Snow. »Aber auf keinen Fall mit dem CIA.«

»Na, das sieht doch immer besser für uns aus«, sagte der Präsident begeistert. »Zwei Männer, die den Versuch machen, ihre Kameraden zu befreien, in einer rein privaten, persönlichen Aktion, mit der wir – falls etwas schiefgehen sollte – absolut nichts zu tun haben!«

»Ich würde gerne eine zusätzliche juristische Stellungnahme dazu hören«, beharrte Erickson. »Und es gibt noch ein paar Dinge, die ich die Überlebenden von damals gerne fragen würde.«

Der Präsident schüttelte den Kopf und ließ keinen Einwand gelten. Ungeduldig sagte er: »Die Untersuchung wird vertagt, sie ist im Augenblick unwichtig. Und ich möchte auf keinen Fall Peterson in diese Angelegenheit verwickelt sehen, auf gar keinen Fall...« Und zu Bell gewandt fügte er hinzu: »Ich möchte, daß Blair sich freiwillig zur Verfügung stellt. Sagen Sie ihm, es sei der Wunsch seines obersten Befehlshabers...« Dann blickte er wieder den CIA-Direktor an und sagte: »Das gleiche gilt für Patton. Die beiden haben damals versagt, jetzt sollen sie die Sache in Ordnung bringen...«

»Was ist mit den Engländern?« fragte Pearlman warnend. »Sie werden eine Erklärung verlangen, warum die Untersuchung vertagt wird. Es war schon schwierig genug, sie aus der Sache rauszuhalten.«

»Und wir brauchen immer noch die Unterstützung der beiden Vietnamesen, um für das Training der Leute ein genaues Modell des Lagers zu rekonstruieren«, fügte General Bell hinzu. »Die beiden scheinen völlig auf Hawkins fixiert zu sein.«

»Wir werden ihnen alles geben, was sie wollen«, beschloß der Präsident. »Wir werden sie über ihre Botschaft hier in Washington informieren und Hawkins mitteilen, daß er persönlich auf dem Schiff mitfahren kann, von dem aus die Aktion gestartet wird...« Er sah Jordan an und sagte: »Sie werden auch mitfahren. Auf diese Weise haben wir alle beieinander, eine Gruppe freiwilliger Zivilisten und den Sohn des Reporters, der in die Sache verwickelt war, und er kann ohne unsere Erlaubnis nichts unternehmen.«

Als die Sitzung beendet war und die Männer den Raum verließen, meinte Pearlman leise zu dem Außenminister: »Ich habe das Gefühl, das war das zynischste Beispiel von politischer Mauschelei, das ich je erlebt habe.«

Willard Keys schüttelte nur den Kopf und sagte: »Das war ein Musterbeispiel Washingtoner Politik.«

In der Nachricht von der britischen Botschaft hieß es, es handle sich um eine dringende Angelegenheit, und Jones bestand darauf, mitzukommen, was dazu führte, daß Hawkins die Situation noch mehr genoß, als der Botschafter ihm die Neuigkeiten mitteilte. Der designierte General Elliott Blair erhielt den Befehl, seine laufende Arbeit zu unterbrechen und sofort zu einem persönlichen Gespräch mit dem Stabschef der Armee nach Washington zu fliegen. Und Ben Jordan, der als Direktor der Geheimen Abteilung des CIA bereits mit ihm zu tun gehabt hatte, flog nach New York und holte Eric Patton aus einer soeben angesetzten Konferenz, auf der er seinen leitenden Angestellten gerade die Mitteilung machen wollte, daß die Firma im vergangenen Jahr nach Abzug aller Steuern den höchsten Gewinn seit ihrem Bestehen erzielt hatte.

»Es sieht so aus, als hätten Sie die Sache von Anfang an richtig eingeschätzt«, gratulierte Sir Neville Wilkinson.

»Ich bin jedenfalls sehr froh darüber, daß ich keine voreiligen Schlüsse gezogen habe«, meinte Hawkins.

»Ich gebe Ihnen mein Wort darauf, wenn Sie einverstanden sind und die Sache schiefgeht, werden weder Ihnen noch einem anderen der Freiwilligen aus der Gruppe irgendwelche Nachteile entstehen, was Ihre Karriere oder Ihre Pensionsberechtigung angeht«, versprach General Bell. »Und wenn alles klappt, wird Ihr Land Sie mit Ehren überhäufen.«

Nach einer kurzen Denkpause, die in Anbetracht dessen, was man von ihm verlangte, durchaus verständlich war, antwortete Blair: »Ich verstehe. Natürlich übernehme ich die Sache.«

»Was sagen Sie dazu?« fragte Jordan, nachdem er die Situation erklärt hatte.

»Tot«, sagte Patton und schüttelte langsam und ungläubig den Kopf. »Sie sind tot . . .« Und dann, nach einem weiteren Augenblick: »O Gott!«

21

Wenige Minuten außerhalb von Williamsburg in Virginia, einer kleinen, guterhaltenen Stadt im Kolonialstil, befindet sich eine 4000 Hektar große militärische Einrichtung, die zwar den offiziellen Namen Camp Peary trägt, inoffiziell aber immer nur »Die Farm« genannt wird. Auf dem großen Schild am Eingangstor ist sie ausgewiesen als »Militärisches Übungsgelände für experimentelle Ausbildung, Ministerium für Verteidigung«. In Wahrheit wird der gesamte Komplex nur vom CIA genutzt, der hier seine Spezialisten für Geheim- und Spionageunternehmen ausbildet. Hier fand auch das intensive Training für den Angriff auf Can Tho statt.

Nguyen van Ninh, der am Bau des Lagers beteiligt gewesen war, und Nicole Tiné, die in diesem Lager gelebt hatte, arbeiteten eng mit den Architekten und später mit den Baukolonnen zusammen, um dieses vietnamesische Gefangenenlager nachzubauen. Um ein möglichst getreues Modell des Lagers herzustellen, mit dem es die Kampfgruppe zu tun haben würde, wurden die Gebäude und Einrichtungen aus vorgefertigten und schnell zu montierenden Teilen am Ufer des Flusses York errichtet, der Camp Peary durchquert.

Aufgrund der Erfahrungen der Übung in Panama, bei der seine Gruppe die beste Beurteilung erhalten hatte, wählte sich Blair die zehn besten Leute aus, und als ihnen erklärt wurde, worum es bei diesem Einsatz ging, waren sie ausnahmslos und ohne Zögern sofort bereit, die Bedingungen, die ihrem Kommandeur in Washington mitgeteilt worden waren, zu akzeptieren – genau wie Blair erwartet hatte. In der Zeit, die Planung und Bau des vietnamesischen Lagers in Anspruch nahmen, übte Blair mit seinen Leuten auf dem Fluß die Anfahrt mit den kleinen Schlauchbooten, mit denen sie von einem der speziellen Überwachungsschiffe aus die Aktion unternehmen würden. Der CIA hatte mehrere von Pattons Frachtern umgebaut und mit Elektronik vollgestopft, um sie als Spionageschiffe einsetzen zu können, und einer dieser Frachter, der sowieso gerade im Gelben Meer und vor der koreanischen Küste operierte, war bereits auf dem Weg zu dem Treffpunkt auf den Philippinen.

Nach der Fertigstellung des Lager-Modells wurde Nicole von Blair einen ganzen Tag lang und auch noch den nächsten Morgen immer wieder nach Einzelheiten gefragt. Er wollte jede Einzelheit von ihr wissen: Wacheinteilung, Stärke der Lagerbesatzung, Dienstplanänderungen, Bewaffnung und Sicherheitsvorkehrungen. Jeder, der in

Camp Peary stationiert war, unterlag der höchsten Geheimhaltungsstufe und war es gewohnt, an Übungen teilzunehmen, deren Zweck keinem bekannt war. Drei Züge dieser Leute wurden jetzt abkommandiert, die Rolle der vietnamesischen Wachen zu übernehmen, und zwei weitere stellten die Strafgefangenen des äußeren Rings dar, durch den sich die Green Berets gegebenenfalls hindurchkämpfen mußten. Die Männer übten Tag- und Nachtangriffe, die sie nach der Stoppuhr bis zur Perfektion immer wiederholten. Sie hatten die genauen Koordinaten und konnten daraus die genaue Distanz von der Flußmündung bis zum Lager berechnen, und diese Strecke wurde immer wieder im Laufschritt trainiert, erst in langsamem Tempo, um möglichst unentdeckt zu bleiben, dann so schnell die Männer laufen konnten, so als ob sie entdeckt und verfolgt würden.

Blair war ein Mann, der niemals mit dem Erreichten zufrieden war, und das zeigte sich auch wieder in der abschließenden Besprechung.

»Ganz gut, soweit eine Übung das zuläßt«, sagte er. »Aber vergeßt nicht, daß unsere Informationen schon mehrere Monate alt sind. Alles, was uns die Frau erzählt hat, könnte schon wieder geändert worden sein, wenn wir wirklich ins Lager kommen.«

»Ich glaube nicht, daß wir es schaffen können, die Männer über Land da rauszuholen«, meinte Wilbur Manson, der tabakkauende und bedächtige Major aus Georgia, den Blair als seinen Stellvertreter gewählt hatte. »Sie werden kaum in der Verfassung sein, den Marsch durch den vietnamesischen Dschungel durchzustehen.«

»Damit rechne ich auch nicht«, sagte Blair. »Planstudien sind dazu da, diskutiert und modifiziert zu werden. Ich will, daß wir auf dem Fluß rein- und wieder rausfahren . . .« Er schnippte mit den Fingern: ». . . und zwar blitzschnell.«

»Nach einem Angriff auf ein so großes Lager?« fragte Sergeant Clayton Lewis skeptisch.

»Unser ganzes Training ist darauf ausgerichtet gewesen, zu töten«, erinnerte ihn Blair. »Ich will, daß ihr das nicht vergeßt, auch nicht für einen Augenblick. Es werden keine Gefangenen gemacht, und niemand darf in den Urwald verschwinden. Wenn es auch nur einem gelingt und er schlägt Alarm, dann haben wir die Verfolger und eine Menge Ärger am Hals.«

»Was ist mit den Zivilpersonen, die im Lager ein und aus gehen?« fragte Manson.

»*Keiner* ist ungefährlich«, beharrte Blair. »Das gilt auch für einen kleinen Jungen, der gerade sprechen kann und uns an einen alten

Mann verraten könnte, der vielleicht schlafend irgendwo auf der Schwelle sitzt und nichts gesehen hat...« Und nach einer kurzen Pause fügte er hinzu: »Hat jemand noch irgendeine Frage dazu?«

Keiner der Männer zeigte eine Reaktion.

»Gut«, sagte der Colonel. »Dann los. In Andrews wartet schon eine Maschine auf uns.«

Obwohl Hawkins Ninh und Nicole in Camp Peary als Unterstützung zur Seite stand und damit das beruhigende Gefühl hatte, über alles informiert zu sein, war er doch erleichtert, als die Planung beendet war. Das Ganze war für die beiden mit noch weit größerem Streß verbunden gewesen als die ersten aggressiven Verhöre, und er fühlte sich erleichtert bei dem Gedanken, daß sie jetzt Zeit hatten, sich eine Weile in seinem Haus an der Maryland Avenue auszuruhen.

Eigentlich war überhaupt alles sehr gut gegangen.

Die Ergebnisse der Luftaufklärung hatten nicht nur die Aussagen der beiden bestätigt, sondern auch seine eigenen Beobachtungen, und die Reaktionen aus London zeigten ihm – wie auch Harry Jones –, daß er voll rehabilitiert war. Auch der Termin für den Parteitag in Miami lag äußerst günstig für ihn. Der deutlichste Hinweis auf die Stimmung in London war dabei wohl die entschiedene Anweisung der Redaktion, daß Harry Jones nach Florida fahren und seine Aufgaben dort übernehmen sollte. Damit hatte man ihm wieder das Vertrauen ausgesprochen, und außerdem bedeutete es, daß Jones mindestens für eine Woche aus Washington verbannt war und keinen Schaden anrichten konnte.

Eleanor war es zu gefährlich geworden, sich mit ihm wieder in einer Bar zu treffen. Statt dessen fuhr er mit dem Taxi zum Columbus Circle, wo er im Schutz der vielen Menschen, die aus dem Bahnhof strömten, zu ihr in den Wagen stieg. Ziellos fuhren sie zum Fluß hinunter.

»Mir gefällt dieses platonische Verhältnis überhaupt nicht«, sagte sie.

»Mir auch nicht.«

»Also was machen wir?«

»Wir werden uns etwas überlegen, wenn ich zurückkomme.«

»Und wie lange wirst du weg sein?«

Hawkins zuckte mit den Schultern. »Keine Ahnung.«

»Sei vorsichtig«, sagte sie bittend.

»Mach dir keine Sorgen«, antwortete er. »Ich brauche nicht vorsichtig zu sein. Ich bin draußen auf See völlig sicher.«

»Sei trotzdem vorsichtig.«

»Freust du dich schon auf den Parteitag?«

Sie wandte den Kopf und sah ihn kurz an. »Sei nicht albern!« sagte sie. »Du weißt genau, was ich von diesem Teil der Politik halte!«

»Dann solltest du aufpassen!«

Sie lachte. »Ich hätte erwartet, daß John mich vor dem Alkohol warnt, nicht du!«

Eleanor bog in die Constitution Avenue ein, die parallel zur Mall verlief, und Hawkins meinte: »Ich stelle mir immer vor, wie römische Legionen diese Straße entlangmarschieren.«

»Ich kann immer nur daran denken, daß alle diese Straßen zum Weißen Haus führen, und das ist die einzige Richtung, in die ich mich bewegen darf.«

»Ich liebe dich«, sagte er.

»Ich dich auch.«

An Sharons Reaktion merkte Patton bald, daß es ein Fehler gewesen war, zu Keans zu gehen, einem kleinen Restaurant in einer Seitenstraße des Broadway. Eigentlich war es sogar absurd unter den gegebenen Umständen, denn hier hatten sie auch an jenem Abend gegessen, als ihre Affäre begann, aber es war vielleicht deswegen auch zu ihrem Lieblingslokal geworden. Deshalb überraschte es ihn, daß sie so gereizt war.

»Du bist noch nie wirklich weggefahren«, protestierte sie. »Plötzlich hast du tage- und nächtelang in Washington zu tun, und jetzt sagst du, daß du wegfahren mußt.«

»Diesmal ist es etwas Besonderes.« Er mußte einfach fahren. Er war sogar entschlossen, nicht mit Jordan zusammenzuarbeiten, wenn dieser dagegen gewesen wäre. Gott sei Dank hatten sie sich schnell und leicht geeinigt.

»Warum?«

»Es ist ein Regierungsauftrag.«

»Was ist besonders an diesem Regierungsauftrag im Vergleich mit den tausend anderen?«

Wenn du nur wüßtest, mein Schatz, dachte er. Dann sagte er laut: »Es muß einfach sein.«

»Und für wie lange?«

»Ich weiß nicht«, antwortete er. »Ich komme zurück, sobald ich kann.«

»Bist du sicher, daß mit deiner Firma wirklich alles in Ordnung ist? Nachdem du soviel Geld für uns beide ausgegeben hast? Oder für mich?«

»Aber natürlich«, sagte er leichthin.

»Du würdest es mir doch sagen, oder?« bohrte sie. »Wenn etwas nicht in Ordnung wäre, meine ich.«

Patton überlegte und versuchte Zeit zu gewinnen, indem er langsam einen Schluck Wein trank. »Natürlich würde ich es dir sagen, wenn etwas nicht in Ordnung wäre«, sagte er.

Jordan nahm noch an der Sitzung der Einsatzgruppe teil, bevor er zur Andrews Air Force Base hinausfuhr, um von dort aus auf die Philippinen zu fliegen.

»Es war völlig richtig, daß Sie Patton erlaubt haben, mitzukommen«, sagte der Präsident. »Es kommt uns sehr entgegen, daß er darum gebeten hat. Jetzt haben wir *alles* unter Kontrolle.«

22

Sie kamen einzeln an, um keine Aufmerksamkeit zu erregen, und Hawkins war einer der letzten, als er mit einer Linienmaschine in Manila eintraf. Wie schon in Vietnam, überwältigte ihn sofort die Hitze und legte sich wie eine Decke um ihn. Er kurbelte das Fenster herunter und fragte nach den Docks. Hoffentlich würde der Fahrer wenigstens so schnell fahren, daß der Fahrtwind ihm etwas Kühlung verschaffen würde. Aber es war unmöglich. Die Straßen der Hauptstadt waren hoffnungslos verstopft, und Hawkins saß völlig durchgeschwitzt in den Polstern und sah hinaus auf die völlig amerikanisierte Stadt.

Die Rettung von Forest, Bartel, McCloud und dem stummen Page war natürlich das wichtigste – das einzig wichtige –, aber für Hawkins gab es da noch ein anderes Problem.

Wie war es möglich, daß sie sich geirrt hatten? Wie hatten Blair, Patton, Peterson und sein Vater glauben können, daß die Männer tot wären, wenn dem gar nicht so war?

Vor seinem Abflug aus Washington hatte Hawkins noch einmal jedes Wort der Protokolle der damaligen Untersuchung gelesen. Und danach hatte er sich noch einmal die Bänder seiner Unterhaltung mit Patton und Peterson angehört und auch noch einmal den Bericht seines Vaters durchgelesen. Sie hatten alle übereingestimmt.

Patton hatte gesagt, er sei viermal über das Gelände geflogen, so niedrig er konnte. *Keine Bewegung. Nichts. Sie waren völlig durchsiebt.* Und Peterson war sich seiner Sache ebenfalls völlig sicher gewesen. *Sie waren alle hin. Tot.* Genauso sein Vater. *Keine Spur von Leben, keine Bewegung. Sie lagen eng beieinander, so, als ob sie immer noch versuchten, die Kinder zu beschützen, die leblos zwischen ihnen lagen.*

Vielleicht würde er bald eine Antwort finden, dachte Hawkins, als der Wagen endlich am Hafen ankam.

Er hatte vor seiner Abreise in Washington offizielle Papiere bekommen sowie die Anweisung, den Fahrer am Eingang des Hafens zurückzuschicken, wo er in einen Militärjeep stieg, der Gott sei Dank offen und zugig war und ihn jetzt durch ein Labyrinth von Kaianlagen und Lagerschuppen in einen abgelegenen, streng bewachten Bereich des Hafens brachte. An dem hohen Maschendrahtzaun verlangten die amerikanischen Marinewachen seine Papiere, baten um seine Unterschrift und verglichen sein Aussehen mit einer Photographie, die sie zu seiner Überraschung in ihren Unterlagen hatten.

Nach einem kurzen Telefongespräch im Wachhäuschen wurde Hawkins endlich durchgewinkt und sah bald das grau angestrichene Schiff vor sich auftauchen. Hawkins kannte sich mit Schiffen nicht besonders gut aus, aber er wußte genau, daß dies ein besonderes Schiff war. Es war sehr lang und schien die gesamte Länge des Kais einzunehmen, aber das eigentlich besondere waren die Aufbauten. Unmittelbar hinter der Brücke befand sich eine riesige Radarkuppel, die wie ein Zyklopenauge wirkte und scheinbar viel zu groß war für das Schiff, und daneben zwei große Tellerantennen, umgeben von einem Gewirr von Stützen und Trägern und Antennen. Als der Jeep neben dem Schiff hielt und Hawkins einen Blick auf das Heck werfen konnte, hatte er den Eindruck, daß es groß genug war, um einem kleinen Hubschrauber als Landeplatz zu dienen, obwohl die entsprechenden Markierungen fehlten. Der Name des Schiffes war *Elmer D. Gorst* und Hawkins fragte sich, wer dieser Mann wohl gewesen war.

Sowohl am Kai als auch oben auf der Gangway wurde er wieder einer genauen Identitätskontrolle unterzogen. Als er die Kabine betrat, die man ihm angewiesen hatte, stellte er fest, daß sie für zwei Personen bestimmt und sein Kabinennachbar bereits an Bord war.

Auf der anderen Seite des Ganges gab es eine Dusche, und als Hawkins sich erfrischt hatte und wieder auf den Gang hinaustrat, kam Jordan den Niedergang herunter und rief seinen Namen.

»Haben Sie was dagegen, die Kabine mit mir zu teilen?« fragte der CIA-Mann.

»Absolut nicht, solange ich als erster duschen kann«, meinte Hawkins.

»Es wird kühler werden, wenn wir ablegen«, versprach Jordan. »Es wird gleich soweit sein. Sie sind der letzte, darum habe ich Sie gesucht. In der Offiziersmesse sind ein paar Leute, die ich Ihnen vorstellen möchte.«

Der Amerikaner wartete, bis Hawkins sich angezogen hatte, und führte ihn dann den Gang entlang und ein paar Treppen hoch in einen anderen Teil des Schiffes, direkt unterhalb der Brücke, wie Hawkins vermutete. Die Vermutung bestätigte sich, als sie den Raum betraten, der die ganze Breite des Schiffes einnahm und Fenster auf beiden Seiten hatte, von denen aus man auf den Vordersteven blicken konnte.

In dem Raum saßen drei Männer, aber Hawkins starrte nur auf einen der drei. Er hatte sich immer über Blairs Beteiligung an dieser Sache gewundert, bis man ihm an seinem ersten Tag in Camp Peary den Grund dafür genannt hatte, aber es überraschte ihn doch sehr, hier Patton zu begegnen, und auch dem Amerikaner schien es ähnlich zu gehen.

Jordan bemerkte die Reaktion der beiden Männer und sagte: »Dieses Schiff gehört der Patton Corporation. Mr. Patton arbeitet häufig mit der Regierung zusammen, in erster Linie bei Geheimaufträgen. Ich möchte hier keine Zensur ausüben, weil ich weiß, daß das nicht geht, jedenfalls nicht mehr nach unserer Rückkehr. Ich möchte Sie nur bitten, als Gegenleistung für unsere Zusammenarbeit bei dem, was Sie schreiben werden, nichts zu erwähnen, was auf eine Beziehung Pattons zu diesem Schiff hindeuten könnte. Es gibt keine offiziellen Hinweise darauf, daß er der Eigner dieses Schiffes ist, und der CIA möchte, daß es so bleibt.«

»Ich sehe nichts, was dagegen spricht«, antwortete Hawkins. Er dachte in erster Linie an die Photographie auf Pattons Schreibtisch in dem Büro in Manhattan und weniger daran, daß Patton einer der Industriellen war, die für den CIA arbeiteten; die gab es in der amerikanischen Wirtschaft zu Dutzenden. Fiel das hier unter das Versprechen, daß er ihm damals gegeben hatte? Schließlich war es um ein Buch gegangen, nicht um eine Zeitungsreportage. Er war in erster Linie als Reporter hier, und als solcher wußte er genau, was Pattons Anwesenheit auf diesem Schiff bedeutete.

»Warum hat man mir nichts davon gesagt?« beschwerte sich Patton, dem die Hitze im Raum trotz der eingeschalteten Klimaanlage schwer zu schaffen machte.

Jordan runzelte die Stirn. »Das spielte bei unseren Abmachungen keine Rolle, und außerdem haben Sie doch soeben gehört, daß er einverstanden ist.«

»Man hätte es mir sagen müssen«, grollte Patton.

»Was hätte das für einen Unterschied gemacht?« fragte Jordan.

»Es ist *mein* Schiff, und ich habe das Recht zu bestimmen, wer mitfährt und wer nicht.«

Jordan wurde ernst. »Das Schiff steht ausschließlich im Dienst des CIA«, erinnerte er Patton. »Und Mr. Hawkins hat in jeder Hinsicht mit uns kooperiert. Eine der Bedingungen für diese Zusammenarbeit war, daß er bei allem dabeisein darf. Bis jetzt gab es keinen Grund, seine Integrität in Frage zu stellen.«

Hawkins war nicht ganz wohl in seiner Haut, als die beiden auf diese Weise über ihn sprachen, als wäre er gar nicht im Raum. »Warum reden wir nicht später darüber?« fragte er, weil er wußte, was Patton so beschäftigte, und die Sache zu seinen Gunsten bereinigen wollte. Dies war genau die Art von Story, die sein Vater so perfekt beherrscht hatte.

»Blair kennen Sie schon«, übernahm Jordan die Vorstellung. »Und dies ist Dr. Hamilton.«

»Doktor?« fragte Hawkins und wunderte sich gleichzeitig, warum Jordan Blairs Rang nicht genannt hatte.

»Ich bin Psychiater. Es ist damit zu rechnen, daß man mich brauchen wird, wenn wir diese Männer rausgeholt haben«, erklärte Hamilton, ein schlanker knochiger Mann, der sehr eckig wirkte und dessen Adamsapfel beim Sprechen ständig auf und ab ging.

Hawkins fühlte, wie die Maschinen im Bauch des Schiffes zu dröhnen begannen und sie langsam in die Bucht von Manila hinausfuhren und in Richtung offene See. »Ja«, sagte er, »damit müssen wir wohl rechnen.«

»Wie sieht der Zeitplan aus?« fragte Blair mit ausdrucksloser Stimme.

Er hatte sich mit seiner Frage an Jordan gewandt, und Hawkins wurde deutlich, daß der CIA-Mann auf dem Schiff offiziell das

Kommando über sie hatte, wahrscheinlich einfach aufgrund der Tatsache, daß der CIA die Leitung der Sache hatte.

»Nach den Wetterberichten wird es keine Verzögerungen geben, und da dieses Schiff mit besonders starken Maschinen ausgerüstet ist, werden wir gegen 22 Uhr unsere Position vor der Küste erreichen.«

»Wolkenverhältnisse?« fragte Blair professionell.

»Wechselnd, aber das wird ständig kontrolliert. Wir haben direkte Verbindung zu einem Wettersatelliten über dem Indischen Ozean.«

»Wo soll ich an Bord arbeiten?« fragte der Psychiater.

Jordan wies nur mit der Hand in der Kabine herum. »Das ist alles, was wir bieten können«, sagte er. »Ein Flugzeugträger ist aus dem Indischen Ozean hierher unterwegs und befindet sich zur Zeit auf Höhe der Kokos-Inseln. In drei Tagen wird er seine vorgesehene Position erreicht haben und uns unterstützen können. Wenn alles klappt, und wir die Männer an Bord haben, werden sie nur eine erste vorläufige Untersuchung vornehmen, um festzustellen, ob wir größere Probleme haben werden. Gegebenenfalls können wir sie von hier aus mit dem Hubschrauber für weitere Behandlung zum Träger rüberfliegen. Von da aus ist es nicht weit bis Guam, wo ein Sanitätsflugzeug auf sie wartet.«

Eindrucksvolle Planung, dachte Hawkins, aber in Anbetracht der Situation war das auch notwendig. »Welche Kommunikationsmittel stehen mir hier an Bord zur Verfügung?« fragte er. »Die Nachrichtensperre gilt so lange, bis wir die Männer an Bord in Sicherheit haben. Danach wurde mir volle Unterstützung versprochen.«

»Ich weiß, was wir Ihnen versprochen haben«, meinte Jordan beruhigend. »Sobald die Jungs in Sicherheit sind, haben Sie eine Leitung zur Verfügung. Und Sie können mir glauben: es gibt kein Schiff, das dafür besser ausgerüstet wäre.«

»Ich finde, diese Frage bedarf noch der Klärung«, warf Patton ein. »Zwischen Hawkins und mir.«

»Warum?« fragte Jordan.

»Das ist eine persönliche Angelegenheit zwischen uns«, erwiderte der andere Amerikaner.

Pattons Kabine war verhältnismäßig groß, und Hawkins nahm an, daß er als Eigner des Schiffes die Kapitänskajüte übernommen hatte. Sie lag an der Backbordseite, und durch die stark gesicherten Fenster konnte er Lubang am Horizont verschwinden sehen. Die See war völlig ruhig und genauso gold- und silbrigglänzend wie Hawkins sie auf der Fahrt mit dem Frachter vor Hongkong erlebt hatte. Es war noch nicht sehr lange her, dachte Hawkins, nur ein paar Wochen. Und doch schien es ihm, als läge ein ganzes Leben dazwischen, oder sogar mehrere Leben. Wie lange mußten die acht Jahre für Forest, Bartel, McCloud und Page in den vietnamesischen Lagern gewesen sein!

»Sie haben mir Ihr Wort gegeben!« beharrte Patton, der zu aufgeregt war, um still sitzen zu können, und in der Kabine auf und ab lief.

»In bezug auf ein Buch«, antwortete Hawkins gut vorbereitet.

»Das gilt auch hierfür.«

»Da bin ich anderer Meinung.«

Patton blieb vor ihm stehen und sah ihn an. »Haben Sie eine Ahnung, was dies alles für mich bedeutet?« fragte er flehentlich.

Hawkins mußte daran denken, was ihm auf der Fahrt zum Hafen durch den Kopf gegangen war, und beschloß, die Gelegenheit zu nutzen. »Wie war es möglich?« fragte er. »Wie konnten Sie so sicher sein, daß die Männer tot waren? Ich habe Ihre Aussage gelesen, jedes Wort. Sie haben immer wieder betont, daß Sie keinen Zweifel hatten.«

Patton wich der Frage aus und schluckte. »Was meinen Sie, wie mich das beschäftigt?« fragte er mit unsicherer Stimme zurück. »Ich habe sie gesehen. Völlig zerschossen. *Tot!*«

»Nur verletzt«, verbesserte Hawkins. »Sie waren nur verletzt, als sie da lagen.«

»Jetzt weiß ich das auch! Genau wie vieles andere. Wissen Sie, was vor zwei Monaten war? Sharon war endlich einverstanden, daß wir heiraten. Acht Jahre lang hat sie gesagt, sie könnte ihren toten Mann nicht betrügen, und dann war sie endlich bereit, mich zu heiraten. Wir haben sogar schon ein Appartement in Manhattan gekauft, die Gästelisten für die Hochzeit zusammengestellt und den Tag bestimmt.«

Hawkins hatte Mitleid mit dem Mann. »Haben Sie es ihr gesagt?«

Patton schüttelte stumm den Kopf.

»Warum nicht?«

»Jordan sagte, es sei noch geheim.«

Das gleiche hatte ihn damals nicht davon abgehalten, Eleanor alles zu erzählen, erinnerte sich Hawkins. Langsam sagte er: »Sie wird Sie hassen, wenn sie es erfährt.«

»Wird sie mich nicht sowieso hassen?«

Hawkins empfand immer stärkere Sympathie für den Mann. »Es tut mir sehr leid für Sie«, sagte er. »Wirklich.«

»Dann verzichten Sie darauf, über sie und mich zu schreiben!« bat ihn Patton inständig und wandte sich ihm wieder zu. »Was hätte das für einen Sinn? Hat Bartel nicht genug durchgemacht? Und Sharon? Was meinen Sie, wie er darauf reagieren wird, wenn er erfährt, daß seine Frau sich in den Mann verliebt hat, der mit dem Helikopter abgehauen ist?«

Er hatte die Einzelheiten über Nguyen Ninh für sich behalten und war dafür von Wilsher und dem ständig kritisierenden Harry Jones mit Vorwürfen überhäuft worden, erinnerte sich Hawkins, war aber sofort selbst irritiert über diesen Versuch, sich zu rechtfertigen. Das war eine ganz andere Situation gewesen. Es war nicht einmal eine Stunde her, daß man ihn für seine Integrität gelobt hatte. Und wo war diese Integrität jetzt?

»Nun?« fragte Patton ungeduldig.

»Ich weiß nicht«, erwiderte Hawkins.

»Natürlich wissen Sie es!«

»Warten wir ab, was passiert«, sagte Hawkins. *Runaway Ray*, den Feigling, hatte Jane ihn immer genannt, um ihn zu ärgern. Seltsam, daß er gerade jetzt an sie denken mußte. Aber es war nicht Jane selber, oder? Es war nur die Art, wie sie ihn immer aufgezogen hatte. Was Eleanor ihm wohl raten würde?

»Warum?« fragte Patton.

»Es hängt alles davon ab, ob sie da rausgeholt werden, oder nicht?« antwortete Hawkins, um dem Problem aus dem Weg zu gehen. Wenigstens hatte er diesmal die Flasche nicht gebraucht.

Hawkins ging suchend im Schiff hin und her und versuchte sich zu orientieren. Er wollte die Gelegenheit nutzen und auch Blair die gleiche Frage stellen. Pattons Erklärung war so einfach, daß sie glaubwürdig war: ein echter, ehrlicher Fehler, der dem Mann jetzt sehr zu Herzen ging, und nicht zu unrecht. Aber es blieb ein Problem, dem er weiter nachgehen mußte, ganz professionell.

Genau unterhalb der Brücke und der Offiziersmesse lief ein Gang um das ganze Schiff. Ohne nachzudenken ging Hawkins diesen Gang entlang nach vorne und bemerkte die Männer auf dem Vorderdeck erst, als er zufällig einen Blick nach unten warf. Die Soldaten trugen schwarze Overalls ohne Rangabzeichen und arbeiteten fast lautlos; ihre Stiefel mit den Gummisohlen machten nicht das geringste Geräusch auf dem Metalldeck des Schiffes.

Er sah zwei Schlauchboote aus schwarzem Gummi, innen mit Holzstreben versteift. Die Gummihaut bedeckte auch die jetzt hochgeklappten Motoren, wahrscheinlich zur Geräuschdämpfung. Das Innere der Boote war mit Fächern ausgerüstet, die zur Aufnahme verschieden großer Kästen oder ähnlichem eingerichtet waren. Hawkins sah, wie die Männer einige Geräte, die wie metallene Bogen und Pfeilköcher aussahen, in den entsprechenden Vorrichtungen der beiden Boote befestigten und Granaten und kleine Raketen daneben verstauten. Die Waffen – die von seinem Standpunkt aus zerlegt zu sein schienen – wurden auf der anderen Seite in einem länglichen Fach untergebracht. Treibstoffkanister – ebenfalls aus Gummi zur Geräuschdämpfung, wie Hawkins fasziniert feststellte – und weitere Behälter mit unbekanntem Inhalt folgten, wobei alles seinen vorbereiteten Platz zu haben schien und dort festgezurrt wurde.

Obwohl das Geräusch nur sehr leise war, erschrak Hawkins, als die Motoren zum erstenmal probehalber angelassen wurden. Das wurde noch dreimal wiederholt, und als der Gummibezug über die Motoren gezogen wurde, stellte sich heraus, daß er mit seiner Vermutung recht gehabt hatte, denn das Laufgeräusch war jetzt kaum noch zu hören.

Nach einer Weile erkannte er Blair, der an der Seite stand, halb verdeckt von den Aufbauten, und die Arbeiten beaufsichtigte. Hawkins ging langsam weiter den Gang entlang auf der Suche nach einer Treppe und kam an der Steuerbordseite auf das Vordeck, außer Sichtweite der arbeitenden Männer. Blair stand vielleicht fünf Meter von seinen Leuten entfernt an einem Schott, und Hawkins ging langsam zu ihm hinüber, um ihn anzusprechen. »Entschuldigen Sie, Colonel, ich habe mir gedacht . . .« Dann brach er ab, als er merkte, daß Blair sich mit Patton unterhalten hatte.

»Was gibt es denn?« fragte ihn der Offizier.

»Es geht um den Einsatz damals«, begann Hawkins, dem es unangenehm war, daß Patton zuhören konnte. »Nach dem, was passiert ist, habe ich den Eindruck, daß damals, 1975, ein schwerer Fehler gemacht wurde. Und ich dachte, Sie . . .«

»Ich habe Ihnen doch geschrieben, daß ich nicht mit Ihnen darüber sprechen darf«, unterbrach ihn Blair.

»Ich dachte, die Situation wäre jetzt vielleicht eine andere«, entgegnete Hawkins.

»Durchaus nicht«, beharrte Blair. »Und im Augenblick wissen wir nicht mit Bestimmtheit, ob sich die Situation geändert hat, daß es wirklich Überlebende gibt.«

»Sie wären jetzt nicht hier, wenn es nicht gute Gründe für diese Annahme gäbe«, sagte Hawkins.

»Ich glaube nicht, daß ich darüber mit Ihnen sprechen kann«, antwortete Blair. »Ich fühle mich immer noch an die damalige Anweisung gebunden und glaube nicht, daß sich daran etwas ändern wird . . .« Er blickte zu seinen Leuten hinüber. »Abgesehen davon bin ich der Meinung, daß Sie in diesem Teil des Schiffes nichts zu suchen haben, egal was man Ihnen versprochen oder gesagt hat. Darum möchte ich Sie bitten, zu gehen.«

Hawkins bezweifelte, daß Blair das Recht hatte, ihn wegzuschikken, aber er sah ein, daß es sinnlos war, mit dem Mann weiter darüber zu diskutieren. Entschlossen, seine Niederlage nicht so einfach hinzunehmen, sagte er: »Vielleicht werde ich aufgrund der großartigen Kommunikationseinrichtungen auf diesem Schiff und im Hinblick auf die Zusagen, die ich erhalten habe, doch versuchen, mit Fort Bragg zu sprechen, um zu sehen, ob wir die offizielle Absage von damals rückgängig machen können.«

Bevor Blair antworten konnte, war Hawkins schon verschwunden. Er wußte, daß das eine ziemlich leere Drohung war, aber er ärgerte sich einfach über das überhebliche Verhalten des Mannes. Er würde es natürlich nicht von Bord des Schiffes aus versuchen, beschloß er, sondern erst, wenn er wieder in den Staaten war. Dann kletterte er wieder die Leiter empor, um auf den Gang zurückzukehren, und ging wieder nach vorne, um den Männern weiter zuzusehen.

»Es ist bald soweit.«

Hawkins zuckte zusammen, als er Jordans Stimme plötzlich so dicht neben sich vernahm. Er hatte nicht gehört, daß der CIA-Mann zu ihm getreten war. »Wie weit sind wir noch entfernt?« fragte er.

»Ungefähr fünf Meilen«, antwortete Jordan und fügte mit einem Kopfnicken zu den Männern auf dem Vordeck hinzu: »Wir wollen ihnen eine möglichst gute Ausgangsposition verschaffen.«

Hawkins wandte sich zu dem Amerikaner um. »Und was ist mit der Zwölfmeilenzone?«

»Wir gehen sehr viel weiter ran«, war die Antwort. »Wir haben Vorrichtungen an Bord, die würden Sie nicht glauben. Unter anderem ein System zur Irreführung feindlichen Radars, ähnlich wie bei Flugzeugen.«

»Aber die Radarstationen würden doch sofort annehmen, daß jemand hier eindringt, oder nicht?«

»Natürlich«, stimmte Jordan ihm zu. »Deswegen haben wir mehrere Flugzeuge von unseren Basen in Thailand aufsteigen lassen, die versehentlich in den Luftraum eindringen, wofür wir uns morgen offiziell entschuldigen werden, als hätte es sich um Navigationsfehler gehandelt.«

»Sie denken wirklich an alles, nicht wahr?« meinte Hawkins.

»Das will ich hoffen«, sagte Jordan. Dann blickte er Hawkins direkt ins Gesicht und fragte: »Würden Sie mir verraten, was Sie mit Patton besprochen haben?«

»Wie er schon sagte, ist es eine persönliche Angelegenheit.«

»Ich habe gehört, was er gesagt hat.«

»Fragen Sie ihn doch.«

»Das habe ich schon. Er hat mir gesagt, ich soll zum Teufel gehen.«

»Das werde ich nicht tun«, meinte Hawkins. »Ich sage nur, es war persönlich.«

Das Schiff verlangsamte jetzt deutlich seine Fahrt und lag bald fast ganz still, wobei es sanft mit der leichten Dünung rollte. Jordan ging zur Treppe und Hawkins folgte ihm, als ob die Anwesenheit des CIA-Mannes ihm das Recht gebe, wieder dorthin zurückzukehren, wo er kurz zuvor weggejagt worden war, nämlich auf das Vorschiff, wo Blairs Leute angetreten waren. Alle Hautpartien der Männer, die nicht von den Gummianzügen bedeckt wurden, waren mit Ruß geschwärzt worden, selbst die Handflächen, und alle trugen schwarze Wollkappen. Ihre Overalls hatten genauso viele Taschen und Schlaufen wie die Boote, aber Hawkins stellte zu seiner Überraschung fest, daß sie außer einem langen Bowiemesser anscheinend keine Waffen trugen. Er hörte, wie Jordan sagte: »Es ist wichtig, daß ihr euch genau zu den vereinbarten Zeiten regelmäßig meldet«, und schloß daraus, daß es zumindest eine Besprechung gegeben hatte, von der er ausgeschlossen gewesen war.

»Das werde ich bestimmt vergessen«, antwortete Blair sarkastisch. Er sah Hawkins an, sagte aber nichts.

»Es wird Zeit«, meinte Jordan. »Viel Glück.«

Ohne zu antworten drehte sich Blair zu den wartenden Männern um und gab ihnen ein Signal, das Hawkins entging. Die Männer ließen die Boote mit geübter Präzision und geräuschlos ins Wasser hinab und seilten sich dann gekonnt und ebenfalls lautlos an den Tauen ab. Das Motorengeräusch war da, wo Hawkins stand, nicht zu hören. Er starrte den Männern von der Reling aus nach, wie sie ablegten und sich vom Frachter entfernten.

»Ich wünschte, ich hätte auch so viel Mut wie diese Männer«, sagte Jordan neben ihm.

»Warum sind sie nicht als Soldaten erkenntlich?« fragte Hawkins, der sich über die Tatsache wunderte, daß die Männer keinerlei Kennzeichnung trugen.

»Das ist einer der Gründe, warum sie so tapfer sind«, antwortete Jordan.

22

Die genaue Einhaltung des Zeitplans war oberstes Gebot. Das Mekongdelta besteht aus sechs großen Einmündungen, von denen zwei durch größere Inseln in der Strommitte verschlossen sind. Einer davon ist der Seitenarm, der nach Can Tho führt. Genaugenommen wird der Zugang zum Südchinesischen Meer durch zwei Landzungen versperrt. Der immer wieder geübte Plan besagte, daß Blair seine Leute unterhalb von Cau Tranh De, der südlichsten der beiden Landsperren, an einer nur rund hundert Meter breiten Stelle des Flusses landeinwärts fahren sollte, und zwar vor drei Uhr morgens, da die Amerikaner aus früheren Erfahrungen im Land wußten, daß um diese Zeit die vietnamesischen Fischer zum Fang ausfahren.

Die beiden Schlauchboote waren in einem Abstand von rund drei Metern zusammengekoppelt und fuhren ohne jede Beleuchtung. Blair saß im ersten Boot und verständigte sich mit seinen Leuten durch Handzeichen, während er seine Anweisungen für das nachfolgende Boot leise flüsternd, fast unhörbar, in ein Kehlkopfmikrofon sprach, dessen Signale von Manson im Kopfhörer empfangen wurden. Obwohl die Zeit drängte, fuhren sie anfänglich gerade nur so schnell, daß sie gegen den Tidenstrom langsam vorankamen, um die Motorengeräusche so leise wie möglich zu halten. Es war nicht leicht, ihre exakte Position zu bestimmen, und immer wieder mußte der Kompaß kontrolliert werden, um zu sehen, ob sie noch auf Kurs waren. Manson hatte im zweiten Boot die gleichen Instrumente und war so nicht unbedingt auf Blairs Kommando angewiesen. Abgesehen von dem Colonel sprach keiner der Männer ein einziges Wort. Sie stützten sich mit den Knien an der Wandung der Boote ab und blickten in Richtung auf das Land, das noch nicht zu sehen war. Alle hielten angestrengt Ausschau.

Sie hatten das Eindringen in feindliches Land auf dem York River in Camp Peary immer wieder sorgfältig geübt. Die Entfernung, die sie von der *Elmer C. Gorst* bis zur Flußmündung zurücklegen mußten, war ebenso genau berechnet worden wie die dafür notwendige Zeit.

Nur im Hinblick auf die Strömungsverhältnisse waren sie auf Mutmaßungen angewiesen gewesen, und schon nach einer Stunde merkte Blair, daß sie sich verrechnet hatten. Sie hätten in der Dunkelheit längst Land erkennen müssen, aber der Horizont war vollkommen glatt, und nur das Meer hob sich gegen den Himmel ab. Sie hatten in ihrem Zeitplan einen gewissen Sicherheitspielraum für unvorhergesehene Verzögerungen, aber Blair wollte diese Reserven nicht so früh in Anspruch nehmen. Er murmelte eine kurze Anweisung in sein Mikrofon und beschleunigte das Boot, dessen Kielwasser jetzt weiß aufschäumte. Wenn sie wirklich noch so weit vom Land entfernt waren, dann konnten sie es sich leisten, etwas mehr Geräusch zu machen. Das war jedenfalls besser als einer Flotte von auslaufenden Fischerbooten zu begegnen.

Es dauerte noch eine weitere volle Stunde, bis sie am Horizont endlich Land sichteten. Die erste Meldung kam von dem Mann, der direkt vorn im Steven des Bootes saß, und wurde sofort durch Infrarot-Nachtgläser bestätigt. Blair verglich die Zeit und stellte fest, daß sie schon eine halbe Stunde ihrer Reservezeit verloren hatten. Er verständigte sich mit dem Mann am Fernglas nur durch kurze Zeichen, und der Mann richtete sein Glas wieder auf den Horizont auf der Suche nach der Brandung, die die Flußmündung markierte. Dann meldete er, auch wieder nur durch Handzeichen, daß nur eine ununterbrochene Küstenlinie zu sehen war, und Blair erkannte, daß sie einen weiteren Fehler gemacht hatten, diesmal bei der Navigation. Er korrigierte den Kurs etwas mehr nach Norden und riskierte es, noch schneller zu fahren.

Er war viel zu sehr Profi, um sich Sorgen zu machen, ebenso wie die Männer hinter ihm, die aufgrund ihres sorgfältigen Trainings ebenfalls gemerkt hatten, was passiert war. Der erste Hinweis darauf, daß sie sich endlich der Flußmündung näherten, war eher zu fühlen als zu sehen, als die Boote gegen die entgegenkommende Strömung ankämpfen mußten, die durch die Inseln im Strom noch verstärkt wurde. Der Mann im Ausguck machte Meldung, als Blair die Fahrt zu drosseln begann. Um gegen die Strömung anzukommen, war es nötig, schneller zu fahren, als er geplant hatte, und die Motoren machten jetzt doch ein beträchtliches Geräusch.

Blair steckte seinen Kompaß weg und verließ sich jetzt ausschließlich auf die Handsignale – rechts, links, rechts – des des Mannes mit dem Nachtglas, um die Boote so genau wie möglich in der Mitte des Stroms zu halten. In dem Engpaß zwischen der Insel und dem Ufer wurde die Strömung immer stärker, und jetzt kamen auch noch Seitenströmungen hinzu, so daß Blair immer wieder gegensteuern mußte, um so gut es ging auf Kurs zu bleiben. An dieser Stelle zwischen der Insel und dem Ufer hatte er einen guten Anhaltspunkt dafür, daß sie jetzt schon fast neunzig Minuten ihrer Reservezeit verbraucht hatten – zu viel, um den ursprünglichen Plan beizubehalten, wonach sie versuchen wollten, über Phung Hiep hinauszukommen.

Das war ärgerlich, aber nicht mehr. Blair schwitzte vor Anstrengung, das Boot auf Kurs zu halten, aber er machte sich nichts daraus und starrte angestrengt voraus in die Dunkelheit nach dem ersten Anzeichen des Dschungels, den er so gut kannte. Er hatte bereits den vertrauten Geruch in der Nase, wie ein Mann, der nach langer Abwesenheit zu seiner Geliebten zurückkehrt.

Plötzlich spürte Blair, wie die Strömung nachließ, und erkannte daran, daß sie die Insel zu ihrer Rechten passiert hatten und sich jetzt in einem breiteren und damit ruhigeren Abschnitt des Flusses befanden. Erleichtert drosselte er die Fahrt und gab dem nachfolgenden Manson Anweisungen, daß sie aufgrund der Verspätung ihren Plan ändern mußten. Er machte sich dabei nicht die Mühe, sich umzublikken, ob Manson ihn verstanden hatte.

Blair wußte, daß am Ufer seit der Zeit, als die Amerikaner ihre Karten aufgenommen hatten, neue Dörfer entstanden sein mußten, aber Long Phu war schon eine ziemlich große Stadt für vietnamesische Verhältnisse und lag jetzt links vor ihnen. Er steuerte auf das andere Ufer zu, um die Stadt so weiträumig wie möglich zu umfahren und die Gefahr, entdeckt zu werden, so gering wie möglich zu halten. Nüchtern stellte er fest, daß sie sich sehr gut gehalten hatten, verdammt gut sogar. Natürlich hatten sie Zeit verloren, aber sie hatten immer noch genügend Spielraum, also gab es keine allzu großen Schwierigkeiten. Schließlich war es eine Binsenweisheit, daß man im Ernstfall nie davon ausgehen konnte, den Zeitplan einzuhalten, den man anhand einer leichten Übung aufgestellt hatte. Nun gut, sie würden ihr eigentliches Ziel, sich hinter Phung Hiep zu verbergen, nicht erreichen, aber das waren nur ein paar Meilen, also brauchten sie sich keine Sorgen zu machen. Sie lagen immer noch verdammt gut.

Von vorne kam die Meldung, daß sie sich der Stadt auf dem anderen Ufer näherten. Blair gab die Meldung flüsternd an Manson weiter und drosselte das Tempo noch mehr, um das Motorengeräusch noch stärker zu dämpfen, bis sie gerade noch Fahrt machten, und hielt sich so dicht es ging am Ufer, so daß die Männer die morgendlichen Rufe der Vögel im Urwald und die Geräusche aus dem Unterholz hören konnten, an dem sie entlangstrichen. Trotz der Dunkelheit konnte man deutlich die Molen am anderen Ufer und die Häuserreihen dahinter erkennen, und ein nicht zu identifizierender Turm, vielleicht ein Kirchturm oder Uhrenturm, reckte sich wie ein erhobener Finger in den nächtlichen Himmel. Ab und zu war das Gebell eines Hundes zu hören, der sich seinen Mut beweisen wollte, aber sonst schlief die Stadt ungestört weiter.

Es war zwei Uhr morgens, wie Blair mit einem Blick auf die Uhr feststellte. Zeit, sich am Ufer unter überhängenden Zweigen zu verbergen, um nicht von irgendeinem Fischerboot oder einem gerade erwachenden Dorf aus entdeckt zu werden. Es würde ein langweiliger Tag werden. Er gab Manson seine Anweisungen durch und signalisierte dann auch dem Mann mit dem Nachtglas, der daraufhin das Ufer nach einem geeigneten Platz abzusuchen begann. Immer mehr Vögel wurden unruhig, und der Himmel wurde langsam grau, so daß sie die Bäume erkennen konnten. Zwei Uhr zwanzig. Wenn sie nicht bald etwas Geeignetes fanden, würden sie einfach nehmen müssen, was sich bot, und müßten improsivieren.

Da kam der Hinweis auf das gegenüberliegende Ufer. Blair betrachtete die Stelle durch sein eigenes Fernglas und nickte kurz. Die Wahl war gut. Auf beiden Seiten des Flusses war der Urwald ziemlich dicht und an vielen Stellen hingen die Zweige über das Wasser, aber der Ausguck hatte eine besonders gute Stelle ausfinding gemacht, die ihnen hervorragende Deckung gewähren würde. Die nötigen Anweisungen an seine eigene Mannschaft und Mansons Boot kamen gleichzeitig. Manson schloß auf, und einer von Blairs Leuten nahm die Leine in Empfang und zog, bis sich die Distanz der beiden Boote verringerte. Die Strömung des Flusses trieb sie trotzdem auseinander, so daß sie nicht hintereinander, sondern nebeneinander auf das Versteck zufuhren, und durch diese ungewöhnliche Formation wurde das Unglück noch verschlimmert.

Im Wasser war nichts zu sehen gewesen, was sie vor dem Hindernis hätte warnen können. Wahrscheinlich war es ein abgebrochener und von der Strömung geschärfter Ast, der dicht unter der Oberfläche im Schlamm steckte. Es gab einen Ruck, als Mansons Boot das Hindernis berührte, und gleich darauf ein lautes Quietschen und Reißen, als das Boot weitergetrieben wurde und die Backbordseite des Schlauchbootes vom Bug bis zum Heck aufgerissen wurde, so daß alle Luft entwich.

Die Gummihaut war besonders stark, so daß sie nicht zusammengedrückt werden konnte, aber das Loch war so groß und entstand so schnell, daß die Wirkung enorm war. Mansons Boot wurde gewaltsam nach links gerissen, und da die Verbindunsleine sehr kurz war, neigte sich auch Blairs Boot in dieselbe Richtung. Vier Männer aus Mansons Boot und zwei aus Blairs Mannschaft gingen sofort über Bord, und nach wenigen Augenblicken sackte Mansons Boot noch tiefer ins Wasser, so daß alle naß wurden, und Blairs Boot wurde ebenfalls so tief in die Fluten gedrückt, daß es Wasser übernahm. Blair reagierte sofort und riß sein Bowiemesser heraus, um damit die Verbindungsleine zu kappen. Von seiner Last befreit, richtete sich sein Boot wieder auf, aber Mansons Fahrzeug sackte noch tiefer.

Blair riskierte den Lärm und rief: »Laßt es nicht abtreiben! Zieht es an Land.«

Die Männer formierten sich um das beschädigte Schlauchboot herum und auf Blairs Befehl warf ihnen Sergeant Lewis eine neue, längere Leine zu. Blair mußte wieder den Lärm in Kauf nehmen, weil es keine andere Möglichkeit gab, und er gab Gas, um das vollgeschlagene Boot mit den Männern, die sich daran klammerten, ans Ufer zu schleppen. Seine eigenen Leute griffen nach den Zweigen, die über das Wasser hingen, um sich daran weiter ans Ufer zu ziehen, und als sie nah genug herangekommen waren, sprangen vier Mann ins Wasser, um mit der Hand das andere Boot weiter heranzuziehen. Unter den Bäumen war es noch vollkommen dunkel, und als die Männer ans Ufer wateten, hörten sie, wie die Bewohner des Unterholzes sich davonmachten.

»Appell!« kommandierte Blair sofort.

Gehorsam nannten die Männer ihre Namen. Es gab eine kleine Pause, und Blair fragte: »Jackson? Wo ist Jackson?«

Keine Antwort.

»Andrees und Jones, Ihr sichert das Boot. Alle anderen zurück ins Wasser an die Baumgrenze«, befahl Blair. Seine Stimme verriet nicht die Spur einer Panik oder auch nur einer Gefühlsregung.

Die sieben Männer glitten zurück in den Fluß und wateten oder schwammen bis zu der Stelle, wo die überhängenden Bäume an das Wasser grenzten. Sie griffen nach herunterhängenden Zweigen, um sich daran gegen die Strömung über Wasser zu halten. Es begann langsam zu dämmern, und in dem grauen Himmel war schon ein Hauch von Orange und Rosa zu sehen und kündigte den nahen Sonnenaufgang an.

»Da!« rief Manson.

Etwa zwanzig Meter weiter flußabwärts hatte sich Jacksons Körper an einem Baumast verfangen; wahrscheinlich war er mit seiner Bekleidung an einem Vorsprung hängengeblieben. Der Druck des Wassers hatte seine Arme um den Stamm gelegt, als ob er gekreuzigt worden wäre, und sein Körper wurde von der Strömung auf und nieder bewegt, wobei sein Gesicht abwechselnd untertauchte und wieder emporkam. Er war in dem großen Fluß deutlich zu sehen.

»Schnell, holt ihn rein«, kommandierte Blair. Und zu seinem Sergeant sagte er: »Lewis, Sicherungsleine.«

Die Leine wurde Lewis um die Hüften gelegt und dann durch eine Astgabel geführt, um besseren Halt zu haben. Lewis ließ ganz einfach den Baum los, an dem er sich festgehalten hatte, und ließ sich von der Strömung zu dem Toten treiben. Er streckte beide Hände aus, um den Stamm, an dem Jackson hing, zu umfassen. Es gelang, und die Männer hielten ihn durch kräftiges Ziehen an der Leine fest. Lewis arbeitete sich langsam weiter am Baum entlang und hielt dann inne, anscheinend um sich auszuruhen und gleichzeitig zu lauschen.

Es waren drei kleine Fischerboote, die langsam den Fluß herunterkamen, wobei die Fischer hinten im Boot standen und durch ständiges Wriggen ihre Fahrzeuge vorwärts trieben. In der klaren Morgenluft konnte man deutlich die hellen Stimmen der singenden Männer hören.

»Aufgereiht wie die Zielscheiben in einer verdammten Jahrmarktsbude«, flüsterte Manson und deutete auf den Sergeanten und den toten Jackson draußen im Fluß.

»Macht euch bereit«, befahl Blair, der genau wußte, daß es das Ende ihrer Mission war, wenn sie gezwungen wären, die Fischer auszuschalten. Vier seiner Leute wateten zurück ans Ufer und kehrten sofort mit den Waffen zurück, die sie auf die Boote richteten, die gerade um die Biegung des Flusses kamen. »Wartet ...«, sagte Blair warnend, als er sah, wie Lewis nach kurzem Zögern weitermachte. Der Sergeant arbeitete sich langsam weiter vorwärts und versuchte, den Toten von dem Ast zu befreien, an dem er sich verfangen hatte. Blair erkannte plötzlich, was Lewis versuchte, und hatte gerade noch Zeit, die anderen zu warnen, die mit ihm die Leine hielten, ehe Lewis sich ins Wasser fallen ließ und sich mit Armen und Beinen an dem Toten festklammerte, um sich durch das Gewicht unter Wasser drücken zu lassen, so daß man sie nicht mehr sehen konnte. Es gab einen Ruck an der Leine, den die Männer – Blair, Manson und ein

Soldat namens Penley – nur mühsam ausgleichen konnten, wobei der Ast, über den die Leine lief, bis ins Wasser heruntergezogen wurde. Durch diese Bewegung liefen sie wieder Gefahr, entdeckt zu werden.

»Zwei Mann hierher«, keuchte Blair, und ein paar der Männer, die mit der Waffe im Anschlag gewartet hatten, ergriffen das Seil, um die Spannung auszugleichen.

Die Fischerboote auf dem Fluß waren jetzt deutlich zu sehen. Die Schlagnetze lagen zusammengefaltet auf Deck und niemand außer den wriggenden Steuerleuten bewegte sich. Die Männer schienen sich für die Bewegungen des Baumes am Ufer nicht zu interessieren. Blair schätzte, daß vielleicht drei Meter der straff gespannten Leine zu sehen sein würden, wenn sie wirklich herübersehen sollten.

»Zieht sie rein«, kommandierte er leise, »aber schnell.«

Die Männer begannen gleichmäßig die Leine einzuholen, um Lewis und das im wörtlichen Sinne tote Gewicht Jacksons gegen die Strömung ans Ufer zu ziehen, was ziemlich anstrengend war. In vielleicht zehn Meter Entfernung tauchte Lewis kurz auf, um nach Luft zu schnappen, wobei er den Leichnam immer noch fest umklammert hielt. Die Fischerboote waren nur rund zwanzig Meter von ihnen entfernt, aber schon ein Stück flußabwärts, und keiner der Vietnamesen blickte zurück.

Als Lewis im Schutz des Baumes angekommen war, nahmen ihm die anderen Jacksons Leiche ab, während Penley und Manson den keuchenden und nach Luft ringenden Sergeant stützten. Kurz vor dem Ufer mußte sich Lewis übergeben.

Blair ging mit keinem Wort auf die Leistung ein, die die Männer soeben vollbracht hatten.

Alle waren durchnäßt und mit Schlamm verschmiert, was noch schlimmer wurde, als sie sich durch den Schlick wieder zum hier unbewachsenen Ufer zurückarbeiteten, aber keiner machte den Versuch, sich zu reinigen, denn das kam ihnen durchaus gelegen. Der Gestank, den sie ausströmten, würde jeden menschlichen Geruch überdecken, der irgendeinen Hund oder ein anderes Tier anlocken und sie verraten könnte.

»Was haben wir für Schäden?« fragte Blair.

»Das Boot ist unter diesen Umständen nicht mehr zu gebrauchen«, erklärte Manson. Die Luftkammer auf der Steuerbordseite ist zwar noch in Ordnung und theoretisch könnte man damit fahren, aber bei dieser Strömung würden wir Schwierigkeiten bekommen und könnten das Boot nur mit voller Motorleistung steuern. Was immer es war, es hat auch die Innenseite durchstoßen und die Schutzhüllen der Behälter beschädigt. Die Gummihülle des Reservefunkgeräts ist kaputt, also haben wir wahrscheinlich Wasser im Gerät.«

Blair stieß mit dem Fuß gegen den größten der Behälter, der noch in seinem Boot festgezurrt war, und sagte: »Also haben wir noch dieses Reserveboot, das wir für die Männer im Lager vorgesehen hatten, und mein eigenes.«

»Es wäre immer noch Platz genug«, sagte Manson. »Der Motor meines Bootes ist völlig in Ordnung, nur die Schläuche sind hin.«

»Es würde reichen, vorausgesetzt, daß wir heil ankommen und nicht noch einmal auf ein solches Hindernis stoßen«, wandte Blair ein. »Es ist zu riskant.«

»Was können wir tun?« fragte der Major.

»Wir können nicht rasten und dann auf dem Fluß weiterfahren«, beschloß Blair. »Wir werden die beiden intakten Boote hier verstekken, irgendwo in den Baumkronen hier oben, soviel wie möglich in die Rucksäcke packen und sofort losmarschieren, durch den Dschungel. Phung Hiep ist die einzige größere Siedlung, die wir umgehen müssen.«

»Aber hier ist alles voller Reisfelder«, warf Manson ein. »Es gibt bestimmt Hunderte von kleinen Dörfern, die wir nicht kennen.«

»Ich kenne mich hier aus«, sagte Blair scharf.

»Und wir haben einen Leichnam zu tragen«, erinnerte ihn Lewis, der sich jetzt wieder erholt hatte.

»Nehmt ihm alle persönlichen Dinge ab und begrabt ihn hier in einem Leichensack. In einer Stunde brechen wir auf.«

Keiner der Männer zeigte eine Reaktion auf diese Gefühllosigkeit: Jackson war tot, und sie waren noch am Leben, und ihr Anführer hatte die beste Möglichkeit gewählt, damit das so blieb. Sie waren gedrillt, so zu leben. Zu *überleben*.

Während zwei Männer den Toten auszogen, den Körper in den Leichensack packten und dann in dem weichen Schlamm ein Grab gruben, entluden die anderen die Boote und versteckten sie dann oben in den Bäumen, wo sie auch bei Sturmflut nicht vom Wasser erreicht werden konnten. Die Boote selbst und die Leinen, mit denen sie festgezurrt waren, wurden mit Zweigen und Laub getarnt. Als sie damit fertig waren, war Jacksons Grab schon zugeschüttet und die Oberfläche mit Wasser geglättet worden, um jede Spur zu beseitigen.

Blair sah kurz auf die unmarkierte Stelle hinunter und sagte dann kurz, aber mit gebeugtem Kopf: »Möge er in Frieden ruhen.« Dann drehte er sich um und ging voran in den Dschungel.

Das Unterholz war dicht zugewachsen, und ihre Füße sanken tief in dem unsichtbaren Wasser und Schlamm ein. Sie kamen nur langsam voran, um keine Spur zu hinterlassen. Es war heiß geworden, und die Luft hing voller Moskitos und anderer Insekten, die ihnen zu schaffen machten. Es war ein langer Weg, fast eine Meile, ehe sich der dichte Dschungel etwas lichtete. Blair schickte zwei Männer – Penley, einen New Yorker mit einem filmreifen Brooklyn-Akzent, und einen Schwarzen aus Alabama namens Wright – als Spähtrupp voran, während die anderen kurz Rast machten.

»Wie weit wird es wohl sein?« fragte Manson und spuckte zielsicher einen Strahl Tabaksaft auf ein langbeiniges Insekt, das auf dem Eukalyptusbaum neben ihm saß.

»Wir nehmen den geraden Weg und schneiden damit die Biegung des Flusses ab«, sagte Blair. »Ich schätze etwa dreißig Meilen, Luftlinie.«

»Die werden wir aber nicht einhalten können.«

Wie auf ein verabredetes Stichwort hin kehrte plötzlich Wright zurück und meldete, daß etwa fünfhundert Meter weiter die Reisfelder begannen, die sie unmöglich durchqueren könnten, ohne entdeckt zu werden.

»Das beste scheint zu sein, wenn wir dem Fluß folgen«, sagte der Schwarze.

»Also doch ein Bogen«, sagte Manson. Er zielte nach einem weiteren Insekt, das er jedoch verfehlte.

»Wir werden Deckung haben«, sagte Blair und bewies, daß er das Land gut kannte. »Es ist gefährlich, aber es gibt genügend Deckung.«

Er folgte Wright bis zu der Stelle, von wo aus man die Reisfelder überblicken konnte, die ruhig und glänzend in der Sonne lagen. Zahlreiche Bauern mit Strohhut waren bereits auf den Feldern und arbeiteten mit vornübergebeugtem Körper. Ganz in der Nähe der Stelle, wo die Gruppe jetzt geduckt stand, befand sich eine Art Deich, der die Felder von dem kleinen Fluß, der zu ihrer Bewässerung diente, trennte, und Blair deutete mit der Hand auf diesen künstlichen Wall. Um die vielen kleinen Schleusen frei zu halten, hatte man entlang des Flusses das Unterholz weitgehend beseitigt. Dadurch war eine Art Pfad entstanden, der sie vor den Blicken der Reisbauern schützen würde. Außerdem sah man, daß dieser Pfad oft benutzt wurde, als würden ihre Fußspuren nicht auffallen. Penley und Wright bildeten wieder die Vorhut und liefen geduckt zu dem ersten der Schleusentore, um sicher zu sein, daß der Weg frei war. Dann winkten sie den anderen. Die Männer konnten auf dem Weg verhältnismäßig frei laufen, und trotz der Hitze, die jetzt auf sie niederdrückte, ließen die ausgezeichnet durchtrainierten Männer kaum ein Zeichen von Anstrengung erkennen, abgesehen von den Schweißflecken, die sich auf ihrem Rücken und unter den Achseln ausbreiteten. Gegen Mittag führte Blair die Gruppe noch näher an den Fluß heran in den Dschungel und verkündete eine fünfzehnminütige Pause.

»Wir kommen gut voran«, sagte Manson.

»Ich möchte bei Einbruch der Dunkelheit bei Can Tho sein«, erwiderte Blair. »Wenn's geht noch früher.«

»*Wir* können uns so schnell bewegen«, sagte der Major warnend, »aber für die Männer, die acht Jahre gefangen waren, wird das schwierig sein.«

»Ich weiß«, meinte Blair nur.

»Bedeutet das nicht ein Problem?«

»Das Lager wird über den Fluß versorgt«, erinnerte ihn Blair. »Wir werden ihre Boote nehmen.«

»Und wenn keine da sind?« fragte Manson weiter.

»Dann warten wir, bis welche kommen.«

Eine Stunde später erreichten sie die Außenbezirke von Phung Hiep. Die Reisfelder hörten auf, und die Grenze zur Siedlung wurde von einem Waldstreifen markiert, den eine von den Amerikanern gebaute Straße durchzog.

»Es gibt Besseres«, sagte Manson, der neben Blair am Boden hockte.

»Und Schlimmeres«, antwortete der Colonel.

Sie nahmen sich viel Zeit, um den Verkehr auf der Straße zu beobachten und sich nach einer geeigneten Deckung umzusehen. Etwa fünfzig Meter weiter begann dichteres Unterholz, das dann in den die Straße säumenden Dschungel überging, aber dazwischen lag ein offenes Reisfeld, das nur durch einen schmalen Pfad geteilt wurde. Manson ging voran und robbte sich auf dem Bauch durch den Schlamm, den leicht erhöhten Weg als unzureichende Deckung nutzend. Die anderen gingen in Position, um ihm Feuerschutz zu geben, aber Blair war sich auch jetzt wieder darüber im klaren, daß sie keinen einzigen Schuß abfeuern durften, ehe sie nicht das Lager erreicht hatten. Das würde automatisch das Ende der Mission bedeuten. Manson erreichte das Bambusgehölz auf der anderen Seite und übernahm jetzt seinerseits die Deckung, damit die anderen folgen konnten. Blair ging als letzter. Sie arbeiteten sich immer tiefer in den Wald hinein, parallel zur Straße, die hier zur Sicherung gegen Überschwemmungen erhöht verlief, mit Gräben auf beiden Seiten, so daß ihre Sicht behindert war und sie nicht einmal den Graben auf der anderen Straßenseite überblicken konnten. Penley machte wieder den Kundschafter. Er hatte sich völlig ausgezogen und schmiegte sich jetzt eng an die Seite des Grabens, wo er die Straße in beiden Richtungen überblicken konnte. Auf sein Signal hin rannte Manson als erster zu ihm hinüber, hielt kurz inne und überquerte dann mit schnellen Schritten geduckt die Straße.

Der Vietnamese hatte gerade Rast gemacht. Sein Fahrrad lag neben ihm, während er in der typischen Haltung der Asiaten auf dem Boden hockte. Er gab einen Laut der Überraschung von sich, aber er hatte nicht einmal Zeit für irgendeine andere Reaktion, denn aus dem Lauf heraus schlug ihm Manson mit sicherer Bewegung die Hand unter das Kinn und brach ihm das Genick. Ohne Pause wandte er sich wieder zur Straße und nahm die gleiche Position ein wie Penley auf der anderen Seite, so daß sie die Straße vollständig überblicken konnten. Die Männer überquerten die Straße einer nach dem anderen und verschwanden sofort im dichten Dschungel auf der anderen Seite, ohne den toten Vietnamesen eines Blickes zu würdigen. Nur Blair, der wieder als letzter ging, hielt kurz an und warf einen Blick auf den Mann und das Fahrrad, ehe er mit einem Fußtritt das Vorderrad verbog und dann das Rad über den Mann warf, damit es wie ein Unfall aussehen sollte.

Er drehte sich zu Manson um und sagte: »Das reicht.«

In dem dichten Unterholz des Dschungels kamen sie nur sehr viel langsamer voran als entlang der Deiche, aber Blair trieb seine Männer gnadenlos zur Eile an. Er achtete nur darauf, daß sie keine Stiefelabdrücke in dem weichen Boden zurückließen, während geknickte und abgerissene Zweige auch von Tieren verursacht sein konnten. In einem weiten Bogen umgingen sie so Phung Hiep und kehrten dann zum Fluß zurück, wobei sie allerdings nicht wieder den Weg entlang der Deiche benutzten, sondern auf dieser Seite der Reisfelder blieben. Zweimal wurde ihr Weg durch kleine Siedlungen blockiert, die sie wieder in großem Bogen umgehen mußten, aber als Blair seine Männer am späten Nachmittag anhielt, waren sie nur noch zwei Meilen von Can Tho entfernt.

»Sehr gut«, sagte er. Es war sein erstes Lob. »Wir werden es heute abend schaffen.«

Aus den Satellitenaufnahmen hatten sie gesehen, daß das Lager vor der Stadt Can Tho lag, etwa eine Meile flußabwärts. Wie schon in Phung Hiep endeten auch hier die Reisfelder wieder vor der Stadt, und diesmal begegnete ihnen kein Vietnamese, als sie die Straße wieder überquerten. Sie waren jetzt auf Kundschafter angewiesen, nicht nur ihrer eigenen Sicherheit wegen, sondern auch, um das Lager zu finden, und Blair schickte zwei weitere Männer aus, einen zweiten Schwarzen namens Abrahams und einen stämmigen, schweigsamen Mann namens Lewin, die Wright und Penley unterstützen sollten. Es war Lewin, der das Lager entdeckte, nur fünfhundert Meter von der Stelle entfernt, die sie nach den Satellitenbildern erwartet hatten. Die Männer gruppierten sich und suchten in geschlossener Formation sichere Deckung im dichten Urwald westlich des Lagers. Links voraus, in nordöstlicher Richtung, sah man die Anleger in den gelblich-braunen Fluß ragen, der an dieser Stelle ziemlich breit war. Zwei kleine Boote und ein etwas größerer Lastkahn waren am Anleger festgemacht. Neben den größeren Lagerhäusern stand eine Reihe kleinerer Hütten, und dahinter führte eine kleine, schmale Straße ins Lager, das genauso aussah, wie es Nicole Tiné und Nguyen van Ninh beschrieben hatten. Jenseits des Lagers waren die überschwemmten Reisfelder und die etwas höher gelegenen Gemüsefelder zu sehen, und östlich der Anlage gab es eine Ansammlung von strohgedeckten Hütten für die Leute, die im Lager arbeiteten.

Normalerweise wäre die Erkundung Aufgabe des kommandierenden Offiziers gewesen, aber sie waren auf der Suche nach gefangenen Amerikanern und so suchten alle mit ihren gegen verräterische Reflexionen abgeschirmten Ferngläsern das Gelände ab.

»An dem hinteren Deich, bei dem Ochsenkarren«, sagte Lewis.

Die drei Männer gingen automatisch hintereinander, nachlässig bewacht von zwei Vietnamesen, die sich unterhielten, rauchten und lachten und fast keinen Blick für ihre Gefangenen übrig hatten. Schweigend sahen die Männer, wie die Gefangenen gehorsam zum Lager zurückkehrten, durch den äußeren und mittleren Ring und dann in den Innenbereich, wo sie in einer Hütte verschwanden, die neben einem größeren Gebäude stand.

»Das sind sie«, sagte Manson mit ausdrucksloser Stimme, als ob er seinen Augen nicht traute.

»Forest, Bartel und McCloud«, stellte Blair fest.

Es war Patton, der die Nachricht aus dem Funkraum überbrachte, und zum erstenmal verlor Jordan die Beherrschung. Er sprang auf, suchte nach einer Möglichkeit, seine Gefühle auszudrücken, und ergriff schließlich die Hand des Psychiaters, die er schüttelte, als ob er dem Mann für irgend etwas gratulieren wollte.

»Verdammt noch mal«, rief er aus. »Verdammt noch mal!«

Hawkins reagierte weit weniger emotional. Er wußte, daß es egoistisch war, aber er überlegte nur, was das für ihn bedeutete. Es bedeutete immer noch offene Fragen und Zweifel – vielleicht sogar noch stärker als vorher – aber in erster Linie bedeutete es eine Bestätigung für alles, was er unternommen hatte. Und er war mittendrin in einer weltbewegenden, dramatischen Geschichte, wie sie sein Vater immer wieder erlebt hatte. Das wichtigste aber war, daß er auch nicht die geringste Lust auf einen Drink verspürte, um die Sache zu feiern.

Hamilton, der Psychiater, zeigte ebenfalls keinerlei Aufregung. »Wir haben sie also gefunden«, sagte er vorsichtig, »nun müssen wir sie erst einmal da rausholen.«

Patton drehte sich abrupt um, ohne etwas zu sagen, und verließ den Raum.

Erst viel später, als sie im Dunkeln in ihrer Kabine lagen und Hawkins schon dachte, der CIA-Mann würde schlafen, fragte Jordan plötzlich: »Warum ist Patton heute abend so schnell verschwunden?«

»Keine Ahnung«, log Hawkins.

»Hat das mit Ihrer persönlichen Unterredung zu tun?«

»Gute Nacht«, sagte Hawkins. Er hatte großes Mitgefühl mit Patton. Die letzten Stunden waren für ihn vielleicht die aufregendsten und spannendsten Stunden seines Lebens gewesen, aber trotz der dramatischen Nachrichten, die über Funk kamen, und trotz seiner nüchternen Einschätzung der Sachlage und der Konsequenzen für ihn selbst war er mit einem Teil seiner Gedanken immer bei Eleanor gewesen und hatte sich gefragt, was sie wohl gerade machte und mit wem sie zusammen war und ob sie auch an ihn denken mußte, so wie er an sie dachte. Weiß der Himmel, er liebte sie sehr.

Der Parteitag war, wie üblich in Amerika, ein reiner Zirkus zur Unterhaltung der Beteiligten, denn die eigentlichen Entscheidungen waren schon lange vorher hinter den verschlossenen Türen der Ausschüsse gefallen. Die erwarteten Reden wurden mit dem erwarteten Beifall bedacht, die einzelnen Delegationen gaben dramatisch ihre

Erklärungen ab und genossen es, für einen Moment im Lichte der Öffentlichkeit zu stehen, von den Fernsehkameras im ganzen Land übertragen, die Luftballons stiegen wie geplant über den Delegierten in die Höhe, und die Souvernirverkäufer machten eine Unmenge Geld.

John Peterson wurde von seiner Partei überwältigend und einstimmig zum Kandidaten gekürt. Anschließend gab es die traditionellen Empfänge und die Partys im Fontainebleau, und die begeisterte Menge belebte immer noch die Collins Avenue vor dem Hotel, als er mit Eleanor endlich in ihr Appartement zurückkehrte.

»Ich habe es geschafft!« sagte Peterson. »Ich habe die Kampagne und ich habe die finanzielle Unterstützung und ich liege in den Umfragen weit vor Harriman. Ich bin so dicht davor, daß ich mir meine Chance nicht entgehen lassen werde.«

»Sei lieber vorsichtig«, sagte sie warnend. »Du bist nicht so dicht daran, wie du denkst.«

24

Wie alles andere hatten sie in Camp Peary auch die Erkundung sorgfältig trainiert, deshalb beschränkte Blair seine Anweisungen auf das nötigste. Die eine Gruppe sollte unter Führung von Sergeant Lewis das Flußufer und die Anlegestellen erkunden, während eine zweite Gruppe im Inland die Reis- und Gemüsefelder, auf denen die Gefangenen arbeiteten, erkunden und die Zahl der Wachen herausfinden sollte. Blair und Morgan blieben auf ihrem Beobachtungsposten zurück, um sich ein besseres Bild von der Lage machen zu können. Kurz vor Einbruch der Dunkelheit kehrte der Haupttrupp der Gefangenen ins Lager zurück, wobei die politischen von den kriminellen Häftlingen deutlich zu unterscheiden waren. Die politische Abteilung wurde ähnlich locker bewacht, wie sie es vorher bei den Amerikanern beobachtet hatten, im Gegensatz zu den Kriminellen, bei denen alle zehn bis fünfzehn Meter ein bewaffneter Aufseher stand. Während die Männer innerhalb der Umzäunung in ihre Abteilungen zurückkehrten, wurde die Beleuchtung rings um das Gelände eingeschaltet, so daß die Amerikaner die Wachablösung an drei Wachtürmen beobachten konnten. Auf jedem Turm gingen einzeln die Suchscheinwerfer an, wurden aber sogleich wieder abgeschaltet. Nach etwa einer Stunde hörte man eine Sirene heulen, aber die

Männer im äußeren Bereich reagierten überhaupt nicht darauf. Hinter ihnen sahen Blair und seine Leute, wie die vietnamesischen politischen Häftlinge gehorsam tiefer ins Lagerinnere marschierten und in dem großen Vortragssaal verschwanden. Von den drei Amerikanern, die schon vor Stunden in die benachbarten Hütten gegangen waren, war immer noch nichts zu sehen.

Die Gruppe, die die Felder ausgekundschaftet hatte, kehrte als erste zurück. Blair hörte sie nur ganz leise und im letzten Moment, als sie sich näherten, und nickte ihnen lobend zu, während sie in den kleinen Unterstand, den Morgan und er gebaut hatten, zurückkamen.

»Wir haben auf den Feldern zwanzig Mann gezählt«, berichtete Penley als Sprecher der Gruppe. »Dazu kamen etwa zehn weitere, um die Gefangenen zurück zum Lager zu eskortieren.«

Blair nickte und sagte: »Das haben wir erwartet. Gehen wir davon aus, daß noch weitere zwanzig da sind als Ersatzleute und für zusätzliche Aufgaben. Alles in allem also rund fünfzig Mann.«

»Das ist schon genug, aber ich fürchte, die Wachen sind nicht einmal unser größtes Problem«, gab Manson zu bedenken. »Mit Hilfe des Überrraschungseffekts könnten wir sie erledigen. Aber was mir nicht gefällt, ist dieser äußere Ring von Gefangenen. Es sind mindestens fünfhundert Leute, vielleicht sogar noch mehr, durch die wir hindurch müssen.«

»Das ist die Schwierigkeit«, stimmte Blair ihm zu.

Andrews hatte sich mit dem Nachtglas das Lager vorgenommen und meldete: »Ich kann keine besonderen elektronischen Alarmanlagen erkennen.«

»Sie fühlen sich sicher und zufrieden, und das ist unser Vorteil«, bemerkte Blair.

Leise Geräusche waren zu hören, als Lewis seine Gruppe zurückbrachte und sich zu den Offizieren niederhockte.

»Bei den Anlegern gibt es ein Wachhäuschen, aber wir haben eine Stunde lang gewartet, ohne daß jemand gekommen wäre. Es ist also nicht besetzt«, berichtete er. »Eines der kleinen Boote hat einen Motor und wäre groß genug für alle. Natürlich weiß ich nicht, wo die Schlüssel sind, aber wir können es ohne Schwierigkeiten kurzschließen.«

Im Lager hörte man wieder die Sirene, und diesmal setzten sich die Gefangenen im äußeren Ring in Bewegung, um zum Essen in die Messe zu gehen, und aus dem inneren Bereich mit den Indoktrinationsräumen strömten die Vietnamesen ebenfalls in diese Richtung.

»Da sind unsere Leute«, meldete Andrews, der immer noch durch sein Fernglas das Treiben im Lager beobachtete.

Alle sahen auf. Jetzt war noch ein vierter Mann dazugekommen, ein Schwarzer, der seine Hand auf die Schulter des vor ihm laufenden McCloud gelegt hatte. Begleitet von einer einzigen Wache, gingen sie im Gänsemarsch ebenfalls zu den Speiseräumen.

»Mistkerle!« fluchte Wright, der andere Schwarze, leise vor sich hin. »Ich werde mir welche von diesen Mistkerlen holen!«

»Keine persönlichen Gefühle!« warnte Manson ebenso leise. »Niemand kämpft gut, wenn es um persönliche Gefühle geht. Bleib ganz cool.«

»Okay, fassen wir zusammen«, sagte Blair und scharte die Männer um sich. »Sie werden von diesem äußeren Ring von Gefangenen abgeschirmt. Also kein frontaler Angriff. Wir werden sie heute nacht holen, ganz überraschend, und niemand in dem äußeren Ring wird etwas davon merken, daß wir da waren. Dann nehmen wir das Motorboot und versenken die beiden anderen. Andrews?«

»Sir?«

»Du übernimmst die Nachrichtenverbindungen. Ich will, daß alles lahmgelegt wird, alle Drähte zerschnitten, alle Funkgeräte und Radios zerstört. Aber richte es so ein, daß eines der Funkgeräte scheinbar in Ordnung ist und erst hochgeht, wenn sie versuchen, damit zu funken. Abrahams?«

»Sir?«

»Du wirst hinter uns das Lager verminen. Den Wachraum, die Baracken, alles. Ich möchte, daß alles, was sie anfassen und wo sie hinrennen, automatisch in die Luft fliegt. Hauptsache, sie kommen nicht dazu, uns sofort zu verfolgen. Auch die Anleger werden vermint, ebenso die beiden übrigen Boote . . .«

»Sie haben ein System, diese gerissenen Hunde«, unterbrach Andrews, der seine Instruktionen bereits erhalten hatte und wieder mit dem Glas das Lager beobachtete. »Da, seht mal«, sagte er aufgeregt. »Taschenlampensignale von einem Turm zum anderen. Ich habe mitgezählt: etwa alle sechs Minuten.«

»Gut gemacht«, gratulierte Blair. »Wright, Penley und Yates. Wenn wir mit unserer Besprechung fertig sind, synchronisiert eure Uhren. Sobald das Licht in dem ersten Turm hier erscheint, legt ihr los. Ihr habt dann sechs Minuten, um alle drei zu erledigen . . . geräuschlos.« Blair machte eine kurze Pause und meinte dann: »Blieben Forest, Bartel, McCloud und Page . . . das werde ich übernehmen. Hoffentlich wird Forest mich erkennen und nicht falsch reagieren. Für den Notfall werde ich Zwangsjacken und Beruhigungsspritzen mitnehmen, um sie auszuschalten…«

»Aber dann können Sie die vier Männer nicht allein rausholen«, wandte Manson ein.

»Ich werde alleine vorgehen«, korrigierte ihn Blair. »Ich will, daß ihr mir Deckung gebt, bei jedem Schritt, aber ich will nicht, daß wir alle auf einmal in die Baracke stürmen. Sie werden sowieso schon verwirrt genug sein, aber wenn sie plötzlich das Gefühl kriegen, daß sie angegriffen werden…« Er dachte kurz nach. Dann sagte er: »Denkt dran: ein einziger Schuß, und alles ist vorbei. Es ist mir egal, was passiert, wenn wir erst im Boot sind, aber ich möchte, daß wir aus dem Lager raus sind, ehe der Lärm losgeht.«

»Das können wir nicht garantieren«, sagte Manson nüchtern.

Blair nickte, weil er ihm recht geben mußte. »Penley?«

»Sir?«

»Du gehst auf den ersten Turm hier und bleibst da, bis wir weg sind. Wenn es zu einer Schießerei kommt und die Leute im äußeren Ring aufgeweckt werden und herauskommen, dann hast du da oben eine gute Position. Nimm auch Handgranaten mit, die werden mehr Wirkung erzielen, jedenfalls am Anfang. Irgendwelche Bemerkungen?«

»Was ist mit Zeitzündern an den Booten und dem Anleger?« schlug Manson vor. »Wenn sie mitten auf dem Fluß hochgehen, während sie uns verfolgen, könnte das den Fluß vielleicht blockieren, wenn wir aus der Stadt selbst verfolgt werden sollten.«

»Gute Idee«, stimmte Blair zu. »Verstanden, Abrahams?«

»Jawohl, Sir.«

»Genau um Mitternacht werden wir die Wachtürme nehmen«, sagte Blair dann. »Ruht euch so lange aus.«

Die Männer waren so gut trainiert, daß jeder einzelne von ihnen trotz des bevorstehenden Einsatzes durchaus in der Lage war, sich zu entspannen. Und wenn sie auch nicht jeden Gedanken an ihre Aufgaben fallenlassen konnten, schafften sie es zumindest, sie beiseite zu schieben. Eine halbe Stunde vor der verabredeten Zeit standen Wright und Yates auf, um ihre Position bei den weiter entfernten Wachtürmen einzunehmen. Sie sprachen sich mit Penley ab und verschwanden in der Dunkelheit. Weitere fünfzehn Minuten später nickte Blair Penley zu und befahl: »Jetzt du.« Penley verschwand nach links und bereitete sich auf seinen Einsatz vor.

Die Scheinwerfer waren auf das Innere des Lagers gerichtet und beleuchteten die Baracken und das Exerziergelände, während die Umgebung außerhalb der Umzäunung unbeachtet im Dunkel blieb. Die Wachtürme warfen einen keilförmigen Schatten in die verbleibende Helligkeit hier draußen, und diesen Schatten nutzte Penley aus. Durch die Nachtgläser konnten sie verfolgen, wie er sich in den Graben hinabließ, der neben der Straße verlief, und dann auf den Turm zulief, bis er den Schatten erreicht hatte. Er hielt kurz inne, um zu sehen, ob man ihn entdeckt hatte, und als sich nichts regte, rannte er geduckt zum Turm hin und verschwand in den Verstrebungen an seinem Fuß. Ein kurzer Blick auf die Uhr, dann reckte er den Hals und sah nach oben, um auf das Lichtsignal zu warten. Sobald die Lampe aufleuchtete, begann er an den Verstrebungen emporzuklettern. Abrahams stoppte mit der Uhr in der Hand die Zeit, bis er oben anlangte.

»Fünf... fünfeinhalb... vier... viereinhalb... drei...«, zählte er leise mit.

»Er ist oben«, verkündete Manson.

Knapp unterhalb der Plattform hatte Penley kurz innegehalten und war dann in einer einzigen fließenden Bewegung über den Rand geklettert. Kein Laut war zu hören. Die Gruppe wartete und sah zu den beiden anderen Wachtürmen hinüber. Kurz darauf blinkte auf dem am weitesten entfernten Turm das Licht auf, nicht ein-, sondern zweimal, und wurde sofort vom nächsten Turm und dann von Penley erwidert.

»Also los«, sagte Blair leise.

Einer nach dem anderen rannten die Männer in vollem Tempo zum Haupttor hinüber und stellten sich daneben auf, während Manson das Tor nach einer elektronischen Alarmvorrichtung absuchte. Es gab drei Detektoren, die geschickt plaziert waren. Einer reagierte auf die Geräusche beim Öffnen des Tores, die anderen beiden waren auf jeder Seite mit einer besonderen Leitung verbunden, die das Durchschneiden des Zaunes unmöglich machen sollte. Sie entschieden sich für die rechte Seite und überbrückten die Anlage mittels Krokodilklemmen und Draht. Dann schnitten sie mit den Drahtscheren eine große Öffnung in den Zaun, die sie benötigen würden, um die desorientierten Männer auf dem Rückweg hindurchzugeleiten. Dann suchten sie unter den auf Stelzen stehenden Baracken des Kriminellen-Lagers Deckung, wobei sie die Geräusche der Insassen über ihren Köpfen deutlich vernehmen konnten. Auf dem Bauche kriechend bewegten sie sich weiter auf die andere Seite, von wo aus sie die nächste Abteilung überblicken konnten.

»Scheiße!« fluchte Manson leise.

Am Tor zu der nächsten Abteilung stand ein Wachhäuschen, das offensichtlich besetzt war, auch wenn von ihrer Position aus nicht zu erkennen war, wie viele Männer sich darin befanden. Während sie noch zögerten, kam ein Mann aus dem Häuschen, öffnete seine Hose und pinkelte gegen die Wand, ehe er wieder im Innern verschwand.

»Wann werden die Wachen abgelöst?«

»Das konnte uns die Frau nicht genau sagen«, erinnerte ihn Blair. »Wir werden sie ausschalten und sicherheitshalber einen Mann zurücklassen, für den Fall eines Falles. Lewis.«

Der Sergeant wählte sich einen weiteren Mann aus und verließ dann mit ihm den schützenden Schatten unter den Baracken, um sich bis zu dem Zaun und von da aus außer Sicht des Wachpostens an das Häuschen heranzuschleichen. Die Männer sahen deutlich, wie die Klinge von Lewis Messer im Licht des Scheinwerfers über ihnen aufblitzte, aber es war für ihre Verhältnisse ein mißlungener Angriff, denn sie hörten, wie der Wachposten einen überraschten Laut ausstieß. Die Männer spannten sofort alle Nerven an und warteten mit geneigten Köpfen auf eine Reaktion in der Baracke über ihnen, wobei zwei Mann ihre Handgranaten bereithielten. Aber außer den leichten Bewegungen, die sie die ganze Zeit über vernommen hatten, war nichts zu hören.

Lewis hatte bereits die nächste Alarmanlage ausfindig gemacht, als sie zu ihm stießen. Als Blair neben ihn trat, um zu warten, bis Manson die Anlage ausgeschaltet hatte, wie vorhin am Haupttor, sagte der Sergeant leise: »Es tut mir leid. Hinter der Tür schlief einer, den ich nicht gesehen habe.«

Wieder benutzten sie die Baracken, in denen die vietnamesischen Gefangenen untergebracht waren, als Deckung und konnten aus ihrer sicheren Position die Unterkünfte der Lagerwachen übersehen.

»Es wird nicht gehen«, sagte Manson, objektiv und nüchtern wie immer.

Das Gebäude lag direkt auf ihrem Weg zu der Hütte, in der die Amerikaner waren. Einige der Fenster waren noch erleuchtet, und auch auf der breiten Veranda davor sah man Bewegungen und das Glimmen einer Zigarette, begleitet von dem leisen Klang von Musik.

»Wir müssen sie ausschalten«, stimmte Blair zu. »Armbrust, Garotte und Messer. Egal wie gut Penley auf seinem Turm ist: Wir werden nie rauskommen mit den ganzen Leuten da draußen hinter uns.«

Lewis, der die leise Kritik an seinem Angriff auf das Wachhäuschen deutlich gespürt hatte, ging als erster, die metallene Armbrust – eine Weiterentwicklung der uralten, mittelalterlichen Waffe, die heute von vielen modernen Kampftruppen eingesetzt wird – im Anschlag. Drei weitere Männer folgten ihm. Blair und Manson blieben zurück mit der Waffe in der Hand: Manson trug ein modifiziertes M-16, Blair eine Browning Automatik mit Schalldämpfer. Auf der Veranda saß eine Gruppe von vier Vietnamesen, und diesmal verlief der Angriff mit perfekter Koordination. Yates und Abrahams kamen von hinten und erledigten die beiden, die außen saßen, mit dem Messer, während Lewis und Wright urplötzlich vor den beiden anderen auftauchten und sie lautlos mit der Armbrust töteten. Kein Schrei war zu hören, aber obwohl Yates und Abrahams versuchten, die zusammenbrechenden Männer aufzufangen, machten die Körper doch einiges Geräusch, als sie auf den Boden fielen. Sofort stellten sich die vier Amerikaner links und rechts der Tür auf und warteten. Die Musik hörte auf und ein neues Lied begann, aber sonst geschah nichts. Auf einen Wink hin liefen Manson und Blair zu den vier Männern hinüber, gefolgt von den anderen.

Die Tür führte nicht direkt in die Baracke, sondern in eine Art Flur, von dem aus weitere Türen abgingen. Auf der einen Seite waren wahrscheinlich Büros, auf der anderen Toiletten und Waschräume. Blair nickte Lewis zu, der sich eng an die Wand geschmiegt in den Flur schob, um einen Blick in die Schlafräume zu werfen. Nach wenigen Minuten kehrte er zurück.

»Achtzehn Mann, soweit ich zählen konnte«, berichtete er. »Der mit dem Radio ist der dritte von links; er liegt nur auf seiner Pritsche. Am zehnten Bett auf der anderen Seite ist gerade ein Spiel im Gange, drei Mann. Alle anderen scheinen zu schlafen, aber ich bin nicht ganz sicher.«

»Yates«, flüsterte der Colonel, »du übernimmst den Mann mit dem Radio. Lewin, Abrahams und Wright, ihr nehmt die drei auf der rechten Seite, jeder einen. Die Schlafenden erledigen wir gemeinsam.«

Die Genannten gingen voran, der Sergeant mit den beiden anderen zuerst, dann Yates direkt dahinter. Der Mann mit dem Radio wurde schnell und lautlos getötet, aber zwei der Kartenspieler auf der anderen Seite fielen gegen eines der Betten. Ehe die darin schlafenden

Männer gemerkt hatten, was passiert war, waren Abrahams und Wright schon bei ihnen, aber es gab ein Geräusch, das noch andere weckte. Drei Mann erhoben sich von ihren Pritschen am anderen Ende des Raumes und blickten mit hervortretenden Augen voller Angst auf die Angreifer, ehe Blair sie mit seiner schallgedämpften Waffe einen nach dem anderen erledigte. Nur ein leises »Plop« war bei jedem Schuß zu hören. Ein Vietnamese, der nicht geschlafen hatte, stürzte sich auf Wright, der ihn geschickt in sein Messer fallen ließ. Die Männer waren ständig in Bewegung. Sobald die Baracke gesäubert war, rannten Lewis und Yates zum Eingang zurück und kontrollierten die geschlossenen Türen im Flur. Es waren Büros, aber sie standen leer.

Die Männer versammelten sich im Flur, und Blair sagte: »Okay. Das war nur die Hälfte, jedenfalls nach unserer Rechnung. Abrahams, du kannst die Minen legen. Alle anderen geben mir Rückendeckung.«

Blair machte an der Tür halt und suchte die Umgebung ab, ehe er im Laufschritt auf die Hütte zurannte, in der die Amerikaner waren. Er war nur noch etwa zehn Meter entfernt, als plötzlich aus einem fast unsichtbar im Dunkel gelegenen Wachhäuschen ein Vietnamese mit der Waffe im Anschlag auf ihn zukam und ihn anrief. Blair hielt keineswegs inne, sondern rannte eher noch schneller auf den Mann zu und versetzte ihm aus vollem Lauf einen gewaltigen Tritt in den Unterleib. Der Mann klappte vor Schmerz zusammen und kreischte kurz, während er nach Luft schnappte, aber sofort senkte sich Blairs Messer in seinen Rücken. Blair stellte sich blitzschnell mit dem Rücken zur Hütte und warf einen Blick über das Lager. Aus einem kleinen Gebäude neben der Hauptbaracke kamen zwei Vietnamesen und sahen sich überrascht um, fielen aber sofort zu Boden, als sie von zwei Pfeilen getroffen wurden, die Wright und Lewis von der Veranda aus auf sie schossen und die sie sofort töteten.

Blair zögerte keinen Augenblick.

Im Vertrauen auf ihre Sicherungsmaßnahmen im Lager hatten die Vietnamesen nur ein einfaches Schloß an der Tür angebracht, das nach kurzem Druck mit dem Messer sofort nachgab. Im Innern war es vollkommen dunkel und still. In geduckter Haltung drang er in den Raum ein, um nicht gesehen zu werden, und trat sofort zur Seite. Immer noch keine Bewegung. Mit der Spitze seines Messers drückte er gegen die Tür, um sie zu schließen, und richtete sich langsam auf, ohne seine Position zu verändern. Er vernahm nur tiefe, regelmäßige Atemzüge. An der Dunkelheit erkannte er, daß die Fenster verhängt waren, und suchte mit den Fingern nach einem Lichtschalter. Als er ihn fand, zögerte er kurz und schaltete dann entschlossen das Licht ein, die Waffe vor sich im Anschlag.

Er sah vier Betten, die in Zweiergruppen aufgestellt waren. In ihnen lagen die vier Amerikaner auf dem Rücken, Forest und McCloud auf der einen Seite, Bartel und Page auf der anderen. Alle waren bis zum Hals zugedeckt, und wenn sie nicht hörbar geatmet hätten, hätte Blair glauben können, in einem Leichenhaus zu sein. Er ging zuerst zu Forest hinüber und betrachtete ihn. Sein Gesicht war eingefallen wie bei einer Leiche und von tiefen Linien durchzogen.

»Colonel Forest!« Der Respekt vor dem Offizier, der damals einen höheren Rang als er bekleidet hatte, war eine automatische Reaktion. »Colonel Forest!«

Der Mann lag wie im Koma und rührte sich nicht. Zögernd streckte Blair die Hand aus und berührte seine Schulter, die sich hart und knochig anfühlte. »Colonel Forest!«

Er wandte den Blick und sah zu Bartel hinüber, wobei er den kahlen Schädel und die Narbe bemerkte, die Nicole bei der Untersuchung erwähnt hatte, und dann zu McCloud, dessen Augen auch im Schlaf ständig zuckten.

Er stieß einen tiefen Seufzer aus und griff in seine Tasche, um die Spritze herauszuholen. Er hatte die erste schon in der Hand und wollte sie gerade in Forests Arms stoßen, als eine Stimme hinter ihm sagte: »Warum?«

Blair drehte sich um und erkannte Manson.

»Sie sind schon völlig weg«, sagte der Major. »Warum sollen wir ihnen noch mehr Drogen geben? Sie müssen noch laufen, wenigstens bis zum Boot.«

»Sie werden einen Schock kriegen, wenn wir sie wach kriegen.«

»Dann wäre es besser, wir würden es jetzt probieren, sie zu wecken«, drängte der andere.

Blair zögerte und steckte dann die Spritze wieder ein. »Gut, versuchen wir's«, sagte er.

Manson ging auf die andere Seite des Bettes hinüber und schüttelte den bewegungslosen Forest sehr viel kräftiger, als Blair es getan hatte. Es dauerte sehr lange, aber endlich öffnete der Mann die Augen. Das war jedoch schon alles. Die Augen waren geöffnet, aber Forest machte keinen Versuch, nach rechts oder links zu blicken oder seinen Kopf zu bewegen, um den Grund der Störung herauszufinden.

»Sir!« rief Manson leise. »Colonel Forest!«

Der Mann bewegte sich, aber nur als Reaktion auf das Geräusch, und blickte den Major ausdruckslos an.

»Er erkennt mich nicht! Er erkennt nicht einmal, daß ich ein Amerikaner bin!« sagte Manson ungläubig.

»Colonel Forest!« sagte Blair wieder, und als keine Reaktion erfolgte, drehte er den Kopf des Mannes so, daß er ihn ansehen mußte. Die Augen waren absolut leer und ausdruckslos. Blair befürchtete plötzlich, er könnte blind sein, und bewegte prüfend die Hand vor dem Gesicht des anderen, der mit den Augen blinkte.

Manson sah Blair über das Bett hinweg an und fragte: »Was zum Teufel haben sie mit ihm gemacht? Er ist absolut willenlos!«

»Die anderen«, kommandierte Blair. Er versuchte, McCloud zu wecken, und der Major ging zu den anderen Betten hinüber und schüttelte erst Bartel und dann Page. Blair hörte, wie Manson sagte: »O mein Gott«, und sagte dann: »McCloud auch. Bei allen dasselbe.«

»Bringen wir die armen Teufel hier raus«, sagte Blair.

Manson rief Lewis heran, der direkt vor der Baracke Wache gehalten hatte, und mit der typischen Unbeholfenheit von Männern zogen sie den Gefangenen, die willenlos alles über sich ergehen ließen, ihre Kleidung an.

»Wie zum Teufel sollen wir sie dazu bringen, aufzustehen und zu laufen?« fragte Manson ärgerlich.

Es war Blair, dem die richtige Lösung einfiel. Er rief ein Kommando auf vietnamesisch. Die Männer reagierten sofort, und McCloud zuckte verstärkt mit den Augen. Dann stellten sie sich in eine Reihe hintereinander, wobei Page automatisch die Hand seinem Vordermann, Bartel, auf die Schulter legte, und setzten sich in Bewegung.

Die Green Berets standen draußen vor der Hütte. Die gleichen Männer, die vor nicht ganz einer Stunde eine Baracke voller zumeist schlafender Soldaten gestürmt und ohne Zögern oder Gewissensbisse getötet hatten, sahen sich jetzt betroffen an, schockiert von dem Anblick ihrer wie Roboter wirkenden Landsleute.

»Vorwärts«, kommandierte Blair und marschierte weiter.

Die Soldaten nahmen die befreiten Gefangenen in ihre Mitte, die auf Blairs auf vietnamesisch gesprochene Anweisungen hin gehorsam in Richtung auf den Ausgang gingen und sich widerspruchslos durch den aufgeschnittenen Zaun helfen ließen. Nur Abrahams blieb zurück, um das Lager zu verminen, und folgte ihnen dann langsam. Am Haupttor schickte Blair Wright und Andrews zum Anleger voraus, um das Wachhäuschen am Ufer zu kontrollieren. Es war nicht besetzt.

Während Lewis die Zündkabel am Motorboot kurzschloß, brachte Andrews in dem kleinen Funkraum in der Nähe der Anlegestelle seine Sprengladungen an, und Abrahams machte das gleiche mit dem Anleger selbst und den beiden anderen Booten, die sie zurücklassen wollten. Die übrigen Männer halfen den vier Geretteten in das Boot. Penley war der letzte, als er von dem Wachturm herunterkletterte und den anderen folgte. Als er die vier Männer sah, sagte er laut: »Jesus!«

»Also los«, kommandierte Blair. »Wir nehmen den kürzesten Weg, so schnell wir können und so lange wir können. Falls wir aus irgendeinem Grund getrennt werden sollten, treffen wir uns da, wo wir unsere Boote versteckt haben. Aber ich werde auf keinen Fall warten. Ihr habt alle Peilsender bei euch. Wenn ihr euch verliert, meldet euch jeden Abend um Punkt sechs Uhr Ortszeit, und zwar so nahe an der Flußmündung wie möglich. Alles klar?«

Zustimmendes Murmeln und Grunzen kam von den Männern.

»Alles, was sich uns in den Weg stellt, wird weggepustet«, fügte Blair hinzu. »Also los.«

Die Männer setzten sich mit schußbereiten Waffen an die Ränder des Bootes und Lewis beugte sich über den Motor. Er führte die Drähte zusammen, und der Anlasser drehte sich langsam, ohne daß der Motor ansprang. Er spritzte zusätzlichen Treibstoff in die Maschine und versuchte es noch einmal. Diesmal klappte es beinahe. Der Lärm schien im Dschungel ringsum zurückgeworfen zu werden. Beim dritten Versuch lief der Motor an, erstarb wieder und faßte dann endgültig mit einem dumpfen, unregelmäßigen Brummen. Langsam bewegte Lewis das Boot rückwärts, wendete und steuerte dann flußabwärts, bewußt langsam, um den Lärm so gering wie möglich zu halten.

Blair ging zu den wie erstarrt dasitzenden Männern hinüber und hockte sich vor sie hin, um sie zu einer Reaktion zu bewegen. Weil sie auf seine vietnamesischen Kommandos reagiert hatten, versuchte er, sie in dieser Sprache weiter anzusprechen, aber sie antworteten darauf genausowenig wie auf sein Englisch. Nach einer Viertelstunde gab er es auf und ging zurück zu Lewis, der hinten im Boot stand und steuerte. »Vorsichtig bei der Giang Insel, links voraus«, warnte er ihn.

Gehorsam steuerte der Sergeant weiter nach rechts hinüber in die Mitte des Fahrwassers. Blair ging weiter nach vorne zu Manson und fragte ihn: »Wann wird es hell?«

»Vielleicht in einer Stunde«, antwortete der Major.

»Dann wären wir genau um die Zeit in Phung Hiep, zu der die Boote rausfahren.«

»Das wird hart für die Boote werden«, sagte Manson nur. Dann machte er eine Kopfbewegung nach hinten und fragte: »Wie geht es ihnen?«

»Weggetreten«, sagte der Colonel. »Sie sind völlig unansprechbar.«

Sie waren fast fünfhundert Meter an der Insel Giang vorüber, als sie die erste Explosion hörten. Es klang sehr dumpf und weit entfernt, aber kurz darauf begann eine ganze Serie von Detonationen, die sich fast zu einem Stakkato steigerten, und der Himmel hinter ihnen färbte sich gelblich rot.

»Wie am 4. Juli, nicht wahr?« meinte Abrahams stolz.

»Okay, volles Tempo«, rief Blair Lewis zu.

Der Sergeant gab Gas und der Lärm wurde stärker. Gleichzeitig begann das ganze Boot mit den Vibrationen des unruhig laufenden Motors zu zittern, lief aber immer noch verhältnismäßig langsam.

»Wenn wir so weitermachen, werden sie uns die Flußmündung vor der Nase zusperren«, meinte Manson.

»Wir werden nicht mit diesem Tempo weiterfahren«, beruhigte ihn Blair. »Und noch haben sie uns noch nicht entdeckt.«

Hinter ihnen ertönte eine neue Serie von Explosionen, und wieder verfärbte sich der Himmel rötlich. Der erste, der das Geräusch hörte, war Penley, der ganz vorne im Boot saß und damit am weitesten entfernt von der dröhnenden Maschine. Er wandte sich zurück und rief laut: »Hubschrauber!«

»Ans Ufer!« kommandierte Blair sofort.

Lewis riß das Steuer herum und hielt direkt auf den Wald zu. Die Bäume hingen hier nur wenig über das Wasser hinaus im Vergleich zu der Stelle, wo sie ihre eigenen Boote versteckt hatten, aber es langte, und als Lewis den Motor abstellte, ergriffen die Männer die herunterhängenden Zweige und zogen das Boot daran tiefer in das Dickicht. Die Dämmerung war hell genug, um die drei Maschinen gegen den dunklen Himmel ausmachen zu können, die mit lautem Rotorgeräusch flußaufwärts in Richtung Can Tho flogen.

»Sie werden nachsehen, was passiert ist«, meinte Blair. »Das ist noch kein Suchtrupp. Noch nicht.« Kaum waren die Maschinen vorbei, rief er Lewis zu: »Weiter!«

Der Sergeant steuerte das Boot wieder in den Fluß hinaus, hielt sich aber jetzt dichter am Ufer, auf alles gefaßt. Das war ein Glück, denn nach nur wenigen Minuten rief Penley im Bug plötzlich mit unterdrückter Stimme: »Boote voraus!« Wieder hielt Lewis auf das Ufer und stellte den Motor ab, so daß sie langsam in den Schutz des Waldrandes trieben. Diesmal griffen nur zwei der Männer, Wright und Abrahams, nach den überhängenden Zweigen, die anderen richteten ihre Augen gespannt auf den Fluß. Vorweg fuhr ein Militärkutter mit einer Kanone, wahrscheinlich einer 76 mm, auf dem Vorschiff, gefolgt von einem kleineren Mannschaftstransporter. Sie kamen ganz offen den Fluß heraufgefahren und rechneten offensichtlich nicht mit einer Begegnung. Die Amerikaner konnten die lauten, hellen Stimmen der Mannschaften hören. Diesmal wartete Blair, bis die Vietnamesen hinter der nächsten Biegung verschwunden waren, bevor er Lewis wieder zunickte. Der Motor war jetzt warm und sprang sofort an.

»Wir sind viel zu langsam für den Kutter«, sagte Manson. »Nicht einmal mit unseren eigenen Booten könnten wir ihm entkommen.«

»Hoffen wir, daß es nicht dazu kommt«, meinte Blair.

»Es wird fast hell sein, wenn wir Phung Hiep erreichen«, gab Manson zu bedenken.

»Auf jeden Fall bei Long Phu«, gab Blair zurück.

Sie näherten sich jetzt der ersten Ortschaft auf dem anderen Ufer und hielten sich soweit wie möglich im Schutz der langsam schwindenden Dunkelheit. Mit der Strömung im Rücken konnte Lewis den Motor drosseln, ohne daß sie allzuviel Fahrt verloren. Auch das andere Ufer war noch dunkel, so daß sie nur schwer erkennen konnten, ob sich an den Kais auf der anderen Seite etwas bewegte. Eine Reihe von Fischerbooten war zu sehen, während sich der Himmel vor ihnen langsam rosa färbte, und weit hinter ihnen, verdeckt von den Biegungen des Flusses, der Feuerschein einen eigenartigen Kontrast bildete.

»Wahrscheinlich war der Lärm bis hierher zu hören«, sagte Manson leise. »Die Leute werden aufgewacht sein.«

»Hoffen wir, daß sie alle in Richtung des Feuers blicken«, meinte der Colonel.

Dann waren sie vorüber und in der nächsten Biegung des Flusses, die sie außer Sichtweite von Phung Hiep bringen würde. Um so schnell wie möglich aus der Gefahrenzone zu kommen, steuerte Lewis das Boot jetzt wieder in die Mitte des Fahrwassers und versuchte, die vorspringende Landzunge hinter sich zu bringen. Damit waren sie mitten auf dem Fluß und bewegten sich direkt auf die vier Fischerboote zu, die Phung Hiep nur wenige Minuten vor ihrem Ausweichmanöver verlassen hatten. Die vietnamesischen Boote waren etwa fünfhundert Meter voraus und ließen sich nur mit leichter Ruderunterstützung von der Strömung treiben. Im Gegensatz zum letzten Morgen waren die Fischer jetzt völlig ruhig, als die beiden Gruppen sich anstarrten.

»Näher heran«, befahl Blair. »Wir müssen sie alle kriegen.«

Lewis vergrößerte das Tempo, und sie näherten sich schnell den Vietnamesen. Manson wartete, bis sie weniger als zwanzig Meter von ihnen entfernt waren, dann erst rief er: »Feuer!«

Die Vietnamesen schienen erst zu merken, was auf sie zukam, als die ersten Schüsse fielen, und sie versteckten sich schreiend hinter der Bordwand ihrer zerbrechlichen Boote. Einer versuchte über Bord zu springen und bäumte sich in der Luft auf, als er von den Kugeln getroffen wurde; ein anderer hob die Hände, als wollte er beten, und wurde von der Wucht der Geschosse an den Mast geschleudert. In weniger als zwei Minuten war alles vorbei: ein paar kurze Salven und dann plötzlich Stille. Steuerlos trieben die Boote in der Strömung im Kreis.

»Versenkt sie«, befahl Blair.

Penley und Abrahams warfen die Granaten in hohem Bogen in die Boote, die von der Wucht der Explosion zerrissen wurden. Die Trümmer breiteten sich auf der Wasseroberfläche aus, und eine der Leichen verfing sich in einem Netz, so daß eine Hand aus dem Wasser ragte und wirkte, als riefe jemand um Hilfe.

»Jetzt wird es nicht mehr lange dauern«, meinte Blair. »Machen wir, daß wir zu den Booten kommen.«

Lewis drehte auf, soweit es ging, ohne Rücksicht auf den Motorenlärm oder die Vibrationen des Bootes, und versuchte, die Biegungen des Flusses abzuschneiden, so gut es ging, wobei er das Risiko einging, auf eine Sandbank zu laufen, um so schnell wie möglich voranzukommen. Sie passierten ein anscheinend noch schlafendes Dorf und suchten angestrengt vorausblickend nach den Bäumen, unter denen sie ihre schnelleren Boote versteckt hatten. Penley saß am höchsten und erkannte sie zuerst. Gerade als er Lewis das Signal gab, hörten die Männer wieder den Motorenlärm eines Hubschraubers, der niedriger flog als die anderen vorhin. Lewis jagte in voller Fahrt auf die Deckung zu und schaltete erst im letzten Moment auf volle Kraft zurück, um den Aufprall abzumildern, aber trotzdem setzten sie mit einem Ruck auf das Ufer. Die Soldaten waren alle vorbereitet auf den Anprall, aber sie hatten nicht an die vier wie leblos dasitzenden Männer gedacht, die ungeschützt nach vorne geschleudert wurden.

Page schlug mit dem Kopf auf eine der Dollen und fing sofort an zu bluten, ohne ein Zeichen von Schmerz zu verraten. Abrahams machte ihm schnell einen Verband, während Penley und Wright sich um die anderen drei kümmerten. Das Boot hatte bei dem Aufprall ein Loch in das Unterholz gerissen, und Blair machte sich Sorgen, daß es vom Hubschrauber aus entdeckt werden könnte. Im Vertrauen auf die schützende Dunkelheit unter den Bäumen stand er ganz offen am Ufer und sah zu dem Hubschrauber hinüber, der in geringer Höhe über dem Wasser dahinflog und ganz offensichtlich nach ihnen suchte. Blair spürte eine Bewegung links neben sich und sah Manson, der den Granatwerfer in Stellung gebracht hatte.

»Andrews, Wright!« rief er laut. Sofort standen die beiden neben ihm. »Schnellfeuer!« befahl er.

Sie gingen rechts und links neben dem Major in Stellung und stellten ihre M-16 auf Schnellfeuer. Einen Moment lang glaubte Blair schon, sie würden unentdeckt bleiben, da der Hubschrauber weiter flußabwärts flog, aber dann machte er plötzlich eine Wendung und hielt direkt auf ihr Versteck zu. Er flog sehr niedrig über dem Wasser, um besseren Einblick in die Lichtung zu haben, die das Boot gerissen hatte.

Der Sog des Rotors riß ringsumher die Blätter von den Bäumen, und Blair rief: »Jetzt!«

Das Cockpit splitterte unter dem Feuer der beiden Gewehre und zerbarst dann unter dem Aufprall von Mansons Granate, die den Hubschrauber in einer orangefarbenen und schwarzen Explosion zerriß. Er stürzte mit dem Rotor zuerst in den Fluß und verschwand mit lautem Zischen und vielen Luftblasen unter der Wasseroberfläche.

Hinter ihnen hatten die anderen bereits die Gummiboote aus den Bäumen heruntergeholt und aufgebaut. Sie schraubten den Motor ihres alten Fahrzeugs am Ersatzboot fest und probierten die Zündung und den Treibstoffvorrat beider Schlauchboote. Je zwei der geretteten Männer wurden in die Boote gesetzt, während Blair die Meldung an den wartenden Frachter vorbereitete. Das Funkgerät, das er benutzte, war ein besonderes Modell, das speziell für solche Einsätze entwickelt worden war und innerhalb von Sekunden eine Meldung übertragen konnte, die normalerweise mehrere Minuten dauern würde. Blair gab einen ausführlichen Bericht über den Zustand der Geretteten, den Rückweg vom Lager bis hierher und seinen Plan, die letzte Strecke so schnell es ging hinter sich zu bringen, und er bat darum, den Frachter genau am verabredeten Treffpunkt warten zu lassen und den in der Nähe wartenden Flugzeugträger um Luftunterstützung zu bitten, wenn es nötig sein sollte. Er ließ die Meldung noch einmal zurückspulen, um sicherzugehen, daß er nichts vergessen hatte, und drückte dann auf die Sendetaste. Die Übertragung dauerte nur fünf Sekunden. Manson saß schon im zweiten Boot, und Blair nahm in dem ersten Boot Platz, in dem er auch gekommen war.

»Sie erwarten uns«, versprach er den Männern. Und nach kurzem Zögern sagte er: »Los! Fahrt wie der Teufel!«

Sein Boot schoß als erstes durch das Loch in den Zweigen und hielt sofort auf die Strommitte zu, wo er den Motor auf volle Touren brachte, sobald er genügend tiefes Wasser erreicht hatte. Gewarnt durch den Aufprall bei der Landung, hielten Penley und Wright ihre Passagiere, McCloud und Page, fest, während die anderen wieder die Halteschlaufen ergriffen, um bei der unruhigen Fahrt nicht über Bord zu fallen. Manson war direkt in ihrem Kielwasser. Im Nu waren sie an Long Phu vorbei, wo die Bevölkerung gerade erwacht war, und erreichten nur wenig später die Flotte von Fischerbooten, die wie bei einer Segelregatta über die ganze Breite des Flusses verteilt war, aber diesmal versuchten sie nur, so schnell wie möglich durchzukommen, ohne die Boote anzugreifen. Blair suchte sich die günstigste Stelle zwischen zwei Booten aus und jagte in voller Fahrt hindurch. Sein wild aufschäumendes Kielwasser brachte die Fischerboote zum Schaukeln, und die Fischer sahen ihnen überrascht nach.

Vor ihnen tauchten die Inseln auf, die die Flußmündung in mehrere Arme teilten. Sie wirkten wie Wale, die langsam aus dem Wasser emporkamen, und Blair blinzelte in dem blendenden Licht der Morgensonne und versuchte, eventuelle Hindernisse auszumachen. Er war schon fast in dem Flußarm, auf dem sie auf der Hinfahrt an Cua Tranh De vorbeigekommen waren, als er sah, daß ihnen ein Militärfahrzeug entgegenkam. Im letzten Augenblick warf er das Ruder herum und lief in das mittlere Fahrwasser, um die kleine Insel zwischen sich und die Verfolger zu bringen.

Klatschend brandeten ihnen die Wellen der offenen See entgegen, und das kleine Boot wurde fast völlig aus dem Wasser gehoben.

Hinter ihm rief Lewis: »Ein Küstenwachboot. Kommt schnell näher.«

»Wo sind die anderen?« rief Blair zurück.

»Hinter uns«, meldete der Sergeant. »Die Verfolger nähern sich schnell. Nur noch fünfzig Meter.«

Durch den Motorenlärm hörten sie hinter sich Maschinengewehrfeuer und ein lautes Dröhnen, als Abrahams im zweiten Schlauchboot versuchte, mit dem Granatwerfer zurückzuschießen, wobei er sein Ziel hoffnungslos verfehlte. Neben ihm schoß Andrews mit seinem M-16, ohne dabei genau zu zielen, nur bemüht, die Scharfschützen in dem Verfolgerschiff nicht zum Schuß kommen zu lassen.

Hawkins, Jordan und Patton standen auf der Brücke des Frachters und blickten gespannt und aufgeregt zwischen dem Radarschirm und dem Horizont hin und her, um nach den beiden Booten Ausschau zu halten. Das erste, was sie sahen, waren auf dem Radarschirm nicht die beiden Schlauchboote, die kein Echo werfen konnten, sondern den Lichtpunkt eines Schiffes mit Metallrumpf. Es war das Küstenwachboot, das die beiden Schlauchboote verfolgte.

»Sieben Meilen«, sagte Patton. »Es ist zu weit!«

»Was ist mit der Luftunterstützung?« fragte Hawkins, der mit halb zugekniffenen Augen auf das Wasser hinaussah.

»Wir warten noch auf die Genehmigung aus Washington«, sagte Jordan, der neben dem Engländer stand und mit vorgehaltener Hand seine Augen vor der blendenden Sonne zu schützen versuchte.

Draußen auf dem Wasser rief Blair seinen Leuten Instruktionen zu. Lewis half Penley und Wright, die beiden Passagiere im Boot festzubinden, damit sie nicht über Bord fielen, und Lewis signalisierte in ihrer Zeichensprache zum zweiten Boot hinüber, wo Manson ihm zu verstehen gab, daß die beiden anderen auch sicher festgeschnallt waren. Daraufhin erfolgten ein paar schnelle, wirre Armbewegungen, und sofort verlangsamten beide Boote die Fahrt, um das Verfolgerschiff herankommen zu lassen. Dann schwenkten sie nach beiden Seiten hin ab, Manson nach Backbord, Blair nach Steuerbord, in einem so abrupten Manöver, wie es nur diese speziellen Schlauchboote ermöglichten, mit dem Ergebnis, daß sie sich urplötzlich außerhalb der Schußlinie des Schiffes befanden und den Feind zwischen sich hatten. Blair und Manson vollendeten ihr Kreismanöver und fuhren jetzt direkt neben dem Küstenwachschiff, während die Männer von beiden Seiten mit ihren Maschinengewehren das Feuer eröffneten und auch mit den Granatwerfern direkte Treffer anbrachten. Es gab eine Explosion auf dem vietnamesischen Schiff. Eine schwarze Rauchwolke stieg empor, und ein Ruck schien durch das Schiff zu gehen, als die Maschinen ausfielen. Sofort nahm Blair wieder Fahrt auf und übernahm wieder die Führung, als die beiden Schlauchboote weiter auf das offene Meer hinausfuhren.

»Was immer es war – es hat gestoppt«, meldete Jordan, der den Radarschirm weiter beobachtet hatte. »Es bewegt sich nicht mehr.«

Die beiden anderen Männer gingen ebenfalls zum Radargerät hinüber und starrten auf den grünen Schirm. Dann wies Hawkins mit dem Finger auf neue Lichtpunkte und fragte: »Was ist das?«

»Flugzeuge«, sagte Patton mit ruhiger Stimme.

In Blairs Boot war es Lewis, der sie zuerst sah, und er rief seinem Vorgesetzten eine Warnung zu: »Hubschrauber!« schrie er. »Zwei Maschinen, soweit ich sehen kann.«

Auf Blairs Befehl hin winkte Lewis wieder zu dem nachfolgenden Boot hinüber, und beide spielten jetzt ihre gute Manövrierfähigkeit voll aus und schossen im Zickzackkurs über das Wasser, um kein sicheres Ziel zu bieten. Es waren russisches Hubschrauber, Tupalovs, mit einer Kanone und vier Raketen auf jeder Seite bewaffnet. Aus beiden Maschinen wurde eine Rakete abgeschossen, die ebenso wie die Kanone ihr Ziel verfehlten und ohne Schaden anzurichten ins Wasser fielen. Aufgrund der unruhigen Fahrt konnten auch die Green Berets keinen Treffer landen.

»Drei Meilen«, meldete Patton auf der Brücke des Frachters jetzt. »Wo zum Teufel bleiben unsere Jäger?«

Draußen auf dem Wasser probierten die Hubschrauber jetzt einen koordinierten Angriff, bei dem der erste versuchte, die beiden Boote durch den Luftdruck der Rotoren zum Kentern zu bringen und dem anderen ein sicheres Ziel zu geben. Bei weniger gut ausgebildeten Männern hätten sie damit vielleicht Erfolg gehabt und mit dem ohrenbetäubenden Lärm und dem aufgewühlten Wasser eine Panik ausgelöst, aber so boten sie nur ein sicheres Ziel für Lewis. Der ließ sich Zeit, um keine Munition zu verschwenden, und lehnte sich weit vor, um wirklich die Pilotenkanzel zu treffen. Die Scheiben zersplitterten, und der Pilot drehte instinktiv ein wenig ab, wobei er ein noch besseres Ziel bot. Auch Penley feuerte jetzt gezielt auf die Kanzel, die plötzlich zersprang, und die Männer waren nah genug, um zu sehen, wie sich der Pilot in seinen Gurten aufbäumte, als er getroffen wurde. Steuerlos stürzte der Hubschrauber ab und versank im Wasser.

»Da!« rief Jordan auf der Brücke des Frachters. Jetzt konnten sie den Hubschrauber deutlich sehen, der sich gegen den strahlend hellen Morgenhimmel abhob, und dann entdeckten sie mit Hilfe ihrer Ferngläser auch die beiden Schlauchboote. Ungewollt und hilflos wurden sie zu Augenzeugen des Kampfes, der sich auf dem Wasser abspielte.

»Der Hubschrauber wird sich bestimmt nicht an die internationalen Hoheitsregeln halten«, meinte Patton. »Und wir haben keinerlei Bewaffnung an Bord.«

»Die brauchen wir auch nicht«, sagte Hawkins. »Sehen Sie.«

Aus dem Osten näherten sich zahlreiche Jagdflugzeuge von dem in der Nähe liegenden Flugzeugträger und flogen in enger Formation dicht über der Wasseroberfläche. Blair sah sie als erster und machte sofort Lewis auf sie aufmerksam und dann den nachfolgenden Manson. Auch die Besatzung des Hubschraubers hatte die anfliegenden Jäger entdeckt, und der Pilot zog die Maschine hoch, wobei er in der Hoffnung auf einen Zufallstreffer die letzte Rakete abfeuerte. Er hatte kein Glück.

Der Fehler kam von Blair. Es war sein erster und gleichzeitig sein letzter. Er sah, wie der Hubschrauber höher stieg und die letzte Rakete abfeuerte, und nahm automatisch an, er würde angesichts der herannahenden Jäger abdrehen, was er auch tat, aber nicht sofort. Blair gab seinen Zickzackkurs auf und lieferte damit dem Hubschrauber das sichere Ziel, auf das er seit dem Beginn der Verfolgung gewartet hatte.

Das Knattern der Maschinengewehre war zu hören, als die Maschine abdrehte, um zum Land zurückzukehren. Blair stand genau in der Schußlinie und fiel mit zerschossenem Rücken im Boot vornüber, während Penley am linken Oberarm getroffen wurde und fast aus dem plötzlich steuerlosen Boot ins Wasser gestürzt wäre. Lewis ergriff das Ruder und brachte das Boot wieder auf Kurs, während Wright sich über Blair beugte. Er war tot.

Über ihren Köpfen hörten sie das kreischende Turbinengeräusch der Jäger und das laute Zischen, mit dem die Raketen abgefeuert wurden. Der Hubschrauber erwischte schon die erste Salve und explodierte in einem Schauer von Metallteilen.

Ohne die Geschwindigkeit zu verringern, fuhr Lewis auf den Frachter zu, dicht gefolgt von Mansons Boot. Wright kniete auf dem Boden des Schlauchbootes und hielt hilflos Blairs Körper in den Armen.

Die See war fast völlig ruhig, aber es waren immerhin gute sieben Meter von der Reling bis zur Wasseroberfläche.

»Wir brauchen Hilfe«, rief Lewis nach oben.

Kletternetze wurden über Bord geworfen und mehrere Besatzungsmitglieder stiegen daran zu den Schlauchbooten hinunter. Unten angekommen, riefen sie nach oben, daß sie einen Kran brauchten.

Der Ausleger des Ladebaums wurde ausgefahren und beide Schlauchboote jeweils vorne und hinten an den Haken genommen und mitsamt den Insassen an Bord gehievt.

Hawkins, Patton, Jordan und Hamilton, der Psychiater, warteten an Deck, als die Boote heruntergelassen wurden. Wright im ersten Boot löste die Gurte, mit denen die Passagiere gesichert waren, und Abrahams machte das gleiche in seinem Boot. Die vier Männer blieben in den Booten hocken, bis Lewis ihnen auf vietnamesisch den Befehl gab, aufzustehen. Unsicher gehorchten sie und versuchten sich gegenseitig zu stützen. Sie wirkten wie völlig verwirrte Kinder.

»Großer Gott!« sagte Patton.

»Ich werde sofort Washington Bescheid sagen«, meinte Jordan.

Der Präsident war viel zu aufgeregt, um still sitzen zu können. Er lief zwischen den einzelnen Mitgliedern der Sonderkommission hin und her und schlug immer wieder mit der rechten Faust auf seine linke Handfläche: »Wir haben es geschafft! Wir haben sie rausgeholt! Ist das zu glauben! Wir haben amerikanische Kriegsgefangene aus Vietnam herausgeholt!«

»Die Meldungen über ihren Zustand gefallen mir ganz und gar nicht«, warf Milton Snow warnend ein.

»Natürlich sind sie völlig erledigt, nach dem, was sie durchgemacht haben«, sagte Harriman leichthin und war nicht von seiner Begeisterung abzubringen. »Überlegen Sie doch, was sie hinter sich haben!«

»Wir haben Colonel Blair verloren«, erinnerte ihn General Bell.

Harriman unterbrach seine Wanderung und sah dem Stabschef der Armee direkt ins Gesicht. »Die Ehrenmedaille des Kongresses ist die höchste Auszeichnung, die ich persönlich verleihen kann«, sagte der Präsident. »Ich werde die Verleihung gleichzeitig mit der Nachricht über die geglückte Befreiungsaktion bekanntgeben...« Er unterbrach sich und überlegte, wie er die Neuigkeit am wirkungsvollsten für seinen Wahlkampf einsetzen konnte. »Eine Fernsehansprache zur Hauptsendezeit natürlich«, sagte er mehr zu sich selbst als zu den anderen. »Ich werde die Präsidentenmaschine Air Force One zur Westküste beordern, um sie nach Washington zu bringen. Dann ein Empfang auf dem Rasen des Weißen Hauses...« Wieder machte er eine Pause. »Und natürlich Orden für die Männer. Ebenfalls Ehrenmedaillen des Kongresses...« In Gedanken spielte er alle Möglichkeiten durch.

»Wir müssen sorgfältig den geeignetsten Zeitpunkt für die Erklärung wählen«, beschloß er. »Wir werden an die Vereinten Nationen und alle anderen Weltorganisationen appellieren, daß die Vietnamesen für alle weiteren amerikanischen Gefangenen, die sich noch in ihrem Lande befinden, zur Rechenschaft gezogen werden . . . Außerdem können wir damit den Russen in Genf weitere Konzessionen abhandeln . . .«

Harriman blickte sich im Kreise um und lächelte die Männer an, deren Jobs zum größten Teil davon abhingen, daß er wiedergewählt wurde. »Ich glaube, meine Herren«, sagte er, »damit ist uns die zweite Amtsperiode sicher, meinen Sie nicht auch?«

25

Keinerlei Aufregung oder Hochstimmung kam auf, nicht einmal, als dem Glückwunschtelegramm des Präsidenten ein direktes Telefongespräch aus dem Weißen Haus folgte, das über die Lautsprecheranlage des Frachters übertragen wurde. Darin kündigte der Präsident die posthume Auszeichnung für Blair und Medaillen für alle anderen Mitglieder des Teams an und lud sie alle zur Teilnahme an der offiziellen Willkommensfeier für die befreiten Gefangenen nach Washington ein.

Statt dessen standen die Männer in kleinen Gruppen zusammen und sprachen kaum ein Wort. Über ihren Köpfen donnerten die Jäger des Flugzeugträgers dahin, die ihnen Geleitschutz gaben, und der Frachter fuhr mit höchster Geschwindigkeit auf das noch immer nicht am Horizont auftauchende Kriegsschiff zu. Hawkins prüfte seine eigene Reaktion und stellte überrascht – und dann ärgerlich – fest, daß er nur so etwas wie Scham empfand, die Scham eines Fremden, der an der Tragödie anderer Menschen teilhat. Eine völlig absurde Reaktion, sagte er sich, was seinen Ärger noch verstärkte. Die Befreiung der Männer war gelungen, und damit war die Geheimhaltungspflicht aufgehoben für die Geschichte, die alles übertraf, was sein Vater je erlebt hatte. Und darüber hinaus würde er, wenn Forest, McCloud und Bartel die erste Untersuchung hinter sich hatten, vielleicht eine Antwort auf seine Frage finden, was damals in Chau Phu wirklich passiert war: Sobald die Männer verstanden hatten, daß sie jetzt in Freiheit waren, würde ihre Desorientierung verschwinden.

Obwohl Hawkins wußte, daß seine Reaktion völlig unprofessionell war, ließ ihn das Gefühl, aufdringlich zu sein – zusammen mit der

Erinnerung an Blairs abweisendes Verhalten –, daran zweifeln, ob es richtig war, die Green Berets zu fragen, aber schließlich überwand er sich doch, weil er wissen wollte, wie die Rettungsaktion verlaufen war. Anfänglich zeigten die Männer die erwartete ablehnende Haltung, aber langsam änderte sich ihre Einstellung. Es waren vor allem Manson und Lewis, die den Eindruck machten, als würden sie die Gelegenheit begrüßen, von ihren Erlebnissen zu erzählen, quasi als eine Art Katharsis für ihre Reaktion auf Blairs Tod im Augenblick des größten Triumphes, und auch als Ausdruck ihrer Bewunderung für die Führungsqualitäten dieses Mannes. Hawkins unterbrach die Erzählungen nur gelegentlich, um den Faden nicht zu verlieren, aber die meiste Zeit ließ er einfach das Tonband mitlaufen. Die Berichte waren so ausführlich und zogen sich so in die Länge, daß er zweimal eine neue Kassette einlegen mußte, und die Hinweise auf die merkwürdige Verfassung der Geretteten machten ihn immer neugieriger.

Hawkins war gerade mit seinen Interviews fertig, als der Lärm der das Schiff begleitenden Düsenjäger von einem anderen Geräusch übertönt wurde; er begab sich an Deck und kam gerade rechtzeitig, um zu sehen, wie der Hubschrauber vom Flugzeugträger auf dem Heck des Frachters landete. Er merkte plötzlich, daß er nicht mehr viel Zeit hatte. Eilig ging er wieder unter Deck und suchte die Passage, die zur Offiziersmesse führte, wo er gleichzeitig mit Jordan und Patton eintraf, die von der Brücke kamen.

Der CIA-Mann war kühl und beherrscht, während Patton sichtlich unter der Hitze litt; die vertrauten Schweißperlen standen auf seiner Stirn und Oberlippe. Er sah Hawkins mit seinem gewohnt unsteten Lächeln an und sagte: »Wir werden zum Flugzeugträger hinübergeflogen; ich nehme an, daß Sie mitfliegen wollen.«

»Vielen Dank«, antwortete Hawkins. Er hoffte, daß er genügend Zeit finden würde, das ganze Material, das er jetzt hatte, niederzuschreiben, und daß die Nachrichtenverbindungen auf dem Flugzeugträger ebenso gut waren wie auf der *Elmer C. Gorst.*

Jordan klopfte und trat nach Hamiltons Aufforderung als erster in die Kabine. Der Psychiater hatte die befreiten Gefangenen nebeneinander auf die Bank gesetzt, die vor dem Schott angebracht war, und saß ihnen auf einem Stuhl gegenüber. Als Hawkins in den Raum trat und die Männer sah, konnte er sich des Eindrucks nicht erwehren, daß sie wie Schaufensterpuppen wirkten, die darauf warteten, für eine neue Ausstellung dekoriert zu werden.

»Der Hubschrauber ist da«, sagte Patton überflüssigerweise zu dem Psychiater.

»Alles bereit?« fragte Jordan.

»Je eher, um so besser«, antwortete Hamilton und drehte sich zu ihnen um. »Sie sind in einem sehr ernsten Zustand, viel schlimmer, als ich zuerst dachte, als ich sie an Deck sah.«

»Wie ernst?« fragte Patton.

Der Psychiater schüttelte den Kopf. »Das läßt sich anhand meiner vorläufigen Untersuchungen nicht so ohne weiteres sagen. Aber ich habe so etwas noch nie gesehen. Es ist nicht nur die Gehirnwäsche, sie sind auch mit weiß der Teufel was für welchen Drogen vollgepumpt worden, und so lange wir nicht wissen, um welche es sich handelt, können wir nichts dagegen tun.«

»Aber sie werden sich doch erholen?« fragte Jones.

Hamilton schüttelte wieder den Kopf. »Ich möchte es annehmen, aber nach dem, was ich bis jetzt gesehen habe, wage ich keine genaue Prognose.«

»Was ist denn mit ihnen *passiert*?« mischte sich Hawkins in die Unterhaltung.

»Ich habe keine Ahnung«, erwiderte der Arzt ganz offen. »Wie ich schon sagte, ich habe so etwas noch nie erlebt. Ich habe den Eindruck, daß ihr Gehirn völlig leer ist. Entweder das, oder sie haben selbst irgendwelche geistigen Sperren aufgebaut, die sie nicht aufgeben wollen. Sie haben nicht das geringste Bewußtsein davon, wo sie sind oder daß sie gerettet wurden. Ich habe eine gewisse Traumatisierung erwartet aufgrund ihrer Befreiung, aber sie scheinen das überhaupt nicht mitgekriegt zu haben. Sie verstehen nicht einmal, daß sie jetzt unter Amerikanern sind, in Sicherheit.«

»Ich habe gedacht, die Frau hätte übertrieben, als sie uns von dem psychischen Druck erzählte, dem die Männer ausgesetzt gewesen seien«, meinte Jordan.

»Sie hat wahrscheinlich eher untertrieben«, antwortete Hamilton. »Diese Männer werden lange Zeit auf intensive Behandlung angewiesen sein.«

»Dann lassen Sie uns zusehen, daß wir sie ihnen verschaffen«, entschied Jordan abrupt.

Wieder rief man nach Lewis, dessen vietnamesische Sprachkenntnisse nötig gewesen waren, um die Männer in die Offiziersmesse zu bekommen, und der sie jetzt wieder nach oben bringen sollte. Wieder stellten sie sich gehorsam hintereinander auf, und Page legte automatisch seine Hand auf die Schulter von Bartel, der vor ihm stand. Die Green Berets und einige Besatzungsmitglieder sahen schweigend zu, wie die vier auf das Deck traten und auf den Hubschrauber zugingen. Forest ging voraus, und als er etwa zehn Meter an die Maschine herangekommen war, stockte er plötzlich und trat mit einem leisen Wimmern einen Schritt zurück. Die anderen drei hinter ihm liefen auf ihn auf, und dann schien auch Bartel den Hubschrauber zu erkennen und gab ein unverständliches Grunzen von sich.

Lewis hatte schon den Mund geöffnet und wollte auf vietnamesisch zu ihnen sprechen, aber Hamilton rief: »Nein, lassen Sie das!«

Der Psychiater stellte sich vor die vier ehemaligen Gefangenen und sah aufmerksam in ihre Gesichter. Dann fragte er Lewis, den ihn am nächsten Stehenden der Green Berets: »Wie viele Hubschrauber haben sie verfolgt, seit Sie die Männer aus dem Lager geholt haben?«

»Drei«, antwortete der Sergeant sofort. »Den einen haben wir über dem Fluß abgeschossen, die anderen beiden haben Sie ja selbst gesehen.«

Hamilton nickte. »Auf jeden Fall waren es genug für eine Reaktion! Sie scheinen wenigstens das mitgekriegt zu haben.«

»Ist das wichtig?« fragte Patton.

»Das kann ich in diesem Stadium noch nicht sagen«, antwortete der Psychiater. »Jedenfalls bin ich sicher, daß wir die Männer nicht einem weiteren Trauma aussetzen sollten, indem wir sie in den Hubschrauber zwingen. Ich finde, es wäre besser, wenn wir sie mit dem Schiff auf den Flugzeugträger bringen.«

»Das kann Stunden dauern«, warnte Patton.

»Es ist mir egal, wie lange es dauert«, meinte Hamilton.

Auf ein neues Kommando von Lewis hin drehten sich die vier Männer gehorsam um und gingen im Gänsemarsch zurück ins Schiff und in die Offiziersmesse.

»Wie viele Stunden brauchen wir bis zum Träger?« fragte Hawkins Patton.

»Mindestens acht«, antwortete dieser. »Ich nehme an, Sie könnten mit dem Hubschrauber fliegen, wenn Sie rüber wollen.«

»Ich bleibe hier«, sagte Hawkins entschlossen. »Ich habe viel Arbeit und kann die Zeit gut gebrauchen.«

In der Tat sollte er fünf Stunden lang ungestört arbeiten.

Die Meldung, daß für den Abend eine nicht näher erläuterte Erklärung vorgesehen war, war wichtig genug, um in die Mittagsnachrichten von Rundfunk und Fernsehen aufgenommen zu werden. Um fünf Uhr nachmittags wurde das Fernsehprogramm plötzlich von einem privaten Aufruf von Peterson unterbrochen, der die Zuschauer aufforderte, am Abend ihre Apparate für eine wichtige Ankündigung einzuschalten. Der Präsident war vorgewarnt und saß zusammen mit seinen engsten Wahlkampfberatern in seinem privaten Büro neben dem Oval Office, als Peterson nach den Abendnachrichten, also zur besten Sendezeit, in einer landesweiten Übertragung auf dem Bildschirm erschien.

Peterson wirkte sehr ernst und trug einen dunklen Anzug mit dunkler Krawatte; sein Haar war diesmal sorgfältig gekämmt. »Ich habe absichtlich diesen Zeitpunkt gewählt, an dem die Mehrheit der Bevölkerung unseres Landes vor dem Bildschirm sitzt, um Sie über ein wichtiges Ereignis von größter Bedeutung zu informieren... von historischer Bedeutung...«, begann er seine Erklärung mit ernster Stimme.

»Was zum Teufel soll das?« brummte Harriman.

»Vor acht Jahren war ich in Vietnam in einen Vorfall verwickelt, bei dem mehrere Amerikaner ihr Leben verloren haben, wie allgemein angenommen wurde. Wie viele andere war auch ich überzeugt, daß diese Männer gefallen wären, und das habe ich auch bei einer späteren offiziellen Untersuchung des Vorfalls ausgesagt...«

»Was um Gottes willen...«, rief Harriman aufgeregt und erhob sich halb aus seinem Sessel.

»Heute nun habe ich die Nachricht erhalten, daß ich mich geirrt habe. Vor weniger als vierundzwanzig Stunden wurden drei Männer, von denen ich annahm, sie wären tot, aus vietnamesischer Gefangenschaft befreit und befinden sich zur Zeit auf dem Weg zurück in die Freiheit und Sicherheit der Vereinigten Staaten von Amerika...«

»Dieser verdammte Hurensohn tut ja gerade so, als sei er für diese ganze Sache verantwortlich!« schrie der Präsident mit hochrotem Kopf. »Dieser Engländer! Das haben wir nur diesem Bastard von einem Engländer zu verdanken!«

Nur eine halbe Stunde nach dem ersten wütenden Telegramm aus Washington, in dem Jordan aufgefordert wurde, unverzüglich eine umfassende Erklärung zu liefern, traf eine zweite, ähnlich wütende Forderung nach einer Erklärung aus Hawkins Londoner Büro ein.

26

Im Anschluß an seine Fernsehansprache hielt Peterson eine große Pressekonferenz, in der er ankündigte, daß er seinen Wahlkampf-Jet zur Verfügung stellen würde, um die Ehefrauen der befreiten Männer an die Westküste zu fliegen. Darüber hinaus forderte er die Sowjetunion – die »wahren Herren Vietnams«, wie er es formulierte – auf, von Hanoi Aufklärung über weitere amerikanische Kriegsgefangene zu verlangen, die noch im Lande festgehalten würden. Auf mehrere Nachfragen hin wiederholte er, daß er sich geirrt habe – »jeder Mensch kann sich irren, und ich werde bei dem Gedanken an diesen Irrtum immer Schuld und Bedauern empfinden« –, als er damals glaubte, Forest, Bartel und McCloud seien bei dem vietnamesischen Feuerüberfall getötet worden. Dabei versuchte er durch das, was er nicht sagte, den Eindruck zu erwecken, als sei die Befreiung dieser Männer aus der Gefangenschaft sein Versuch, seinen Fehler wiedergutzumachen.

Harrimans Wahlkampfteam reagierte mit Panik und ließ sich zu einer Erklärung verleiten, die diese Panik deutlich machte. Die Fernsehansprache und Pressekonferenz des Präsidenten erfolgte mehrere Stunden nach Petersons Auftritt und mußten so den Eindruck erzeugen, daß er verzweifelt versuchte, den Ereignissen hinterherzulaufen, und in seiner Wut – die noch durch das fehlende Selbstvertrauen seiner Wahlmannschaft verstärkt wurde – bereitete er sich anhand der vom Frachter übermittelten Einzelheiten über die Aktion nur ungenügend auf seinen Auftritt vor und wirkte im Fernsehen eher unsicher und verwirrt – im Gegensatz zu dem selbstsicheren, beherrschten Auftreten des Senators.

Petersons Forderung an die Adresse Moskaus nahm Harriman in bezug auf seine eigene Stellungnahme die Luft aus den Segeln, und seine Wiederholung dieser Forderung klang nur wie ein Echo auf den guten Einfall seines politischen Rivalen. Selbst die Ankündigung der Ordensverleihung wirkte nicht überzeugend, denn kurz vor der Pressekonferenz hatte Jordan ihm warnend mitgeteilt, daß in Anbetracht des ernsten Zustandes der Männer ein Empfang im Weißen Haus nicht ratsam erschien. Als Folge davon beschloß Harriman, selbst an die Westküste zu fliegen, um die Männer dort zu begrüßen, aber auch in dieser Hinsicht war Peterson ihm mit seiner eigenen Ankündigung zuvorgekommen.

Nach der Pressekonferenz zeigte sich Harriman seiner Wahlmannschaft gegenüber in höchstem Maße ungeduldig und war sich selbst der Tatsache bewußt, daß er ein schlechtes Bild abgegeben hatte. Er rief sofort die Sonderkommission zusammen – die sich auf seine Order hin sowieso ständig im Weißen Haus aufhalten sollte – und wählte den CIA-Direktor als Ziel für seine Attacken.

»Wie lautet die Antwort?« fragte er ungeduldig. »Wie konnte das passieren?«

»Wir haben noch keine Nachricht«, entschuldigte sich Milton Snow. Sie ließ jedoch nicht lange auf sich warten.

Auf einem so streng abgeschirmten und von dem CIA geleiteten Schiff wie der *Elmer C. Gorst,* auf der genaue Protokolle oberstes Gebot waren, war es nicht schwer, herauszufinden, wer die Meldung verbreitet hatte. Man brauchte nur im Tagebuch des Funkers nachzusehen. Pattons Reaktion, als er von Jordan und Hawkins in der Kapitänskajüte zur Rede gestellt wurde, schwankte zwischen schuldbewußter Rechtfertigung und offener Feindseligkeit.

»Warum?« fragte Hawkins ihn wütend und gleichzeitig ungläubig. Er versuchte immer noch, sich deutlich zu machen, was er dadurch verloren hatte. »Warum zum Teufel haben Sie Peterson benachrichtigt?«

»Dies ist mein Schiff, und ich kann tun und lassen, was ich will«, schlug Patton zurück. Sein Hemd war völlig durchgeschwitzt, und sein linkes Auge zuckte nervös.

»Nein«, korrigierte ihn Jordan sofort. »Dieses Schiff steht ausschließlich unter der Aufsicht und Verantwortung des CIA. Das wissen Sie genau. Und Sie wußten auch, daß es absolut notwendig war, Stillschweigen zu bewahren.«

»Aber nur *vor* der Aktion«, beharrte Patton auf seinem Widerspruch. Er wies mit der Hand auf Hawkins und sagte: »Er wollte darüber schreiben!«

»Wir hatten ein Abkommen mit ihm, an das er sich immer gehalten hat«, sagte Jordan.

»Und Sie haben es vermasselt!« sagte Hawkins. Neuer Ärger wallte in ihm auf, als er daran dachte, daß er nichts mehr tun konnte, um die Sache rückgängig zu machen. »Wissen Sie überhaupt, was Sie damit angerichtet haben!« rief er.

Pattons Haltung änderte sich plötzlich, und er versuchte wieder, sich zu rechtfertigen. »Es tut mir leid«, sagte er. »Es tut mir wirklich leid. Ich hatte keine Ahnung, daß Peterson so reagieren würde und die Sache auf diese Weise publik machen würde.«

»Aber *warum* zum Teufel haben Sie es ihm gesagt?« wiederholte Hawkins wütend. Er hätte den Mann am liebsten geschlagen, um ihn körperlich zu treffen. »Es gab überhaupt keinen *Grund* dafür.«

»Ich dachte einfach, daß er ein Recht hätte, es zu erfahren. Schließlich war er damals dabei. Ich dachte wirklich, ich müßte ihn informieren«, sagte Patton lahm. Das Zucken unter seinem Auge verstärkte sich.

»Blödsinn«, sagte Jordan. »Was läuft zwischen Ihnen und Peterson?«

»Nichts, gar nichts«, antwortete Patton.

Jordan deutete auf das Telegramm, das er in der Hand hielt. »Dies kommt aus dem Weißen Haus«, begann er, hielt aber sofort inne, als Patton überhaupt nicht zu reagieren schien. »Vom *Weißen Haus*«, wiederholte er. »Sie verlangen eine Erklärung!«

»Ich habe einen Fehler gemacht, in Ordnung?«

»Nein«, widersprach ihm Jordan. »Es ist nicht in Ordnung. Was hatten Sie für ein Abkommen mit Peterson?«

Patton wandte sich ab und antwortete nicht sofort. »Peterson hat mir geholfen, ganz am Anfang«, erzählte er dann mit leiser Stimme. »Ich brauchte Kapital, um meine Firma zu gründen, und er hat es mir geliehen. Viel Geld. Und er hat mich auch nicht gedrängt, es zurückzuzahlen, wie eine Bank es getan hätte. Ich habe ihm das Geld wiedergegeben, schon vor langer Zeit. Aber ich hatte trotzdem das Gefühl, ihm einen Gefallen zu schulden . . .« Er blickte auf und wurde wieder feindselig. »Ich stand in seiner Schuld. Ich stehe auch politisch auf seiner Seite. Und politisch gesehen dachte ich, daß diese Geschichte ihm schaden könnte . . .« Wieder machte er eine kurze Pause. »Aber ich habe wirklich nicht damit gerechnet, daß er damit auf diese Weise an die Öffentlichkeit gehen würde, ehrlich nicht.«

»Verdammt noch mal!« brüllte Jordan ihn an. »Ich möchte wirklich nicht in Ihrer Haut stecken. Auf keinen Fall!«

Hawkins suchte immer noch nach einem Weg, dem Mann weh zu tun und sagte: »Ist dies die Art und Weise, wie Sharon Bartel es erfahren sollte?«

Seine Frage fand die ehrlichste Antwort, die Patton seit dem Beginn ihres Streits gegeben hatte. Er befühlte sein Auge und versuchte, das Zucken zu unterdrücken, während er sich gleichzeitig auf die Unterlippe biß. »Nein«, sagte er mit leiser Stimme, »ich wollte nicht, daß sie es so erfährt.«

»Ich habe Ihnen nichts versprochen«, sagte Hawkins. Er fühlte sich keineswegs besser dadurch, daß er so auf Patton herumgehackt hatte. Jordan sah die beiden Männer neugierig an.

»Wahrscheinlich haben Sie das Recht dazu«, sagte Patton willenlos.

»Was hat das zu bedeuten?« fragte Jordan jetzt. »Und diesmal will ich es endlich wissen.«

Patton erzählte dem CIA-Mann von Sharon Bartel, zögernd und stotternd, und Jordan schüttelte den Kopf und verzog sein Gesicht. Dann sagte er: »Sie haben völlig recht: Sie sind wirklich in Schwierigkeiten.«

»Das sind wir alle«, meinte Hawkins. »Wir haben keine Zeit zu verlieren.«

Er wartete mit seiner Antwort auf das Telegramm aus London, bis er den Bericht über die Flucht von Ninh und Nicole – den er in Stichworten sowieso schon fast fertig hatte –, die Beschreibung des Lagers und die Befreiungsaktion beendet hatte. Er begann sein Fernschreiben mit seiner Erklärung und übermittelte gleich anschließend die verschiedenen Artikel, die er geschrieben hatte, wobei er die Zeit, die die Übermittlung in Anspruch nahm, nutzte, um den Bericht über die Rettungsaktion zu Ende zu bringen und ebenfalls fortlaufend nach London zu drahten. Er hatte so viel Material, daß er mit dem Fernschreiben fast so lange brauchte, bis das Schiff den Flugzeugträger erreicht hatte. Sie wurden mit kleinen Booten übergesetzt, die befreiten Amerikaner und der Psychiater zuerst, im zweiten Boot der jetzt völlig schweigsame Hawkins mit Jordan und Patton, und im dritten das Team der Green Berets.

Als sie auf dem Flugzeugträger eintrafen, warteten bereits neue Nachrichten auf sie. Für Hawkins gab es eine Bestätigung aus London über den Erhalt der Berichte ohne jeden Kommentar, und dazu nur die kurze Mitteilung: »Jones berichtet ausführlich aus Amerika«, was seine Depression nur noch verstärkte. Patton starrte seinerseits auf den kleinen Zettel, den er in der Hand hielt, und sagte zu Jordan: »Ich soll sofort nach Washington kommen.«

»Überrascht Sie das?« fragte Jordan ohne jedes Mitgefühl.

Einer der Offiziere, dessen Namen Hawkins nicht verstanden hatte, sagte zu Patton: »Wir haben ebenfalls Anweisung bekommen. Oben wartet ein Flugzeug, das Sie nach Guam bringen wird.«

Patton folgte dem Offizier, der die Kabine bereits wieder verlassen hatte, und Hawkins rief ihm nach: »Ich habe es nicht getan.«

Der Mann drehte sich um und sah ihn mit gerunzelter Stirn an.

»Nicht aus Rücksichtnahme für Sie«, meinte Hawkins. »Es ist mir völlig egal, was aus Ihnen wird. Ich habe nichts darüber geschrieben, weil ich finde, daß Bartel schon genug Probleme hat, und seine Frau auch.«

»Ich danke Ihnen trotzdem«, sagte Patton mit ausdrucksloser Stimme. »Im Namen von Sharon.«

»Ich bewundere Sie«, meinte Jordan, als Patton die Kabine verlassen hatte. »Ich an Ihrer Stelle hätte diesem Bastard die Hölle heiß gemacht.«

»Es wäre aber nicht er, der darunter leiden müßte, meinen Sie nicht auch?« sagte Hawkins bedeutungsvoll.

Es dauerte zwei Stunden, ehe Hamilton endlich in die Kabine kam, begleitet von drei weiteren Männern in weißen Kitteln; er machte sich nicht die Mühe, sie vorzustellen.

»Wir verschwenden nur unsere Zeit«, erklärte der Psychiater. »Wir sollten sie so schnell wie möglich nach Hause bringen und dafür sorgen, daß sie in spezielle Behandlung kommen.«

»Es sieht so aus, als wäre es nicht so ganz der volle Erfolg, den alle erwartet haben, was?« bemerkte Jordan.

In Washington war der Präsident auch gerade zu dieser Einsicht gekommen. Wütend schrie er den CIA-Direktor an: »Warum haben wir nichts davon gewußt, daß Peterson diesen Scheißkerl früher finanziert hat! Er arbeitet doch seit Jahren für Sie! Das müßte doch bei der Sicherheitsüberprüfung aufgetaucht sein!«

»Nein«, mußte Milton Snow zugeben, der spürte, wie das gute Verhältnis zwischen ihm und dem Präsidenten zum Teufel ging. »Es ist nichts darüber aufgetaucht. Sieht so aus, als hätte es nie offizielle Unterlagen, Bankauszüge oder so was, gegeben. Patton hat das Geld vollständig zurückgezahlt, 100000 Dollar, in Raten über ein Jahr verteilt.«

»Ich werde diesen Patton kriegen«, sagte Harriman entschlossen. »Für das, was er mir angetan hat, werde ich ihn fertigmachen, ganz genüßlich. Ich möchte, daß jeder das kapiert.«

In dem vollständig ausgerüsteten Hospital in Guam wurden die befreiten Gefangenen gebadet, rasiert und mit neuen Uniformen versehen, um sie besser aussehen zu lassen, und auf dem Flug über den Pazifik wurde jeder von zwei Sanitätern und einer Reihe von Ärzten begleitet. Sharon Bartel und die anderen Frauen hatten Petersons schnelle Einladung angenommen, so daß der Präsident gezwungen war, auch den Senator mit den übrigen Vertretern des Kongresses auf das Empfangspodium einzuladen. Trotz wiederholter Warnungen von Jordan hatte niemand sich über den wahren Zustand der Männer Gedanken gemacht, und so war es Peterson, der vor den Augen der Fernsehkameras schützend den Arm um die schluchzende Sharon Bartel und McClouds Frau legte, weil er den beiden Frauen am nächsten stand, als sie auf dem Podium zusammenzubrechen drohten.

Wieder schätzte der angegriffen wirkende Präsident die Lage falsch ein und begann mit einer Rede, die sorgfältig darauf angelegt war, ihn in ein besseres Licht zu setzen als bisher. Zu spät erkannte er, daß diese Rede hier völlig fehl am Platze war, während die Fernsehkameras die Gesichter der Männer zeigten, die nur noch seelenlose Schatten ihrer selbst waren. Verwirrt und unsicher brach er seinen Vortrag ab und verzichtete auch auf die angekündigte Verleihung der Orden, so daß er vor den Augen der Öffentlichkeit einen noch schlechteren Eindruck hinterließ.

Während der gesamten Zeremonie versuchte Hawkins, in der offiziellen Delegation Eleanor zu entdecken, um sich schließlich damit abzufinden, daß sie nicht da war. Die Enttäuschung darüber wurde aber dadurch ausgeglichen, daß er daran denken mußte, wie sehr er die Vorstellung haßte, daß sie sich auch nur in Petersons Nähe aufhielt.

Weil er mit an Bord des Frachters gewesen war, hatte man ihm auch bei diesem Empfang einen bevorzugten Platz gegeben, ganz in der Nähe der Tribüne, und nachdem die immer noch wie betäubt wirkenden Männer mit Krankenwagen abtransportiert worden waren und auch der Präsident und die Frauen die Tribüne verlassen hatten, drängelte sich Hawkins durch die Menge, um mit dem Senator zu sprechen.

Rampallie sah ihn kommen und beugte sich zu Peterson hinüber, so daß der Politiker schon auf ihn zukam, als Hawkins die Tribüne erreichte.

»Ray!« begrüßte ihn Peterson, freundlich wie immer. »Wo haben Sie so lange gesteckt?«

»Auf dem Frachter. Ich habe gearbeitet. Und den Arsch voll gekriegt.«

Das freundliche Lächeln des Senators erstarb angesichts der wütenden Antwort. »Was zum Teufel ist denn los?«

Anstelle einer Antwort sah Hawkins Rampallie an und dann wieder Peterson. Dann meinte er: »Man hat mir gesagt, Sie wären sogar bis zum Außenminister selber gegangen, um Nguyen van Ninh aus Vietnam herauszuholen?«

Peterson blickte mit gerunzelter Stirn auf seinen Wahlkampfmanager, als ob er sich nicht an die Einzelheiten erinnern könnte. »Stimmt das, Joe?«

»Jawohl, Sir«, antwortete Rampallie ohne Zögern.

»Aber das Außenministerium sagte mir, es sei nie ein Antrag gestellt worden.«

»Wir haben es versucht, Ray, glauben Sie mir. Wir haben unser Bestes getan.«

»So wie mit der öffentlichen Bekanntgabe der Befreiungsaktion!«

»Ich hatte keine Ahnung, daß Sie an der Sache beteiligt waren, Ray. Sie haben mir nichts davon gesagt. Und ich habe die Nachricht *nicht* sofort veröffentlicht, als ich sie erfuhr. Ich habe versucht, sie anzurufen. Ich habe dreimal angerufen und bei ihrem Auftragsdienst eine Nachricht hinterlassen. Mehr können Sie schließlich nicht von mir erwarten, wenn Sie einfach ohne ein Wort zu sagen wochenlang verschwinden, oder?«

Den Leuten, die neben ihnen auf der Tribüne standen und den Streit mit angehört hatten, wurde die Szene langsam unangenehm, und Rampallie ergriff Peterson am Arm, um ihn aus dem Blickfeld zu ziehen, aber der Senator ging nicht auf ihn ein. »Lassen Sie uns in Ruhe darüber reden, Ray, aber nicht hier. Wir wollen doch nicht wegen eines dummen Mißverständnisses in Streit geraten.«

Hawkins blieb alleine auf der Tribüne zurück und fühlte sich sehr unwohl in seiner Haut. Er wußte, daß er im Recht gewesen war, als er eine Erklärung verlangt hatte, aber er war sich auch der Tatsache bewußt, daß seine Wut auf den Senator zum Teil auch aus seiner Beziehung zu Eleanor resultierte. Er beschloß, direkt zum Flughafen zu fahren, weil er trotz seiner Erschöpfung möglichst schnell wieder nach Washington zurück wollte. Im Flugzeug konnte er jedoch kaum schlafen, obwohl er sehr müde war. Früher hätte er in einer solchen Situation angefangen zu trinken, erinnerte er sich, aber jetzt zog er es vor, einfach vor sich hin zu dösen. Als sie endlich in Dulles landeten, war er total übermüdet, aber er fuhr auf dem direkten Weg in sein Büro, weil ihm unterwegs etwas eingefallen war.

Während seiner Abwesenheit hatte Harry Jones die Anrufe entgegengenommen, aber der Auftragsdienst notierte alle Anrufe, und so war es leicht, nachzuprüfen, ob das, was Peterson ihm in Kalifornien gesagt hatte, auch der Wahrheit entsprach. Es waren wirklich drei Anrufe für ihn gekommen, zwei davon von Peterson persönlich. Um ganz sicherzugehen, rief Hawkins sowohl bei NBS als auch bei ABC an und erfuhr, daß die Anrufe auch tatsächlich vor Petersons Fernseherklärung lagen.

Er wußte, daß er sich bei Peterson würde entschuldigen müssen, und überlegte gerade, wie er das am besten anstellen sollte, als das Telefon läutete und Pearlman sich meldete: »Gut, daß ich Sie erreiche. Ich habe es gerade bei Ihnen zuhause probiert.«

»Was gibt es?« fragte Hawkins. Er war plötzlich hellwach, obwohl sein ganzer Körper schmerzte.

»Petersons Leute haben uns im Außenministerium die Hölle heiß gemacht wegen dieses Nguyen Ninh. Es scheint, als hätte ich Ihnen damals in der Botschaft etwas Falsches gesagt. Es hat wirklich Bemühungen gegeben, Ninh zu helfen. Aber Katzbach ist damals den falschen Weg gegangen, direkt zum Minister. Offenbar kam das Gesuch bei einem Angestellten an, der nicht erkannte, daß es von einem Senator war, so daß er es einfach ablehnte.«

»Großer Gott!« sagte Hawkins voller Verzweiflung.

»Ich hoffe, wir haben damit nicht allzu viele Probleme aufgeworfen.«

»Vergessen Sie's«, meinte Hawkins. Jetzt mußte er sich also doppelt entschuldigen.

Er legte müde den Kopf auf die Arme und war an seinem Schreibtisch schon fast eingenickt, als Jones eintrat. Er blieb überrascht in der Tür stehen, als er Hawkins erkannte.

»Es gibt doch wirklich keinen Grund zum Feiern!« sagte er vorwurfsvoll. Offenbar verkannte er die Situation. »Oder wollen Sie Ihren Kummer ertränken?«

Hawkins blinzelte mit den Augen, um völlig wach zu werden. »Ich bin verdammt müde«, sagte er. Warum zum Teufel war er diesem Mann Erklärungen schuldig?

»Das wundert mich aber«, meinte Jones und schloß die Tür hinter sich. »Von hier aus und auch in London hatten wir den Eindruck, daß Sie während der Arbeit eingeschlafen sind.«

Hawkins schlug zu. Es war eine dumme, blinde Reaktion, und er merkte erst im letzten Augenblick, was er tat, und öffnete seine Faust, um dem Schlag die Wucht zu nehmen. Dadurch wurde es eher eine Ohrfeige, und da sich Jones reaktionsschnell zur Seite duckte, wurde er nur ganz leicht getroffen, aber immerhin so, daß ihm die Brille von der Nase rutschte und auf den Tisch fiel, wobei das linke Glas zersplitterte.

»Was zum Teufel soll das?« fragte Jones wütend. Seine Stimme überschlug sich fast vor Aufregung und Nervosität.

Hawkins sackte in seinen Stuhl zurück und schämte sich. Wieder war eine Entschuldigung fällig. Und wieder mußte er sich eingestehen, daß er an dem Mann, der ihn über den Schreibtisch hinweg jetzt kurzsichtig ansah, nur seine Frustration über Eleanor und den Frachter und Peterson ausgelassen hatte.

»Es tut mir leid«, murmelte er. »Ich bin müde. Es tut mir sehr leid.«

»Es wird Ihnen noch leid tun!« sagte Jones, der jetzt, da die Bedrohung vorbei war, zurückschlagen wollte, wenn auch nicht körperlich. »Ich habe gleich gesagt, daß es eine Katastrophe gibt, wenn Sie an der Sache beteiligt sind, und so ist es auch gekommen. Sie werden die Sache als eine große Serie verkaufen, weil Sie gar keine andere Wahl haben und irgendwie da rauskommen müssen, aber jeder weiß, daß die Sache schiefgegangen ist – eine einzige Katastrophe.«

Das Ironische – und fast Obszöne – dabei war, daß Jones Unrecht hatte.

Alles wäre verloren gewesen, wenn die geretteten Männer in der Lage gewesen wären, eine Pressekonferenz abzuhalten, aber das waren sie nicht. Die Ankunft in Kalifornien hatte nicht nur ganz Amerika fasziniert und schockiert, sondern auch die Menschen in den anderen Ländern, die an die Fernsehübertragung angeschlossen waren, und bei diesen vielen Menschen überall auf der Welt war ein ungeheures Interesse an Hawkins' Berichten geweckt worden.

Zwei Wochen nach seiner Rückkehr waren die Rechte an den Reportagen an über zweitausend Zeitungen und Zeitschriften auf der ganzen Welt – darunter allein fünfhundert in Amerika – verkauft worden, und sein eigenes Blatt, das selbstverständlich auf Erstveröffentlichung bestand, erlebte eine Auflagenerhöhung um 60000 Exemplare für die erste Folge der Berichte und sogar 70000 für die zweite. Als Ausdruck der wechselhaften Stimmung, denen die Presse – wie fast alle anderen Unternehmungen auch – unterworfen sind, kamen die verspäteten Glückwunschtelegramme aus London erst nach drei Wochen, und gleichzeitig rief ihn Lord Doondale nach England zurück.

Peterson schrieb ihm einen persönlichen Brief, in dem er Hawkins Entschuldigung ablehnte. Die Sache sei längst vergessen, und er wollte wissen, wann Hawkins an seiner Wahlkampftour teilnehmen würde. Da er jedoch den Senator nicht begleiten wollte, solange auch Eleanor bei ihm war, benutzte er seine Rückkehr nach London als Ausrede für seine Absage, versprach aber, später auf Petersons Angebot zurückzukommen.

Die Rückkehr nach England bedeutete auch, daß Hawkins den Parteitag der Regierungspartei ebenfalls versäumen würde, auf dem Harriman mit der kleinsten Mehrheit seit dem fünfzigjährigen Bestehen der Partei erneut zum Präsidentschaftskandidaten ernannt wurde.

27

Es war ein englischer Sommertag, angenehm warm und nicht so drückend heiß, wie Washington am Vortag gewesen war, so daß Hawkins beschloß, zu Fuß in die Fleet Street zu gehen. Das gleiche Hotel und der gleiche Weg wie beim letzten Mal, vorbei an der Kirche und dem Gerichtsgebäude – genau wie damals, dachte er. Nur mit dem Unterschied, daß er damals gedacht hatte, man wollte ihm seinen Job in Washington wegnehmen, während er jetzt gefeiert wurde. Hawkins wußte, daß er sich darüber freuen sollte, wie die Dinge sich entwickelt hatten, aber ihm war nicht danach zumute, da er Washington nur ungern verließ, obwohl Eleanor während der letzten zwei Wochen mit Peterson unterwegs gewesen war und sie wahrscheinlich doch keine Gelegenheit gehabt hätte, sich zu sehen, wie schon während der ganzen Weile seit seiner Rückkehr von der Rettungsaktion. Es war nur Zeit für ein paar kurze und eilige Telefongespräche gewesen, in denen sie ihm gesagt hatte, daß sie ihn liebte, und er hatte ihr das gleiche gesagt, wodurch ihre Trennung nur noch schwerer wurde.

Hawkins war längst darüber hinaus, sich selbst Vorwürfe zu machen. Er wußte, daß das lächerlich und sogar gefährlich war. Während der Schulzeit, als er auf seine Weise versucht hatte, mit dem Problem fertigzuwerden, daß er der Sohn eines berühmten Mannes war, hatte er eine Zeitlang einschlägige Bücher gelesen, in der Art von »Erkenne Dich selbst«, geschrieben von Leuten, die angeblich im Leben Erfolg gehabt hatten. Er hatte nur noch wenig von dieser seichten Amateurpsychologie im Kopf, aber an eine Maxime erinnerte er sich sehr gut: jeden einzelnen Tag ganz für sich zu nehmen und so bewußt und intensiv wie möglich zu leben und zu genießen. Und so sah er auch sein Verhältnis zu Eleanor – unabhängig von all dem, was um sie herum passierte, konnten sie jeden Moment, den sie zusammen waren, genießen, ohne sich darüber Gedanken machen zu müssen, ob es einen nächsten geben und welche Konsequenzen das haben würde. Gott sei Dank war das Herumreisen für sie nächste Woche zu Ende.

Hawkins bog gegenüber der Bar El Vino in die Fleet Street ein und hielt sich auch gewissenhaft an die rote Fußgängerampel, wobei er einen Blick auf die Bar warf. Auch das hatte sich geändert im Vergleich zum letzten Mal, überlegte er. Sein Verlangen nach Alkohol war völlig verschwunden – er dachte nicht einmal mehr daran, und wenn, dann ohne jede Angst. Er beschloß, nicht mehr so viel zu trinken, wenn er mit Eleanor zusammen war; vielleicht würde ihr das helfen, ebenfalls weniger zu trinken. Sie war viel zu schön, um sich mit Alkohol zu ruinieren.

Der Portier erkannte ihn sofort wieder und geleitete ihn zu dem Privataufzug, der ihn ohne Halt in die Chefetage hinauf beförderte. Der Sitzungssaal, in dem das Essen stattfinden sollte, lag ebenso wie das Büro des Chefredakteurs in der Etage darunter noch in dem alten Teil des Gebäudes. Er war mit dunklem Holz getäfelt und barg einen eingebauten Bücherschrank, in dem die dicken Lederbände mit sämtlichen bisher erschienenen Ausgaben der Zeitung und zwei Büsten von Lord Doondale Vater und Großvater auf kleinen Marmorsockeln standen. Doondale selbst war ein hagerer, knochiger Mann, der sich streng an die Quäker-Tradition seiner Vorfahren hielt und nur Mineralwasser trank. In seiner Gegenwart legte auch der sonst eher auffällige Wilsher eine größere Zurückhaltung an den Tag.

Da sie nur zu dritt waren, nahmen sie zum Essen an einem kleinen runden Tisch Platz, und Doondale bestimmte die Unterhaltung. Während der Vietnam-Serie sei die Auflage der Zeitung um über 100000 Exemplare angestiegen, berichtete er, und der Vertrieb meldete, daß darunter rund 40000 neue regelmäßige Leser seien. Die Profite aus dem Verkauf der Rechte an der Serie war noch nicht abschließend errechnet, aber Doondale gab ihm im voraus eine Prämie von 10000 Pfund. Die Skulptur von Hawkins' Vater war schon ziemlich weit fortgeschritten, und der Premierminister hatte zugesagt, bei der Enthüllung zugegen zu sein; natürlich erwartete man, daß Hawkins zu diesen Feierlichkeiten aus Washington herüberkommen würde.

»Werden Sie bis dahin mit dem Buch fertig?« fragte ihn Doondale mit seiner trockenen, knarrenden Stimme, die so gut zu seinem Aussehen paßte. Außerdem neigte er dazu, seine Sätze fast auf Telegrammstil zu verkürzen.

»Davon gehe ich aus«, meinte Hawkins. »Es war schon vor der

Rettungsaktion fast fertig. Ich stelle gerade einiges um, und möchte das ganze Vietnam-Material an den Anfang nehmen.«

»Unsere Syndikatsabteilung wird als Agent fungieren«, erläuterte Wilsher seinem Chef. »Das Interesse ist riesig. Wir haben bereits mit Amerika und den meisten europäischen Ländern Verträge abgeschlossen. Die erste Auflage hier in England wird 50000 betragen, und ein Buchklub hat 100000 Exemplare bestellt.«

»Möchte Ihnen sagen, daß ich stolz bin, Sie bei unserer Zeitung zu haben«, meinte Doondale zu Hawkins. »Genauso wertvoll, wie Ihr Vater für uns war.«

»Ich danke Ihnen, Sir«, antwortete Hawkins höflich. Das war die Anerkennung, die er schon immer erstrebt hatte, dachte er, aber irgendwie war er nicht so stolz darauf, wie er eigentlich erwartet hatte.

»Kann ich irgendwas für Sie tun?« fragte ihn Doondale. »Möchte unsere Stars gut behandeln, wissen Sie.«

Hawkins zögerte einen Moment. Er hatte erwartet, daß man ihn loben und feiern würde, aber nicht, daß man ihm diese Art von Bevorzugung und Einfluß anbieten würde. Er war nicht sicher, wie er damit umgehen sollte. »Vielen Dank, ich fühle mich im Moment sehr wohl, wie es ist«, sagte er. »Ich verspüre noch nicht das Bedürfnis, mich zu verändern.«

»Bleiben Sie drüben«, solange Sie wollen«, meinte Doondale. »Und wenn Ihnen der Sinn nach etwas anderem steht, lassen Sie es Wilsher wissen. Ihr Vater hat es nie lange an einem Ort ausgehalten, und Sie sollten es genauso machen. Kein Grund, warum wir Sie nicht ebenso berühmt machen sollten wie ihn, vielleicht noch berühmter.«

Er hatte alles, was er je gewollt hatte, dachte Hawkins. Und sogar noch mehr. Vielleicht würde die Freude darüber erst einsetzen, wenn er Zeit hatte, sich dessen bewußt zu werden, was er erreicht hatte. Aber es gab eine Sache, die er probieren könnte, nur um seine neue Position zu testen. Außerdem wäre es eine wichtige Vorsichtsmaßnahme, denn Jones und er sprachen kaum noch miteinander. Er sagte zu Wilsher: »Solange ich nicht in Washington war, gab es vielleicht gute Gründe dafür, aber jetzt, wo das Buch schon fast fertig ist, sehe ich eigentlich keinen Grund mehr dafür, daß Harry Jones noch länger in Washington bleibt.«

Wilsher sah Hawkins ein paar Sekunden lang in die Augen und sagte dann: »Wir werden ihn zurückrufen.«

»Sowieso nicht besonders begeistert darüber, was er dort geleistet hat«, fügte Doondale hinzu, und Hawkins merkte plötzlich, daß er vorsichtig sein mußte, damit ihm seine neue Machtposition nicht zu Kopfe stieg. Was Jones in einer ähnlichen Situation wohl sagen würde, fragte er sich und meinte dann: »Es ist nicht einfach, sich in Washington gleich völlig zurechtzufinden.«

Nach dem Essen ging er mit Wilsher in dessen Büro hinunter, und der Chefredakteur bestand darauf, zur Feier des Tages mit ihm etwas Stärkeres als Mineralwasser zu trinken.

»Ich nehme an, Sie vertragen sich nicht besonders gut mit Harry«, sagte er.

»Wir hatten ein paar Meinungsverschiedenheiten«, antwortete Hawkins.

»Er hat mich sehr oft angerufen.«

Das war genau das, was von Jones zu erwarten war, dachte Hawkins. »Es ist sehr bedauerlich«, sagte er.

»Angesichts Ihrer Abneigung gegen ihn fand ich, daß Sie da oben bei Doondale sehr großzügig waren. Sie hätten ihn vernichten können.«

»So etwas liegt mir nicht«, meinte Hawkins.

»Ist Ihnen auch klar, was da oben geschehen ist?« fragte Wilsher und reichte ihm einen Brandy.

»Was denn?« fragte Hawkins zurück.

»Er hat Ihnen die Schlüssel gegeben«, meinte der andere. »Es müßte schon ein verdammt großes Erdbeben kommen, um Ihnen Schwierigkeiten zu machen.«

Er wußte, daß Harry Jones sein Feind war, der alles getan hatte – und wahrscheinlich wieder tun würde –, um ihm zu schaden, aber Hawkins verspürte keinerlei Genugtuung, als der Mann nach London zurückberufen wurde. Er wußte, daß es scheinheilig war, aber dennoch wollte er seinen guten Willen beweisen und lud Jones zum Abschiedsessen in den Presseclub ein, was er hinterher bereute, denn das Essen war nicht besonders gut und es war sowieso eine irgendwie peinliche Situation gewesen. Hawkins war sich seiner Unaufrichtigkeit nur zu deutlich bewußt, und Jones, der seine Niederlage erkannte, fand sein Verhalten demütigend und herablassend, was die Sache nur noch schlimmer machte.

Hawkins hatte vom Weißen Haus ein persönliches Dankschreiben erhalten für alles, was er getan hatte, und er hatte es sofort sorgfältig archiviert, wie sein Vater es getan hätte, aber seit seiner Rückkehr von der Rettungsaktion hatte es keine anderen persönlichen Kontakte gegeben. Da bis zu Eleanors Rückkehr nach Washington noch eine Weile vergehen würde und gerade eine Wahlkampfreise angesetzt war, die ihn nur wenige Tage in Anspruch nehmen würde, so daß er rechtzeitig wieder in der Stadt sein konnte, wenn Eleanor zurückkam, beschloß Hawkins, Harrimans Einladung anzunehmen, ihn auf eine Wahlkampfreise zu begleiten. Und der Präsident hielt sein Versprechen. Nur einen Tag nachdem Hawkins bei Folger, dem Pressesekretär, den entsprechenden Antrag gestellt hatte, erhielt er die Bestätigung, auf der Air Force One sei ein Platz für ihn reserviert für eine kurze Reise durch Florida, Tennessee und Georgia.

Hawkins war überrascht, wie sehr sich der Präsident verändert hatte. Das in langjähriger politischer Erfahrung gewonnene Selbstvertrauen war verschwunden, und Harriman wirkte wie jemand, der in die Enge getrieben worden war. Er war durchaus in der Lage, sich seinen eigenen Parteifreunden gegenüber leutselig zu verhalten, aber er wirkte unsicher, wenn er vor einem größeren Publikum stand, und erst recht vor der Presse oder dem Fernsehen. Auf dem Rückflug in die Hauptstadt lud ihn der Präsident in den vorderen Teil der Maschine ein und gewährte ihm ein weiteres Exklusivinterview. Diesmal jedoch hatte er nichts Neues zu sagen, sondern tat nur so, als machte er sich über Petersons Vorsprung bei den Meinungsumfragen keine Sorgen, und versuchte, allerdings ebensowenig überzeugend, eine einleuchtende Antwort auf Hawkins Frage nach möglichen Fortschritten bei den Genfer Abrüstungsverhandlungen zu geben.

Die befreiten Männer waren von Kalifornien aus direkt in die psychiatrische Klinik in Maryland gebracht worden, die von Hamilton geleitet wurde, und selbst während der deprimierenden Wahlkampfreise mit Harriman hielt Hawkins den regelmäßigen Kontakt mit dem Psychiater aufrecht. Sobald der Zustand der Männer es zuließ, wollte Hawkins sie interviewen, um die letzte Lücke in seinem Buch zu schließen. Eine Woche nach seiner Rückkehr nach Washington machte ihm Hamilton dann telefonisch den Vorschlag, den er an Nicole weiterleitete. Sie war sofort einverstanden, und so fuhr Hawkins sie am Nachmittag von Washington aus in die Klinik, wo sie von Hamilton begrüßt wurden. Er dankte ihnen, daß sie gekommen waren – besonders Nicole –, und erklärte ihnen, was er mit dem Erinnerungs-Test beabsichtigte.

Hawkins hörte den Zweifel, der aus den Worten des Arztes sprach, und fragte ihn: »Haben Sie denn Schwierigkeiten bei der Behandlung?«

»Bleibt das unter uns?«

»Natürlich.«

»Wir haben überhaupt keine Fortschritte gemacht«, erklärte Hamilton. »Körperlich sind sie jetzt wieder in ausgezeichneter Verfassung, aber geistig hat es überhaupt keine Veränderung gegeben, seit ich sie auf dem Frachter zum erstenmal sah.«

»Aber das ist doch nicht möglich«, meinte Hawkins.

»Aus den Lehrbüchern kennen wir Fälle, in denen Menschen so starker Angst oder Brutalität ausgesetzt waren, daß ihr Gehirn einfach ausgesetzt hat. Aber wir kämpfen immer noch damit, daß wir nicht wissen, was für Drogen man ihnen während der Gehirnwäsche gegeben hat...« Dann schien ihm ein Gedanke zu kommen, und er wandte sich an Nicole und fragte: »Haben Sie jemals gesehen, daß man ihnen während der Sitzungen etwas gegeben hat?«

Nicole schüttelte den Kopf und machte seine Hoffnung zunichte. »Ich habe sie oft mit hingebracht, und manchmal waren da Männer, die wie Ärzte aussahen... und medizinische Ausrüstung. Aber ich habe nie gesehen, daß sie irgendwie behandelt wurden.«

»Kein Fläschchen... Phiolen, an die Sie sich erinnern können?«

»Doch«, sagte sie, »es gab beides... Sie sah die Hoffnung in den Augen des Arztes aufleuchten und resignierte wieder. »Aber ich kann mich nicht erinnern, was auf den Etiketten stand... was es war...«

Hamilton machte eine hilflose Handbewegung, so als hätte sie seine Befürchtungen bestätigt. Und obwohl sie alles genau durchgegangen waren, fragte er noch einmal: »Sie haben verstanden, worum es mir bei dem Versuch geht?«

»Ich glaube ja«, antwortete sie.

»Da die Männer nur auf vietnamesisch reagieren, wissen wir zumindest, wie die Sitzungen abliefen, aber sie gehorchen nur den einfachsten Befehlen. Was ich versuchen möchte, ist sehr viel radikaler, ein verzweifelter Versuch, wenn Sie so wollen. Aber vielleicht kommen wir auf diese Weise weiter.«

»Ich werde alles tun, um Ihnen zu helfen«, versprach Nicole.

»Ich habe die Männer schon vorgeschickt, weil sie nicht mit dem Hubschrauber fliegen sollen«, erläuterte der Psychiater. »Unsere Maschine wartet draußen.«

Mit dem Hubschrauber brauchten sie nur etwa dreißig Minuten bis nach Camp Peary. Sie mußten dieselben Sicherheitskontrollen über sich ergehen lassen, die Hawkins schon von seinem ersten Aufenthalt in dem Lager her kannte, als er mit Nicole zusammen an dem Training teilgenommen hatte, und dann fuhren sie auf dem bekannten Weg zu dem Nachbau des Lagers, das immer noch stand. Hawkins wunderte sich darüber und überlegte, ob es wohl für diesen Test noch einmal aufgebaut worden war. Neben dem Eingang zum Lager stand ein Krankenwagen, und als sie näher kamen, öffneten sich die Türen des Wagens, und die Pfleger ließen Forest, Bartel und McCloud aussteigen. Hawkins erster Eindruck war, daß sie körperlich erholt wirkten. Die Narben und Flecken waren aus ihren Gesichtern verschwunden und auch die offensichtliche Unterernährung schien überwunden zu sein. McCloud sah sogar eindeutig fett aus, aber Hawkins vermutete, daß es schwierig war, sie zur irgendwelchen körperlichen Aktivitäten zu veranlassen.

In Übereinstimmung mit der Prozedur in der Klinik in Maryland gab einer der Pfleger den Männern in vietnamesischer Sprache den Befehl, sich zu bewegen. Gehorsam stellten sie sich wieder hintereinander auf und gingen durch das Tor auf ein niedriges Gebäude zu, das Hawkins bei seinem ersten Besuch nicht gesehen hatte. In den Schaufenstern in der Stadt hatte er schon überall Weihnachtsdekorationen gesehen, und die steifen, mechanischen Bewegungen der Männer erinnerten an die Puppen in den Auslagen.

Hamilton wandte sich an Nicole und fragte mit einer Handbewegung auf die Anlage: »Stimmt das alles so? Wir haben das Lager nach den Angaben der Männer, die da waren, rekonstruiert.«

Nicole sah sich um und nickte dann. »Es ist so, wie ich es in Erinnerung habe«, sagte sie.

Im Innern des Gebäudes befand sich ein leicht erhöhtes Podium mit einem Tisch und zwei Stühlen, und davor standen weitere Stühle. Der vietnamesisch sprechende Pfleger befahl den Männern, sich hinzusetzen, aber Nicole sagte sofort: »Nein. Sie mußten immer stehen. In militärischer Haltung.«

Auf einen Wink von Hamilton wurde der Befehl korrigiert, und Forest, Bartel und McCloud nahmen gehorsam Aufstellung, die Hände an der Hosennaht. Hamilton führte Nicole zum Tisch und setzte sich neben sie, um ihr die Stichworte zu geben. Vor ihnen hatte man zwei Tonbandgeräte und die notwendigen Mikrofone aufgebaut.

»Es muß alles sehr schnell gehen«, wiederholte Hamilton die Warnung, die er ihnen schon in Maryland gegeben hatte. »Ich möchte kein langwieriges Verhör riskieren.«

»Ich verstehe«, beruhigte ihn Nicole.

»Fragen Sie sie, ob sie wissen, wer Sie sind«, forderte er sie dann auf, nachdem er die Tonbandgeräte eingeschaltet hatte.

Auf ihre Frage hin antworteten die Männer nicht.

»Noch einmal«, bat der Psychiater. Sie wiederholte die Frage, diesmal in strengerem Ton. Die drei Männer standen stumm vor dem Tisch.

»Fragen Sie bitte Colonel Forest, ob er sich daran erinnert, daß er Ihnen die Erkennungsmarken gegeben hat.«

Diesmal wiederholte Nicole die Frage dreimal, ohne eine Antwort zu bekommen.

Obwohl das Gebäude, in dem sie sich befanden, nur eine bessere Attrappe war, die man gebaut hatte, um auf diese Weise den Männern vielleicht helfen zu können, und die völlig unbeheizt war, stellte Hawkins fest, daß er schwitzte. Hamilton ging es genauso.

»Fragen Sie sie, ob sie wissen, wo sie sind.«

Nichts.

»Fragen Sie nach ihren Namen.«

Nichts.

»Fragen Sie nach Namen, Rang und Stamm-Nummer.«

Nichts.

»Sagen Sie ihnen, wenn sie unsere Fragen nicht beantworten, werden sie bestraft.«

Nichts.

»Sagen Sie ihnen, daß wir daran denken, sie freizulassen und sie nach Amerika zu ihren Frauen und Kindern zurückzuschicken.«

Nichts.

»Sagen Sie ihnen, wenn sie nicht antworten, werden sie zur Strafe hierbleiben müssen und dürfen nicht nach Hause zurück.«

Nichts.

Hamilton blickte von seinem Notizblock auf und sah Hawkins mit einem verzweifelten Ausdruck an. Dann wischte er sich mit einem Taschentuch den Schweiß von der Stirn und wandte sich wieder an Nicole. »Sagen Sie ihnen, daß sie Helden sind.«

Nichts.

»Daß sie abgeholt und aus dem Lager weggebracht werden.«

Nichts.

»Sagen Sie ihnen, daß sie keine Angst mehr zu haben brauchen, sie sind in Sicherheit. Und sie werden immer in Sicherheit bleiben.«

Nichts.

Mit einer ungeduldigen Bewegung stellte Hamilton das Tonbandgerät ab und ließ den Kopf mutlos auf die Tischplatte sinken. Dann sah er Hawkins wieder an. »Es hat nicht funktioniert«, sagte er deprimiert. Er stand mit ungelenken Bewegungen auf und ging zu Hawkins hinüber. »Wissen Sie, was ich gerade gemacht habe?« fragte er. »Ich habe gegen alle Regeln der Psychiatrie verstoßen und die Männer dem gleichen Druck unterworfen, dem sie im Lager ausgesetzt waren. Ich habe ihren völligen Zusammenbruch riskiert. Und es war alles umsonst. Absolut umsonst.«

»Und was jetzt?« fragte Hawkins.

Hamilton sah ihn lange an und sagte dann: »Wir können nichts anderes mehr für sie tun. Das war der letzte Versuch.«

Hamiltons Enttäuschung steckte sie an. Auf dem Rückflug im Hubschrauber konnte man sowieso kaum miteinander sprechen, und nach der kurzen Verabschiedung vor der Klinik fuhren sie zurück nach Washington. Während der Fahrt war Nicole lange Zeit schweigsam. Dann sagte sie plötzlich: »Ich wollte so gerne helfen.«

»Es ist nicht Ihre Schuld, daß es nicht geklappt hat.«

»Die armen Männer«, sagte sie leise. Und dann noch leiser: »Die armen Frauen...«

Beeinflußt von ihrer Nachdenklichkeit, überlegte Hawkins, daß es noch andere Möglichkeiten gab, das Buch zu verbessern, und daß er nicht unbedingt auf die Erklärung der Vorfälle in Chau Phu angewiesen war. Trotz der langen Zeit, die sie miteinander verbracht hatten, hatte er immer noch das Gefühl, die Beziehung zwischen Nicole und seinem Vater noch nicht völlig verstanden zu haben. Auch in dieser Hinsicht gab es ein ganz ähnliches Informationsdefizit.

»Erzählen Sie mir von Ihrem Leben in Saigon«, bat er sie.

»Ich habe Ihnen doch schon alles erzählt. Schon mehrmals.«

»Ich meine, nach Chau Phu«, drängte er.

»Nach Chau Phu hatten wir nur noch wenig Zeit«, sagte sie, wobei sie nicht ihn ansah, sondern ihren Blick über die bunte herbstliche Landschaft gleiten ließ.

»Erklären Sie mir bitte noch mal, was er genau gesagt hat, wie er Sie in den Westen holen wollte.«

Sie zuckte die Schultern, als ob sie es müde wäre, sich ständig zu wiederholen. »Ich habe ihm gesagt, daß ich nicht ohne meine Mutter fahren würde; er meinte, er würde so lange warten, bis ich ihm bescheid geben würde, daß ich bereit sei. Dann werde er alles arrangieren. Er habe einflußreiche Freunde, und es werde keine Schwierigkeiten geben, auch wenn es nicht leicht sei.«

»Warum zum Teufel hat er es dann nicht getan!« rief Hawkins ungeduldig. Genau wie die anderen litt er unter der Enttäuschung über das fehlgeschlagene Experiment mit den Männern und stand auch jetzt schon wieder vor einer unüberwindlichen Mauer.

Nicole wandte den Kopf und sah ihn an. »Aber ich habe Ihnen doch gesagt, daß er es versucht hat!« sagte sie ebenso gereizt wie er.

»Woher wissen Sie das?«

»Das gehörte zu dem Beweismaterial gegen mich: meine Verbindung mit ihm. Das war der Grund, warum ich ins Lager geschickt wurde... und warum ich schließlich mit den Leuten zusammengebracht wurde, die bei dem Einsatz damals mit dabeigewesen waren...«

Hawkins sah sie scharf an und hielt dann den Wagen an, um sich besser konzentrieren zu können. »Woher wissen Sie, daß *das* der Grund dafür war, daß Sie mit Forest und Bartel und McCloud zusammengebracht wurden? Das haben Sie mir nie erzählt!«

Sie sah ihn mit einem seltsamen Gesichtsausdruck an und konnte seine Aufregung und Neugier nicht verstehen. »Sie haben in der Verhandlung gegen mich immer alles verdreht«, sagte sie. »Den Rettungseinsatz damals nannten sie Kinderraub; sie sagten, daß die Männer die Kinder entführt hätten, anstatt ihnen eine Chance zu geben, die neue Kultur anzunehmen. Und als es um meine letzte Verlegung nach Can Tho ging, sagte man mir, man könne mich nicht freilassen, weil es neues Material gegen mich gebe, und daß meine Umerziehung zusammen mit Leuten fortgesetzt werden solle, die bei diesem Überfall damals dabeigewesen waren...«

»Einen Augenblick«, unterbrach Hawkins. »Das verstehe ich nicht.«

»Bei dem letzten Hearing«, erklärte Nicole geduldig, »sagte man mir, ich werde als zusätzliche Bestrafung nach Can Tho geschickt, weil einige Leute im Westen... wichtige Leute... seit der Wiedervereinigung Vietnams den Versuch gemacht hätten, mich ausreisen zu lassen. Sie hätten entsprechende Anträge gestellt.«

»Wer waren diese Leute?« fragte Hawkins.

»Ihr *Vater*«, sagte sie. »Obwohl ich ihm noch nicht gesagt hatte, daß ich das Land verlassen wollte, so wie wir es verabredet hatten, hatte er schon den Antrag gestellt.«

»Das hat man Ihnen *gesagt*?«

»Deswegen bin ich doch für ein weiteres Jahr ins Lager gekommen, als zusätzliche Strafe!«

»Sie hätten die Geschichte erfinden können«, gab Hawkins zu bedenken. »Eben haben Sie gesagt, die hätten immer alles verdreht.«

Sie schüttelte den Kopf, traurig darüber, daß er sie nicht verstand. »Sie wußten auch, daß ich wegen meiner Mutter nicht das Land verlassen wollte. Und das war etwas, worüber ich nur mit ihm gesprochen hatte. Also mußten sie es von ihm erfahren haben.« Sie beugte sich zu ihm hinüber und ergriff seine Hand, um ihn zu beruhigen. »Darum weiß ich genau, daß Ihr Vater mich bei sich haben wollte. Daß er mich liebte. Genau wie ich ihn geliebt habe. Er war so ein wundervoller Mann und brauchte mich so sehr...«

Hawkins streckte die Hand aus, ließ den Motor wieder an und fuhr den Wagen zurück auf die Straße. *Mein Vater war ein Held, ein Mann, auf den ich stolz bin, dachte er.*

Es war wirklich ein ausgezeichneter Anfang für sein Buch.

28

Eleanor rief ihn noch am selben Tag an, an dem sie nach Washington zurückkam, und schlug vor, daß sie sich am Abend treffen sollten. Wie beim letztenmal holte sie ihn mit dem Wagen am Columbus Circle ab, und diesmal lächelte sie und schien sich über ihre Heimlichtuerei eher zu amüsieren als zu ärgern. Hawkins, der nach so langer Zeit das Bedürfnis verspürte, sie einfach nur zu berühren, lehnte sich zu ihr hinüber, aber sie stieß ihn freundlich zurück und sagte nur: »Warte!«

»Ich kann nicht.«

»Aber du mußt.«

»Warum?«

»Weil ich es sage. Erzähl mir, was du erlebt hast?«

»Ich habe dich so sehr vermißt, wie ich noch nie einen Menschen vermißt habe. Ich hätte es nicht für möglich gehalten, aber es war so.«

Jetzt war es Eleanor, die seine Berührung suchte und seine Hand streichelte. »Bestimmt nicht so sehr, wie ich dich vermißt habe«, sagte sie. »Gott, wie ich diese Veranstaltungen und Dinners und Mittagessen und diese schrecklichen, dummen Leute hasse! Weißt du, wie ich mich davor geschützt habe?«

»Na?«

»Ich habe einfach völlig abgeschaltet und nur an uns beide gedacht...« Sie lachte. »Du wirst sehen.«

»Sag es mir doch.«

»Nein. Du hast mir auch nicht erzählt, was passiert ist.«

Mit dem Eifer eines Kindes, dem man eine Belohnung versprochen hatte, wenn es sich gut benehmen würde, erzählte er ihr von seiner Reise nach London und die geplante Festveranstaltung zu Ehren seines Vaters – wobei er nichts von dem neuen guten Verhältnis zwischen dem Besitzer der Zeitung und ihm erwähnte, weil das zu arrogant geklungen hätte – sowie von seiner kurzen Reise mit Harriman und als letztes, weil es auch chronologisch das letzte war, von dem fehlgeschlagenen Experiment mit den befreiten Amerikanern. Der Bericht über die Ereignisse in Camp Peary und den Zustand der Männer dämpfte ihre gute Stimmung sichtlich. Er sah, wie sie die Augen verdrehte und leise sagte: »Mein Gott, diese armen Schweine.«

»Ja«, stimmte er ihr zu. »Arme Schweine.« Es tat ihm leid, daß er ihr die Laune verdorben hatte, und deshalb bemühte er sich, seine Stimme heiter klingen zu lassen, als er sie fragte: »Wo zum Teufel bringst du mich hin?« Sie waren über die Memorial-Brücke gefahren und fuhren jetzt auf der Autobahn nach Süden, vorbei am Pentagon.

»Ein Geheimnis«, sagte sie und versuchte, auf seine Stimmung einzugehen. »Was hältst du von Harriman?«

»Er ist in Panik«, meinte er.

»Das meint John auch«, sagte sie. »John ist sicher, daß er es schaffen wird. Alle anderen auch, nicht nur seine eigenen Leute. Sogar die Kommentatoren, von denen einige nicht einmal auf unserer Seite stehen.«

»Und was heißt das für dich?«

»Ich habe Angst«, sagte sie.

Hawkins wurde seinen eigenen Vorsätzen untreu und fragte sie weiter: »Was bedeutet das für uns beide?«

»Ich will nicht darüber sprechen«, sagte Eleanor abrupt und machte diesem Thema sofort wieder ein Ende.

Sie hatten den Flughafen passiert, und Hawkins versuchte noch einmal, sie aufzuheitern, indem er fragte: »Willst du mit mir durchbrennen?«

»Das wäre eine großartige Idee«, antwortete sie. »Wie läuft es mit deinem Buch?«

»Ich bin fast fertig«, berichtete er. »Am Anfang war es einfacher, als es einfach nur um die Biographie meines Vaters ging. Aber jetzt, wo ich mit der Rettungsaktion in Vietnam beginnen will, wie alle es verlangen, hat sich vieles verschoben. Und ich wollte unbedingt das Interview mit den befreiten Gefangenen haben, davon hing sehr viel ab ...« Er warf ihr einen Blick zu und gestand: »Ich habe mich John gegenüber einfach unmöglich benommen und ihm etwas vorgeworfen, was er gar nicht getan hat.«

»Das ist mal was Neues, wenn die Leute ihm Dinge zutrauen, die er gar nicht macht«, sagte sie. »Zum Teufel, er ist wirklich ein zynischer Mistkerl.«

»Auf jeden Fall hat er die Befreiung und die Rückkehr der Männer gekonnt für sich ausgeschlachtet«, meinte Hawkins. »Ich hatte gehofft, du würdest in Kalifornien dabei sein.«

»Ich wollte nicht«, erklärte sie. »Er hat mich darum gebeten und gesagt, es würde einen guten Eindruck machen, wenn ich mit den weinenden Frauen zusammen auf dem Podium stünde, und ich habe ihm gesagt, er solle zum Teufel gehen. Dann wollte er John junior mitnehmen, aber das habe ich auch nicht zugelassen.« Sie zögerte und sah ihn an. »Ich wußte, daß ich dich sehen würde und daß wir nicht zusammensein könnten, und das war ein weiterer Grund, warum ich nicht mitgefahren bin.«

Als sie Alexandria erreichten, bog Eleanor bei der ersten Gelegenheit ab und fuhr zum Fluß hinunter. Gleich darauf steuerte sie wieder nach links in eine Straße, die parallel zum Fluß verlief, und parkte am Straßenrand. »Warte hier!« sagte sie triumphierend.

»Wo?«

»Dein Haus ist besetzt, stimmt's?«

»Stimmt«, gab er zu.

»Und ein Hotel kommt auch nicht in Frage, nicht wahr?«

»Richtig.«

»Also habe ich mir eine Wohnung gemietet.«

»Du hast was?«

Sie kicherte und freute sich, daß ihr die Überraschung gelungen war. »Eigentlich ist es ein Doppelhaus, aber wir haben getrennte Eingänge.« Sie reichte ihm ein Schlüsselbund. »Nur wir beide«, sagte sie. »Sonst niemand.«

Der Eingang war an der Seite des Hauses. Gleich dahinter führte eine Treppe nach oben, und als Hawkins das Licht andrehte, sah er zwei kleine Tische mit Blumenvasen geschmückt, und in der Küche ein Tablett mit Flaschen und Gläsern.

»Ich war heute morgen schon mal hier«, sagte sie erklärend. »Ich wollte, daß alles perfekt ist.«

Hawkins drehte sich zu ihr um und streckte die Arme aus. »Weißt du, daß es Wochen her ist, daß wir uns zum letztenmal geküßt haben?«

»Sieben Wochen, vier Tage und zwei Stunden«, sagte sie. »Ich habe mitgezählt.«

Sie fielen sich stürmisch in die Arme und verhakten sich ineinander, wobei sie stolperten und sich dann fallen ließen. Eleanors Hose zerriß, und sie riß sie noch weiter auf, genauso ungeduldig wie er; dann drückte sie ihn an sich und bäumte sich unter ihm auf, um ihn genauso wild zu machen, wie sie selbst war, und er nahm sie, fordernd und umgestüm. Danach zogen sie sich gegenseitig aus und küßten und streichelten sich zärtlich und liebten sich dann noch einmal. Diesmal übernahm er fordernd die Initiative, bis Eleanor unter ihm stöhnte: »Dieser verdammte Fußboden ist zu hart!« Sie stand auf und zog ihn mit hüpfendem Busen ins Schlafzimmer. Als er protestierte, er könne nicht schon wieder, legte sie ihre Hand auf seinen Schoß und küßte und spielte und streichelte ihn, und sie liebten sich zum drittenmal, bis er vor Überreizung stöhnte und sagte: »Teufel auch, willst du in einer Nacht alles aufholen?« Und sie antwortete: »Ja«, und vergrub ihr Gesicht wieder in seinem Schoß.

»Es ist mir völlig gleich, was passiert«, sagte er entspannt. »Ich will nur dich!«

»Und ich will dich«, war die undeutliche Antwort.

Die Patton Corporation hatte es lange Zeit, mehrere Jahre schon, nicht nötig gehabt, sich um Regierungsaufträge zu bewerben, aber plötzlich blieben die automatischen Abschlüsse aus. Die Anträge liefen jetzt nur noch über den langwierigen Weg der Bürokratie und wurden – was ungewöhnlich war – genauso bürokratisch abgelehnt. Vier Schiffe und sieben Flugzeuge, die der Firma gehörten, waren ausschließlich – und streng geheim natürlich – vom CIA gebaut und genutzt worden, aber innerhalb eines Monats nach der Befreiung der Gefangenen – und der Bekanntmachung durch Peterson – wurden sie immer weniger gebraucht, und als Patton jetzt versuchte, mit Leuten in Langley Kontakt aufzunehmen, die früher immer sofort reagiert hatten, wurde ihm gesagt, sie seien nicht erreichbar. Seine Anrufe wurden nie erwidert. Ähnlich ging es ihm auch im Pentagon, wohin man ihn von Bord des Flugzeugträgers aus gebracht hatte und wo er sein Bedauern darüber wiederholte, daß er Peterson benachrichtigt hatte. Er konnte für seine Handlungsweise wiederum keinen logischen Grund anführen, außer der Erklärung, die er schon Jordan und Hawkins gegenüber geäußert hatte, und die hier in den nüchternen, sterilen Räumen des militärischen Hauptquartiers sogar noch nichtssagender klangen als an Bord des Schiffes.

Patton war kein Dummkopf und erkannte sofort den Grund für die plötzliche ablehnende Haltung Washingtons ihm gegenüber, die seine Firma zu ruinieren drohte, aber er war so sehr mit Sharon beschäftigt, daß er gar nicht versuchte, etwas dagegen zu unternehmen.

Sharon war nach Washington gezogen, um näher bei ihrem Mann sein zu können, mit dessen vermeintlichem Tod sie sich erst vor so kurzer Zeit abgefunden hatte. Alle ihre Zweifel und Schuldgefühle kehrten jetzt verstärkt zurück, und sie lehnte Pattons Angebot ab, sie im Four Seasons, im Jefferson oder im Mayflower unterzubringen. Reumütig nahm sie ein Zimmer im nächstgelegenen Howard-Johnson-Motel in Maryland und erhielt sogar einen Sondertarif, weil sie so lange blieb.

Wie die anderen antwortete auch Sharon zuerst nicht auf seine ständigen Versuche, sie telefonisch zu erreichen, aber nach einer Weile wuchs in ihr das Gefühl für die Absurdität der Situation – und ihr Verlangen –, und sie willigte ein, sich mit ihm zu treffen. Patton war sehr rücksichtsvoll und vorsichtig, wie er es immer mit ihr gewesen war, und ließ sie wie immer das Tempo bestimmen. Er wußte, daß sie zumindest in dieser Situation nicht mit ihm schlafen würde, und machte demzufolge nicht einmal den Vorschlag, und auch ihm war unter diesen Bedingungen nicht danach zumute. Er hatte eine ständige Suite im Four Seasons gemietet und versicherte ihr immer wieder, sie stehe jederzeit zu ihrer Verfügung. Er verbrachte jedes Wochenende dort und fuhr auch während der Woche mindestens zweimal hin, und er ließ sich bei jedem Besuch von einem Chauffeur abholen und anschließend ohne Begleitung wieder in ihr Motel in Maryland zurückbringen. Es war ein reines Scheinleben, das er nur aushielt, weil er sie so liebte und noch immer hoffte – weil sie seine Besuche akzeptierte und bereit war, sich mit ihm zu treffen –, daß sie ihn ebenfalls liebte, egal wie scheinheilig, unwirklich und absurd ihre Situation auch sein mochte.

Als er jetzt im Four Seasons eintraf, war sie schon da und hatte sich mit ihrem eigenen Schlüssel Einlaß verschafft, und Patton sah sofort, daß sie schon länger als einen Tag dagewesen sein mußte.

Patton hatte immer an Omen geglaubt und war sogar noch vorsichtiger als sonst. Sie schien erleichtert zu sein, als er vorschlug, sie sollten auf dem Zimmer essen, aber als das Essen serviert wurde, stocherte sie lustlos mit der Gabel darin herum, und er selbst hatte sogar noch weniger Appetit als sie.

»Man hat mir gesagt, der Zustand sei irreversibel«, berichtete sie. »Sie haben alle Tests und Experimente versucht. Er wird nicht wieder gesund werden.«

»Wir werden andere Spezialisten aufsuchen«, meinte Patton beruhigend. »Die können nicht einfach so aufgeben.«

»Warum?« fragte sie.

»Warum was?«

»Warum bist du so, wie du bist: so liebevoll und fürsorgend?«

»Es ist dein Mann!«

»Ich verstehe es trotzdem nicht.«

»Ich liebe dich«, sagte Patton.

»Das leuchtet mir noch weniger ein.«

»Wir werden alles versuchen, jeden einzelnen Experten«, versprach er. »Wenn sie der Meinung sind, daß es irgendeine Möglichkeit gibt – egal was –, dann werden wir sie ausnutzen. Und wenn nach allen Untersuchungen und Tests feststehen sollte, daß es wirklich irreversibel ist, dann möchte ich dich immer noch heiraten.«

»Könnte ich das tun?« fragte sie eindringlich. »Könnte ich jemanden im Stich lassen, den ich einmal geliebt habe und den ich jetzt nicht einmal mehr kenne?«

»Das mußt du selbst entscheiden«, sagte Patton.

»Genau das ist das Problem«, antwortete sie langsam. »Die Entscheidung.«

29

Die Zeit vor dem eigentlichen Wahltermin war für Hawkins in mehrerer Hinsicht wichtig, wobei die Wahl selbst alles zu beeinflussen schien, obwohl er sich dagegen sträubte. Das eine war sein Verhältnis zu Eleanor – ein Bereich, der eigentlich geregelt und deshalb um so gefährdeter war. Die Wohnung draußen in Alexandria ermöglichte es ihnen, ihrer Beziehung einen geregelten Rahmen zu geben, eine Art Normalität für etwas, das nie normal sein würde. In den letzten Monaten vor der Wahl war Peterson ständig auf Wahlkampfreisen und nahm sie nur selten mit, so daß Hawkins fast ständig mit ihr zusammen sein konnte, wenn sie es wollten. Und Hawkins wollte, daß sie so oft wie möglich zusammen waren.

Alexandria war mehr als nur ein Liebesnest und wurde für Hawkins immer mehr zu seinem eigentlichen Zuhause. In der Maryland Avenue hatte sich Nicole und Ninh – und das war ein weiterer Punkt – so nachhaltig und erfolgreich eingelebt, daß Hawkins schließlich die Haushälterin, die sein Vater eingestellt hatte, entließ und den beiden auch formell die Rolle übertrug, die sie sowieso schon ausfüllten.

Er nahm das Manuskript des Buches mit nach Alexandria, um es noch einmal zu überarbeiten und ihm den letzten Schliff zu geben, ehe er es schließlich Eleanor auf ihr Drängen hin zum Lesen gab – wobei er sich eingestehen mußte, daß er das Buch von Anfang an nur deswegen mitgebracht hatte, weil er ihre Zustimmung suchte. Auf diese Weise sah es noch mehr so aus, als führten sie ein normales Leben zusammen – ein Spiel, das sie beide sehr genossen und nicht beenden wollten. Wenn es abends im Haus zu kalt wurde, machte er den Kamin an, und Eleanor setzte sich zu seinen Füßen auf den Boden und las sorgfältig die Biographie. Beinahe jedesmal, wenn sie dann eine Stelle diskutierten, mußte Hawkins feststellen, daß ihre Kritik immer sehr konstruktiv war und das Buch immer besser wurde.

»Ausgezeichnet«, sagte sie, als sie das Buch im Oktober fertig hatten. »Wirklich ausgezeichnet.«

»Abgesehen von der Lücke, die immer noch da ist«, meinte Hawkins objektiv. »Immer noch diese Lücke.«

»Aber du hast sie doch sehr schön gefüllt«, meinte sie verständnisvoll. »Du hast den Film beschrieben und die Intensität des Angriffs geschildert. John und dein Vater – und die anderen Überlebenden – sahen, wie die Männer fielen, und nahmen irrtümlicherweise an, sie wären tot. Alle haben ihren Irrtum zugegeben und stehen dazu. Ich finde, das ist alles sehr gut verständlich und einleuchtend.«

»Trotzdem mache ich mir noch immer Gedanken«, sagte Hawkins.

»Bist du sicher, daß es das ist?«

»Was denn sonst?«

»Es ist einfach an der Zeit, daß du das Buch aus der Hand gibst, Liebling«, meinte sie. »Du mußt es jemand anderem zeigen, um eine objektive Meinung zu bekommen.«

Hawkins mußte zugeben, daß sie ihn wirklich sehr gut kannte. »Vielleicht. Aber noch nicht jetzt«, sagte er.

Sie schüttelte den Kopf. »Es ist fertig«, beharrte sie. »Du kannst nichts mehr tun. Du brauchst keine Angst zu haben, es ist wirklich ein wunderbares Buch.«

»Vielleicht hast du recht«, meinte er.

»John hat mich gestern aus Chicago angerufen. Er will, daß ich jetzt so kurz vor der Wahl öfter bei ihm sein sollte.«

»Und ich habe einen Anruf von Rampallie bekommen«, erzählte Hawkins. »Er fragte, wann ich mitfahren wolle. Ich habe es immer wieder aufgeschoben, aber ich fürchte, es geht nicht anders: Ich muß mitfahren.«

»Wir haben beide einiges vor uns hergeschoben, fürchte ich«, sagte Eleanor.

»Gut, hören wir damit auf«, meinte er plötzlich entschlossen. »Wir müssen darüber reden. Ich möchte dich heiraten. Ich möchte, daß du dich von John scheiden läßt und nicht weiter so rumspielst, sondern mich heiratest.«

»Nein!« sagte sie.

»Willst du nicht?«

»Du weißt genau, was ich will.«

»Wo ist dann das Problem?«

»Das weißt du auch sehr gut.«

»Okay, es würde eine Zeitlang etwas schwierig werden. Aber das dauert nicht ewig.«

»O doch, mein Schatz, und das weißt du auch«, sagte sie. »Wir könnten uns nicht einmal bewegen,ohne daß wir ständig Kameras und Mikrofone und Reporter um uns haben. Das solltest gerade du am besten wissen. Wir würden ständig wie in einem Schaufenster leben. Glaubst du, daß du das aushalten würdest?«

»Ja, du nicht?«

»Ich bin mir nicht so sicher. Ich weiß nicht, ob ich stark genug sein würde.«

»Also wie lautet die Antwort?«

»Es gibt keine«, antwortete sie. »Es hat nie eine gegeben.«

»Aber es muß eine geben!«

»Nicht jetzt«, flehte sie ihn an. »Laß uns ein andermal darüber reden.«

»Das würde bedeuten, daß wir wieder etwas aufschieben.«

»Ich habe ihm zugesagt, daß ich am Sonnabend nach Chicago rauffahre«, erklärte sie. »Für die letzte Tour, zwölf Staaten. Er möchte, daß ich die ganze Zeit dabei bin.«

»Und ich werde auch dabeisein und euch zusehen«, sagte er.

»Glaube ja nicht, daß ich nicht auch daran gedacht hätte«, antwortete sie böse. »Glaube nicht, daß ich dich nicht auch ständig beobachten werde. Ich werde dich sehen und höflich und nett zu dir sein und mich nach dir verzehren, ohne etwas dagegen tun zu können! Vergiß nicht, daß ich genau deswegen nicht mit nach Kalifornien gefahren bin!«

»Also ist die Sache hier vorbei?« fragte Hawkins mit einem Blick auf den Raum, in dem sie saßen.

»Für eine Weile ja«, erwiderte sie resigniert.

»Wirklich nur für eine Weile?«

»Hör auf, mich in die Enge zu treiben«, mahnte sie.

»Aber ich möchte dich in die Enge treiben, in eine Ecke, aus der du nicht weglaufen kannst.«

»Verdirb uns nicht den Abend«, bat sie. »Die Welt da draußen geht uns heute nichts an.«

Aber der Abend war bereits verdorben. Es war plötzlich eine Wand zwischen ihnen, und obwohl beide sich alle Mühe gaben, sie zu überwinden, fehlte ihnen doch die Harmonie und die Befriedigung, als sie sich liebten. Sie hatten sich daran gewöhnt, die ganze Nacht zusammenzubleiben, aber Eleanor stand plötzlich auf und sagte, sie würde jetzt nach Washington zurückfahren. Hawkins war nur zum Schein nicht einverstanden, denn auch er verspürte keine Lust zu bleiben. Als sie sich voneinander verabschiedeten, wußte keiner von ihnen so recht, was er sagen sollte, und so sagten sie gar nichts, sondern küßten sich nur flüchtig und gingen dann jeder zu seinem Wagen.

Hawkins stieß zwei Tage später als Eleanor zu Petersons Wahlkampftroß – in Milwaukee. Der Senator empfing ihn mit offenen Armen und bestand darauf, daß Hawkins ihn persönlich begleiten sollte, im Flugzeug, im Bus und selbst in der Limousine, wobei er sogar zweimal direkt neben Eleanor saß. Die ganze Zeit hindurch taten sie so, als wären sie nur gute Bekannte, und Hawkins hielt dieses Spiel eine ganze Woche lang durch, ehe er in San Diego die Gruppe verließ. Er war froh, wegzukommen, aber schon als er den Sicherheitsgurt festschnallte, hatte er wieder Sehnsucht nach Eleanor.

Hawkins war sich der Tatsache bewußt, daß sein Verhalten völlig stereotyp war, aber er hoffte, daß es trotzdem nützen würde, und so stürzte er sich kopfüber in die Arbeit, um nicht mehr an Eleanor zu denken. Er nahm Folgers Einladung an, den Präsidenten auf einer seiner letzten Wahlkampfreisen noch einmal zu begleiten, und sah mit

Erschrecken und wachsender Enttäuschung – nicht nur, weil er den Mann als einen fähigen Politiker bewunderte, sondern auch, weil sein eigenes Leben sehr viel einfacher sein würde, wenn er wiedergewählt würde –, daß Harrimans unsicheres und glanzloses Auftreten sich seit der letzten Reise, die er mitgemacht hatte, eher noch verschlimmert hatte. Wieder in Washington, machte sich Hawkins an die letzte Überarbeitung seines Manuskripts und schickte es schließlich zögernd und nervös per Luftfracht nach London. Nach zwei Wochen erhielt er die begeisterten Glückwünsche von Wilsher und Doondale, zusammen mit der Aufforderung, zur Enthüllungsfeier der Skulptur seines Vaters, für die man endlich einen Termin angesetzt hatte, nach London zurückzukehren, und weitere zwei Wochen später teilte ihm auch sein englischer Verleger seine uneingeschränkte Begeisterung mit.

Eleanor hatte recht gehabt: Er hatte sich wirklich vor der offiziellen Reaktion auf das Buch gefürchtet. Er fühlte sich erleichtert, aber die Befriedigung darüber ging schnell vorüber, denn es war ihm nicht gelungen, Eleanor zu vergessen.

Es war viel zu riskant für Hawkins, den Versuch zu machen, sie in Petersons gut gesichertem und abgeschirmtem Wahllager zu erreichen, aber er hatte erwartet, daß sie einen Weg finden würde, ihn wenigstens anzurufen. Vergeblich. So kam es, daß er sich in den letzten Wochen vor der Wahl zunehmend über alles ärgerte und ohne jeden Grund gereizt auf alles und jeden reagierte, insbesondere auf Nicole und Ninh, weil sie ständig um ihn herum waren. Das ging soweit, daß Nicole ihn eines Tages fragte, was sie getan hätte, um ihn so zu verärgern, und ob sie sich eine andere Wohnung suchen sollten. Er war versucht, ja zu sagen, weil die Situation für seinen Geschmack schon viel zu selbstverständlich geworden war und er nicht wollte, daß sie so ausschließlich von ihm abhängig waren – und er von ihnen –, aber er schämte sich, daß er es zu diesem Mißverständnis hatte kommen lassen, und sagte nur, daß sie nichts mit seiner schlechten Laune zu tun hätten, was auch stimmte, und daß er nicht wollte, daß sie sich eine andere Wohnung suchten, was nicht stimmte. Er blieb weiterhin gereizt, und die beiden waren keineswegs überzeugt.

Die Wahl bot ihm endlich wieder eine Ausrede dafür, wenigstens in ihrer Nähe zu sein, und er schloß sich für die letzten Tage wieder Petersons Truppe an, wo er mit der gleichen Herzlichkeit empfangen wurde wie vorher.

Hawkins war erstaunt, wie sehr sich Petersons Auftreten in Anbetracht der kurzen Zeit verändert hatte. Bisher war der Senator immer der Herausforderer gewesen, der von der Partei ausgewählte Kandidat, aber er mußte gegen den Amtsinhaber antreten. Jetzt aber, am Ende des Wahlkampfs, sprachen alle Meinungsumfragen fast einstimmig für ihn, und Peterson verbreitete eine bemerkenswerte Selbstsicherheit und Zuversicht. Seine Stimmung und sein Verhalten waren eindeutig die eines Präsidenten.

Am selben Abend, als Hawkins in Petersons Lager eintraf, wurde er zu einem privaten Dinner eingeladen, an dem die Parteigrößen und die engsten Mitarbeiter teilnahmen, darunter Rampallie und Elliston. Während des Empfangs vor dem Essen sah er, wie Eleanor ihm einen heimlichen Wink gab und sich langsam und geschickt in seine Richtung vorarbeitete, und er wanderte ebenso unauffällig zwischen den einzelnen Gästen hin und her, bis sie schließlich alleine am Rande des überfüllten Raumes standen.

»Du hast mir gefehlt«, sagte er sofort, und wünschte, er könnte besser ausdrücken, was er empfand.

Sie sah sich kurz im Raum um, um sicherzugehen, daß sie nicht belauscht werden konnten, und sagte dann: »Gott, bin ich erledigt.«

»Ich sagte, du hast mir gefehlt.«

»Nicht hier«, wehrte sie ab. »Es ist zu gefährlich.«

»Du hast mich nicht angerufen.«

Sie sah ihn stirnrunzelnd an. »Du siehst doch, was los ist! Wie zum Teufel hätte ich dich anrufen sollen. Ich kann ja kaum allein zur Toilette gehen.«

»Wann?« fragte er.

»Ich weiß nicht!« antwortete sie.

»Versprich, daß du mich anrufst.«

»Wenn ich kann.«

Er sah, wie Peterson ihm vom anderen Ende des Raumes aus zuwinkte und lächelte und winkte freundlich zurück.

»Es ist grauenvoll«, sagte Eleanor. »Ich halte es nicht mehr aus.«

»Im Augenblick brauchst du gar nichts auszuhalten«, meinte Hawkins.

»John kommt«, warnte sie ihn schnell.

Hawkins drehte sich um, um den Senator zu begrüßen. Er stellte fest, daß er sich wirklich sehr verändert hatte. Er wirkte jetzt körperlich größer, und seine Gesten und Bewegungen waren auf ein großes Publikum abgestimmt.

»Ich hatte gehofft, Sie würden viel öfter bei uns sein«, meinte Peterson zu ihm.

»Das wollte ich eigentlich auch«, erwiderte Hawkins unsicher. Zur Entschuldigung fügte er hinzu: »Ich hatte doch mehr Arbeit mit dem Buch, als ich erwartet hatte.«

»Und wie läuft es?« fragte Peterson sofort mit der charakteristischen Fähigkeit des Politikers, ein persönliches Verhältnis zu seinem Gesprächspartner zu zeigen.

Hawkins spürte, wie Eleanor unruhig wurde und nach einer Möglichkeit suchte, sich der Situation zu entziehen. Er antwortete: »Ich bin fertig, und alle scheinen zufrieden zu sein damit.«

»Ich würde es sehr gerne lesen«, meinte Peterson.

»Ich werde dafür sorgen, daß Sie ein Exemplar bekommen«, versprach Hawkins und faßte die Bitte als reine Höflichkeit auf.

»Warum schreibe ich Ihnen eigentlich nicht ein passendes Vorwort?« schlug Peterson plötzlich vor.

»Wie bitte?« fragte Hawkins, der sich nicht konzentrieren konnte, weil ihn Eleanors Nähe verwirrte und ablenkte.

»Schließlich kannte ich Ihren Vater ziemlich gut«, erklärte Peterson. »Warum sollte ich nicht eine passende Einleitung dazu schreiben?« Er lächelte mit gespielter Schüchternheit und fügte dann hinzu: »Natürlich nur, wenn Sie nichts dagegen haben ...«

»Natürlich nicht«, versicherte Hawkins, den der Vorschlag völlig verwirrt hatte. »Das wäre wirklich sehr freundlich von Ihnen.«

»Besprechen Sie die Sache mit Rampallie«, sagte Peterson und deutete mit der Hand auf die Menschenmenge hinter ihm. »Und schicken Sie ihm ein Exemplar oder die Fahnen oder so etwas.« Er grinste seiner Frau zu und meinte dann: »Zeit, daß wir uns unters Volk mischen, Liebling.« Und zu Hawkins gewandt fügte er hinzu: »Ich freue mich, Sie bei uns zu haben, Ray. Es werden aufregende Tage werden.«

Hawkins fand sie überhaupt nicht aufregend, sondern nur anstrengend, manchmal sogar eine Qual, weil er Eleanor so nah und gleichzeitig unerreichbar fern war und ständig von ihrem Mann umworben wurde, was die ganze Sache noch schlimmer machte. Sie hatten nur ein einziges Mal Gelegenheit, ungestört miteinander zu sprechen – eine kurze, geflüsterte Unterhaltung im Flugzeug auf dem Weg nach New York. Sie versprach, ihn anzurufen, sobald und so oft es ging. Für den Wahlabend war im Plaza eine ganze Etage reserviert worden, und aufgrund seiner Sonderstellung wurde Hawkins in die

Suite eingeladen, wo Peterson saß und auf einer Batterie von Fernsehschirmen die einlaufenden Wahlergebnisse verfolgte. Neben ihm waren auch andere ausgewählte Korrespondenten, ein Fernsehteam und zwei Photographen im Raum, und ihnen zuliebe setzte sich Eleanor neben ihren Mann und hielt seine Hand. Und Eleanor war es auch, die er ansah, als die entscheidenden Ergebnisse aus Florida und Kalifornien einliefen, die Peterson den Wahlsieg und die Präsidentschaft sicherten. Für einen kurzen Moment – nur wenige Sekunden, denn Peterson nahm sie vor den Augen der Kameraleute sofort in die Arme – drehte sich Eleanor um und begegnete seinem Blick: Ihr Gesicht war völlig ausdruckslos.

Es dauerte sehr lange, ehe Hawkins sich schließlich durch das Gedränge einen Weg bahnen konnte, aber endlich schaffte er es.

»Herzlichen Glückwunsch«, sagte er und fügte dann schnell hinzu: »Mr. President.« Peterson lachte und sagte mit ehrlicher Bescheidenheit: »Es wird eine Weile dauern, bis ich mich daran gewöhnt habe.«

»Herzlichen Glückwunsch«, sagte er auch zu Eleanor.

»Vielen Dank«, erwiderte sie. Auch ihre Stimme war ohne jeden Ausdruck.

Eine Woche später rief sie ihn an, nahm ihm aber sofort die Hoffnung, sie zu sehen, als sie sagte, daß Peterson nach den Anstrengungen des Wahlkampfs und zur Erholung vor der Inauguration beschlossen hatte, mit der Familie in der Karibik Urlaub zu machen, wo es John junior beim letzten Mal so gut gefallen hatte. Das hieß, daß sie sogar noch länger nicht in Washington sein würde, als sie erwartet hatte.

Wieder versuchte Hawkins, sich in die Arbeit zu stürzen. Eine lange Liste mit Fragen des Verlegers war zu beantworten, und dann kam die Schlußredaktion in London, die er während seines Besuchs anläßlich der Einweihungszeremonie für das Denkmal seines Vaters vornehmen wollte. Er konnte sich später nicht genau daran erinnern, wann ihm zum erstenmal der Gedanke gekommen war. Er kam ganz plötzlich – so als ob er schon lange darüber nachgedacht hätte, was nicht der Fall war, und weil es so war, ärgerte er sich über sich selbst, weil es eigentlich auf der Hand lag und er als Journalist daran hätte denken sollen – unabhängig von der Arbeit an seinem Buch. Seine Gedanken kreisten unaufhörlich um ein einziges Wort, und er konnte sie fast körperlich fühlen – so wie das Telefonklingeln am anderen Ende der Leitung, als er in der Klinik in Maryland anrief.

Nur zögernd eröffnete Hawkins dem Psychiater seinen Vorschlag, denn er war schließlich nur ein Amateur, der einem Profi gegenüberstand, auch wenn er an dem anderen Experiment teilgenommen hatte. Und eigentlich erwartete er eine abweisende, ungeduldige Reaktion auf seine unverschämte Einmischung.

»Ich wußte gar nicht, daß ein solcher Film existiert«, meinte Hamilton erstaunt.

»Mir kam gar nicht der Gedanke, Ihnen davon zu erzählen, denn ich dachte, Sie wüßten darüber Bescheid«, sagte Hawkins. »Es tut mir leid.«

»Camp Peary hat auch nichts gebracht, deshalb bin ich etwas skeptisch«, meinte der Psychiater. »Sharon Bartel hat ihren Mann schon vor über vierzehn Tagen abgeholt und ist dabei, andere Psychiater zu konsultieren und andere Tests zu versuchen. Aber bis jetzt hat absolut nichts funktioniert. Die Männer sind reine Versuchskarnickel geworden.«

»Es wäre eine Möglichkeit«, drängte Hawkins. »Eine solche Gelegenheit sollte man doch ausnutzen, finden Sie nicht?«

»Ja«, gab Hamilton zu. »Wenn wir damit wirklich eine Chance haben, dann sollten wir es versuchen. Schließlich haben wir ja auch alles andere versucht.«

»Es gibt nichts, was wir tun können«, sagte Patton erbittert. »Absolut nichts!«

»Das weiß ich«, antwortete Sharon Bartel.

»Also, wo ist der Haken?«

»Es gibt keinen«, gab sie zu. »Aber ich kann einfach nicht.«

Sie saß nervös auf der Sofakante in ihrem Appartement im Four Seasons. Patton hörte auf, im Raum hin und her zu laufen und kniete sich vor sie hin, so daß sie ihn ansehen mußte. »Dein Mann wird das Krankenhaus nie wieder verlassen«, wiederholte er geduldig. »Und er wird dich nie wieder erkennen, nie wieder. Du erreichst gar nichts damit, wenn du mit ihm verheiratet bleibst. Du hilfst ihm damit nicht. Es ist sinnlos. Du machst dich umsonst zur Märtyrerin.«

»Ich will keine Märtyrerin sein.«

»Was denn sonst?«

»Ich kann es nicht so ausdrücken, daß du es verstehst«, erklärte sie. »Aber ich weiß, daß ich ihn einfach nicht im Stich lassen kann, auch wenn es dumm klingt.«

»Du würdest ihn doch nicht im Stich lassen«, versuchte er ihr zu erklären. »Er *weiß* es doch gar nicht.«

»Aber ich weiß es.«

»Also, was wirst du jetzt tun?« fragte er.

»Ich werde aufhören, dich zu sehen«, sagte sie einfach. Sie wich seinem Blick nicht aus, sondern sah ihm direkt in die Augen.

»Was?«

»Wir werden uns nicht mehr sehen«, wiederholte sie. »Ich bin nicht stark genug. Wenn wir so weitermachen wie bisher, dann würde ich bestimmt schwach werden und schließlich nachgeben, und das möchte ich nicht.«

»Du weißt nicht, was du da sagst«, rief er. »Das kannst du nicht machen!«

Erst jetzt begann sie zu weinen. Die Tränen liefen ihr das Gesicht hinunter, und sie zog wütend die Nase hoch, um den Zusammenbruch aufzuhalten. »O doch, das weiß ich, mein Liebling«, sagte sie. »Ich weiß sehr wohl, was ich sage . . .« Dann fiel sie Patton um den Hals. »Warum?!« fragte sie mit erstickter Stimme. »Warum mußte er zurückkommen, nach so langer Zeit?«

30

Die CBS-Leute waren genauso hilfsbereit wie beim ersten Mal, aber diesmal dauerte es etwas länger, denn sie wollten das Original der Aufzeichnung nicht aus der Hand geben und machten statt dessen eine Kopie von Linds Film über die Chau Phu-Episode. So dauerte es eine Woche, ehe Hawkins endlich mit dem Film zu der Klinik nach Maryland hinausfahren konnte. Es war der erste richtige Wintertag des Jahres, der Wind war eiskalt und die dunklen Wolken versprachen Schnee – das gleiche Wetter wie damals, als Eleanor zum erstenmal in das Haus in der Maryland Avenue gekommen war, mit roter Nase und tief über die Ohren gezogener Wollmütze. Hawkins mußte daran denken, wie einfach damals alles gewesen war und wie schwierig es jetzt war. Aber wie schwierig war es denn eigentlich, fragte er sich selbst in hoffnungsvoller Verzweiflung. Es hatte mehrere Präsidenten gegeben, die im Weißen Haus ihre Affären gehabt hatten, und ihre Frauen ebenso. Also war es nicht unmöglich. Nur schwierig. Aber war es das, was sie beide wollten – eine Affäre? Er jedenfalls wollte mehr. Und er war sich nicht sicher, ob es schon Fälle gegeben hatte, in denen sich die Frau eines Präsidenten während seiner Amtszeit von ihm scheiden ließ, um jemand anderen zu heiraten. Eleanor hatte völlig recht gehabt mit dem, was sie bei ihrem Abschied in Alexandria zu ihm gesagt hatte: Wenn sie dem zustimmen würde, dann würden sie beide ständiger Verfolgung ausgesetzt sein, sobald die Sache publik würde – egal wo und wie sie sich verstecken mochten. Ihm würde das nichts ausmachen, beschloß er; wenn Eleanor einverstanden war, dann war er zu jedem Opfer bereit.

Als er die Klinik erreichte, spürte er sofort, daß Hamilton sehr zurückhaltend war. »Wir machen sie *wirklich* zu Versuchskaninchen«, sagte er. »Das, was wir vorhaben, ist nicht gerade mit unserem Berufsethos zu vereinbaren.«

»Aber es ist nicht so traumatisch wie Camp Peary, oder?«

»Das war etwas, das ich sehr bereue.«

»Aber es hätte doch auch klappen können.«

»Es hat aber nicht funktioniert, ebensowenig wie alles andere, was man mit Bartel versucht hat.«

»Wie geht es ihnen gesundheitlich?«

»Ausgezeichnet«, meinte Hamilton. »Das ist ja ein Teil der Tragödie: Sie haben alle Aussicht, noch jahrelang weiterzuleben, wenn man das Leben nennen kann.«

»Keine Probleme mit ihren Verwundungen?«

Hamilton schüttelte den Kopf. »Bartel hatte eine ernste Gesichtswunde, aber die ist vollständig verheilt. Ebenso die Verletzung, die sich Page auf der Flucht zuzog.«

Hawkins hatte schon die nächste Frage auf der Zunge, aber dann überlegte er sich, daß das Experiment mit dem Film wichtiger war. Wenn es gelang, dann wäre alles andere sehr viel leichter.

Hamilton bestand darauf, den Film zuerst selbst anzusehen, zusammen mit Hawkins, und danach schüttelte er zweifelnd den Kopf und meinte: »Teufel auch, ich weiß nicht so recht. Wirklich nicht. Das ist verdammt aufregend.«

»Gerade darum könnte es funktionieren«, erwiderte Hawkins mit Nachdruck.

Es trat ein längeres Schweigen ein, das Hawkins bewußt nicht unterbrach, denn er wußte, daß er Hamilton die Entscheidung überlassen mußte. Endlich sagte der Psychiater: »Okay, versuchen wir's«, und Hawkins fühlte, wie er erleichtert aufatmete.

Hamilton gab die notwendigen Anweisungen über die Sprechanlage, und Hawkins half ihm, das Videogerät und den Fernseher in den großen Raum zu tragen, der neben dem Büro des Arztes lag. Sie waren noch damit beschäftigt, die Anlage aufzubauen, als Forest, Bartel und McCloud den Raum betraten. Sie wurden von je einem uniformierten Pfleger begleitet; einer von ihnen hatte asiatische Züge, und Hawkins nahm an, daß er Vietnamese war. Die Männer schienen sich nicht verändert zu haben, seit er sie zum letztenmal gesehen hatte, mit Ausnahme McClouds, der noch mehr zugenommen zu haben schien. Auf die Anweisung des Vietnamesen hin setzten sie sich hin und sahen mit leerem Blick auf die noch dunkle Mattscheibe des Fernsehers, wobei sie ihre Hände alle in der gleichen Geste in den Schoß gelegt hatten.

»Page war in Chau Phu nicht mit dabei, deswegen habe ich auf ihn verzichtet«, erklärte Hamilton.

Für Hawkins wäre es durchaus wichtig gewesen, auch diesen Mann dabei zu haben, aber aus Hamiltons Sicht sah das anders aus. Hawkins überlegte, daß es wenig Sinn hatte, darüber zu streiten.

»Dann können wir wohl anfangen, glaube ich«, sagte Hamilton und rückte den Videorecorder neben das Fernsehgerät. Als er auf den Knopf drückte, zog der vietnamesische Pfleger die Vorhänge zu, so daß der Raum abgedunkelt wurde.

Nach einem kurzen Flimmern tauchten auf dem Bildschirm die Zahlen des technischen Vorspanns auf, und dann erschien das erste Bild: John Vine gab seine Schnitt-Anweisungen vor der versammelten Gruppe. Hawkins sah nur mit halbem Auge auf den Film und beobachtete in erster Linie die befreiten Gefangenen.

»Wir sind in Vietnam, in den letzten Tagen eines langen und blutigen Krieges...«, begann der Reporter. Forest, Bartel und McCloud saßen hochaufgerichtet auf ihren Plätzen; ihre Gesichter wurden vom Fernsehbild schemenhaft beleuchtet. Nur ab und zu blinkte einer von ihnen mit den Augen, sonst waren sie bewegungslos.

Auf dem Bildschirm erschien das Interview mit dem Mann, der gerade zum Präsidenten der Vereinigten Staaten gewählt worden war. Als Peterson davon sprach, daß die Amerikaner Vietnam im Stich gelassen hätten, sagte der asiatische Pfleger: »Sehr richtig«, und wurde von Hamilton sofort zur Ruhe ermahnt.

Als die Reaktion kam, sah Hawkins gerade auf den Fernseher. Er hatte sich nur für einen Augenblick abgewendet, als einer der Männer mit dem Fuß eine zuckende Bewegung machte. Hawkins wandte schnell wieder den Kopf, unsicher, ob es Bartel oder Forest gewesen war, aber auf jeden Fall einer der beiden. Auch Hamilton starrte die

Männer an. Dann sahen sie plötzlich eine noch deutlichere Reaktion, diesmal eindeutig von Bartel, der ein tiefes Grunzen hören ließ, als auf dem Bildschirm der landende Hubschrauber in einer Wolke aus Staub und Dreck zu sehen war und die Green Berets aus der Maschine sprangen.

»Wieder der Hubschrauber, genau wie auf dem Schiff«, flüsterte Hamilton aufgeregt. Er war jetzt intensiv bei der Sache und hatte alle Zurückhaltung abgelegt.

Das Grunzen hielt an – ein Geräusch, wie es Hawkins noch nie von einem Menschen vernommen hatte –, als die Männer das verlassene Waisenhaus betraten, und diesmal war es Forest, der reagierte. Er gab einen ebenfalls unverständlichen Laut von sich, der wie eine Warnung klang, als das Bild die Kette der Männer zeigte, die die Kinder zum Hubschrauber brachten.

Forest ließ wieder einen Ruf hören, etwas deutlicher und lauter diesmal, als der Angriff erfolgte, und plötzlich sprangen Forest und Bartel von ihren Stühlen auf, so schnell und unerwartet, daß keiner der Pfleger sie zurückhalten konnte, als sie in Richtung auf den Apparat vorwärtsstolperten.

Einem der Pfleger gelang es, Forest zurückzuhalten, aber der andere, der neben Bartel stand, war nicht schnell genug, und Bartel stürzte über einen der vor ihm stehenden Stühle und fiel zu Boden. Seine Bewegungen waren hilflos und unkoordiniert, und er machte keinen Versuch, sich zu stützen. Mit einem lauten Krachen landete er auf dem Boden, und sein Stöhnen hörte mit einem Schlage auf, als er nach Luft schnappen mußte. Hamilton riß die Vorhänge auf, um die drei Männer besser sehen zu können. McCloud, der bis dahin noch keine Bewegung gemacht und kein Geräusch von sich gegeben hatte, fiel plötzlich in sich zusammen und holte laut röchelnd Luft, und Forest, der von dem Pfleger gestützt wurde, ließ immer noch seine grunzenden Laute hören. Bartel schien halb zu Bewußtsein gekommen zu sein.

»Schnell!« befahl Hamilton. »Ins Untersuchungszimmer.«

Alle kümmerten sich ausschließlich um die drei Männer und überließen Hawkins sich selbst. Er sah zu, wie die Patienten eher getragen als zur Tür geführt wurden, hinter der sich ein Zimmer mit mehreren Liegen befand. Die Hemden der Männer waren verrutscht, und als Hawkins sie betrachtete, merkte er, daß er sie gar nicht weiter zu fragen brauchte, da er mit eigenen Augen die Antwort sehen konnte. Neben ihm flimmerte der jetzt leere Bildschirm des Fernsehgerätes. Fast automatisch und ohne nachzudenken ging Hawkins an den Videorecorder, spulte den Film zurück und ließ ihn noch einmal von vorne laufen, um ihn sich ein weiteres Mal anzusehen. Als er zu Ende war, hatte er noch mehr Tränen in den Augen als damals in dem Vorführraum in New York, aber diesmal war die Ursache nicht der Film. Er war sich jetzt seiner Sache ganz sicher.

Es dauerte über eine Stunde, ehe Hamilton in den Raum zurückkam. Sein Gesicht war zerfurcht und er war so sehr in Gedanken versunken, daß er überrascht schien, Hawkins zu sehen.

»Bartel hat sich eine Rippe gebrochen«, berichtete er. »Wir mußten ihn bandagieren.«

»Was halten Sie von der Reaktion?« fragte Hawkins.

»Die erste positive Reaktion, die wir bis jetzt gesehen haben«, gab Hamilton zu. »Aber es gefällt mir nicht, weil sie ein Trauma ausgelöst hat. Trotzdem glaube ich, daß wir den Versuch wiederholen sollten. Kann ich das Band behalten?«

»So lange Sie wollen«, antwortete Hawkins.

»Es sieht so aus, als bestünde eine Verbindung zu der Reaktion auf den Hubschrauber, die wir an Bord des Schiffes beobachtet haben«, sagte Hamilton mehr zu sich selbst als zu Hawkins. »Ich habe den Eindruck, daß sie trotz ihres Blocks den Hubschrauber als etwas ansehen, das ihre Rettung bedrohte.«

Hawkins kannte jetzt die Wahrheit, aber wie sollte er sie beweisen? Während der ganzen Fahrt zurück nach Washington überlegte er. Irgendwie mußte er es beweisen – seine Zukunft mit Eleanor hing davon ab.

Hawkins wußte, daß die beiden die Situation mißverstanden und annahmen, es wäre das gleiche wie beim erstenmal, als er wegen Eleanor so gereizt gewesen war, aber er machte nicht einmal den Versuch, ihnen die Sache zu erklären. Er forderte Ninh auf, in der Küche zu bleiben, während Nicole zögernd und unsicher in das Arbeitszimmer kam und ihn fragend ansah. Er deutete auf die Couch vor dem Kamin, schloß die Tür hinter sich und setzte sich so vor ihr auf einen Stuhl, daß er sie genau ansehen konnte.

»Sie haben mich angelogen!« sagte er in einem vorwurfsvollen Ton, bei dem ihm alles andere als wohl war.

»Nein!« verteidigte sie sich sofort.

»Erzählen Sie es mir noch einmal«, forderte er sie auf. »Erzählen Sie mir die Sache mit meinem Vater.«

»Ich habe Sie Ihnen doch schon hundertmal erzählt!«

»Noch mal!« wiederholte er hart.

»Wir sind uns im Cercle begegnet«, begann sie unsicher. »Er war eigentlich nicht die Art von Mann, die mich fasziniert. Aber er strahlte so etwas wie Zärtlichkeit aus, und in Vietnam war eine solche Zärtlichkeit selten . . .«

Es war nicht das, was er hören wollte, aber Hawkins ließ sie weiterreden, bis sie zu dem Punkt kam, der ihn interessierte.

». . . Er lud mich ein, mit ihm auszugehen, und ich lehnte ab. Später fragte er mich noch einmal, und diesmal ging ich mit. Ich war erst nur neugierig, sonst nichts. Wir gingen in ein Restaurant in der Rue Catinat. Er war sehr höflich, und auch das war etwas völlig Neues für mich . . .« Sie schüttelte sich, als sie daran dachte. »In Vietnam behandelten die Männer Frauen nur selten höflich . . . Dann trafen wir uns öfter: zum Lunch oder zum Schwimmen, meistens im Club. Es hat lange gedauert, ehe er mich geküßt hat oder es auch nur versuchte. Und am Ende war ich es, die ihn küßte . . .«

Hawkins schämte sich dafür, was er dieser Frau antun mußte; er hatte das Gefühl, durch das Schlüsselloch in ihr Schlafzimmer zu schauen.

». . . in Saigon ging immer alles sehr schnell«, fuhr sie fort und schien sich jetzt voll zu erinnern. »Ich nehme an, es war der Krieg, der dafür verantwortlich war. Aber er hatte es nie eilig. Es war ein Teil seiner Zärtlichkeit: Er nahm sich Zeit wie jemand, der es ernst meint . . .«

Nicole sah ihn an und errötete, und Hawkins erkannte, daß sie ebenso verwirrt war wie er selbst. »Wir haben uns nie geliebt . . . oder miteinander geschlafen . . . bis ich dann zu ihm in die Villa zog . . .« Sie lächelte und schien sich gern daran zu erinnern. »Es war so, als wären wir verheiratet«, sagte sie. »Wie eine richtige Ehe, in der der Mann die Frau respektiert . . . ich wollte das Baby sehr viel mehr als er, glaube ich. Zumindest am Anfang. Als es geboren wurde, war er dann sehr stolz. Wir hatten einen amerikanischen Kinderwagen mit großen Gummireifen, und am Sonntag machten wir unseren Familienspaziergang wie ganz normale Leute . . .«

Hawkins fuhr sich mit der Hand über das Gesicht, um seine Reaktion nicht sehen zu lassen. Verdammt noch mal, war die Wahrheit wirklich so wichtig, daß er das tun durfte? Nein, dachte er. Und dann: doch. Aber er konnte sie so nicht weitermachen lassen, er konnte es nicht zulassen, daß sie sich so vor ihm entblößte. Es war sehr riskant, aber er mußte es einfach machen.

»Was hat er Ihnen von Chau Phu erzählt?« fragte er sie.

Nicole blinkte mit den Augen und kehrte aus der Erinnerung zurück. »Sie wissen doch, was in Chau Phu geschah«, sagte sie.

»Ich weiß, was er darüber geschrieben hat.«

»So war es auch.«

Es hatte nicht funktioniert, dachte Hawkins. »Wie war er danach?« fragte er weiter.

»Völlig aufgelöst natürlich«, antwortete sie. »Er hätte nie mitfliegen dürfen...«

»Warum nicht?« bohrte Hawkins. Jetzt war er an dem Punkt, um den es ging.

»Einfach so«, sagte Nicole und versuchte auszuweichen.

»Warum nicht?« wiederholte er beharrlich. *Die Leute sagen einem immer mehr, wenn sie das Gefühl haben, daß man sowieso schon mehr weiß.* Jetzt hatte er die Gelegenheit, diesen Wahlspruch seines Vaters gegen ihn selbst anzuwenden. Er sagte: »Ich weiß alles, Nicole, alles.«

»Sind Sie jetzt überrascht?«

»Nein«, gab er zu. Es war die einzig mögliche Antwort, die er ihr geben konnte. Er verkrampfte sich, weil er wollte, daß sie weitermachte.

Nach einem langen Moment des Schweigens und der Unentschlossenheit erzählte sie weiter.

»Er war *wirklich* sehr mutig«, sagte sie wie zur Verteidigung. »Es war sehr mutig von ihm, mitzufliegen. Er war so mutig, wie man es von ihm erwartete, bei seinem Ruf...« Ihr Mund zog sich zu einem dünnen Strich zusammen. »Diese verdammten Erwartungen! Das war letzten Endes alles, was er tun konnte: seinem Ruf gerecht zu werden. Einem Ruf, den er gar nicht gewollt hatte und mit dem er nicht fertig wurde. Es gibt keinen Menschen, der so war wie Ihr Vater, keinen Menschen. Diese vielen Kriege. Er war überall dabeigewesen. So lange, bis es zuviel wurde. Zuviel Lärm. Zu viele Schießereien, zuviel Sterben...« Sie lächelte ihn an. »Und ich wußte, daß es meinetwegen war. Ich weiß, daß es so aussieht, als ob es ihm gleichgültig gewesen wäre, als ob er keinen Versuch gemacht hätte, mich zu holen, aber ich wußte, daß das der Grund dafür war, daß er Angst hatte. Wir haben oft darüber gesprochen. Er hatte erkannt, daß er zuviel durchgemacht hatte, daß er schon zuviel Glück gehabt hatte. Und eines Tages würde das Glück ihn plötzlich verlassen und er würde getötet werden...«

Hawkins wußte, daß er endlich die Tür aufgestoßen hatte, aber er war auf das Durcheinander dahinter nicht vorbereitet gewesen. Er runzelte die Stirn und versuchte zu verstehen, was sie meinte.

»Er hatte große Angst«, erinnerte sie sich. »Meistens nachts. Das war die schlimmste Zeit. Wenn er schlief, hatte er sich nicht unter Kontrolle. Er fing an zu träumen und dann weinte er, im Schlaf. Und wenn er aufwachte und erkannte, was passiert war, dann weinte er noch mehr, denn ich war letzten Endes der einzige Mensch, für den er tapfer sein wollte, und er schämte sich dafür, daß er sich so schwach gezeigt hatte ...« Sie machte eine Bewegung, als würde sie jemanden umarmen. »Er lag an meiner Schulter und sagte, es täte ihm so leid, aber das war dumm, denn es war nichts, wofür er sich hätte schämen müssen.«

»Was war in Chau Phu?« fragte Hawkins, um den roten Faden nicht zu verlieren.

»In Chau Phu hat er bewiesen, wie *mutig* er war«, sagte sie trotzig. »Außer mir hat das niemand verstanden, bis heute nicht. Aber damit zeigte er wirklich, *wie* mutig er war. Peterson wollte, daß er mitfliegt, weil er diesen verdammten Ruf hatte, und er wußte, daß alles, was Ihr Vater schreiben würde, ihm internationales Ansehen verschaffen würde. Aber er hätte nicht mitzufliegen brauchen. Er hätte verzichten können, ohne daß jemand erfahren hätte, was der Grund dafür war. Aber er tat es nicht. Er flog mit, um sich selbst – und mir – zu beweisen, daß er mutig war, um mich zu beeindrucken, wie ein verliebter Junge ...«

»Und?« fragte Hawkins.

»Sie wissen doch, was passiert ist«, wiederholte sie.

»Sagen Sie mir, was er Ihnen erzählt hat«, bat er.

Er hörte aufmerksam zu und lauerte gespannt auf jede kleine Lüge oder Unstimmigkeit, die nicht mit dem übereinstimmte, was er gelesen oder in dem Film gesehen oder von Peterson und Patton gehört hatte. Aber er fand nichts. Es gab zwar kleine Abweichungen, so wie sie auch zwischen den Aussagen von Peterson und Patton in den Interviews mit ihm und in den Protokollen der damaligen Untersuchung aufgetaucht waren. Aber wie in diesen Fällen ließen sich auch Nicoles Abweichungen leicht erklären: Schließlich war seither schon sehr viel Zeit vergangen.

Er versuchte, Nicole zu einem Eingeständnis zu bewegen, indem er sie wieder, wie schon am Anfang, beschuldigte, sie hätte ihn angelogen und er wüßte über alles Bescheid. Aber er mußte feststellen, daß sie es war, die nichts wußte. Und sie hatte wirklich nicht ein einziges Mal gelogen, seit er sie zum erstenmal nach ihrer Rettung auf dem Schiff im Südchinesischen Meer gesehen hatte.

»Er war ein guter Mann«, schloß Nicole. »Ein wundervoller Mann. Sie haben allen Grund, stolz auf ihn zu sein.«

»Das weiß ich«, sagte Hawkins. Also warum machte er dann das, was er machte? Er kannte die Antwort, aber er gestand sie sich nicht ein, sondern stieg wieder in das Archiv im Keller hinunter und studierte noch einmal sorgfältig die Berichte, die sein Vater geschrieben hatte, und die Interviews mit Patton und Peterson und verglich sie mit den Aussagen bei der ersten wie auch der zweiten Untersuchung. Damit war er beschäftigt, als Eleanor anrief und fragte, ob sie sich treffen könnten. Eilig und aufgeregt verabredete er sich mit ihr wieder im Colombus Circle.

Eleanor schien nicht zu wissen, in welche Richtung sie fahren sollte, und Hawkins meinte: »Schade, daß wir Alexandria aufgegeben haben«, aber sie antwortete: »Nein, im Gegenteil.«

Sie fuhr über die Memorial-Brücke und bog dann nach Norden ab, um über den Parkway auf die Umgehungsstraße von Washington zu fahren, die im Kreis um die Stadt herum führte.

Hawkins sagte: »Es hat sich nichts geändert.«

»Sei nicht albern«, antwortete sie.

»Ich meinte, was meine Gefühle betrifft.«

»Es ist unmöglich«, sagte sie entschieden. »Ist dir klar, daß ich heute abend den Geheimdienstbeamten abschütteln mußte, ehe ich überhaupt zu dir kommen konnte? Den Geheimdienst! Sie glauben, daß ich jetzt zuhause im Bett liege. Es ist noch schlimmer, als ich es mir vorgestellt habe. Es ist unmenschlich.«

»Es ist mir wirlich ernst damit: Ich möchte dich heiraten.«

»Das ist auch unmöglich.«

»Warum?«

»Du *weißt* warum, Herrgott noch mal! Weil ich den Druck nicht aushalten würde und wir uns schließlich hassen würden, genauso wie deine erste Frau dich am Ende gehaßt hat. Und das will ich nicht. Ich möchte dich lieben.«

»Wir sind schon wieder bei einer diesen albernen, sinnlosen Unterhaltungen.«

»Es muß aufhören«, sagte Eleanor entschlossen. »Das ist die einzige Möglichkeit. Wir müssen Schluß machen.«

»Nein!« sagte er.

»Hast du überhaupt eine Vorstellung davon, welche Macht John jetzt hat? Was er uns antun könnte? Was er dir antun könnte?«

»Wir müßten ja nicht in Amerika bleiben.«

»Und was ist mit den Kindern?« fragte sie. »Ich würde als die untreue Frau hingestellt, als Hure. Er würde mir die Kinder wegnehmen. Und das ist nur das geringste, was er tun würde. Er würde uns fertigmachen, wenn wir es versuchen würden.«

»Aber es muß einen Weg geben!« sagte Hawkins.

»Er ist der *Präsident*!« rief sie, als ob er sie nicht verstanden hätte.

»Und wenn er es nicht wäre?« fragte Hawkins.

Sie warf ihm einen schnellen Blick zu. »Was soll die Frage?« meinte sie. »Er *ist* es, und daran läßt sich nichts ändern.«

»Noch ist er nicht im Amt«, sagte Hawkins entschlossen.

31

Hawkins wußte, welchen Druck er ausübte, und er tat es ganz bewußt und zynisch. Er wollte mehr als nur die Wahrheit wissen, die er schon ahnte, denn für ihn war diese Wahrheit ein Weg – der einzige, verzweifelte Weg – Eleanor zu behalten. Und er würde alles tun, um Eleanor zu behalten, egal wie verzweifelt oder irrsinnig es auch sein mochte. Patton meldete sich auf seinen Anruf hin nicht, was ihn nicht überraschte. Er ließ ihm ausrichten, er möge zurückrufen; es sei wichtig, da sich im Hinblick auf sein Versprechen einiges geändert habe. Die Überlegung dabei war, daß die Drohung Patton vielleicht dazu bringen würde, sich zu melden, was er auch schon nach einer Stunde tat. Seine Stimme verriet die Spannung, in der er sich befand, und Hawkins nutzte auch das aus und weigerte sich, am Telefon auf Einzelheiten einzugehen. Er bestand darauf, daß sie sich treffen müßten. Er würde auch nach New York fliegen, wenn es nötig wäre. Patton, dem keine Wahl blieb, stimmte zu.

An der Tür zu Pattons Niederlassung in der Dritten Avenue wurde Hawkins von derselben streng aussehenden Frau begrüßt wie beim ersten Besuch, und während er ihr durch das Großraumbüro folgte, hatte er den Eindruck, daß die vielen Angestellten, die hier arbeiten, nicht mehr so beschäftigt waren wie beim erstenmal. Patton stand diesmal nicht von seinem Schreibtisch auf, sondern blieb dahinter wie hinter einer Barriere sitzen, und Hawkins hatte den

Eindruck, daß er körperlich geschrumpft war, seit er ihn zuletzt gesehen hatte.

Die Empfangsdame wartete in der Tür auf die Anweisung, für Getränke zu sorgen, aber Patton machte nur eine ungeduldige Kopfbewegung. Er wartete, bis die Tür geschlossen wurde, und sagte dann: »Okay, also was hat sich bei Ihnen geändert?«

Immer so tun, als wüßte man mehr, als man tatsächlich weiß, dachte Hawkins. Auch dieser Ratschlag war durchaus praktikabel, aber hier ging es um eine Art verbalen Balanceakt ohne Netz, denn Patton war seine letzte Chance, seine einzige Chance. Deshalb mußte er auch ein besonderes Risiko eingehen. In der Hoffnung, daß Patton seine Bewegung nicht durchschauen würde, steckte Hawkins die Hand in die Tasche, als wollte er nur sein Taschentuch herausholen, und drückte dabei auf die Starttaste seines Kassettenrecorders. Gleichzeitig überlegte er, ob die Distanz zwischen Patton und ihm vielleicht doch zu groß sein könnte für das Westentaschenmikrofon, das er benutzte. Er sagte: »Die CBS hat mir den Film zur Verfügung gestellt, ehe ich damals zu Ihnen hierher kam.«

»Das haben Sie mir bereits erzählt«, antwortete Patton. Die schroffe Art paßte überhaupt nicht zu Patton, und mit einem sicheren Gefühl für Nuancen spürte Hawkins etwas Gekünsteltes in Pattons Aggressivität; seine Stimme war ein bißchen zu laut, mehr als nötig gewesen wäre. »Sie haben mir vor kurzem den Film noch einmal zur Verfügung gestellt, diesmal für einen Erinnerungstest in der Klinik.«

Er machte absichtlich eine bedeutungsvolle Pause, denn wenn der Mitschnitt ihrer Unterhaltung wirklich so laufen würde, wie er hoffte, dann durfte auf dem Band nicht der Eindruck einer Vorspiegelung falscher Tatsachen entstehen, und so hielt er sich ausschließlich an die Fakten.

»Was?!« rief Patton.

»Sie haben ihn mir für einen Erinnerungstest gegeben«, wiederholte Hawkins und tastete sich vorsichtig weiter bei seinem Drahtseilakt. Immer noch ausschließlich auf die Fakten beschränkt, wies er Patton auf den Widerspruch hin, der für Hawkins zum eigentlichen Auslöser der ganzen Sache geworden war: »Ich habe die Männer ohne Kleider gesehen, in der Klinik, oder jedenfalls fast nackt. Wissen Sie, was ich nicht verstanden habe? Ich konnte nicht verstehen, wieso diese Männer, die nach den Aussagen von Peterson und Blair und meinem Vater und auch nach Ihrer offiziellen Aussage unter schwerem Feuer zusammenbrachen, nicht eine einzige Narbe aufweisen. Wußten Sie, daß sie keinerlei Narben haben? Das scheint niemandem aufgefallen zu sein, aber können Sie sich das vorstellen, daß drei Männer, die nach Ihren Angaben ›durchsiebt‹ worden waren, auch nicht die kleinste Spur einer Verletzung aufweisen?«

Auch das hätte noch nicht gewirkt, wenn Sharon ihn nicht zurückgewiesen hätte, aber so wußte er nur zu gut, daß sie es ernst gemeint hatte und daß es keine Hoffnung für ihn mehr gab. Auch Patton hatte das Gefühl, auf einem Drahtseil zu balancieren, das sich an beiden Enden langsam auflöste. Und er fühlte, wie dieser hochgewachsene, eckig wirkende Engländer drauf und dran war, sich mit seinem ganzen Gewicht auf die wenigen verbleibenden Stränge zu stellen. Seine Aggressivität, die so wenig zu ihm paßte und so aufgesetzt war, wie Hawkins vermutet hatte, bröckelte ab wie eine dünne Eierschale. Er hob die Hände, um sein Gesicht darin zu verbergen, und stöhnte mit einer Stimme, die so gequält und überanstrengt klang, daß Hawkins fürchten mußte, sie würde auf dem Tonband gar nicht zu hören sein: »O Gott, o mein Gott!«

Immer noch vorsichtig in dem Bewußtsein, daß er es noch nicht geschafft hatte, sagte Hawkins: »Warum erzählen Sie mir nicht Ihre Seite der Geschichte? Ich möchte gerne fair sein und wirklich Ihre Seite hören.«

Es dauerte sehr lange, bis Patton zu einer Reaktion fähig war und sich wieder bewegte, und mehrere quälende Minuten lang dachte Hawkins schon, er hätte sich zu weit vorgewagt. Dann ließ Patton die Hände leicht sinken und hielt sie vor sich, als wollte er einen Angriff abwehren, blickte auf und sagte: »Ich wußte genau, daß unser Geheimnis eines Tages entdeckt werden würde. Ich habe es damals schon gesagt und auch, als diese verdammten Leute aus dem Lande geflüchtet waren und zu Ihnen kamen und die ganze Sache wieder von vorn anfing. Alle haben mich angeschrien, ich sei ein Feigling, und Peterson meinte höhnisch, wie recht er gehabt hätte, als wir von dem schlechten Zustand der Männer hörten, aber ich wußte die ganze Zeit, daß es herauskommen würde, eines Tages...«

Hawkins war genauso bestürzt wie er, aber er hatte sich besser in der Gewalt. Er hatte recht behalten und einen Weg gefunden, wie er gewinnen konnte, aber wenn Peterson und Blair und Patton in die Sache verwickelt waren, dann war es sein Vater auch, sein eigener ängstlicher und entnervter Vater, auf den er eine Lobrede geschrieben hatte und dessen Denkmal der englische Premierminister persönlich in Kürze einweihen sollte. Sein Drahtseilakt ging weiter, und er wiederholte: »Ihre Seite der Geschichte! Erzählen Sie mir Ihre Seite!«

Patton ließ das Gesicht wieder in die Hände sinken und Hawkins beugte sich ein wenig vor, um mit dem Mikrofon so nahe wie möglich an ihn heranzukommen.

»Grauenvoll«, sagte Patton schwerfällig. »Alles war einfach grauenvoll. Vietnam war schrecklich. Alle sagten, es sei ein verrückter Einfall, schon damals bei der morgendlichen Besprechung. Alles um einem großkotzigen Politiker aus Washington, der unbedingt in die Schlagzeilen wollte, in den Arsch zu kriechen . . . Aber ich hätte nicht gedacht, daß es so schrecklich werden würde.« Er blickte Hawkins durch seine gespreizten Finger hindurch an. »Ich bin nicht sehr mutig«, sagte er. »Bin ich nie gewesen. Es ging einfach nicht. Die ganze Zeit damals in Vietnam hatte ich so große Angst, daß ich nicht mehr wußte, was ich machen sollte . . . Nachts lag ich wach und überlegte, wie ich mich um die Einsätze drücken könnte, aber so, daß die anderen nicht merken würden, wieviel Angst ich hatte . . . und ich habe es auch hingekriegt, jedenfalls bis zu Chau Phu. Ich spielte Taxi beim Hauptquartier und mußte Generäle und Colonels herumkutschieren, die sich auf keinen Fall in Gefahr begeben wollten, weil sie wußten, daß sowieso alles verloren war, und die keine Lust hatten, den toten Helden zu spielen. Und wenn ich nicht beim Generalstab gewesen wäre, dann hätte man mich sowieso nicht für Chau Phu ausgesucht, denn aus der Sicht dieser albernen Idioten war es auch nur eine Spazierfahrt . . .«

Die Worte kamen aus Pattons Mund wie rauhe Felsbrocken, die mit einer Flutwelle den Fluß entlang gespült wurden, dachte Hawkins. Aber es wäre falsch, wenn er versuchen würde, ihnen eine Richtung zu geben. Auch wenn der Bericht Pattons unkoordiniert war, tat er auf jeden Fall besser daran, ihn einfach erzählen zu lassen, ohne ihn zu unterbrechen.

»Zuerst ging alles ganz gut. Auf dem Hinflug machte ich mir fast in die Hosen – im wahrsten Sinne des Wortes – und alles schien gutzugehen. Forest beteiligte sich mit seinen Leuten an der Rettungsaktion, als er sah, in welchem Zustand die Kinder waren . . . und ich habe Bartel hinterhergeschickt, weil ich so schnell wie möglich wieder abhauen wollte, deswegen sagte ich ihm, er sollte seinen Arsch aus dem Hubschrauber bewegen und mithelfen.«

Wieder blickte er auf und Hawkins sah, daß er angefangen hatte zu weinen. Seine Augen waren voller Tränen und seine Nase lief, aber er machte sich nicht die Mühe, sie abzuwischen. »Verstehen Sie, was ich meine?« fragte er Hawkins. »Das heißt, daß ich einen anderen Mann, einen Freund, den ich gut kannte, in Gefangenschaft geschickt und ihm dann seine Frau weggenommen habe.« Er hob die Hand in einer abwehrenden Geste. »Nein, das stimmt nicht, so war es nicht. Es war nichts zwischen mir und Sharon damals, ich kannte sie nicht einmal. Ich habe sie erst hinterher aufgesucht, anfangs aus meinem Schuldgefühl heraus. Ich wollte ihr helfen, ihr Geld geben und so . . .« Er blickte auf das Photo, das immer noch auf seinem Schreibtisch stand. »Erst viel später habe ich mich in sie verliebt«, sagte er dann mit leiser Stimme.

Patton verstummte und betrachtete lange das Bild, und als er keine Anstalten machte, weiterzuerzählen, versuchte Hawkins ihm eine Hilfe zu geben. »Was geschah dann in Chau Phu?« fragte er.

»Es war grauenvoll, wie ich schon sagte«, nahm Patton seine Erzählung wieder auf, automatisch immer wieder denselben Ausdruck benützend. »Ich fühlte mich im Hubschrauber halbwegs sicher . . . hinter den Stahlwänden. Die ersten Schüsse habe ich gar nicht gehört, jedenfalls nicht als Schüsse erkannt, bis Blair plötzlich in die Maschine gestürzt kam und brüllte, es sei ein Hinterhalt. Da wußte ich, daß ich sterben würde. Oder noch schlimmer, daß ich gefangen genommen und gefoltert würde, wie immer erzählt wurde: Man würde mich barfuß durch den Dschungel jagen und mit dem Messer foltern und mit Bambusstöcken prügeln. Peterson kam direkt hinter ihm, und dann Ihr Vater . . . Ich dachte, ich würde die Maschine nie in Gang kriegen und befürchtete schon, die Turbine sei getroffen worden. Dann lief sie plötzlich. Und die ganze Zeit sah ich draußen die Männer, die in der Falle saßen, und erwartete, daß sie auch in den Hubschrauber kommen würden. Das war auch der Grund, warum ich die Maschine überhaupt startete, weil ich sofort aufsteigen wollte, sobald sie an Bord waren. Aber sie bewegten sich nicht, und ich erkannte, daß sie eingeschlossen waren und nicht kommen würden . . . Blair war an der Kanone, an der Steuerbordseite, aber er war nicht damit vertraut und sie blockierte sofort, und dann versuchte er es mit dem M-16, aber das nützte nichts, denn es waren zu viele. Peterson schrie . . . Ihr Vater auch . . . vor Angst. Alle hatten schreckliche Angst. Ich weiß, daß es Peterson war, der rief: »Los, los!« obwohl er später schwor, er sei es nicht gewesen. Aber das spielte auch keine Rolle, denn ich hatte die Rotorblätter ohnehin schon auf Steigflug gestellt – ich wollte auf keinen Fall gefangen und gefoltert werden.

Der verdammte Scheißkrieg war sowieso schon vorbei. Ich stieg auf etwa zwanzig Fuß und wir konnten alles genau überblicken da unten. Forest hatte eine perfekte Verteidigungsstellung gewählt, wie ich schon gesagt habe: Vine mit den Kindern in der Mitte, und alle anderen darum herum. Ich sah, wie Vine getroffen wurde und fiel, und einige der Kinder auch, die bei ihm waren. Dann einer der Soldaten, obwohl ich nicht weiß, wer es war ...« Patton fing jetzt stärker an zu weinen, und sein ganzer Körper wurde von einem Schluchzen geschüttelt. »Verdammt noch mal, sie waren unglaublich tapfer, unglaublich«, fuhr er nach einer Weile fort. »Blair hatte mittlerweile die andere Kanone klargemacht und versuchte, die Vietkong zurückzuhalten. Ich flog zu der Stelle, wo die Männer mit den Kindern lagen, aber Peterson brüllte mich an, ich sollte abhauen. Auf dem Boden nahm Bartel an, wir würden sie aufnehmen. Ich sah, wie er auf eine bessere Stelle zeigte, wo ich landen sollte. Aber ich bin nicht gelandet. Ich stieg wieder höher und als Blair sah, was passierte, hörte er auf zu schießen und schrie, wir sollten wieder runtergehen, aber Peterson sagte nein, und ich wollte sowieso nicht wieder runter ... Wir konnten alles sehen von da oben. Die Vietkong erkannten, daß wir nicht wieder runterkamen und die Bordkanone keine Bedrohung mehr war, und sie kamen aus dem Schutz der Bäume heraus. Forest und Bartel hatten aufgehört zu schießen, als ich sie das letzte Mal sah. Sie wußten, daß wir nicht zurückkommen würden und standen einfach so da und sahen uns nach ... nur McCloud handelte. Er versuchte, auf uns zu schießen, aber das war völlig albern, denn wir waren schon viel zu hoch.«

Das war's! dachte Hawkins triumphierend. Jetzt hatte er die Wahrheit, mit der er einen Präsidenten stürzen und vernichten konnte, ehe er das Amt übernahm. Was würde er damit noch zerstören? Aber das war gleichgültig. Das einzige, was zählte, waren er und Eleanor.

»Der Hubschrauber war getroffen worden, wie ich schon sagte«, berichtete Patton weiter. »Ich schaffte es gerade eben, über die Bäume wegzukommen. Peterson faßte sich schneller als die anderen. Als Blair sagte, er würde über die Sache Meldung machen, antwortete Peterson, daß er der Militärgerichtsbarkeit unterstünde und nicht verantwortlich wäre. Ich flog den Hubschrauber und konnte nicht beobachten, was vorging, aber ich konnte alles verstehen, denn der Lärm war in der offenen Maschine so groß, daß alle Helme tragen und den Bordfunk benutzen mußten. Ich wußte ohne hinzusehen, daß

Blair genausoviel Angst gehabt hatte wie jeder andere von uns und genauso erleichtert war, daß wir entkommen waren. Auch Peterson wußte das. Peterson war schon damals ein einflußreicher Mann, das wußten wir alle. Er versprach Blair, sich für ihn einzusetzen und dafür zu sorgen, daß er die Anerkennung bekäme, die er verdiente. Das gleiche galt für mich. So habe ich nach Vietnam mein Unternehmen aufbauen können: Es war nicht nur das Geld, sondern auch die Aufträge, die plötzlich reinkamen . . . und dieser verdammte Harriman war es, der diese Aufträge blockiert hat, nachdem ich Peterson alles über die Rettungsaktion neulich erzählt hatte – obwohl ich das nicht beweisen kann.«

Der Sprung kam zu plötzlich. Jetzt, da er die Tatsachen kannte, konnte er es sich ohne weiteres leisten, den Mann zu unterbrechen, und so fragte Hawkins: »Was war mit meinem Vater? Sie haben mir nichts über meinen Vater gesagt.«

»Soll ich Ihnen was über Ihren Vater erzählen?« fragte Patton und nahm zum erstenmal seit über einer Stunde die Hände vom Gesicht.

»Ja«, sagte Hawkins.

»Ihr Vater war ein Waschlappen, er war völlig durchgedreht. Wir hatten schon alles abgesprochen, als er sich wieder unter Kontrolle hatte, und als Peterson ihm erzählte, was wir vorhatten, sagte er zu allem ja und überließ uns die ganze Sache . . .«

Hawkins schluckte und versuchte, das Würgen im Hals hinunterzuschlucken. Was würde er noch alles damit zerstören, dachte er wieder. Was *hatte* er nicht schon alles zerstört. »Aber das konnte nicht gutgehen«, sagte er ungläubig. »Sie *wußten* doch, daß die Männer noch lebten, als Sie sie verließen. Sie haben sie doch *gesehen!«*

»Ich habe es Ihnen doch schon gesagt!« rief Patton ungeduldig. »Der Hubschrauber hatte fünfundachtzig Treffer abbekommen, alle Fenster waren kaputt. Keiner von uns hat je behauptet, daß die Männer tot wären. Wir sagten nur, daß wir sahen, wie sie niedergeschossen wurden, und daß wir *davon ausgingen,* daß sie tot wären, weil es schwierig gewesen sei, aus dem zerschossenen Hubschrauber heraus etwas genaues zu erkennen. Aber natürlich haben wir uns wahnsinnige Sorgen gemacht. Während der ersten Wochen und Monate hatten wir mehr Angst, als Sie sich vorstellen können. Denn als wir die Geschichte so hindrehten, hatten wir keine Ahnung – nicht einmal Ihr Vater –, welche Wirkung das haben würde. Wir wurden dadurch groß und waren gemachte Leute, jeder einzelne von uns. Ich bekam die ganzen Aufträge« – Patton lächelte dünn – »und Peterson hat mir versprochen, daß er dafür sorgen würde, daß das so weiterginge, wenn er an die Macht käme, aber daraus wird ja nun wohl nichts, oder? Blair wurde befördert. Ihr Vater kriegte seinen Ruhm und seine Anerkennung. Und sehen Sie selbst, was aus Peterson geworden ist... wir haben alle sehr viel zu verlieren...«

Hawkins verspürte wieder einen Brechreiz, aber diesmal aus einem anderen Grund. »Was geschah, als Ninh und Nicole hierherkamen?« fragte er, um das Bild abzurunden.

»Es war, als wären wir plötzlich wieder in Saigon«, erzählte Patton. »Wir trafen uns in Washington mit Peterson, einen Tag nachdem Jordan mich um ein Schiff gebeten hatte und Blair den Auftrag erhielt, bei der Rettungsaktion das Kommando zu übernehmen. Peterson meinte, die ganze Sache könnte auffliegen, nicht nur seine Wahl, sondern auch Blairs Karriere und auch meine Firma. Wir müßten zusammenhalten, so wie wir früher zusammengehalten hätten.«

»Und?« fragte Hawkins weiter. Was er jetzt brauchte, war ein lückenloser Bericht.

»Er sagte, ich solle auf dem Frachter mitfahren, um ständig mit ihm in Verbindung bleiben zu können. Und Blair sollte die Männer umbringen, wenn sie noch am Leben wären...«

»Umbringen...?!«

»Es hatte schon eine Art Training stattgefunden, in Camp Peary, oder wenigstens Lagebesprechungen. Es ging um Psychologie und um den Zustand, in dem sich die Männer befinden würden, wenn sie noch am Leben wären. Man hatte empfohlen, ihnen ein Beruhigungsmittel zu geben, und Peterson schlug vor, daß Blair den Männern eine Überdosis geben sollte. Man könnte dann sagen, daß die Aufregung für die Männer im Augenblick der Rettung zuviel gewesen sei und ihre Körper rebelliert hätten.«

»Und das wollte er *tun*?!«

»Nein, er weigerte sich. Er sagte, wenn die Männer wirklich in dem Lager wären, dann würde er sie da rausholen, zurückbringen und es auf eine Untersuchung ankommen lassen. Und genau das hat er auch getan – er hat sie rausgeholt, und dabei wurde er getötet.«

»Ist das der Grund, warum Sie Peterson vom Schiff aus telegrafiert haben?« fragte Hawkins.

»Ich hatte nicht geglaubt, daß er das tun würde, was er getan hat. Was ich Ihnen damals auf dem Schiff gesagt habe, war die Wahrheit. Wir wußten damals noch nicht, wie ernst der Zustand der Männer war, aber Blairs Funkspruch besagte, daß es ziemlich schlimm um sie stand.

Er hatte die Sache so formuliert, wie wir es abgesprochen hatten, als wir in Manila waren, damit ich wissen sollte, *wie* ernst die Sache wirklich war. Außerdem wurde auf dem Treffen mit Peterson in Washington beschlossen, falls die Männer mit irgendwelchen psychologischen Problemen aus der Sache herauskommen und uns beschuldigen sollten, wir hätten sie im Stich gelassen, dann könnten wir sagen, daß alles nicht stimmte und daß die Männer an einer Psychose litten, was nach so langer Gefangenschaft durchaus verständlich sei.«

»Mein Gott!« sagte Hawkins, der seinen Ekel nicht länger unterdrücken konnte.

»Richten Sie nicht über mich!« entgegnete Patton plötzlich wütend. »Richten Sie nicht über mich, ehe Sie nicht auch eine solche Angst erlebt haben... ehe Sie nicht wissen, wie das ist... ehe Sie nicht zu der Erkenntnis kommen, daß Sie auch ein Feigling sind... und damit leben müssen...«

»Ich werde über Sie richten«, versicherte Hawkins entschlossen. »Ich werde über Sie richten und über meinen Vater und über Blair und vor allem über Peterson. Und wenn ich fertig bin, dann werden Sie und Peterson sich nie wieder irgendwo verstecken können!«

Ich habe gewonnen! dachte er triumphierend.

Seine Euphorie machte einer nüchternen Sichtweite Platz, als er im Flugzeug zurück nach Washington saß und die vielen kleinen Teile des Puzzles zu einem großen Bild zusammenfügte und erkannte, wie es für einen Außenstehenden aussehen mußte. Das Buch konnte er natürlich wegwerfen, aber das war auch richtig so, denn es enthielt nicht die Wahrheit. Sein Vater würde nachträglich seinen Ruhm, seine Ehre und seinen Ruf verlieren und sich plötzlich als Feigling, Betrüger und Scharlatan erweisen. Aber auch das war egal, denn es war die Wahrheit, zumindest im Endergebnis, und er wollte unbedingt die Wahrheit sagen. Patton würde vernichtet werden, wie er selbst gesagt hatte. Und zu Recht. Und Peterson ebenfalls. Wie ein Kind, daß sich den süßesten Bonbon mit der Kirsche in der Mitte bis zuletzt aufhebt, verspürte Hawkins besonderen Genuß dabei, als er sich überlegte, was mit Peterson geschehen würde. Hawkins wußte genau, daß er sich schon einen gewissen Ruf erworben hatte, aber durch diese Geschichte würde er so hoch aufsteigen, daß es weit und breit keinen Konkurrenten mehr geben würde. Absolut einzigartig. Er spürte wieder dieses sinnliche Kribbeln, das ihm so vertraut gewesen war, wenn der Whisky, den er eigentlich gar nicht brauchte, sein Bewußtsein überspülte und seine Sinne mit sich fortschwemmte.

Eleanor hatte keinen Grund, sich so zu fürchten. Der Ruhm und die Anerkennung, die ihm sicher waren, wenn alles vorbei war, würden ein ausreichender Schutz sein. Natürlich würden sie eine Weile im Licht der Öffentlichkeit stehen, aber er – und damit auch Eleanor – würden die Kraft haben, alle niederzustarren, die sie zu neugierig beäugten. Eleanors Verwirrung und Staunen über das, was geschehen war, war nur zu verständlich, weil er wußte, wie sehr sie es haßte, im Scheinwerferlicht zu stehen wie jetzt. Was sie brauchte, war nur ein wenig Beruhigung und Aufmunterung und eine vernünftige, einleuchtende Erklärung. Hawkins fühlte, daß er alles unter Kontrolle hatte: sich selbst und sein Leben und überhaupt alles. Absolut unter Kontrolle.

Hawkins konnte sich nicht erinnern, wann er zum letztenmal einen Drink genommen hatte, aber jetzt ging er in die Bar des National Airport und bestellte sich einen Scotch, den er lange anstarrte. Obwohl er die Gründe sehr genau kannte, konnte er nicht verstehen, warum er den Alkohol so lange gebraucht hatte, der ihm den nötigen Auftrieb zu geben schien und ihn gleichzeitig immer tiefer hatte sinken lassen, wie er jetzt feststellte. Aber Gott sei Dank hatte er sich freischwimmen können. Er hob das Glas und prostete sich im stillen selber zu. Der Whisky brannte in seiner Kehle, und er trank ihn nicht einmal aus, weil er kein Bedürfnis danach verspürte.

Ninh und Nicole hatten in der Maryland Avenue auf ihn gewartet, und während sie das Abendessen vorbereiteten, überlegte er, welche Wirkung das, was er beabsichtigte, wohl auf sie haben würde. Nicole wußte schon ziemlich viel, und Ninh hatte bestimmt eine Menge erraten, wenn er seinen Vater wirklich so gut kannte. Aber sie würden immer noch schockiert sein, dachte er und beschloß, es ihnen noch nicht zu sagen, sondern erst später, kurz vor der Veröffentlichung.

Er war gerade erst wenige Minuten zuhause, als die Türglocke läutete, und da die beiden Flüchtlinge in der Küche waren, öffnete er selbst und starrte Rampallie überrascht an. Er hatte den Eindruck, daß Rampallie auf ihn gewartet hatte, und sah auf die Straße, aber es war kein Wagen draußen auf der Straße zu sehen und auch sonst niemand.

»Ich würde gerne mit Ihnen reden, Ray«, meinte Rampallie mit leicht zugekniffenen Augen hinter den großen Brillengläsern.

Hawkins zögerte einen Augenblick und trat dann zur Seite, um ihn hereinzulassen. »Kommen Sie rein.«

Der Amerikaner blieb im Flur stehen, und Hawkins wies auf die Tür zum Arbeitszimmer. Rampallie wollte sich nicht setzen, sondern blieb vor dem Kamin stehen und sah sich um, wobei er besonders aufmerksam auf den überfüllten Schreibtisch mit der Schreibmaschine blickte.

»Ich habe gehört, Sie waren in New York?« meinte er dann.

»Patton hält wirklich enge Verbindung, nicht wahr?« antwortete Hawkins. Es war eigentlich klar, daß er Peterson anrufen würde, aber Hawkins hatte nicht damit gerechnet.

»Ich bin über die Details nicht informiert«, sagte Rampallie. »Ich soll Ihnen nur ausrichten, daß der Präsident Sie gerne sehen würde.«

»Ist er das schon?« fragte Hawkins.

»Die Wahl ist vorüber«, beharrte Rampallie. »Er ist der Präsident.«

»Wissen Sie, worum es geht?«

»Wie schon gesagt«, erwiderte der Amerikaner. »Ich bin über die Details nicht informiert. Ich sollte Sie nur an New York erinnern und Sie bitten, nichts Unüberlegtes zu tun, ehe Sie nicht mit dem Präsidenten gesprochen haben.«

»Hat er wirklich ›unüberlegt‹ gesagt?« fragte Hawkins.

»Ganz richtig«, meinte Rampallie. »Unüberlegt.«

Hawkins erinnerte sich an seine erste Begegnung mit Nicole an Bord des Frachters irgendwo vor Hongkong und seine Beobachtung, daß Worte nie oder nur selten ausreichten, um dem Anlaß gerecht zu werden; dies war wieder so ein Fall. Er überlegte, daß er bei diesem Treffen nichts zu verlieren hatte und eigentlich nur noch gewinnen konnte, denn er würde jede Vertraulichkeit zurückweisen und Petersons Reaktion auf seine Vorwürfe direkt miterleben können. »Wann?« fragte er.

»Der Präsident wird morgen zuhause in Georgetown sein«, sagte Rampallie. »Sein Vorschlag lautet drei Uhr nachmittags.«

Es war, als verabredeten sie sich für einen zwanglosen Besuch, zum Tee oder zum Cocktail, dachte Hawkins. »Einverstanden«, sagte er.

»Wir wissen das zu schätzen«, meinte Rampallie höflich.

»Da bin ich mir nicht so sicher«, entgegnete Hawkins.

Auf dem Weg von der Maryland Avenue zu seinem Büro hatte er plötzlich beschlossen, einen kleinen Umweg zu machen und erst in seine Bank zu fahren, um ein Schließfach für das Tonband mit der Aufzeichnung seiner gestrigen Unterhaltung mit Patton zu mieten.

Die Formalitäten waren schnell erledigt, aber er kam dadurch doch später ins Büro, als er gedacht hatte.

Er hatte zwei Nachrichtenagenturen abonniert, UPI für die internationalen Ereignisse und die Associated Press für Amerika, und als er sein Büro betrat, waren die Ausdrucke auf dem ganzen Boden verteilt. Er riß die langen Streifen zuerst von der Rolle ab und dann in kleinere Abschnitte, um sie leichter lesen zu können, dann ging er sie schnell durch auf der Suche nach irgend etwas, das er für die Sonntagsausgabe verwenden könnte.

Die Meldung über Patton stand auf dem dritten Blatt und war mit »Kriegsheld« überschrieben. Sie begann mit dem Vorfall von Chau Phu und der Rettungsaktion von Can Tho acht Jahre später. Die Einzelheiten standen im zweiten Absatz. Man hatte Patton im Hauptbüro seines Multi-Millionen-Dollar-Unternehmens in der Dritten Avenue gefunden, und die vorläufige medizinische Untersuchung hatte ergeben, daß er schon mehrere Stunden tot gewesen sein mußte, vielleicht schon seit dem vorigen Abend. Man hatte leere Tablettenröhrchen beschlagnahmt und eine Autopsie angesetzt. Obwohl in der letzten Zeit die Regierungsaufträge abgenommen hätten, befand sich die Firma nach Angaben eines Konzernsprechers keineswegs in finanziellen Schwierigkeiten. Es gab keinen Abschiedsbrief und keine anderen Hinweise auf die Ursache der Tragödie. Es war ein »Rätsel«, wie der Sprecher es nannte.

32

Die Dumbarton Avenue war in dem Teil, in dem Peterson wohnte, auf beiden Seiten abgesperrt. Überall standen Polizeifahrzeuge und zivile Wagen, und Hawkins überlegte, daß die Übergangszeit zwischen der Wahl und der Amtseinführung für den Geheimdienst ein absoluter Alptraum sein mußte, wenn es darum ging, eine solche Privatwohnung wie die von Peterson zu sichern. An beiden Enden der abgesperrten Straße standen Sicherheitsbeamte, die mit Funkgeräten und Kopfhörern ausgerüstet waren und jeden Passanten kontrollierten. Hawkins zeigte seinen Presseausweis aus dem Weißen Haus, und seine Verabredung wurde auf einer Liste überprüft. Ein Beamter geleitete ihn zur Haustür, wo ihm ein weiterer in Zivil öffnete und sich dafür entschuldigte, daß er ihn durchsuchen mußte. Er klopfte ihn ab und bat ihn, den Kassettenrecorder, den er in der Tasche trug, herauszunehmen, um sich zu vergewissern, daß es nichts anderes war. Dann gab er ihn zurück und führte Hawkins ins Obergeschoß in den Raum, von dem aus man über den Patio blicken konnte und wo er vor Monaten mit Eleanor gesessen hatte. Auch damals war er nach einem Besuch bei Patton in New York hierhergekommen, erinnerte er sich. Ob Eleanor wohl im Hause war und er sie sehen würde?

Peterson mußte schon auf ihn gewartet haben, denn er trat sofort nach ihm ins Zimmer, bedankte sich bei dem Geheimdienstmann und begrüßte Hawkins mit einem einfachen »Hallo Ray«, ohne ihm die Hand zu reichen oder auf andere Weise anzudeuten, daß sie Freunde seien, wofür Hawkins ihm sehr dankbar war, denn sie wußten beide, daß dafür in ihrem Verhältnis zueinander kein Platz mehr war.

Jetzt, da er Peterson gegenüberstand, wußte Hawkins nicht mehr, wie er sich verhalten sollte – unzulängliche Worte, dachte er wieder und sagte: »Ich hätte mir denken können, daß Patton Sie sofort anrufen würde, aber ich hatte nicht damit gerechnet.«

»Warum gehen wir nicht auf den Patio?« schlug Peterson vor. »Es ist kühl da draußen, aber ich hätte gerne etwas frische Luft.« Er ging voran, schob die Tür auf und trat dann zur Seite, um Hawkins den Vortritt zu lassen. Hawkins setzte sich in den Stuhl, den Peterson ihm anwies, auf der anderen Seite des Tisches, und sah zu, wie sein Gastgeber sorgfältig die Fenster hinter ihnen schloß.

»Sie haben ein Tonbandgerät in Ihrer linken Jackentasche«, sagte er.

Das Sicherheitssystem funktionierte ausgezeichnet, dachte Hawkins bewundernd und sagte: »Das stimmt.«

»Ich glaube nicht, daß wir das brauchen, meinen Sie nicht, Ray?«

»Sie legen nicht mehr so viel Wert auf genaue Unterlagen wie früher?« fragte Hawkins.

»Wollen wir uns nicht wie zivilisierte Menschen unterhalten?«

»Ich könnte mir vorstellen, daß da gewisse Schwierigkeiten bestehen.«

»Sie haben das Gerät immer noch in der Tasche.«

Hawkins holte den Recorder heraus und legte ihn auf den Tisch. Peterson vergewisserte sich, daß er abgeschaltet war, und sagte dann: »Danke.«

»Es gibt immer noch Beweise für unser Treffen«, sagte Hawkins und dachte an die Liste der Sicherheitsbeamten auf der Straße.

»Haben Sie von Patton gehört?« fragte Peterson, ohne auf die letzte Bemerkung einzugehen.

»Ja«, antwortete Hawkins. Peterson hatte seine Nervosität offensichtlich sehr gut im Griff.

Der Amerikaner schüttelte mit einem Ausdruck der Trauer den Kopf und meinte: »Wirklich eine Tragödie, ein solcher Selbstmord.«

Hawkins verachtete ihn für seine Scheinheiligkeit. Er fragte: »War es wirklich Selbstmord?«

Peterson legte stirnrunzelnd den Kopf auf die Seite und sah ihn an. »Was denn sonst?«

»Das müßten Sie doch am besten wissen.«

»Kommen Sie, Ray! Was soll denn das?!«

»Es war ja nur eine Frage.«

»Die ich überhaupt nicht verstehe«, meinte Peterson, der sehr wohl verstanden hatte.

»Er hat mir alles erzählt, die ganze Geschichte«, meinte Hawkins. »Ich weiß jetzt alles.«

»Er hat mich angerufen«, erinnerte ihn Peterson. »Er war sehr beunruhigt.«

»Werden Sie das den Behörden in New York mitteilen?«

Peterson überhörte auch diese Bemerkung und sagte: »Damit haben Sie eine ziemlich große Story, nicht wahr?«

»Groß genug, um zu verhindern, daß Sie ins Weiße Haus einziehen.«

Peterson wand sich in übertriebener Reaktion und meinte: »Das ist eine ziemlich schwere Drohung.«

»Es ist keine Drohung«, korrigierte ihn Hawkins. »Es ist eine Tatsache.«

»Es macht Ihnen nichts aus, daß Sie Pattons Selbstmord auf dem Gewissen haben?«

»Und Sie? Denken Sie an die Toten, die Sie in Chau Phu im Stich gelassen haben, als Sie wegliefen? Oder an die drei Männer, die überlebt haben und für den Rest ihres Lebens nur noch Pflegefälle sind?«

»Haben Sie schon einmal Angst gehabt, Ray? Nicht gewöhnliche Angst – das kennt jeder. Ich meine *richtige* Angst, die so stark ist, daß sie nicht mehr denken können? So stark, daß sie sich gleich darauf nicht mehr daran erinnern können, was sie getan oder gesagt haben oder wo sie sich befinden? Nur noch Bruchstücke? Ich kann mich zum Beispiel sehr gut daran erinnern, daß ich mir Sorgen gemacht habe, Ihr Vater würde nicht durchhalten, weil er zu alt und nicht in Form war, und daß die Kinder so krank waren, daß sie vielleicht nicht überleben würden. Und natürlich den ersten Moment des Schreckens, als ich merkte, daß man auf uns schoß und daß ich getroffen werden könnte. Oder sterben könnte. Ich erinnere mich, daß ich zu Gott gebetet und geschworen habe, alles zu tun, wenn er mir die Schmerzen ersparen würde. Haben Sie schon einmal *solche* Angst gehabt?«

»Ist das von Ihnen oder von einem Ihrer Ghostwriter?« fragte Hawkins ungerührt.

Petersons Gesicht änderte seinen Ausdruck. »Okay«, sagte er jetzt in härterem Tonfall. »Was gibt es? Sagen Sie, was Sie wollen!«

Etwas, das sie mir nicht geben können, dachte Hawkins, oder mir nicht freiwillig geben würden. Dann sagte er: »Nichts, absolut nichts. Ich möchte Sie nur entlarven für das, was Sie getan haben. Und was Sie wirklich sind.«

»Wissen Sie, was in dieser Übergangszeit zwischen der Wahl und der Amtseinführung passiert?« fragte Peterson. »Man arbeitet zusammen, auch wenn man unterschiedlichen Parteien angehört. Meine Leute übernehmen langsam den Job von Harrimans Leuten. Dadurch geht alles sehr viel reibungsloser...«

»Worauf wollen Sie hinaus?« fragte Hawkins.

»Ich habe etwas Interessantes entdeckt über diesen Vietnamesen und die Frau, etwas, das Sie sicher schon wissen, nehme ich an. Es geht um ihre Einreise in dieses Land. Harriman war ein sehr gerissener Fuchs: Er hat sie nur aufgrund einer persönlichen Anordnung ins Land gelassen.«

»Das weiß ich«, antwortete Hawkins mit einem Anflug von Unruhe.

»Und dabei bleibt es auch«, fuhr Peterson fort. »Solange der Präsident nicht anders entscheidet, dürfen sie hierbleiben, weil er es so will.«

Hawkins verstand die Drohung und sagte: »Um die Anordnung zurückzunehmen und sie damit zu Staatenlosen zu machen, müssen Sie erst einmal im Amt sein. Glauben Sie, daß Sie das schaffen werden?«

»Ich könnte trotzdem dafür sorgen«, meinte Peterson. »Selbst wenn ich wieder abgesetzt würde, würde es eine Menge Leute geben, die nicht damit einverstanden wären, was man, was Sie mit mir gemacht haben. Ich würde dafür sorgen, daß sie ausgewiesen werden...« Er machte eine bedeutsame Pause. »... auf der anderen Seite könnte ich ihnen auch die Staatsbürgerschaft zuerkennen, wenn ich Grund zur Dankbarkeit hätte.«

»Es würde nicht schwer sein, sie mit nach England zu nehmen«, entgegnete Hawkins, der es genoß, so stark zu sein, daß er diesen Bestechungsversuch ablehnen konnte.

»Wollen Sie wetten?«

»Und Sie?« fragte Hawkins zurück.

»Glauben Sie, daß Sie nach all dem noch hier in Amerika bleiben könnten?«

»Das würde ich gar nicht wollen«, meinte Hawkins. Weil Eleanor es nicht wollte.

»Es muß Ihnen wirklich sehr viel daran gelegen sein – was immer es ist – wenn Sie bereit sind, dafür Ihren Vater zu opfern.«

»Es geht mir nicht darum, meinen Vater zu vernichten«, erklärte Hawkins. »Ich erzähle nur die Geschichte eines alten Mannes, der einfach nicht wußte, wann er aufhören sollte. Der immer noch versuchte, tapfer zu sein, als es gar nicht mehr ging.«

»Ich habe bis jetzt sehr viel Verständnis gehabt«, meinte Peterson. »Ich glaube nicht, daß Sie eine Ahnung haben, was Sie eigentlich wollen. Was meinen Sie, wieviele Leute davon betroffen wären? Betroffen genug, um Sie aufzuhalten?«

»So wie man Patton aufgehalten hat?«

»Reden Sie keinen Unsinn«, sagte Peterson. »Patton hat Selbstmord begangen, ganz einfach. Und er hat das, was er Ihnen erzählt hat, mit ins Grab genommen. Sie werden schreiben, was Ihnen ein verwirrter alter Mann erzählt hat? Werden Ihre Herausgeber und Redakteure wirklich die Hirngespinste eines Geisteskranken veröffentlichen wollen angesichts unserer Gegendarstellungen? Wir wissen übrigens, daß in der Klinik nichts neues passiert ist. Wir haben sicherheitshalber nachgefragt.«

»Ich habe ebenfalls vorgesorgt«, meinte Hawkins voller Vertrauen. Er beugte sich vor und klopfte auf seinen Kassettenrecorder. »Er lief, als ich mit Patton sprach«, sagte er. »Ich habe jedes Wort aufgenommen. Nicht die Worte eines Geisteskranken, sondern die eines Mannes, der froh war, endlich ein Geständnis ablegen zu können, die Wahrheit zu sagen über das, was passiert ist und wer dafür verantwortlich war. Wenn meine Herausgeber und Redakteure das hören, werden sie die Sache bestimmt veröffentlichen.«

»Sie werden sich selbst einen Haufen Schwierigkeiten bereiten, Ray. Mehr Schwierigkeiten, als Sie sich überhaupt vorstellen können.«

»Zum Teufel mit Ihnen«, sagte Hawkins.

Als Hawkins in die Maryland Avenue zurückkam, liefen ihm die beiden schon entgegen. Nicole weinte zu sehr, um etwas sagen zu können, und auch Ninh war sichtlich erschüttert und redete wirr durcheinander. Erst als er ins Haus trat, erkannte er den Grund für ihre Panik. Sie hatten ganze Arbeit geleistet, es waren Profis gewesen. Jedes Zimmer war durchwühlt worden, insbesondere der Keller, wo er die sorgfältig geordneten Kästen umgestürzt und die Ordnung unwiderbringlich ruiniert fand. Im Keller war es am schlimmsten, aber auch alle anderen Zimmer waren zerstört, und als er nachschaute, fand er seine Befürchtung bestätigt: Jedes Videoband und jede Kassette im Haus war sorgfältig gelöscht worden. Ein Magnet hätte dafür schon ausgereicht, überlegte er.

Seine Ruhe beruhigte auch die beiden anderen, und Ninh meinte: »Die Polizei. Wir sollten die Polizei verständigen.«

Hawkins schüttelte den Kopf. Erstens kannte er ihre Furcht vor Uniformen und Behörden, und zweitens wußte er genau, daß sie nichts erreichen würden. »Nein«, sagte er. »Die Polizei kann uns nicht helfen.«

In dem Durcheinander konnte er sein Adreßbuch nicht finden, aber er brauchte es auch gar nicht, denn er hatte die Nummer in Georgetown noch von seinen vielen Versuchen, Eleanor heimlich zu sprechen, gut im Gedächtnis. Es dauerte mehrere Minuten, bis er mit Rampallie verbunden war, und als er ihn am Apparat hatte, sagte Hawkins nur: »Ich würde gerne eine Nachricht hinterlassen für den ... eh, Präsidenten. Sagen Sie ihm, es war gar nicht da.«

33

Eleanor rief ihn im Büro an, was sie noch nie gemacht hatte, als er gerade damit beschäftigt war, die Mitteilung an London aufzusetzen, in der er vorschlug, persönlich nach London zu kommen, um zu erklären, warum die Enthüllungszeremonie für das Denkmal verschoben und das Buch so weitgehend umgeschrieben werden mußte, daß sich die Veröffentlichung mindestens um ein paar Monate verzögern würde. Nebenbei hatte er immer wieder versucht, Eleanor zu erreichen, und deshalb war er sofort einverstanden, sich mit ihr zu treffen, denn sie war ihm am wichtigsten, während die Nachricht an London auch noch einen Tag warten konnte. Wieder mußten sie ziellos durch die Gegend fahren, weil das die einzige Art war, wie sie unbeobachtet und unbelauscht miteinander reden konnten, und nicht einmal das war sicher, weil es jetzt heller Tag war. Wie beim letztenmal fuhr Eleanor wieder auf die große Umgehungsstraße, auf der sie endlos im Kreis fuhren.

Hawkins redete schon auf dem Wege dahin ständig auf sie ein. Er wollte sie davon überzeugen, daß alles so lief, wie sie es wünschten, und daß es einen Weg gäbe, daß sie immer zusammen sein konnten.

»Es wird nicht leicht sein«, meinte er. »Aber in dieser Beziehung haben wir uns ja nie etwas vorgemacht. Es wird sogar die Hölle sein, nehme ich an, ich will die Sache gar nicht beschönigen. Aber es gibt einen Weg und es wird klappen. Ich ...«

»Ich weiß«, sagte sie und schnitt ihm das Wort ab.

»Wie?« fragte er überrascht?

»Ich sagte, ich weiß.«

Hawkins lächelte über ihr Mißverständnis. »Nein, Liebling«, sagte er. »Ich möchte dir erklären, was passieren wird ...«

»John hat mir alles gesagt«, unterbrach sie ihn wieder. »Er hat mir alles gestanden gestern abend. Er hat geweint wie ein Kind und gesagt, es täte ihm leid, daß er mir so viel Schmerzen und so viele Enttäuschungen bereiten müsse und daß ich mich darauf vorbereiten sollte, so rücksichtslos und schonungslos bloßgestellt zu werden, wie ich es mir gar nicht vorstellen könne. Und dann hat er mir alles erzählt. Alles über den Einsatz damals und wie sie abgehauen sind und dachten, alles würde herauskommen, und wie er das schlimmste gefürchtet hatte, als Ninh und Nicole flüchteten und dann später die anderen gerettet wurden ...«

Hawkins setzte sich so, daß er sie direkt ansehen konnte. »Er kann dir doch unmöglich alles erzählt haben«, meinte er ungläubig. »Worum er Blair gebeten hat ...«

»Alles«, versicherte Eleanor beharrlich. Sie kam jetzt zum Beltway und bog nach Süden ab.

Er streckte die Hand aus, um sie zu berühren, und drückte ihren Arm. »Dann weißt du ja schon, wie es laufen wird«, sagte er. »Ich werde dir sagen, was ich tun werde ...«

»Nein«, wehrte sie ab. »Ich will es nicht hören.«

»Aber Liebling, es geht nicht anders. Ich muß dir die ganze Sache erklären, sonst verstehst du nicht.«

»Es hat sich nichts geändert«, sagte sie.

Hawkins sah sie überrascht an und versuchte zu verstehen, was sie meinte. »Was hat sich nicht geändert?«

»Wir beide«, sagte sie. »Ich kann einfach nicht.«

»Es ist der einzige *Weg*«, rief er lauter als er eigentlich beabsichtigt hatte. »Der einzige Weg, wie wir zusammen sein können.«

»Ich würde es nicht aushalten«, sagte Eleanor. »Es ist so schon schlimm genug und es wäre schlimm genug, wenn wir uns scheiden ließen, aber *so* wird es einfach grauenvoll. Ich könnte es wirklich nicht aushalten, unmöglich.« Sie zitterte, als ob ihr kalt wäre.

Hawkins versuchte sich zu beherrschen, und sagte: »Liebling, bitte hör mich an. Ich werde dich beschützen und für dich sorgen. Ich habe dir gesagt, daß es die Hölle sein wird, aber das wird nicht ewig dauern. Wir können Amerika verlassen und irgendwo anders hinziehen, wo du willst – nach England vielleicht. Du weißt, wie es dort ist, wie leicht es wäre, sich drüben einzuleben . . . du würdest auf diese Weise sogar das Sorgerecht für die Kinder bekommen.«

»Nein!« sagte sie entschieden. »Ich habe es neulich schon ernst gemeint und jetzt erst recht. Ich kann nicht. Ich will nicht.«

»Also wirst du wieder mit ihm zusammenleben?«

»Nein«, sagte sie schnell. »Jedenfalls nicht so wie früher. Wir werden im selben Haus wohnen und zusammen in der Öffentlichkeit auftreten, aber sobald die Tür zu ist, ist das vorbei. So war es sowieso schon lange Zeit, und deshalb wird sich da gar nicht so viel ändern.«

»Du willst lieber ein Scheinleben führen als mit mir zusammen glücklich zu sein?«

»Ich würde mit dir nicht glücklich sein«, sagte sie. »Ich habe dir schon beim letztenmal gesagt, daß zwischen uns alles vorbei sein würde, bevor wir zu der Art von Leben fänden, das du mir versprochen hast. Absolut vorbei und tot. Und wenn du ehrlich bist, dann mußt du das selbst einsehen.«

»Ich *liebe* dich!«

»Und ich liebe dich«, sagte sie. »Ich will dich auch weiterhin lieben. Und darum sage ich nein.«

»Das ist absurd.«

»Ich weiß, wie man das nennt«, sagte Eleanor. »Ich habe es mir selbst immer und immer wieder gesagt.«

Vor ihnen tauchten die Hinweisschilder für den Abzweig nach Süden auf, aber Eleanor blieb auf dem Beltway. Während der nächsten paar Meilen sprachen beide kein Wort. Dann sagte sie plötzlich: »Tu es nicht!«

»Tu was nicht?«

»Stell ihn nicht bloß!«

Hawkins konnte nur ungläubig lachen. »Du willst ihn beschützen?«

Sie lachte zurück, ebenfalls ohne jeden Humor. »Ach du lieber Gott, nein! Ich hasse und verachte ihn, weil er so ist, wie er ist, und weil er immer schon so war und immer so sein wird. Ich bitte dich nur um meinetwillen, nur für mich selbst. Wenn du ihn vernichtest, dann vernichtest du mich auch. Ich werde mit hineingezogen werden, und die Kinder auch. Es ist unvermeidlich . . .« Wieder schüttelte sie sich. »Schrecklich!«

»Das kannst du nicht von mir verlangen«, meinte Hawkins.

»Doch, ich kann«, sagte sie. »Ich liebe dich, und weil ich dich liebe, kann ich es.«

»Nein!« sagte er.

Sie zuckte resignierend die Achseln. »Ich mußte dich einfach fragen«, sagte sie. »Ich dachte, du liebst mich, und deshalb mußte ich fragen.«

»Ich liebe dich!«

»Dann laß mich so weiterleben«, bat sie. »Wenigstens so wie jetzt. Ich weiß, daß alles nur ein schöner Schein ist und eine Lüge, und ich weiß, daß es albern ist, aber ich bitte dich: Laß mir wenigstens diese Fassade, um mich dahinter zu verstecken.«

»Weißt du, was du da von mir verlangst?« fragte er gequält.

»Vielleicht nicht«, antwortete sie. »Vielleicht nicht ganz.«

»Laß es mich auf meine Art machen«, bat er sie verzweifelt. »Es würde gehen, ich weiß, daß es gehen würde.«

»Nein«, sagte sie.

Im Gegensatz zu Eleanor, die gar nichts genommen hatte, hatte Peterson auf dem Amtseinführungs-Ball eine Menge Wein getrunken und war dann zum Brandy übergegangen, und jetzt war er an dem Punkt angekommen, wo er wirklich betrunken war und alles beichten wollte. »Ich war sicher, daß ich alles berücksichtigt hatte«, sagte er. »Alles! Blair bekam seine Beförderungen und Orden, und ich habe diesen blöden alten Hawkins überredet, sich nach Washington versetzen zu lassen, wo ich ihm soviel Material zuspielte, daß er der berühmteste politische Kommentator weit und breit wurde, und ich habe ihm alles Material über Ninh und Nicole abgenommen, weil ich hoffte, ich würde das Loch damit stopfen, daß ich die beiden aus Vietnam herausholen wollte. Ich habe tatsächlich den Antrag mit den Namen und dem ganzen Material nach Hanoi geschickt – genau wie er es wollte – weil ich sicher war, sie würden auf diese Weise nie mehr herauskommen, sondern für immer eingesperrt werden.«

Eleanor sah ihn verachtungsvoll an und sagte: »Das hast du mir alles schon erzählt.«

Er blickte auf die alten Zeitungen, die auf dem Fußboden lagen, und sagte: »Camelot! So haben sie es genannt. Das neue Camelot.«

»Auch das habe ich gelesen.«

»Und so soll es also weitergehen?«

»Was soll so weitergehen?«

»Mit uns. So feindselig?«

»Wir müssen ja nicht so oft zusammen sein«, meinte sie. »Nur wenn es absolut notwendig ist.«

Peterson schenkte sich noch einen Brandy ein und sagte: »Ich habe von Anfang an gewußt, wie es sein würde: ein Abkommen mit deinem Vater, damit ich den richtigen Einstieg bekomme. Und die ganze Zeit habe ich gehofft, es würde besser werden.«

»Du hast schnell gelernt«, sagte sie. »Du bist schon ein richtiger Experte.«

Er sah sie über den Rand des Glases hinweg an. »Was meinst du damit?«

»Aufrichtig zu lügen«, erklärte sie. »Du hast dir nie etwas daraus gemacht, wie es sein würde. Du wolltest mich haben, weil du die Hilfe meines Vaters brauchtest, und genauso hast du John junior benutzt, als deine gottverdammte Popularität absank – das werde ich dir nie vergeben – und immer wenn du in Schwierigkeiten warst, hast du mich benutzt.«

»Ich hätte die Geheimdienstberichte gegen dich ausgespielt«, sagte er. »Jedenfalls wenn du mich dazu gezwungen hättest. Ich sah keinen Grund, dir zu sagen, daß ich dich schon sehr lange überwachen ließ. Es war nur zu deiner eigenen Sicherheit.«

»Quatsch!« sagte sie.

»Hast du ihn geliebt?«

Eleanor antwortete nicht sofort. »O ja«, sagte sie dann. »Ja, ich habe ihn geliebt, und ich liebe ihn auch jetzt noch. Er ist zärtlich und lieb und war ein sehr guter Liebhaber ... Es war eine angenehme Abwechslung, einen Liebhaber zu haben. Es wäre wunderschön gewesen, ihn zu heiraten.«

»Aber das hier ist besser?« fragte Peterson und wies auf ihre Privaträume im Weißen Haus.

»Ich werde es ertragen, so gut ich kann«, meinte sie. Wieder machte sie eine kurze Pause und fuhr dann fort: »Du hättest es wirklich getan, nicht wahr? Ihn vernichtet, meine ich, wenn er die Sache veröffentlicht hätte. Du hättest irgend etwas unternommen, um ihn zu kriegen.«

»Natürlich«, antwortete er, als überraschte ihn ihre Frage. »Und ich möchte auf keinen Fall, daß du mit ihm in Verbindung bleibst.«

»Bestimmt nicht«, versprach sie.

»Ich werde dir immer dafür dankbar sein«, sagte er.

»O ja, natürlich.« Diesmal war sie es, die Überraschung spielte. »Dafür, was ich für dich getan habe, wirst du mir jeden Tag für den Rest deines Lebens dankbar sein.«

Er grinste ihr zu und schien die Drohung nicht ernst zu nehmen. »Amerikas erste Präsidentin!« sagte er und hob das Glas, um ihr zuzuprosten.

»Jawohl«, sagte sie. »Genau das. Und wehe dir, wenn du das auch nur für einen Moment vergißt.«

Peterson wollte zu Bett gehen, in sein eigenes Schlafzimmer, aber Eleanor nahm seinen Arm und zwang ihn, mit ihr durch das Haus zu gehen. Als sie in den Ostflügel kamen, fragte Peterson: »Was willst du hier?«

Eleanor ging langsam den Korridor auf und ab und betrachtete die Portraits der früheren First Ladies, bevor sie wieder zum Eingang ins Gartenzimmer zurückkehrte, an dem er stand.

»Da!« verkündete sie und zeigte auf einen leeren Platz rechts an der Wand. »Da soll mein Portrait hängen.«

Alle Redner sprachen von seinem Vater als einem großen Journalisten und einem Mann mit Ehre und Integrität, und nach der Zeremonie fand in dem mahagoniegetäfelten Sitzungssaal ein Empfang statt, bei dem Freiexemplare des Buches auf einem großen Tisch in der Mitte ausgelegt waren und von Hawkins signiert wurden.

»Habe es schon gelesen«, sagte Lord Doondale. »Verdammt gut.«

»Vielen Dank«, meinte Hawkins höflich.

»Wird eine phantastische Serie geben.«

»Das hoffe ich auch«, sagte Hawkins.

»Nehme an, Sie werden Washington verlassen?«

»Ich finde, es ist Zeit«, erwiderte er.

»Wird schwer sein, Sie zu ersetzen«, meinte der Eigentümer. »Haben sich einen ziemlichen Ruf erworben.«

»Ich glaube, Harry Jones hätte den Posten gerne.«

»Schon darüber nachgedacht, wohin Sie gehen?«

Hawkins schüttelte den Kopf. »Wir wollten das erst entscheiden, wenn ich wieder hier bin.«

»Was immer Sie wollen«, sagte Doondale. »Habe gemeint, was ich neulich beim Lunch sagte.«

Hawkins beherrschte sich beim Empfang, denn er wußte, daß es notwendig war, und anschließend ging er nicht in die Fleet Street, weil er niemandem begegnen wollte, der ihn kannte. Statt dessen lief er Ludgate Hill entlang in Richtung City und fand eine Bar kurz vor St. Paul's Cathedral.

»Whisky«, sagte er zum Barkeeper. Dann machte er eine Bewegung mit Daumen und Zeigefinger und fügte hinzu: »Einen großen!«

Der Zustrom zahlreicher Flüchtlinge aus Indochina in dieses Land während der vergangenen Jahre hat immer überzeugendere Beweise dafür erbracht, daß die Vietnamesen und Laoten noch immer Amerikaner gefangen halten. Die Defense Intelligence Agency (DIA) prüft gegenwärtig mehr als 400 Augenzeugenberichte in Zusammenhang mit angeblich noch immer gefangenen Männern: einige wurden noch im Dezember 1981 gesehen.

Als Ergebnis dieser Erkenntnisse findet eine Veränderung in Haltung und Politik der US-Regierung statt. Wo jahrelang in offiziellen Verlautbarungen von einem Mangel an glaubwürdigen Informationen in Zusammenhang mit noch lebenden US-Gefangenen die Rede war, ist die Politik der neuen Regierung ein Ausdruck des zunehmenden Beweismaterials dafür, daß noch immer einige Amerikaner in Gefangenschaft gehalten werden. Laut Generalleutnant Eugene Tighe, dem ehemaligen Direktor der DIA, konzentrieren sich jetzt alle Nachrichten der US-Geheimdienste darauf, die Aufenthaltsorte dieser Männer auszumachen. Im Juni 1981 erklärte General Tighe vor einem Unterausschuß des Kongresses, daß seiner Meinung nach gegenwärtig noch immer Amerikaner in Indochina gefangengehalten würden.

Erklärung der in Washington ansässigen Nationalen Vereinigungen der Familienangehörigen von Kriegsgefangenen und Vermißten

Eure lange Wacht ist vorüber. Eure Regierung merkt jetzt auf, und die besten Kräfte der Geheimdienste der Vereinigten Staaten konzentrieren sich mit aller Macht auf diese Frage... Ich fordere die Regierung in Hanoi auf, ihr Gelöbnis an das amerikanische Volk hinsichtlich der Kriegsgefangenen und Vermißten in Ehren zu halten. Nicht mir zuliebe, und auch nicht der Regierung zuliebe, sondern unseren vermißten Männern zuliebe sowie jenen, die nichts getan haben, womit sie diese schreckliche Bürde verdient hätten.

US-Präsident Ronald Reagan bei einer Versammlung der oben genannten Liga am 28. Januar 1983.

Gavin Lyall

Schuldig sind die Toten

Deutsche Erstausgabe

Ullstein Buch 10290

ein Ullstein Krimi

James Card verdient seine Brötchen als Leibwächter. Er hat einen guten Ruf in seiner Branche. Als man aber jemanden direkt neben ihm abschießt, ist dieser gute Ruf ruiniert. Card hat nur noch ein Ziel: herauszubekommen, was hinter diesem Mord steckt.

Brian
Freemantle

Strategie des Skorpions

Ullstein Buch 10111

ein Ullstein Krimi

Der Weltfrieden scheint in greifbare Nähe gerückt: Im Geheimen verhandeln Amerikaner und Russen über den Truppenabzug aus Europa, den schrittweisen Abbau aller Raketen und eine gegenseitige Inspektion der Verteidigungsanlagen.
Doch beide Seiten spielen mit falschen Karten und verfolgen nur eigene Interessen, eine Taktik, die geradewegs in die Katastrophe führt . . .

Ted Allbeury

Jeder Spion hat seinen Preis

Deutsche Erstausgabe

Ullstein Buch 10287

ein Ullstein Krimi

Allbeury verdeutlicht die Eigendynamik, die politische und geheimdienstliche Mechanismen entwickeln und die Gefahren, die davon ausgehen. Die Geheimdienste in Ost und West werden gleichermaßen von skrupellosen Egoisten beherrscht.

Ullstein Krimis

»Bestechen durch ihre Vielfalt«
(Westfälische Rundschau)

Brian Freemantle
Agentenpoker/Jagd auf Charlie Muffin/Charlie Muffins Schachzug (10351)

Jim Thompson
Ein süßes Kind (10352)

G. F. Newman
Der Bastard (10353)

Loren D. Estleman
Frühling in Detroit (10354)

Hitchcocks Kriminalmagazin, Band 182 (10355)

Ted Allbeury
Rennie (10356)

Charles McCarry
Die besseren Engel (10357)

James Melville
Lohn des Zen (10358)

James Ellroy
Browns Grabgesang (10359)

Hitchcocks Kriminalmagazin, Band 183 (10360)

Dick Francis
Weinprobe (10361)

Anthony Price
Labyrinth (10362)

James A. Howard
Freitags wird gemordet (10363)

James Ellroy
Heimlich . . . (10364)

Hitchcocks Kriminalmagazin, Band 184 (10365)

Brian Freemantle
Eine Rose für Charlie Muffin (10366)

G. F. Newman
Der Bastard kehrt zurück (10367)

James Melville
Die Chrysanthemen-Kette (10368)

Loren D. Estleman
Der Oklahoma Punk (10369)

Hitchcocks Kriminalmagazin, Band 185 (10370)

Gavin Lyall
Die Krokus-Liste (10371)

Anthony Price
Hinterhalt (10372)

James A. Howard
Der Tod prüft die Rechnung (10373)

James Ellroy
Blut auf dem Mond (10374)

Hitchcocks Kriminalmagazin, Band 186 (10375)

Ted Allbeury
Kinder der Geborgenheit (10376)

Loren D. Estleman
Kill-Zone (10377)

Brian Freemantle
Flucht aus Vietnam (10378)

James Melville
Ein alter Samurai (10379)

Hitchcocks Kriminalmagazin, Band 187 (10380)

ein Ullstein Buch